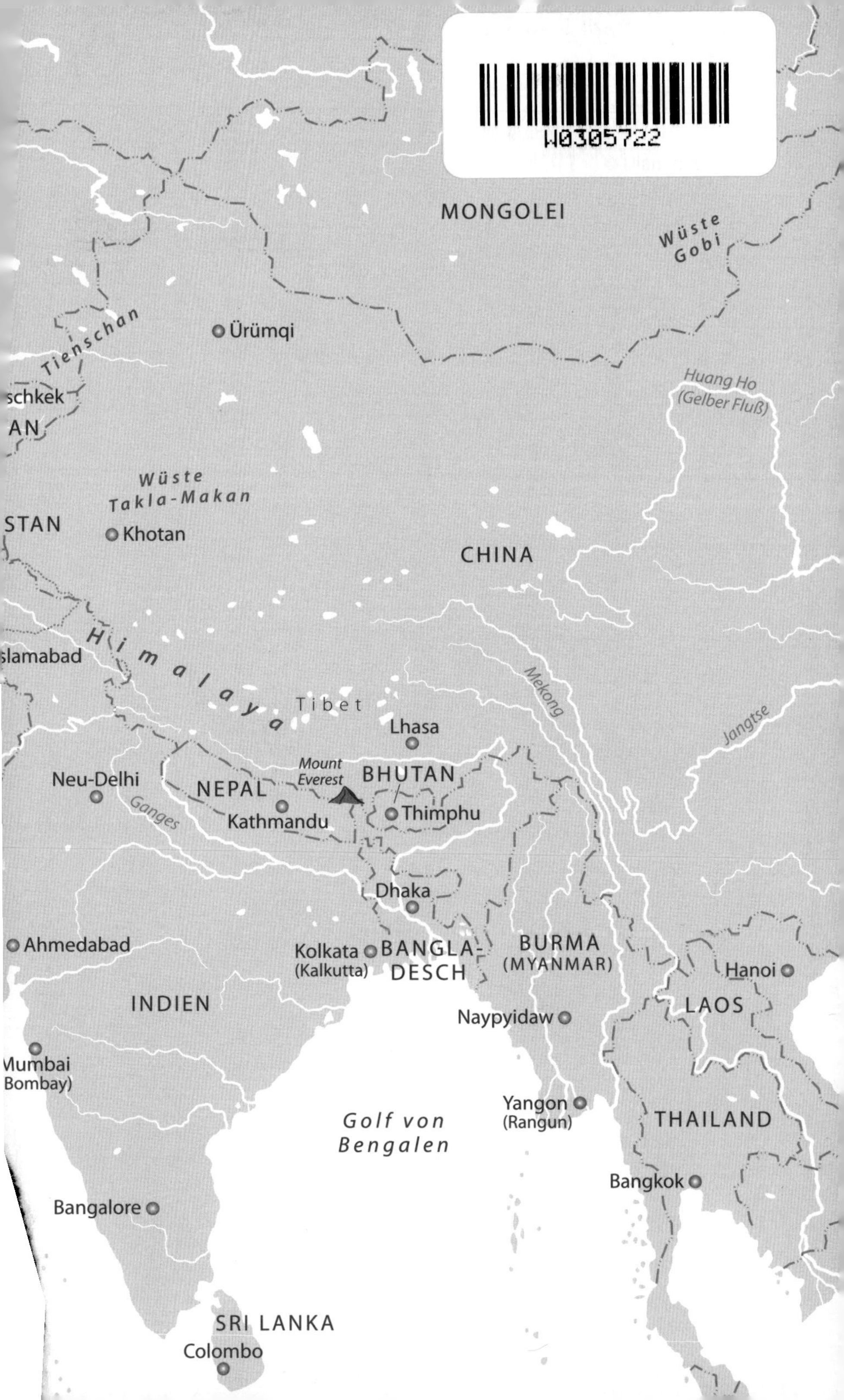
MONGOLEI
Wüste Gobi
Tienschan
Ürümqi
schkek
AN
Huang Ho (Gelber Fluß)
Wüste Takla-Makan
STAN
Khotan
CHINA
Himalaya
slamabad
Mekong
Tibet
Lhasa
Jangtse
Mount Everest
BHUTAN
Neu-Delhi
NEPAL
Ganges
Kathmandu
Thimphu
Dhaka
Ahmedabad
Kolkata (Kalkutta)
BANGLA-DESCH
BURMA (MYANMAR)
Hanoi
INDIEN
LAOS
Naypyidaw
Mumbai (Bombay)
Yangon (Rangun)
Golf von Bengalen
THAILAND
Bangkok
Bangalore
SRI LANKA
Colombo

Qais Akbar Omar

DIE FESTUNG
DER NEUN TÜRME

Qais Akbar Omar

DIE FESTUNG DER NEUN TÜRME

Die Geschichte meiner afghanischen Familie

Aus dem Englischen von
Leon Mengden

C. Bertelsmann

Die Originalausgabe erschien 2013 unter dem Titel »A Fort of Nine Towers«
bei Farrar, Straus and Giroux, New York.

FSC
www.fsc.org
MIX
Papier aus verantwortungsvollen Quellen
FSC® C014496

Verlagsgruppe Random House FSC® N001967
Das für dieses Buch verwendete FSC®-zertifizierte Papier *EOS*
liefert Salzer Papier, St. Pölten, Österreich.

1. Auflage

Vorsatzkarte: Peter Palm, Berlin
Umschlag: buxdesign, München, unter Verwendung
einer Vorlage von Stuart Wilson / Picador UK nach einem Bild
von © Mohammad Kheirkhah / UPI Photo
Satz: Uhl + Massopust, Aalen
Druck und Bindung: GGP Media GmbH, Pößneck
Printed in Germany
ISBN 978-3-570-10167-4

www.cbertelsmann.de

Lange habe ich meinen Kummer in meinem Herzen eingesperrt. Nun teile ich ihn mit euch. Ich hoffe, ihr seid stark genug, diese Bürde zu tragen.

Qais Akbar Omar

Inhalt

TEIL 4 – DER TRIUMPH DES WAHNSINNS

KARTEN

Kabul

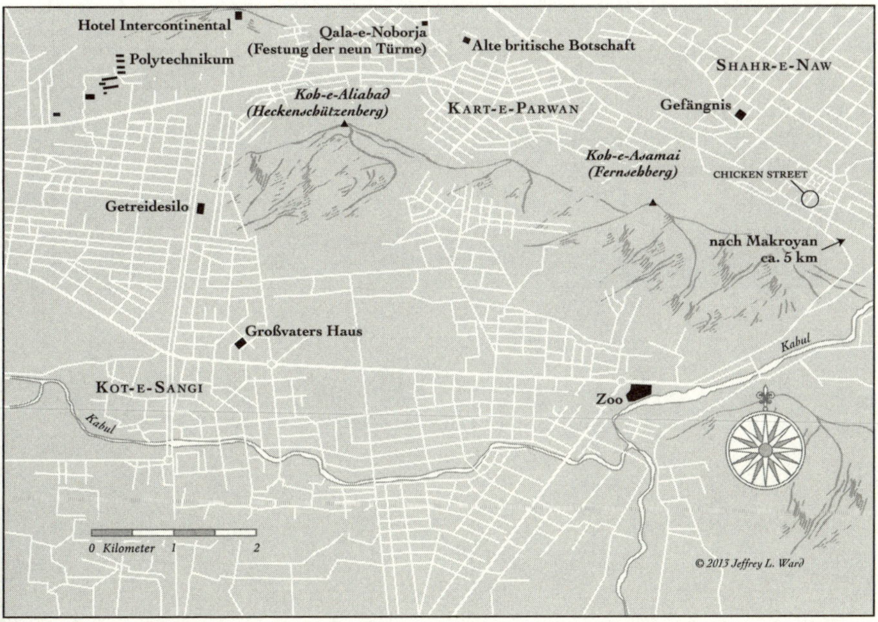

Afghanistan

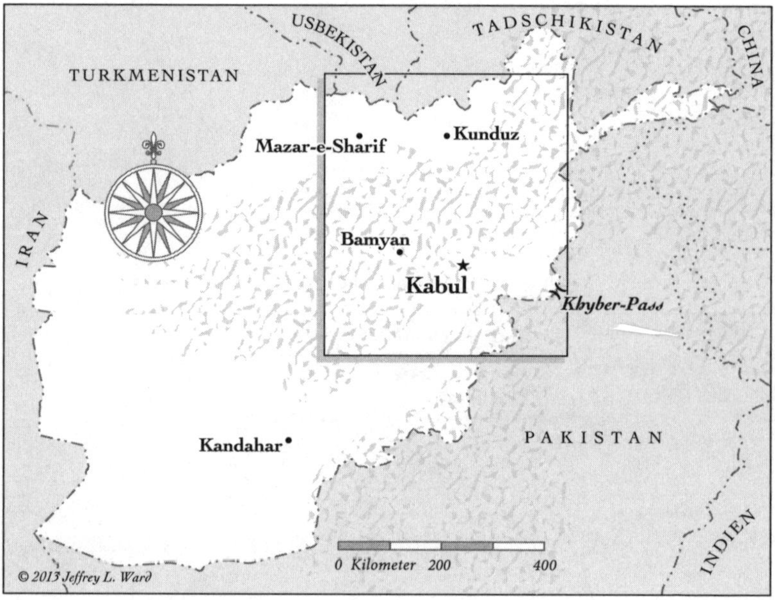

Die Reise meiner Familie

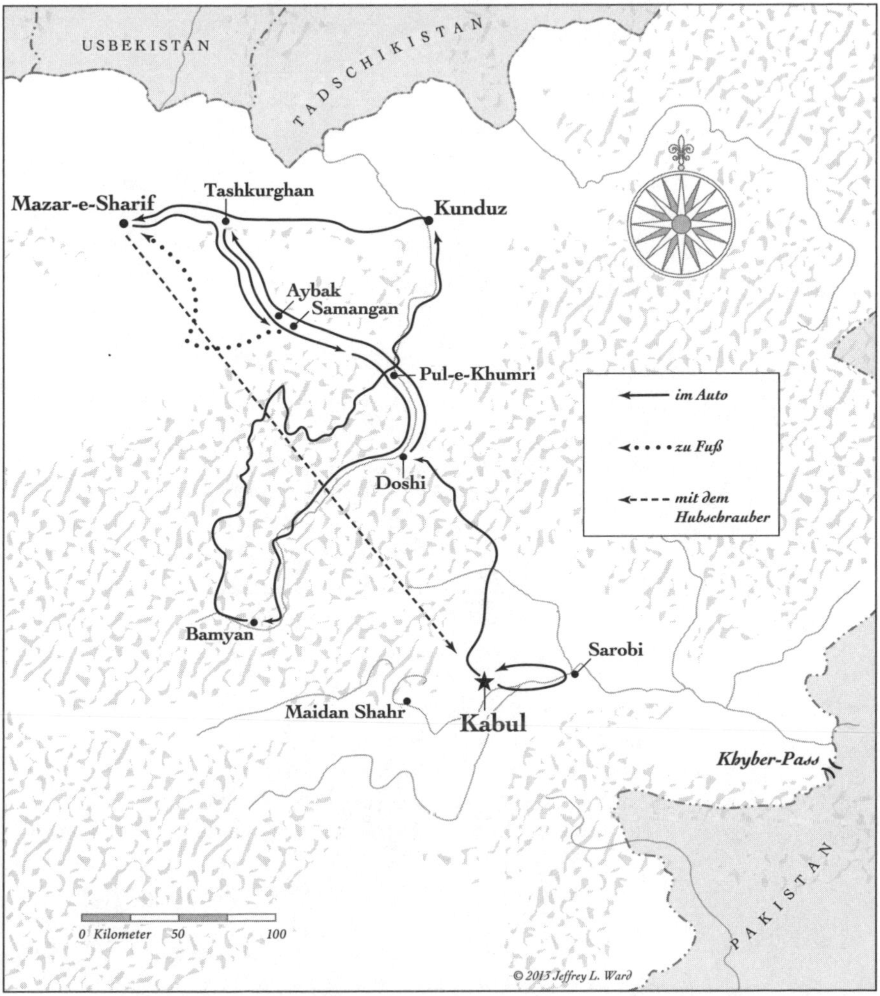

Wenn sich Kummer in deinem Herzen einnistet, wo
bleibt dann ein Ort für die Freude?
Der Kummer und die Freuden des Lebens gehen Hand
in Hand.
Niemand kann sie voneinander trennen, nur *Er*, der sie
geschaffen hat.

Wahre Männer sterben nicht eines Todes; sondern wenn
der Tod sie findet.
Wahre Männer sterben nicht eines Todes; sondern wenn
ihr Name ausgelöscht wird.
Wenn der Name eines Mannes mit Respekt genannt
wird, wird er unsterblich.

Worte meines Großvaters

Prolog

Die Anrufe kommen immer früh am Morgen. Manchmal bin ich noch beim Gebet, wenn ich oben das Telefon meiner Mutter läuten höre. Ich beuge mich vor, berühre mit meiner Stirn den Teppich und gebe mir besondere Mühe, mich auf die uralten Verse zu konzentrieren, die ich in meinen Gedanken beständig wiederhole.

Allahu Akbar. Subhana rabbiyal A'ala …

Noch ehe meine Mutter den Hörer abnimmt, weiß ich bereits, wer da anruft.

Es ist meine Tante aus Kanada. Sie ist gerade von einer Hochzeitsfeier nach Hause gekommen, auf der sie eine Familie mit einer Tochter kennengelernt hat, einem sehr hübschen Mädchen, äußerst intelligent, und lustig noch dazu. Eine wirklich gute Familie. Sie stammen aus Kabul oder Kandahar oder auch Mazar-e-Sharif, und unser Großvater war mit dem Onkel bekannt … Aber es kann auch sein, dass der Vater des Mädchens mit dem Cousin unseres Nachbarn, der das Hotel Ariana vor dessen Zerstörung geleitet hat, auf die Habiba-Oberschule gegangen ist, oder …

Qul Huw Allahu 'Ahadun. Allahu As-Samadu, Lam Yalid Wa Lam Yulad, Wa Lam Yulad, Walam Yakun Lahu Kufuan 'Ahadun.

Eine meiner Tanten wohnt schon seit dreißig Jahren in Kanada. Sie dürfte wohl sämtliche Afghanen kennen, die dort leben. Sie hat vielen von ihnen nach ihrer Einreise geholfen, obwohl sie selber damals eine junge Witwe mit einer kleinen Tochter in einem fremden Land war, mit dessen Sprache sie ihre liebe Not hatte. Afghanen aber vergessen nie eine Gefälligkeit. Wo meine Tante auch hingeht, wird sie von all jenen, denen ihre Hilfe einmal zuteil geworden ist, willkommen geheißen und für die Güte ihres Herzens respektiert. Beinahe jede Woche, außer natürlich während des Ramadan, wird sie zu einer Hochzeit eingeladen.

Diese Hochzeiten sind es, auf denen meine Tante all den jungen Frauen wiederbegegnet, die sie schon von Geburt an kennt. Sie hat mitverfolgt, wie sie heranwuchsen, hat gesehen, wie sie aus den Chancen und Möglichkeiten, die sich ihnen nie geboten hätten, wenn ihre Familien die letzten drei Jahrzehnte in Kabul verbracht hätten, das Allerbeste für sich gemacht haben. Und während dieser ganzen Zeit trug meine Tante stets eine Liste möglicher zukünftiger Ehemänner für sie im Kopf mit sich herum – Neffen, Nachbarn, Söhne früherer Schüler von ihr aus der Zeit, als sie noch Lehrerin war – und wartete auf den Tag, an dem sie sich als hilfreich würde erweisen können.

Inna a'taynaka al-kawthar, Fa-salli li-Rabikka wanhar, Inna shaani-aka huwal abtar.

Ich bin neunundzwanzig Jahre alt. Ich habe einen Universitätsabschluss. Ich habe meinen eigenen Teppichhandel und mache zuweilen sogar Geschäfte mit den Ausländern. Ich habe noch meine beiden Arme und Beine, was im mit Minen übersäten Afghanistan schon etwas heißen will. Ich komme aus einer guten Familie und bin noch nicht verheiratet. Meiner Ururgroßmutter – an deren Namen sich niemand erinnert, weil sie eine Frau war und dazu auch noch von irgendwelchen zentralasiatischen Vorfahren mit mongolischen Wurzeln abstammte – habe ich es zu verdanken, dass ich ein Paschtune mit Hazara-Augen bin. Ich bin die Verkörperung dieser auf der ganzen Welt verbreiteten Mischung aus verschiedenen ethnischen Gruppen, die man Afghanen nennt.

Ich bin der Grund dafür, dass meine Tante auch dann auf Hochzeitsgesellschaften geht, wenn sie abends eigentlich schon zu müde ist oder wenn hoher Schnee liegt. Ich gebe ihr etwas, worüber sie sprechen, mit dem sie prahlen kann. Ich verkaufe Teppiche. Sie verkauft mich. Ihre größte Hoffnung ist, dass ich eines Tages irgendwo leben könnte, wo ich es zu Wohlstand bringen kann und außerdem in Sicherheit bin.

Wie aber soll ich ihr klarmachen, dass ich – obwohl es völlig verrückt klingt – Afghanistan liebe? Dass ich glücklich darüber bin, Afghane zu sein? Dass ich mithelfen möchte, wiederaufzubauen, was so viele andere zerstört haben? Ich weiß, dass das viel Zeit in Anspruch nehmen wird. Ich verstehe das gut. Ich bin Teppichknüpfer. Ich weiß, wie lange ein Knoten auf den anderen folgt, bis ein Muster erkennbar wird.

O Gott – bitte verknüpfe mein Schicksal mit dem dieser Menschen, die mir mehr bedeuten als alle anderen auf der Welt.

Ameen.

Wenn ich meine Gebete beendet habe, setze ich mich an die hohen Fenster, von denen man einen Blick auf die Universität von Kabul und die Berge dahinter hat. Selbst zu dieser frühen Stunde liegt ein so dichter Staubschleier über der Stadt, dass man im Schimmer der Morgendämmerung kaum die Umrisse der zerklüfteten Gipfel erkennen kann.

Kabul ist zu einem sehr staubigen Ort geworden. Wie viele Millionen Menschen leben jetzt hier? Niemand weiß das. Als ich noch klein war, waren wir nur achtzigtausend Einwohner. Eine große Stadt mit großen Häusern, die große Gärten hatten. Nun leben wir wie die Ziegen an Berghängen, und zwar auf einem Land, das uns von einem fremden Besatzer verkauft worden ist.

Hinter den Bergen steigt die Sonne auf und brennt sich mit schmutzig-grellem Schein durch den Staub. Das Kissen, auf dem ich mich zurücklehne, ist von Nomaden hergestellt worden, die auf der Suche nach einem Flecken Weideland für ihre Herden jedes Jahr meilenweit verdorrtes Land durchwandern. Auch unter meinen Vorfahren waren Nomaden, bis mein Großvater sich in Kabul niederließ. Jetzt halten wir keine Tiere mehr – abgesehen von der Katze auf dem Dach.

Meine jüngste Schwester bringt mir eine Thermoskanne mit

grünem Tee und die Nachricht, dass unsere Tante aus Kanada angerufen hat. Ich verrate nicht, dass ich mir das bereits gedacht habe; ich möchte ihr die freudige Erregung nicht verderben, mit der sie mir davon berichtet. Sie hat ein boshaftes Funkeln in den Augen. Ich weiß, dass sie sich nur zu gerne über das Mädchen, von dem meine Tante ihr erzählt hat, lustig machen möchte. Inzwischen hat meine Mutter natürlich meine vier Schwestern, die noch zu Hause wohnen, in sämtliche Einzelheiten eingeweiht. Es dürfte also nicht lange dauern, bis auch meine ältere Schwester, die schon verheiratet ist, alles zu hören bekommen wird. In Afghanistan sind Erörterungen über das Heiraten eine Angelegenheit der ganzen Familie, und man vertreibt sich gerne lange und ausführlich die Zeit damit. Meine jüngste Schwester ist sich immer noch nicht ganz schlüssig, ob ich für einen Scherz empfänglich bin oder ob ich sie einfach nur aus dem Zimmer schicken werde.

Schließlich geht sie, in sich hineinkichernd, davon. Wenn ich je von hier fort muss, wird sie mir so sehr fehlen, dass ich es kaum ertrage, auch nur daran zu denken.

Manchmal frage ich mich, ob es Großvater schwergefallen ist, die weiten Steppen, die er in seiner Jugendzeit durchwanderte, gegen die beengenden Wände der Großstadt einzutauschen. Und dann muss ich auch an meinen spirituellen Lehrer denken, Maulana Jalaluddin Mohammad Balkhi, von aller Welt nur Rumi genannt. Er musste fliehen, als das größte Vorbild unserer heutigen Kriegsfürsten, Dschingis Khan, über unser Land hereinbrach und alles dem Erdboden gleichmachte.

Es ist Zeit, zum Frühstück nach oben zu gehen. Mein Vater ist bereits mit dem Fahrrad losgefahren, um seine Oberschulklasse in Physik zu unterrichten. Auch meine Mutter bereitet sich darauf vor, ins Büro zu fahren. Sie koordinieren dort die Hilfsmaßnahmen für Opfer von Naturkatastrophen. Meine beiden jüngsten Schwestern brechen gerade in ihre Lehrinstitute auf; sie rücken ihre weißen Kopftücher zurecht, während sie zur Tür hinaus und dann den Hügel hinunter gehen.

Eine meiner Schwestern hat mir in der Küche etwas Joghurt und Obst hingestellt. Mein einziger Bruder, der fast zehn Jahre jünger ist als ich, macht im Zimmer über mir seine Fitnessübungen und lässt beim Seilspringen kleine weiße Staubwölkchen von der Decke rieseln.

So ist es bei uns jeden Tag. Das sind die morgendlichen Rituale meiner Familie. Diese einfachen Dinge werden immer Teil meines Lebens sein; wenn es überhaupt irgendetwas gibt, dessen ich mir sicher sein kann, dann ist es das.

Ungewissheit hängt so spürbar wie der Dunst in der Luft. Ich kann nicht erkennen, wohin mein Lebensweg mich führen wird. Es liegt nicht in meiner Natur, herumzusitzen und darauf zu warten, dass etwas passiert. Im Augenblick jedoch bin ich unfähig, für die Zukunft zu planen; fürs Erste möchte ich den Blick zurück in die Vergangenheit wenden und aufschreiben, was ich in jenen wenigen sonderbaren und turbulenten Jahren, die ich bisher erleben durfte, alles gesehen habe.

Vielleicht werde ich all diese Dinge eines Tages besser begreifen und vielleicht wird es anderen auch so gehen. Und vielleicht trägt dieses Buch ja dazu bei.

Inch'allah.

TEIL 1

DIE HEILIGEN KRIEGER

1

In der Zeit davor

In der Zeit vor den Kämpfen, vor den Granaten, vor den Kriegsfürsten und ihren falschen Versprechungen, vor dem Verschwinden so vieler Menschen, die wir kannten, in Grablöchern oder in fremden Ländern, vor den Taliban und ihrem Wahnsinn, bevor der Geruch des Todes den ganzen Tag lang in der Luft hing und die Erde mit Blut getränkt war, ging es uns gut.

Wir haben keine Fotos. Es war zu riskant, sie während der Herrschaft der Taliban aufzubewahren, also haben wir sie vernichtet. Doch die Erinnerung daran, wie unser Leben war, bevor die Hoffnung aus Afghanistan verschwand, ist uns deutlich und klar erhalten geblieben.

Meine Mutter trägt ihren kurzen Rock; sie sitzt in ihrem Büro in der Bank und bedient eine lange Warteschlange von Kunden. Sie genießt Respekt, weil sie sich im Bankwesen auskennt und immer eine Lösung für die Probleme der Menschen findet.

Wenn er in seiner Schlaghose auf seinem Motorrad durch die Straßen von Kabul brettert, sieht mein Vater aus wie ein Filmstar. Hin und wieder schnallt er mich mit einem stramm angezogenen Gürtel an seinem Rücken fest. Sein langes Haar wird vom Wind aufgeweht, als wir losfahren. Wenn er sich so scharf in die Kurven legt, dass die metallenen Schutzkappen, die er an seinen Knien trägt, über das Straßenpflaster schrammen, sprühen Funken. Am nächsten Tag erzähle ich dann meinen Klassenkameraden davon und mache sie neidisch.

Einer meiner Onkel begibt sich regelmäßig auf Geschäftsreisen in andere Länder und kommt stets nach der neuesten Mode gekleidet zurück. Großvater – das dichte weiße Haar akkurat gekämmt – sieht ebenfalls sehr elegant aus in den feinen, maßgeschneiderten Anzügen aus Italien, mit denen er seinen Wohlstand zur Schau stellt. Wenn er ein Zimmer betritt, steht er sogleich im Mittelpunkt.

Großvater ist ein beeindruckender Mann, stattlich, mit breiten Schultern und einem dunkel gebräunten Gesicht. Im Gegensatz zu vielen anderen Afghanen rasiert er sich jeden Tag. Aber es waren schon immer seine bemerkenswerten Augen, die am meisten an ihm auffielen. So tiefgründig. So gebieterisch. So gütig.

Diese Bilder erscheinen mir in einer raschen Abfolge. Zuweilen verbinden sie sich auch zu kurzen Szenen.

Mein Vater ruft mir zu, dass ich mich fertig machen soll. Ich öffne die Augen und schaue auf die Uhr über meinem Bett. Es ist noch zu früh für die Schule, aber was könnte ich ihm schon entgegensetzen? Er ist mein Vater. Ich bin sein Sohn. Bei uns Paschtunen müssen die Söhne ihren Vätern gehorchen.

Doch ich möchte noch nicht aufwachen. Ich reibe mir die Augen. Mein Vater hört nicht auf zu rufen: »Steh auf! Zieh deine Boxhandschuhe an. Ich warte im Ring auf dich.« Er will, dass ich vor dem Frühstück mit ihm trainiere. Er hat gerade damit angefangen, mich zu einem so berühmten Boxer aufzubauen, wie er selbst einer ist, damit ich dann so wie er in internationalen Turnieren kämpfen kann.

Ich hasse das frühe Aufstehen, aber ich liebe es, mit meinem Vater zu trainieren. Er lässt sich immer von mir besiegen, obwohl ich erst sieben Jahre alt bin.

Ich mag auch die Schule. Ich fehle nie. Ich bin klug und beliebt. Gelegentlich beschweren sich meine Kameraden beim Direktor, wenn ich sie ins Gesicht schlage. Aber der Schuldirektor stellt sich schützend vor mich, denn er ist der beste Freund meines Großvaters. Allerdings schenkt er mir nie ein Lächeln.

Meine Schwester und ich gehen auf dieselbe Schule. Sie ist anderthalb Jahre älter als ich und noch klüger und noch beliebter, aber sie prügelt sich niemals mit anderen Mädchen, obwohl sie die Tochter eines bekannten Boxers ist.

Im Haus meines Großvaters schlägt das Herz unserer Welt.

Er hat es gebaut, als er noch Oberbuchhalter der *Bank-e-Millie*, der Nationalbank von Afghanistan, war. Afghanistan war damals ein wohlhabendes Land, und Großvater ahnte schon, dass Kabul eines Tages über seine tausend Jahre alten, verwinkelten Gassen entlang des Flusses mit dem gleichen Namen hinauswachsen würde.

Er kaufte ungefähr zwei Hektar Land auf der Rückseite des kleinen, steilen Berges mit den zwei Gipfeln, der Kabul seit Jahrhunderten auf seiner südlichen und auf seiner westlichen Seite Schutz bietet. Das Land dahinter war zu der Zeit reines Ackerland mit ein paar Lehmhüttendörfern dazwischen, aber das sollte nicht mehr lange so bleiben.

Großvater hatte sich das Land genau angesehen, sich mit den Bauern unterhalten, die es kannten, und dann mit Sorgfalt das Stück mit dem besten Brunnen ausgewählt, sodass wir selbst in den trockensten Monaten, wenn unsere Nachbarn damit haushalten mussten, immer genug Wasser hatten. Großvater umgab fast seinen ganzen Grund und Boden mit einer stabilen Zementmauer, reservierte einen Teil seines Besitzes jedoch für eine Schule für all die Kinder, deren Familien, wie er wusste, das Ackerland bald in ein Siedlungsgebiet verwandeln würden.

Mein Vater und sechs seiner sieben Brüder lebten mit ihren Frauen und Kindern glücklich und zufrieden innerhalb der Grundstücksmauern meines Großvaters. Ich hatte mehr als fünfundzwanzig Cousins und Cousinen, mit denen ich spielen konnte, die meisten davon in meinem Alter. Jede Familie verfügte über zwei eigene, geräumige Zimmer in einem großen, eingeschossigen Haus auf der einen Hofseite; die Zimmer meines

Großvaters befanden sich auf der gegenüberliegenden Seite. Von den Fenstern aus hatte man einen Blick über den großen Garten mit seinen sechzig McIntosh-Apfelbäumen. Der Cousin meines Großvaters hatte sie als kleine Zweiglein aus Amerika mitgebracht und sie dann auf heimische Apfelbaumwurzeln aufgepfropft. Solche Apfelbäume gab es sonst kaum in Afghanistan, und er war sehr stolz auf sie.

Am anderen Ende des Besitzes befand sich ein Gebäude von der Länge eines ganzen Häuserblocks und mit zwei Wohnetagen über den Läden an der Straße. Diese Wohnungen vermietete Großvater an Leute, die nicht mit uns verwandt waren. Sämtliche Fenster darin gingen auf die Straße hinaus; kein Afghane würde es Fremden gestatten, einen Blick in den Garten seiner Familie zu werfen.

In einem der Läden eröffnete mein Vater ein Fitnessstudio. Jeden Tag kamen nach der Schule Dutzende von jungen Männern dorthin, um das Boxen zu trainieren. Mein Cousin Wakeel und ich sahen ihnen von der Straße aus zu, wie sie auf den Punchingball eindroschen und Liegestütze machten oder sich im Seilspringen übten, während mein Vater mit einem oder sogar zweien von ihnen in dem Boxring stand, den er selbst aufgebaut hatte.

Wakeel war sieben Jahre älter als ich. Er war für mich der ältere Bruder, den ich nie hatte; und für ihn war ich der jüngere Bruder, den er so gern gehabt hätte. Er erlaubte mir, ihn als Punchingball zu benutzen, wenn ich die Boxer nachahmte, und jedes Mal, wenn ich ihm einen Hieb versetzte, lachte er.

Großvater, der zu dieser Zeit schon seinen Abschied von der Bank genommen hatte und auch nicht mehr für die Zollverwaltung arbeitete, benutzte einen der größeren Läden als Lager für seine Teppiche. Dieser Laden hatte eine schwere Tür mit einem robusten Schloss und war erfüllt von dem süßen, intensiven Lanolingeruch von Wolle. Mein Großvater bewahrte hier Tausende von Teppichen auf, und meine Cousins und ich hüpften nur zu gerne von einem hohen Stapel Teppiche auf den nächsten.

Meine sämtlichen Onkel hatten alle ihr eigenes Geschäft – außer Wakeels Vater; der war Major in der afghanischen Nationalarmee. »Geschäfte sind mir zu riskant«, pflegte er immer zu sagen, »die meisten Geschäftsleute bekommen Herzinfarkte oder sterben schon früh.« Er war der älteste Sohn meines Großvaters, und so kam ihm ein besonderer Rang in unserer Familie zu. Er und seine Frau genossen von seinem Armeesold ein entspanntes Leben mit Wakeel, meinem Lieblingscousin, und ihren beiden Töchtern.

Eines Tages ging er zu seiner Dienststelle und kam nie zurück. Wir wissen bis heute nicht, ob er tot ist oder noch lebt. Das war zu der Zeit, als ich zum ersten Mal das Wort »Kommunisten« gehört habe, aber damals wusste ich noch nicht, was es bedeutete. Über fünfundzwanzig Jahre lang hat seine Frau nun schon darauf gewartet, dass er wieder nach Hause kommt. Immer noch stürzt sie zur Tür, sowie jemand klopft.

Mein Vater war der dritte Sohn. Wie auch alle meine Onkel hatte er nur eine Frau. In unserer Familie war es nicht üblich, mehr als eine Frau zu haben.

Unsere Nachbarn verehrten meinen Vater wie einen Heiligen. Sie kamen ihn besuchen und redeten dann mit ihm über ihr Geschäft und ihre Probleme. Sie nannten ihn *Lala*, »älteren Bruder«, obwohl einige von ihnen selber schon älter waren als er. »Dein Geist ist weiser, als du an Jahren zählst«, sagten sie zu ihm. Er war ein Mann, der nie vor einer neuen Herausforderung zurückschreckte. Das Wort »nein« existierte nicht in seinem Wortschatz.

Er war auch der einzige der Söhne seines Vaters, der sich mit Teppichen abgab. Seine fünf jüngeren Brüder betrachteten Teppiche als etwas aus der Vergangenheit; sie blickten in die Zukunft und verdienten ihr Geld auf modernere Art und Weise.

Einer importierte Güter aus Russland, während zwei andere seit Langem mit dem Plan beschäftigt waren, ausländische Medikamente einzuführen, um Apotheken in ganz Afghanistan damit zu beliefern.

Oft trafen wir uns alle gemeinsam zum Abendessen; dann saßen über fünfzig Personen auf Kissen um ein großes Tuch herum, das auf dem stets sauber gemähten Rasen, den mein Großvater in einer Ecke unseres Grundstücks gesät hatte, ausgebreitet lag. Über uns hingen kleine, bunte Glühbirnen. Nach dem Essen setzten sich mein Großvater und seine Söhne in einem Kreis zusammen und sprachen über ihre Geschäfte oder darüber, auf welche Universitäten in Europa oder Amerika sie meine Cousins und mich schicken sollten.

Die Frauen bildeten einen separaten Kreis, um über ihre eigenen Dinge zu reden. Es lag in der Verantwortung der älteren Frauen, für die jüngeren, die beiden unverheirateten Schwestern meines Vaters etwa, die bei uns lebten, eine gute Partie aufzutun. Seine beiden älteren Schwestern waren bereits verheiratet und in die Häuser der Familien ihrer Ehemänner in anderen Stadtteilen von Kabul gezogen. In die Diskussionen über mögliche Heiratskandidaten wurde die ganze Familie mit einbezogen; diese konnten sich monatelang hinziehen, bis eine Entscheidung getroffen war.

In einem weiteren Kreis saßen meine Cousins und Cousinen und ich, Jungen und Mädchen gemeinsam, und erzählten uns gegenseitig gruselige Geschichten oder sahen hinauf in den klaren Nachthimmel von Kabul, über den der Mond und die Sterne verstreut waren. Wenn wir müde wurden, uns Geschichten zu erzählen, malten wir uns aus, was für verschiedene Tiere die Sterne darstellten, und lachten viel dabei.

Von Zeit zu Zeit nahmen mein Vater oder einer meiner Onkel uns Kinder nach dem Essen auch auf die andere Seite des Berges mit, um uns im Park von Shahr-e-Naw ein Eis zu kaufen oder mit uns in eines der Kinos von Kabul zu gehen, wo ein indischer oder ein amerikanischer Film lief.

Kabul war damals wie ein einziger großer Garten. Bäume, deren Äste einander an den Wipfeln berührten und so eine Reihe hoher Arkaden aus Blättern bildeten, säumten die breiten Alleen; überall in der Stadt gab es gepflegte Parks, in denen langstielige, rosafarbene Malven mit leuchtend orangen Ringelblumen und Rosen in Hunderten von Farbschattierungen um die Aufmerksamkeit der Spaziergänger wetteiferten. Jedes Haus hatte einen Garten mit Granatapfel-, Mandel- oder Aprikosenbäumen; selbst der Berg mit den zwei Gipfeln war mit niedrig wachsenden Wildkräutern und Gräsern bedeckt, die mit dem Regen im Frühjahr zum Leben erwachten. Sowohl im Frühling als auch im Herbst war der Himmel voller bunter Wasservögel, die auf ihrem Weg zwischen den russischen Steppen und Indien in den Feuchtgebieten um die Stadt herum eine Rast einlegten. Uralte unterirdische Tunnel führten Wasser aus den Bergen heran, sodass unsere Gärten beständig grün blieben.

An jedem Freitag, dem heiligen Feiertag der Moslems, an dem Schulen und Geschäfte geschlossen blieben, brachten wir ein üppiges Mittagsmahl in einen der Gärten unserer Nachbarn oder zu einem der Picknickplätze am Qargha-See oder im Paghman-Tal, mitunter sogar ganz hinauf bis zum Salang-Pass hoch oben in den Bergen des Hindukusch, eine Autostunde von Kabul entfernt. Das waren solche Tage, die Großfamilien wie die unsere gemeinsam verbrachten, um wieder einmal mit allen zusammen zu sein, miteinander zu scherzen und Klatsch und Tratsch auszutauschen.

Meine Cousins und ich kletterten in den Bergen herum, während die Älteren es sich im Schatten von Weiden oder der breit gefächerten Äste der Platanen auf großen Kissen bequem machten. Meine unverheirateten Tanten waren eifrig damit beschäftigt, Wasser für die anderen zu kochen, die jede Menge Tee tranken. An diesen langen Nachmittagen erzählte man sich gegenseitig auf irgendeinem unwichtigen Ereignis beruhende, aber wüst aufgebauschte Geschichten, über die alle lachen mussten, und jeder versuchte, den anderen dabei zu übertreffen – so sind wir Afghanen eben. Und meine Mutter war darin die Beste.

Meine Onkel trommelten auf Tablas, und mein Vater spielte auf einer Holzflöte – obwohl er niemals Unterricht gehabt hatte.

Wir blieben immer bis spät in den Abend da draußen, sangen, tanzten und kochten über einem offenen Feuer unser Essen.

Auf diesen Ausflügen wurde manchmal unser Schulwissen abgefragt, und wir beteiligten uns alle mit Feuereifer daran. Wer die meisten Punkte bekam, konnte von den übrigen Cousins oder Cousinen verlangen, dass sie kauften, was immer er oder sie sich wünschte – ganz gleich, was es kostete. Unsere Eltern waren die Schiedsrichter und jubelten lautstark, sooft einer von uns die richtige Antwort wusste. Zuweilen endeten diese Wettbewerbe mit einem Gleichstand, und das haben wir Kinder immer gehasst.

Ab und zu kam es auch vor, dass wir unter uns Cousins in einen Streit gerieten. Dann konnte es sein, dass wir danach für einen oder zwei Tage nicht miteinander redeten; länger hielten wir das jedoch nie durch, denn unsere Spiele waren uns wichtiger, und die zogen sich endlos hin, ob wir uns nun im Garten versteckten oder Murmeln schnipsten oder in dem Park in der Nähe unserer Häuser auf unseren Fahrrädern um die Wette fuhren oder – was uns ganz besonderen Spaß machte – vom Dach aus Drachen steigen ließen.

An jedem Nachmittag im Frühling und im Herbst, wenn ein leichter Wind wehte, tummelten sich bis zum Dunkelwerden Hunderte von Drachen am Himmel über Kabul. Drachen steigen zu lassen war mehr als ein Spiel; es war eine Angelegenheit des persönlichen Stolzes, die Schnur eines rivalisierenden Drachens zu durchtrennen. Der Trick bestand darin, die eigene Drachenschnur mit so großer Kraft und Geschwindigkeit gegen die des Gegners prallen zu lassen, dass diese riss.

Wakeel war der Drachenmeister, unser aller Drachenfluglehrer. Die Kinder auf der Straße hatten ihm den Spitznamen »Wakeel, der grausame Schnitter« gegeben, weil er so viele ihrer Drachenschnüre durchschnitten hatte.

Eines Nachmittags sah Wakeel mich an, als wir mit unseren Drachen gerade wieder auf dem Weg hinauf aufs Dach waren, und sagte: »Mal sehen, wer der Bessere ist.« Wie üblich fiel ihm sein langes Haar in die Stirn und bis hinunter auf seine dichten Brauen. Und seine tief liegenden, dunklen Augen funkelten – auch wie immer.

Ich sagte, ich wäre einverstanden, obwohl ich wusste, dass er meine Drachenschnur in null Komma nichts durchtrennen würde. Aber von frühester Kindheit an war uns beigebracht worden, niemals vor einer Auseinandersetzung zu kneifen, auch dann nicht, wenn wir ganz sicher waren, dass wir unterliegen würden.

Das Dach das Apartmentblocks meines Großvaters war ideal dafür geeignet, darauf Drachen steigen zu lassen. Es erhob sich hoch über die Bäume an den Straßenrändern und war fast wie eine Theaterbühne. Die Leute unten auf der Straße – Erwachsene wie Kinder – würden die Drachen in die Luft steigen sehen und alles stehen und liegen lassen, um zu beobachten, wie es ausging. Ein guter Kampf zwischen zwei Drachen war etwas, worüber noch Tage später geredet wurde.

Nachdem unsere Drachen etwa eine halbe Stunde lang in der Luft waren und wir uns gegenseitig mit Scheinangriffen an der Nase herumgeführt hatten, rief mir Wakeel plötzlich vom anderen Ende des Daches mit erstaunter Stimme zu: »Du hast ja eine ganze Menge gelernt! Früher habe ich nur fünf Minuten gebraucht, um dich runterzuholen, und jetzt kämpfen wir schon über eine halbe Stunde, und du bist immer noch da oben.«

Und dann wandte er auf einmal einen Kniff an, den ich noch nie bei ihm gesehen hatte. Seine Drachenschnur wickelte sich um die meine, als wollte sie sie strangulieren. Ich spürte, wie die Schnur in meiner Hand schlaff wurde, und da sah ich meinen Drachen schon flach auf dem Rücken liegend hin und her wedeln wie ein Blatt im Herbstwind und sich in der Luft immer weiter von mir entfernen.

Wakeel lachte und machte eine große Schau daraus, seinen Drachen noch höher steigen zu lassen, damit jeder unten auf der Straße auch ja sehen konnte, dass er wieder einmal gesiegt hatte. Ich rannte derweil nach unten, um einen neuen Drachen zu holen.

Berar, ein Junge aus der Volksgruppe der Hazara, der unserem Gärtner half, liebte Drachenkämpfe. Während der ganzen Zeit, die ich mit Wakeel wetteiferte, hatte er neidisch jede Bewegung unserer Drachen verfolgt.

Berar war ein paar Jahre älter als Wakeel, groß, gut aussehend und ein fleißiger Arbeiter. Seine Familie wohnte in Bamiyan, wo man die riesigen Buddha-Statuen in den Berg hineingemeißelt hatte. Berar war nicht sein richtiger Name; in der Hazaragi-Sprache bedeutet Berar »Bruder«. Wir wussten nicht, wie er wirklich hieß, und er hatte nichts dagegen, dass wir ihn Berar nannten. Während es zwischen mir und Wakeel immer spannender wurde, konnte Berar kaum noch den Blick von uns abwenden, sodass der alte Gärtner ihn wiederholt ungeduldig ermahnen musste: »Das Unkraut ist im Boden, nicht am Himmel. Guck nach unten.« Der Gärtner war immer sehr streng mit Berar.

»Lass den Jungen doch auch mal«, sagte mein Großvater zu dem Gärtner. Sie arbeiteten gemeinsam an seinen geliebten Rosensträuchern. Ich hatte gerade meinen zweiten Drachen in die Luft steigen lassen, als Großvater Berar zunickte und »Lauf nur« sagte.

Berar kam aufs Dach gerannt, wo ich mich bemühte, an Höhe zu gewinnen und gleichzeitig Wakeels torpedoartigen Attacken auszuweichen. Berar nahm mir die Schnur ab und sagte, ich solle die Spule halten.

Ich hatte Berar noch nie einen Drachen steigen lassen sehen. »*Kashko! Kashko!* Hol ihn ein!«, rief ich ihm immer wieder zu, aber Berar brauchte keine Instruktionen von mir – er wusste genau, was er zu tun hatte. Wakeel rief mir zu, dass ich mir hundert Helfer holen könnte und er mir trotzdem die Schnur durchschneiden würde. So dünn und schlaksig er auch war – Wakeel hatte viel Kraft und holte wie ein Wilder seinen Drachen ein, damit er um meinen kreiste.

Berar ließ unseren Drachen sehr schnell und sehr hoch aufsteigen, und binnen kürzester Zeit flog er höher als der von Wakeel. Plötzlich holte Berar den Drachen so abrupt ein, dass er wie ein Stein vom Himmel fiel, und mit einem Mal sahen wir Wakeels Drachen von links nach rechts und hin und her torkeln und dann in Richtung Kandahar davonschweben – befreit von der nun schlaff in Wakeels Hand hängenden Schnur.

Ich kletterte auf Berars Schultern und kreischte vor Freude. Die Schnur meines Drachens hatte ich wieder in der Hand. Mein Drachen flog so hoch am Himmel, dass er aussah wie ein kleiner Vogel. Auch die Nachbarskinder auf der Straße riefen voller Begeisterung zu uns hoch. Sie hatten nicht mitbekommen, dass Berar es gewesen war, sahen bloß mich auf Berars starken Schultern sitzen und jubelnd schreien: »Wakeel, der grausame Schnitter, ist seinen Drachen los!« Ich bedeckte Berars Kopf mit Küssen. Er war mein Held. Er verlieh mir den Titel »Schnitter des grausamen Schnitters«, obwohl er es doch war, dem ich meinen Sieg zu verdanken hatte.

Wakeel schmollte und redete zwei Tage lang kein Wort mit mir.

Es gab noch einen weiteren Cousin, und der war ein paar Monate jünger als ich. Er kam mit uns anderen eigentlich nie so richtig klar. Wakeel nannte ihn immer einen Dussel, und irgendwann fingen die übrigen Cousins an, ihn auch so zu nennen.

Wenn man ihm etwas Neues zum Anziehen gekauft hatte, stellte er sich vor uns hin, um damit anzugeben, und sagte irgendetwas Dummes: »Wir sind zu einem Geschäft in Shahr-e-Naw gefahren, das erst vor wenigen Wochen aufgemacht hat. Sie holen alles, was sie verkaufen, aus London und Paris. Der Besitzer hat meinen Eltern gesagt, ich hätte einen guten Geschmack bei der Auswahl meiner Kleidung. Ich glaube nicht, dass ihr euch so etwas wie das hier leisten könnt.« Wenn ich ihn dann fragte, wie viel er dafür bezahlt hatte, nannte er mir das Dreifache des wirklichen Preises.

»He, Dussel«, fragte Wakeel. »Können deine Kleider irgendwelchen Zauber bewirken – bei *dem* Preis?«

Dussel begriff es nie, wenn man ihn auf den Arm nahm, und fragte dümmlich zurück: »Was für 'nen Zauber denn?«

»Können sie zum Beispiel bewirken, dass du weniger hässlich aussiehst?«, erwiderte Wakeel, und seine Stimme überschlug sich fast vor Lachen.

Wenn wir dann alle in das Gelächter einstimmten, rannte Dussel zum Haus seiner Eltern, um sich bei ihnen auszuheulen. Daraufhin versteckten wir uns auf dem Dach oder irgendwo außerhalb unseres Grundstücks oder in der Garage im Auto meines Vaters, um der Bestrafung zu entgehen.

Einmal, als Dussel seine guten Sachen anhatte und damit prahlte, füllte Wakeel seinen Mund mit Wasser, und ich versetzte ihm einen Hieb in den Magen, woraufhin Wakeel natürlich alles auf Dussel spuckte. Der arme Kerl sah uns völlig fassungslos an und fragte mit vor Wut zitternder Stimme, warum wir das getan hätten.

»Wir bereiten uns nur vor«, erklärte Wakeel. »Wir schlagen ohne Vorwarnung aufeinander ein, damit wir uns zur Wehr setzen können, falls uns jemand angreift. Das solltest du auch tun.« Und dann bekam auch er einen Schlag in den Magen; sein Gesicht allerdings ließen wir in Ruhe, damit er dort keine blauen Flecken bekam, denn das, so wussten wir, würde uns Prügel von seinen Eltern eintragen.

Eines musste man Dussel allerdings zugutehalten, etwas, das man gar nicht von ihm erwartet hätte: Er las immer viel und wusste daher mehr, als er zu wissen brauchte. Und er konnte auch gut auswendig lernen. Das brachte uns natürlich nur umso mehr gegen ihn auf.

Wenn wir zu Hause mit unseren Cousins spielten, zog Wakeel Dussel ständig auf, aber draußen auf der Straße nahm er ihn anderen gegenüber in Schutz. Wakeel war für uns alle so etwas wie ein älterer Bruder. Wenn Dussel in eine Prügelei mit Nachbarsjungen geriet – was häufiger vorkam –, sprang Wakeel zu seiner Verteidigung ein, und wenn wir im Park Fußball spielten, sorgte Wakeel immer dafür, dass Dussel und ich in seiner Mannschaft waren, damit er uns beschützen konnte.

Unsere Nachbarn waren so wie wir – ruhige, gebildete Leute.

Wenn in einem der Häuser eine Hochzeit oder eine Verlobung gefeiert wurde, war immer die ganze Nachbarschaft mitsamt ihren Kindern und ihren Dienstboten eingeladen. Jeden Freitag hielt mein Großvater nach dem Gebet in der Moschee einen zehnminütigen Vortrag darüber, wie man unsere Siedlung sauber halten, Probleme bei der Wasser- und Stromversorgung lösen oder wie man im Park mehr Spielmöglichkeiten für uns Kinder schaffen könnte. Er war nie von irgendjemandem zum Sprecher gewählt worden, doch die Menschen hörten ihm einfach zu.

Wenn eine Familie finanzielle Probleme hatte, sprach einer der älteren Männer aus dieser Familie sicher unter vier Augen mit Großvater, um ihn um die Unterstützung der Gemeinschaft zu bitten, worauf Großvater am Freitag nach dem Gebet den anderen Männern in der Moschee auseinandersetzte, dass etwas Geld gesammelt werden müsse – ohne je zu sagen, für wen. Es war wichtig, dass die Ehre der in Not geratenen Familie unbefleckt blieb.

Nachdem die anderen am Freitag die Moschee verlassen hatten, sah ich einmal zufällig, wie mein Großvater das Geld, das er eingesammelt hatte, einem Nachbarn übergab, dessen Frau schon seit mehreren Monaten krank war. Der Mann küsste meinem Großvater die Hände und sagte: »Du hast uns noch nie enttäuscht. Möge Gott dir ein langes Leben, Gesundheit und Kraft schenken.« Als Großvater merkte, dass ich ihn beobachtete, warf er mir einen tadelnden Blick zu, und ich wandte mich rasch ab. Dies war etwas, das nicht für meine Augen bestimmt war.

Großvaters Haus war sein ganzer Stolz und die McIntosh-Apfelbäume seine große Leidenschaft. Er war bereits Ende sechzig, als ich auf die Welt kam, und auch schon verwitwet. Damals arbeitete er schon lange nicht mehr und widmete sich nur noch seinem Grundstück, pflanzte Rosen, Geranien und Malven oder bewässerte seine Apfelbäume und sang dabei entweder die ganze Zeit mit verhaltener Stimme vor sich hin oder sagte leise die neunundneunzig Namen Gottes auf.

Und dann beschäftigte er sich stundenlang mit seinen Büchern und las. Sein Lieblingsbuch war eine in Leder gebundene zweibändige Ausgabe von *Afghanistan im Laufe der Geschichte* von Mir Ghulam Mohammad Ghobar, bei der der Titel in goldenen Lettern in den Deckel eingeprägt war. Bisweilen las er mir daraus vor.

Er besaß aber auch die *Gesammelten Werke* von Sigmund Freud, die ebenfalls sehr hübsch eingebunden waren; doch daraus las er mir nicht vor. Wenn ich ihn nach diesen Büchern fragte, sagt er, er würde sie mir schenken, sobald ich alt genug dafür sei.

Im Winter beschäftigte er sich mit den Dichtern Rumi, Shams Tabrizi, Hafiz, Sa'adi und Omar-e-Khayyam. Gelegentlich lud er seine Freunde ein, um mit ihnen über die politische Lage in Afghanistan und in der Welt zu debattieren, doch schon bald ging es in den Gesprächen nur noch um Dichtung. Er wollte immer, dass meine Cousins und ich zuhörten, was die Erwachsenen zu sagen hatten, und Fragen stellten.

Meine Schwestern und Cousinen waren bei solchen Unterredungen nie dabei. In ihren Leben standen andere Dinge im Mittelpunkt als in denen der Jungen, aber es war ihnen stets erlaubt, Großvaters Bücher zu lesen. Großvater ermunterte sie sogar dazu; »Bildung«, pflegte er immer zu sagen und ließ sich das Wort dabei hörbar auf der Zunge zergehen, »ist der Schlüssel für die Zukunft.« Die Mädchen lasen am liebsten Gedichte, aber auch die Romane von Dostojewski, Tolstoi und Thomas Mann sowie von einigen afghanischen und iranischen Romanautoren, deren Namen in der restlichen Welt kein Mensch kennt. Alle diese Bücher waren in Dari, also Neupersisch, früher Farsi genannt, geschrieben.

Einige der älteren Mädchen, darunter auch Wakeels Schwestern, haben schon lange vor mir Großvaters Bücher von Sigmund Freud gelesen. Wir konnten sie über etwas, das sich »Ödipuskomplex« nannte, tuscheln und kichern hören. Sobald aber eines von uns jüngeren Kindern in ihre Nähe kam, hörten sie sofort zu reden auf und sahen uns auf eine Art und Weise an, die uns verständlich machte, dass wir nicht willkommen waren.

Eines Tages hob Wakeel während einer von Großvaters Debattierrunden die Hand und fragte, worum es denn eigentlich bei Politik ginge.

»Politik ist im Grunde genommen nichts als eine Sammlung von Lügen«, antwortete einer von Großvaters Freunden, »und Politiker sind sehr geschickte Lügner, die diese Begabung nutzen, um an Macht, Geld und Ländereien zu kommen.«

»Das müssen ja ganz gemeine Menschen sein«, sagte Wakeel.

»Das ist richtig.«

»In welchem Land gibt es denn die gemeinsten Politiker?«, wollte Wakeel nun wissen.

»Lass mich dir eine Geschichte erzählen, mein Sohn«, sagte der Freund meines Großvaters und räusperte sich. »Eines Tages wurde *Shaitan*, der Teufel, von jemandem gefragt, wie er es denn nur schaffe, bei der Vielzahl der Länder auf der Erde so viele gleichzeitig in Aufruhr zu halten – wie etwa Afghanistan, Pakistan und Palästina. Das müsse doch sehr anstrengend sein, fügte der Frager hinzu. *Shaitan* lachte darauf und sagte: ›Das ist kein Problem. Nicht für mich.‹ Er lehnte sich in sein Kissen zurück, führte das Mundstück seiner Wasserpfeife an seine schuppigen Lippen und sog den säuerlich riechenden Rauch ein, der das Wasser in der Pfeife dunkel werden und ölige Bläschen darin entstehen ließ, und blies den Rauch aus seinen Mundwinkeln wieder heraus. ›Es gibt auf Erden ein Land, das sogar mir darin überlegen ist, überall auf der Welt Konflikte auszulösen.‹«

»Tatsächlich?«, staunte Wakeel. »Welches Land kann denn noch schlimmer sein als der Teufel?«

»›Es nennt sich England‹, sagte *Shaitan*.«

Mein Großvater und seine Freunde mussten alle lachen und wandten sich dann wieder der Dichtkunst zu.

Es würde noch Jahre dauern, bis ich die Vorbehalte vieler Afghanen England gegenüber begriff, dem Land, das dreimal in Afghanistan eingedrungen war und dreimal wieder vertrieben wurde. Beinahe drei Jahrhunderte lang benutzten die Engländer Afghanistan als eine Art Spielfeld, auf dem sie sich mit den Russen in einem sehr üblen Machtkampf maßen. Keine der beiden Seiten konnte diesen Machtkampf für sich entscheiden, aber ebenso wenig kümmerte es auch beide Seiten, wie viele Afghanen dabei getötet wurden und wie viel Leid sie dem afghanischen Volk zufügten.

Diese Zeiten lagen lange zurück – wie auch die Kriege, die die Könige der Antike um die Vorherrschaft in unserem Land geführt haben. Das Leben war wieder angenehm und voller Freuden; alles lief glatt – außer vielleicht für Dussel, wenn wir ihn ärgerten. Die Zeit schritt friedlich mit dem Rhythmus der Jahreszeiten voran und stupste uns liebevoll durch die einzelnen Stationen unseres Lebens. Doch dann erfüllten eines Nachts völlig unerwartet laute Rufe den Himmel: »*Allahu Akbar*« – und seitdem ist nichts mehr so, wie es einmal gewesen war.

2

Allahu Akbar

Die ersten kalten Winde von den hohen Bergen um Kabul herum machten sich in der Stadt bemerkbar. Der Herbst kündigte sich an. Besonders in den vergangenen beiden Nächten war es unangenehm kühl gewesen. An diesem Freitagnachmittag nun begannen meine Eltern und meine Tanten und Onkel damit, die *Bokhari* genannten kleinen Metallöfen, in denen Holz verbrannt wurde, in allen Zimmern aufzustellen. Irgendeinem meiner Onkel rutschten immer irgendwelche Schimpfwörter heraus, wenn Rußflocken vom letzten Winter aus einem der Rohre rieselten. Wir Cousins haben dann gelacht und sind von einem zum anderen gelaufen, um zu erzählen, was wir gehört hatten.

Es war gerade dunkel geworden, als plötzlich das Licht ausging. Ich sah hinaus aus dem Fenster. Es war nicht bloß unser Haus. Die ganze Stadt lag vollständig im Dunkeln. So etwas hatte ich noch nie erlebt. In Kabul hatte es immer elektrischen Strom gegeben.

»Oh, es ist ja finster wie in einem Grab«, hörte ich meine Mutter sagen.

Ich dachte einen Augenblick lang darüber nach. Wie konnte meine Mutter wissen, wie finster es in einem Grab war?

»Bist du je in einem Grab gewesen?«, fragte ich sie.

»Sei nicht so albern«, schalt sie mich, während sie sich auf die Suche nach Kerzen machte.

Meine ältere Schwester hatte eine Antwort parat. »In einem Grab gibt es keinen Strom, du Blödmann«, sagte sie. »Deswegen ist es da natürlich finster drin.« Dann half sie meiner Mutter suchen.

Ich schaute wieder aus dem Fenster hinaus in die Dunkelheit. Auf der Straße war kein Mensch zu sehen. Konnte ein Grab so groß sein wie eine ganze Stadt?

Irgendwo in der Ferne hörte ich Stimmen. Es war wie das Murmeln Tausender Menschen von der anderen Seite der Stadt. Zuerst glaubte ich, dass es die Muezzins wären, die die Leute zum Gebet riefen. Aber die Zeit zum Gebet war schon vor zwanzig Minuten gewesen, und die Stimmen waren mir auch nicht vertraut so wie die der Gebetsrufer. Außerdem kamen sie auch nicht aus dem Lautsprecher und auch nicht aus der Richtung, in der die Moscheen lagen. Und sie wurden immer lauter. Jetzt konnte ich auch verstehen, was sie riefen: *»Allahu Akbar, Allahu Akbar.«* Gott ist größer.

Ich lief zu meiner Mutter, um sie zu fragen, warum die Leute das riefen. Sie suchte immer noch in sämtlichen Schubladen nach Kerzen; meine ältere Schwester tastete nach Streichhölzern.

»Ich weiß es nicht«, sagte meine Mutter.

»Du bist mehr als viermal so alt wie ich«, beharrte ich. »Aber trotzdem weißt du nicht mehr als ich.« Endlich fand meine Mutter eine Kerze und zündete sie an. Dann hielt sie sie in ihrer rechten Hand und schloss die Linke um die Flamme. In dem weichen Licht sah sie sehr schön aus.

Sie gab mir einen Kuss auf die Wange, was mich zum Lächeln brachte, und sagte: »Geh und frag deinen Vater. Dann wirst du mehr wissen als ich.« Das Wachs tropfte auf ihre schlanken, zarten Finger. Sie zuckte zusammen und stellte die Kerze auf den Tisch. Der Wind blies durch die Fenster, wehte die Vorhänge auf und ließ das Kerzenlicht erzittern; die Stimmen draußen wurden immer lauter.

Ich fand meinen Vater unten im Hof auf einem Vorsprung in der dicken Mauer aus Lehmziegeln, die uns von der Straße trennte. Da stand er und hoffte, dass jemand vorbeikäme, der ihm sagen konnte, was los war.

Die Stimmen schwollen an, der Wind auch. Wir hörten nun, dass die Stimmen aus verschiedenen Richtungen kamen. Das war keine organisierte Menge. Jeder schien sein eigenes *»Allahu Akbar«* zu rufen, die einen lauter, die anderen leiser.

Mit einem Mal fing auch unser Nachbar auf der anderen Seite, dem der Laden an der Ecke gehörte, damit an, in seinem Hof *»Allahu Akbar«* zu rufen. Und dann hörte ich, wie seine beiden Brüder einstimmten. Auch ein paar Gärten weiter die Straße hinunter bekamen nun ihre eigene Stimme.

Mein Vater sprang von seinem Sockel herunter und landete auf einer der Holzpaletten, auf denen wir manchmal Teppiche ausbreiteten oder uns zum Essen hinsetzten. *»Allahu Akbar!«*, rief nun auch er.

Damit hatte ich nicht gerechnet. Ich wollte es auch rufen, aber ich hörte nirgendwo Kinderstimmen. Es waren alles nur Männer, und ich bekam es ein bisschen mit der Angst zu tun. Ich hielt mich am Bein meines Vaters fest.

Als ich meinen Kopf beiläufig an sein Bein lehnte, bemerkte ich, wie eine andere Stimme daraus hervordrang; ich zog den Kopf weg und hörte wieder seine normale Stimme. Das wiederholte ich ein paarmal und rief dann meine ältere Schwester, damit sie es auch probierte. Sie schlang den Arm um sein anderes Bein und legte ihr Ohr daran. Wir waren ganz fasziniert von unserer neuen Entdeckung, aber mein Vater beachtete uns gar nicht. Er rief nun immer lauter, und das machte es für uns noch aufregender. Wir drückten abwechselnd die Ohren an seine Beine und lösten uns dann kichernd wieder davon.

Da hörte ich, wie ein paar vertraute Stimmen ebenfalls in den Chor mit einfielen. Sogar Frauen. Ich nahm das Ohr vom Bein meines Vaters. Alle meine Onkel und Tanten standen hinter meinem Vater und riefen: *»Allahu Akbar!«*

»Warum sagen das alle?«, fragte ich, an niemanden unmittelbar gewandt.

»Es ist der Jüngste Tag«, sagte meine Schwester. »Die Sonne wird während der Nacht im Westen aufgehen, und der Mond und die Sterne werden verschwinden. Die Berge werden sich glätten, und die ganze Welt wird eine Fläche.« Ich war damals acht Jahre alt und beinahe schon so groß wie sie, aber sie machte mir Angst. Sie war sehr gut darin, uns kleineren Kindern das Fürchten beizubringen, wenn sie uns Geschichten erzählte.

»Vom Osten bis zum Westen und vom Norden bis zum Süden wird es keine Berge mehr geben. Du wirst von einer Ecke der Welt ein Ei auf der anderen erkennen können. Alle toten Körper seit dem Anbeginn der Zeit, und das ist viele Jahrhunderte her, werden wieder lebendig und kommen zurück, und Gott wird die Sünder in die Hölle schicken und die guten Menschen ins Paradies.« Ich wollte, dass sie damit aufhörte, aber sie redete unablässig weiter und verzog das Gesicht dabei zu grotesken Fratzen, um ihren Worten mehr Nachdruck zu verleihen.

»Die Hölle ist voller Feuer und wilder, gefährlicher Tiere. Die Sünder werden sterben und wiedergeboren, werden wieder sterben und wiedergeboren und ewig leiden. Und das ist es, wo auch du hinkommst, denn gestern hast du meinen Bleistift gestohlen und Vater vorgelogen, der Bleistift wäre deiner, und dann hast du mich auch noch beschuldigt, deinen Bleistift benutzt zu haben. Du kommst geradewegs in die Hölle, weil du drei große Sünden begangen hast, und dort wirst du sehr lange bleiben müssen.«

Ich fing an zu weinen. »Aber ich hab's nicht so gemeint, und ich hab ihn dir doch auch zurückgegeben. Ich hab doch bloß Spaß gemacht und wollte dich ein bisschen ärgern«, jammerte ich.

»Das spielt keine Rolle mehr; du hast mich leiden lassen. Wenn ich dir nicht vergebe, gehst du in die Hölle«, sagte sie und war ganz streng dabei.

»Was soll ich denn tun, damit du mir vergibst?«, flehte ich.

»Du musst mir meine Hände und meine Füße küssen und mir morgen in der Schule einen Schokoriegel kaufen. Dann werde ich darüber nachdenken, ob ich dir vergebe.«

»Aber du hast doch gesagt, dass es der Jüngste Tag ist«, greinte ich. »Da gibt's doch gar kein Morgen!«

»Ach so, das habe ich ja ganz vergessen. Aber meine Hände

und Füße küssen musst du trotzdem. Beeil dich, sonst bleibt dir nicht mehr genügend Zeit!«, ermahnte sie mich.

Ich zögerte einen Moment lang, denn ich wusste nicht, was ich tun sollte.

»Nun beeil dich schon. Wenn die Sonne jetzt aufgeht, kann ich deine Entschuldigung nicht mehr annehmen«, sagte sie. »Fang damit an, dass du mir die Fußsohle küsst.«

Ich schaute zum sternbedeckten Himmel hinauf und hatte meine Zweifel, ob die Sonne um acht Uhr abends aufgehen würde. Doch dann sah ich wieder meine Schwester an, und sie blickte todernst drein, während sie mir ihren rechten Fuß hinhielt.

Ich ging in die Knie, um ihre Fußsohle zu küssen. Das irritierte meinen Vater. Er sah mich an, wie ich da auf dem Boden kniete und meine Kleidung schmutzig machte. »He, was tust du denn da?«, verlangte er zu wissen.

Meine Schwester zuckte zusammen und lief davon. Wenn ich mir sicher gewesen wäre, dass das nur wieder einer ihrer blöden Scherze gewesen war, wäre ich hinter ihr hergerannt. Aber ich wollte erst wissen, was es wirklich mit dem Jüngsten Tag auf sich hatte.

Also fragte ich meinen Vater: »Stimmt es, dass es der Jüngste Tag ist?«

Er lachte, während er mir mit der Hand durch mein langes Haar fuhr.

»Warum rufen das alle?«, erkundigte ich mich ungeduldig.

»Weil sie wollen, dass die Mudschaheddin nach Kabul kommen und dafür sorgen, dass die Russen unser Land verlassen«, antwortete mein Vater und strahlte bei dem Gedanken vor Freude. Und schon fing er wieder zu rufen an.

Als ich noch ganz klein war, haben wir ab und zu mal russische Soldaten gesehen. Die Russen hatten blaue Augen, rotes Haar und weiße Haut. Sie haben uns Süßigkeiten zugeworfen, wenn sie in ihren riesengroßen Panzern vorbeigepoltert sind, und wir haben dann immer *»Spaseva«* gerufen, obwohl wir gar nicht wussten, was das heißt, aber sie haben gelächelt.

Anderen Afghanen brachten die Russen Bomben mit statt Süßigkeiten. Ganze Dörfer und große Wohnbezirke in den Städten wurden von ihnen dem Erdboden gleichgemacht, indem ihre Flugzeuge, bei denen man das Gefühl hatte, dass sie nur wenige Meter über die Häuser hinwegflogen, eine Bombe nach der anderen abwarfen. Das machten sie schon, wenn sie nur glaubten, dass dort ein einziger Mensch wohnte, der gegen sie war. Jeder wurde hingemetzelt – die Schuldigen und die Unschuldigen. Aber wie kann jemand Schuld auf sich laden, wenn er doch nur versucht, seine Familie und sein Land vor den fremden Eindringlingen zu beschützen?

Die Afghanen hatten bloß ihre alten Jagdgewehre und ihren unbeugsamen Willen, um sich damit gegen die Russen zu verteidigen. Doch in jedem afghanischen Dorf gibt es einen *Shura* genannten Ältestenrat. Sobald die Ältesten einen Beschluss fassten, musste sich jede Familie in dem Dorf dem fügen. So hatten die *Shuras* entschieden, dass sämtliche Männer Kampfeinheiten bildeten, die sich mit anderen in ganz Afghanistan zusammenschließen sollten. Das taten sie dann auch und nannten sich Mudschaheddin, die Heiligen Krieger.

Mein Großvater, mein Vater, meine Onkel und die Gäste meines Großvaters haben oft über die Mudschaheddin gesprochen, und zwar schon lange bevor sie nach Kabul kamen. Tatsächlich waren sie bereits von dem Zeitpunkt an, als sie sich in Pakistan und im Iran zusammenschlossen, in aller Munde. Wenn man von ihnen sprach, bezeichnete man sie oft stolz als »unsere Mudschaheddin-Brüder, die kommen werden, um unser Land von diesen gottlosen, kommunistischen Russen zu befreien«.

Auch uns Kindern entging nicht, mit welchem Respekt von den Mudschaheddin gesprochen wurde, sodass wir es gar nicht erwarten konnten, sie endlich zu sehen.

Zehn Jahre lang kämpften sie unermüdlich gegen die Russen. Die Amerikaner schickten bessere Waffen, und das war eine Hilfe. Schließlich hatten die Mudschaheddin die russischen Soldaten aus Afghanistan vertrieben. Deren Niederlage war so vernichtend, dass sie dazu beitrug, den Kommunismus in Russland abzuschaffen. Aber die neue russische Regierung versuchte immer noch, die Kontrolle über Afghanistan zu behalten. Sie besetzten wichtige Posten mit Afghanen, die in Russland ausgebildet worden waren, und ließen den Regierenden viel Geld und auch Lebensmittel und Treibstoff zukommen. Doch trotz all der Unterstützung durch die Russen wusste in Afghanistan jeder, dass die afghanische Regierung sich nicht lange würde halten können.

Sooft wir miteinander aßen, unterhielten sich mein Großvater und seine Söhne darüber. Ein paar meiner Onkel importierten Waren aus Russland. Wie alle Afghanen wollten auch sie, dass die Russen damit aufhörten, sich in die Angelegenheiten unseres Landes einzumischen, aber sie wussten nicht, welche Auswirkungen das auf ihre Geschäfte haben würde.

Und nun kamen die Mudschaheddin nach Kabul, um endlich auch noch die Afghanen zu vertreiben, die für die Russen die Regierungsgeschäfte besorgten. Nach zwölf Jahren Unruhe sollte Afghanistan wieder ein Ort des Friedens werden.

Auch ich konnte mich nun nicht mehr zurückhalten. Ich fing an, »*Allahu Akbar, Allahu Akbar*« vor mich hin zu sagen, zuerst noch mit ganz leiser Stimme und dann immer lauter und lauter.

Während der ersten Wochen des islamischen Jahres 1371 – das war im April 1992 – gelang es den Mudschaheddin schließlich, Kabul und den Rest des Landes einzunehmen. Ein paar Monate zuvor hatte die russische Regierung beschlossen, ihre Geld- und Hilfsgütersendungen an die Afghanen, die sie als unsere Regierung eingesetzt hatten, einzustellen. Ohne die Unterstützung der Russen begann schon nach kurzer Zeit alles Mögliche, wie zum Beispiel Mehl, Olivenöl, Reis, Bohnen, Kichererbsen, Zucker, Suppe und Kleidung, teurer und teurer zu werden.

Bis zu dem Zeitpunkt vor drei Jahren, als die Russen Afghanistan verließen, hatte jeder, der für die Regierung arbeitete, Gutscheine für diese Dinge erhalten, die man damit dann am Ende eines jeden Monats in den staatlichen Läden sehr billig einkaufen konnte. Gab es in einer Familie mehrere Personen, die bei der Regierung angestellt waren, genossen diese Familien oft einen solchen Überfluss, dass sie das, was sie selber nicht benötigten, auf dem Schwarzmarkt weiterverkaufen konnten – natürlich zu einem höheren Preis als dem, den sie selber dafür bezahlt hatten, der aber immer noch viel niedriger war als der übliche Marktpreis. Außerdem war die Qualität der russischen Güter viel besser als das meiste, was auf dem Markt angeboten wurde. Doch sowie die Russen fort waren, gab es keine Gutscheine mehr.

Mit dem Fortschreiten der Kämpfe wurde es zunehmend schwieriger, auf dem Markt Lebensmittel zu bekommen, und auch in unserem Haus gingen die Vorräte langsam zur Neige. Unsere Mahlzeiten bestanden nicht länger aus mindestens fünf Bestandteilen, sondern setzten sich jetzt aus Bohnen mit Brot, gekochten Kartoffeln mit Brot oder Reis mit Tomaten- und Zwiebelringen zusammen. Als wir unsere Mutter fragten, wo denn all das Gemüse geblieben war, das sie sonst mit Huhn oder Lamm serviert hatte, antwortete sie mit einem Scherz: »Die Saat für das Gemüse ist noch nicht im Boden, das Lamm ist noch ein Baby, und das Huhn ist noch ein Ei.«

Es gab Tage, an denen meine jüngeren Schwestern das Frühstück verweigerten, weil sie zu ihrer Milch Marmelade und Butter auf ihrem Brot haben wollten. Dann tat meine Mutter zwei Extralöffel Zucker in ihre Milch, und schon tranken sie sie zufrieden mit *Naan*-Brot. Irgendwie schaffte unsere Mutter es, uns satt zu bekommen.

Eines Tages wurde trotz der Lebensmittelknappheit ein großes Fest gefeiert, nachdem meine Mutter meinen kleinen Bruder zur Welt gebracht hatte.

Mein Vater war überglücklich, noch einen zweiten Sohn bekommen zu haben, und ging los, um zur Feier einen großen Kuchen zu kaufen. Doch als er ein paar Stunden später zurückkam, brachte er einen Kuchen mit, der kaum größer als ein Ziegelstein war. Als wir das sahen, fingen wir alle an zu lachen, denn wir glaubten, er wolle einen Spaß mit uns machen. Er stimmte in unser Lachen mit ein und überreichte den Kuchen meiner Mutter. Anschließend erzählte er uns, dass er in ungefähr zwanzig Läden gewesen war und nirgendwo einen zweiten Kuchen bekommen hatte.

Meine Eltern und meine Schwestern steckten ein paar dünne Kerzen in den kleinen Kuchen und zündeten sie an; wenige Minuten später pusteten wir sie zusammen mit einigen meiner Tanten und Cousinen aus. Danach schnitt mein Vater den Kuchen in sehr, sehr kleine Stücke; während er jedem von uns sein Stückchen reichte, scherzte er: »Wenigstens reicht es, um die Lücken zwischen euren Zähnen zu füllen.« Wir alle lachten.

Ich hatte allerdings einen solchen Hunger, dass ich mein Stück nur halb gekaut hinunterschluckte. Als ich fragte, ob ich noch eines haben könne, sah mein Vater mich an und sagte: »Tut mir leid, mein Junge. Nichts mehr übrig. Warte bis nächstes Jahr; wenn du dann noch ein Brüderchen bekommst, *Insh'allah*, bekommst du auch dein zweites Stück Kuchen.« Alles lachte.

Ich bekam nie noch weitere Brüder, aber in den folgenden Jahren schenkte Gott mir noch zwei weitere Schwestern.

Je schlimmer es mit der Lebensmittelknappheit wurde, desto verzweifelter wirkten die Bemühungen der Regierung, und die Wut in der afghanischen Bevölkerung wuchs. Die Regierenden versuchten mit allerlei Maßnahmen, die Situation zu entschärfen, aber sie wussten sich einfach nicht mehr zu helfen. Sie versuchten, mit den Mudschaheddin eine Art Handel abzuschließen, aber es war schon zu spät. Dr. Nadschibullah, der von den Russen gestützte Präsident, flüchtete in das Hauptquartier der Vereinten Nationen in Kabul, um dort um Asyl zu ersuchen. Die Zeit der Kommunisten war vorüber, und das Zeitalter der Mudschaheddin hatte begonnen.

Als ich erfuhr, dass die Mudschaheddin auf dem Weg waren, hatte ich erwartet, Helden in Uniformen und polierten Stiefeln zu begegnen. Stattdessen aber waren sie wie Dorfbewohner gekleidet, mit großen Turbanen, den traditionellen *Shalwar*-Pluderhosen und den langen, Tuniken ähnlichen Hemden, die man *Kamiz* nannte. Ihre Jackentaschen waren vollgestopft mit Granaten und Munition, und allesamt trugen sie Vollbärte und übel riechende Schuhe, die sich um stinkende Füße spannten; keiner von ihnen war unbewaffnet.

Im Fernsehen trugen die Ansagerinnen jetzt Kopftücher, und weibliche Sängerinnen sah man überhaupt nicht mehr. Stattdessen wurden Aufnahmen von Männern mit Turbanen und langen Bärten gesendet, die auf dem Boden saßen und aus dem Heiligen Koran rezitierten. Die männlichen Fernsehsprecher sah man nun ganz traditionell im *Shalwar Kamiz* statt in gebügeltem Anzug und Krawatte, und das Programm setzte sich zum Großteil aus Interviews mit den Männern, die wir schon bald als *Warlords* kennenlernen sollten, zusammen. Sie redeten über ihre »Fraktionen« und darüber, was sie für Afghanistan alles zu tun gedachten. Durch die Art, wie sie über den Islam und seine Bedeutung für Moslems und Afghanen sprachen, hörten sie sich an wie Korangelehrte. Sie waren allesamt bemüht, eine Verbindung zwischen sich und dem Propheten Mohammed, Friede sei mit ihm, herzustellen, und behaupteten, arabischer Herkunft zu sein, damit es sich so anhörte, als wären sie *tatsächlich* eng mit unserem Religionsstifter verbunden, obwohl doch jeder weiß, dass die Afghanen Nachfahren der Zoroaster, Juden, Griechen, Mongolen, Arier und vieler anderer Völker sind – neben den Arabern, die aber erst sehr viel später in unserer Geschichte in Erscheinung traten.

Zwei Monate vor der Ankunft der Mudschaheddin war uns in der Schule noch beigebracht worden, dass wir mit den Affen verwandt seien. Der Lehrer erzählte uns, wie sich manche Affen Schritt für Schritt verändert hatten und dadurch menschenähnlicher geworden seien. Einige von ihnen hätten aber keine Menschen und zivilisiert werden wollen, weil es in Zivilisationen immer viele Probleme gab. In unseren Lehrbüchern gab es Reihen von Bildern, die darstellten, wie aus Affen Menschen wurden.

»Auch der Mensch ist eine Art Tier, und alle Tiere sind von der Natur erschaffen worden«, erklärte unser Lehrer.

»Und wer hat die Natur erschaffen?«, habe ich gefragt.

»Die Natur hat sich selbst erschaffen«, antwortete unser Lehrer.

Er ging mit uns in den Zoo von Kabul, um uns die Affen zu zeigen, damit wir sie mit unseren Gesichtern vergleichen konnten. Keiner der Affen sah so aus wie jemand, den ich kannte – bis ich einen Käfig mit ein paar neuen Affen entdeckte, die gerade aus Indien eingetroffen waren. Einer davon sah genau wie unser Lehrer aus.

Aufgeregt rannte ich zu ihm hin, um es ihm zu zeigen. »Da ist ein Affe, der genauso aussieht wie Sie.«

Meine Klassenkameraden und zwei weitere Lehrer, die mit meinem Lehrer zusammenstanden, lachten. Mein Lehrer trat ganz nahe zu mir heran, kniff mich kräftig ins Ohr und flüsterte: »Schüler reden nicht so mit ihren Lehrern.«

Aber ich blieb beharrlich. »Vielleicht ist er einer Ihrer Vorfahren?«

In diesem Moment wurde meine Beobachtung jedoch bereits von meinen Klassenkameraden bestätigt. Unser Lehrer rief uns zu, dass es Zeit zu gehen sei, obwohl wir eigentlich den ganzen Tag im Zoo hatten bleiben wollen.

Nachdem die Mudschaheddin nach Kabul gekommen waren, unterrichtete unser Lehrer uns nach einem neuen Schulbuch mit dem Titel *Die Erschaffung Adams*. Darin stand nichts über Affen.

Wir lernten, dass wir alle von Adam und Eva abstammten. Unser Lehrer sagte jetzt Dinge wie: »Die Geschichte der Menschen begann mit Adam und Eva, doch die Erde hat schon lange vor ihnen existiert. Lasst euch nicht von *Shaitan* verleiten: Er verführte Adam und Eva und sorgte für ihre Vertreibung aus dem Paradies.«

Ich war verwirrt. »Und was ist mit den Affen geworden?«, fragte ich meinen Lehrer. »Und der Natur?«

Der Lehrer setzte sich auf die Kante seines Pultes und schwieg einen Moment lang. »Affen und Natur entstammen der Vorstellungswelt der Kommunisten«, sagte er schließlich. Seine Stimme war ganz ruhig, und er sah mir so gerade in die Augen, als gäbe es außer mir niemanden in der Klasse. »Die islamische Vorstellung von Gott ist die des Erschaffers der Natur und aller Lebewesen.« Nun wandte er seinen Blick auch den übrigen Schülern zu. »Adam ist der Vater aller Menschen«, erklärte er.

Ich begriff immer noch nicht. Als ich nach Hause kam, fragte ich meinen Großvater, was das alles zu bedeuten hätte.

»Mit der Zeit wirst du die Wahrheit erfahren«, sagte er zu mir. »Noch bist du zu jung dafür. Sei geduldig und warte ab, dann bekommst du Antworten auf deine Fragen.«

Damals habe ich nicht verstanden, warum die Erwachsenen immer zu mir sagten, ich wäre noch zu jung. Ich wollte schnell groß und erwachsen werden, mir einen Schnurrbart wachsen lassen und Falten in meiner Stirn haben – und beim Schlafen schnarchen und über alles Bescheid wissen.

Sowie die Mudschaheddin erst einmal an der Macht waren, wurde alles wieder billiger, und nachdem man die Vorratslager der Regierung geöffnet hatte, gab es ein paar Monate lang in Hülle und Fülle zu essen. Zum ersten Mal seit Jahren konnten die Menschen überall in Afghanistan hinfahren, ohne befürchten zu müssen, in einen Hinterhalt zu geraten, wenn irgendeine Gruppe Kämpfer aus einem Versteck plötzlich einen Angriff auf Regierungsautos oder russische Militärfahrzeuge startete.

Mein Großvater war sehr optimistisch. Es war Frühling, und man hatte das Gefühl, als würde die ganze Welt neu geboren. Mehrere Male lud er ein paar der Mudschaheddin in unser Haus ein, servierte ihnen ein gutes Essen und behandelte sie wie seine besten Freunde. Anfangs teilte mein Vater noch die Gefühle meines Großvaters, aber nach einer Weile kamen ihm Zweifel. Es gefiel ihm nicht, wie sie das Land regierten.

Nach vier Monaten kam es in einzelnen Vierteln Kabuls zu Scharmützeln zwischen verschiedenen Mudschaheddin-Gruppierungen. Zunächst waren es nur kleine Zwischenfälle. »Es muss da ein paar Missverständnisse gegeben haben«, sagten die Leute. »In jeder Familie gibt es mal Zank und Streit. Die einigen sich schon wieder.«

Aber aus diesen kleinen Zwischenfällen wurden große. In ganz Afghanistan begann das Chaos auszubrechen. Afghanen, die ein bisschen Geld hatten oder Verwandte im Ausland, verließen ihre Heimat. Andere, die blieben, wurden Opfer von Gewalttätigkeiten oder ihrer Habe beraubt. Wir hörten von Frauen, die von Soldaten ebender Warlords vergewaltigt worden waren, die wir noch ein paar Monate zuvor über den Islam und seine Bedeutung für die Moslems und für Afghanistan hatten reden hören.

Mein Vater wollte Afghanistan verlassen und in die Türkei oder nach Russland gehen, wo er aus seiner Zeit als Preisboxer noch viele Freunde hatte; aber mein Großvater verweigerte ihm seine Erlaubnis. »Noch sind die Grenzen offen«, sagte mein Vater. »Wir sollten gehen, solange wir noch können. Wir kommen zurück, wenn sich alles beruhigt hat.«

»Afghanistan ist jetzt in guten Händen. Wir sind nun unter uns und können selber entscheiden. Lass ihnen Zeit«, ermahnte ihn mein Großvater. Außerdem brauchte er die Hilfe meines Vaters. Mein Vater war derjenige seiner Söhne, auf den mein Großvater am meisten angewiesen war.

Nach und nach besetzte die eine »Fraktion« der Mudschaheddin den einen Teil von Kabul und eine weitere einen anderen. Das begann damit, dass sie in einem Viertel, in dem viele ihrer Stammesangehörigen lebten, die Macht an sich rissen und diese dann auf andere Viertel im Umkreis auszudehnen versuchten. Bald hatte jede dieser Fraktionen ihr eigenes Territorium. Als der Frühling in den Sommer überging, hörten wir zum ersten Mal von »Kontrollpunkten« und »Grenzen«. Die einzelnen Machtgruppen begannen, einander mit Raketen zu beschießen. Nun fielen diesen Machtkämpfen auch Unbeteiligte zum Opfer, ganz besonders in unserem Viertel, das das Pech hatte, genau innerhalb der Reichweite der Geschosse von beiden Seiten zu liegen.

Zuerst waren es ein Dutzend Menschen, die ihr Leben ließen. Dann wurden hundert daraus. Dann tausend. Es war wie ein Waldbrand, bei dem sowohl trockene als auch feuchte Bäume verbrennen.

Eine Gruppierung der Mudschaheddin stürmte das *Pul-e-Charkhi*-Gefängnis und befreite nicht bloß die politischen Gefangenen, sondern auch diejenigen, die ganz normalen Menschen unmenschliche Grausamkeiten zugefügt hatten.

Eines Tages, als zwei verfeindete Gruppen sich gerade über unsere Köpfe hinweg mit Raketen beschossen, klopfte es laut an unserer Hoftür. Ich kam gerade aus dem Zimmer meines Großvaters, weil er sein Gebet begonnen hatte, und rannte zur Tür.

Als ich öffnete, standen dort ein paar Männer mit Gewehren in den Händen. Um die Hüften trugen sie Munitionsgürtel, und aus ihren Jackentaschen hingen die Sicherungshebel von Handgranaten heraus.

Ohne dass ihn jemand darum gebeten hätte, betrat einer der Männer das Haus und stieß mich dabei gegen die Wand. Er hatte eine scheußliche Narbe im Gesicht. Zwei weitere Männer folgten ihm.

»Wo ist der Besitzer dieses Hauses?«, fragte er barsch.

»Er ist drinnen beim Gebet«, antwortete ich.

»Wo?«, verlangte er mürrisch zu wissen. Ich zeigte auf die Tür von Großvaters Zimmer. Er trat mit dem Fuß die Tür auf. Großvater kniete auf seinem Gebetsteppich, die Stirn auf dem Boden.

»Gib mir den Schlüssel zu deinem Teppichlager!«, schrie der Mann mit der Narbe meinen Großvater an, aber der ignorierte ihn und fuhr in seinem Gebet fort. Der Mann wiederholte lautstark sein Ansinnen und richtete seine Waffe auf den Kopf meines Großvaters. Ich begann zu weinen.

Mein Großvater ging nicht auf ihn ein, bis er sein Gebet beendet hatte. Dann erhob er sich ganz ohne Hast und faltete seinen Gebetsteppich zusammen, als befände sich außer ihm niemand im Zimmer. Schließlich sah er dem Mann, der die ganze Zeit weiter herumgebrüllt hatte, ins Gesicht.

»Falls du glaubst, dass ich mich von deiner lauten Stimme einschüchtern lasse, bist du ganz schön dumm«, sagte mein Großvater mit so ruhiger Stimme, als spräche er mit einem seiner Kunden.

Das Geschrei hatte die Aufmerksamkeit meines Vaters und meiner Onkel erregt. Ich hörte sie auf Großvaters Zimmer zurennen. Auch sie wurden laut, wollten wissen, was los war. Die Eindringlinge bezogen in den Ecken des Zimmers Posten. Als mein Vater und seine Brüder hereingestürzt kamen, hielten sie ihnen ihre Gewehre von hinten an den Hals. Alle blieben wie erstarrt stehen.

Auch meine Cousins waren inzwischen den langen Korridor, der zum Zimmer meines Großvaters führte, heruntergelaufen. Als sie die Eindringlinge mit ihren Waffen sahen, trat ein Augenblick entsetzten Schweigens ein.

Dann erhob wieder Großvater sanft seine Stimme: »Nur zu, tötet mich. Dann bekommt ihr den Schlüssel. Alles, was ich in meinem ganzen Leben verdient habe, habe ich mit den Schwielen an meinen Händen bezahlt, und das überlasse ich nicht so einfach einer Bande feiger Diebe.«

Der Anführer der Räuber, der mit der Narbe, grinste meinen Großvater nur an und sagte: »Du dummer alter Mann, für dich würde ich noch nicht einmal eine Kugel verschwenden.« Er brüllte meine Onkel, meine Cousins und ihre Mütter an, sie sollten zurücktreten. Alles gehorchte. Die Diebe stemmten sich die Kolben ihrer Kalaschnikows in die Hüften, richteten die Läufe auf uns und gingen rückwärts zum Hoftor hinaus.

Als sie fort waren, verschloss mein Vater hinter ihnen das Tor. Die Männer versammelten sich im Zimmer meines Großvaters, während ihre Frauen miteinander flüsternd im Hof zurückblieben.

Meine Cousins scharten sich um mich und wollten wissen, was los gewesen war. Ich erzählte ihnen, was ich gesehen hatte. Alle lauschten atemlos meinem Bericht – selbst die, mit denen ich sonst nicht so gut zurechtkam. Da ich nun plötzlich so wichtig geworden war, sagte ich: »Ihr müsst warten, bis ich euch alles erklärt habe. Danach beantworte ich eure Fragen.«

Einen Augenblick später hörten wir von der Straße drei Schüsse. Mein Vater und zwei meiner Onkel kamen aus dem Zimmer meines Großvaters gerannt und hasteten zum Hoftor.

Meine Mutter und meine Tanten schrien, sie sollten nicht hinausgehen. Aber sie hörten nicht auf sie.

Auch Großvater kam aus seinem Zimmer und lief ihnen nach. Ihm wagte niemand vorzuschreiben, was er zu tun und zu lassen hatte. Er gab mir im Vorbeilaufen mit einem Kopfnicken zu verstehen, ich solle ihm folgen. Großvater wollte immer, dass ich sah, was in der Welt geschah, und mich nicht davor versteckte. Also folgte ich ihm, und meine Cousins folgten wiederum mir.

Als wir durch das Hoftor kamen, sahen wir meinen Vater und meine beiden Onkel mit Handschellen gefesselt vor dem Warenlager meines Großvaters stehen. Auf der Straße waren jetzt noch viel mehr Räuber als vorhin bei uns an der Tür, und zwei von ihnen hielten meinem Vater und seinen zwei Brüdern wieder ihre Waffen in den Nacken.

Eines der beiden Schlösser des Teppichlagers war bereits mit einem Schuss geöffnet worden. Einer der Diebe stand an dem einen Ende unserer kurzen Straße Schmiere, ein zweiter am anderen. Ein dritter hatte sich mitten auf der Straße vor unserem Lagerhaus aufgebaut. Zwei weitere aus der Gruppe bemühten sich noch, auch das zweite Schloss aufzubrechen. Obwohl es kalt und der Boden sogar von einer dünnen Schneeschicht bedeckt war, perlte ihnen Schweiß auf der Stirn. Einer der beiden wollte das Schloss mit einer Granate aufsprengen, aber sein Kumpan hinderte ihn daran.

»Nicht«, sagte er. »Dann hören sie es, und wir müssen die Teppiche mit dem Kommandeur teilen.« Auf einmal ging mir auf, dass diese Burschen ganz gewöhnliche Diebe waren und keine Mudschaheddin. Sie traten nur unter deren Deckmantel auf. Wahre Mudschaheddin waren diejenigen, die ihr Land und ihren Glauben gegen Invasoren und Ketzer verteidigten.

Der, der das mit der Granate vorgeschlagen hatte, trat ein paar Schritte zurück und feuerte drei Kugeln auf das Schloss. Beim dritten Schuss zersprang es, und die Tür ging auf. Der Posten, der in der Mitte der Straße Stellung bezogen hatte, rief die beiden anderen von den Enden der Straße zu sich.

Dann verschwanden sie alle im Dunkel unseres Warenlagers, wo die Teppiche bis zur Decke übereinandergestapelt lagen. Vor sechzehn Jahren war mein Großvater in den Ruhestand gegangen, und seitdem hatten er und mein Vater über sechstausend Teppiche hier aufgehäuft. Einer der Einbrecher zog die Vorhänge beiseite, und das Sonnenlicht strömte durch die Fenster.

Das Teppichlager war die reinste Schatzkammer. Ein jeder Teppich verriet durch seine Farben und sein Muster sein teilweise sehr hohes Alter, und jeder einzelne von ihnen war von meinem Großvater und meinem Vater mit Sorgfalt ausgewählt worden, doch nun konnten wir die Plünderer nicht daran hindern, dass sie sie uns fortnahmen.

Wortlos luden drei von ihnen so viele Teppiche in ihren alten russischen Jeep, wie darin Platz fanden; drei andere hielten, die Finger am Abzug, draußen Wache – bereit, jeden zu erschießen, der ihnen in die Quere kam. Dann sah ich auch den Teppich, den ich zusammen mit den Teppichwäschern sauber gemacht hatte, die wir einmal im Monat kommen ließen, damit sie die alten Teppiche reinigten, mit denen mein Vater von seinen Einkaufsfahrten durch die Dörfer zurückkam. Das war mein Lieblingsteppich, aber ich konnte den Männern ja nicht gut sagen, sie sollten diesen einen Teppich dalassen, weil er mir so gefiel.

Sie brauchten zwei Tage, bis sie alle Teppiche abtransportiert hatten. Der Krieg war nun auch bei uns angekommen.

Wir waren nicht die Einzigen, die ausgeraubt wurden. Unser Viertel von Kabul war beinahe leer geräumt. Die meisten unserer Nachbarn waren geflohen, viele in solcher Eile, dass sie gar nichts mitgenommen hatten. Schon bald waren ihre Häuser restlos ausgeplündert.

Man sah keine Frauen mehr, die, die Ellenbogen auf die Fensterbretter gestützt, miteinander schwatzten. Stattdessen sprangen jetzt Katzen, die niemand mehr fütterte, aus den Fenstern auf die Straße und fauchten einander an.

Bei jedem Windstoß klapperten die Türen der verlassenen Häuser, Fenster schlugen zu, Vorhänge wehten hinein und heraus. Wenn mal einen Moment lang Ruhe herrschte, weil gerade keine Granaten geworfen oder Raketen abgefeuert wurden, erfüllte überall in der Umgebung das Geheul der hungrigen Hunde, die zurückgelassen worden waren, die Luft.

Nur ein Wahnsinniger würde es noch wagen, auf die Straße hinauszutreten. Auf dem kleinen Berg hinter unseren Häusern hatten sich Heckenschützen auf die Lauer gelegt, und es konnte jederzeit passieren, dass sie einen Schuss abfeuerten – nur einfach so zum Spaß. Niemand nannte die beiden Gipfel mehr bei ihren früheren Namen – *Da Afghanan* und *Koh-e-Aliabad* – sie waren nun der *Heckenschützenberg* geworden.

Als der Frühling Kabul wieder warme Tage bescherte, war es sogar zu gefährlich geworden, sich in unserem Innenhof aufzuhalten, denn einige der Scharfschützen hatten sich das hoch liegende Dach von Großvaters Apartmenthaus, von wo aus wir unsere Drachen hatten steigen lassen, ausgesucht, um von dort die Scharfschützen auf dem Berg zu beschießen, und die erwiderten das Feuer natürlich. Hin und wieder schossen sie sogar Raketen ab, von denen ein paar in unserem Hof landeten. Der Rest fand sein Ziel in den umliegenden Straßen, auf den Dächern der Häuser unserer Nachbarn, in unserem Park, wo sie die Bäume zerfetzten, und auf unserer kleinen Schule, die unser ganzer Stolz gewesen war, bis sie zu Schutt und Asche wurde.

Während der Sommer sich hinzog, verdorrte das Gras in unserem Hof, weil niemand es wagte, hinauszugehen und den Rasen zu bewässern, und schließlich wurde es selbst zu gefährlich, in unseren Zimmern zu bleiben, sodass wir in einen großen Raum im Keller des Apartmenthauses ziehen mussten, wo wir hofften, sicherer zu sein. Da in diesem Raum nie ein elektrischer Anschluss gelegt worden war, mussten wir sowohl am Tag als auch in der Nacht Öllampen und Kerzen anzünden. Geschlafen wurde auf dem Zementboden.

Wenn wir gemeinsam aßen, nahmen wir mit mehr als fünfzig Personen um ein riesiges Tischtuch herum Platz. Jedes Mahl war wie ein kleines Fest – wenn auch ein trauriges. Niemand redete, niemand lachte. Wir warteten eigentlich nur darauf, dass eine Rakete einschlug und wir alle tot waren.

Alle meine Onkel besaßen ein Radio mit einem kleinen Kopfhörer, mit dem sie den ganzen Tag lang das persischsprachige Programm des BBC World Service oder anderer Sender verfolgten; ich aber hätte lieber indische Lieder gehört. Wenn ich mir Sorgen mache, ändert das auch nichts an meinem Schicksal, dachte ich; sich zu sorgen brachte nur noch mehr Sorgen mit sich.

Eines Sonntagabends, es war so gegen neun, sagten die Onkel ganz unvermittelt, wir sollten alle leise sein. Auf BBC wurde durchgesagt, dass am nächsten Tag in Kot-e-Sangi, unserem Stadtviertel, ein Waffenstillstand herrschen würde, der ab dem Beginn um acht Uhr früh zehn Stunden lang andauern sollte. Das bedeutete, dass wir unser Versteck verlassen konnten. Alle begannen gleichzeitig zu reden. Was sollten wir tun? Wohin könnten wir gehen? Wer würde uns helfen?

Als ich an diesem Abend einschlief, hörte ich Raketen vorbeifliegen, und wenn sie dann ihr Ziel erreichten, ließen sie den Erdboden erzittern.

Irgendwann zwischen drei und vier Uhr morgens wachte ich auf, weil ich zur Toilette musste. Bei uns unten im Keller gab es keine, also ging ich hinaus in den Hof – so, wie ich es schon in anderen Nächten gemacht hatte, seit wir gezwungen worden waren, unsere Zimmer zu verlassen. Es war sehr still draußen, aber dann hörte ich plötzlich ein Geräusch, als wenn jemand schaufelte. Ich rieb mir den Schlaf aus den Augen und sah mich um. An verschiedenen Stellen des Gartens waren meine Onkel damit beschäftigt, längliche, tiefe Löcher zu graben – und alles im Dunkeln. Keiner wagte es, eine Laterne anzuzünden. Das wäre ein leichtes Ziel für die Scharfschützen.

Ich ging zu einem meiner Onkel hin und fragte ihn, warum er um diese Zeit in der Nacht ein Loch grub. Ich bekam keine Antwort. Ich ging zu einem anderen Onkel und stellte ihm dieselbe Frage. Auch er antwortete mir nicht.

Also ging ich zurück in den Keller, um meinen Vater zu fragen, aber er lag nicht neben meiner Mutter. Meine Mutter und meine Schwestern schliefen alle tief. Leise huschte ich zu der Ecke des Grundstücks, wo sich unser Teil des Hauses befand. Da stand mein Vater unter dem Maulbeerbaum, auf dem wir immer so gerne herumgeklettert waren, und grub ein Loch.

»Vater, was tust du da?«, fragte ich.

Er hielt mit seiner Arbeit inne und sah mich an. »Geh wieder schlafen«, sagte er, und es klang streng.

Ich ließ mich nicht abweisen. »Warum graben denn alle Löcher?«, fragte ich noch einmal.

»Ich habe gesagt, du sollst wieder schlafen gehen.« Es war fast, als hätte mein Vater mich angeschrien, aber wenn, dann hatte er das sehr leise getan, so, als wollte er nicht, dass jemand es hörte. Trotzdem machte mir seine Stimme Angst, und ich stellte keine weiteren Fragen. Aber ich war böse mit ihm.

Anstatt in die Sicherheit unseres Kellers zurückzukehren, ging ich in mein altes Zimmer und legte mich zum Schlafen in mein eigenes Bett. Es tat so gut, nach all den vielen Wochen auf dem harten Zement wieder in meinem eigenen Bett zu schlafen. Es war mir egal, ob mir eine Rakete auf den Kopf fiel. Nach ein paar Minuten war ich fest eingeschlafen und ahnte noch nichts von dem sonderbaren neuen Leben, das am nächsten Morgen für mich und meine Familie beginnen würde.

3

Die andere Seite des Berges

Ich erwachte kurz vor Tagesanbruch. Mein Vater und meine Mutter rannten in unseren Zimmern herum und packten Kleidungsstücke in Koffer.

Meine drei Schwestern kamen aus dem Keller. Sie rieben sich die Augen und streckten gähnend die Arme von sich. Ihre Haare waren ganz zerzaust. Mein Vater sagte ihnen, sie sollten sich neben mich auf die Bettkante setzen. Dann hockte er sich vor uns hin.

»Wir müssen heute von hier fort«, sagte er mit sehr ernster Stimme. »Es könnte unsere einzige Chance sein.«

Nach ungefähr einer halben Stunde waren wir bereit zum Aufbruch. Noch nie hatte ich so eine Unordnung in unseren Zimmern gesehen. Ich sagte meiner Mutter, dass ich ihr helfen würde, wenn sie noch ein bisschen aufräumen wollte. Sie nickte und begann, ein paar Dinge aufzusammeln, die in der Eile des Packens irgendwo heruntergefallen waren. »Was tust du da?«, sagte mein Vater in scharfem Ton zu ihr. »Für wen räumst du hier auf? Für Diebe, Plünderer oder diese sogenannten Warlords? Meine Güte, wir gehen von hier fort. Los, ab! Alles in den Wagen!«

Ließen wir all unsere Sachen für Diebe und Plünderer zurück? Was würde aus meinen Drachen und meinen Murmeln? Ich fing an, mir die Hosentaschen mit meinen besten Murmeln vollzustopfen.

»Qais! Ins Auto! Und zwar sofort!«, befahl mein Vater, und

so, wie er es gesagt hatte, wusste ich, dass es besser war, ihm nicht zu widersprechen. Mir fielen mehrere Murmeln aus der Hand und rollten über den Fußboden. Ich ließ sie, wo sie waren, und rannte zur Tür.

Mit eiligen Schritten gingen wir über den Hof zur Garage. Ich warf einen Blick unter den Baum, wo mein Vater letzte Nacht das Loch gegraben hatte. Aber da war kein Loch mehr. Die grüne Gurkenranke wuchs an Ort und Stelle wie eh und je. Gerne hätte ich ihn gefragt, was denn aus dem Loch geworden war, aber ich befürchtete, dass er mich dann doch wieder nur anschreien würde wie vergangene Nacht.

Während mein Vater die Garagentür zur Straße aufmachte, kletterten wir alle in den Wagen. Als mein Vater gerade den Motor anließ, kam aus dem Hof einer meiner Onkel in die Garage gestürzt.

»Wo willst du hin?«, fragte mein Onkel, der ein Jahr jünger war als mein Vater.

»Ich hab's dir doch gestern Abend schon gesagt«, erwiderte mein Vater. »Zum Haus meines Freundes in Kart-e-Parwan.«

»Und wo soll der Rest von uns hin?«, fragte mein Onkel mit wehleidiger Stimme.

»Ihr habt wochenlang Zeit gehabt, euch das zu überlegen«, sagte mein Vater. Aber seine Stimme verriet, dass ihm nicht wohl dabei zumute war.

»Nimm unsere Kinder und Frauen mit; auch sie wollen leben, wie deine eigenen Kinder«, flehte mein Onkel.

»Das ist ein kleines Auto, kein Bus oder Lastwagen«, sagte mein Vater. »Ich kann nur vier Personen gleichzeitig mitnehmen, und wir sind schon zu sechst – plus ein Baby.«

»Das überlass nur mir. Ich weiß, wie man das macht. Ich bin ein guter Packer«, sagte mein Onkel.

Sekunden später erschienen meine sechs Onkel mit ihren Kindern und ihren Ehefrauen in der Garage und versuchten, sich in unser Auto zu quetschen. Zwei meiner Tanten pressten sich zu meiner Mutter auf den Beifahrersitz und sieben meiner Cousins warfen sich auf die Rückbank. Jeder kämpfte um etwas Platz, es war ein heilloses Durcheinander. Mein Vater schlug die Fahrertür zu. »Ich fahre nirgendwohin«, sagte er wütend.

Meine Onkel fingen an, mit meinem Vater herumzustreiten. Er ging in den Hof, wo er langsam seine Runden um die Bäume machte. Ich hatte noch nie gesehen, dass er sich so benahm oder auf diese Weise mit seinen Brüdern gesprochen hatte. Es erinnerte mich an indische Filme, wo die schlechten Brüder nicht miteinander klarkamen.

Alles stieg aus dem Auto aus, und wir sahen einander an. Niemand brachte ein Wort hervor.

Nach ein paar Minuten kam mein Vater zurück und sagte meiner Mutter und meinen drei Schwestern, sie sollten sich hinten in den Wagen setzen. Als Nächstes befahl er vier meiner Cousins und Cousinen, sich ebenfalls dort hineinzuquetschen. Ich und drei weitere meiner Cousins, darunter auch Wakeel, sollten im Kofferraum sitzen. Zwei meiner Tanten saßen vorne bei meinem Vater. Die übrigen würden im Haus warten müssen, bis er später zurückkam, um auch sie zu holen.

Dann fuhr er den Wagen rückwärts auf die Straße hinaus. Durch das Gewicht von so vielen Insassen berührte der Wagen fast den Boden. Vorsichtig legte mein Vater die vier Häuserblocks unseres Viertels zurück; schließlich bogen wir in die Hauptstraße ein.

Was wir dort sahen, werde ich nie vergessen. Tausende von Menschen versuchten wie wir, sich den Waffenstillstand zunutze zu machen und aus unserem Teil der Stadt zu flüchten. Tausende und Abertausende von Menschen, die alle mit versteinerten Gesichtern irgendwohin unterwegs waren. Wie die Ameisen marschierten sie auf beiden Seiten der Straße hintereinander in einer Reihe; jeder von ihnen trug zwei oder drei Taschen in der Hand.

Unser Auto war das einzige auf der ganzen Straße. Als die Menschen uns kommen sahen, scharten sie sich um uns und wollten mitgenommen werden, obwohl sie doch sehen mussten, dass unser Auto bereits völlig überladen war. Wir waren von so vielen Menschen umringt, dass mein Vater keinen Zentimeter weiter vorankam. Manche der Leute versuchten, mich und meine Cousins aus dem Kofferraum zu zerren, damit sie unsere Plätze einnehmen konnten. »Haltet euch aneinander fest! Hakt eure Finger fest ineinander!«, rief mein Vater uns zu.

Wir taten, was er uns gesagt hatte; mein Vater kurbelte die Seitenscheibe hoch, drückte auf die Hupe, schaltete das Licht ein und fuhr langsam an; dann wurde er immer schneller, bis die Leute nach und nach von uns abließen.

Zum ersten Mal in den zwei Monaten seit Beginn der Kampfhandlungen erlebten wir, was für ein Chaos dadurch ausgelöst worden war. Nun sahen wir mit unseren eigenen Augen all das, wovon wir gehört hatten, was wir aber nicht hatten wahrhaben wollen.

Das einen Häuserblock lange und acht Stockwerke hohe Getreidesilo, das die Russen erbaut hatten, war von den Raketenangriffen voller Einschusslöcher, und aus diesen Löchern war Weizen hervorgequollen, der sich in kleinen Häufchen am Fuß des Silos abgelagert hatte.

In der Straße waren tiefe Krater von den Raketeneinschlägen, und dabei war dies einmal die beste Straße von Kabul gewesen. In der Mitte der Straße ragten immer noch ein paar Raketen wie Nägel, die man halb durch ein Brett geschlagen hatte, in die Höhe.

Überall auf dem Fahrdamm, dem breiten grünen Mittelstreifen und auf den Gehsteigen lagen Leichen. Einige davon sahen aus, als hätten sie dort schon länger so gelegen; ihre Kleidung war mit getrocknetem Blut verkrustet. Die meisten Leichen gab es an der Hauptstraße. Möglicherweise waren sie beim Überqueren der Straße von einer Rakete erwischt worden. Aber anderen war in den Kopf, die Brust oder in den Rücken geschossen worden. Das war das Werk der Heckenschützen.

Ich mochte meinen Augen einfach nicht trauen; ich kam mir vor wie in einem amerikanischen Horrorfilm, vor allem angesichts der abgetrennten Körperteile – Arme, Beine, aber auch Köpfe –, die überall verstreut herumlagen.

Meinem Vater blieb nichts anderes übrig, als über die Leichen, die uns im Weg lagen, hinwegzufahren. Manche davon lagen auf dem Rücken, so, als schliefen sie. Wenn unser Auto über sie hinwegfuhr, hob und senkte sich der Wagen, und ihre Köpfe wurden von den über sie hinwegrollenden Rädern auf die Seite gedreht, sodass es danach aussah, als hielten sie den Blick auf das Pflaster gerichtet.

Um einem Mann auszuweichen, der genau auf uns zugerannt kam, fuhr mein Vater auf der verkehrten Seite um den Kreisverkehr am Polytechnikum herum und trat dann das Gaspedal durch, als wir den Hügel erreichten, der zum Intercontinental-Hotel hinaufführte.

Auf der anderen Seite der Hügelkuppe sah plötzlich alles ganz anders aus. Das unwirkliche Szenario, durch das wir soeben hindurchgefahren waren, verschwand mit einem Mal, und stattdessen sahen wir wieder normalen Alltag um uns herum.

Die Menschen kauften in Bäckereien Brot für ihr Frühstück; kleine Kinder hielten auf dem Weg zur Schule ihre Eltern bei den Händen; die Hunde heulten nicht vor Hunger; die Straßen waren nicht menschenverlassen; es gab keine Fenster, die von Windstößen aufgerissen, und keine Türen, die von ihnen zugeschlagen wurden. Hier gab es keinen Krieg. Nichts dergleichen.

Ich sah Lächeln in den Gesichtern der Menschen; niemand machte einen besorgten Eindruck. Aber sie hörten nicht auf, uns anzustarren – einen so vollgepackten Wagen wie unseren hatten sie wohl noch nie gesehen. Gerade erreichten die ersten Flüchtlinge dieses Stadtviertel, und die Leute hier konnten noch nicht ahnen, wie viele Tausende mehr noch unterwegs waren. Der kleine Berg, der sich zwischen unserem Haus und diesem Viertel erhob, hatte seine Bewohner vor den Kampfhandlungen verschont. Nicht einmal die Heckenschützen hatten sich dieser Seite des Berges zugewandt, obwohl sie die Möglichkeit dazu gehabt hätten. Sie aber kämpften um unser Viertel, das genau im Brennpunkt der Fehde zweier Gruppierungen der Mudschaheddin lag. Die Menschen, die wir hier sahen, benahmen sich so, als wüssten sie nicht einmal, dass keine drei Kilometer von ihnen entfernt ein blutiger Krieg tobte, obwohl sie doch die Raketeneinschläge und die Schüsse gehört haben mussten.

Wir ließen das Intercontinental-Hotel hinter uns und fuhren den Hügel hinunter nach Kart-e-Parwan. Es waren nur sehr wenige Autos auf den Straßen des Viertels unterwegs, dafür aber umso mehr Fußgänger. Die meisten davon waren barfüßige Inder, die sich mit Messingkrügen voller Milch, die sie den Ratten spenden wollten, um damit der Göttin Karniji zu huldigen, auf dem Weg in ihre Tempel befanden. Die Männer waren alle in Weiß oder Orange gekleidet, und die Frauen trugen bunte Saris. Hinter ihnen gingen ihre Kinder; die Köpfe der Jungen waren bis auf einen Zopf kahl geschoren, und manche der Männer hatten sich als heilige Zeichen waagerechte Streifen auf die Stirn gemalt. Mein Cousin Wakeel saß neben mir im Kofferraum. Er machte sich über die kahlköpfigen Kinder lustig, sagte aber, dass er schon gerne einen Krug Milch hätte.

Am Fuß des Hügels bogen wir ein paarmal scharf links ab und fuhren dann durch einen hübschen, kleinen Park mit sorgsam gepflegten Blumenbeeten, den ich noch nie gesehen hatte.

Wir kamen an einem imposanten, weißen Gebäude hinter einer hohen Mauer vorbei; das prächtige Eingangstor wurde von bewaffneten Soldaten in fremdartigen Uniformen bewacht. Sie standen da wie Statuen, und neben ihnen saßen riesige russische Hunde. Ein Schild in persischer Sprache verriet, dass es sich um die britische Botschaft handelte; außerdem waren darauf noch ein paar große Buchstaben in einer anderen Sprache.

Wir folgten der unbefestigten Wegstrecke, die etwa zweihundert Meter weit an der Mauer entlangführte. Dies war wohl die schlechteste Straße von ganz Kabul. Sie führte uns in eine tiefe Schlucht und dann wieder einen Hügel hinauf. Die Reifen drehten auf losem Geröll durch, und bei jeder Unebenheit knallte uns der Kofferraumdeckel auf den Kopf; zudem mussten wir von dem Staub, den der Wagen aufwirbelte und den wir natürlich abbekamen, unablässig husten. Der Staub setzte sich auf unseren Augenbrauen und Wimpern ab, sodass wir wie die Clowns aussahen, die jedes Jahr am Ehrentag der Lehrer in der Aula unserer Schule aufgetreten waren.

Mein Vater hielt vor einem großen, alten Eisengatter in einer hohen Lehmmauer und drückte fünfmal auf die Hupe. Schließlich öffnete sich mit einem knarrenden Geräusch eine kleine Pforte neben dem Gatter, und ein älterer *Chowkidar* schaute hinaus. Als der Türhüter sah, dass es mein Vater war, machte er das Tor weit auf, und mein Vater fuhr hinein. Der Mann rieb sich die Augen, weil er wohl zu träumen glaubte. Dann schloss er das Tor wieder hinter uns und eilte herbei, um uns aus dem Kofferraum zu helfen. Dabei hörte ich, wie er zu sich selber sagte, dass er noch nie so viele Leute auf einmal in einem Wolga gesehen hatte.

»Das kann ich mir gut vorstellen«, erwiderte ich mit einem Grinsen.

Er wurde rot im Gesicht und versuchte seine Verlegenheit zu überspielen. »Ich habe das nicht abschätzig gemeint«, sagte er. »Ich war bloß erschrocken.« Er hatte wohl nicht damit gerechnet, dass jemand seine Bemerkung mitbekommen würde.

Wir schälten uns alle aus dem Wagen; zwei von meinen Tanten mussten geradezu herausgezogen werden. Aber wir Kinder waren in null Komma nichts draußen und schauten uns um – kaum fünf Kilometer von dem Kriegsgebiet entfernt, dem wir soeben entflohen waren.

Vor uns erhob sich eine mehr als zwei Stockwerke hohe, massive Mauer, deren graubraune Eintönigkeit nur durch eine einzige kleine Öffnung unterbrochen wurde, und die war durch eine massive, unlackierte Holztür verschlossen, die durch darin eingeschlagene, platt geklopfte Eisenspitzen gesichert war. Am hinteren Ende der Mauer befand sich ein achteckiger Turm, der weit über die ohnehin schon hohe Mauer und ein paar sehr große Bäume hinausragte. Einen ähnlichen Turm wie diesen hatten wir schon draußen vor dem Tor gesehen, aber der war so beschädigt gewesen, dass die Hälfte davon fehlte.

Wenige Augenblicke später öffnete sich die Tür unter dem Rasseln einer schweren Kette, die daran befestigt gewesen sein musste. Ein Mann, den ich als den Geschäftspartner meines Vaters wiedererkannte, kam, gefolgt von zwei Hausdienern, auf uns zu. Diesen Mann hatte ich oft in seinem Teppichgeschäft gesehen; stets tadellos gekleidet mit einer Krawatte aus Seide zu seinem maßgeschneiderten Anzug und mit strahlend hellen Augen, die seine Kunden sogleich für ihn einnahmen. Doch an diesem Morgen wirkten seine Augen übernächtigt, und er trug bloß seinen Pyjama und hielt ein Tasse Tee in der Hand. Er begrüßte meinen Vater, wünschte den übrigen Erwachsenen *Salem Aleikum* – Friede sei mit euch – und hieß uns alle willkommen.

Sein Name war Haji Noor Sher. Sooft mein Vater mich zusammen mit Wakeel oder meiner älteren Schwester in den Laden mitgenommen hatte, hatte Haji Noor Sher immer Süßigkeiten für uns bereitgehalten und uns etwas Geld in zerknitterten Scheinen zugesteckt. Und obwohl er jedes Mal ausländische Kunden im Laden hatte, die sich für seine Teppiche interessierten, ließ er doch sofort alles Geschäftliche stehen und liegen, wenn wir kamen, damit er einen Riesenwirbel um uns veranstalten konnte. Er sprach uns nie mit unseren richtigen Namen an; stattdessen nannte er uns »Neffen« und bat uns, »Onkel« zu ihm zu sagen.

Falls er überrascht gewesen sein sollte, uns an diesem Morgen zu so früher Stunde alle vor sich zu sehen, wusste er es jedenfalls zu verbergen. Wir hatten ja keine Möglichkeit gehabt, ihn von unserem Eintreffen zu unterrichten. Aber er und mein Vater waren eng befreundet, und gute Freunde helfen einander in schweren Zeiten.

Mein Vater nahm Haji Noor Sher beiseite, und die beiden redeten einen Augenblick lang leise miteinander. Dann sagte sein Freund etwas zu einem seiner beiden Hausdiener, die wie zwei Leibwächter hinter ihm stehen geblieben waren. Der Mann lief zurück, um Tee und etwas zu essen für uns zu holen. Haji Noor Sher tat so, als wäre er es gewöhnt, jeden Tag zu dieser Stunde Besucher zu empfangen – und als bedürfe es nur einer kurzen Bemerkung seinen Bediensteten gegenüber, um sofort alle notwendigen Vorkehrungen in die Wege zu leiten.

»Nun, seid herzlich willkommen in meinem Haus. Gefällt es euch?«

Wir hatten ja eigentlich noch nichts gesehen außer den hohen Mauern und den Türmen, doch in unserer Erleichterung, den Kämpfen entronnen zu sein, nickten wir alle.

»Dieses Anwesen nennt sich *Qala-e-Noborja*. Habt ihr das gewusst?« Er gab sich wie ein berühmter Schauspieler, den jeder kennen sollte – dabei hatten weder eine meiner Tanten noch einer meiner Onkel ihn je zuvor gesehen. »Wir nennen es ›Die Festung der neun Türme‹, weil es über neun Türme verfügte, als es vor über hundert Jahren erbaut wurde. Es ist also schon antik – so wie ich.« Er hatte ein breites, ansteckendes Lächeln, also lächelten auch wir ihm alle zu.

Ich unterbrach seine Rede: »Ich sehe aber nur einen einzigen Turm, Onkel Noor Sher.« Dabei zeigte ich auf den einen intakten Turm; die Ruine draußen vor dem Tor zählte für mich nicht.

Er sah meinen Vater an, zwinkerte mit einem Auge und sagte: »Ein schlaues Kerlchen.« Ich fand es natürlich gut, dass er das sagte – vor allem vor meinen Cousins und Cousinen. »Die anderen Türme«, erklärte er, wieder mit einem Augenzwinkern, »sind unsichtbar. Bloß weil man etwas nicht sehen kann, heißt das noch lange nicht, dass es nicht da ist.«

Obwohl diese Festung der neun Türme also nur einen einzigen Turm hatte, fühlte ich mich sicher darin; vor allem, wo sie doch schon seit über hundert Jahren hier stand. Vielleicht konnten die Raketen uns hier nichts anhaben.

Haji Noor Sher reichte seine Teetasse dem anderen seiner beiden Hausdiener und geleitete uns durch die Tür hindurch und einen steilen, von Rosen gesäumten Pfad hinunter, der zwischen der alten Festung und einem einstöckigen Haus verlief und zu einer Terrasse an einem Abhang hinter dem Haus führte. Er und mein Vater gingen voraus; ihnen folgten wir Kinder, und ganz am Schluss kamen meine Mutter und meine Tanten. Über der Terrasse wölbte sich ein Baldachin aus Weinranken, um deren süße Trauben die Bienen summten.

Der Himmel war vollkommen wolkenlos, die Sonne stand

hoch am azurblauen Firmament und warf ihr Licht zwischen den raschelnden Blättern, denen der Wind keine Ruhe lassen wollte, hindurch auf uns und die Welt. Ich fragte mich, ob auf der anderen Seite des Berges immer noch ein Krieg tobte oder ob sich dort ebenfalls alles verändert hatte.

Als ich mich umwandte und hinter mich schaute, sah ich an einer Ecke der Mauer den letzten Turm von Qala-e-Noborja über mir aufragen. Durch unseren tiefer gelegenen Standort auf der Terrasse an dem steil abfallenden Hang wirkte er noch höher, als er in Wirklichkeit war. Ich hätte zu gerne gewusst, was sich wohl innerhalb dieser hohen Mauern befand, doch gleichzeitig war ich viel zu beschäftigt damit, all das Neue zu entdecken, was es in diesem riesigen Garten um uns herum zu sehen gab, sodass ich mich nicht lange mit dem Gedanken aufhielt.

Außer der unseren waren noch drei weitere solcher Terrassen an dem steilen Abhang angelegt, auf denen gepflegte Rosenbüsche und verschiedene Gemüsesorten in kleinen, in akkuraten Reihen angepflanzten Beeten wuchsen. Auf einer dieser Terrassen stand ein Springbrunnen, der Wasser in die Luft spritzte, und nicht weit davon entfernt ragten zwei gewaltige Bäume in die Höhe. Zwei meiner Cousins und ich versuchten, uns um einen der Stämme herumzustellen und an den Händen zu fassen. Der Baum hatte einen solchen Umfang, dass sich gerade eben unsere Fingerspitzen berührten.

Ein Stückchen weiter unten floss ein Bach durch eine Ebene unterhalb des Hanges. Haji Noor Sher erzählte uns, dass sein Wasser aus einer Quelle in den hundert Kilometer weit entfernten Bergen des Hindukusch kam. Der Bach mündete in ein in den Fels geschlagenes Becken, in dem mehr als zehn verschiedene Arten bunter Fische schwammen.

In um den Teich herum aufgestellten Käfigen saßen ein paar Papageien, Kanarienvögel und Adler; ansonsten beanspruchten gurrende Tauben das Gelände ganz für sich.

In einem anderen Käfig, der unmittelbar an die hohe Mauer, die den Garten von der Straße trennte, angebaut war, lief lautlos ein großer Hund mit blutunterlaufenen Augen hin und her. In einer Ecke seines Käfigs lagen ein paar Knochen. Es war einer jener Hunde, die die *Kuchis*, die Nomaden, sich halten, um ihre Herden vor Wölfen zu schützen. Aus zwei weiteren Käfigen daneben sahen uns zwei russische Wolfshunde aus funkelnden Augen an.

Wenn wir uns den Käfigen näherten, begannen die Hunde zu bellen und sprangen gegen die Gitterstäbe, um sich zu befreien und uns in Stücke zu reißen. Das waren echte Kampfhunde, also hielten wir uns von ihnen fern.

Auch am Fuße des Turms gab es noch einen Käfig, einen sehr großen, in dem wir zunächst nichts erkennen konnten, sodass wir glaubten, er wäre leer. Doch dann bewegte sich etwas in einem kurzen Tunnel, der in den Sockel des Turms führte. Ganz langsam bewegte sich dieser Schatten auf uns zu. Und er war riesig. Meine ältere Schwester und ein paar meiner Cousinen machten vor Schreck einen Schritt nach hinten.

Atemlos beobachteten wir, wie ein braun gefleckter, gelber Leopard mit anmutigen Bewegungen ins Sonnenlicht hinaustrat und uns beäugte. Im Zoo von Kabul gab es ein paar Leoparden, und man hatte uns gewarnt, dass sie sehr gefährlich seien. Niemand wagte es, einen Mucks zu machen, während uns das Blut aus den Wangen wich. Was für ein Ort war das, an dem man einen Leoparden im Garten hielt?

Der Leopard allerdings scherte sich überhaupt nicht darum, dass wir solche Angst vor ihm hatten. Er suchte sich ein sonniges Plätzchen, an dem er sich hinlegte und sich das Fell zu lecken begann. Auf Zehenspitzen schlichen wir davon. Dieser Garten erschien mir wie das Paradies – bloß noch sehr viel aufregender, als meine ältere Schwester es mir beschrieben hatte.

Die Hausdiener kamen zurück und trugen auf großen, glänzenden Tabletts ein üppiges Frühstück herbei: verschiedene Fruchtsäfte, Äpfel, Weintrauben, Milch, Tee, Butter, Käse, Joghurt, hart gekochte Eier und frisch gebackenes Brot. Dann rollten sie auf dem Terrassenboden mehrere rote und grüne Matten aus und stellten die Tabletts darauf. Haji Noor Sher sagte, wir sollten uns bedienen, und zog sich nach oben in seine Privaträume zurück.

Wir wussten gar nicht, womit wir anfangen sollten. Seit Wochen hatten wir nichts Richtiges mehr zu essen gehabt. Wir vergaßen unsere guten Manieren und häuften die Köstlichkeiten auf unsere Teller. »Immer mit der Ruhe, das Essen läuft uns schon nicht davon«, ermahnte mein Vater uns. Wakeel lachte, aber alle anderen hörten gar nicht hin – sie waren viel zu sehr damit beschäftigt, sich die Münder vollzustopfen.

Über das Klappern der Bestecke hinweg konnten wir die Vögel singen hören, die von einem Baum zum nächsten flogen. In unserem alten Stadtviertel hatten wir schon seit Monaten keine Vögel mehr gehört. Ein Dutzend Rehkitze, die ungestört in dem uns umgebenden Garten grasten, warfen gelegentlich Blicke zu uns hinauf.

Als wir unsere Mahlzeit gerade beendeten, kam Haji Noor Sher aus seinem Haus und die Stufen, die zu der Terrasse führten, auf der wir saßen, herunter. Er war nun in einen weißen traditionellen Anzug, bestehend aus Tunika und weiter Pluderhose, gekleidet, über dem er einen seidenen Kaftan trug. Auf dem Kopf hatte er eine wollene Mütze und an den Füßen Hausschuhe aus Leder. Wieder folgten ihm seine beiden Diener, die viel größer waren als er.

Haji Noor Sher war so klein und fett, dass man ihn fast als kugelrund bezeichnen konnte. Wakeel flüsterte mir zu, dass er auch als Riesenmurmel zum Spielen herhalten könne. Mein Vater, der Wakeels Bemerkung gehört hatte, warf ihm einen strafenden Blick zu. Mein Cousin senkte sogleich schuldbewusst den Blick, aber wir anderen Kinder kicherten leise in uns hinein.

Trotz seiner kleinwüchsigen Gestalt war Haji Noor Sher von einer bemerkenswerten Präsenz. Ich hatte zwar noch nie in meinem Leben unseren König gesehen, aber Haji Noor Sher wirkte genau so, wie ich mir einen König vorstellte.

»Gefällt euch mein Garten?«, fragte er. Wir alle versicherten ihm, wie schön es hier sei, und ein breites Lächeln trat in sein Gesicht.

»Kommt mit, ich führe euch herum.« Nun würden wir sehen, was sich hinter der hohen Lehmziegelmauer dieser Festung der neun Türme, von denen nur einer zu sehen war, verbarg. Er wandte sich um und ging wieder die steilen Stufen hinauf, während wir uns beeilten, unsere Schuhe, die wir ausgezogen hatten, als wir uns zum Essen hinsetzten, wieder anzuziehen. In der Eile zog ich aus Versehen einen von Wakeels Schuhen an. Er rief nach mir, sodass ich zurücklaufen musste, um ihm seinen Schuh zu geben.

Haji Noor Sher stieß die dicke Holztür auf, die vom Garten in den Innenhof führte. Nun sahen wir auch die schwere Kette, die an ihrer Innenseite befestigt war und die jedes Mal, wenn die Tür bewegt wurde, ein rasselndes Geräusch machte. Hinter der ersten Tür befand sich gleich noch eine zweite, jedoch im rechten Winkel dazu, sodass jeder, der die Festung der neun Türme zu erstürmen gedachte, schon im Eingangsbereich aufgehalten werden konnte, weil es nicht möglich war, beide Türen hintereinander gewaltsam aufzustoßen und sich auf diese Weise Zutritt zu verschaffen.

Hinter der zweiten Tür erstreckte sich der Innenhof der Festung. Er war ungefähr halb so lang wie ein Fußballfeld und auch halb so breit. Um den Hof herum zogen sich wie bei einer Galerie in zwei Etagen übereinander Räumlichkeiten mit hohen, holzgerahmten Fenstern. Einer dieser Räume verfügte über eine Mansarde mit drei Fenstern; auf der gegenüberliegenden Seite waren die Räume in der oberen Etage ein wenig nach hinten versetzt, sodass davor auf ganzer Länge ein verandaartiger Balkon entstanden war. Ein perfekter Ort, um Drachen steigen zu lassen, fand ich.

Im Hof wuchsen jede Menge Obstbäume, Rosen und noch andere Blumen, die ich noch nie gesehen hatte und deren Namen ich auch nicht kannte. In der einen Ecke befand sich eine mit Weinreben umrankte Laube, eine andere wurde von einer hohen Akazie dominiert. In der Ecke ihr gegenüber stand ein uralter weit ausladender Arghawan-Teebaum. Dazwischen wuchsen Granatäpfel- und Birnbäume und zwei mächtige Fliederbüsche. Haji Noor Sher legte besonderen Wert darauf, uns diese Fliederbüsche zu zeigen, denn sie waren ein Geschenk des Emirs an seinen Vater gewesen. Noch Jahre nachdem er der königlichen Familie Qala-e-Noborja abgekauft habe, schenkte sein Vater stets den ersten Flieder des Jahres, große, duftende Sträuße, dem Emir, erzählte er uns.

Sorgfältig beschnittene Rosenbüsche umschlossen bunte Geranien- und Lilienbeete. Besonders stolz war Haji Noor Sher auf eine schwarze Rose, die in seinem Hof wuchs, ermahnte uns aber, niemandem davon zu erzählen, denn es sei eine sehr seltene Pflanze, sodass jemand auf die Idee kommen könnte, sie zu stehlen. An die hinterste Mauer, durch die eine kleine Tür in ein türkisches Bad führte, klammerten sich Kletterpflanzen wie Purpurwinden und Geißblatt. Vor dieser Tür befand sich ein Gehege mit Rehen, die vermutlich die Eltern der Kitze draußen im Garten waren. Zwei Pfauen mit zu einem Rad aufgerichteten Schwanzfedern sahen uns neugierig an. Als Haji Noor Sher ein komisches Geräusch von sich gab, kamen sie sogleich zu ihm gelaufen, um sich von ihm tätscheln zu lassen. Natürlich wollten wir es ihm alle nachtun, doch als wir sie zu berühren versuchten, rannten die Pfauen unter lautem Geschrei davon. »*Fanark!*«, schrien sie, und wir lernten bald, dass dies das meistverbreitete Wort in der Pfauensprache war und stets sehr lautstark artikuliert wurde.

Auf unserem Rundgang durch den Hof fand ich eine kleine Pfauenfeder. Ich hob sie auf und küsste sie, denn Haji Noor Sher hatte uns gesagt, dass es heilige Vögel seien. Auch nach all diesen Jahren benutze ich die Feder immer noch als Lesezeichen in meinem Koran.

Mein Vater ging neben Haji Noor Sher. Er überragte unseren Gastgeber um einiges. Ich ging neben meinem Vater; hinter uns kam der Rest der Familie, und ganz am Ende folgten die Diener.

Haji Noor Sher führte uns nacheinander in fünf Zimmer, die allesamt zum Innenhof hinausgingen, und sagte, dass wir sie alle benutzen könnten. Er selber bewohnte in der alten Festung ein paar Räume über dem Hofeingang; seine Familie hatte er bei Beginn der Unruhen nach Indien geschickt, damit sie in Sicherheit waren; nun flog er alle paar Monate zwischen Delhi, wo er ebenfalls einen Teppichhandel betrieb, und Kabul hin und her. In Kabul kaufte er mithilfe meines Vaters wertvolle alte Teppiche, und in Delhi verkaufte er sie weiter.

Die Fußböden waren mit mehreren Teppichschichten bedeckt. Entlang der Wände lagen überall flache Matratzen mit langen, schmalen Läufern darauf, und in einer Ecke eines jeden Zimmers gab es eine Menge Decken und Kissen. Durch die Teppiche wirkten die Zimmer so, als wäre der Garten von draußen hereingekommen.

Nachdem wir uns unsere Räume angesehen hatten, wies Haji Noor Sher die Diener an, noch mehr Tee für uns zu bringen. Dann setzten wir uns alle in den Schatten der Laube und entspannten uns so gründlich, wie es uns seit Monaten nicht mehr vergönnt gewesen war.

Den Krieg und all die Leichen auf der Straße hatte ich völlig vergessen. Und ich vergaß sogar meinen Großvater und meine Onkel und meine unverheirateten Tanten, die sich alle noch bei uns zu Hause aufhielten – bis wir die erste Rakete hörten.

Eine Rakete macht ein ganz bestimmtes Geräusch, wenn sie abgefeuert wird. Man kann es meilenweit hören. Es ist kein lautes Geräusch, doch es bringt sofort jedes Gespräch zum Verstummen. Zuerst hört man das *Fummf*, mit dem sie abgeschossen wird, dann das Schweigen, während alles die Luft anhält, und zum Schluss die Detonation, mit der ein Haus zertrümmert oder eine Schule zerstört wird. Danach setzt langsam die Unterhaltung wieder ein, manchmal mit einem geflüsterten Gebet.

Aus irgendwelchen Gründen war der Waffenstillstand um Stunden früher als angekündigt beendet worden. Mein Vater schoss von Panik ergriffen hoch. Er hatte nur kurz ein paar Augenblicke lang den wundervollen Frieden dieses Ortes genießen wollen, bevor er zurückfuhr, um die anderen zu holen. Wenn aber nun die Gefechte wieder angefangen hatten, war daran nicht mehr zu denken.

Wir hatten uns lediglich knapp fünf Kilometer von unserem Zuhause entfernt, doch wenn man jetzt wieder mit Heckenschützen rechnen musste, war selbst der kurze Weg dorthin zu weit. Wir konnten zwar nichts von den Kämpfen hören, weil der kleine Berg mit den zwei Gipfeln dazwischen lag, doch vor unserem geistigen Auge sahen wir ganz genau, was sich auf der anderen Seite zutrug.

Während der nächsten Tage lebten wir uns in unseren neuen Zimmern ein und machten uns Sorgen um Großvater und die anderen. Wir konnten zwar immer wieder Raketen hören, doch die Kriegshandlungen schienen sehr weit weg. Meine Cousins und Cousinen vertrieben sich die Zeit, indem sie den ganzen Tag lang in dem riesigen Garten Verstecken spielten oder sich gegenseitig mit kaltem Wasser aus dem Teich nass spritzten. Die Erwachsenen meinten, dass wir uns nicht lange hier aufhalten würden; die Kämpfe würden bald beendet sein, und dann könnten wir wieder nach Hause. Am vierten Tag hörten wir im BBC World Service die Meldung, dass für den folgenden Tag eine eintägige Waffenruhe zwischen den beiden Mudschaheddin-Gruppen, die sich in unserem Wohnviertel bekriegten, angekündigt sei.

Früh am nächsten Morgen weckte mein Vater mich; anschließend ging er zu meinen Schwestern, um auch sie aus dem Bett zu holen. Binnen fünf Minuten waren wir alle hellwach, denn wir wollten unbedingt hören, was unser Vater uns zu sagen hatte.

Er gab erst meiner Mutter einen Kuss und kam dann zu mir. Ich saß immer noch auf meiner Matratze und streckte gähnend die Arme. Mein Vater ging vor mir in die Knie und sagte: »Ich werde jetzt deinen Großvater und die anderen holen. Falls mir etwas zustößt und ich nicht zurückkommen kann, musst du einfach vergessen, dass du je einen Vater gehabt hast. Du wirst dir dein eigener Vater sein müssen und deiner Mutter ein guter Sohn und deinen Schwestern ein lieber Bruder. Ich überlasse dir als meinem Sohn die gesamte Verantwortung eines Vaters. Aber du wirst lernen müssen, wie du auf deine Schwestern und deine Mutter achtgibst. Hast du mich verstanden?«

Ich wusste nicht, was ich antworten sollte. Ich war doch erst zehn Jahre alt. Also sagte ich bloß: »Ja.«

Mein Vater ging zu meiner älteren Schwester, kniete sich auch vor ihrer Matratze hin und sagte: »Du bist mein ältestes Kind. Du bist das schönste und das intelligenteste Kind, das ich habe, aber du wirst lernen müssen, anderen beizustehen und dich nicht einsam zu fühlen, wenn ich nicht da bin. Du wirst deine kleinen Schwestern erziehen und deiner Mutter helfen müssen. Warte nicht darauf, dass dir jemand sagt, was du zu tun hast. Falls mir etwas zustößt, bist du für deine jüngeren Schwestern verantwortlich, dafür, dass sie fleißig sind, jeden Tag etwas Neues lernen und deiner Mutter Freude bereiten. Hast du mich verstanden?«

Meiner Schwester traten die Tränen in die Augen, als sie meinem Vater ins Gesicht sah. Eine Minute lang drückte mein Vater sie an sich. Er streichelte sie ganz langsam und zärtlich über den Rücken und sagte ihr, sie müsse tapfer sein. Ich empfand kein Mitleid mit ihr. Wakeel und ich nannten sie Heulsuse, weil sie immer gleich losheulte – wenn sie nicht gerade blöde Scherze machte.

Schließlich verabschiedete mein Vater sich noch von meinen beiden kleinen Schwestern, die zu dieser Zeit zusammen in einem Bett schliefen, weil sie Angst vor den Raketengeräuschen hatten. »Habt ihr letzte Nacht schön geträumt?«, fragte mein Vater.

»Ja«, antwortete die Ältere der beiden; »nein«, sagte die Jüngere, doch dann überlegte sie es sich sogleich wieder anders: »Doch, ich habe letzte Nacht auch einen schönen Traum gehabt.« Beide wollten gleichzeitig reden, und jede versuchte, die andere an Lautstärke zu überbieten, um sich Gehör zu verschaffen.

»Halt, halt, halt! Eine nach der anderen. Wer letzte Nacht schön geträumt hat, hebt jetzt die Hand«, sagte mein Vater.

Sofort schossen beide Arme in die Höhe.

Mein Vater zeigte auf die jüngere meiner beiden Schwestern. »Du erzählst mir jetzt deinen Traum.«

Sie überlegte einen Augenblick lang und sagte dann: »Ich

habe letzte Nacht gar nicht geträumt. Ich will versuchen, heute Nacht einen schönen Traum zu haben, und den erzähle ich dir morgen früh.«

Mein Vater lächelte und fuhr ihr mit der Hand durchs Haar. »Du bist mir schon so ein kleiner Racker.« Dann sagte er der anderen, sie solle ihm von ihren Träumen erzählen.

Sie räusperte sich zwar, sagte aber zunächst einmal fast eine Minute lang kein Wort. Mein Vater wartete geduldig auf das, was sie mitzuteilen hatte. Sie räusperte sich ein zweites Mal, schwieg aber weiterhin.

»Nun komm schon, erzähl mir deinen Traum«, sagte mein Vater.

»Warum denn so schnell? Musst du weg?«, verlangte sie zu wissen.

»Ich möchte bloß nicht bis heute Abend hier knien und zuhören, wie du dich räusperst«, sagte mein Vater.

Sie räusperte sich ein drittes Mal und sagte: »Es wird aber sieben Stunden dauern, bis ich dir meine Träume erzählt habe, denn ich habe letzte Nacht sieben Stunden geschlafen. Und du musst dich richtig hinsetzen, sonst hältst du das nicht aus, wenn du die ganze Zeit so hocken musst.«

Mein Vater bat beide, näher zu ihm heranzukommen, nahm sie in die Arme und küsste sie auf den Kopf, die Stirn und die Wangen und sagte: »Ich gehe jetzt Milch für das Frühstück holen. Wenn ich zurück bin, höre ich mir eure Träume an, ja?«

Beide nickten eifrig und lächelten meinen Vater an. Die Jüngere warf die Bettdecke beiseite und erhob sich von ihrer Matratze; die Ältere, der dadurch plötzlich kalt geworden war, raunzte sie an, worauf die Jüngere fauchte, sie solle endlich wach werden und sich die Zähne putzen. Und schon hatten die beiden einen Riesenkrach miteinander – wie üblich.

Meine Mutter hatte die ganze Zeit mit vor der Brust verschränkten Armen in einer Ecke des Zimmers gestanden, den Kopf auf die rechte Schulter gelegt, mit der sie sich gegen die Wand lehnte, und meinem Vater zugesehen. Mein Vater erhob sich und ging zu ihr hin. Er blieb vor ihr stehen und suchte ihren Blick. »Ich muss jetzt los«, sagte er. »Es wird spät werden.«

Meine Mutter sah sehr traurig aus. »Sei bitte vorsichtig.« Sie wollte noch etwas hinzufügen, aber ihr versagte die Stimme. »Wir warten auf dich«, sagte sie dann leise.

Ich konnte meiner Mutter an den Augen ablesen, dass sie eine Menge auf dem Herzen hatte. Sie hätte wohl gerne noch etwas gesagt, aber ihr Mund, ihre Lippen und ihre Stimme wollten ihr nicht gehorchen.

Mein Vater gab ihr einen Kuss auf die Stirn und nahm sie in die Arme. Mit einem breiten Lächeln zwinkerte er mir über ihre Schulter hinweg zu, und ich lächelte zurück.

Dann stand er auf der Schwelle der Tür, hielt den Türknauf fest, sah uns alle noch einmal lange an und sagte: »Ich bin bald zurück.« Bevor er das Zimmer verließ, wandte er sich ein letztes Mal an meine ältere Schwester und mich: »Ihr beide vergesst nicht, was ich euch aufgetragen habe.« Dann verließ er das Zimmer. Meine Mutter folgte ihm nach draußen.

Wir machten uns gerade daran, unsere Bettdecken zusammenzulegen, als meine jüngste Schwester noch einmal vor die Tür rannte, aber mein Vater war natürlich längst fort. Sie kam wieder herein und sagte zu meiner Mutter: »Vater braucht keine Milch kaufen. Die Diener von seinem Freund machen uns jeden Tag ein gutes Frühstück, und da ist auch Milch dabei.«

»Ja, du hast recht; ich habe ganz vergessen, ihm das zu sagen.« Meine Mutter tat so, als hätte sie wirklich nicht daran gedacht. »Aber keine Sorge, er wird die Milch selber trinken, bevor er zu Bett geht.«

»Ich will die Milch auch trinken«, sagte meine Schwester.

»Ja, natürlich. Wie könnte er sie auch ohne dich trinken?«, erwiderte meine Mutter.

Später fand ich heraus, dass mein Cousin Wakeel mit meinem Vater mitgefahren war. Ich fühlte mich sehr alleingelassen. Warum war er ohne mich mit zu Großvaters Haus gefahren? Aber vielleicht würde er ja unsere Drachen und unsere Murmeln mitbringen.

4

Wieder eine Familie

Mein Vater hatte eigentlich am gleichen Tag zurückkommen sollen, aber er kam nicht. Wir hatten keine Ahnung, was mit ihm war. Meine kleinste Schwester wollte ständig von meiner Mutter wissen, wieso es so lange dauerte, bis unser Vater die Milch gekauft hatte.

»Möglicherweise ist es nicht so einfach, in diesem Teil der Stadt Milch zu bekommen«, wiederholte meine Mutter immer wieder. Sie gab sich alle Mühe, sich beschäftigt zu halten, und tat Dinge, die überhaupt nicht getan zu werden brauchten.

Seit Beginn des Bürgerkrieges hatte ich meine Mutter sehr, sehr oft weinen sehen, obwohl sie stets versuchte, ihre Tränen vor uns zu verbergen. Seit mein Vater fort war, weinte sie nun jeden Abend bis spät in die Nacht. Meistens ging sie in den Hof hinaus und weinte ganz leise, aber zuweilen setzte sie sich einfach nur auf die unterste der Stufen, die zu unseren Zimmern führten, und schon kamen ihr die Tränen. Meine jüngste Schwester beobachtete sie dabei, und am nächsten Tag machte sie sie nach, indem sie sich Wasser unter ihre Augen spritzte und so tat, als wäre sie eine kleine Mutter.

Am dritten Tag stand mein Vater mit meinen Onkeln, ihren Frauen, ihren Kindern und meinen unverheirateten Tanten wieder vor der Tür. Ebenso wie wir hatten sie sich alle zwölf in den Wolga gequetscht – mit den Kindern im Kofferraum. Sie waren ziemlich schmutzig, und wir machten uns über sie lustig. Aber dann lachten auch sie. Und wir schickten sie einen nach dem anderen ins Bad.

Es waren jetzt nur noch Großvater und Wakeel in unserem Haus geblieben, meine beiden engsten Freunde und die beiden Menschen, für die ich am allermeisten empfand. Großvater weigerte sich ganz einfach, sein Haus den Plünderern und den Kriegsherren zu überlassen – aber was konnte er schon tun, um es gegen sie zu verteidigen?

Von meinem Vater erfuhren wir, dass an dem Tag, als er den Rest unserer Familie abholen gekommen war, vier Raketen in Großvaters Hof eingeschlagen waren und dass einen Tag später zwei weitere Raketen mehrere von den McIntosh-Apfelbäumen und die meisten Blumen in seinem Garten zerstört hatten, was Großvater das Herz brach. Und dabei hatte er so große Stücke auf die Mudschaheddin gehalten.

»Eine gebrochene Hand kann noch etwas ausrichten, ein gebrochenes Herz aber nicht«, hatte Großvater einmal zu mir gesagt. Das war an einem Tag gewesen, als ich nicht zurück zu meinen Eltern wollte, weil mein Vater mich wegen einer schlechten Mathematiknote in der Schule angeschrien hatte.

Abends dachte ich immer an meinen Großvater auf der anderen Seite des Berges, der keine Teppiche mehr hatte und dessen geliebte Bäume nun bloß noch zerborstene Stümpfe waren.

Eine Woche später – früh an einem Freitagmorgen, als es noch dunkel war – hörte ich ein lautes Klopfen am Tor zur Straße. Es hielt etwa zehn Minuten lang an, doch niemand ging, um zu öffnen.

Der Hausverwalter, der uns damals eingelassen hatte, war ein alter Mann, und wenn er schlief, war es, als ob er tot wäre. Man musste ihm Wasser ins Gesicht spritzen, um ihn aufzuwecken.

Das Klopfen ging immer weiter, und dann hörte ich, wie Leute sich stritten. Schließlich wurden die Stimmen lauter, und da begannen sie mir langsam bekannt vorzukommen.

Ich weckte meinen Vater. Er zog sich eilig an und lief nach draußen. Ich folgte ihm, und schon sahen wir, dass Großvater und Wakeel mit dem Verwalter in eine immer heftiger werdende Diskussion verwickelt waren. Der Alte wollte die beiden nicht hereinlassen. »Wenn ihr Hunger habt, kommt in zwei Stunden noch mal«, wiederholte er immer ärgerlicher. »Jetzt schläft noch alles, geht schon ...« Er hielt meinen Großvater und meinen Cousin offenbar für zwei verzweifelte Bettler, die einen Unterschlupf oder etwas zu essen suchten. Nun, er war ja auch fast taub. Und die beiden konnten nicht ahnen, dass sie ihm ins Ohr brüllen mussten, um sich verständlich zu machen.

Haji Noor Sher war selber nicht zu Hause; er war nach Indien geflogen, um seine Familie zu besuchen, und sein Verwalter ließ in seiner Abwesenheit grundsätzlich keine Fremden ins Haus. Er war ein aufrechter Mann mit strengen Prinzipien.

Mein Vater eilte hinzu und drückte Großvater und Wakeel an seine Brust; der Verwalter hörte auf zu schimpfen. Dann schrie mein Vater laut in das linke Ohr des Alten: »Das sind mein Vater und mein Neffe!«, was seine Wirkung nicht verfehlte; der Verwalter entschuldigte sich für das Missverständnis und schlurfte auf seinen Stock gestützt davon.

Mein Vater führte Großvater und Wakeel in den Raum, in dem unsere restliche Familie Seite an Seite auf schmalen, auf dem Boden ausgelegten Matratzen schlief. Er knipste das Licht an und rief allen zu, sie sollten aufwachen und unseren Großvater begrüßen.

Mein Großvater und Wakeel waren über und über mit Staub bedeckt; ihre Kleidung starrte vor Schmutz, als hätten sie sie seit Monaten nicht mehr gewechselt. Wir scharten uns alle um sie herum und warteten darauf, dass sie etwas sagten.

Ich entdeckte einen großen Kummer im Gesicht meines Großvaters. Ich hatte ihn noch nie so traurig gesehen – und so schmutzig auch nicht. Er hatte immer teure Anzüge mit Seidenkrawatten und auf Hochglanz polierte Schuhe getragen. Doch an diesem Tag waren seine Füße und sein Kopf und sogar seine Augenbrauen mit Staub bedeckt, und er wollte mit niemandem reden, bat meine Mutter nur um eine Decke. Als sie ihm die brachte, legte er sich einfach auf den Fußboden und deckte sich von Kopf bis Fuß zu – ohne vorher etwas zu erzählen oder sich zu waschen. Nach fünf Minuten hörten wir ihn schnarchen.

Wir verließen alle auf Zehenspitzen den Raum, damit er sich ausschlafen konnte, und gingen mit Wakeel ins Zimmer nebenan. Wir baten ihn, uns zu berichten, wie er und Großvater hergefunden hätten, aber auch er hatte keine Lust, lange zu reden; er war müde, hungrig und durstig, doch als wir nicht aufhörten, ihn zu bedrängen, und er ein Glas Wasser bekommen hatte, holte er tief Luft und begann zu erzählen.

»Wir sind so gegen ein Uhr früh von zu Hause losgegangen. Wir hielten uns im Schatten der Häuser, falls auf dem Berg noch Scharfschützen lauerten. Nachdem wir die Hauptstraße erreicht hatten, sind wir an zwei Stellen angehalten worden.« Er nahm noch einen Schluck aus seinem Glas. »Beim ersten Mal waren es lauter junge Männer, die sich mit Tüchern die Gesichter bis auf die Augen verhüllt hatten und mit einem Hazaragi-Akzent sprachen. Sie trugen Gewehre und alle möglichen anderen Waffen vor der Brust und auf dem Rücken, und sogar an ihre Beine hatten sie welche geschnallt.«

Wakeel hatte eine tiefe Stimme, und wie die von Großvater strahlte sie eine gewisse Ruhe aus. Außerdem sprach er immer so klar und deutlich, dass auch Erwachsene darauf hörten, was er zu sagen hatte. Er wählte seine Worte stets mit großer Sorgfalt. Sein Gesicht war wie ein sich rasch verändernder Himmel und verriet seine Gedanken bereits, ehe er sie in Worte gefasst hatte. Im einen Augenblick machte er ganz große Augen, im nächsten zog er sie schon wieder zu Schlitzen zusammen. Und auch sein Mund veränderte je nach Wakeels Stimmungslage seine Form.

»Sie brachten uns in einen dunklen, fensterlosen Raum und blieben dann davor stehen und redeten. Wir konnten nicht allzu gut verstehen, was sie sagten, aber ich glaube, sie machten sich Sorgen, dass wir zu einer anderen Fraktion gehören könnten und sie ausspionieren wollten. Nach ungefähr einer halben Stunde kamen sie wieder zu uns herein, flüsterten etwa eine Minute lang miteinander und ließen uns dann gehen, ohne uns irgendwelche Fragen zu stellen.

Das war in der Nähe des Silos. Wir sind dann weiter in Richtung Polytechnikum gegangen, aber die Pandschiri hatten dort einen Kontrollpunkt eingerichtet, und den konnten wir im Dunkeln ja nicht sehen.«

Wir hatten schon auf BBC von diesen Kontrollpunkten verschiedener Gruppen gehört, doch dies war das erste Mal, dass einer von uns unmittelbar in eine solche Kontrolle hineingeraten war.

»Jemand rief uns zu, dass wir stehen bleiben sollten; Großvater meinte aber, wir sollten einfach weitergehen. Da feuerte der Kerl in die Luft und rief wieder: ›*Stopp! Stopp! Stopp!*‹ Er trug Militärkleidung und durchsuchte uns von Kopf bis Fuß. Dann hielten er und sein Kumpan uns ihre Waffen an die Köpfe und befahlen uns voranzugehen. Sie führten uns in einen kleinen Raum, in dem ein weiterer Kerl auf einem Bett mit schmutzigen Laken saß.

Er stellte Großvater ein paar Fragen, zum Beispiel, wo wir hinwollten und für wen wir arbeiteten. Großvater aber antwortete ihm nicht. Stattdessen sagte er zu dem Anführer der Männer: ›Ihr Burschen nennt euch heilige Krieger, aber ihr seid doch nichts als Mörder und Diebe.‹

Der Anführer lächelte Großvater an und sagte ihm, er solle sich benehmen. Großvater schwieg wieder, starrte den Mann nur an, der ein paar Augenblicke lang zurückstarrte; dann befahl er einem seiner Männer, unsere Taschen zu durchsuchen. Aber wir hatten ja nichts bei uns außer Großvaters Büchern, also ließen sie uns durch.«

Ich warf einen Blick in die große Baumwolltasche neben meinem Fuß und sah die beiden Bände von *Afghanistan im Laufe der Geschichte* von Mir Ghulam Mohammad Ghobar. Großvater hatte zwar sein Haus aufgeben müssen, aber seine Bücher würde er nicht im Stich lassen.

Nachdem Wakeel seinen Bericht beendet hatte, bat er ebenfalls um eine Decke und ging in das Zimmer, in dem Großvater schlief. Eine Minute später war auch er eingeschlafen.

Die Monate vergingen. Wir wohnten in Haji Noor Shers Haus, genossen das gute Essen, das seine Diener zubereiteten, sowie das frische Obst aus seinem Garten und spielten mit seinen Hunden, die inzwischen Zutrauen zu uns gefasst hatten. Nur der Leopard wurde nicht zutraulich. Deswegen ließen wir ihn in Ruhe.

Jeden Abend hörten wir BBC und andere Nachrichtensender, aber es gab keine guten Meldungen. Unser Land wurde mit jeder Stunde weiter zugrunde gerichtet – von Führern, die jeden Tag Tausende von Menschen abschlachteten und abends im Fernsehen wie die Propheten daherredeten. Stets stellten sie sich als die »heiligen Krieger« vor und erklärten, dass sie gegen das Böse kämpften: am Tage Mörder, in der Nacht Lügner.

Ich begann diese Nachrichtensendungen zu hassen. Keine davon hatte irgendwelche guten Neuigkeiten für uns; überall hörte man nur das Gleiche, und das machte meinen Großvater, meinen Vater und meine Onkel traurig; und wir wiederum waren traurig, weil sie uns leidtaten. Da beschloss ich, sämtliche Radios kaputt zu machen. Doch dann ging mir auf, dass sie das wohl nur umso unglücklicher stimmen würde. Die BBC-Nachrichten waren das Einzige, dem sie den ganzen Tag lang entgegenfieberten.

Mein Vater und meine Onkel redeten nun zum ersten Mal ganz ernsthaft darüber, Afghanistan zu verlassen. Mein Großvater sagte nichts dazu. Nachts, wenn sie glaubten, dass ich schliefe, hörte ich manchmal zu, wie mein Vater meiner Mutter erzählte, worüber die Männer gesprochen hatten.

Mein Vater hatte immer noch den Plan, nach Russland zu gehen – wie schon im Vorjahr, als wir noch bei uns zu Hause lebten. Er hatte auch schon Verbindung mit seinen dortigen Freunden aufgenommen, die er noch aus seinen Tagen als Preisboxer kannte, und sie hatten uns ihre Hilfe angeboten, damit wir uns in ihrer Heimat rasch würden einleben können. Doch nun waren die Grenzübergänge scharf bewacht, sodass wir eine Menge Geld brauchen würden, um Menschenschmuggler dafür zu bezahlen, dass sie uns hinüberschleusten.

Das einzige Einkommen meines Vaters kam in dieser Zeit von den Teppichen, die er vor Beginn der Kämpfe aus den Dörfern mitgebracht hatte und die Haji Noor Sher nach wie vor in seinem Laden in Indien verkaufte.

Sein Gehalt als Physiklehrer hatte er schon seit mehreren Monaten nicht mehr bekommen. Zwar war die Schule im Verlauf der militärisch geführten Kontroversen von Raketen getroffen und daraufhin geschlossen worden, doch sein Gehalt hätte meinem Vater als Angestelltem der Regierung trotzdem weiter zugestanden.

Ein paar Wanderhirten waren auf dem Weg von ihren Sommerweiden in den Bergen bei Bamiyan zu ihrem Winterquartier in der Tiefebene in der Nähe von Dschalalabad durch Kabul hindurchgekommen und dort von plötzlich aufflammenden Kampfhandlungen überrascht worden und hatten ihre Schafe, Esel, Kamele, Kühe und Pferde im Keller des Schulgebäudes in Sicherheit bringen müssen, sodass sie dort festsaßen und schließlich von einigen örtlichen Milizen entdeckt wurden, die ihnen ihre Schafe wegnahmen, um sich mit Fleisch zu versorgen. Noch Monate nachdem die Nomaden weitergezogen waren, soll es in der ganzen Schule wie in einem Stall gerochen haben.

Jeden Morgen war ich nach dem Aufwachen zunächst einen Moment lang verwirrt, bis ich dann um mich blickte und meine Familie neben mir auf dem Fußboden schlafen sah. Da wusste ich dann wieder, wo ich war. Doch in anderer Hinsicht war unser neues Leben schon wieder zur Routine geworden.

Meine Onkel fuhren immer noch in die Stadt, um dort ihrer Arbeit nachzugehen, wenn es zufällig gerade mal eine Kampfpause zu geben schien. Manchmal brach der Kampflärm ganz unvermittelt ab; danach herrschte wochenlang Ruhe. Und dann brachen die kriegerischen Meinungsverschiedenheiten aus heiterem Himmel urplötzlich wieder so heftig aus wie zuvor.

Meine Mutter ging nicht mehr zur Arbeit in die Bank. Es war ihr zu gefährlich, in der Stadt unterwegs zu sein. Außerdem hatte sie viel mehr als vorher damit zu tun, auf den Basaren genug Essen für uns alle zusammenzukaufen. Mitunter war es schwer, etwas zu bekommen – was vor allem das Fleisch betraf, das die Afghanen so gern essen –, sodass es meistens nur Reis und das wenige Gemüse gab, das die Bauern mit auf den Markt brachten. In Großvaters Haus hatte sie viel Unterstützung durch die Frauen meiner Onkel und die unverheirateten Schwestern meines Vaters und sogar durch meine ältere Schwester und meine Cousinen gehabt; hier in der Qala-e-Noborja lebte die Familie meines Großvaters zwar immer noch unter einem Dach, aber es sorgte nun jeder mehr oder weniger für sich selbst, wenn unser Gastgeber unterwegs war und uns nicht an seinen Tisch lud.

Obwohl seine Familie in Delhi lebte und er in beiden Städten Geschäfte unterhielt, zog Haji Noor Sher es vor, sich in Kabul aufzuhalten. In Delhi hatte er im Lajpat-Nagar-Viertel ein Apartment für seine Familie angemietet, hasste es aber, darin zu wohnen, wie er uns anvertraute. Er war in einem großen Haus mit einem großen Garten aufgewachsen, und die Etagenwohnung kam ihm vor wie eine Gefängniszelle. Und dass er in Indien nicht sehr viele Menschen kannte und sich dort sehr verloren fühlte, machte es nur umso schlimmer für ihn.

Wenn er in Kabul war, rief seine Frau oft aus Delhi an und beschwor ihn, nach Indien zu kommen, aber er schob diese Reisen so lange wie möglich hinaus und flog selbst dann nur, wenn die Gefechte in der Stadt allzu bedrohlich wurden. Sobald er erfuhr, dass in Kabul wieder ein Waffenstillstand eingetreten war, kehrte er auf dem schnellsten Wege zu uns in seine Festung zurück.

Jedes Mal, wenn er aus Delhi zurückkam, fanden sich noch am selben Tag seine Freunde bei uns ein – als hätten sie es irgendwie geahnt, dass er wieder da war. Obwohl wir bisweilen die Geräusche von Raketen, Bomben und Gewehren hören konnten, die auf der anderen Seite des Berges abgefeuert wurden, ging es bei diesen Zusammenkünften fröhlich zu, und jeder freute sich, in Gesellschaft des anderen zu sein – einschließlich meines Vaters. Die Männer lachen zu hören, gab uns Hoffnung.

Oft wies Haji Noor Sher seinen Koch an, zu diesen Gelegenheiten etwas ganz Besonderes auf den Tisch zu bringen, eine große Fleischplatte mit Reis und klein geraspelten Mohrrüben und Rosinen etwa oder ein Lammkebab oder eine Lammfleischsuppe. Und er bat dann meine Mutter, zum Nachtisch ihr berühmtes Maisbrot zu backen. Wenn er zu Hause war, kam uns jeder Tag wie ein Feiertag vor.

Sowie ich morgens aufgewacht war und mir Wasser ins Gesicht gespritzt hatte, rannte ich immer gleich zu seinem Zimmer, wo ein paar Mullahs, mit denen er schon seit Jahren bekannt war, mit melodischen Stimmen Verse aus dem Koran rezitierten. Ich setzte mich entweder in eine Ecke und hörte zu, oder ich nahm mir selber einen Koran und folgte mit dem Finger den Zeilen, die die gelehrten Männer auswendig aufsagten.

Nach dem Frühstück gingen die Mullahs, und an ihrer Stelle erschienen Musikanten, die bis zum Mittagessen von Tambur, Sitar, Tablas und Harmonium begleitete Liebeslieder vortrugen. Danach galt eine Stunde Mittagsruhe; anschließend kamen weitere Freunde von Haji Noor Sher zu Besuch, und das waren die besten Geschichtenerzähler, die ich je gehört habe: Sie wussten aber auch über beinahe alles eine Geschichte zu erzählen.

Während seine Gäste es sich auf den ringsum verteilten Sitzkissen bequem machten, thronte Haji Noor Sher während dieser Darbietungen immer wie ein König auf seinem Sessel, fuhr mit den Fingern über die Perlen seiner Gebetskette und bewegte dabei den Kopf mit geschlossenen Augen langsam von einer Seite auf die andere, als wäre er in Trance. Wenn mitten in einer Geschichte einer der Diener an der Tür klopfte, öffnete Noor Sher die Augen und sagte: »Halt.«

Der Geschichtenerzähler unterbrach augenblicklich seinen Vortrag.

»Herein«, sagte Haji Noor Sher.

Sodann betrat ein Diener mit einer frisch aufgebrühten Kanne Tee in der Hand den Raum, und Haji Noor Sher blickte hinunter zu den Gläsern auf dem Fußboden, was für den Diener das Zeichen war, sie aufzufüllen. Mit leichten Schritten ging der Diener von einem Glas zum nächsten, stellte danach die dampfende Kanne in der Mitte des Raums auf dem Boden ab und verließ das Zimmer so leise, wie er gekommen war.

Haji Noor Sher wandte sich dem Geschichtenerzähler zu und sagte: »Fahre fort.«

Abends schaltete er seinen Stromgenerator ein, damit wir Kinder uns alle zusammen mit ihm gemeinsam in seinem Zimmer einen indischen Film angucken konnten. Er selber schlief häufiger während des Films halb sitzend und halb liegend auf seinem Bett ein. Wenn der Film zu Ende war, zogen wir ihm seine Decke über, machten das Licht aus, schlichen auf Zehenspitzen aus dem Zimmer, schalteten den Generator ab und gingen auf unsere Zimmer, um uns schlafen zu legen.

Eines Tages, als Wakeel und ich gerade vom Balkon aus unsere Drachen steigen ließen, fiel uns auf, dass unten im Innenhof die Hausdiener und all die anderen Bediensteten, die sich um die Gärten und die Tiere kümmerten, mit ungewöhnlichen Tätigkeiten beschäftigt waren.

Sie schamponierten die Rehe und banden ihnen bunte Schleifen an das Geweih. Später befestigten sie vielfarbige Lichterketten an den oberen Rändern der Hofmauer und hängten Papierlaternen an die Zweige der Fliederbüsche, die sich unter dem Gewicht anmutig verneigten. Schließlich ließen sie von der oberen Terrasse ein riesengroßes, buntes Tuch herunterhängen. Es verdeckte die Fenster im Erdgeschoss, bis weitere Diener es mit Stangen abstützten, sodass es eine Art Baldachin bildete. Unter diesem Baldachin bauten sie ein niedriges Podium auf.

Selbst als es Mittagszeit wurde, unterbrachen die Diener ihre Arbeit nicht, sondern fuhren damit fort und schrubbten die alten Pflastersteine des Innenhofes. Haji Noor Sher hatte uns erzählt, dass diese Steine Teil einer *Stupa,* einer buddhistischen Gedenkstätte, gewesen wären, die dort jahrhundertelang gestanden hatte, bevor Abdur Rahman, der Emir, für seinen wichtigsten Minister, den *Wesir,* die Festung der neun Türme erbauen ließ.

Als es auf den Abend zuging, wurde das Treiben im Hof immer lebhafter. Haji Noor Sher wies seine Bediensteten an, dies zu tun und das zu tun. Auf beiden Seiten des Pfades, der um den Innenhof herumführte, und neben die vor roter, orangefarbener und goldener Blütenpracht geradezu überquellenden Blumenkübel wurden Windlichter aufgestellt; einige der Pflanzen aus den Kübeln schlängelten sich, Weinranken gleich, an der Mauer empor.

Wakeel und ich hatten unsere Drachen längst eingeholt und verfolgten voller Neugier all diese Aktivitäten.

Mein Vater war auch in den Hof gekommen, hatte sich neben Haji Noor Sher gestellt und besprach irgendetwas mit ihm. Als unser Gastgeber nach oben in seine Zimmer ging, rannte ich hinunter in den Hof, um meinen Vater zu fragen, was sich hier tat. Er sagte mir, Haji Noor Sher habe ein paar ausländische Gäste zum Abendessen eingeladen, Leute, die für die Vereinten Nationen arbeiteten. Schon war ich wieder auf unserem Balkon, um es Wakeel zu erzählen.

Haji Noor Sher lud sich gerne Gäste ein, vor allem, weil er dann mit seinem Garten, seinem Reichtum und seinen vielen Dienern angeben konnte.

Mein Vater begab sich in unsere Räume, um sich unter die Dusche zu stellen, und meine Mutter machte sich daran, seinen besten *Shalwar Kamiz* zu bügeln. Wakeel und ich gingen hinunter in den Hof, um den Bediensteten zu helfen.

Zwei Diener kamen mit glänzenden silbernen Tabletts mit Tee und Gläsern in den Hof und baten uns, sie nach oben in Haji Noor Shers Räume zu tragen. Ich nahm das Tablett mit den zwei Teekannen darauf und roch den würzigen Kardamomduft, der aus der Tülle drang. Wakeel ging mit dem Tablett voller Gläser voraus, die Treppe zu Haji Noor Shers Wohnung hinauf.

Oben angekommen, stieß Wakeel die Tür mit dem Fuß auf und trat ein, ohne angeklopft zu haben. Haji Noor Sher war gerade mit seiner Dusche fertig und stand mitten im Zimmer. Er trocknete sich das Haar mit einem kleinen blauen Handtuch, war aber ansonsten splitternackt.

Als er uns sah, erschrak er sichtlich und suchte nach etwas, womit er sich verhüllen konnte. Ich war wie erstarrt. Es war sehr peinlich, nackt von jemandem gesehen zu werden, aber noch viel peinlicher war es, jemanden, der nackt war, anzusehen. Eiligst stellte ich das Tablett vor der Tür auf den Fußboden und hastete wieder nach unten. Wakeel folgte mir lachend und hätte mich auf dem Weg nach unten beinahe über den Haufen gerannt. Da fing auch ich unwillkürlich an zu lachen.

Haji Noor Sher schrie hinter uns her. Wir verstanden nicht genau, was er sagte, aber wir wussten, dass er sehr böse mit uns war, weil wir hereingekommen waren, ohne vorher anzuklopfen. Aber wie hätten wir das machen sollen? Schließlich hatten wir beide keine Hand frei gehabt.

Wakeel und ich rannten zur Tür hinaus, über den Hof und zurück auf das Dach, wo wir uns prustend und nach Luft ringend hinwarfen.

»Hast du sie gesehen?«, fragte Wakeel.

»Was?«, fragte ich, immer noch kichernd.

»Hast du nicht gesehen, dass er fünf Eier hat?«

»Fünf?«, wiederholte ich ungläubig. »Wie kann denn jemand fünf Eier haben?«

»Ich habe ganz genau nachgezählt«, sagte Wakeel mit todernster Miene und wollte sich gleich darauf vor Lachen kugeln. Jedes Mal, wenn wir uns gerade wieder ein bisschen beruhigt hatten, sahen wir einander an und Wakeel sagte: »Fünf.« Schon brachen wir wieder in Gelächter aus, und es war noch schlimmer als vorher. Wenn Wakeel lachte, fingen seine Augen zu glühen an, und seine strahlend weißen Zähne glänzten.

Einige Minuten später sahen wir, wie Haji Noor Sher, jetzt sehr akkurat gekleidet, aus seiner Tür trat und in den Hof hinunterging. Wir hatten uns hinter einer niedrigen Eckmauer versteckt und lugten dahinter hervor.

Haji Noor Sher stellte sich in seinem weißen *Shalwar Kamiz* und einer schwarzen Weste in die Mitte des Hofes und gab seinen Dienern Anweisungen, auf dem Weg, der um den Hof herumführte, Teppiche auszulegen und die Pfauen aus dem Garten zu entfernen. Auf dem Kopf trug er eine kleine rote Mütze mit einer Troddel daran.

Eine Gruppe Musiker kam durch die niedrige Eingangspforte

und begrüßte ihn, als wäre er ein Prinz. Er wies sie an, auf einer flachen Bühne in der Mitte des Hofes Platz zu nehmen. Diese Bühne war vorher unter einem alten Teppich verborgen gewesen, der durch den jahrelangen Gebrauch ganz weich und samtig geworden war.

Die Musiker sahen sehr elegant aus; sie trugen schwarze Westen mit Perlenknöpfen und bunte Turbane. Einer von ihnen begann, die zweiundzwanzig näselnd klingenden Saiten seiner *Rubab* zu stimmen; ein anderer blies den Staub von Kabul aus seiner flötenähnlichen *Nay*. Der älteste der Musiker hielt eine *Tambur* im Schoß und fuhr mit den Fingern auf ihrem langen Hals hinauf und hinunter. Die lautlose Musik, die er ihr dabei entlockte, konnte nur er in seinem Kopf hören. Der vierte schließlich hatte ein Paar *Tablas* aus Messing, auf deren Trommelkörper er mit einem kleinen Hammer klopfte, um sie zu stimmen. Nach ein paar Minuten hatten sie ihre Vorbereitungen abgeschlossen, und der Hof war erfüllt von ihrer leisen, wohlklingenden Musik.

Als meine unverheirateten Tanten und meine Cousinen die Musik hörten, kamen sie zu uns auf das Dach, um von dort aus alles zu beobachten. Da es inzwischen dunkel geworden war, konnte man uns von unten nicht sehen.

Für einen kurzen Zeitraum entfernte Haji Noor Sher sich aus dem Hof und kam mit vier ausländisch aussehenden Männern zurück. Er wirkte viel zu klein geraten, wie er da neben diesen außerordentlich großen, breitschultrigen Leuten mit ihrem langen, gelblichen Haar und ihrer ungewöhnlich hellen Haut stand.

Er redete in einer fremden Sprache mit ihnen, zeigte auf die Teppiche auf den Wegen und schien etwas dazu zu sagen. Die Gäste stellten in derselben fremden Sprache Fragen.

Ich fragte eine meiner Tanten, in was für einer Sprache sie sich unterhielten. »Englisch«, antwortete sie. Mir gefiel der Klang dieser Sprache. Sie hörte sich ganz ähnlich an wie unser Dari, doch obwohl ich ganz konzentriert lauschte, verstand ich kein einziges Wort davon.

Ab und zu ließ Haji Noor Sher seine Diener einen der Teppiche anheben, damit die Gäste ihn näher betrachten konnten, drehte den Teppich um, um ihnen die Knoten auf der Unterseite zu zeigen, und fuhr streichelnd mit der Hand darüber, als handle es sich um seine Lieblingskatze.

Und da ging mir endlich auf, was dort vor sich ging. Ich hatte ihn das schon mehrere Male zuvor in seinem Laden tun sehen. Er versuchte, diesen Ausländern Teppiche zu verkaufen. Als die Kämpfe in Kabul immer schlimmer wurden, blieben Haji Noor Shers ausländische Kunden aus. Er verkaufte zwar noch immer ein paar Teppiche an Leute, die ihn aus Berlin oder London anriefen, und exportierte viele Teppiche nach Indien, aber hier in Kabul hatte er schon seit Langem keinen Teppich mehr verkauft.

Meinem Vater stand ein Anteil an den Einnahmen des Teppichhandels zu, und er unterhielt sich am Abend immer mit meiner Mutter darüber. Die einzigen Ausländer in Kabul waren zu der Zeit die Hilfstruppen der Vereinten Nationen. Falls diese ausländischen Gäste jetzt also ein paar Teppiche kauften, bekämen wir vielleicht genügend Geld, um jemanden zu bezahlen, der uns aus Afghanistan herausbrachte.

Mein Vater kam aus unserem Teil des Hauses und begrüßte die Gäste mit einem Händedruck. Dann redete er ebenfalls in ihrer Sprache mit ihnen. Das erstaunte mich. Ich hatte nicht gewusst, dass er Englisch sprechen konnte.

Die Diener brachten gekühlte Getränke und Teller mit Nüssen und getrockneten Früchten, und die Musiker spielten im Hintergrund weiter. Wir betrachteten alles von oben, als ob es ein Film wäre. Haji Noor Sher ließ die Diener noch mehrere sehr alte Teppiche aus dem Haus holen und auf dem sorgfältig gemähten Rasen auslegen. Dies waren die allerteuersten Stücke, die, an die mein Vater gekommen war, als er die Dörfer abgeklappert und an allen Türen geklopft hatte. Einer der Besucher ging sogar in die Knie, um die alten Teppiche besser bewundern zu können.

Die Verhandlungen um den Preis würden erst nach dem Essen beginnen. Wie jeder gute Teppichhändler wollte Haji Noor Sher, dass sich sein Kunde in die Begeisterung für einen Teppich so sehr hineinsteigerte, bis er den Gedanken, ihn zurückzulassen, nicht mehr ertragen konnte.

Haji Noor Sher führte seine Gäste zu dem Baldachin, unter dem die Diener auf dem niedrigen Podest große Kissen und mehrere Teppichschichten ausgelegt hatten, damit die Besucher beim Essen bequem saßen. Die meisten fanden sofort zu einer guten Sitzposition, indem sie, wie die Afghanen, ein Bein angewinkelt über das andere legten; nur einer von ihnen veränderte dauernd seine Haltung in dem Versuch, es sich einigermaßen komfortabel zu machen.

Ein Diener brachte einen Krug mit Wasser und eine Schale. Nachdem alle Gäste auf ihren Kissen Platz genommen hatten, ging er vorsichtig von einem zum anderen und ließ jedem Wasser über die Finger und in die Schüssel laufen. Ein weiterer Diener folgte mit kleinen Handtüchern.

Dann wurden die Speisen aufgetragen. Von Dienern, die noch festlicher gekleidet waren, wurden große Teller herbeigetragen, auf denen mit Rosinen und geraspelten Karotten dekorierter *Pilaw*-Reis aufgehäuft war, und auf das vor Haji Noor Sher, meinem Vater und den Gästen ausgebreitete Tuch gestellt.

Ein Mann aus Usbekistan, der Haji Noor Sher normalerweise in seinem Geschäft zur Hand ging, hatte draußen im Garten Kebabs bereitet, und der angenehm duftende Rauch seines Feuers war auch bereits zu uns hinauf auf den Balkon gedrungen und hatte uns alle hungrig gemacht. Ein paar Minuten später kam der Usbeke mit langen Spießen mit gegrilltem Fleisch in den Hof und legte sie vor den Gästen aus. Weitere Diener brachten Platten mit gebratenen Auberginen und Spinat. Es gab auch Schüsseln mit Salat und Joghurt und Körbe voll frisch gebackenem *Naan*-Brot. Das Brot war noch warm; das konnten wir sogar oben auf dem Balkon riechen. Dazu passend wurden alle möglichen Getränke serviert.

Es waren ja bloß vier Gäste – plus Haji Noor Sher und mein Vater – aber es wurde genug zu essen aufgetischt, dass alle Bewohner von Qala-e-Noborja davon hätten satt werden können, und das freute uns, denn wir wussten, dass man uns hinterher, wenn die Besucher gegangen waren, die Reste anbieten würde.

Später, als die Gäste viel zu viel gegessen hatten – Haji Noor Sher hatte darauf bestanden, dass sie sich einen Nachschlag nach dem anderen nahmen – und sich ihre vollen Bäuche hielten, tat ihr Gastgeber so, als wäre er gekränkt, weil sie nur so wenig verzehrt hatten. Die Diener trugen Wasserpfeifen herbei und entzündeten mit Stücken glühender Kohle vorsichtig den Tabak mit dem Apfelaroma.

Einer der Ausländer sog jede Menge Luft durch den Schlauch und brachte das Wasser in dem Glasbehälter zum Blubbern, aber er bekam keinen Rauch. Als er in der Erwartung, gleich eine blaue Rauchfahne aufsteigen zu sehen, wie es bei meinem Vater gewesen war, ausatmete, passierte gar nichts. Wakeel lachte; der Fremde hörte es und blickte zu uns herauf. Haji Noor Sher tat es ihm nach, und dann waren auch die Augen der übrigen Ausländer auf uns gerichtet.

»Da ist der Mann mit den fünf Eiern«, flüsterte Wakeel uns zu. Sein zerzaustes Haar umrahmte seine dunklen, schimmernden Augen.

Ich brach sofort wieder in Gelächter aus, und auch Wakeel prustete laut los. Ohne den Grund für unser Vergnügen zu kennen, stimmten meine anderen Cousins in unser Lachen mit ein. Auch die Ausländer fingen laut zu lachen an. Die Musiker mussten vor Lachen ihr Spiel unterbrechen. Einen Augenblick lang sah Haji Noor Sher mit einem Funkeln in den Augen zu uns herauf. Doch als er sah, dass alle seine Gäste sich köstlich amüsierten, verflog sein Stirnrunzeln, und ein breites Lächeln trat an seine Stelle.

»Fünf«, wiederholte Wakeel noch einmal und nickte dabei nachdrücklich mit dem Kopf.

Und da schlug irgendwo nördlich von uns die erste Rakete ein. Es konnte sein, dass sie Khair Khana getroffen hatte, ein ungefähr acht Kilometer entferntes Stadtviertel, in dem viele Angehörige des Volksstamms der Pandschiri lebten. Ob sie von

Gulbuddin Hekmatyar abgefeuert worden war oder von Abdul Rasul Sayyaf oder von einem anderen Militärführer, spielte keine Rolle – auf einmal hatten es die Gäste eilig, sich von ihren Sitzkissen zu erheben; sie bedankten sich bei Haji Noor Sher und wünschten meinem Vater eine gute Nacht. Sie warfen noch ein paar sehnsüchtige Blicke auf die auf dem Rasen liegenden Teppiche, während sie vorsichtig um sie herumgingen und ihr Bodyguard sie bereits zu ihren Wagen drängte – ohne einen einzigen Teppich mitzunehmen.

Mein Vater und Haji Noor Sher lächelten, als sie sie hinaus auf die Straße begleiteten. Falls sie enttäuscht darüber waren, nichts verkauft zu haben, waren sie zu höflich, um es zu zeigen.

Dies waren die letzten Gäste, die Haji Noor Sher je in diesem Hof empfing. Ein paar Wochen später landete eine Rakete unmittelbar vor seinem Teppichgeschäft auf der Straße. Er hatte gesehen, wie es meinem Großvater mit seinen Teppichen ergangen war, und er selber war sowieso einer der letzten noch in Kabul verbliebenen Teppichhändler. Er wusste, dass es nun an der Zeit war, das Feld zu räumen. Am nächsten Tag schloss er seinen Laden und verschiffte seine besten Teppiche nach Delhi, wo er bald zu seiner Familie in das Apartment ziehen würde, das er so sehr hasste.

Am frühen Morgen des nächsten Freitags saßen wir noch beim Frühstück, als uns mitgeteilt wurde, dass ein paar Männer gekommen seien, um den Leoparden in sein neues Zuhause abzuholen. Wir Kinder wollten natürlich alle dabei zusehen, aber Haji Noor Sher hatte seine Diener bereits angewiesen, die Hoftür zu verschließen, damit uns nichts geschah, falls sich der Leopard auf irgendeine Weise befreien konnte. Er selber verfolgte alles aus der Sicherheit seines Schlafzimmers, aus dem er auf der einen Seite in den Garten und auf der anderen in den Hof blickte.

Später erzählte er uns, die Männer hätten einen kleinen Käfig auf Rädern vor das Gehege des Leoparden am Fuß des einen noch verbliebenen Turmes geschoben. Seinem Katzeninstinkt folgend wollte der Leopard unbedingt ergründen, was es mit diesem neuen Käfig auf sich hatte; er schnüffelte eine Minute lang daran herum, ging dann hinein, ließ sich nieder und fing an, sich zu lecken – und da fiel die Käfigtür auch schon zu, und er wurde langsam den Hügel hinunter und dann durch die selten benutzte Pforte in der hohen Mauer hinaus auf die dahinter verlaufende schmale Straße gerollt.

Dann erst rief Haji Noor Sher von seinem Hoffenster Wakeel und mir und unseren anderen Cousins und Cousinen zu, dass wir jetzt in den Hof hinauskönnten. Wir stürzten durch den rechtwinkligen Durchgang in der hohen Mauer, als wären auch wir in einem Käfig eingesperrt gewesen, und schubsten uns dabei gegenseitig durch die schwere Holztür mit ihrer klirrenden Kette und den Hügel zum Leopardenkäfig hinunter. Es wohnte nun einer der großen Hunde darin, dessen Käfig es schon gewesen war, ehe der Leopard ins Haus kam, wie wir später erfuhren. Vielleicht war er froh, wieder zu Hause zu sein. Wir sahen erst den Hund an und dann einander und wussten gar nicht mehr, warum wir so schnell gerannt waren, wo es doch nichts mehr zu sehen gab.

Während der folgenden Tage verschenkte Haji Noor Sher seine sämtlichen Vögel an verschiedene seiner Freunde – bis auf die Tauben, die er an niemanden weitergeben konnte, weil sie doch zu ihrem Schlafplatz am hinteren Ende des Hofes zurückkehren würden. Zum Schluss neckte er seine Pfauen zum letzten Mal mit seinen komischen Geräuschen, als sie abgeholt wurden.

Und was wurde aus den Rehen? Als sich die Gegebenheiten während der folgenden Wochen für uns immer mehr verschlechterten, wurden sie zu einer willkommenen Mahlzeit, und ihre Knochen warfen wir den Hunden in ihre Käfige.

Es kam der Tag, an dem auch Haji Noor Sher uns verlassen würde. Mein Vater, mein Großvater und meine Onkel nahmen allesamt draußen vor dem Tor Aufstellung, um sich gebührend von ihm zu verabschieden und sich bei ihm dafür zu bedanken, dass er uns gerettet hatte, indem er uns bei sich Unterschlupf gewährte. Alle schüttelten ihm die Hand und nahmen ihn in den Arm. Und wir Kinder standen dabei und sahen schweigend zu.

Während er einen letzten langen Blick auf den einzigen noch vorhandenen seiner neun Türme warf, bat Haji Noor Sher meinen Vater, gut auf Qala-e-Noborja achtzugeben. Dann stieg er in seinen Wagen. Als sein Chauffeur anfuhr, winkte er uns Kindern noch einmal zu.

Seine letzten beiden verbliebenen Diener sahen ihm nach, als er zum Tor hinaus- und in Richtung Flughafen davonfuhr, und fragten sich wohl, was sie nun mit sich anfangen sollten.

5

Der lange Weg nach Hause

Jeden Morgen erwachte ich noch vor Sonnenaufgang von dem Geräusch plätschernden Wassers in dem Badezimmer neben dem Raum, in dem ich schlief. Es war Großvater, der vor dem Gebet noch eine religiöse Waschung vornahm.

Wenn das Plätschern aufhörte und ich wusste, dass er fertig war, ging auch ich ins Bad, um mich zu waschen. Danach suchte ich Großvaters Zimmer auf und legte meinen Gebetsteppich neben dem seinen aus, während er noch beim Gebet war. Bevor ich zu beten anfing, blickte ich zu meinem Großvater. Auf seinem Gesicht erschien ein Lächeln, das bald auch auf das meine überging, aber er setzte dabei unbeirrt sein Gebet fort, ohne mich anzusehen. Also begann ich mein eigenes Gebet und hatte dabei das Gefühl, von seinem Lächeln umgeben zu sein.

Nachdem Großvater sein Gebet beendet hatte, setzte er sich im Schneidersitz auf den Gebetsteppich. Er hielt die Augen geschlossen, berührte mit den Fingern die Perlen seiner Gebetskette und rezitierte leise Koranverse. Ich erinnere mich noch genau an das wohlklingende Geräusch seines Murmelns. Sooft ich daran denke, bringt es meinen Großvater zu mir zurück.

Nachdem auch ich mein Gebet beendet hatte, setzte ich mich genau wie er mit den Beinen über Kreuz auf meinen Gebetsteppich, machte ebenfalls die Augen zu, ließ meine Gebetskette langsam in den Händen kreisen und rezitierte hörbar diejenigen Koranverse, die ich schon aus dem Gedächtnis aufsagen konnte.

Manchmal sah ich Großvater an und fragte mich, woran er

beim Meditieren wohl dachte. Er war zweimal in Mekka gewesen, und wie alle Pilger, die die Heilige Stadt besucht hatten, trug er deshalb den Ehrentitel *Haddsch*; nur seine Kinder nannten ihn *Agha*, also Vater. Und für uns war er *Baba* – Großvater.

Nach dem Frühstück begab sich Großvater meistens mit einem Buch in der Hand in den Garten. Haji Noor Sher hatte eine große Sammlung an Büchern und nichts dagegen, dass Großvater sie las. Dann setzte Großvater sich unter einen rankenden Weinstock, legte jedoch schon nach kurzer Zeit das Buch wieder beiseite und begann, unter den Bäumen hin- und herzugehen. Er vermochte nicht mehr, so wie früher mit voller Konzentration zu lesen. Er schien mir so ruhelos zu sein, wie es der Leopard in seinem Käfig gewesen war. Und es stimmte mich traurig, ihn so zu sehen.

Dann und wann begleitete ich ihn auf diesen Spaziergängen. Wenn er mich kommen sah, lächelte er, aber ich merkte, dass es ein gezwungenes Lächeln war. Trotzdem ging ich dann mit ihm unter den Bäumen auf und ab, und wir beide schwiegen. Es war nichts zu hören außer dem Rascheln des trockenen Laubes unter unseren Füßen.

Ab und zu warf ich ihm einen Blick zu und sah die tiefen Sorgenfalten auf seiner Stirn. Sein Gesicht war wie ein Spiegel; es gab genau das wieder, was er gerade dachte.

Gelegentlich erzählte er mir von seinen früheren Geschäften und von den vielen Dingen, die er beharrlich durchzusetzen versucht hatte, und zuweilen schlich sich Wehmut in seine Stimme, wenn er von Zielen sprach, die er nicht erreicht hatte. Dann wieder philosophierte er über die Seele oder das Herz oder das innere Wesen oder über den Geist. Doch die meiste Zeit redete er über die Teppiche, die man ihm gestohlen hatte, sein Haus, das nur noch eine Ruine war, seine Apfelbäume und seine Rosenbüsche, die man ihm genommen hatte – und seinen verlorenen Seelenfrieden.

Großvater hasste Müßiggang; er lebte nun seit einem Vierteljahr in der Festung der neun Türme, hatte kaum einen Finger gerührt und hielt es irgendwann nicht länger aus. Sein Haus war sein Lebensinhalt gewesen, und er musste einfach noch einmal dorthin, um es zu sehen. Er bat meinen jüngsten Onkel, ihn zu begleiten.

»Mit allem Respekt, nein, ich möchte nicht. Und du solltest es auch lassen. Es ist noch da, niemand kann es wegnehmen. Alles andere haben wahrscheinlich Plünderer mitgehen lassen; sie haben möglicherweise sogar die Fenster herausgenommen und die Dachbalken und die Bäume zu Feuerholz zersägt. Aber das Land wird immer da sein«, sagte mein Onkel.

»Habe ich dich dafür großgezogen, damit du eines Tages Nein zu mir sagst? Habe ich das?«, fragte mein Großvater und sah meinen Onkel wütend an.

»Du weißt ganz genau, dass ich noch nie in meinem Leben Nein zu dir gesagt habe, Agha. Bitte höre wenigstens einmal in deinem Leben auf mich. Lass uns zumindest nicht gleich heute dorthin gehen.« Mein Onkel redete mit Engelszungen auf meinen Großvater ein.

»Wenn du nicht gehen willst, dann gib wenigstens zu, dass du ein Feigling bist«, versetzte mein Großvater.

Mein Onkel grinste, um zu überspielen, wie peinlich es ihm war. »Ich bin kein Feigling, aber ich fürchte mich davor, von einem Feigling erschossen zu werden. Feiglinge sind diejenigen, die Tausende Unschuldiger umbringen, um sich zu bereichern. Wenn wir dorthin gehen, werden sie Geld an uns riechen, auch wenn wir all unsere Teppiche verloren haben. Ein bisschen Geld haben wir ja noch; eine Weile können wir damit noch überleben. Wer weiß, was als Nächstes passieren wird? Sie kämpfen jetzt seit einem Jahr; viel länger kann es nicht mehr dauern. Wir wollen doch nicht alles aufs Spiel setzen, was wir dort vergraben haben!«

Ich verstand nicht, was er damit meinte. Was war da vergraben? Aber ich wusste, dass ich lieber nicht danach fragen sollte.

Großvater wandte sich von meinem Onkel ab. Er sah stattdessen mich an und schwieg einen Augenblick lang. Doch dann sagte er in barschem Ton zu mir: »Mach dich fertig. In zehn Minuten brechen wir auf.«

Ich sah meinen Vater an. An seinen Augen konnte ich ablesen, dass er nicht glücklich über diese Wendung war. Großvater sah meinen Vater an. Ich sah Großvater an. Mein Vater sah mich an.

»Tu, was dein Großvater von dir verlangt«, sagte mein Vater nur. Meine Mutter wurde ganz blass im Gesicht. Aber sie hätte es nie gewagt, meinem Großvater zu widersprechen.

Der Tonfall meines Vaters verriet mir, dass ihm Großvaters Idee nicht gefiel. Aber er hatte zu großen Respekt vor ihm, als dass er ihm etwas abgeschlagen hätte.

»Bist du ein Feigling wie dein Onkel?«, fragte mich mein Großvater.

Ich blickte zu meinem Onkel hinüber, der nur ein paar Jahre älter war als Wakeel. Man sah ihm an, wie tief es ihn kränkte, von seinem Vater als Feigling bezeichnet zu werden.

»Ich werde tun, was mein Vater sagt und was du von mir verlangst«, sagte ich mit leiser Stimme. Aber in Wirklichkeit hatte ich überhaupt keine Lust dazu.

Großvater lächelte. »Du bist ein guter Junge.«

Im Lauf des Vormittags brachen wir auf; die halbe Strecke legten wir sogar mit dem Bus zurück, doch musste dieser seine Fahrt unterbrechen, bevor er die Grenze zwischen den Gebieten der Volksgruppen der Pandschiri und der Hazara erreichte. Diese Grenze verschob sich von Zeit zu Zeit, je nachdem, welche der rivalisierenden Seiten gerade die Oberhand hatte. Also wusste niemand jemals genau, wo sie gerade verlief.

Wir stiegen aus dem Bus aus und gingen zu Fuß weiter. Wir waren ganz alleine auf der Straße unterwegs, obwohl dies dieselbe Straße war, auf der sich an dem Morgen, als wir unser Haus verließen, endlose Flüchtlingstrecks voranbewegt hatten. Es war die breiteste Straße in ganz Kabul; sie war so breit, dass in ihrer Mitte eine Parkanlage mit hohen Bäumen angelegt war. Vor Ausbruch der Kampfhandlungen hatten junge Männer und junge Frauen oft zusammen unter diesen Bäumen gesessen. Hin und wieder haben wir zugesehen, wie sie sich küssten, und haben dann über sie gelacht. Wakeel nannte sie immer »Turteltauben«.

Aber nun waren überall Risse im Pflaster, und an den Stellen, an denen Raketen explodiert waren, gab es sogar tiefe Löcher in den Straßen. Nur die Bomben, die von den Russen vor ihrem Abzug aus Kabul noch über der Stadt abgeworfen worden waren, hatten größere Krater hinterlassen; einige davon waren so tief, dass sie von unten mit Grundwasser vollgelaufen waren. Überall um uns herum lagen verbogene Metallteile. Aber alles war so still, dass wir die Bienen summen hören konnten.

Während wir nebeneinanderher gingen, fragte mein Großvater mich, ob ich jemals in jemanden verliebt gewesen sei. Es war mir zu peinlich, die Frage mit »Ja« zu beantworten, also sagte ich lieber: »Nein.« Wie gerne hätte ich ihm erzählt, dass ich in meine Klassenkameradin Yaldda verliebt war! Aber ich war damals erst neun Jahre alt gewesen, und in dem Alter gehört es sich für Jungen noch nicht, eine Freundin zu haben.

Mein Großvater sah mir in die Augen. »Dem Menschen, der keine Liebe in seinem Leben kennt, bleibt nur die Leere«, sagte er, und seine Stimme klang dabei ganz untypisch sanft. »Ich bin mir sicher, dass du verliebt bist, aber ich weiß, dass du es mir nicht sagen möchtest.«

Ich hatte vor Großvater noch nie ein Geheimnis gehabt, und er hat mir immer in allen wichtigen Dingen seinen Rat gegeben. Sooft ich ihm meine Geheimnisse anvertraut hatte, war mir hinterher ganz erleichtert zumute gewesen.

»Ich liebe ein Mädchen aus meiner früheren Schule«, sagte ich also. »Sie ist in meinem Alter, und ihr Name ist Yaldda, und sie ist sehr schön!«

Mein Großvater lachte laut auf. »Eine Frau kann es dir warm machen wie Wein oder kalt wie Eis. Hab Geduld, kleiner Mann. Ein Mensch ohne Geduld ist wie eine Kerze ohne Wachs. Liebe kann einen bisweilen sehr ungeduldig werden lassen. Du musst deine Gefühle unter Kontrolle halten.«

Darauf sagten wir beide eine Weile lang gar nichts, und ich dachte über seine Worte nach. Ich musste an Yaldda denken. Seit Beginn der Kämpfe hatte ich sie nicht mehr gesehen, und ich fragte mich, wo sie wohl steckte und ob sie in Sicherheit war.

Hatte ihre Familie rechtzeitig ihre Koffer gepackt, oder hatten sie zu lange gewartet? Manchmal schrieb ich Gedichte über Yaldda in mein Tagebuch, wo ich auch all die wichtigen Dinge eintrug, die mein Großvater mir sagte.

Unsere Schritte hallten erschreckend laut auf dem Pflaster, während wir in der Mitte der Straße entlanggingen. Kein weiteres Lebewesen war zu sehen – bis auf ein paar Spatzen, die zwitschernd an uns vorbeiflogen. Der Himmel war so vollkommen blau wie Lapislazuli. Wäre nicht die ganze Zerstörung um uns herum gewesen, hätte man das Gefühl haben können, sich auf einem Picknickausflug zu befinden.

»Warst du auch ungeduldig, Großmutter zu heiraten?«, fragte ich meinen Großvater.

»Ich war in sie verliebt. Ich habe großes Glück gehabt, eine Frau wie sie zu bekommen, aber ich bin erst Jahre später dahintergekommen, dass es in der Ehe drei Stufen gibt«, sagte er und blickte seufzend zu dem Berg mit den zwei Gipfeln hoch, dessen schroffe Steinwand sich hinter dem großen gelben Getreidesilo, das die Russen gebaut hatten, steil emporreckte.

»Auf der ersten Stufe redest du, und deine Frau hört zu. Die zweite Stufe ist, wenn sie redet und du zuhörst. Und auf der dritten Stufe redet ihr beide, und eure Nachbarn hören zu«, sagte er mit einem immer breiter werdenden Grinsen, das in ein lautes Lachen überging. »Die erste Stufe ist die beste«, fügte er hinzu. Seit Monaten hatte Großvater keinen Witz mehr erzählt. Mein Herz lachte, als ich die Unbeschwertheit in seiner Stimme hörte.

Aber es steckte mehr hinter Großvaters Geschichte. Sein Urgroßvater, Khaja Noor Mohammad, stammte aus einem Dorf in der Nähe von Herat und hatte sich im Maidan-Tal, ungefähr dreißig Kilometer von Kabul entfernt, niedergelassen, wo er sich eine große Festung mit hohen Mauern aus Lehmziegeln baute, wie es damals in Afghanistan üblich war. Diese Festung war zwar groß genug, um eine ausgedehnte Verwandtschaft darin unterzubringen, aber doch viel kleiner als Qala-e-Noborja.

Von ihrem Quartier in Maidan aus war das Leben mehrerer Generationen seiner Nachfahren vom Lauf der Jahreszeiten bestimmt gewesen. Sie züchteten Kamele und Schafe wegen ihrer Wolle, die sie dann an Teppichknüpfer und Schneider verkauften.

Der Vater meines Großvaters war der drittjüngste unter sechs Brüdern, starb jedoch schon vor seinen älteren Brüdern. Großvater war erst vier Jahre alt gewesen, als er seinen Vater verlor. Sein jüngerer Bruder kam zwei Monate nach dem Tod ihres Vaters zur Welt.

Zwei Jahre später heiratete die Mutter meines Großvaters erneut, jedoch nicht, wie es Brauch gewesen wäre, einen der Onkel meines Großvaters, sondern stattdessen einen seiner Vettern, der eher in ihrem Alter war. Obwohl er nun sein Stiefvater war, nannte mein Großvater seinen Cousin immer noch *Lala,* älterer Bruder, wie er es schon immer getan hatte.

Der Vater meines Großvaters hatte ihm und seinem Bruder nicht viel hinterlassen außer ein paar Nutztieren, einem Stück Land und der alten Festung. Großvater wollte aber mehr im Leben erreichen, als nur Schafe und Ziegen zu züchten. Sein eigener Großvater, Mullah Abdul Ghafor, war wie ein Heiliger verehrt worden. Und sein ältester Onkel war mehrere Jahre lang der Distriktgouverneur von Kandahar und hatte es dort zu Reichtum und Ansehen gebracht.

Ebenso wie sein Großvater wollte auch mein Großvater sich Respekt und ein Vermögen wie sein Onkel verdienen, also brachte er sich selber das Lesen und das Schreiben bei. Er habe immer ein Buch in der Hand gehabt, hat er uns später erzählt, denn er wollte sich unbedingt auf eigene Faust bilden. Mit zwölf Jahren entschloss er sich, nach Kabul zu gehen, doch als er dort ankam, wusste er nicht, wo er bleiben sollte. Er schlief mehrere Tage lang in Moscheen und Mausoleen, bis er endlich eine Anstellung in einer *Inhisarat* genannten Außenstelle des Verkehrsministeriums, die sich mit der Verladung von Holz und anderen regierungseigenen Gütern ins Ausland befasste, bekam.

Er war nie auf eine Schule gegangen, aber sein Posten ersetzte ihm jeden Schulbesuch. Er beobachtete die Menschen um sich herum und ihr Tun ganz genau; so brachte er in Erfahrung, wie man sich passend kleidete, und vergaß auch sonst nie die praktischen Dinge des Lebens, die seine Mutter ihm beigebracht hatte. Schon bald wurde er zum ersten Mal befördert und in ein Büro versetzt, wo er als Buchhalter arbeitete.

Schließlich fand er eine Anstellung bei der Nationalbank von Afghanistan, wo er damit fortfuhr, sein Wissen zu erweitern. Er studierte das Rechts- und das Gerichtswesen. Er lernte, mit dem Geld anderer Menschen umzugehen und mit dem König zu reden.

Trotz seiner Erfolge hätte er sich aber noch nie so einsam gefühlt, erzählte er uns, obwohl er doch schon mehrere Jahre ganz auf sich allein gestellt gewesen war. Er befand sich immer noch auf der Suche nach jemandem, der Farbe in sein aus sorgfältig untereinandergeschriebenen Zahlenreihen bestehendes Leben bringen würde.

Eines Tages im Frühling kam er nach der Mittagspause aus einem Restaurant, als er eine Nomadenkarawane erblickte, die auf dem Weg von ihrem Winterquartier in der Nähe von Dschalalabad zu ihren Sommerweiden in den hohen Bergen der zentralafghanischen Provinz Bamiyan durch Kabul zog. Und unter diesen Nomaden entdeckte er ein wunderschönes Mädchen, das neben einem Kamel einherging.

Er erkannte das Mädchen wieder, denn er war ihr vor Jahren, als er noch ein Junge war, mehrere Male begegnet, als die Nomaden sich zu Frühlingsanfang für mehrere Wochen in Maidan niederließen, und hatte sich schon damals auf der Stelle in sie verliebt, wie er uns erzählte. An diesem Nachmittag in Kabul hielten die beiden einen winzigen Moment lang Blickkontakt, und dieser Blick wurde zum ersten Glied in der Kette, die ihrer beider Leben für die nächsten Jahrzehnte verknüpfen sollte.

Großvater ging in die Bank zurück und erklärte seinem Vorgesetzten, dass er sich ein paar Wochen lang beurlauben lassen müsse; dann folgte er den Nomaden auf ihrem üblichen Weg nach Maidan, wo sie eine einmonatige Rast einlegten, um ihre Herden grasen zu lassen. Nach einigen Wochen der Unentschlossenheit und der Scheu stellte er sich dem Onkel des Mädchens, der gleichzeitig auch der Anführer der Nomadengruppe war, vor und gestand, in dessen Nichte verliebt zu sein. Der Onkel drohte sofort damit, Großvater umzubringen, denn Nomaden heirateten ausschließlich untereinander, damit ihr Stamm sich vermehrte.

Mein Großvater bekam einen Mordsschrecken und wäre um ein Haar nach Kabul zurückgekehrt; doch nachdem er seine Lage ein paar Tage lang erwogen hatte, bat er seine Mutter, sich vermittelnd für ihn einzusetzen.

Großvaters Mutter, eine sehr couragierte Frau, überzeugte den Onkel, dass ihre Familie aus ähnlichen Verhältnissen stammte wie die seine; auch sie seien jahrhundertelang mit ihren Herden durchs Land gezogen. Sie erzählte ihm, dass unsere Familie von den Arabern abstammte, die vor über eintausend Jahren nach Afghanistan gekommen waren, und dass diese Araber mit der Familie des Propheten Mohammed, Friede sei mit ihm, verwandt gewesen wären, und dann zählte sie ihm die Namen der neunundzwanzig Generationen zwischen der Familie des Propheten und Khaja Ghulam Jallani, ihrem Sohn, auf.

Der Onkel des Mädchens hörte ihr zwar zu, sagte aber nichts dazu. Großvaters Mutter jedoch war froh über dieses Schweigen, denn es bedeutete sein Einverständnis. Diesmal wurden keine Drohungen ausgestoßen, und Großvater begriff, dass er nun mit seiner Angebeteten verlobt war, obwohl er sie allerdings vor ihrer Hochzeit nicht würde wiedersehen dürfen.

Die Nomaden verließen Maidan bald darauf, um zu ihren Sommerweiden in den Bergen weiterzuziehen. Doch als sie zum Herbstanfang zurückkamen, hatte Großvater bereits sämtliche Vorkehrungen für die Hochzeit getroffen und erwartete sie schon mit Ungeduld.

Es war das großartigste Hochzeitsfest, das das Tal von Maidan je gesehen hatte. Die Feierlichkeiten zogen sich über Tage hin. Und als die Nomaden dann weiter in ihr Winterquartier in Dschalalabad zogen, blieb eine ihrer Töchter bei meinem Großvater und seiner Mutter.

Großvater nahm seine Arbeit in der Bank wieder auf und begann mit dem Bau seines Hauses auf dem Land, das er gekauft hatte. Zehn Jahre war er damit beschäftigt, das Haus zu errichten und seinen Hof zu bepflanzen. Seine Frau gebar ihm währenddessen Kinder, am Ende sechzehn an der Zahl, obwohl zwei Zwillingspaare starben, ehe sie ein halbes Jahr alt geworden waren.

In der Bank wurde Großvater am laufenden Band befördert, bis er es zum Leiter der Kontoabstimmungsabteilung gebracht hatte. In seiner Verantwortung lag es, den Saldenabgleich der Geschäftsbücher der Bank durchzuführen. Er war bei allen seinen Kollegen hoch angesehen, und nach ein paar Jahren hatte es sich eingebürgert, dass er mit »Herr Direktor« angeredet wurde, obwohl das gar nicht sein Titel war; doch rührte dies daher, dass er stets einsprang, wenn der richtige Bankdirektor und sein Stellvertreter auf Auslandsreise waren.

Dank seiner profunden Kenntnis des Bank- und Transportwesens wurde ihm der Posten des Oberbuchhalters in der dem afghanischen Wirtschaftsministerium unterstehenden Zollverwaltung angeboten. Nachdem er diesen Posten einige Jahre lang innegehabt hatte, deckte er erhebliche Veruntreuungen seitens eines seiner Kollegen auf. Doch als mein Großvater dem Minister davon Meldung machte, nahm der Minister den Mann, der die Unterschlagungen beging, in Schutz. Noch am selben Tag kehrte Großvater dem Wirtschaftsministerium den Rücken und hat seitdem nie wieder für eine Regierungsbehörde gearbeitet.

In den darauffolgenden Wochen wurden mehrere hochrangige Regierungsbeamte bei ihm vorstellig, um sich zu entschuldigen und ihn zu bitten, an seinen Arbeitsplatz zurückzukehren. Aber Großvater ließ sich nicht erweichen. Er hatte das Vertrauen in die Regierung verloren.

Um seine Familie zu ernähren, begann er mit Teppichen zu handeln. Seine Ware bezog er von den Teppichknüpfern, deren Bekanntschaft er bereits als Kind gemacht hatte, als er mit seinem Vater, der den Handwerkern Wolle verkaufte, durchs Land gereist war.

Über die Jahre kaufte und verkaufte er Tausende von Teppichen. Jedes Frühjahr und jeden Sommer machte er seine Runde durch die Dörfer. Oft nahm er dabei meinen Vater mit – so wie sein eigener Vater und sein Stiefvater ihn mitgenommen hatten, wenn sie ihren Herden folgten. Dies war Großvaters Art und Weise, sein früheres Wanderleben noch einmal nachzuerleben.

Während sie von Haus zu Haus zogen, um neue Teppiche zu kaufen, brachte Großvater meinem Vater bei, wie man kunstvoll gewebte alte Teppiche und Kelims, mit Nadeln gewirkte Teppiche, bei deren Herstellung man Naturfarben verarbeitet hatte, voneinander unterschied, und auch, wie man bis zum letzten Augenblick feilschte, um den besten Preis für sich herauszuschlagen. Da saßen sie dann stundenlang, tranken Tee, scherzten miteinander und merkten sich die Namen sämtlicher Söhne ihrer Gastgeber.

Als ich geboren wurde, war Großvater nicht mehr so viel unterwegs. Er schickte meinen Vater auf die Suche nach wertvollen Teppichen und blieb selber in Kabul, wo er mit Sorgfalt die besten Zeitpunkte zum Kaufen und Verkaufen auswählte und so ganz heimlich, still und leise ein Vermögen und ein Warenlager voller kostbarer Teppiche ansammelte – ohne dass jemals jemand dahinterkam, wie er das geschafft hatte. Aber dann hatte er mit ansehen müssen, wie diejenigen, die sich mit dem heiligen Namen »Mudschaheddin« schmückten, ihm all seine Schätze wegnahmen.

Ein Rudel streunender Hunde kam auf uns zu, hielt kurz inne und rannte wieder davon. Wir bogen in die Straße ein, die zu unserem Haus führte, und ein paar Minuten später konnten wir schon das gelb gestrichene Apartmenthaus über die es umgebenden eingeschossigen Gebäude hinausragen sehen. Zumindest dieser Teil von Großvaters Besitz war also noch intakt. Als mein Großvater das Haus sah, blieb er einen Moment lang stehen.

»Das Leben ist ein Glücksspiel«, sagte er so, als spräche er hauptsächlich mit sich selber. »Mal verliert man, und mal gewinnt man. Wenn man nach seinem Sinn sucht, kann es sein, dass man ihn nie findet – und verliert. Aber vielleicht findet man ihn doch, und dann gewinnt man.«

Er betrachtete die traurigen Hinterlassenschaften des Krieges überall um uns herum. Fast alle Häuser in unserer Straße bestanden nur noch aus zerklüfteten Mauerresten.

Als wir uns unserem Haus näherten, begann er mit leiser Stimme etwas vor sich hin zu summen, wie er es früher beim Schneiden seiner Rosen getan hatte. Trotz all der Zerstörung ringsum war mein Großvater glücklich, wieder in unserer alten Wohngegend zu sein. Doch da hörten wir eine fremde Stimme hinter uns rufen, dass wir sofort stehen bleiben sollten.

Wir drehten uns um und sahen zwei Männer, die Kalaschnikows auf uns gerichtet hielten. Sie hatten sich Tücher um den Kopf gewickelt, sodass ich nur ihre Augen sehen konnte, die für mich aussahen wie die Kerben in Weizenkörnern. Die Männer kamen auf uns zu und fragten meinen Großvater: »Was macht ihr hier?«

»Ich wollte mal nach meinem Haus schauen«, antwortete mein Großvater.

»Wo ist denn dein Haus?«, wollte der Mann wissen.

Großvater wies mit der rechten Hand auf das Haus.

»Du musst ja ein reicher alter Knabe sein, wenn du so ein großes Haus hast!«, rief einer der Kerle. Er war groß und dünn, und seine Stimme klang unfreundlich. »Wir wollen uns mal einen Moment lang unterhalten«, sagte er und zeigte mit seiner Waffe auf das Haus unseres Nachbarn.

Ihrem leicht asiatischen Aussehen nach waren die Männer Hazara und gehörten wohl zu einer der Milizen, die sich um die Vorherrschaft in diesem Teil Kabuls stritten. Sie waren ganz in Schwarz gekleidet und trugen Granaten an ihren Gürteln; am rechten Bein hatten sie sich jeweils ein Messer festgebunden. Ich konnte ihr Alter schwer schätzen, vielleicht waren sie Ende zwanzig.

»Ich werde mich nachher mit euch unterhalten, nachdem ich bei meinem Haus gewesen bin«, sagte Großvater.

»Du tust, was ich dir sage!«, schrie der Mann ihn an und stieß meinem Großvater seine Waffe vor die Brust. Der Hass in seiner Stimme war nicht zu überhören.

Uns blieb keine andere Wahl, als die Männer zum Haus unseres Nachbarn zu begleiten. Er hatte erfolgreich Waren aus dem Ausland importiert und sich eines der schönsten Häuser in unserer Straße gebaut. Als einer unserer Peiniger die Tür zum Hof aufstieß, roch ich Blut – wie in einem Metzgerladen. Und es stank auch nach etwas, das seit Tagen vor sich hin faulte.

Hinter der Hoftür erstreckte sich zunächst ein ungefähr zwanzig Fuß langer Gang, an dessen Ende eine Tür in den Innenhof führte. Ich erinnerte mich, mit meinem Vater vor zwei Jahren anlässlich einer Verlobungsfeier hier gewesen zu sein. An diesem Abend war der Rasen so sorgfältig gemäht gewesen, dass er einem grünen Teppich glich. Überall hatten Rosen geblüht, und in der Mitte des Gartens hatten ein paar McIntosh-Apfelbäume mit großen Früchten an ihren schlanken Ästen gestanden – ein Geschenk meines Großvaters. Ansonsten hatte es noch Birn- und Aprikosenbäume und einige Pinien gegeben. Entlang der Wege standen damals Blumenkübel, und in den Zimmern, die auf den Hof hinausgingen, hingen schöne Lampen, die die erlesenen Möbel in ein warmes Licht tauchten. Der Besitzer des Hauses hielt sich oft in London und in anderen Städten auf und brachte von dort ausgefallene Sachen mit, die sonst niemand hatte.

Auf einem mit roten Afghanenteppichen ausgelegten Podest hatten Musiker gespielt; um sie herum hatten überall im Hof Männer und Frauen zusammengesessen und sich unterhalten – einige auf Stühlen, die um kleine Tische herum aufgestellt waren, andere auf Kissen auf dem Rasen. Und jeder hatte ein Getränk in der Hand, während man lachte und plauderte. Der Sohn des Hausbesitzers war gerade aus Harvard zurückgekommen, um die Braut kennenzulernen, die seine Eltern für ihn ausgesucht hatten.

Mein Vater und ich waren damals bis ein Uhr früh geblieben. Als wir gingen, lauschten manche der Gäste immer noch der leisen Musik und unterhielten sich über ihr Leben, ihre Geschäfte, ihre Familien und ihre Zukunft.

In jenen Tagen waren das die Dinge, über die die Erwachsenen dauernd redeten. Die Kommunisten waren zwar noch an der Macht, wurden aber vielerorts von den Mudschaheddin heftig bekämpft. Aus Neugier spitzte ich die Ohren, wenn die Erwachsenen miteinander sprachen, verstand aber nie, warum sie sich dabei so besorgt anhörten. Das Einzige, was sie mit Sicherheit wussten, war, dass niemand mit Sicherheit wissen konnte, wie es weitergehen würde.

Nun stand ich also wieder in diesem Hof und begriff endlich genau, was sie damals gemeint hatten. Die schönen Zimmer hatten kein Glas mehr in ihren Fenstern, und alles sah aus, als hätte hier seit Jahrhunderten niemand mehr gewohnt. Im Hof war keine Spur von einem Baum mehr zu entdecken. Sie waren alle zu Feuerholz geworden.

In der Mitte des Hofes, dort, wo damals das Podium für die Musiker gestanden hatte, war nun ein großes Loch, in dem Dutzende von Männer- und Frauenköpfen sowie andere abgetrennte Körperteile lagen. Ich sah in diese Gesichter, und sie starrten aus offenen Augen zurück. Ihr filziges Haar war mit Blut verklebt. Beinahe hätte ich mich übergeben, konnte mich aber gerade noch zusammennehmen.

Ich hatte keine Ahnung, wer diese Leute waren, auch nicht, wie es gekommen war, dass ihr Leben auf Erden hier an diesem Ort sein Ende gefunden hatte. Aber ich habe sie nie mehr vergessen, obwohl ich es oft versucht habe.

Die beiden Männer schubsten Großvater und mich einen Pfad entlang, der zwischen Rosensträuchern hindurchführte, die dringend beschnitten werden mussten. Im Vorbeigehen blieben Dornen an meinem Ärmel hängen. Ich erinnerte mich an den Tag, als ich einmal eine Rose von diesen Sträuchern abgebrochen hatte. »Eine Blume sieht am schönsten aus, wenn sie noch an ihrem Busch wächst«, hatte der Hausbesitzer damals zu mir gesagt. »Da gehört sie nämlich hin.« Seitdem habe ich nie wieder eine Blume abgebrochen, denn ich wusste, dass er recht gehabt hatte. Aber ich konnte mir einfach nicht vorstellen, wie jemand all diesen Männern und Frauen die Köpfe abgetrennt hatte. Die gehören doch auf ihre Körper, dachte ich.

Bei der Hitze war der Gestank unerträglich. Keine Minute länger wollte ich mehr hierbleiben. Ich spürte, wie mir die Tränen kamen, und meine Kehle war mir wie zugeschnürt, sodass ich kaum noch Luft holen konnte. Obwohl ich meine Augen zukniff, ließ sich doch der Anblick der Köpfe, Beine und fingerlosen Hände nicht aus meinem Kopf verbannen.

Ich sah die beiden Kerle an, die ihre Gesichter hinter ihren Tüchern verbargen. Wer mit einer Waffe herumläuft, ist der größte Feigling von allen, dachte ich, weil er sich ohne sie nicht zur Wehr setzen kann.

Ich hatte keine Waffe, mit der ich sie hätte erschießen können. Ich hatte keine Schaufel, mit der ich diese verlorenen Seelen mit Erde hätte zudecken können. Und ich hatte keine Möglichkeit, mir eines von diesen Dingen herbeizuwünschen.

Die beiden Männer schoben uns auf der anderen Seite des Hofes in ein Zimmer, in dem es feuchtkalt war und nach Blut roch, und verschlossen die Tür hinter uns. Auf die Wände hatte jemand etwas mit Kreide und mit Zeichenkohle geschrieben: »Wer in dies Zimmer kommt, verlässt es nicht mehr lebend«, stand da, und: »Das war das Schicksal meines Bruders, und es wird auch das meine sein.«

Auf der Wand gegenüber stand: »Hab keine Angst vor dem Tod. Du bist eines Tages geboren worden, und du wirst eines Tages sterben.«

In einer anderen Schrift war zu lesen: »Du kannst dich noch so gut vorbereitet haben – für die Zukunft gibt es keine Garantie.« Ich machte die Augen zu, damit ich nicht noch mehr davon lesen musste.

In mir breitete sich ein beklemmendes Gefühl aus. Am liebsten hätte ich laut aufgeschrien: »Wenn ihr mich umbringt, werde ich auch einer von diesen Köpfen sein, aber es ist gemein, mir diese vielen Toten zu zeigen, die ich nie gekannt habe.« Doch ich hatte zu viel Angst zu schreien. Meine Stimme versteckte sich in meiner Brust. Ich wagte es nicht, auch nur ein Wort zu sagen.

Ich behielt meine Augen fest geschlossen, versuchte das, was ich gesehen hatte, aus meinen Gedanken zu verjagen. Schweigen erfüllte den Raum, bis mein Großvater etwas mit einer mir fremd klingenden Stimme zu mir sagte: »Du musst einen Weg finden, um zu überleben. Und das Geheimnis des Überlebens besteht darin, die Augen zu öffnen. Mit geschlossenen Augen trifft man nie das Ziel.« Vorsichtig öffnete ich die Augen und sah Großvater vor mir knien, sodass sein Gesicht auf einer Höhe mit meinem war. Er sah sehr beunruhigt aus. »Wenn sie mich umbringen und dich hierbehalten, musst du mir versprechen, wieder nach Hause zurückzufinden.«

»Warum sollen sie mich denn hierbehalten und dich umbringen? Warum sagst du solche Sachen? Ohne dich gehe ich überhaupt nirgendwohin«, sagte ich trotzig.

»Ich bin alt, und mit mir können sie nichts anfangen. Dich aber werden sie zum Arbeiten brauchen oder zu ihrem körperlichen Vergnügen.«

Großvater konnte mir an den Augen ablesen, dass ich völlig verwirrt war. »Ich muss dir jetzt nicht erzählen, was das ist, aber wenn die Zeit kommt, wirst du es kennenlernen. Sie mögen dich eine Weile lang benutzen, aber dann musst du eine Gelegenheit zur Flucht finden. Ich bin sicher, dass dir das gelingt. Zeig ihnen nicht, wie schlau du bist. Tu immer ganz dumm.«

»Nein, nein, sag mir nicht, dass du nicht mit mir kommen kannst. Hör auf damit, bitte«, jammerte ich. Ich habe es immer gehasst, wenn ich weinen musste, aber jetzt hatte ich wirklich Angst, dass ich mich gleich nicht mehr würde zurückhalten können, und ich wollte doch nicht, dass Großvater mich weinen sah, denn dann würde er mich wahrscheinlich Heulsuse nennen, wie das meine ältere Schwester gerne tat, um sich dafür zu rächen, dass ich das Gleiche schon oft zu ihr gesagt hatte.

»Hör mir jetzt gut zu. Es kann sein, dass wir nicht noch einmal die Möglichkeit haben werden, miteinander zu reden. Wenn dir diese Menschen hier das Leben zur Hölle machen, magst du glauben, dass es das Beste ist, sich das Leben zu nehmen, um all deinen Kummer hinter dir zu lassen. Aber glaube mir, so ist es nicht.« Großvater sprach mit einer Stimme, die keinen Widerspruch duldete. Es war das erste Mal, dass ich ihn so erlebte.

»Du musst jetzt ein sehr tapferer Junge sein, und wenn sie dich umbringen, musst du diesen Tod mit offenen Armen akzeptieren. Bettele nie um dein Leben, denn letzten Endes holt der Tod uns alle, so oder so.«

»Bevor sie mich umbringen, möchte ich aber noch einmal meine Familie sehen. Ich möchte mich von ihnen verabschieden und ihnen sagen, dass ich sie liebe.« Mir versagte fast die Stimme.

Auf einmal musste ich wieder an die Witze meines Vaters denken, an das Lächeln meiner Mutter und die unschuldigen Blicke meiner Schwester. Ich musste daran denken, wie ich mit meinen Eltern und meinen Schwestern beim Frühstück um ein großes Tischtuch herum gesessen habe und wie wir dabei gelacht hatten.

Großvater sah mir einen Moment lang tief in die Augen und sagte dann: »Die Vergangenheit ist wie Wasser, das einen Fluss hinunterfließt; du kannst es nicht mit einem Spaten zurücktragen. Lass die Vergangenheit ruhen und gehe auf deinem Weg weiter; du wirst nichts versäumen. Erinnere dich immer an alles, was ich dir gesagt habe, ja?«

»Ja, ich werde mich an alles erinnern«, sagte ich. Nun sah ich in seine Augen, und sie wurden feucht. Er wandte das Gesicht ab und schnäuzte sich in sein Taschentuch. Dann sah er die Wände an und las, was darauf geschrieben stand. »Wir müssen hier auch etwas von uns hinterlassen«, sagte er. Er hob ein Stück Kohle vom Boden auf und gab es mir. »Schreib: ›Der Tod zerstört nur den Käfig, aber nicht den Vogel darin.‹«

Es war für mich eine große Erleichterung, nun einen solch weisen Satz von ihm zu hören statt seiner traurig machenden Äußerungen. Ich wollte ihm um den Hals fallen, aber er hatte das Gesicht tief in sein Taschentuch vergraben.

Der große, dünne Mann schloss die Tür und kam zu uns herein. Mit der rechten Hand zeigte er auf meinen Großvater. »Bring mir vierhunderttausend Afghani, und ich lasse dich gehen. Aber der Junge bleibt hier, bis du mit dem Geld zurückkommst.«

»Du bekommst deine vierhunderttausend Afghani, aber du

siehst nichts davon, wenn du meinem Enkel auch nur ein Haar krümmst«, sagte mein Großvater.

»Solange du zu deinem Wort stehst, werden wir dem Jungen nichts tun.« Er ging hinaus, um sich mit seinem Kumpan zu besprechen. Die Tür ließ er offen.

»Wo willst du das Geld hernehmen?«, fragte ich meinen Großvater.

»Mach dir wegen des Geldes keine Gedanken. Das ist nicht das Problem. Wir müssen hier nur unbedingt raus.«

»Unter solchen Umständen ist es wohl sehr gut, reich zu sein«, sagte ich leise vor mich hin.

»Wir waren einmal reich, und deswegen sind wir ja jetzt auch hier. Reich zu sein wird von jetzt ab bedeuten, dass man zum Beispiel ein Schaf zubereitet und sich dann wilde und hungrige Wölfe mit scharfen Zähnen als Gäste einlädt. Sollten sie nach dem Essen noch nicht satt sein, werden sie sich selber dazu einladen, dich auch noch zu verspeisen«, sagte Großvater in sorgenvollem Ton. »Vorerst müssen wir sie bei Laune halten.«

Der lange Kerl kam zurück und zeigte auf meinen Großvater: »Bist du Sunnit oder Schiit?«

»Sunnit und Schiit sind die beiden Hälften eines Körpers und ein Dorn im Auge des Feindes; beide glauben an Gott und Mohammed, Friede sei mit ihm«, sagte Großvater mit bemerkenswert ruhiger Stimme. Die Trennung von Sunna und Schia, den zwei Glaubensschulen des Islam, ging auf den Disput zurück, wer nach dem Tod des Propheten Mohammed der geistige Führer der Muslime werden sollte – sein Schwiegersohn oder ein gewählter Nachfolger. Ansonsten gab es keine fundamentalen Unterschiede zwischen Sunniten und Schiiten, allenfalls, was die Gebräuche bei der Ausübung ihres Glaubens betraf.

Dem Mann schien es plötzlich unangenehm zu sein, die Frage gestellt zu haben, und er ging wieder hinaus, als müsse er erst über seinen nächsten Schritt nachdenken.

Statt seiner kam der andere, der bis jetzt kein Wort gesprochen hatte, herein, griff Großvater beim Kragen, zog ihn zu sich heran und sagte: »Ich schlage dir ein Geschäft vor. Wie viel hast du jetzt bei dir, was du uns sofort geben kannst?« Dann schlug er meinen Großvater ins Gesicht. Ich erhob mich, um meinen Großvater zu verteidigen, aber der Bursche versetzte mir einen Stoß vor die Brust und warf mich hintenüber. Dann krempelte er sich die Ärmel hoch, um weitere Schläge auszuteilen.

Mein Großvater zitierte auf Arabisch einen der *Hadiths*, der Lehrsätze des Propheten Mohammed, Friede sei mit ihm: »Der Sendbote Gottes, Mohammed, sagte: Jemand, der kein Mitempfinden mit jüngeren Menschen hat und die Rechte der Älteren nicht anerkennt, gehört nicht zu uns.«

Einen Augenblick lang sah er meinen Großvater wütend an, zögerte und verließ dann den Raum, ohne noch etwas zu sagen. Sein großer, dünner Freund kam und verschloss die Tür. Großvater und ich waren wieder unter uns.

Ich sah meinen Großvater an. Sein Gesicht war rot angelaufen, und auf seiner linken Wange war noch der Abdruck der vier Finger des Mannes zu erkennen. Wenn mein Vater hier wäre, würde er diese zwei Kerle tüchtig verprügeln und ihnen auf *ihren* Gesichtern einen Denkzettel hinterlassen, dachte ich.

Großvater lächelte mir zu. »So etwas habe ich lange nicht mehr erlebt.« Dann begann er, im Raum auf und ab zu gehen.

Ich dachte über meinen Tod nach: Was wird sein, wenn meiner Familie mein Leichnam ohne meinen Kopf gebracht wird? Werden sie mich dann ohne ihn beerdigen? Wie wird es in dem Grab sein? Nur Erde unter mir und große Steine über mir. Ich würde mit einem weißen Tuch bedeckt sein. Ich überlegte, wie einsam es im Grab sein musste, und das machte mir noch mehr Angst als die Köpfe, die ich in der Grube gesehen hatte. Aber zumindest waren die Köpfe alle zusammen. Sie konnten zwar nicht mehr zusammen essen oder miteinander schwatzen, aber sie waren wenigstens nicht allein.

Spontan wünschte ich mir, ich würde das Bewusstsein verlieren. Ich würde glatt ein Glas mit Gift trinken, wenn dadurch der Anblick dieser Köpfe wegginge und ich für immer in den Schlaf geschickt würde.

Draußen im Hof hörte ich Schritte. Ich sah, wie ein dritter

Mann, ebenfalls ein Hazara, durch das zerbrochene Fenster schaute. Er trug kein Tuch um den Kopf gewickelt und hatte auch keine Kalaschnikow, nur eine Pistole am Gürtel. Er war ein paar Jahre älter als die beiden anderen, aber auch höchstens Anfang dreißig. Er war sehr muskulös gebaut. Sein kleiner Finger steckte bis zur Hälfte in seinem Nasenloch.

Der lange Kerl schloss die Tür auf und brüllte: »Kommt raus! Unser Kommandant will mit euch reden!«

Wir traten ins Freie. Der Kommandant stand am Rand der Grube und betrachtete die abgeschlagenen Köpfe. Ihm schien der Gestank nichts auszumachen. Ungefähr fünf Minuten lang schenkte er uns keinerlei Beachtung. Er hörte auf, sich die Nase frei zu pulen, und wischte sich den Finger an seiner Weste ab, die lauter kleine Taschen und Ösen für Munition und Granaten hatte. Sämtliche Auslösehebel seiner Handgranaten hingen nach draußen. Einen Augenblick lang dachte ich daran, einfach einen dieser Hebel zu ziehen und den Kommandanten in die Grube zu schubsen.

Er räusperte sich geräuschvoll und starrte weiter in die Grube, während er meinem Großvater eine Frage stellte: »Weißt du, warum ich all diese Köpfe hier aufbewahrt habe?«

»Nein«, sagte Großvater.

»Möchtest du es denn wissen?«

»Möchtest du es mir denn sagen?«, erwiderte Großvater.

»Möchtest du es wissen, junger Mann?«, wollte der Kommandant nun von mir erfahren.

»Nein, weil es doch klar ist. Du bist ein Mörder«, sagte ich kummervoll.

Jetzt wandte der Kommandant sich zum ersten Mal zu uns um. Er sah mich aus toten Augen an.

Großvater kniff mich in die Schulter und sagte rasch: »Er ist ein Kind. Er weiß nicht, was er redet.«

»Kinder sind ehrlich, und sie wissen genau, was sie sagen. Ich mag Menschen, die kein Blatt vor den Mund nehmen. Ich mag es aber auch, menschliche Schädel zu sammeln. Zuweilen pflanze ich Blumen darin; dann sehen sie richtig hübsch aus. Möchtest du, dass dein Kopf ein schöner Topf für einen Rosenstrauch wird?«

Großvater sagte nichts. »Dein Schädel wird nach einer Weile sowieso zu Erde. Warum also nicht etwas Nützliches daraus machen?« Der Kommandant grinste. Sein kleiner Finger wühlte wieder in seiner Nase herum und suchte nach etwas. »Man sollte sich doch freuen, wenn Blumen aus einem werden.«

Großvater behielt den Kommandanten genau im Auge; der seinerseits konnte den Blick gar nicht von den Schädeln losreißen. Die beiden anderen Männer hielten sich etwas abseits und beobachteten alles.

»Und weißt du auch, wofür verfaultes Menschenfleisch gut ist?«, fragte der Kommandant.

»Erzähl's mir«, sagte Großvater.

»Es ist guter Dünger. Hast du das nicht gewusst?«

»Nein, das habe ich noch nicht gewusst«, sagte mein Großvater, und es hörte sich fast so an, als interessierte ihn das Thema. Ich aber merkte, dass er Angst hatte.

»Ja, ich auch nicht. Ich habe das erst vor ein paar Wochen mitbekommen, als ich etwas davon in einen meiner Schädeltöpfe getan habe. Die Rose ist aufgeblüht wie verrückt; sie blüht immer noch. Möchtest du sie eventuell sehen?« Er lächelte und sah Großvater zum ersten Mal ins Gesicht. Dann räusperte er sich wieder. »Warum suchst du dir bei der Gelegenheit nicht gleich aus, welche Rosenart du gerne in deinem Schädel wachsen haben würdest?«

»Wenn du es willst«, sagte Großvater in ganz sanftmütigem Ton. »Aber darf ich dich vorher um deine Erlaubnis bitten, noch ein letztes Mal mein Haus auf der anderen Seite der Straße sehen zu dürfen?«

Der Kommandant lachte; viel zu laut. Ich sah ihn an und fragte mich, was er an dieser Bitte wohl so lustig fand. »Das ist nicht dein Haus«, sagte er.

»Doch, das ist es schon«, sagte Großvater, als würde er einem Kunden etwas erklären. »Ich habe es gebaut, und ich habe darin gelebt. Es war meine Hoffnung, eines Tages dorthin zurückzukehren, wenn ihr alle wieder dahin zurückgegangen seid, von wo ihr herkommt.«

Der Kommandant zog die Augen zu noch schmaleren Schlitzen zusammen und sah Großvater voller Widerwillen an. »Ich habe dir gesagt, dass ich Menschen mag, die die Wahrheit sagen. Ich kenne den Besitzer dieses Hauses, und du bist es nicht. Er war mein Lehrer. Und mein Trainer. Ich bin jeden Tag in sein Fitnessstudio gegangen, um dort zu trainieren.« Er zog seine Pistole. »Du bist kein ehrlicher Mensch, wie alle Leute mit Geld.«

»Sprichst du von Abdul Basir?«, fragte Großvater mit ruhiger Stimme.

»Natürlich! Abdul Basir ist ein Mann von Ehre, ein Mann, den man respektiert.«

»Ja, das weiß ich«, sagte Großvater.

»Und das ist sein Haus, nicht deines!« Der Kommandant wurde immer lauter.

»Abdul Basir ist mein Sohn«, sagte Großvater.

Der Kommandant zog wieder die Augen zusammen. »Versuch hier keine faulen Tricks mit mir.«

»Er ist mein Vater«, sagte ich mit Nachdruck. »Wenn er hier wäre und sehen würde, dass du so mit Großvater redest, hättest du jetzt schon eine gebrochene Nase.«

Der Kommandant blickte mich an. »Dieser Junge sieht nicht aus wie Abdul Basir. Sondern wie ein Hazara, so wie wir«, sagte er zu Großvater.

»Sein Erbe mütterlicherseits«, erwiderte Großvater. Stimmte das? Davon hatte ich noch nie etwas gehört.

»Erzähl mir von deinem Sohn. Wo unterrichtet er?«, schrie der Kommandant meinem Großvater ins Gesicht.

»An der Habiba-Oberschule. Er ist auch Boxtrainer. Er hatte einen Übungsraum in der Schule und einen bei uns im Haus, unten an der Ecke. In der Schule hat er jeden Tag zweihundert Schüler gehabt, und in seinem Studio fünfzig Leute trainiert. Er hatte mehrere internationale Boxkämpfe, und die meisten davon hat er gewonnen. Was soll ich dir noch von ihm erzählen? Was er zum Frühstück isst oder was für Farben er gerne trägt? Was er für ein Motorrad hatte?« Großvater stand kurz davor, verächtlich zu klingen.

»Erzähl mir von seinem Motorrad.« Der Kommandant hörte sich immer noch gereizt an.

»Englisch. Vier Zylinder. Fünfzehnhundert Kubik. Es war groß und laut. Vor zwei Jahren kam ein Tourist aus Dänemark nach Kabul und hat es ihm abgekauft. Von dem Geld hat er sich dann einen russischen Wolga gekauft.«

Nun veränderte sich der Gesichtsausdruck des Kommandanten. Eine kleine Spur Leben schien sich in seine Augen geschlichen zu haben, aber eben nur eine kleine Spur. »Das stimmt«, sagte er leise. Sein ganzer Körper schien sich zu entspannen. Er nahm die rechte Hand meines Großvaters, küsste sie und berührte damit mehrfach seine Augen. So, war es uns beigebracht worden, sollten wir als Zeichen von Respekt und Ehrfurcht den Heiligen Koran küssen und die Hand eines heiligen Mannes.

Ich war mir nicht sicher, ob ich erleichtert sein oder mich eher noch mehr fürchten sollte. Es war alles so sonderbar, was sich hier abspielte. Und es war allein dadurch, dass er den Namen meines Vaters ausgesprochen hatte, noch merkwürdiger geworden.

Der Kommandant brachte uns zum Tor, und seine beiden Kameraden folgten ihm. Es schien ihm alles sehr peinlich zu sein. Als wir draußen auf der Straße standen, fragte er meinen Großvater, ob seine Männer uns schlecht behandelt hätten. Sein Benehmen hatte sich völlig verändert. Er spielte nicht mehr den starken Mann. Er führte sich auf wie ein Diener seinem König gegenüber.

»Frag sie selbst«, sagte mein Großvater.

»Habt ihr sie schlecht behandelt?«, fragte er seine Männer in strengem Ton. Sie standen hinter ihm und starrten zu Boden. Dann wiederholte er seine Frage, aber diesmal ganz ruhig. Die beiden antworteten immer noch nicht. Der Kommandant schlug einem von ihnen mit solcher Wucht ins Gesicht, dass Schleim aus der Nase des Mannes spritzte und auf der linken Hand des Kommandanten landete.

Der Mann wischte sich die Nase ab, und sein Kommandant prügelte mit seinen kräftigen Fäusten auf seinen Rücken ein. Während er ihn schlug, brüllte er ihn an: »Du rotznasiger Bastard, weißt du eigentlich, mit wem du es hier zu tun hast? Dieser heilige Mann ist der Vater meines Lehrers. Sein Sohn war immer sehr gut zu mir, und er hat mehr Boxkämpfe gewonnen, als du Haare auf dem Kopf hast!« Gnadenlos drosch der Kommandant auf den Mann ein, bis dieser jammernd auf die Knie sank. Der Kommandant musste früher ebenfalls ein guter Preisboxer gewesen sein.

Großvater bat ihn, mit dem Schlagen aufzuhören.

Der Kommandant versetzte seinem Untergebenen noch einen Tritt und befahl seinem Kameraden, uns Tee zu bringen. Er fragte meinen Großvater, was für Tee er bevorzuge.

»Lass mich jetzt zu meinem Haus gehen; Tee trinken wir ein andermal zusammen«, erwiderte mein Großvater.

»Es tut mir leid, aber du kannst heute nicht zu deinem Haus.« Seine Stimme war viel sanfter, wenn er mit Großvater sprach. »Genau da, wo dein Haus steht, verlief letzte Woche die Frontlinie, und meine Männer haben überall im Hof Minen ausgelegt. Im Moment kämpfen sie in Bamiyan, aber in ein paar Tagen werden sie wieder hier sein. Nächste Woche wird dein Hof vollkommen von Minen geräumt sein, das verspreche ich dir!«

Man sah, wie Großvaters Gesicht einfiel. Er war eben gerade dem fast sicheren Tod entronnen, aber es nahm ihn viel mehr mit, direkt vor unserem Haus zu stehen und doch nicht hineingehen zu können. Wir traten hinaus auf die Straße; dann standen wir da, blickten auf unser Haus und sagten kein Wort.

Diese Straße war einmal von Lebensfreude erfüllt gewesen. Ich sah, wie zwei streunende Hunde in dem Haus verschwanden, in dem wir bis vor wenigen Minuten noch gefangen gehalten worden waren. Dann kam einer der Hunde mit einem Unterarm im Maul wieder heraus. Unsere Wohngegend war zu einem Selbstbedienungsrestaurant für Hunde geworden.

Der Kommandant wollte unbedingt, dass wir mit ihm zu Mittag aßen, aber Großvater sagte, dass er lieber gehen würde.

»Du scheinst mir kein schlechter Kerl zu sein«, sagte mein Großvater. »Hast du wirklich all diese Menschen umgebracht, deren Köpfe da in der Grube liegen?« E sprach mit so gefasster Stimme, als stünde einer seiner Söhne vor ihm.

»Nein, Onkel. Ich bin kein guter Kerl mehr. Ich bin ein Mörder. Ich bin mal ein guter Kerl gewesen, aber es kommt mir vor, als wäre das schon sehr lange her.«

»Was ist denn geschehen?«, fragte Großvater.

»Ich bin auf die Habiba-Oberschule gegangen. Ich hatte immer die besten Noten in der Klasse. Ich sollte sogar auf die Universität gehen. Das kannst du meinen Lehrer fragen – deinen Sohn, Malem Abdul Basir. Ich war auch einer der besten Boxer im Sportunterricht. Aber dieser Krieg hat alles Gute in meinem Leben zerstört. Er hat mir alles weggenommen.« Seufzend blickte er hinüber zu dem Berg.

»Das ist nicht nur dir so ergangen«, sagte Großvater. »Sondern jedem in Afghanistan.«

»Nein. Das stimmt nicht. Wir Hazara sind schon seit Jahrhunderten wie Sklaven in diesem Land behandelt worden. Die Paschtunen und die anderen Volksstämme haben uns immer als Außenseiter betrachtet und uns wie Hunde behandelt. Vor ein paar Monaten ist einer meiner Cousins in Gefangenschaft geraten. Man hat ihm den Schlauch eines Reifendruckprüfers in den Hintern gesteckt und dann Luft in ihn hineingepumpt, bis er geplatzt ist. Und weißt du, wer das gemacht hat? Gulbuddin Hekmatyar. Und wer ist Gulbuddin Hekmatyar? Ein Paschtune. Er hasst uns Hazara. Dann hat einer von Massouds Folterknechten meinem Bruder einen Nagel in den Kopf gehämmert. Alles hat gelacht, als er vor Schmerzen schrie. Weißt du, wer Massoud ist? Ein Pandschiri, der die Hazara hasst. Jeder in diesem Land blickt von oben auf uns herab. Was haben wir diesem Land angetan, dass man uns so schlecht behandelt? Nenn mir einen Hazara, der in einer hohen Position in der Regierung arbeitet. Ich kann dir versichern – es gibt keinen.« Sein Gesicht lief rot an vor Wut.

»Aber was du tust, ist auch nicht gut«, sagte Großvater. »Du kannst Blut nicht mit Blut vergelten.«

»Ich will Rache.« Diese Worte sprach er ganz gedehnt aus. »Ich will Rache! Gulbuddin, Massoud und Sayyaf, diese Kriegsfürsten, haben meine ganze Familie umgebracht. Und bevor sie sie umbrachten, haben ihre Schergen meine Mutter und meine Schwestern noch vergewaltigt. Möchtest du wissen, woher ich das weiß? Man hat mich gezwungen, dabei zuzusehen! Eine meiner Schwestern war erst sieben Jahre alt. Ich bin der Einzige, der von uns überlebt hat, und ich weiß, dass es auch mich früher oder später erwischen wird. Aber bevor ich sterbe, bringe ich so viele Leute um, wie ich kann. Ich werde sie ausrauben, vergewaltigen und sie ermorden!« Seine Stimme überschlug sich fast.

»Das ist keine sehr kluge Art, das Problem zu lösen«, sagte Großvater.

»Ich halte es für eine sehr kluge Art. Die anderen Völker sollten uns Hazara endlich als gleichberechtigt und als Afghanen anerkennen. Wenn sie meinen, dass sie mit uns umspringen können, wie sie wollen, dann werden sie jetzt feststellen, dass auch wir sehr grausam sein können. Wir haben uns viel zu lange, jahrhundertelang, viel zu viel bieten lassen. Jetzt ist das Fass unserer Geduld endlich übergelaufen.«

Großvater sagte nichts dazu, und so schwieg auch der Kommandant. Er warf noch einmal einen Blick zu dem Berg hinauf; Großvater hingegen schaute zu seinem Haus hinüber. Dann unterbrach der Kommandant das Schweigen. »Es tut mir leid, dass du heute nicht in dein Haus kannst.«

»Schon gut«, sagte Großvater. »Danke dir.«

Als wir um die Ecke bogen, sah ich mich unwillkürlich nach meinem guten Freund Muhammad Ali um. Er hatte in einem hübschen Haus dem unseren gegenüber gewohnt, aber das schien nun verlassen zu sein. Er und Wakeel waren in der Schule im gleichen Jahrgang und miteinander befreundet gewesen. Muhammad Alis und seine Familie waren längst nicht die einzigen Hazara, die wir als Nachbarn hatten. Muhammad hatte mir das Fahrradfahren beigebracht, und mit Drachen konnte er auch sehr gut umgehen. Wo mochte er jetzt stecken? Viele seiner Verwandten waren nach

Deutschland gegangen. Hatte er sich mit ihnen in Sicherheit bringen können? Oder hatten die Hazara hassenden Kriegsfürsten ihm und seiner Familie schreckliche Dinge angetan?

»Ich kann euch ein Stück im Auto mitnehmen«, bot der Kommandant an.

Großvater nickte. Der Kommandant ging voraus, und wir folgten ihm zu einem russischen Jeep, der in einiger Entfernung am Straßenrand abgestellt war. Der Kommandant kletterte hinein, und wir taten es ihm nach. Dann fuhr er mit uns los, an dem gelben Silo vorbei, an dem wir vor einer Stunde – die mir jetzt wie ein halbes Leben vorkam – schon einmal vorübergegangen waren. Er hielt an einer Bushaltestelle, an der seit Beginn der Kampfhandlungen kein Bus mehr gehalten hatte, und stieg aus. »Weiter fahren kann ich nicht. Dies ist die Grenzlinie zwischen den Hazara und den Pandschiri. Wenn ich hier weiterfahre, bin ich ein toter Mann.«

Auch wir stiegen aus dem Jeep. Der Kommandant kam um den Wagen herum auf unsere Seite. Er küsste mich auf beide Wangen und bat mich, meinem Vater seine herzlichsten Grüße auszurichten. Dann nannte er uns auch seinen Namen. Sein Atem roch so schlecht, dass ich mich schon wieder beinahe übergeben hätte. Er küsste noch einmal Großvaters Hand. Er blieb noch lange neben seinem Wagen stehen und sah uns nach, wie wir davongingen.

Als ich nach Hause kam, kochte meine Mutter gerade das Abendessen. Sowie sie mich sah, rannte sie auf mich zu, und ich bekam wieder auf beide Wangen Küsse. Ihre Hände rochen nach Zwiebeln, aber dieser Geruch war für mich der schönste auf der Welt.

Sie wollte unbedingt von mir hören, was mit unserem Haus war, doch mir war nicht nach reden. Ich musste dauernd an den Schädelhaufen und an die Hunde denken. Mein Großvater zog sich in sein Zimmer zurück, ohne etwas zu sagen. Das hielt meine Onkel und Tanten aber nicht davon ab, sich sogleich vor seiner Tür zu versammeln, um zu erfahren, was er gesehen hatte.

Meine Cousins und Cousinen stellten sich vor unsere Tür, musterten mich schweigend und warteten darauf, dass ich zu erzählen anfing.

Als meine Mutter energisch von mir verlangte, dass ich endlich den Mund aufmachte, musste ich plötzlich weinen, wurde so sehr von immer heftigeren Schluchzern heimgesucht, dass ich mich überhaupt nicht beruhigen konnte. Und schon fing auch meine Mutter an zu weinen, obwohl sie doch gar nicht wusste, was mir widerfahren war. Meine Schwestern heulten ebenfalls leise vor sich hin – mit Ausnahme meiner älteren Schwester, die einen boshaften Glanz in den Augen hatte.

Meine Mutter schüttelte und umarmte mich abwechselnd und wollte immer wieder wissen, was denn mit mir los wäre. Um den Kummer aus meiner Seele herauszulassen, weinte ich immer lauter.

Ich kann mich nicht mehr erinnern, wann ich zu weinen aufgehört habe, aber ich weiß noch, dass ich eingeschlafen bin, während meine Mutter meinen Kopf an ihre Brust gedrückt hielt und mir den Rücken streichelte – und dass meine ältere Schwester mich lächelnd ansah. Ich wusste auch, warum sie lächelte. Sie hatte vor, mich für den Rest meines Lebens damit aufzuziehen, dass ich eine Heulsuse wäre.

Als ich am nächsten Tag aufwachte, schämte ich mich so sehr dafür, vor aller Augen geheult zu haben, dass ich am liebsten niemandem begegnet wäre – zumindest versuchte ich, jeglichen Augenkontakt zu vermeiden. Aber alle waren sehr freundlich zu mir, sogar meine ältere Schwester. Inzwischen mussten sie wohl erfahren haben, was Großvater und ich erlebt hatten.

Ich ging in Großvaters Zimmer. Er las gerade in einem Buch, lächelte mir kurz zu und vertiefte sich gleich wieder in seine Lektüre. Also setzte ich mich zu seinen ausgestreckten Beinen hin und nahm selber ein Buch zur Hand. Ich betrachtete es lange von allen Seiten, konnte mich aber nicht aufs Lesen konzentrieren.

Nach einer Weile nahm Großvater einen Apfel von einem

neben ihm stehenden Teller und machte ein paar scherzhafte Bemerkungen, während er ihn mit seinem Messer schälte und klein schnitt. Er bot auch mir ein paar Schnitze an und redete über Belanglosigkeiten. Unsere Erlebnisse vom Vortag erwähnte er mit keinem Wort. Nachdem wir zusammen zwei Äpfel verspeist hatten, sagte er: »Gorbatschow, es ist Zeit, dass du zum Spielen rausgehst. Ich habe noch Schreibarbeiten zu erledigen.«

»Gorbatschow« war einer seiner Spitznamen für mich. Wie er darauf kam, habe ich leider nie erfahren.

Als ich Großvaters Zimmer verließ, kam ganz unvermittelt meine ältere Schwester auf mich zugestürzt, drückte mich fest an sich und ließ mich lange nicht wieder los. Dann sah sie mich mit feuchten Augen an und gab mir mehrere Küsse. Schließlich fasste sie mich bei den Armen und sagte: »Du weißt, wie sehr ich dich liebe.« Ich nickte bloß und brachte kein Wort hervor.

Ich ging auf unseren Balkon, wo Wakeel bereits seinen Drachen steigen ließ. Dussel hielt ihm die Spule, aber als Wakeel mich kommen sah, nahm er ihm die Spule weg, um sie mir zu geben, und ermahnte mich, meine Sache gut zu machen, denn er befinde sich mitten in einem Drachenkampf.

In der Umgebung von Menschen, von denen ich wusste, dass sie mich liebten, spürte ich, wie der Schmerz vom Vortag von mir abzufallen begann – für eine Weile zumindest.

6

Unter der Erde

Es war nun alles anders geworden. Wir wussten jetzt, dass wir nicht mehr in unser Haus zurückkehren würden. Wir hatten begriffen, dass die Kämpfe nicht so bald enden würden. Mein Vater und meine Onkel redeten jetzt offener darüber, das Land zu verlassen. Großvater hörte ihnen zu, äußerte sich aber nicht dazu.

Wir lebten inzwischen schon weit über ein Jahr in der Festung der neun Türme – länger, als irgendeiner von uns es je hätte voraussahnen können. Nach Haji Noor Shers Weggang waren noch ein paar andere Leute – entweder entfernte Verwandte oder enge Freunde von ihm – zu uns in die Festung der neun Türme gezogen, und das machte es uns bewusster denn je zuvor, dass wir nicht in unserem eigenen Zuhause lebten. Wir hatten hier zwar jede Menge Platz, aber kein Afghane möchte unter einem fremden Dach wohnen.

Am zweiten Tag des Frühlings hatte an einer Schule in der Nähe das neue Schuljahr begonnen, doch war es bereits zwei Wochen später schon wieder zu Ende, als der Schuldirektor auf BBC hörte, dass für den Nachmittag ein Raketenangriff auf unser Viertel geplant war. Also wurden wir alle zurück nach Hause geschickt.

Der Direktor ermahnte uns, Radio zu hören. »Sobald im Radio durchgesagt wird, dass die Schulen wieder geöffnet werden«, schärfte er uns ein, »müsst ihr kommen.« Ein paar meiner Klassenkameraden waren ganz begeistert, weil sie nicht so gern zur Schule gingen. Ich konnte das überhaupt nicht verstehen. Ich hatte an unserer alten Schule so viel Spaß gehabt. Ich fragte mich, was meine neuen Klassenkameraden mit ihrer Zeit anfingen.

Wir gingen davon aus, dass die Schule höchstens für ein paar Tage geschlossen bleiben würde. Aber dann sind wir zwei Jahre lang nicht mehr zur Schule gegangen.

Als nach zwei Wochen die Schule noch nicht wieder angefangen hatte, begannen unsere Eltern uns zu unterrichten. Aber das machte keinen Spaß; es gab keinen, mit dem man um gute Noten wetteifern konnte. Mit meiner älteren Schwester konnte ich mich nicht messen; sie wusste alles, was ich lernte, schon viel besser, denn sie war ja zwei Klassen über mir.

Meistens übernahm mein Vater den Unterricht. Er war sehr streng. In der Schule hatten wir manchmal miteinander herumgealbert, während unsere Lehrer etwas an die Wandtafel schrieben, aber das war zu Hause, wenn mein Vater mir Unterricht gab, natürlich nicht möglich. So verlor ich das Interesse an fast allen Fächern, außer an Astronomie, was aber zu der Zeit kein eigenes Fach an unseren Schulen war. Trotzdem habe ich das entsprechende Schulbuch mehrmals von vorne bis hinten durchgelesen, und nachts ging ich hinaus in den Hof und sah, in sonderbare Gedanken versunken, zum Himmel hinauf. Mein Vater legte besonderen Wert auf die Mathematik, und je mehr Leistung und Disziplin er von mir verlangte, desto weniger Freude hatte ich am Lernen.

Wakeel und meine älteren Cousins, die in höhere Klassen gingen, lasen oft einfach Romane oder Zeitschriften oder Bücher zu Themen, die sie interessierten. Ich beneidete sie darum. Niemand zwang sie, sich mit langweiligen Schulfächern zu beschäftigen. Wakeel las stundenlang Gedichte und konnte die Verse seines Lieblingsdichters Hafis Zeile für Zeile auswendig aufsagen.

Wir Kinder hatten unsere eigene Welt. Jeden Tag gingen wir nach dem Frühstück in den Garten, spielten mit den verbliebenen Tieren oder turnten auf den Bäumen herum. Unter den Kindern aus der Nachbarschaft fanden wir neue Freunde.

Nach dem Mittagessen ließen wir unsere Drachen steigen. Das Dach unserer Festung war noch höher als das von Großvaters Apartmenthaus, und mit genügend Schnur konnten wir unsere Drachen beinahe höher als den Berg mit den zwei Gipfeln steigen lassen, der zwischen uns und unserem ehemaligen Zuhause lag. Wakeel durchschnitt die Schnüre sämtlicher Drachen der ganzen Umgebung, aber niemand wusste, dass *er* es war. Aus irgendeinem Grund glaubten alle, *ich* hätte das vollbracht. Schon bald war mein Name in aller Munde, und die Kinder nannten mich »Qais, den Drachenschneider«.

Wakeel grinste nur, wenn sie mich so riefen, und deswegen kam ich mir ein bisschen schäbig vor. Trotzdem habe ich nie jemandem gesagt, dass Wakeel es war, der ihnen die Schnüre durchtrennt hatte. Wakeel war mein bester Freund, doch wenn es um Drachen ging, waren wir Konkurrenten.

Dann begannen merkwürdige Dinge mit meinen Drachen zu geschehen. Ich ließ sie hoch hinaufsteigen und sah mich nach jemandem um, dessen Schnur ich durchschneiden konnte. Normalerweise fanden sich schnell Herausforderer ein, sobald erst einmal ein Drachen in der Luft war. Doch ehe auch nur ein einziges anderes Exemplar die Chance hatte, am Himmel aufzutauchen, schwebte mein Drachen plötzlich taumelnd zu Boden, als hätte jemand seine Schnur gekappt. Wakeel kam gelaufen, um zu schauen, was los war.

»Hast du deine eigene Schnur durchschnitten?«, fragte er. Und natürlich amüsierte ihn das köstlich. Ich wusste nicht, was ich darauf antworten sollte, also zuckte ich bloß die Schultern.

Etwa zwei Tage später passierte das Gleiche noch einmal. Ich erklärte es mir so, dass dort oben, wo mein Drachen flog, wohl ein sehr starker Wind geherrscht haben musste, der den Drachen von seiner Schnur gerissen hatte. So etwas war zwar noch nie vorgekommen, aber irgendeine Erklärung musste es ja geben.

Ich benutzte meine spezielle Drachenschnur nun schon seit zwei Jahren. Wakeel und ich hatten sie sehr sorgfältig vorbereitet, was uns Wochen gekostet hatte. Zunächst hatten wir ausgebrannte Glühbirnen gesammelt und dann das Glas zu einem feinen Pulver zermahlen, um es zum Schluss mit zerkochtem Reis zu vermischen. Wenn wir die Schnur mit dieser Mixtur einrieben, war sie scharf wie eine Rasierklinge. Meine Schnur hatte in jedem Drachenkampf die Schnur des anderen durchgeschnitten – mit Ausnahme von Wakeels Drachen. Doch nun zerschnitt sie sich selber.

Und was noch schlimmer war: Wenn seine Schnur durchschnitten war, taumelte mein Drachen auf das Gelände der ehemaligen Britischen Botschaft hinunter, die die Briten beim Einmarsch der Russen verlassen hatten und deren Mauern oben mit Stacheldraht gesichert waren. Es gab also keine Möglichkeit, über diese Mauern zu gelangen und die Drachen zurückzuholen, die hinter ihnen gelandet waren.

Die Woche darauf passierte es wieder. Und dann noch fünfmal. Es war äußerst mysteriös. Jetzt lachten die Kinder im Viertel alle über mich und nannten mich »Qais, der seine eigenen Drachenschnüre durchschneidet«.

In der Festung der neun Türme aßen wir nicht mehr so oft zusammen, wie wir es in Großvaters Haus getan hatten, denn es gab hier kein Zimmer, das groß genug war, um uns alle in sich aufzunehmen. Aber bisweilen quetschten wir uns doch in ein paar miteinander verbundene Räume, vor allem dann, wenn meine Mutter etwas ganz Besonderes gekocht und meinen Großvater, meine Onkel und deren Familien sowie meine unverheirateten Tanten zu uns eingeladen hatte.

Die Erwachsenen nahmen am oberen Ende des Tafeltuchs Platz und wir Kinder am unteren. Manchmal bewarfen wir uns gegenseitig mit Knochenresten oder rieben Brotstücke mit scharfer Paprika ein und legten sie dann heimlich wieder hin, damit irgendwer ahnungslos hineinbiss. Die Erwachsenen schwiegen meistens beim Essen; sie wirkten immer sehr bedrückt. Und wenn überhaupt jemand etwas sagte, dann drehte es sich darum, wie man am besten aus Afghanistan herauskäme.

Jeden Tag gingen mein Vater und meine Onkel los, um

sich nach Menschenschmugglern umzusehen, die uns über die Grenze in eines der umliegenden Länder bringen könnten. Die meisten dieser Schleuser brachten die Afghanen in den Iran oder in die Türkei, deren Grenzen man einigermaßen leicht überqueren konnte – trotzdem verlangten sie eine Menge Geld dafür, denn es war eine lange und gefahrvolle Reise dorthin. Wir konnten uns ihre Dienste einfach nicht leisten.

Eines Abends kam mein Vater sehr gut gelaunt nach Hause. Er machte ein paar scherzhafte Bemerkungen, während er seine Jacke auszog, und wenig später saßen wir alle um das Tuch herum beim Essen. Als meine Cousins und ich anfingen, uns wieder mit Knochen zu bewerfen, beteiligte sich mein Vater daran und warf vom oberen Ende Knochen nach uns am unteren. Wir sahen ihn an und fragten uns, was in ihn gefahren war. Er erzählte sogar noch ein paar Witze, die jeden zum Lachen brachten. Es war das erste Mal seit Monaten, dass alle lachten.

Nach dem Abendessen gab es Tee, und mein Vater verkündete uns, dass er einen Mann aufgetrieben habe, der uns alle aus Afghanistan nach Russland und von dort vielleicht weiter nach Deutschland bringen würde. Er wäre zwar sehr teuer, und wir hätten nicht genug, um ihm zu geben, was er verlangte, doch der Schieber wäre bereit, zu warten, denn er wüsste, dass mein Vater ein berühmter Boxer gewesen war, und wollte ihm helfen.

Später sprachen die Erwachsenen leise untereinander über »den Garten«. Meine Mutter zog streng die Stirn in Falten und sagte: »Nein. Ihr dürft da nicht hin.« Danach nahmen sie ihr geheimnisvolles Geflüster wieder auf.

Ein Monat verging. Mein Vater versuchte mehrere Male, Haji Noor Sher in Indien anzurufen, um ihn zu bitten, uns Geld für den Schleuser zu leihen, aber das afghanische Fernsprechsystem war vollkommen zerstört worden.

Dann hörten wir auf BBC, dass die verfeindeten Milizen, die um die Vormacht in Kabul kämpften, sich auf eine einwöchige Waffenruhe verständigt hätten.

Noch an diesem Abend verkündete mein Vater, dass wir am

nächsten Tag zu unserem Haus gehen würden. Mein Großvater versuchte, ihn davon abzuhalten, aber mein Vater war der dickköpfigste unter seinen Söhnen. Wenn er sich einmal etwas vorgenommen hatte, konnte niemand ihn mehr davon abhalten. Am nächsten Morgen sagte er mir, ich solle mich fertig machen, um ihn zu begleiten.

»Nein, auf keinen Fall. Du hast ja keine Ahnung, was ich da letztes Mal erlebt habe, und ich möchte das auch nie wieder sehen«, erklärte ich so nachdrücklich, wie ich konnte. Ein leidvoller Blick fuhr über Großvaters Gesicht, als er mich das sagen hörte, und er vertiefte sich in den Anblick seiner Hände.

»Du kommst mit mir«, sagte mein Vater streng. »Ich erwarte von dir, dass du mir gehorchst.«

Letzten Endes fügte ich mich. Ich war elf Jahre alt und fühlte mich schon beinahe wie ein richtiger Mann. Der Sohn eines Paschtunen leistet seinem Vater Folge – ganz gleich, wie alt dieser Sohn ist. Da klang seine Stimme gleich weniger streng, und er erklärte mir, dass er mit mir in seiner Begleitung weniger Aufmerksamkeit zu erregen hoffte, als wenn er alleine ginge.

Wir nahmen von Kart-e-Parwan einen Bus bis zum Polytechnikum, wo das Pandschiri-Gebiet zu Ende war. Wir stiegen aus und gingen die breite, menschenleere Allee entlang, die zu unserem Stadtteil führte. Obwohl doch Waffenstillstand vereinbart war, durchsuchten die Pandschiri-Grenzposten jeden, der sich ihnen von der anderen Seite der Grenzlinie näherte. Ich trug meine Jeans und ein weißes Hemd mit einem blauen Pullover darüber, mein Vater einen weißen *Shalwar Kamiz*. Er hatte einen Stoffsack mit einer Schaufel darin bei sich. Wozu, sagte er mir nicht.

Wir gingen schweigend nebeneinander her und blickten uns immer wieder nach allen Seiten um. Die Blätter an den Bäumen in dem Park, der den Mittelstreifen der Straße bildete, waren gelb geworden – so gelb wie das von den Russen gebaute Silo, an dem wir auch diesmal wieder vorbeigingen. Ein Windstoß blies eine Staubwolke von einer Straßenseite auf die andere. Außer uns war niemand unterwegs bis auf ein paar fette Hunde, die hin und her liefen.

Nachdem wir eine halbe Stunde gegangen waren, bogen wir in die schmale Straße ein, die zu unserem Haus führte. Überall im Viertel herrschte eine vollkommene Stille, die nur ab und zu vom Heulen eines Hundes unterbrochen wurde. Wie immer um diese Jahreszeit war der Himmel ganz klar und begann, den warmen Farbschimmer anzunehmen, mit dem sich der Herbst ankündigt.

Endlich kam die hohe gelbe Mauer unseres Grundstücks in Sicht. Alle Fenster des Hauses waren eingeschlagen. In den Wänden waren mehrere Einschusslöcher, die es noch nicht gegeben hatte, als ich mit Großvater hier war. In einigen der Fenster hingen noch Vorhänge, aber sie waren dreckig, und ein paar von ihnen waren vom Gewehrfeuer zerfetzt. Die schwere hölzerne Tür, die in den Hof führte, sah aus, als hätte man sie als Zielscheibe benutzt, so zersplittert war sie. Mein Vater drückte behutsam dagegen, als wollte er der Tür nicht noch mehr Leid zufügen, als ihr bereits geschehen war, und sie ließ sich auf ihren schweren Angeln mühelos öffnen.

Wir wollten gerade unseren Hof betreten, als wir am Ende der Straße einen Schuss hörten. Wir blickten uns um. Zwei Männer kamen von der einen Seite auf uns zu und vier weitere von der anderen. Einer von ihnen hielt im Gehen eine Waffe auf uns gerichtet.

»Nicht schon wieder!«, durchfuhr es mich. Ich wollte in unseren Hof laufen und mich verstecken, war aber wie erstarrt. Mein Vater versuchte, so zu tun, als wäre er mit den Männern bekannt, doch als er sie auf den Waffenstillstand ansprach, gingen sie darauf gar nicht ein. Einer von ihnen trat an uns heran und fesselte uns mit Handschellen, ohne uns einen Grund dafür zu nennen.

»Haben wir uns Ihrer Meinung nach strafbar gemacht, meine Herren?«, fragte mein Vater höflich. Anstatt ihm zu antworten, versetzten sie ihm einen Tritt.

Die Handschellen waren zu groß für meine Kindergelenke und rutschten mir über die Hände. Ich schob sie wieder hoch und probierte ein paarmal, meine Hände heraus- und wieder hineinzuschieben, achtete aber darauf, dass keiner der bewaffneten Männer es sah. Dazu musste ich die Handschellen sogar festhalten, damit sie nicht zu Boden fielen.

Sie schoben meinen Vater und mich vor sich her und führten uns zurück zu dem Silo. Unsere sechs Häscher gingen in einer losen Gruppe hinter uns her. Wie auch schon die Kerle, die Großvater und mich bedroht hatten, waren sie Hazara, und die Hazara hatten weiterhin diese Seite von Kabul unter ihrer Kontrolle. Aber es waren nicht dieselben Männer. Suchend blickte ich mich nach dem Schüler meines Vaters um, aber er war nicht dabei.

Diese Männer trugen westliche Militärkleidung mit hohen Schnürstiefeln. Einer von ihnen, ein breitschultriger Bursche, signalisierte mit seinem roten Stirnband, dass er bereit war, als Märtyrer zu sterben. Ihr Haar hatten sie aber alle ordentlich gekämmt, und gewaschen waren sie auch. Wenn nicht Krieg gewesen wäre, hätten sie Ladenbesitzer oder Metallhandwerker sein können. Die Hazara waren berühmt für ihre Metallarbeiten. Die Männer sahen nicht aus wie schlechte Menschen, sondern eher wie gute Menschen, denen man schlechte Dinge beigebracht hatte.

Als wir bei dem Hof mit dem hohen, gelben russischen Silo ankamen, befahlen sie uns, vor einem Loch im Boden niederzuknien, in dem Stufen nach unten führten. Der Kerl mit dem roten Stirnband nahm meinem Vater die Handschellen ab; ich befreite mich selber von meinen und reichte sie ihm. Als er sah, wie ich ihm die Handschellen hinhielt, lachte er. Aber dann stieß er erst meinen Vater die schmutzige Treppe hinunter, die in das Loch führte, und danach mich. Ich purzelte Hals über Kopf die Stufen hinunter und landete auf der Brust meines Vaters. Mein Vater atmete schwer. Er hatte ein paar Schnitte im Gesicht abbekommen, aber sie waren nicht sehr tief. Nur seine Kleidung war ganz schmutzig geworden.

Von der Stelle aus, an der wir gelandet waren, konnten wir sehen, dass wir uns am Ende eines Tunnels befanden, und aus diesem Tunnel konnten wir Schritte auf uns zukommen hören. Einen Augenblick später stand auch schon ein Mann mit einer Lampe in der Hand vor uns. Ich bemühte mich gerade, das Blut am Kopf meines Vaters mit einem Stück Klopapier abzutupfen. Meine Mutter hatte uns eingeschärft, nie ohne Klopapier aus dem Haus zu gehen.

»Aufstehen! Mir nach«, sagte der Mann.

Ich half meinem Vater beim Aufstehen; dann folgten wir dem Mann. Es war sehr dunkel. Mein Vater musste gebückt gehen, weil die Decke so niedrig hing. Wir konnten kaum erkennen, wohin wir traten. Mehrere Minuten lang gingen wir so, und mit jedem Schritt wurde die Luft schwerer und feuchter.

Als wir am Ende des Tunnels anlangten, sahen wir in dem schummrigen Licht ein paar Frauen und Männer nebeneinander an einer Wand sitzen. Unser Bewacher sagte uns, wir sollten uns neben sie setzen. Er band unsere Hände und Füße an die der anderen Gefangenen – wie bei Sklaven. Wenn sich einer von uns bewegte, waren alle anderen gezwungen, diese Bewegung mitzumachen. Der Kerl mit der Lampe, der uns hergeführt hatte, setzte sich auf einem Stuhl vor uns hin und richtete eine Waffe auf uns, den Finger deutlich sichtbar am Abzug.

Kurze Zeit später kamen ein paar weitere, im Gegensatz zu den noch recht anständig gekleideten Männern, die uns gefangen genommen hatten, ziemlich abgerissen aussehende Hazara mit Gewehren und Handgranaten an ihren Gürteln, um zu schauen, wen sie da vor sich hatten. Zunächst zählten sie uns; wir waren achtzehn an der Zahl, fünf davon Frauen. Eine von ihnen war schwanger; die übrigen Frauen waren alle mittleren Alters.

Unsere Bewacher besprachen sich miteinander, stellten dann eine Lampe vor uns auf dem Boden ab und gingen.

Keiner der Gefangenen sagte etwas. Einige starrten auf ihre Füße, andere auf die Tunnelwand. Wir alle waren mit unseren Gedanken nur damit beschäftigt, wie wir hier wieder rauskämen. Die Gesichter der Frauen waren von Kummer erfüllt, die der Männer von Zorn. Bleiernes Schweigen lastete auf uns. Plötzlich fing die Schwangere aus heiterem Himmel laut zu schreien an. Sie hielt sich mit den Händen den Bauch und wimmerte um Hilfe: »Mutter, Mutter, komm und hilf mir!« Und sie wiederholte ständig den Namen Ahmad.

»Was ist mit ihr?«, fragte ich meinen Vater.

»Sie bekommt ihre Wehen«, sagte mein Vater. Ich hatte keine Vorstellung, was für ein Wehen das sein sollte.

Wir alle starrten sie an, während sie abwechselnd stöhnte und laut wehklagte; ab und zu stieß sie Schreie aus, hohe, durchdringende Schreie, die durch den Widerhall von den Tunnelwänden noch lauter wirkten.

Eine der Frauen durchschnitt mit einem Stein die Fesseln der Frau neben ihr, die ihrerseits die anderen Frauen befreite. Dann bildeten die vier rasch einen Kreis um die Schwangere und baten die Männer, ihnen zu helfen. Zwei der Frauen begannen, auch uns die Fesseln loszubinden. »Wir brauchen heißes Wasser«, sagte eine von ihnen. »Sie bekommt ihr Kind.«

Mein Vater war als Erster befreit worden, weil er ganz am Ende der Reihe saß, und band dann mich los. Er strich mir über den Kopf und sagte: »Ich werde einen dieser Männer bitten, die Frau ins Krankenhaus gehen zu lassen. Bleib hier und rühr dich nicht von der Stelle, bis ich wieder zurück bin.« Dann verschwand er, vornüber gebeugt wie ein Krüppel, in dem langen, engen Tunnel.

Zehn lange Minuten später kehrte mein Vater in Begleitung des Anführers der Truppe zurück, der ihm seine Waffe an den Hinterkopf hielt. Die Hände meines Vaters waren wieder hinter seinem Rücken gefesselt. Der Mann schubste meinen Vater mit einem brutalen Stoß auf die Brust gegen die Mauer und sagte: »Du bewegst dich nicht vom Fleck, sonst verpasse ich dir eine Kugel in den Kopf, verstanden?«

Mein Vater nickte nur.

Der Anführer drückte einen Knopf an seinem Walkie-Talkie und sagte: »Ha, Jungs, kommt mal rüber. Wir erwarten hier gleich eine kleine kostenlose Vorführung.«

Wenige Minuten darauf kamen die vier anderen Kerle durch den Tunnel wie wilde Hunde auf uns zugestürzt. Sie packten die vier Frauen, die der schwangeren Frau hatten helfen wollen, von hinten und zerrten sie von ihr weg.

Der schwangeren Frau war inzwischen ihre weite Pluderhose heruntergerutscht, und sie schrie wieder um Hilfe. »Um Gottes willen, sie muss ins Krankenhaus«, sagte eine der anderen Frauen. »Sie braucht einen Arzt!«

»Ich bin ein Doktor. Siehst du nicht die Kalaschnikow hier, die ich von den Amerikanern bekommen habe?«, sagte einer der Männer. Lachend hielt er seine ziemlich ramponierte Waffe in die Höhe, die vermutlich durch die Hände von einem Dutzend Waffenschieber gegangen war, ehe sie bei ihm gelandet war. »Damit mache ich meine Operationen.« Er war vielleicht Mitte zwanzig und dünn wie eine Bohnenstange. Seine Waffe hing ihm über die rechte Schulter, und ihr Gewicht ließ ihn ganz schief gehen. Der Rest der Männer lachte ebenfalls laut auf.

Sie standen nun alle um die schwangere Frau herum; einer von ihnen fragte mich, ob ich zusehen wolle. Mein Vater warf mir einen drohenden Blick zu und zischte: »Geh nicht.«

»Danke, ich bleibe lieber hier«, sagte ich.

»Das ist ein Befehl! Ich sagte: ›Komm her‹, also los, sonst erschieße ich dich!«, brüllte er.

Ich sah wieder meinen Vater an, und er gab mir mit einem Kopfnicken zu verstehen, dass ich gehorchen sollte. Also stellte ich mich neben die Kerle und kniff die Augen zu.

Der, der neben mir stand, versetzte mir einen heftigen Schlag auf den Kopf und sagte: »Mach deine Augen auf und guck zu.«

Ich sah nun, dass die Frau ein sanftmütiges, schönes Gesicht hatte, das nur durch ihre Schmerzen hässlich verzerrt war, und dass sie vor lauter Angst die Nasenflügel blähte. Ihre Stimme zitterte, während sie weiter um Hilfe flehte; sie lag nun auf dem Rücken, und zwischen ihren Beinen war Blut.

Sie holte immer wieder tief Luft, und jedes Mal, wenn sie einatmete, bebte ihr ganzer Körper, und ihr Gesicht lief immer röter an. Ich wusste, dass ich eigentlich etwas tun musste, um ihr zu helfen, aber ich wusste nicht, was.

Sie quälte sich fast eine Stunde lang, bis das Baby endlich

herauskam; dann wurde sie ganz still. Eine der Frauen ließ sich nicht mehr länger zurückhalten, kam hinzugestürzt, griff sich das Baby und hielt es mit dem Kopf nach unten. Das Baby begann zu schreien, und die fremde Frau sagte zu der jungen Mutter: »Es ist ein Junge.«

Auch die bewaffneten Männer brachen in Jubel aus: »Es ist ein Junge! Es ist ein Junge!« – gerade so, als wenn es ihr Neffe wäre. »Lasst uns gehen, der Film ist vorüber«, sagte einer von ihnen, und sie verzogen sich.

Die anderen Frauen bildeten wieder einen Kreis um die junge Mutter herum und taten, was sie konnten, um ihr zu helfen. Die Männer blieben Schulter an Schulter sitzen und waren sichtlich verlegen.

Nach einer halben Stunde erwachte die junge Mutter. Kaum hatte sie die Augen geöffnet, fing sie wieder an, dauernd »Ahmad! Ahmad!« vor sich hin zu sagen.

Wir wussten ja nicht, wer dieser Ahmad war. Wir sahen uns gegenseitig an, um herauszufinden, ob sich ein Ahmad unter uns befand. Aber es gab keinen Ahmad. Eine Frau, die ihr Tuch in zwei Hälften gerissen, das Baby in die eine Hälfte gewickelt und die andere Hälfte um den Kopf der jungen Mutter geschlungen hatte, damit diese sich nicht schämte, so entblößt dazuliegen, fragte sie leise: »Wer ist Ahmad?«

»Ahmad ist mein Mann. Wer bist du? Wieso bin ich hier? Warum ist es hier so dunkel?«

All diese Fragen stellte sie in einem einzigen Atemzug; sie klang verwirrt, als wüsste sie gar nicht mehr, was geschehen war.

Die anderen Männer und Frauen sahen einander an und wussten nicht, wie sie reagieren sollten.

Sie wiederholte immer wieder ihre Fragen: »Warum bin ich hier? Wo ist mein Mann? Wer hat mir dieses Tuch um den Kopf gebunden? Oh, mir wird schwindlig. Was ist los? Warum sehen mich alle so an?«

»Beruhige dich, Schwester, beruhige dich. Du hast gerade diesem Kind das Leben geschenkt. Es ist ein Junge. Wir sind alle hier, weil wir Gefangene dieser Soldaten sind, und wir wissen nicht, was mit uns geschehen wird. Erinnerst du dich denn an gar nichts mehr?«

Die junge Mutter berührte ihren Bauch und blickte dann verwirrt auf; sie schien immer noch nicht richtig verstanden zu haben, was sie eben gerade gehört hatte. Sie entriss der anderen Frau ihr Kind und küsste sein blutiges Gesicht. Sie schaute uns noch einmal alle an und fragte: »Habe ich das Kind in euer aller Gegenwart zur Welt gebracht?« Antwort heischend sah sie jedem Einzelnen von uns in die Augen, doch dann verlor sie das Bewusstsein. Die Frau neben ihr fing gerade noch das Baby auf, ehe es auf den Boden fallen konnte. Der kleine Junge schrie.

Die Männer und die Frauen sahen einander müde an. Es gab kein Wasser, das sie der Frau hätten geben können.

Die Frau, die ihr Tuch zerrissen hatte, erhob sich und verschwand irgendwo in der dunklen Tiefe des Tunnels. Ein paar Minuten später kam sie mit einem Eimer zurück. Sie spritzte etwas Wasser auf das Gesicht der jungen Mutter und tätschelte ihr zärtlich die Wangen. Nach und nach erlangte die Frau das Bewusstsein wieder und trank ein paar Schlucke Wasser aus der Hand ihrer Wohltäterin.

Dann tranken wir alle aus dem Eimer. Aber niemand von uns hatte zu Mittag gegessen, und schon eine Minute später machten unsere Mägen die ersten Geräusche.

Wir wussten nicht, wie spät es war. Die Männer, die uns gefangen hielten, hatten uns mit unserem Geld auch unsere Uhren und den Frauen all ihren Schmuck abgenommen, bevor sie uns in diesem Tunnel einsperrten. Irgendwann erschien einer von ihnen wenigstens mit achtzehn Stücken *Naan*-Brot und gab jedem von uns eines davon. Binnen Kurzem waren sie verzehrt. Die, die ihr Brot gleich hinuntergeschlungen hatten, starrten diejenigen, die noch kauten, neidvoll an. Einige von uns hatten noch nicht einmal etwas zum Frühstück gehabt.

Eine der Frauen fragte nach der Uhrzeit. Der Mann, der die Brote gebracht hatte, sagte, es sei sechs Uhr abends. Wir saßen seit dem Mittag in diesem Tunnel, aber es kam einem viel länger vor.

Ein paar der Männer gähnten und hätten sich wohl am liebsten zum Schlafen hingelegt, aber es gab keine Matratzen oder Decken. Mein Vater fragte einen der heruntergekommen aussehenden Männer, ob es etwas gebe, worauf wir schlafen könnten.

»Mal sehen, ob du ein richtiger Glückspilz bist«, erwiderte der. Er verschwand in dem Tunnel und kam ungefähr eine halbe Stunde später mit fünf Matten und fünf Decken zurück – für uns achtzehn Gefangene.

Im Tunnel verbreitete sich ein abgestandener Uringeruch; die junge Mutter zitterte in der feuchtkalten Luft. Sie brauchte einen warmen Ort und eine gute Mahlzeit; auch ihr Baby benötigte ein warmes, weiches Bett. Eine der Frauen, die bei ihr saßen, gab ihr eine Matte und zwei der Decken, aber sie bibberte unter den Decken weiter, weinte und redete vor sich hin, ohne dass wir zunächst so recht verstanden, worum es ging.

Aber dann erfuhren wir, dass die Frau am Morgen ihren Mann verloren hatte, als eine Rakete in ihr Haus einschlug.

»Ich habe meinen Mann zuletzt heute Morgen gesehen«, vertraute sie uns nach langem Schweigen an – mit so leiser Stimme, als spräche sie zu sich selber. Es war das erste Mal, dass ich sie ganz normal sprechen hörte. »›Ich schaffe es nicht; lass mich in Frieden sterben‹, hat er gesagt.« Ihre Lippen bebten, und die Tränen strömten nur so über ihre Wangen. Sie seufzte tief und kummervoll; dann fuhr sie fort: »Wir hatten gerade gemeinsam gefrühstückt. Er sagte, wir würden nach Pakistan gehen, wo seine Eltern lebten, und uns dort Visa besorgen, mit denen wir nach England weiterreisen könnten. Wir haben einander kennengelernt und uns verlobt, als wir an der Universität von Kabul zusammen Sozialrecht studierten. Wir waren im vierten Semester, als seine Eltern aus Afghanistan fliehen mussten, denn sein Vater war in irgendwelche politischen Sachen verstrickt. Mein Mann war ihr einziges Kind. Er begleitete sie auf der Flucht, und sie wollten auf keinen Fall, dass er nach Afghanistan zurückkehrte. Aber wir waren verliebt, und er hielt es nicht aus, von mir getrennt zu sein. Vor zwei Jahren ist er dann zurückgekommen und hat mich geheiratet.«

Sie sprach jetzt nur noch im Flüsterton. Indem sie uns ihre Geschichte erzählte, wurden wir Teil ihrer Familie, so als wäre sie unsere Schwester – als die sie sich dann nicht mehr so sehr dafür zu schämen brauchte, was vor unseren Augen mit ihr geschehen war. »Als wir heute Morgen im Esszimmer frühstückten, hat er mich angesehen und mir gesagt, wie glücklich er sich schätze, eine Frau wie mich zu haben, und hat mich geküsst. Ich ging in die Küche, um noch Butter und Marmelade aus dem Kühlschrank zu holen, und da hörte ich einen lauten Knall. Und im nächsten Moment fand ich mich unter Holzbalken eingeklemmt, übersät mit Erde und Stroh vom Dach. Ich versuchte aufzustehen, konnte mich aber nicht bewegen. Zumindest lag ich an der Wand der Küche, wo weniger Trümmer herabgestürzt waren als in der Mitte des Raumes. Schließlich gelang es mir, einen Dachbalken beiseitezuschieben. Als ich mich erhob, waren mein Mund und meine Nase voller Staub und dem Geruch von Schießpulver. Ich rief nach meinem Ahmad, er solle mir helfen, bekam aber keine Antwort. Die Balken von der Decke versperrten die Tür; ich war in der Küche eingeschlossen, das zerbrochene Marmeladenglas noch in der Hand. Da bin ich aus dem Küchenfenster in den Hof geklettert. Über dem Wohnzimmer war das Dach vollkommen eingestürzt. Ich gab mir alle Mühe, die dicken Balken zu verrücken, aber sie waren einfach zu schwer für mich. Ich blickte mich im Hof um und fand eine Schaufel, mit der ich die Reste von dem Dach, das meinen Mann unter sich begraben hatte, wegräumen konnte.

Während ich schaufelte, setzten bei mir die ersten Wehen ein, aber ich ließ mich nicht von der Arbeit abhalten. Und da entdeckte ich endlich ein Bein meines Mannes; ich erkannte seine Jeans. Mehr war von ihm nicht zu sehen. Ich wäre beinahe ohnmächtig geworden, aber dann sagte ich mir, dass ich jetzt sehr tapfer sein müsse.

Ich weiß nicht, wie lange es dauerte, bis ich meinen Mann unter den Trümmern ausgegraben hatte. Er lächelte mich an und sagte: ›Du hast es tatsächlich geschafft! Ich bin sehr stolz auf dich; bitte vergiss nie, dass ich dich so sehr liebe, dass ich es nicht in Worte fassen kann. Und richte meinen Eltern aus, dass ich auch sie so sehr liebe. Sag ihnen, dass sie die wunderbarsten Eltern auf der Welt sind.‹ Er berührte meinen Bauch und sagte: ›Sag unserem Kind, dass ich es so gerne noch gesehen hätte, dass Gott aber nicht wollte, dass wir uns schon in dieser Welt begegnen. Sag ihm, dass ich auf euch beide warten werde.‹

Er bettete seinen Kopf in meinen Schoß und bat mich, ihm übers Haar zu streichen. Ich streichelte seinen Kopf und weinte dabei. Er sah mich an und sagte: ›Es gefällt mir gar nicht, Tränen in deinen Augen zu sehen. Weine nicht um mich; mir war dies Schicksal bestimmt, und nun gehe ich an einen schöneren Ort …‹ ›Lächle‹, fügte er nach einer Pause noch hinzu. ›Lächle, lächle!‹

Er bekam kaum mehr Luft.

›Ich schaffe es nicht; lass mich in Frieden sterben‹, flüsterte er, dann schüttelte es ihn am ganzen Körper, und sein Atem setzte aus. Es war immer noch ein leises Lächeln in seinen Mundwinkeln, aber seine Augen standen weit offen, und es lag ein Ausdruck des Entsetzens darin. Ich habe sie ihm zugedrückt und ihn dort liegen gelassen.«

Dann begann sie erneut zu weinen, und schon zitterte sie auch wieder am ganzen Körper, weil ihr so kalt war und sie so viel Blut verloren hatte.

Eine der Frauen hockte sich neben sie und drückte sie fest an sich, um ihr ein wenig Wärme zu spenden. Niemand sagte etwas. Wir konnten nachempfinden, wie schrecklich es für die junge Frau sein musste, in dieser Stunde, die sie doch im Kreise der Ihren verbringen sollte, von lauter Fremden umgeben zu sein.

Auch ich begann zu zittern.

Mein Vater nahm für mich eine der Decken; ich benutzte die Hälfte davon als Unterlage und die andere Hälfte, um mich damit zuzudecken, und schlief sofort ein; vorher dachte ich noch an Ahmad und an den Sohn, den er nun nie sehen würde.

Ein paar Stunden später wachte ich auf. Mein Vater und ein paar der anderen Männer machten Liegestütze, um sich warm zu halten. Einigen von ihnen schien sehr kalt zu sein, und ihre Nasen waren ganz rot. Beim Atmen stießen sie kleine Wölkchen aus. Mein Vater strich mir über den Kopf und sagte, ich solle mich wieder schlafen legen; das tat ich.

Es war gegen Morgen, als ich plötzlich einen Tritt in den Rücken bekam. Zuerst glaubte ich, geträumt zu haben, aber die Tritte waren real, und sie taten mir weh. Als ich die Augen aufmachte, sah ich im spärlichen Licht einen großen Kerl über mir stehen, der mich anbrüllte, ich solle aufwachen.

Mein Vater flehte ihn an, mir nichts zuleide zu tun. »Er ist doch noch ein Kind«, sagte er.

Eine Minute später – ich war eigentlich noch gar nicht richtig wach – fand ich mich mit den anderen an einer Stelle wieder, wo der Tunnel in einer Wand aus Erde endete. Jeder von uns hatte eine Schaufel in der Hand.

Wir wurden in drei Gruppen aufgeteilt. Die meisten der Männer waren zum Graben abgestellt, um den Tunnel zu verlängern. Man hat uns nie gesagt, wo der Tunnel hinführte oder warum er angelegt wurde. Wir wussten, dass wir lieber nicht fragen sollten. Die Frauen schaufelten die lose Erde in Eimer. Und dann waren da noch vier Männer und ich, die die Eimer voller Erde zum Tunneleingang schleppten und sie dort ausleerten. Ich wäre so gerne dort draußen über dem Loch geblieben, obwohl die Sonne in den Augen schmerzte, aber es war immer jemand zur Bewachung da, der dafür sorgte, dass wir nicht davonliefen. Als einmal einer der Männer nicht schnell genug in den Tunnel zurückkletterte, versetzte ihm der Wächter mit einem schweren Stock einen Hieb.

Die junge Mutter hielt ihr Kind im Arm. Wenn das Baby weinte, fütterte sie es mit der Brust. Nach einer Weile ließ man sie gehen, weil sie ja sowieso nicht arbeiten konnte.

So schufteten wir ein paar Stunden lang. Dann bekamen wir ein Stück Brot – das russische Brot, das sie in der zu dem gelben Silo gehörenden Bäckerei für die Armen backten – und ein Glas

Wasser zum Frühstück. Frühstück, Mittagessen und Abendbrot waren alle gleich – etwas Brot und ein Glas Wasser.

Am zweiten Abend begannen wir miteinander zu reden und uns besser kennenzulernen. Wir erzählten uns auch ein paar Witze, obwohl ein jeder sich hütete, ein Lachen über seine Lippen dringen zu lassen. Alle berichteten von ihrem Leben, ihren Kindern, ihren Frauen, ihren Männern. Aber niemand redete über Politik oder darüber, warum man uns hier gefangen hielt; dafür waren wir noch zu misstrauisch einander gegenüber.

Der Anführer und seine vier Schergen kamen mit Gewehren über ihren Schultern. Einer von ihnen hatte einen Sack auf dem Rücken, der so schwer war, dass er ihn kaum tragen konnte. Er legte ihn vor uns auf den Boden und machte ihn auf. Er war voller Handschellen. Der Anführer begann, die Hände und Füße sämtlicher Männer damit zu fesseln. Dann fesselte er jeden von ihnen mit einer langen Kette und massiven Schlössern an den nächsten. Mein Vater war genau in der Mitte. Niemand wagte, sich zu bewegen. Selbst die geringste Positionsveränderung konnte den anderen Schmerzen zufügen.

Danach wurden drei Frauen unabhängig von den Männern ebenfalls Handschellen angelegt; nur einer Frau und mir blieb die Prozedur erspart. Seine vier Kumpane schauten schweigend zu, wie er die Handschellen befestigte und dann an ihnen ruckte, um sicherzustellen, dass die Schlösser eingerastet waren.

Er sah die Frau an, die noch keine Handschellen trug, und sagte: »Es ist besser, wenn du dich jetzt nicht wehrst. Es ist besser, wenn du dich jetzt freiwillig für mich ausziehst. Ihr werdet sowieso bald einer nach dem anderen erledigt sein. Ihr könnt euch gar nicht vorstellen, wie schnell wir am Abzug sind. Wir sind weit weg von unserem Zuhause und von unseren Frauen. Wir sind im Krieg, und Krieg ohne Sex ist das reinste Gift.«

Die Frau schien nicht zu glauben, was sie gehört hatte. »Kämpft ihr für den Frieden in diesem Land oder dafür, euch schändliche Dinge herausnehmen zu dürfen?«, fragte sie in spitzem Ton, als wäre sie eine Lehrerin, die einen unartigen Schüler ins Gebet nimmt.

»Ich merke schon – du wirst dich zu einem Problem entwickeln«, sagte der Anführer.

Er machte sich daran, der Frau die Kleider am Leibe mit seinem Messer zu zerschneiden.

Mein Vater machte eine Bewegung; er wollte aufstehen und etwas sagen, aber die Handschellen hinderten ihn daran. Einer der Schurken schlug ihm mit dem Kolben seiner Kalaschnikow auf den Kopf. Ich wollte zu meinem Vater laufen, aber der Anführer der Bande hielt mich am Kragen fest.

»Ich will zu meinem Vater!«, kreischte ich, doch anstatt mich loszulassen, versetzte er mir einen so heftigen Schlag auf den Kopf, dass ich einen Augenblick lang Sterne sah.

Meinem Vater lief das Blut von seinem Kopf zum Kinn hinunter und tröpfelte zu Boden. Er war vornüber gesackt und offensichtlich bewusstlos. Die Männer, die links und rechts von ihm mit Handschellen an ihn gefesselt waren, versuchten, ihn in eine sitzende Position aufzurichten.

Wenige Augenblicke später war die Frau nackt ausgezogen. Sie fluchte und bespuckte den Anführer. Und dann bestieg er sie. Ich kniff die Augen zu. Ich schämte mich furchtbar, solche Sachen mit ansehen zu müssen. Sie schrie herzzerreißend. Als er mit ihr fertig war, wischte er sich mit dem Ärmel ihre Spucke aus dem Gesicht und ließ von ihr ab.

»Verschwende nicht deine ganze Energie auf mich; da kommen noch mehr«, sagte er mit einem boshaften Lachen. Noch während er sprach, kamen tatsächlich drei weitere seiner Kumpane den Tunnel entlang zu der Stelle, an der wir festgekettet waren. Auch sie lachten schon.

Die übrigen Frauen weinten leise in sich hinein. Sie ahnten, dass ihnen am nächsten Abend das Gleiche bevorstand. Dabei sollten sie doch jetzt zu Hause bei ihren Familien sein. Aber all das schien so weit entfernt. Die Männer schlossen die Augen, aber die Schreie der Frau konnten sie trotzdem noch hören.

Sechs der Kerle fielen über sie her, und sie hörte nicht zu fluchen auf. Ihre Stimme wurde immer heiserer. Erst beim siebten wurde sie still.

Das zog sich bis lange in die Nacht hin. Nachdem auch der Letzte an der Reihe gewesen war, kam ein Junge von ungefähr achtzehn Jahren mit einem Eimer Wasser und stellte ihn vor die Frau hin. Aber die war inzwischen bewusstlos.

Später kamen fünf Männer, die ich vorher noch nicht gesehen hatte, mit verschlafenen Augen und Gewehren über ihren Schultern. Einer von ihnen schüttete der Frau den Eimer Wasser ins Gesicht. Sie holte tief Luft und richtete sich auf, suchte nach etwas, womit sie ihren Körper bedecken konnte, fand aber nur ihre zerrissenen, nassen Kleider. Sie verhüllte sich, so gut es ging, legte den Kopf auf die Knie und weinte.

Einer der Burschen bückte sich, um den Männern die Handschellen abzunehmen. Die andern vier hielten die Gewehre mit dem Finger am Abzug auf ihre Geiseln gerichtet. Sobald sie befreit waren, begannen die Gefangenen, sich die Hand- und Fußgelenke zu massieren. Ich rannte zu meinem Vater, der das Bewusstsein wiedererlangt hatte, aber immer noch stark blutete.

Auf einmal stürzte sich einer der Gefangenen auf einen unserer Bewacher, der gerade dabei war, die Handschellen einzusammeln, und schlug ihn zu Boden. Dann warf er sich auf ihn, schlug ihn mit der rechten Faust ins Gesicht und versuchte gleichzeitig, ihm mit der linken Hand seine Waffe zu entwinden. Die anderen vier Hazara drückten sich mit den Rücken gegen die Tunnelwände, hielten ihre Gewehre auf uns gerichtet, und sagen: »Wenn einer von euch sich auch nur rührt, seid ihr alle dran.«

Einer von ihnen zog eine Handgranate aus der Tasche seiner Tarnweste. »Die reicht für euch alle«, drohte er. »Keine Bewegung!!«

Der Gefangene kämpfte verzweifelt, aber dem Schuft unter ihm gelang es, ihm den Lauf seiner Waffe in die Brust zu bohren. Plötzlich gellte uns ein Schuss in den Ohren. Das Gesicht unseres Leidensgenossen wurde ganz bleich; auf seine Stirn traten glänzende Schweißtropfen, und in seinen weit aufgerissenen Augen stand das blanke Grauen. Er richtete sich noch einmal kurz auf, sah uns an und brach dann über dem unter ihm liegenden Kerl zusammen, dem seine Kumpane helfen mussten, sich aufzurichten.

Als sie das Opfer umdrehten, sahen wir ein ganz kleines Loch in seiner Brust – genau dort, wo das Herz saß. Die Austrittswunde in seinem Rücken war schon ein wenig größer; das ergab sich eben so, wie alle Kinder in Kabul früher oder später mitkriegten.

Ich warf meinem Vater einen Blick zu; er machte eine Augenbewegung, die mir bedeutete, kein Wort zu sagen. Während der ganzen Zeit im Tunnel haben wir kaum miteinander gesprochen, und schon gar nicht über das, was mit uns geschah. Ich war noch jung, aber doch schon alt genug, um zu wissen, dass Reden gefährlich sein konnte.

Halb trugen, halb schleiften sie den Toten hinaus, während einer von ihnen vor uns stand und die Waffe auf uns richtete. Niemand sagte etwas. Alle starrten nur die Blutflecken am Boden an.

Nun waren wir nur noch sechzehn.

Die Tage vergingen, und es war stets das gleiche Spiel. Nachts missbrauchten der Anführer und seine Männer im Beisein von uns allen die Frauen; tagsüber mussten die Männer Sklavendienste verrichten. Der Anführer war immer dabei; nur seine Vasallen wechselten jeden Abend. Nie sahen wir zweimal dieselben Gesichter. Dreimal am Tag bestand unsere Mahlzeit aus einem Stück Brot mit einem Glas Wasser, nur zweimal gab es eine Ausnahme: Reis mit Lamm. Wer nicht hart genug arbeitete, bekam wie ein störrischer Esel die Peitsche.

Ich kam mit dem Zählen der Tage nicht mehr nach; ich war schrecklich hungrig und fühlte mich schwach. Während dieser Zeit erhielt ich viel zu wenig zu trinken und konnte mich kaum noch auf den Beinen halten.

Nach etwa zwei Wochen waren wir außer meinem Vater und mir nur noch sieben Männer und zwei Frauen. Die übrigen Männer hatte der Anführer umgebracht; zwei, weil sie sich weigerten weiterzuschuften, wenn ich mich recht erinnere, und einen, weil er krank und zu schwach für die Arbeit geworden war. Eine der Frauen hatte man gehen lassen, weil sie Tag und Nacht vor Schmerzen so laut schrie, dass es dem Anführer zu viel mit ihr wurde; eine weitere Frau wurde nach draußen geschleppt, nachdem sie ihr Vergnügen mit ihr gehabt hatten. Wir haben sie nie wieder gesehen.

Eines Tages – wir hatten gerade wieder begonnen, Erde in die Eimer zu schaufeln – erschien ein hochgewachsener Hazara, um den Anführer zu kontrollieren. Ich wandte ihm den Rücken zu, vermied es, ihn anzusehen, und bemühte mich, in dem faden Licht möglichst beschäftigt zu wirken.

Der Anführer versuchte, dem Mann Honig um den Bart zu schmieren, aber dieser scherte sich nicht darum und achtete nicht darauf, was der Anführer ihm erzählte. Er schritt die gesamte Länge des Tunnels ab, um festzustellen, wie weit wir gekommen waren. Er sah seinen Untergebenen an und sagte mit kalter Stimme: »Sehr viel hast du ja nicht geschafft.«

Augenblicklich erkannte ich die Stimme.

»He, Berar!«, rief ich.

Er sah mich an und fragte: »Wer bist du?«

»Ich bin's, Qais«, sagte ich.

Er leuchtete mir mit einer Taschenlampe ins Gesicht.

»Qais? Was tust du denn hier, mein Guter?« Er klang überrascht, und da er mich so freundlich angesprochen hatte, schöpfte ich Hoffnung.

»Ich bin ja nicht freiwillig hier. Man hat meinen Vater und mich hergebracht, damit wir wie die Sklaven arbeiten. Ich habe großen, großen Durst. Aber es ist mir nicht erlaubt, während der Arbeitszeit Wasser zu trinken. Kann ich bitte etwas zu trinken haben, Berar, mein Freund?«

»Wer hat das befohlen?«, fragte er und kniete sich vor mich hin.

»Der Mann da«, sagte ich und zeigte auf den Anführer unserer Peiniger.

»Wie kannst du erwarten, dass die Leute für dich arbeiten, wenn du ihnen nicht genug zu trinken gibst? Du brauchst es doch nicht zu kaufen, oder?«

Der Anführer blickte auf seine Füße hinunter wie ein verschämtes Kind. »Nein, Boss«, sagte er.

»Was heißt hier: ›Nein, Boss‹? Geh mir aus den Augen, verdammt, und bring sofort Wasser, Herrgott noch mal!«, befahl Berar, und der Anführer eilte davon.

Berar fragte, wie lange ich schon hier arbeitete. Ungefähr zwei Wochen, antwortete ich ihm. Dann wollte er von mir wissen, was ich zu essen bekommen hätte. Ich sagte es ihm. Ich erzählte ihm auch, dass sein Anführer und seine Männer vor unseren Augen Sex mit den Frauen gehabt und ein paar Männer umgebracht hätten.

Berar presste mir seine flache Hand auf den Mund, schloss die Augen und sagte: »Hör auf, hör auf. Es reicht.« Er schien einen Moment lang zu überlegen; dann rief er: »Lasst die Arbeit sein, bitte!« Die Männer hielten im Schaufeln inne und blickten sich verwundert um.

»Ich weiß nicht, warum dieser Mann euch so schlecht behandelt hat. Ich weiß nicht, wie ich es euch erklären soll ... Da draußen herrscht Krieg. Das wisst ihr. Die Leute, die uns Hazara bis auf den Tod bekämpfen, haben Waffen, die sie von den Amerikanern bekommen haben. Auch das dürftet ihr vielleicht wissen. Wir haben nur Schaufeln. Wir brauchen einen Tunnel, um uns zu retten. Ich habe meinem Mann hier gesagt, dass er sich jeden Tag neue Leute von der Straße holen, ihnen ausreichend zu essen geben, sie einen Tag lang arbeiten und sie am Abend wieder ihres Weges schicken soll. Wie kann ich wiedergutmachen, was er euch angetan hat?« Berar sah ehrlich betroffen aus.

»Bitte geht jetzt nach Hause, wo eure Familien auf euch warten«, sagte er. Wir ließen unsere Schaufeln und Eimer fallen und marschierten schweigend in Richtung Tunnelausgang los.

Zum zweiten Mal waren wir durch jemanden gerettet worden, den wir aus unserem früheren Leben kannten, aus der Zeit, als Hazara oder Paschtune zu sein noch nicht bedeutete, den anderen als seinen Feind betrachten zu müssen. Kabul war damals eine kleine Stadt, und Leute wie mein Großvater und mein Vater kannten einfach jeden – so erschien es mir jedenfalls, wenn wir zusammen durch die Einkaufsstraße gingen und jeder uns mit unserem Namen begrüßte: Paschtunen, Tadschiken, Usbeken, Turkmenen, Juden, Hazara, jeder.

Wir kletterten hinaus ans Tageslicht und an die frische Luft. Die Männer waren froh, nach so vielen Tagen wieder aufrecht stehen zu können, doch die Frauen schämten sich ihres Aussehens und versuchten, sich irgendwie zu verschleiern.

»Wartet«, rief Berar. »Eine Sache muss noch erledigt werden, bevor ihr losgeht.« Wir zuckten erschrocken zusammen. Wir hatten uns schon so darauf gefreut, von hier wegzukommen. Und jetzt war da doch wieder etwas, was wir vorher noch tun mussten.

Berar sagte uns, dass wir ihn zum Silo begleiten sollten. Er rief auch den Anführer seiner Truppe und zwei weitere Hazara, die wir noch nicht kannten, hinzu.

Der Anführer, der so brutal zu uns gewesen war, hatte eine Flasche Coca-Cola in der Hand. Nach jedem Schluck rülpste er.

In dem gelben Silo stiegen wir eine Treppe hinauf, die bis aufs Dach führte. Es war ungefähr so hoch wie ein Haus mit acht Stockwerken, aber uns kam es viel höher vor, während wir uns eine Treppe nach der anderen hinaufkämpften. Wir schafften es kaum, weil wir alle so erschöpft von der Arbeit waren, und außerdem wuchs mit jedem Schritt unsere Angst, denn wir hatten ja keine Ahnung, was uns erwartete. Ich wusste zwar, dass Berar mein Freund war, aber nicht, was er vorhatte. Also fürchtete selbst ich mich.

Als wir aus dem Treppenaufgang hinaus auf das Dach traten, wehte dort ein so kräftiger Wind, dass er uns, geschwächt wie wir waren, ohne Weiteres allesamt hätte herunterpusten können. So hielt sich einer an dem anderen fest. Ich klammerte mich an die Hand meines Vaters. Das Silodach hatte zwar rundum ein Geländer, aber das sah nicht allzu stabil aus. Es herrschte klare Sicht, und man konnte weit in die Ferne schauen.

Berar stellte sich in die Mitte des Daches und rief uns zu sich. Wir versammelten uns alle um ihn herum. Neben ihm stand sein Kommandeur, der immer noch an seiner Cola trank und in einem fort rülpste. Plötzlich fuhr Berar jäh herum und trat den Mann in den Bauch. Berar war unheimlich schnell, wie in den Kung-Fu-Filmen. Der Anführer fiel zu Boden und krümmte sich vor Schmerzen.

»Was soll das?«, beschwerte er sich und hielt sich den Magen. Berar würdigte ihn keiner Antwort; stattdessen nickte er seinen anderen beiden Begleitern zu. Einer von ihnen packte den Anführer bei den Schultern, und mit wenigen raschen Bewegungen hatten sie ihn hochgehoben, zum Rand des Daches geschleppt und über das Geländer geworfen.

Wir waren so entsetzt, dass wir unseren Augen nicht trauten. Wir hörten einen lang gedehnten Schrei und dann einen Aufprall. Uns allen konnte man die Angst am Gesicht ablesen. Wir befürchteten, nun einer nach dem anderen vom Dach geworfen zu werden. Nur ich zweifelte, dass Berar das tun würde – obwohl er sehr viel größer, breitschultriger und kräftiger wirkte als bei unserer letzten Begegnung.

Er nahm die halb ausgetrunkene Flasche Coca Cola und warf sie hinter seinem Kommandanten her. »Das wäre erledigt!«, verkündete er.

Aber so richtig freuen konnte sich niemand – auch Berar nicht. Er blickte über das Geländer und suchte nach passenden Worten.

»Dieser Mann hätte eigentlich im Gefängnis von Pul-e-Charkhi hingerichtet werden sollen, wurde aber befreit, als die Mudschaheddin das Gefängnis stürmten«, begann er schließlich. »Im Krieg wird jeder Mann gebraucht, also hat man ihn hergeschickt. Aber schlechte Menschen wie er bringen nur Schande über uns Hazara und die Mudschaheddin. Manche, die wir aus dem Gefängnis geholt haben, wollen jetzt ihre private Rache im Namen der Mudschaheddin üben. Einige haben sich den Freischärlern angeschlossen, die aus Pakistan in unser Land gekommen sind und sich von all den Ländern, die Afghanistan als ihr Manövergelände benutzen, mit Waffen haben versorgen lassen. Sie sind überall. Sie sind verrückt, und nur der Tod kann sie von diesem Wahn befreien.«

Er hatte sich nun wieder uns zugewandt. »Bitte geht jetzt nach Hause. Ich bitte euch um Vergebung für die Grausamkeiten, die euch hier widerfahren sind.«

Er kam zu mir, ging vor mir in die Hocke und strich mir übers Haar. »Grüße bitte deinen Großvater von mir«, sagte er leise, gab mir einen Kuss auf die Wange und stand auf, um zu gehen. Seine Männer folgten ihm.

Ein alter Mann, der zusammen mit seinen Söhnen zu den Gefangenen gehört hatte, ging als Erster die Treppe wieder hinunter. Ihm und seinen Söhnen folgten die zwei Frauen, dann mein Vater und ich und schließlich die restlichen Männer. Vor dem Silotor verabschiedeten wir uns ganz förmlich und kühl voneinander. Wir wussten, dass wir uns voreinander schämen würden, falls wir uns je wieder begegneten. Danach verstreuten wir uns schnell in alle Richtungen.

Mein Vater und ich kehrten zurück in unsere Festung der neun Türme. Meinem Vater ging es nicht gut. Er konnte nur mit Mühe gehen. Als wir dem Silo den Rücken kehrten, sagte er: »Grausame Menschen werden nicht alt.« Ansonsten sprach er auf unserem ganzen Nachhauseweg kein weiteres Wort mehr.

Als mein Vater die Tür zum Hof öffnete, hörten wir die Stimmen weinender Frauen. Mein Vater fragte mich, was denn los wäre – als ob ich die ganze Zeit zu Hause gewesen wäre und nicht mit ihm zusammen. Ich sagte nur: »Ich weiß es nicht.«

»Glaubst du, es ist jemand gestorben?«, fragte er mich mit besorgter Stimme.

»Ich weiß es nicht«, wiederholte ich.

»Aber wieso weinen sie denn? Da stimmt doch irgendwas nicht!« Mein Vater wirkte sehr beunruhigt.

Mir stand nur der Sinn danach, etwas zu essen und mir den ganzen Schmutz abzuwaschen. Wir waren ja über und über mit Staub bedeckt. Mein Pullover und meine Jeans hatten jegliche Farbe verloren. Ich wollte einen ganzen Tag lang schlafen und mir nicht das Weinen von Frauen anhören.

Wir betraten den Hof. Selbst aus unserem Zimmer im hinteren Teil des Hauses konnte ich meine Mutter bis hierher weinen hören. Und ich hörte mir unbekannte Stimmen, die besorgt auf sie einredeten.

Hinter den Fliederbüschen und den Bäumen in der Mitte des Hofes sah ich meine Onkel und meine Cousins bei den Vorbereitungen zum Mittagessen; unter den großen Kochtöpfen züngelten die Flammen, und es stiegen mächtige Dampfwolken in die Höhe.

Im Hof hielten sich jede Menge Männer auf. Selbst aus der Entfernung erkannte ich die meisten von ihnen. Es waren alles Verwandte von uns; auch in den Zimmern im Erdgeschoss sah ich Männer, die ich kannte. Eine schöne Stimme rezitierte aus dem Koran. Alle Männer hielten die Gesichter von uns abgewandt und hörten andächtig zu.

Als wir an der Kochstelle ankamen, fragte mein Vater einen seiner Brüder durch einen dichten Schleier aus Rauch hindurch: »Was ist passiert? Wer ist gestorben?« Ich stand neben meinem Vater und schaute in die Kochtöpfe, denn ich wollte wissen, was es zu essen gab. Einer war voller Fleischbällchen, und ich nahm mir eines. Es war sehr heiß, sodass ich es nicht zwischen den Fingern halten konnte, also ließ ich es fallen, und es rollte über den Boden. Niemand hatte etwas gemerkt. Alle waren sehr beschäftigt.

Mein Onkel berührte das Gesicht meines Vaters. »Träume ich auch nicht? Bist du wirklich hier?«

»Ich bin furchtbar müde und hungrig. Kann ich etwas zu essen haben?«, fragte ich.

Mein Onkel reagierte nicht darauf. Stattdessen wich er ganz langsam vor uns zurück und sah uns dabei an, als ob er mich gar nicht gehört hätte. Es war komisch, meinen Onkel sich so benehmen zu sehen. Er wirkte verängstigt. Er war sich wohl immer noch nicht sicher, ob wir es wirklich waren oder eher Gespenster. Mein Vater ging auf ihn zu.

Meine Cousins bildeten einen Kreis um mich herum, aber keiner von ihnen sprach mich an. Ich dachte, sie wollten mich ärgern, aber mir war jetzt einfach nicht danach mitzuspielen.

Wakeel ragte über sie alle hinaus, und seine helle Haut wirkte noch blasser als sonst. Ganz rasch berührte er meine Schulter – als könnte man sich an mir verbrennen – und fragte mich dann: »Bist du das oder dein Geist?«

»Häh?« Ich zog die Augen zu Schlitzen zusammen.

»Wir hielten dich und deinen Vater für tot. Deine Mutter weint seit zwei Wochen um euch.«

Irgendwie verstand ich das alles nicht.

»Wir dachten, ihr wäret beide ermordet worden. Großvater hat all unsere Verwandten zu einer Trauerfeier eingeladen. Diese Leute sind wegen dir und deinem Vater hier, weil ihr doch tot seid.«

»Hör bitte auf, so einen Unsinn zu reden. Ich bin sehr hungrig. Ich möchte bloß etwas zu essen haben.«

»Wir machen keinen Spaß, Qais. Das ist alles deinetwegen.« Dussel stand neben Wakeel und nickte nachdrücklich mit dem Kopf. »Siehst du, da sind eure Särge. Wir wollten nach dem Essen mit dem Bestattungsritual beginnen«, sagte er. Die Särge waren aus Holz; ein schwarzes Tuch lag auf ihnen. Der eine war etwa einen Meter achtzig lang und der andere ungefähr einen Meter zwanzig.

»Und was ist da drin? Ich nämlich ganz bestimmt nicht«, sagte ich.

»Sachen wie deine Spule und ein paar Drachen und einige von deinen besten Murmeln, die du immer nur aufbewahrt, mit denen du aber nie gespielt hast, und deine Schulkleidung und ein paar von deinen Heften und dein Tagebuch. Wir haben sie da reingetan. Großvater hat uns darum gebeten«, sagte Wakeel.

»Ihr habt meine Spule, meine Drachen, meine Murmeln und mein Tagebuch da reingetan? Was zum Teufel habt ihr euch dabei gedacht?« Ich rannte zu den Särgen, klappte den kleineren auf und sah meine ganzen Sachen darin liegen. Wakeel wollte sie herausnehmen. »Fass das bloß nicht an!«, schrie ich. »Das gehört alles mir!«

»Ich wollte dir die Sachen doch nicht wegnehmen. Ich wollte sie bloß für dich da rausholen.«

»Nein. Die bleiben da drin«, bestimmte ich.

Wakeel sah mich ganz komisch an. »Also willst du, dass wir sie beerdigen?«

»Nein. Lass sie einfach da«, sagte ich.

Einer meiner anderen Cousins fing an zu lachen. »Vielleicht möchte er doch mit den Sachen zusammen begraben werden«, sagte er, und dann lachten sie alle.

Ich machte den langen Sarg auf. Darin lag der Lieblingsteppich meines Vaters, den er immer auf sein Bett legte. Nun war der Boden des Sarges ordentlich mit ihm ausgelegt. In einer Ecke waren seine Physikbücher aufgestapelt; daneben lagen seine Boxhandschuhe. Auch sein Anzug, seine Schuhe, seine Socken und sein Lieblingsbecher, der mit dem Sprung, lagen in dem Sarg.

»Wenn mein Vater seine ganzen Sachen in dieser Kiste entdeckt, wird er euch windelweich schlagen«, sagte ich. Meine Cousins hatten immer ein bisschen Angst vor meinem Vater. Sofort verstummte ihr Gelächter.

»Das waren wir nicht«, verteidigte sich Wakeel. Er hörte sich an, als bekäme er es mit der Angst zu tun. »Deine Onkel haben die Sachen deines Vaters da reingetan. Wir waren mit deinen beschäftigt.«

Ein anderer meiner Cousins wirkte ein wenig beleidigt. »Wir wollten doch nur, dass du eine schöne Beerdigung hast«, sagte er.

Er war einer von denen, mit denen ich normalerweise nicht redete, also ignorierte ich ihn auch jetzt.

Dussel stellte sich zu mir. Er wirkte sehr niedergeschlagen. »Es tut mir leid, was ich mit deiner Drachenschnur angestellt habe«, sagte er. Ich verstand nicht, wovon er redete, und es war mir auch egal. »Das war neulich, als alle sagten, du hättest deine eigene Drachenschnur durchgeschnitten. Das habe ich gemacht. Ich habe eine Rasierklinge genommen und deine Schnur angeritzt, damit sie reißt, wenn du deinen Drachen steigen lässt.«

Mit einem Mal begriff ich, und die Wut stieg in mir hoch. Dieser blöde kleine Dussel. Ich hob den Arm, um ihm eine runterzuhauen, aber ich war so geschwächt, dass ich mich dabei aus dem

Gleichgewicht brachte und hintenüberfiel. Dussel wollte mich in den Arm nehmen. Er heulte schon. Aber ich konnte mich nicht mehr halten, als er die Arme nach mir ausstreckte, und so riss ich ihn mit mir, und er landete auf mir drauf. Ich hatte nicht einmal mehr die Kraft, ihn von mir wegzustoßen. Dafür würde ich ihn später grün und blau schlagen.

»Wo warst du überhaupt diese zwei Wochen?«, fragte Wakeel mich mit ernster Miene.

»Warum bist du so dreckig?«, wollte eine meiner Cousinen wissen.

»Erzähl uns bitte nicht, dass du aus dem Grab zurückgekehrt bist«, sagte eine andere.

Obwohl Wakeel mein bester Freund war, wollte ich es mir nicht antun, ihnen alles zu erzählen, was uns passiert war. Stattdessen sah ich mich nach meinem Vater um.

Angezogen von dem ganzen Lärm kamen meine Schwestern aus unseren Zimmern gelaufen. Meine ältere Schwester musterte mich ganz sonderbar, als wäre sie sich nicht sicher, ob ich es auch wirklich war, und nahm dann schnell meine beiden kleineren Schwestern mit sich zurück ins Haus, um meine Mutter zu holen.

Da sah ich, dass sämtliche Frauen sich nun im Hof um meine Mutter versammelt hatten, die meinen Vater abküsste, ihn an sich drückte und weinte und irgendetwas sagte, was ich nicht verstand. Sie kam mir vor wie eine von diesen verrückten Frauen, die ich in indischen Filmen gesehen hatte.

Ich hörte, wie sie jemanden nach mir fragte.

»Ich bin hier. Es geht mir gut!«, rief ich und winkte ihr zu. Während der Zeit im Tunnel hatte ich oft an sie gedacht, hätte ihr so gerne alles erzählt, was wir dort erdulden mussten. Manchmal hatte ich mich gefragt, ob es mir wie Ahmad ergehen würde, der nicht lange genug gelebt hatte, um in dieser Welt noch seinen Sohn zu sehen, und ich auch sie nie wiedersehen würde. Doch jetzt kam sie auf mich zugestürzt.

»Komm weg von den Särgen!«, rief sie. Sie riss mich an ihre Brust und küsste mich mehr als hundertmal. Von ihren Lippen und ihren Tränen wurde mein Gesicht ganz nass. Aber vielleicht waren es auch meine eigenen Tränen.

Meine Mutter zerrte meinen Vater und mich ins Haus, führte uns zu einer Ecke unseres Schlafzimmers und sagte uns, wir sollten uns dort hinsetzen. Dann flatterte sie um uns herum wie ein Schmetterling. Mit ihrem Ärmel wischte sie sich abwechselnd die Augen und ihre laufende Nase. Meinem Vater reichte sie drei Kissen anstatt nur einem. Sie wusste gar nicht, ob sie lachen oder weinen sollte. So hatte ich sie noch nie erlebt. Sie war einfach nicht mehr sie selber.

Verwandte, die ich sonst nur bei Hochzeitsfeiern zu Gesicht bekam, folgten uns ins Haus und scharten sich entlang der Wände. »Bitte deine Frau, sich zu dir zu setzen«, flüsterte meine jüngste Tante meinem Vater ins Ohr. »Sie hat zwei Wochen lang nur geweint. Wenn du ihr nicht hilfst, ihre Gefühle in den Griff zu bekommen, dreht sie uns noch durch. Sie befindet sich in einem Schockzustand. Tu etwas.«

Allerdings befand sich mein Vater ebenfalls in einem Schockzustand. Mit tonloser Stimme bat er meine Mutter, sich neben ihn zu setzen, obwohl Männer und Frauen in Gegenwart von Gästen an sich nicht nebeneinander sitzen sollten. Meine Mutter setzte sich denn auch neben meinen Vater, sprang aber nach ein paar Sekunden wieder hoch. »Ich muss Essen für euch beide machen.«

»Aber nein, wir sind nicht hungrig. Ich möchte dich lieber neben mir sitzen haben«, entfuhr es meinem Vater.

»Ich glaube, Qais hat Hunger. Ihr seht beide ganz dünn aus«, stellte meine Mutter fest.

»Nein, nein, ihm geht es gut. Wir hatten heute Morgen ein Riesenfrühstück und sind immer noch pappsatt. Komm wieder her und setz dich zu mir«, sagte mein Vater.

Ich lächelte meiner Mutter zu und tat so, als wäre ich nicht am Verhungern.

Mein Vater wollte, dass ich Platz für meine Mutter machte, aber sie sagte: »Nicht doch!«, und zwängte sich zwischen uns. Dann fing sie an, mir übers Haar zu streichen und starrte meinen Vater wortlos an, als hätte sie ihn seit Jahren nicht mehr gesehen.

Die anderen Kinder drückten sich an den Fenstern die Nasen platt und kicherten. Keiner von uns wusste, was er sagen sollte. Aber vielleicht wollte auch niemand etwas sagen, denn dies war der süßeste Moment in unser aller Leben seit Beginn des Krieges.

Meine Mutter unterbrach als Erste das Schweigen. Ich bekam fast einen Schreck, als sie zwischen uns hochsprang und sich mit dem Rücken zu allen anderen vor meinen Vater hinkniete. »Bist du es wirklich oder träume ich nur?«, rief sie laut. »Bitte sag mir, dass es wahr ist.«

Mein Vater beugte sich auf seinen Knien vor, um seine Arme um sie zu legen, und sagte: »Ja, ich bin es. Ich bin wieder bei dir, und ich werde nie wieder von dir fortgehen. Es geht mir gut, es geht mir gut. Jetzt ist alles wieder gut, alles ist wieder gut.«

Ich hörte das schwere Atmen meiner Mutter und meines Vaters, als sie einander gar nicht wieder loslassen wollten. Mein Vater streichelte den Rücken meiner Mutter. Meine Mutter zitterte leise. Obwohl sie, wie auch mein Vater, die Augen geschlossen hielt, quollen Tränen daraus hervor.

Die Männer und Frauen im Raum lachten kaum hörbar, doch gleichzeitig tupften sie sich auch die Augen ab. Schließlich erhob sich meine Mutter und bat meinen Vater und mich, mit ihr nach nebenan in ein leer stehendes Zimmer zu kommen. Ihr schien plötzlich aufgegangen zu sein, dass sämtliche Augenpaare auf uns gerichtet waren, und sie wollte mit uns alleine sein. »Wir sind gleich wieder da«, sagte sie zu den anderen und wies meine Onkel an, sich um das Essen für die Gäste zu kümmern. Nun erkannte ich sie wieder.

In dem leeren Zimmer bedeckte sie mich und meinen Vater immer wieder mit Küssen. Sie störte sich nicht an dem Schmutz in unseren Gesichtern; möglicherweise konnte sie ihn vor lauter Tränen auch gar nicht sehen, oder sie wusste vielleicht auch nicht, was sie tun sollte – außer uns zu küssen. Sie fragte meinen Vater und mich nicht, was wir in diesen zwei Wochen erlebt hatten. Vielleicht wollte sie es auch gar nicht wissen und war bloß froh, uns wieder bei sich zu haben.

Später gesellten wir uns wieder zu unseren Gästen. Alle lachten und fühlten sich wohl in Gegenwart der anderen; die Trauerfeier hatte sich in ein Wiedersehensfest verwandelt. Wir verbrachten den ganzen Tag mit Singen und Lachen, meine Onkel trommelten und spielten Flöte – und das alles mit zwei Särgen im Garten. Wir benutzten sie jetzt als Sitzgelegenheiten für die Gäste. Ich machte mir allerdings Sorgen, dass das dünne Holz der Deckel brechen könnte und meine Drachen zerquetscht würden. Jedes Mal, wenn ich Dussel ansah, hätte ich ihn am liebsten zusammengeschlagen. »Er kommt mir nicht davon mit dem, was er mir angetan hat«, schärfte ich mir selber immer wieder ein. »Er hat mich wie einen Idioten dastehen lassen.«

Meine Schwestern erzählten mir von den neuen Romanen, die sie gelesen, und den neuen Filmen, die sie gesehen hatten. Meine Cousins berichteten mir von ihren Abenteuern der letzten beiden Wochen und wer die beim Drachenturnier mit den Nachbarskindern abgeschlossenen Wetten gewonnen hatte. Dann zeigten sie mir ihre Wettgewinne, um mich neidisch zu machen. Sie hatten ja keine Ahnung, was *ich* erlebt hatte – und bis heute habe ich es weder ihnen noch sonst jemandem erzählt.

TEIL 2

FLUCHT

7

Der Norden

Inzwischen wohnten wir schon weit länger als ein Jahr in Qala-e-Noborja, während um uns herum in Kabul weiter der Krieg tobte. Während dieser ganzen Zeit hatten sich ständig die Fronten verschoben; den einen Tag kontrollierten die Pandschiri den einen Sektor, am nächsten befand er sich schon wieder in der Hand der Hazara, dann in der eines der Militärführer – Sayyaf, Gulbuddin oder Dostum. Über unsere Köpfe schossen Raketen hinweg, die nur ein Ziel kannten: Zerstörung.

Mit beinahe jedem Abend nahm der Plan, Kabul zu verlassen, in den Gesprächen meines Vaters mit seinen Brüdern mehr Gestalt an. Dem Schleuser, der uns nach Russland hatte bringen sollen, war allerdings zu Ohren gekommen, dass für meinen Vater eine Trauerfeier abgehalten wurde, und er hatte deshalb jemand anderen mitgenommen. Er konnte ja nicht ahnen, dass mein Vater und ich von den Toten auferstanden waren. Aber zum Glück hatten wir ihm noch kein Geld gegeben, und wir haben danach auch nie wieder etwas von ihm gehört.

Eines Morgens sagte mein Vater beim Frühstück fast beiläufig zu meinen Schwestern und mir: »Ich habe beschlossen, dass wir nach Mazar gehen und für eine Weile bei der Schwester eurer Mutter bleiben.« Dann aß er weiter seinen Joghurt. Mazar war eine Stadt im Norden Afghanistans, auf der anderen Seite des Hindukusch. Vor Beginn des Krieges waren wir häufig dort gewesen, einmal sogar mit einem Flugzeug.

Ich fragte, ob Wakeel mit uns käme. »Nein«, sagte mein Vater. Was mit Großvater wäre, wollte ich wissen. Wieder lautete die Antwort: »Nein.« Ich konnte es nicht glauben, dass wir ohne sie gehen sollten, also lief ich ins andere Zimmer und erzählte Wakeel davon. Er dachte, ich würde mir einen Scherz mit ihm erlauben, kam aber mit mir in unser Zimmer, und da sah er meine Mutter beim Packen. Er fragte meinen Vater, ob er uns begleiten dürfe.

»Diesmal nicht, Wakeel«, sagte mein Vater freundlich. »Wir fahren nicht zum Picknicken, sondern nach Mazar, um dort einige Zeit bei Qais' Tante zu verbringen. Ich hoffe, während der Zeit dort eine Möglichkeit zu finden, uns alle aus Afghanistan herauszubekommen. Danach kehre ich hierher zurück und hole euch Jungs.«

»Kann ich nicht jetzt schon mitkommen?«, fragte Wakeel, als hätte er nicht gehört, was mein Vater eben gerade zu ihm gesagt hatte. Wenn mein Vater für seine Kinder etwas kaufte, kaufte er es auch für Wakeel, und wenn er mit uns irgendwohin fuhr, durfte Wakeel immer mitfahren. Wakeel konnte einfach nicht begreifen, warum er zurückgelassen wurde.

»Nein«, wiederholte mein Vater. »Im Wagen ist nicht genug Platz für uns alle.«

»Es ist jede Menge Platz in dem Wagen«, insistierte Wakeel. »Wir waren mit fünfzehn Leuten und dem Baby da drin, als wir von unserem Haus hierhergefahren sind. Weißt du das denn nicht mehr?« Er sah mich und meine Schwester um Bestätigung heischend an, aber wir hatten Angst, etwas zu sagen – mein Vater befand sich in einer jener Stimmungen, bei denen man nicht ganz genau wusste, ob er nicht gleich wütend würde. Also nickten wir nur, vermieden es aber gleichzeitig, unserem Vater in die Augen zu sehen.

»Das war nur eine kurze Strecke«, sagte mein Vater. »Diesmal fahren wir einmal quer durch Afghanistan und werden mindestens zehn Stunden unterwegs sein.« Seine Stimme nahm einen leicht gereizten Tonfall an.

»Das geht schon«, sagte ich. »Wir können uns doch alle auf den Rücksitz quetschen.«

»Keine Widerrede mehr«, sagte mein Vater so laut, dass wir alle zusammenzuckten. »Ich habe Nein gesagt, und dabei bleibt es. Schluss mit der Diskussion.«

Nachdem Wakeels Vater verschwunden war, haben alle meine Onkel alles getan, um Wakeel darüber hinwegzuhelfen, aber meinem Vater hat Wakeel immer besonders nahegestanden, weil der ihn wie seinen eigenen Sohn behandelte und ihn immer in alles mit einbezog, was er mit seiner eigenen Familie unternahm. Ich begriff nicht, wie mein Vater überhaupt nur daran denken konnte, Wakeel zurückzulassen.

Das würde das erste Mal sein, dass ich richtig von Wakeel getrennt wäre. Bei all der Ungewissheit, die unser Leben seit dem Tag, an dem sein Vater nicht mehr nach Hause gekommen war, bestimmt hatte, war doch eines stets gewiss geblieben – dass wir beide uns aufeinander verlassen konnten.

Es hatte mal einen Tag gegeben – etwa ein Jahr war das jetzt her –, an dem ich überall nach Wakeel gesucht hatte, ihn aber nirgendwo finden konnte. Ich bin sogar über eine Leiter auf das Dach der Festung der neun Türme geklettert, um in all den Nischen nachzuschauen, in die wir uns beim Versteckspielen immer verkrochen. Und da saß er dann auch, ganz alleine, und starrte ins Leere. Als ich ihm auf die Schulter tippte, tat er ganz erschrocken und sah mich an. Ich fragte ihn, worüber er denn nachdächte. Über gar nichts, sagte er. Aber er klang traurig. Ich fragte ihn, ob etwas nicht in Ordnung wäre. »Nein«, sagte er nur.

Wakeel war sonst immer fröhlich und guter Dinge. Ich überlegte, ob er wohl etwas vor mir zu verbergen hatte.

Schweigend setzte ich mich neben ihn und starrte so wie er ins Leere. Ein paar Minuten lang saßen wir so da. Er warf mir wiederholt von der Seite Blicke zu, aber ich schaute stur weiter geradeaus. Er bewegte seine Hand vor meinen Augen, aber ich tat so, als nähme ich es gar nicht wahr. Nun tippte er mir auf die Schulter und fragte mich, was es denn da zu sehen gäbe. Ich sagte ihm, dass ich ihn nur nachgeahmt hätte, und da lächelte er.

»Du hast Glück, dass du Qais bist und nicht Wakeel«, sagte er.

»Wieso?«, fragte ich. »Ich wünschte mir schon, Wakeel zu sein, der so gut Drachen steigen lassen kann und viele Freunde hat und beliebt in der Schule ist und auf Bäume klettert und der als ältestes Kind seiner Mutter und älterer Bruder seiner Schwestern alle herumkommandieren kann, dass sie ihm seine Schuhe putzen und ihm seinen Tee und Wasser bringen. Wer in der Welt möchte nicht gerne Wakeel sein? Sieh mich doch an«, fuhr ich fort. »Meine Freunde sind alles kleine Kinder, ich bin nicht gut im Drachen-steigen-Lassen, ich bin in der Schule nicht so beliebt wie du, und nicht alle von meinen Cousins und Cousinen, von meinen Onkeln und von meinen Tanten lieben mich so, wie sie dich lieben. Ich kann meiner älteren Schwester nicht befehlen, etwas für mich zu tun. Stattdessen muss ich mich dauernd von ihr herumkommandieren lassen. Wer in aller Welt wäre gerne Qais?«

»Ich zum Beispiel«, sagte Wakeel.

»Wieso das?«, fragte ich äußerst überrascht.

»Weil du einen Vater hast und ich nicht«, sagte er, und seine Stimme zitterte dabei ein wenig. »Jeden Morgen, wenn du aufwachst, gibt dir dein Vater einen Kuss auf die Wange. Jeden Tag trainierst du mit deinem Vater, er lässt sich beim Boxen von dir schlagen, er spielt und macht Spaß mit dir, er sitzt an deiner Bettkante, wenn du krank bist, er steht mitten in der Nacht auf, um nach dir zu sehen, wenn du schlecht träumst oder im Schlaf etwas murmelst, er ermahnt dich, wenn du etwas Unrechtes tust, er weist dich auf deine Fehler hin, er versucht, sie mit dir zusammen wiedergutzumachen, er möchte, dass du auf der Leiter deines Lebens immer höher steigst, er ist immer für dich da. Du kannst dich nach hinten fallen lassen, denn du weißt, dein Vater ist da und wird dich auffangen.« Die Worte entströmten wie von selbst seinem Mund. »Wer wird mich auffangen, wenn ich in die Tiefe stürze? Wenn ich falle und in lauter kleine Stücke zerbreche, ist niemand da, der mich wieder aufsammelt. Ich muss mich selber aufsammeln und mit meinem Leben weitermachen. Ich wünsche mir meinen Vater zurück. Ich möchte, dass er mich auffängt, wenn ich von der Leiter falle.« Er brach in Tränen aus und rannte davon. Beim Hinunterklettern wäre er tatsächlich beinahe von der Leiter gefallen.

Ich wusste nicht, was ich tun sollte. Sollte ich hinter ihm herlaufen und ihn in die Arme nehmen? Nein, ich war jünger als er, sagte ich mir; das konnte ich nicht machen. Sein Vater wäre es, der ihn in die Arme schließen müsste.

Eine Stunde später trug Wakeel wieder sein frohgemutes Strahlen im Gesicht und erzählte Witze, über die jeder lachte. Doch mir war ganz unvermittelt klar geworden, dass er mit seinen Witzen und seinen Scherzen die ganzen Jahre lang immer nur einen Schatten von seiner Seele verjagt hatte.

»Nur ein Vater kann die Lücke ausfüllen, die ein Vater hinterlässt, keiner von deinen Onkeln oder dein Großvater, nur der eigene Vater«, hat er mir einmal gesagt. Und dann hatte er zwei Zeilen aus seinem Lieblingsgedicht von Hafis rezitiert: »Ein einziges Herz zu beglücken, kann großartiger sein als tausend heilige Reisen zu unternehmen.«

Bei einer anderen Gelegenheit, als wir gerade am Fuß des Hanges unterhalb der Festung am Teich saßen, erzählte Wakeel mir, dass er sich darüber Sorgen mache, was geschähe, wenn sein Vater doch wieder nach Hause käme; er würde ja gar nicht wissen, wo er uns zu suchen hätte. Er würde zu Großvaters Haus gehen und uns dort nicht mehr antreffen.

»Ich bin mir sicher, dass er noch lebt«, sagte Wakeel. »Wenn er gestorben wäre, hätte er ein Zeichen geschickt.«

»Was denn für ein Zeichen?«

»Das weiß ich nicht. Ich werde es wissen, wenn ich es sehe.«

Eine Stunde später waren wir bereit zum Aufbruch. Wir hatten ja nicht viel mitzunehmen. Unsere wenigen Kleidungsstücke waren rasch in unsere zwei Koffer gepackt und im Kofferraum des Wagens verstaut. Meine Mutter raffte sämtliche Lebensmittel, die wir im Haus hatten, zusammen und tat sie in große Beutel. Mein Großvater und meine Onkel und Tanten und meine Cousins und Cousinen kamen alle zum Auto, um sich von uns zu verabschieden, als wir die Festung der neun Türme verließen.

Wakeel rannte hinter uns her, aber der Wagen war natürlich schneller als er und hüllte ihn in eine Staubwolke. Ich streckte den Kopf aus dem Seitenfenster und winkte ihm zu, wobei ich zu lächeln versuchte. Meine Schwestern blickten durch die Heckscheibe und winkten ebenfalls. Als wir in der Nähe der britischen Botschaft um die Ecke bogen, sah ich gerade noch, wie Wakeel mitten auf der Straße mit hängenden Schultern, das Gesicht von Verzweiflung gezeichnet, stehen blieb – nach Luft japsend, verloren im Staub der Straße.

Auch ich war sehr traurig. Gleichzeitig war ich aber voller Wut auf meinen Vater, weil er Wakeel zurückgelassen hatte, und sprach daher kein Wort mit ihm, während wir aus Kabul heraus und den steilen Hügel hinter Khair Khana hinauf gen Norden fuhren. Ich setzte ein Stirnrunzeln auf, und meine Schwestern taten es mir nach. Mein Vater erzählte ein paar Witze, und obwohl sie für mich neu waren und wirklich lustig, konnte ich nicht darüber lachen und meine Schwestern auch nicht.

»Überlegt doch mal. Wir hätten Wakeel mitnehmen können, aber was hätte seine Mutter dazu gesagt?« Mein Vater blickte unverwandt geradeaus, doch wir wussten, dass er zu uns sprach. »Sie hat doch sonst niemanden. In zwei Wochen fahre ich wieder her, um ihn und die anderen zu holen.« Dann schaltete er das Autoradio ein, um den World Service der BBC zu hören.

Meine Schwestern und ich wollten lieber afghanische oder indische Lieder hören, aber meinen Vater interessierten nur die Nachrichten, vor allem, ob etwas über die Situation in Mazar berichtet wurde. Aber wir baten ihn auch nicht erst, den Sender zu wechseln, denn wir waren fest entschlossen, ihn weiterhin mit Missachtung zu strafen.

Nachdem wir Kabul hinter uns gelassen hatten und über die Ebene von Shomali weiter in Richtung Norden fuhren, blickte ich aus dem Fenster und sah überall die Wracks russischer Militärlastwagen herumliegen, manche auf der Seite, manche auf dem Dach. Aus den meisten war schon alles Brauchbare herausgeplündert worden. Auf fast jedem Feld lag so ein kaputter Laster, und die Leute beackerten um ihn herum ihr Land. In einem Fluss lag ein ausgebrannter Panzer; das Wasser strömte durch ihn hindurch, und auf ihm saßen kleine Kinder in nassen Kleidern und sahen zu, wie die Autos vorbeifuhren. Jahre des Regens hatten die Karosserien der verlassenen Fahrzeuge verrosten und die Sonne und der Staub ihren Lack stumpf werden lassen; manche der Kinder drehten stolz an den Lenkrädern und stellten sich dabei lange und fantastische Reisen vor. An einem steilen Abhang hing auf halber Höhe ein russischer Jeep – als klammere er sich dort mit Superkräften fest.

Ich begann, die Wracks zu zählen, und war rasch bei einhundert. Aber nach einer Weile wurde mir das Zählen langweilig, und ich gab es auf.

Wir fuhren einen Serpentinenpass in den Gebirgsausläufern des Hindukusch hinauf; neben der Straße schlängelte sich ein Fluss mit starker Strömung durch das Gelände und um die kleinen Dörfer, die an seinen Ufern entstanden waren. Am oberen Ende der Passstraße erreichten wir den Salang-Tunnel, der die höher gelegenen Bergregionen durchschnitt. Ein Großteil der Tunnelbeleuchtung war defekt, und die verbliebenen Lampen gaben nur ein sehr gelbes Licht ab, das nicht viel erhellte. Außerdem erstickte man im Tunnel fast an den Auspuffgasen der großen Lastwagen und übrigen Fahrzeuge, sodass wir die Scheiben hochkurbeln mussten. Mein Vater war gezwungen, sehr langsam zu fahren, um den vielen Schlaglöchern auszuweichen.

Die Stunden zogen schneller vorbei, als unser Auto auf der ziemlich ausgefahrenen Straße vorankam. Als wir auf der nördlichen Seite des Gebirges wieder zu Tal fuhren, begleitete uns ebenfalls ein Gewässer, diesmal war es ein breiter Strom. Auf beiden Seiten der Straße sahen wir noch nicht abgeerntete Felder, obwohl es doch schon früher Herbst war. Jenseits dieser Felder, wo die Berghänge am Rande der Talmulde steil anstiegen, war nur noch karger Fels. Ich betrachtete alles sehr genau, denn ich wusste ja, dass wir bald in ein anderes Land gehen und ich das hier möglicherweise nie wiedersehen würde.

Am späteren Nachmittag kamen wir auf einer schmalen Schotterpiste durch ein sehr schönes Tal; die Straße führte durch eine schmale Felsschlucht zwischen zwei hohen Bergen. Als wir die Schlucht passierten, streckten meine Schwestern und ich den Kopf aus den Fenstern, um den Vögeln zusehen zu können, die von einem Nistloch in den Felsen zum nächsten flogen. Auch einen schnell fließenden Strom gab es hier – wir hörten ihn am Fuß der Schlucht über die Steine schießen; das Geräusch hallte von den hohen Felswänden wider, die sich darüber in die Höhe reckten.

Jenseits der Schlucht erreichten wir das weite Flachland, das sich in den Norden bis hin nach Usbekistan erstreckte. Plötzlich steuerte mein Vater den Wagen an den Straßenrand und stieg aus. Er stellte sich vor unser Auto hin und holte tief Luft. Dann schaute er zum blauen Himmel hinauf und ließ seinen Blick über die Berge schweifen. Auf seinem Gesicht erschien ein Lächeln, als würde sich hier etwas Unbekanntes ganz alleine ihm erschließen.

Meine Mutter streckte den Kopf zum Seitenfenster hinaus. »Stimmt was nicht mit dem Motor?«, fragte sie.

Ohne sich nach ihr umzudrehen, rief mein Vater: »Das ist Tashkurgan!«

Vor uns konnten wir viele von Mauern umgebene Gärten und in etwa einem Kilometer Entfernung einen kleinen Ort sehen. Auf einem Hügel zwischen uns und dem Dorf stand eine sehr große Moschee mit einer hohen Kuppel. Mein Vater machte sich daran, über das Feld zu der Stelle zu gehen, an der das Wasser des breiten Stroms, dem wir gefolgt waren, durch die enge Schlucht rauschte.

Ich sprang ebenfalls aus dem Wagen und folgte ihm. Er ging mit großen Schritten voran und blickte dabei an der Schlucht hoch zu den Bergen hinauf. Als er das Flussufer erreichte, benetzte er sein Gesicht mit dem klaren Wasser und achtete gar nicht darauf, dass seine Kleidung nass wurde.

»Von diesem Ort habe ich seit Monaten geträumt«, sagte er. »Meine Freunde und ich haben hier früher wochenlang kampiert.«

»Wann war das?«, wollte ich wissen. Wir waren nach außen hin inzwischen wieder Freunde, obwohl ich die Angelegenheit keineswegs vergessen hatte. Aber ich hatte gemerkt, dass uns allen die Stimmung verdorben würde, wenn ich meinen Groll darüber, dass er Wakeel und Großvater nicht mitgenommen hatte, offen an meinem Vater ausließ. Also war ich nett zu ihm – ohne ihm allerdings meine geheimsten Gedanken anzuvertrauen, denn die waren immer noch in Bitterkeit gehüllt.

»Oh, das ist lange her. Bevor ich deine Mutter geheiratet habe.« Mein Vater seufzte. »Nun ja, so lange nun auch wieder nicht. Es kommt einem nur so lange vor, wie eine Ewigkeit. All diese Freunde von damals leben jetzt in Europa – nur ich bin noch hier.«

Er streckte den Arm aus und fuhr mir mit der nassen Hand durchs Haar. »Komm, lass uns auch für ein paar Tage unser Zelt hier aufschlagen.« Er ging wieder zum Auto zurück, und ich folgte ihm eilig.

Das hörte sich für mich nach einer großartigen Idee an. Hin und wieder hatten wir über Nacht am Qargha-See nahe bei unserem Haus oder im Garten eines Nachbarn gezeltet, aber nie so richtig in der weiten, freien Natur wie hier.

Mittlerweile waren auch meine Mutter und meine Schwestern ausgestiegen. Mein Vater holte eine große blaue Kunststoffplane aus dem Kofferraum. An jeder der vier Ecken war in großen Buchstaben »UN« darauf aufgedruckt. »Das hier nehmen wir als Zelt«, sagte er. Er ging ein Stück von der Straße weg und über ein etwas steiniges Gelände, bis er zu einer flachen Stelle am Fluss kam, der sich nun, da er nicht mehr von der Schlucht eingeengt wurde, von der Straße entfernte.

Meine Schwestern halfen meinem Vater und mir, mit ein paar einigermaßen gerader Äste, die wir an der Straße gefunden hatten, ein Zelt zu errichten. Meine Mutter sagte nichts, und mein Vater sah mehrere Male zu ihr hinüber, um festzustellen, ob ihr sein Vorhaben gefiel. Sie schien einfach froh und glücklich darüber zu sein, dass wir alle wieder so guter Dinge waren.

Aus dem Dorf kam ein Mann auf einem Esel geritten; er saß

auf einer Ladung Mohrrüben, die er in einem handgenähten Sack über den Rücken des Tieres gelegt hatte. Im Näherkommen fragte er: »Was tut ihr denn da?«

»Wir wollen campen«, sagte mein Vater.

»Seid bloß vorsichtig. Hier gibt es Wölfe. Nachts kommen sie raus.«

»Ich habe keine Angst vor Wölfen. Aber vielen Dank für die Warnung«, sagte mein Vater, und der Mann zog seiner Wege. Mein Vater fuhr unseren Wagen eine leichte Schräge, die von der Straße auf das Feld führte, hinunter und stellte ihn nicht weit von unserem Zelt ab.

Es war ja nun Herbst, sodass durchaus mal ein Wind aufkam; tagsüber war es warm, nachts aber konnte es empfindlich kalt werden.

Jeden Tag schwammen wir nach dem Frühstück im Fluss; nachmittags fischten wir. Abends entfachten wir vor unserem Zelt ein Lagerfeuer und lauschten den Witzen meines Vaters und den alten Volksmärchen, die meine Mutter erzählte und die uns manchmal Angst machten. An manchen Abenden saßen wir aber auch einfach nur da und schauten zum mit Millionen von glitzernden Sternen gesprenkelten Himmel hinauf.

Nach all den schrecklichen Dingen, die ich in den letzten Jahren in Kabul hatte erleben müssen, kamen mir diese Tage wie die schönsten meines Lebens vor. Ich wollte für immer hierbleiben, weit fort von Kabul, weit fort vom Krieg. Aber dann musste ich wieder an Großvater und an Wakeel denken und fragte mich, wie es ihnen wohl erging, während wir, umgeben von solch herrlicher Natur, uns einen schönen Tag machten.

Nach einer Woche war mein Vater so weit, dass er weiter nach Mazar und zum Haus meiner Tante fahren wollte. Wir aber bedrängten ihn, noch eine weitere Woche hier am Flussufer zu bleiben.

Wir angelten und schwammen im Fluss; ab und zu kraxelten wir auch auf die Berge.

Eines Morgens war der Himmel nach dem Frühstück sehr bedeckt, sodass wir im Zelt blieben und in unseren Schulbüchern lasen, die wir mitgebracht hatten. Ein leiser Wind von Norden wehte durch das Zelt und blätterte die Buchseiten um. Mit der Zeit frischte der Wind auf, und am Himmel wurde es immer dunkler. Tief hängende Wolken kamen auf uns zu.

Mein Vater versammelte uns alle in einer Ecke des Zeltes. Ich wäre gerne hinausgegangen und hätte mir den Wind um die Ohren wehen lassen, aber mein Vater erlaubte es nicht. »Bleib hier«, befahl er mit seiner *Ich-bin-der-Vater*-Stimme. Der Wind wurde mit jeder Minute stärker, und dann fiel auch schon der erste Regen, wurde immer heftiger vom Wind gepeitscht, prasselte immer härter und lauter gegen unser Schutzdach. Es war fast, als brüllte er auf uns ein, und ab und zu zuckten auch grelle Blitze über den Himmel. Solche Unwetter wie dieses erlebten wir in Kabul fast nie, und dementsprechend fand ich das alles auch sehr aufregend.

Mein Vater drückte meine jüngeren Schwestern gegen seine Brust, als könnte der Wind sie ihm fortnehmen. Auch meine Mutter hielt meinen kleinen Bruder so fest, dass nichts in der Welt die beiden hätte trennen können. Mein Bruder schrie die meiste Zeit, weil er seine ersten Zähne bekam. Wir nannten ihn die »Heulmaschine«. Wir hatten alle unsere Spitznamen – meiner war »Träumer«, weil ich zuweilen einfach nur ins Leere starrte, wenn ich über etwas nachdachte, und wenn mich dann jemand rief, bekam ich es gar nicht mit. Ich weiß nicht, ob das wirklich typisch für einen Träumer war, aber so nannten sie mich jedenfalls.

Inzwischen drohten Regen und Sturm unser Zelt umzuwerfen. Es war so laut, dass wir uns nicht mehr unterhalten konnten. Mit jedem vom Himmel schießenden Blitz kam das Gewitter näher, und schließlich war der Donner so laut, dass er uns in den Ohren wehtat. Das machte keinen Spaß mehr. Wir hockten irgendwo im Niemandsland unter einem provisorischen Plastikdach.

Dann hörte der Regen ebenso unvermittelt auf, wie er angefangen hatte; nur der Himmel verdunkelte sich immer weiter, bis er fast so schwarz war wie die Nacht, obwohl es doch mitten am Vormittag war.

Und da erbebte auf einmal der Boden unter uns. Aus der Schlucht hörten wir polternde Geräusche, die selbst den Wind übertönten. Als wir unter unserer blauen Plastikplane hervorlugten, sahen wir einen massiven Felsblock in atemberaubendem Tempo die Bergwand hinter uns heruntergekollert kommen. »Alles raus aus dem Zelt!«, schrie mein Vater, also stürzten wir hinaus, ohne zu wissen, wo wir uns hinflüchten sollten, und verstreuten uns in drei Himmelsrichtungen.

Ich war während des vergangenen Jahres in Kabul zweimal knapp dem Tod entronnen, und nun sah es danach aus, dass ich ausgerechnet hier, an diesem Ort, der mir wie das Paradies erschienen war, sterben würde. Ich dachte an Noah und den Sturm und den Regen, der vierzig Tage lang nicht aufhörte, und wie er dann doch überlebte und auch noch anderen das Leben rettete. Aber sein Problem waren ja auch keine Felsen gewesen, die von einem Berg heruntergedonnert kamen und die Erde erzittern ließen.

Der Stein rollte geradewegs über unser Zelt hinweg, riss unseren Mittelpfosten um, zerknickte ihn wie einen Strohhalm und setzte seine Bahn dann bis zum Fluss hinunter fort. Da wir nicht wussten, was wir sonst tun sollten, gingen wir zum Auto und setzten uns hinein – immer noch ziemlich erschrocken.

Wir waren wie gelähmt. Der Fels hätte doch auch an jeder beliebigen anderen Stelle herunterkommen können. »Vielleicht gefiel ihm unser Zelt nicht«, sagte meine ältere Schwester, und zum ersten Mal im Leben stimmte ich mit ihr überein.

Eine halbe Stunde später war der Himmel vollkommen wolkenlos und die Sonne eine orangefarbene Kugel. Aus dem Sturm war ein laues Windchen geworden. Für die Natur schien das alles nichts gewesen zu sein, aber wir hatten unser Zelt verloren und alles, was darin gewesen war.

Den Rest des Tages verbrachten wir im Auto. Vor dem Dunkelwerden machten mein Vater und ich noch eine Runde, um zu schauen, ob man es riskieren konnte, noch eine weitere Nacht hier zu verbringen. Er trug einen dicken Stock in seiner Hand, ich einen etwas dünneren. Wir hatten zwar in den letzten Tagen keinerlei Wölfe oder andere wilde Tiere hier gesehen, doch die Zerstörungen des Sturms waren überall um uns herum zu erkennen. Wir fanden einen abgebrochenen Ast, den wir als neuen Stützpfosten für unser Zelt verwenden konnten; allerdings war er ziemlich krumm.

Die Nacht kam. Durch die vielen Löcher, die der Fels in unsere Zeltplane gerissen hatte, konnten wir Wolken an einem Halbmond vorüberziehen sehen. Zum Abendessen aßen wir zerdrücktes Brot mit zerquetschten Maulbeeren. Die Heulmaschine hatte sich beruhigt. Sein Mund stand halb offen, während er neben meiner Mutter auf dem einzigen Kissen schlief, das uns noch geblieben und das nun nur für ihn da war.

Im Autoradio hörte sich mein Vater die Nachrichten des World Service der BBC an. Es war von Gefechten zwischen zwei gegnerischen Militärs in Mazar die Rede. Als ich meinen Vater fragte, was das zu bedeuten habe, erzählte er mir ein paar Dinge über einen Mann namens Dostum. Ich hatte diesen Dostum schon im Fernsehen gesehen, wie er mit bis zu den Knien aufgekrempelten Hosenbeinen auf einem Panzer gesessen hatte; aber damals hatte es mich nicht sonderlich interessiert, wer er war.

Wir blieben noch sieben weitere Tage, immer noch etwas durcheinander und nicht in der Lage, einen Entschluss zu fassen. An den Vormittagen strahlte die Sonne nicht mehr so hell wie an den Tagen nach unserer Ankunft; wir spürten, wie eine Jahreszeit in eine andere überging, denn die Tage wurden immer kürzer und die Nächte länger und kälter.

Nach einer Woche hörten wir auf BBC, dass Mazar wieder sicher war. Die Kontrahenten hatten ihre Kämpfe eingestellt – zumindest vorerst.

Beim Frühstück sagte mein Vater zu meiner Mutter, dass wir nach dem Mittagessen nach Mazar aufbrechen würden. Wir hatten uns, seit wir in Tashkurgan angekommen waren, die ganze Zeit über nur eine Stunde von der Stadt entfernt aufgehalten und wären längst dort gewesen, wenn dieser Dostum uns nicht aufgehalten hätte. Während der Nacht hatte es wieder heftige Regenfälle gegeben, und wir fühlten uns alle ein bisschen verfroren und klamm, aber das machte es uns leichter, uns von diesem Ort zu verabschieden, den wir so ins Herz geschlossen hatten. Außerdem gingen unsere Lebensmittelvorräte zur Neige. Mit dem Frühstück hielten wir uns nicht lange auf, denn es bestand nur aus ein paar Äpfeln, die wir von den Bäumen in der Nähe unseres Lagers gepflückt hatten. Mithilfe von langen Ästen, die er angespitzt hatte, war es meinem Vater in den frühen Morgenstunden gelungen, am Fluss ein paar Wildenten zu erlegen, aber er hatte noch keine Zeit gehabt, sie zum Kochen vorzubereiten. Als junger Mann hatte er das Jägerhandwerk gelernt. Damals waren große Teile des heutigen Kabul noch Feuchtgebiete gewesen. Ich durfte ihn aber nie begleiten, wenn er auf die Jagd ging, denn er sagte, er müsse sich dabei sehr konzentrieren, und das geringste Geräusch würde die Vögel aufschrecken, und dann müssten wir hungrig bleiben.

Nach dem kargen Frühstück half ich meinem Vater, das Auto für unsere Weiterfahrt vorzubereiten, während meine Mutter und meine Schwestern im Zelt unsere Kleider zusammenpackten. Zunächst sah mein Vater nach dem Motor; dabei brauchte er mich nicht, also ließ ich es ihn alleine machen.

Der Regen hatte aufgehört, und ich ging zum Fluss, der ungefähr einen knappen Kilometer von unserem Zelt entfernt dahinströmte. Ich wollte mich von all den Bäumen, Steinen und Vögeln verabschieden, die ich so lieb gewonnen hatte, und ich hatte das Gefühl, dass die Berge ihrerseits mir ebenso Lebewohl wünschen wollten. Wir alle waren gute Freunde geworden – mit Ausnahme des großen Steins, der unser Zelt überrollt hatte. Zu ihm ging ich nicht mehr, obwohl er immer noch ganz in der Nähe im Fluss lag.

Aber irgendetwas stimmte mit dem Fluss nicht. Sein Wasser war grau und plätscherte in kleinen Wellen über die Steine. Auf der Oberfläche trieb eine sandige Schicht, und sogar die Fische schienen sich nicht mehr darin zurechtzufinden – als wären sie plötzlich blind geworden. Einige von ihnen waren auch schon tot und wurden von dem immer höher steigenden Wasser davongetragen.

Ich konnte nicht begreifen, warum der Fluss so komisch war. Ich stand an seinem Ufer und ließ sein Wasser über meine Zehen spülen. Nach kürzester Zeit stand ich bis zu den Knöcheln darin, und kurz darauf stieg es mir bis zu den Knien. Ich bekam langsam ein wenig Angst vor diesem grauen Wasser und fragte mich, ob es wohl böse mit uns war, weil wir von hier fortfuhren.

Ich packte einen der Fische. Er starrte mich an und zappelte nur ein ganz klein wenig. Als ich ihn in der Hand hielt und dem Fluss meinen Dank für alles, was er uns beschert hatte, aussprach, stieg mir das Wasser auf einmal bis zu den Oberschenkeln. Die Strömung war sehr stark und hätte mich um ein Haar mitgerissen. Ich rettete mich rasch ans Ufer und blickte hoch zu der Schlucht zwischen den beiden Bergen. Von oben stürzte Wasser an den Wänden herunter und kam mit einer enormen Geschwindigkeit auf mich zu.

Es gab nichts, was dieses Wasser hätte aufhalten können. Es war viel gewaltiger als der Fluss. Ich konnte sehen, dass es sich überallhin seinen Weg bahnte und alles mit sich riss, was sich ihm in den Weg stellte.

Würde es auch unser Zelt und unser Auto erreichen? Würde es meine Familie mit sich nehmen, und würde ich sie nie wieder zu Gesicht bekommen? Dieser Fluss würde es nie zulassen, dass so etwas mit mir geschah. Er kennt mich doch, sagte ich mir.

Eilig kletterte ich die Uferböschung hoch und rannte auf unser Zelt zu. Schon von Weitem rief ich meinem Vater zu: »Hol sie aus dem Zelt raus! Eine Flut kommt!«

Mein Herz schlug so wild wie das eines verängstigten Rehs, aber ich hielt nicht im Laufen oder im Rufen inne. Mein Vater hockte vor dem Zelt und machte gerade ein Feuer, um darauf die Enten zuzubereiten, die er erlegt hatte. Als er mich schreien hörte, richtete er sich auf und blickte mir verwundert entgegen. Der Regen hatte vor einer Stunde aufgehört. Wo sollte da eine Flutwelle herkommen, schien er sich zu fragen.

Immer wieder fiel ich hin und machte mir die Kleidung schmutzig, aber ich rappelte mich auf, lief weiter, japste nach Luft und rief meinem Vater zu, er solle den Motor anlassen. Und da endlich sah er die Wassermassen an der Stelle, wo eben noch der friedliche Fluss gewesen war. Als ich das Auto erreichte, saßen alle anderen schon drin.

Das Wasser war kaum noch zwanzig Meter hinter mir und kam so schnell angerauscht, als wollte es mich umwerfen. Ich hörte das Furcht einflößende Kollern von losem Gestein und das Knarzen von Baumästen, die das Wasser vor sich herschob, und es war auch nicht mehr grau, sondern fast schwarz.

Sowie ich den ersten Fuß im Wagen hatte, drückte mein Vater schon aufs Gaspedal. Eine Sekunde lang drehten die Reifen auf dem matschigen Untergrund durch; dann machte der Wagen einen Satz nach vorn und raste über das Feld auf die Straße zu, als hätte auch er Angst vor der heranrollenden Flut.

Alle außer meinem Vater schauten zum Heckfenster hinaus und sahen, wie das Wasser unser Zelt wegspülte, als wäre es eine der Sandburgen, die wir immer in der Sandkiste in Großvaters Hof gebaut hatten. Und es verschlang auch unsere ganzen Kleider und alles, was wir noch zu essen übrig gehabt hatten.

Die Flut holte uns ein, ehe wir die höher gelegene Straße erreicht hatten. Erst versanken die Räder darin, dann das ganze Auto bis zur halben Höhe der Türen. Der Motor begann zu stottern, und wir verloren an Fahrt. Meine Geschwister fingen an zu weinen.

Auch mein Vater geriet nun in Panik und murmelte leise Gebete vor sich hin.

»Ganz ruhig … ruhig … es wird schon werden«, sagte meine Mutter, aber wir wussten nicht, mit wem sie redete, und es hörte ihr sowieso keiner zu. Nun drang das Wasser bereits in den Fußraum des Wagens ein und stand uns bis zu den Knöcheln. Meine Schwestern zogen die Beine hoch, als es bis auf die Höhe der Sitze stieg. Der Motor spuckte und spotzte weiter, aber irgendwie schafften wir es hoch auf die Straße. Als wir an eine kleine Anhöhe kamen, öffneten wir die Türen, und das schlammige

Wasser lief schneller wieder hinaus, als es zu uns eingedrungen war.

Wir stiegen aus und blickten zurück auf unser Feld. Es stand nun vollkommen unter Wasser. Wir waren wieder einmal knapp dem Tod entkommen – um Sekunden später festzustellen, dass wir nichts und niemanden hatten, wo wir uns hinwenden konnten.

In diesem Augenblick verkündete der Sprecher der BBC nämlich gerade: »Ein Missverständnis zwischen den beiden Befehlshabern hat heute früh kurz nach ein Uhr morgens zu einer Wiederaufnahme der Kampfhandlungen in der Provinz Mazar geführt. Beide Seiten haben Verluste gemeldet. Heute Vormittag sind ein älterer Mann und zwei Kinder auf dem Heimweg vom Einkaufen getötet worden.« Anschließend nannte der Sprecher ihre Namen und ersuchte die Angehörigen der Opfer, sich ins Krankenhaus von Mazar zu begeben und die sterblichen Überreste abzuholen.

Nun konnten wir also doch nicht nach Mazar. Aber wir hatten auch kein Zelt mehr und nichts zu essen. Mein Vater fuhr einen halben Kilometer auf das vor uns liegende Dorf zu und hielt an einer Stelle, an der die Straße breiter wurde. Wir waren alle wie unter Schock. Das Gesicht meines Vaters war so aschfahl, als wäre sämtliches Blut daraus gewichen. Meine Mutter wiegte die Heulmaschine in ihren Armen. Wir übrigen Kinder saßen schweigend da, waren zu niedergeschmettert, um etwas zu sagen.

Die Sonne verschwand langsam hinter den Bergen, und der Mond ging auf. Die Abendluft wurde kälter, und wir hatten alle Hunger. Meine Eltern besaßen zwar noch ein bisschen Geld, aber es gab nirgendwo einen Laden, in dem wir etwas hätten kaufen können.

Mein Vater verließ den Wagen, um am Straßenrand sein Abendgebet zu sprechen. Wir verriegelten hinter ihm die Türen. Wenn ein anderes Auto sich uns näherte, hatte ich jedes Mal Angst, es könnte anhalten und man würde uns umbringen oder unser Auto stehlen. Ich fürchtete mich sogar vor den Leuten, die auf ihren Eseln vorübergetrottet kamen – sie wirkten bedrohlich auf mich, obwohl es sich doch um ganz normale Menschen handelte. Die Leute hier waren Autos nicht so gewohnt und warfen uns neugierige Blicke zu, während sie an uns vorbeischaukelten. Bestimmt redeten sie über uns, wenn sie nach Hause kamen.

Als mein Vater sein Gebet beendet hatte, gab er mir von dem mit Kies bestreuten Platz, auf dem er kniete, ein Zeichen. Ich sagte meiner Mutter, dass ich mal austreten müsse. Sie nickte, und ich stieg aus. Ich erledigte mein kleines Geschäft und ging dann zu meinem Vater.

Während wir uns von unserem Wagen entfernten und auf ein paar Häuser am Stadtrand zugingen, legte er mir die rechte Hand auf die Schulter. »Heute Abend musst du etwas stehlen. Würdest du das für deinen Vater tun?« Er sah mich mit großen Augen an und wartete auf meine Antwort. Ich blieb stehen, aber er ging weiter. Ich bekam es ein wenig mit der Angst zu tun und rannte ein Stück, um ihn einzuholen.

»Aber du hast mir doch gesagt, dass stehlen eine große Sünde ist, als ich vor ein paar Monaten das Geld aus deiner Jackentasche genommen habe. Da habe ich dir gesagt, dass ich einen Fehler gemacht hätte, und du sagtest, ein solcher Fehler dürfe nur ein Mal passieren. Wenn man ihn wiederholte, würde er zu einer unverzeihlichen Sünde. Das weißt du doch noch, Vater, nicht wahr?«

»Ja, das weiß ich noch«, erwiderte er, während wir an einem von Mauern umschlossenen Garten nach dem anderen vorbeigingen. »Aber manchmal muss man etwas Falsches tun, um etwas anderes richtig zu machen«, fuhr er mit ruhiger Stimme fort. »Wenn du ein paar Granatäpfel stiehlst, bewahrst du deine Schwestern und deinen Bruder davor, Hunger leiden zu müssen. Du und ich können eine Nacht auch mal mit leerem Magen schlafen, aber um deine Mutter mache ich mir Sorgen. Sie hat nicht genug Milch, um deinen Bruder zu füttern; sie muss etwas essen.«

Er blieb stehen und zeigte mit der rechten Hand auf einen Garten in der Nähe. »Du musst da ganz vorsichtig über die Mauer steigen«, sagte er. »Niemand darf dich sehen, und du musst dich nach allen vier Seiten umschauen. Und dann füllst du diesen Beutel mit Granatäpfeln.« Er hatte immer eine große Plastiktüte bei sich, wenn er auf den Markt ging, und nun gab er sie mir.

»Wenn du die Granatäpfel bekommen hast, sagst du deiner Mutter, du hättest sie jemandem abgekauft«, sagte er.

»Na gut«, sagte ich und marschierte tapfer auf den Garten zu. Als ich aber dann noch ein wenig darüber nachdachte, wurde ich sehr traurig bei dem Gedanken, dass mein Vater mich unter all seinen Kindern ausgesucht hatte, um ein Dieb zu werden.

Ich erinnerte mich an die Worte meines Großvaters: »Hüte dich vor den drei Todsünden: lügen, stehlen und falsch Zeugnis reden.« Obwohl Großvater nicht hier war, begleiteten mich doch stets seine Worte, und sie hatten mehr Gewicht als die meines Vaters. Ich drehte mich um und wollte zu unserem Auto zurückgehen, blieb aber stehen, als ich meinen Vater langsam auf mich zukommen sah.

»Was ist los? Wieso kommst du mit leeren Händen zurück?«, verlangte er zu wissen.

»Alle werden mich einen Dieb nennen!«, antwortete ich.

»Wer sind denn ›alle‹? Du tust das für deinen Vater, und das weißt du auch. Du tust es für mich, und ich werde dich nicht einen Dieb nennen.«

»Warum fragst du nicht eine meiner Schwestern? Ist es, weil du glaubst, ich wäre begabt als Dieb? Weil ich dir ein Mal in meinem Leben Geld gestohlen habe? Hinterher hat mich jeder wochenlang einen Dieb genannt.« Ich hatte das Gefühl, dass ich gleich in Tränen ausbrechen würde.

Er setzte sich auf den großen, runden Stein, neben dem wir standen. Überall um uns herum lagen kleine weiße Steine, die vor vielen Jahren von der Flut hier angespült worden waren. Er sagte mir, ich solle mich zu ihm setzen.

»Ich respektiere ja deine Gefühle, aber du musst versuchen, die Situation zu verstehen. Wir können uns nichts zum Abendessen kaufen, und zu Mittag hatten wir auch schon nichts. Wir haben niemanden, zu dem wir hingehen können, und in diesem Dorf wird uns auch keiner in seinem Haus aufnehmen. Wir befinden uns mitten in einem Bürgerkrieg, und jeder hat Angst vor jedem. Dieses ganze Dorf hier hat so viel Angst vor uns wie wir vor ihnen. Es wird mindestens eine Woche dauern, bis die Einwohner hier Vertrauen zu mir gefasst haben. Du gehst jetzt und stiehlst Granatäpfel aus diesem Garten, und irgendwie werde ich mich mit dem Besitzer anfreunden. Dann erzählen wir ihm alles von heute Abend. Bestimmt wird er uns beiden nicht böse sein. Soll ich dir sagen, warum ich nicht selbst gehe? Weil du geschickt bist und vor allem noch klein. Wenn sie dich erwischen, werden sie dich nicht gleich umbringen. Aber wenn sie mich kriegen, werden sie mich für jemanden halten, vor dem man sich in Acht nehmen muss. Hast du verstanden, worauf ich hinaus will?«

Ich dachte über alles nach, was er gesagt hatte. Und ich musste zugeben, dass er ganz und gar recht hatte.

»Also gut«, sagte ich und marschierte wieder auf den Garten zu. In meinem Herzen sprach ich zu meinem Großvater, sagte ihm, dass ich mich schämte, weil ich genau das tat, wovon er mir gesagt hatte, dass ich mich davor hüten sollte. Und ich sagte ihm auch, dass ich das für meinen Vater tat und dass er derjenige wäre, dem er Vorwürfe machen müsste.

Als ich an der Mauer angelangt war, kletterte ich ganz behände über sie hinweg – so, wie ich es die Helden in Filmen hatte tun sehen. Vielleicht würde jemand einen Film über meinen Einbruch drehen, dachte ich – das machte das Ganze fast ein bisschen spannend.

Bei jedem kleinen Windstoß bewegten sich die Blätter in den Bäumen und gaben ein Geräusch von sich, das sich wie Schritte anhörte. Ich sah mich nach allen vier Seiten um, wie mein Vater es mir aufgetragen hatte, aber ich entdeckte nichts als Granatapfelbäume, deren Früchte so schwer an ihren dünnen Ästen hingen, dass sie sie beinahe abbrachen. Ich pflückte fünf große Granatäpfel, die gerade eben in meinen Beutel passten und ihn ganz schwer machten.

Das reicht noch nicht, dachte ich. Aber in meinem Beutel war nicht einmal mehr Platz für einen kleinen Granatapfel. Wenn ich das hier zu meinem Vater bringe, dachte ich, wird er wieder etwas auszusetzen haben. »Warum hast du keine kleineren Äpfel gepflückt?«, wird er von mir wissen wollen. Aber dann sagte ich mir, dass ich ja schließlich für diese Äpfel kein Geld auszugeben brauchte; niemand sollte sich über etwas beschweren, was er nicht bezahlen musste.

Also warf ich zuerst den Beutel über die Mauer. Als ich mich gerade hinaufschwingen wollte, um auf der anderen Seite wieder hinunterzuspringen, hörte ich Hunde kläffen – und zwar ganz in der Nähe. Ich glaubte, die Hunde wären außerhalb der Gartenmauer und dass sie meinen Beutel gefunden hatten und sich nun darum stritten.

Ich wollte mich aber doch vergewissern, wo das Geräusch herkam. Und dann sah ich plötzlich zwei große Hunde auf mich zugerannt kommen. Sie waren also doch *in* dem Garten! In dem Mondlicht, das durch die Bäume drang, konnte ich sogar sehen, wie sich im Laufen ihre Muskeln anspannten.

Mit einem Mal war ich wie erstarrt; auch mein Verstand gab mir keine Anweisung, was ich nun tun sollte. Ich blieb einen Sekundenbruchteil lang wie angewurzelt stehen und fragte mich: »Soll ich einfach hier stehen bleiben und mich für die Sünde, die ich gerade begangen habe, von diesen Hunden in Stücke reißen lassen?« Ich glaubte, dass mein Großvater mich bestrafte – aber hatte Großvater mir nicht immer gesagt, ich solle mich vor nichts fürchten und es lieber darauf anlegen, dass andere Angst vor *mir* hatten? Da wusste ich, dass ich hier fortmusste, obwohl diese Hunde größer waren als jeder Hund, den ich je gesehen hatte, größer sogar als die im Garten von Haji Noor Sher in Kabul. Wenn sie kläfften, lief ihnen der Geifer aus den Mäulern. Ihre Augen leuchteten so rot, dass sie wie mit Blut gefüllt aussahen. Ich versuchte, mutig zu sein.

Sie hatten mich nun erreicht und waren mir so nahe, dass ich sie hätte streicheln können, aber um diese Sorte Hunde handelte es sich nicht. Eine Woge der Furcht überkam mich, und sowie sie das mitbekamen, schnappten sie nach mir. Ihre Zähne waren lang und spitz. Ich aber nahm meinen ganzen Mut zusammen und starrte ihnen in die Augen, unbeweglich wie eine Steinfigur. Und sie machten einen Schritt nach hinten. Jeder dieser Hunde kam mir doppelt so groß vor wie ich selber.

Aus dem hinteren Teil des Gartens rief jemand nach ihnen; der Stimme nach war es ein alter Mann. Einer der Hunde drehte sich nach der Stimme um, dann sah er wieder mich an und verbellte mich noch ein paarmal, eher er davonrannte. Der andere fletschte seine scharfen Zähne und bewegte sich nicht von der Stelle. Der alte Mann rief und pfiff immer noch.

Irgendwer fing an, Steine in den Garten zu werfen und damit die Bäume zum Rascheln zu bringen. Der Hund hörte zu kläffen auf und wandte sein Augenmerk stattdessen den Bäumen zu. Es waren große Steine, also war es bestimmt kein Kind, das sie geworfen hatte. Der Hund rannte los, um zu schauen, was dort vom Himmel fiel.

Hinter der Mauer hörte ich die Stimme meines Vaters ganz aufgeregt flüstern, dass ich herauskommen solle.

Ich zog mich an der Mauer hoch und war schon halb darüber hinweg, als der Hund zurückkam, einen Satz machte und mich ins Bein biss. Ich konnte beinahe spüren, welcher seiner Zähne es war, der sich da in mein Fleisch bohrte. Mein Vater sah mein Gesicht und konnte sich denken, was passiert war.

»Nicht schreien! Sei tapfer«, flüsterte er heiser.

Er streckte mir seine Hand entgegen und zog mich zu sich heran. Die raue Lehmziegelmauer schnitt mir in den Bauch. Der Hund ließ mich los und fing wieder zu bellen an.

Ich sprang von der Mauer herunter, landete auf dem Bein, in das ich gebissen worden war, und hätte vor Schmerz beinahe aufgeschrien, aber mein Vater hielt mir mit der Hand den Mund zu. Mein Bein blutete, aber ich konnte nicht sehen, wie schlimm die Verletzung war. Mein Vater zerriss sein Gebetstuch, das er immer um die Schultern trug, und wickelte es fest um die Wunde. Der Hund auf der anderen Seite der Mauer hörte sich an, als würde er gleich durchdrehen.

Ich hätte mir die Wunde gern angesehen, aber mein Vater ließ es nicht zu.

»Es ist nichts«, sagte er. »Nur ein kleiner Kratzer. Das wird schon wieder.«

Ich glaubte ihm nicht. Seine Stimme klang sehr besorgt. Ich hatte meinen Vater noch nie mit so zittriger Stimme sprechen hören. Weil ich mein ganzes Gewicht auf das rechte Bein verlagerte, ging ich wie ein Krüppel. Die Haut auf meinem Bauch fühlte sich an, als wäre sie abgeschabt worden.

Ich schaffte es zurück zum Auto und kletterte auf den Beifahrersitz. Auf dem Rücksitz saß meine Mutter, tätschelte meinem kleinen Bruder den Rücken und sang ihm ein Gutenachtlied vor, damit er einschlief.

Ihr fiel mein Bein nicht auf, aber dafür die Anspannung in meinem Gesicht. Sie hörte auf zu singen und reichte meinen kleinen Bruder an meine ältere Schwester weiter, die sich neben ihr eingekuschelt hatte. »Ist alles in Ordnung mit dir? Du siehst ja aus, als wärest du gerade der Hölle entronnen!«

Ich sagte nichts; sie sah meinen Vater an, der draußen stehen geblieben war. Auch er schwieg. »Mir geht's gut«, log ich. »Wir sind bloß gerade von ein paar Hunden angefallen worden. Einer hat mich ins linke Bein gebissen, und es tut ein bisschen weh.«

»Was denn für Hunde? Wir haben keine Hunde gehört«, sagte sie.

»Weil ihr alle Fenster hochgekurbelt hattet«, sagte ich und bemühte mich, mir meine Schmerzen nicht an der Stimme anmerken zu lassen.

»Lass mich mal sehen«, sagte sie. Ich drehte mich um, um ihr mein Bein zu zeigen. Sie betrachtete die Wunde, schüttelte den Kopf und begann, sie mit einem Taschentuch zu reinigen. Sie blutete immer noch, und das Blut tropfte meiner Mutter auf den Schoß.

Sie kurbelte ihr Seitenfenster ganz hinunter und schrie meinen Vater an: »Warum hast du so etwas zugelassen? Hast du dabei zugesehen, während ihm der Hund sein Bein zerfleischt hat?«

Mein Vater war ganz kleinlaut. Mein kleiner Bruder wachte auf, und meine Mutter schnauzte meine ältere Schwester an, sie solle die Heulmaschine aus dem Wagen schaffen.

Sie wies meinen Vater an, eine Flasche Wasser aus dem Kofferraum zu holen, wusch damit meine Wunde aus und betupfte sie mit Alkohol, was höllisch brannte. Dann setzte sie sich neben mich auf den Vordersitz, während mein Vater draußen auf der Straße hin und her ging, meinen kleinen Bruder im Arm hielt und die frische Nachtluft einatmete.

»Diese Granatäpfel habt ihr doch nicht gekauft, oder? Ich weiß doch, dass es hier in der Nähe keinen Laden gibt.« Sie sah mir ganz intensiv in die Augen. »Also erzähl mir jetzt, was passiert ist, aber so, dass ich dir nicht alles erst aus der Nase ziehen muss, und enttäusche mich auch nicht, indem du mir mit irgendwelchen Lügen kommst«, sagte sie streng.

Ihr Blick haftete an meinem Mund, bis ich alles gebeichtet hatte.

»Ich muss ja Angst haben, dich noch einmal aus den Augen zu lassen, bis wir nach Hause kommen. Tu so etwas nie wieder«, ermahnte sie mich und drückte mich an sich.

»Ja«, sagte ich. Ich hätte am liebsten geheult. Ich musste daran denken, wie ich meinem Großvater beim Unkrautjäten geholfen, an dem langen Tischtuch gegessen, mit meinen Cousinen und meinen Tanten Spaß gehabt und mit ihnen zusammen ferngesehen hatte. All diese Dinge schienen jetzt so unendlich weit entfernt. Ich seufzte ein paarmal, damit der Schmerz nachließ.

»Was hast du, Qais?«, fragte meine Mutter. Sie hielt meinen Kopf an ihre Brust gedrückt und rieb mir den Rücken. Ich brachte kein Wort hervor. In meinen Ohren war ein entferntes Klingeln, und ich wünschte mich an einen Ort, an dem ich mich verstecken konnte.

»Tut es immer noch weh?«, fragte sie.

»Ja, Mutter.«

»Oder gibt es da noch etwas, das du mir nicht gesagt hast?«

»Nein, da gibt es nichts. Es tut nur einfach weh und juckt, und außerdem bin ich furchtbar müde«, sagte ich.

»Gut, dann schlaf jetzt, so lange du möchtest.« Sie klopfte mir auf den Rücken wie einem Baby. Ich schlief in ihren Armen ein. Aber ich wusste, dass ich ein Dieb war und dass meine Sünde unverzeihlich sein würde.

8

Im Garten von Hamzas Vater

Als ich aufwachte, war ich ganz alleine im Auto. Meine Eltern, meine Schwestern und mein Bruder saßen draußen auf der Erde und frühstückten – Käse, Butter, Milch, Joghurt, selbstgemachte Marmelade, warmes *Naan*-Brot und frischen Tee. Ich rieb mir die Augen, um sicherzugehen, dass ich nicht träumte – aber es stimmte wirklich. Alle stopften sich die Münder voll, während mein Magen vor Hunger knurrte. Ich machte die Tür auf, um mich zu ihnen zu setzen, aber als ich meinen Fuß auf den Boden stellte, war der Schmerz so brennend, dass ich das Gefühl hatte, als schnitte mir ein heißes Messer durchs Bein. Mein Vater kam, um mir aus dem Auto zu helfen. Ich fragte gar nicht erst, wo all diese Herrlichkeiten herkamen. Ich war einfach nur glücklich, nach zwei Wochen wieder Butter, Marmelade und Milch zu bekommen.

»Ein Mann aus dem Dorf hat uns bei sich eingeladen«, erklärte meine Mutter.

»Ein Mann aus dem Dorf? Wer denn?«, fragte ich ungläubig.

»Oh, ich glaube, du kennst ihn«, antwortete sie.

»Ich kenne ihn? Woher sollte ich hier jemanden kennen?«

»Weil du letzte Nacht seine Stimme gehört hast, als er seine Hunde rief«, sagte meine Mutter.

Ich erstarrte fast vor Schreck – und vor Scham. »Der Mann aus dem Garten, wo ich die Granatäpfel gestohlen habe?«, fragte ich. Meine Schwestern sahen mich scharf an. »Du hast die Granatäpfel gestohlen? Du bist ein Dieb?«, sagten sie wie im Chor. Und dann fingen sie an, leise zu zischen: »Dieb, Dieb, Dieb.«

»Nicht schon wieder!«, jammerte ich.

»Seid still, Mädchen!«, fuhr mein Vater dazwischen. »Er hat es für mich getan. Ich habe ihm gesagt, dass er es tun soll. Falls noch einmal jemand das Wort ›Dieb‹ in den Mund nimmt, setzt es Prügel!«

»Der Sohn des Mannes hat heute früh, als wir noch alle schliefen, an meine Seitenscheibe geklopft«, erzählte meine Mutter weiter. »Sein Tuch mit all den Sachen hier hatte er schon für uns ausgelegt. Er sagte, sein Vater habe gemeint, wir mit unserem Auto wären wie moderne Nomaden.«

Das mit den »modernen Nomaden« fanden wir alle sehr lustig.

»Wissen die denn, dass ich gestern Abend Granatäpfel aus ihrem Garten gestohlen habe?«, erkundigte ich mich.

»Ja. Sein Sohn hat dich gesehen«, sagte meine Mutter.

»Sie werden mich einen Dieb nennen.« Wieder spürte ich die Scham in mir aufsteigen.

»Ich glaube nicht, dass ein Gastgeber seinen Gast als Dieb bezeichnen wird«, tröstete mich meine Mutter.

»Vielleicht nennt er dich auch *Herr Dieb*«, warf meine ältere Schwester ein, und meine anderen Schwestern verbargen ihre Gesichter, als auch sie darüber kichern mussten. Seufzend setzte ich mich zum Essen hin.

Als wir unser Frühstück beendet hatten, kam ein Junge in meinem Alter über die Straße und begrüßte uns. Dann sammelte er die Teller ein und stapelte sie übereinander. Als er damit fertig war, sagte er, dass wir mit ihm kommen sollten.

»Meine Familie erwartet euch schon«, fügte er sehr freundlich hinzu.

Der Junge öffnete uns die Tür zu dem Garten mit den Granatapfelbäumen. Der Garten war sehr weitläufig. Darin standen zwei kleine, eingeschossige Häuser, das eine an der zur nördlichen Seite gelegenen Mauer, das andere an der südlichen. Dazwischen war als Schattenspender ein Zelt aus in den Boden gerammten Pfählen, über die ein schlichtes schwarzes Tuch gespannt war, errichtet. Aus einem der Häuser kam ein alter Mann auf uns zu und begrüßte meinen Vater mit einem Handschlag. Danach hieß er meine Mutter willkommen und wünschte allen, dass der Friede mit uns sein möge. Schließlich fragte er mich, was mit meinem Bein wäre.

»Ihr Hund war gestern Abend hungrig, also habe ich ihn ein bisschen an meinem Bein kauen lassen«, antwortete ich und versuchte, die Peinlichkeit durch einen Witz zu überspielen.

»Du hättest einfach an meine Tür klopfen sollen«, erwiderte er lachend. »Von mir hättest du mehr als fünf Granatäpfel bekommen.«

»Es war meine Schuld«, sagte mein Vater zu dem Alten. »Ich hatte Angst, dass uns in diesem Dorf niemand aufnehmen würde, vor allem nicht nach Einbruch der Dunkelheit. Seit dieser Krieg angefangen hat, fürchtet sich ja jeder vor jedem.«

»Das ist wahr, aber inzwischen kenne ich dich ja, und wir sind einander nicht mehr fremd. Wir gehören alle zu einer Familie«, sagte der alte Mann.

Die Hunde fingen zu bellen an. Ich zuckte zusammen, konnte sie aber nirgendwo entdecken.

»Ihr seid willkommen, in meinem Haus zu bleiben, so lange ihr wollt«, fuhr der alte Mann fort. Diese Räume dort drüben sind unsere Gästezimmer.« Er zeigte auf die Zimmer entlang der Südmauer des Gartens. »Ihr habt Wasser, Strom, Fernsehen und Radio. Matratzen und Kissen liegen schon bereit; ich lasse euch noch ein paar Decken bringen. Falls ihr mit uns essen wollt, seid ihr herzlich eingeladen.«

»Sie sind sehr großzügig«, sagte meine Mutter. »Aber wir können Ihre Familie doch nicht als ungeladene Gäste behelligen.« Dabei lächelte sie, und der alte Mann erwiderte dieses Lächeln.

»Ja, da haben Sie recht! Sie sind ungeladene Gäste. Aber unerwartete Gäste sind ein Geschenk Gottes, und unsere Tür steht ihnen immer offen, denn sie bringen das Wohlwollen Gottes mit sich. In diesem Falle werde ich Ihnen etwas Geschirr bringen lassen, damit Sie Ihre eigenen Mahlzeiten kochen können. Bitte bedient euch beim Obst und Gemüse und den Kräutern im Garten.«

»Das ist sehr freundlich«, sagte mein Vater.

»Der Garten gehört nicht mir; er gehört Gott. Er hat ihn mir überlassen, damit ich ihn mit denen teile, die ihn brauchen – so lange sie es wünschen. Denn Ihm gehört alles, und was immer Er uns gibt, bleibt nur ein paar Tage lang unser.«

Dann kam die ganze Familie des alten Mannes, um uns willkommen zu heißen. Er hatte vier Töchter und drei Söhne. Es war auch eine Frau dabei, aber sie war viel jünger als er, nämlich fast in dem Alter seiner ältesten Tochter, und sehr schön war sie außerdem.

»Ist das Ihre Frau?«, fragte meine Mutter.

»Ja, sie ist meine zweite Frau. Wir haben vor fünf Jahren geheiratet«, erwiderte der alte Mann. Seine Frau wirkte sehr schüchtern; sie lud uns in ihr Haus im hinteren Teil des Gartens ein, während mein Vater mit dem alten Mann und seinen Söhnen inzwischen bereits über Politik redete. Ein paar Minuten später folgte er uns nach und flüsterte meiner Mutter zu, unser Gastgeber sei ein prächtiger Mensch.

Nach unserem ersten heißen Bad seit unserer Abreise aus Kabul genossen wir mit ihm und seiner Familie in einem von Mandelbäumen beschatteten Bereich des Gartens ein üppiges Mittagsmahl. Es kam einem fast so vor, als würden wir einander bereits seit Jahren kennen. Der alte Mann sagte uns, wir sollten ihn *Onkel* und seine Frau *Tantchen* nennen. Wir erzählten ihnen von unserem Leben; mein Vater berichtete, wie er und Großvater ihre sechstausend Teppiche eingebüßt hatten und meinem Vater nun nichts mehr geblieben war als seine Familie und ein Auto.

»Gott gab sie dir, und Er hat sie auch wieder genommen«, sagte der alte Mann.

»Ich bin Preisboxer. Ich kann jeden Mann schlagen. Für Afghanistan bin ich zu Kämpfen nach Russland und in die meisten zentralasiatischen Länder gereist. Aber wie soll man gegen diesen Wahnsinn antreten?« Mein Vater seufzte schwer. Ich wusste, dass er an seine Siege bei Wettkämpfen in Tadschikistan, Usbekistan und Turkmenistan dachte.

»Gute Zeiten und schlechte Zeiten haben etwas gemeinsam – wie Frühling und Herbst des Lebens: Beide dauern nicht ewig.« Der alte Mann hatte ein gutmütiges Lächeln im Gesicht, doch wenn er sprach, klang er todernst. »Das Problem unseres Landes sind seine geografische Lage und die Nachbarn, von denen wir umgeben sind. Unsere dummen Politiker lassen es zu, dass sie sich in unsere Angelegenheiten einmischen.«

Nach dem Essen zeigte er uns die Gästezimmer. Als wir an dem mitten im Garten aufgestellten Zelt vorbeigingen, kamen die zwei großen Hunde daraus hervorgeschossen und jagten uns einen großen Schrecken ein. Meine kleinen Schwestern suchten Schutz hinter meiner Mutter. Die Hunde hatten zwar starke Ketten an ihren dicken Halsbändern, aber sie zerrten so heftig daran, dass ich Angst hatte, sie könnten sich doch losreißen.

»Die Hunde sorgen für unsere Sicherheit, vor allem nachts. Sie zerfetzen jeden, der heimlich einzudringen versucht«, sagte der alte Mann.

»Haben sie auch Namen?«, fragte mein Vater.

»Ja, der Weiße heißt ›Shir‹, der Löwe, und der Graue ist ›Palang‹, der Tiger. Shir tut keinem was, solange man ihn nicht angreift oder versucht, ihm etwas anzutun. Er ist ein Kampfhund und hat noch nie einen Kampf verloren. Palang aber ist sehr bissig; er liebt es, Menschen Wunden zuzufügen.«

»Palang hat mich ins Bein gebissen«, sagte ich.

»Keine Sorge, mein Sohn – bald wird er dein bester Freund sein.« Der alte Mann rief einem seiner Söhne zu, er solle ihm die Reste vom Mittagessen bringen. Dann gab er sie mir, damit ich die Hunde damit fütterte; also warf ich ihnen die Reste zu. Zuerst wollten sie mich noch anspringen, aber schon kurz darauf konzentrierten sie sich nur noch auf ihr Futter.

Die Gästezimmer waren hübsch gestrichen. Ein wunderschöner roter Teppich mit großen Motiven lag in der Mitte des größten der Zimmer; um ihn herum lagen entlang der Wände mit kleineren Teppichen bedeckte Matratzen. In der Ecke stand ein kleiner Fernseher mit einem Videorekorder.

»Erlaubst du, dass mein Sohn deine Kinder mitnimmt und ihnen die Umgebung zeigt?«, fragte der alte Mann meinen Vater, und schon hörten wir, wie draußen ratternd ein schwerer Motor angelassen wurde. Sein Sohn, der ungefähr in Wakeels Alter war, saß auf einem großen Traktor und lud uns ein, mit ihm zu fahren.

»Na, wie findet ihr mein Flugzeug? Macht einen ganz schönen Krach, was?«, sagte er, als wir auf die Plattform hinter dem Sitz kletterten. Dann drückte er mit dem Fuß aufs Gas.

»Ja, und es hat größere Räder als andere Flugzeuge«, rief ich.

»Wie gefällt's euch hier?«, schrie er mir ins Ohr, um den ohrenbetäubenden Lärm des Motors zu übertönen.

»Weiß ich noch nicht. Du musst mich erst rumfahren, damit ich's dir sagen kann.« Wir fuhren durch die Gartenpforte hinaus auf die Hauptstraße.

Der Himmel hing voller dunkler und weißer Wolken, zwischen denen die Sonne ganz verloren aussah und bereit schien, jeden Augenblick wie ein Stein vom Himmel zu fallen. Der Wind drückte die Ähren auf den Weizenfeldern nieder.

So weit ich blicken konnte, erstreckten sich zu beiden Seiten der Straße goldgelbe, zur Ernte bereite Felder. Die Bauern waren darin mit ihren Sensen an der Arbeit; sie umschlossen eine Garbe Weizenstängel mit dem Arm und schnitten sie dann mit einer raschen Handbewegung ab. Andere Landarbeiter pflückten Granatäpfel und Mandeln und warfen sie in Säcke, die sie auf dem Rücken trugen. Mit flinken Bewegungen huschten ihre Arme zwischen den Zweigen umher.

Ich fragte den Sohn des alten Mannes, ob er je von seinem Dorf fort gewesen sei.

»Nein, und ich will es auch gar nicht. Ich liebe mein Dorf. Hier habe ich alles, was ich brauche. Die Leute sind nett zu meinem Vater und zu mir auch, weil ich sein ältester Sohn bin.«

Er hielt und sagte seiner Schwester, sie solle mit meinen Schwestern zum Fluss hinuntergehen, um sie mit den anderen

Mädchen aus dem Dorf bekannt zu machen. Es war ein Seitenarm des Flusses, an dem wir unser Zelt aufgeschlagen hatten, aber auf die Flut, die uns erst einen Tag zuvor beinahe alle mitgerissen hätte, wies nichts mehr hin.

»Alle Mädchen aus dem Dorf gehen jeden Nachmittag hierher, um Wasser für das Abendessen zu holen, während sich die Jungen aus dem Dorf in der Moschee treffen«, erzählte der Sohn des alten Mannes.

»Können wir auch runter zum Fluss?«, fragte ich. »Ich möchte gerne schwimmen.«

Er lachte. »Wage es ja nicht, dich um diese Zeit des Tages am Flussufer blicken zu lassen, sonst fängst du eine Kugel ein. Manchmal nehmen nämlich die Mädchen dort ein Bad.«

»Haben die Mädchen denn Waffen dabei?«, fragte ich.

»Aber nein. Einer ihrer Väter oder Brüder würde auf dich schießen.«

»Gibt es hier auch Heckenschützen? So wie in Kabul?«

»Nein, aber es gibt hier Jäger, und die sind überall. Wenn einer davon sieht, wie ein Mann oder ein Junge um diese Zeit des Tages zum Fluss geht, schießt er sofort.«

»Aber was ist mit Fremden? Die können das doch nicht wissen.«

»Du bist ja jetzt kein Fremder mehr. Mein Vater hat heute früh schon in der Moschee angekündigt, dass er euch so lange Gastfreundschaft gewähren will, wie ihr bleiben mögt.«

»Willst du damit etwa sagen, dass alle Dorfbewohner wissen, was ich gestern Abend gemacht habe?« Wieder wäre ich vor Scham am liebsten im Boden versunken.

»Deswegen sind ja alle Dorfbewohner damit einverstanden gewesen, dass wir euch helfen. Sie sagten, ihr hättet ja offenbar nichts zu essen und auch niemanden, zu dem ihr hinkönntet.«

»Jetzt werden sie mich alle einen Dieb nennen«, sagte ich traurig.

»Nicht doch! Sie sind nicht so dumm oder so unhöflich, einen ihrer Gäste einen Dieb zu nennen.« Genau das hatte meine Mutter auch gesagt. Ich war ausgesprochen erleichtert, das zu hören.

Er zeigte mir sein in der Nähe befindliches Jagdrevier. In einem Teich, den er an einer Stelle angelegt hatte, wo das Land anstieg, um sich zu einem Berg zu erheben, schwammen ein paar hölzerne Enten. Von einer Quelle in den Bergen lief ein schmaler Wasserstrom in den Teich. Jedes Mal, wenn ein Wind die Wasseroberfläche kräuselte, schaukelten die Holzenten darauf, als wären sie echt.

»Wenn die Vögel über unser Dorf fliegen, sehen sie meine Holzenten und glauben, dies wäre ein sicherer Landeplatz. Und wenn sie dann hier landen, um herumzuschwimmen oder zu trinken, schnappe ich sie mir. Ich werde auch dir das Schießen beibringen«, versprach mein neuer Freund.

»Bist du je in Kabul gewesen?«, fragte ich ihn.

»Nein, und da möchte ich auch gar nicht hin. Es ist ein schrecklicher Ort. Alles Unglück nimmt dort seinen Anfang und breitet sich dann über ganz Afghanistan aus. Ich wünschte, Kabul würde gar nicht existieren. Ich gehöre hierher. Alles, was mich glücklich macht, ist hier.«

Er begann, einen alten Vers aufzusagen: »Es ist kein Raum in meinem Herzen für etwas anderes als für die schönen Gesichter der Mädchen meines Dorfes. Du wirst es wissen, wenn du ihr Gesicht siehst und wie sich das Licht der Sonne und des Mondes darin spiegelt. Warte und hoffe mit all deinen Fantasien und Träumen, bis du ihr Gesicht in einer wolkenverhangenen Nacht siehst.«

Er hielt inne und sah mich lächelnd an. »Ich rede von meiner Freundin. Ich werde sie dir zeigen, aber du musst mir versprechen, dich nicht in sie zu verlieben, denn sie gehört mir. Alles klar?«

»Ja, alles klar.«

»Wenn ihre Schönheit das Herz eines anderen Mannes dazu bringt, ihr zu verfallen, werde ich dieses Herz herausreißen.« Seine Stimme klang trotz dieser poetischen Worte auf einmal ganz ernst, beinahe schroff. »Sieh dich vor, ja?«, sagte er. Ich nickte eifrig, aber ich hatte nun auch ein wenig Angst vor ihm.

Wir kletterten vom Traktor hinunter und gingen zehn Minuten lang nebeneinanderher, ohne etwas zu sagen. Er führte mich bis ans Ende des Dorfes. So weit das Auge reichte, erstreckte sich hier ein großes Gartengrundstück fast über die gesamte Länge der niedrigen Berge, die sich hinter Tashkurgan erhoben.

»Da wohnt sie«, sagte er. Seine Stimme hörte sich nun nicht mehr gar so streng an, und mir fiel ein Stein vom Herzen. »Wir lieben uns sehr, aber das weiß nur meine Mutter. Bitte erzähle niemandem etwas davon.«

»Ich kann ein Geheimnis für mich behalten«, versicherte ich ihm.

»Nun werde ich dich zu meinem Grund machen, in ihr Haus zu müssen und sie zu besuchen«, sagte er. Er schien plötzlich ganz aufgeregt.

»Wie das?«, fragte ich.

»Indem ich an die Tür klopfe. Sie oder ihr Bruder wird öffnen, und dann stelle ich dich als meinen Gast vor. Ich werde sagen, dass du dir gerne den Garten anschauen würdest. Falls sie an die Tür kommt, wird sie sofort Bescheid wissen, ihre Eltern aber nicht. Deine Aufgabe wird es sein, ihnen zu sagen, du wärest mein Vetter, und dass du aus Kabul gekommen wärest, um uns zu besuchen, und dass du dir gerne den Garten ansehen würdest. Mehr nicht. Den Rest überlässt du mir. Hast du alles verstanden?«

»Ja«, sagte ich. Das war ein echtes Abenteuer und ganz nach meinem Geschmack.

Er klopfte, und ein junges Mädchen öffnete uns. Sie war wirklich eine Schönheit.

Sowie sie uns sah, senkte sie sofort den Blick und sagte: »*Salem Aleikum.*«

»Ich habe letzte Nacht von dir geträumt, und nun bin ich hier, um dich zu küssen«, sagte der Sohn des alten Mannes in neckischem Ton.

»Sieh zu, dass du verschwindest! Meine Eltern sind zu Hause, und meine Brüder gießen im Garten die Blumen«, stieß sie hervor.

»Heute werde ich bei deinen Eltern um deine Hand anhalten. Ich werde sie bitten, dir zu erlauben, meine Braut zu werden und dein Leben mit mir zu teilen.« Der Sohn des alten Mannes legte seinen ganzen Charme in seine Stimme und setzte ein ebenso herzerwärmendes Lächeln auf wie sein Vater.

»Mach dich nicht lächerlich. Meine Brüder werden dich totschlagen, wenn sie das hören. Verschwinde, ehe dich jemand sieht«, flüsterte sie und sah sich ängstlich nach hinten um.

Wie aus heiterem Himmel erschien einer ihrer Brüder hinter ihr – wie ein Pilz nach einem Regen.

»Wer ist da?«, wollte er wissen.

»Ach, ich bin's nur«, sagte der Sohn. »Und das hier ist Qais, mein Gast. Mein Vetter, besser gesagt. Er ist mit seiner Familie aus Kabul gekommen. Ich habe ihm die Gegend gezeigt, und da hat er mich gefragt, ob es wohl möglich wäre, sich diesen Garten anzuschauen. Ich sagte ihm, dass das der Garten eines Freundes meines Vaters sei. Wenn du also nichts dagegen hast, würde ich gerne mit ihm hereinkommen.«

Der Bruder bat uns, näher zu treten.

»Führ sie herum, Sarah, und mach etwas Granatapfelsaft«, sagte er zu seiner Schwester. »Fühlt euch wie zu Hause. Ich muss noch eine Arbeit beenden. Wir unterhalten uns dann später.«

Sarah führte uns in den Garten. Ich sah hier wohl beinahe jede Sorte Obstbaum, die es gab, und an allen hingen reife Früchte. Als wir den Garten einmal der Länge nach durchschritten hatten, wandte Sarah sich mir zu und sagte: »Wenn es dir nichts ausmacht, wollen wir gerne ein paar Minuten lang unter vier Augen miteinander sprechen. Schau dich nur weiter um und nimm dir, was dir schmeckt. In zehn Minuten treffen wir uns hier wieder. Ist das für dich in Ordnung?«

»Klar. Kein Problem«, sagte ich, und sie lächelte dankbar.

Ich ging dann noch beinahe eine halbe Stunde in dem Garten hin und her, bis ich des Alleinseins überdrüssig wurde. Ich versteckte mich hinter einem Baum, um zu belauschen, was sie so lange privat zu besprechen haben konnten.

Aber es wurde gar nicht gesprochen. Sie saßen bloß da und

sahen einander an. Der Sohn des alten Mannes blickte dem Mädchen geradewegs in die Augen, und sie strahlte ihn an. Als er endlich das Schweigen brach, redete er auf eine sonderbare, poetische Art und Weise.

»Verlasse mich nicht. Inständig bitte ich dich darum«, sagte er. Vielleicht wollte er etwas Lustiges sagen. Aber das Mädchen lachte nicht.

»Wie könnte ich dich je verlassen«, hauchte sie. »Wo du doch mein ganzes Leben bist.«

»Du gehörst mir, denn ich liebe dich und muss sterben, wenn du mich verlässt«, gurrte er.

»Das Gleiche empfinde ich auch für dich.«

Redeten alle Männer in diesem Dorf so mit ihren Freundinnen? Möglicherweise hatten sie zu viele afghanische Filme gesehen, in denen die Liebenden immer sterben, bevor sie sich ein zweites Mal treffen können. Ich zog mich von meinem Beobachtungsposten zurück und aß noch einen Granatapfel.

Eine Stunde später waren wir so weit, dass wir vom Garten wieder ins Haus gehen konnten.

»Du kannst vorbeikommen, sooft du möchtest«, sagte Sarah zu mir. »Nächstes Mal stellst du mir deine Schwestern vor. Ich würde sie auch gerne kennenlernen. Hamza fährt euch her.« Zum ersten Mal trafen sich unsere Blicke. Mir wurde innerlich ganz heiß, aber das bekam zum Glück niemand mit. Ich hatte ein schlechtes Gewissen, weil ich doch versprochen hatte, mich nicht zu verlieben, aber was sollte ich tun? Es war die Entscheidung meines Herzens, und das Herz lässt sich nichts verbieten, wenn es um die Liebe geht. Das wusste ich aus indischen Filmen.

»Wer ist denn Hamza?«, fragte ich.

»Ich bin Hamza«, sagte der Sohn des alten Mannes.

»Oh, entschuldige. Ich habe dich gar nicht nach deinem Namen gefragt. Gut, dass ich ihn jetzt weiß«, stammelte ich.

Sarah stand, den Knauf in der Hand, auf der Schwelle der Gartenpforte. »Ich dachte, ihr beide wärt Vettern?«, fragte sie schnippisch und sah uns herausfordernd an.

»Ja, das ist schon richtig. Er ist mein Vetter, aber er hat meinen Namen nicht gewusst. Ich glaube, er hat mich auch nie danach gefragt.«

»Was ist hier los, Hamza? Ist er nun dein Vetter oder jemand, den du gar nicht kennst? Mein Bruder wird das heute Abend in der Moschee zur Sprache bringen. Falls dabei herauskommt, dass du ihn angelogen hast, wird es für uns beide brenzlig«, sagte sie, und man merkte, dass es ihr ernst mit ihrer Besorgnis war.

»Ach, immer mit der Ruhe. Es ist überhaupt kein Problem. Er ist mein Vetter – mein Gast, wollte ich sagen. Er wird dir alles erklären, wenn wir das nächste Mal hier zu Besuch sind. Es kommt durchaus vor, dass Vettern die Namen ihrer Vettern vergessen«, sagte Hamza neckisch.

»Sag mir eines: Ist er nun dein Vetter oder dein Gast?«

»Die Wahrheit ist, dass wir beide uns bis heute Morgen gar nicht gekannt haben. Er ist mein Gast.«

Sie warf ihm einen wütenden Blick zu. Von innen rief jemand nach ihr; es war die Stimme einer älteren Frau, vermutlich die ihrer Mutter.

»Du vertraust mir doch?«, fragte Hamza.

»Ja, ich vertraue dir«, sagte sie, aber es schwang immer noch Besorgnis in ihren versöhnlichen Worten mit. Das Rufen wurde lauter, und sie schrie zurück, dass sie ja schon käme.

»Das ist kein Problem für uns«, beschwichtigte Hamza noch einmal. »Du brauchst dich gar nicht aufzuregen. Jeder in der Moschee weiß von ihm und seiner Familie. Sie sind unsere Gäste, und sie werden mindestens ein paar Wochen bei uns bleiben. Und ich nenne ihn meinen Vetter, weil wir jetzt eine einzige große Familie sind.«

»Du musst es ja wissen«, sagte sie mit einem bezaubernden Lächeln und schloss die Pforte hinter uns, als wir gingen.

Drei Wochen verbrachten wir im Garten von Hamzas Vater, während wir darauf warteten, dass die Straße nach Mazar für gefahrlos passierbar erklärt wurde. Die Hunde wurden während dieser Zeit tatsächlich meine Freunde. Ich machte mit ihnen Spaziergänge in den Bergen und wünschte mir, dass Wakeel bei uns wäre, um uns zu begleiten. Ich zeigte Palang die Narben der Bisse, die er mir beigebracht hatte, aber er begriff gar nicht, wovon die Rede war, und leckte bloß darauf herum.

Hamza brachte mir das Jagen bei, und jeden zweiten Tag besuchten wir den Garten seiner Angebeteten, die immer schon Granatapfelsaft für mich bereitgestellt hatte; während ich ihn trank, führten Hamza und Sarah ihre Privatgespräche. Am ersten Tag ging das noch recht schnell, aber nach einer Woche schien es sich über Stunden hinzuziehen; also versteckte ich mich wieder einmal hinter einem Baum. An diesem Tag führten sie nicht ihre dämlichen Kinodialoge, sondern unterhielten sich über viel interessantere Sachen. Danach bekam ich ein schlechtes Gewissen und habe sie nie wieder belauscht. Stattdessen schlenderte ich im Garten umher, bis Hamza mich rief, dass es Zeit wäre, nach Hause zu gehen.

Auch meine Familie fühlte sich wohl. Meine Mutter sang beim Kochen indische Lieder vor sich hin; und was sie kochte, stammte aus dem Garten und schmeckte viel besser als alles, was wir seit unserer Flucht aus dem Haus meines Großvaters zu essen bekommen hatten. Jeden Morgen war es meine Aufgabe, mit zwei Weidenkörben in den Garten zu gehen, sie mit Tomaten, Gurken, Kürbissen, Auberginen, Paprikaschoten, Äpfeln, Walnüssen und Mandeln zu füllen und dann meiner Mutter zu bringen. An manchen Tagen konnte ich die gefüllten Körbe kaum heben – so viel hatten wir zur Auswahl.

Meine ältere Schwester legte einen ungewohnten Eifer an den Tag und half meiner Mutter beim Kochen. Die beiden verbrachten viele Stunden miteinander und unterhielten sich über alles Mögliche. An anderen Tagen bat meine Schwester meinen Vater, mit ihr in die Berge zu steigen und die Aussicht zu genießen. Er liebte es, sie und meine zweitjüngste Schwester auf lange Wanderungen an der frischen Luft mitzunehmen, denn er schätzte jede sportliche Betätigung und unternahm gerne etwas mit seinen Kindern.

Wenn meine Mutter am Nachmittag ihr Nickerchen machte, gingen meine Schwestern zusammen mit Hamzas Schwestern zum Fluss, um Trinkwasser zu holen. Von den Mädchen aus dem Dorf lernten sie, wie man einen Tontopf auf dem Kopf trug, ohne ihn mit den Händen festzuhalten, oder wie man für spätere Verehrer eine Mütze mit Stickereien verzierte. Meine ältere Schwester erzählte dafür Geschichten über das Leben in Kabul und wie es war, zur Schule zu gehen. Obwohl sie alle lesen konnten, hatte keine von Hamzas Schwestern je eine Schule besucht.

Da ich meine ältere Schwester noch nie so aufgeräumt erlebt hatte, beschloss ich, ebenfalls nett zu ihr zu sein. An ihrem Verhalten mir gegenüber hatte sich jedoch nichts geändert. Sie fand immer irgendeine Möglichkeit, sich über mich lustig zu machen. So sollten wir beide zum Beispiel von einem Teller essen. Die Afghanen glauben, dass es dem Appetit zuträglich ist, wenn man sich einen Teller teilt. Aber sie maulte dann immer, dass ich den Teller leer gegessen hätte, ehe sie auch nur drei Bissen hätte zu sich nehmen können, dass ich beim Essen Geräusche wie eine Kuh machen würde, und lauter solche Sachen. So hörte ich wieder damit auf, nett zu ihr zu sein.

Spät an einem Nachmittag kletterten Hamza und ich nach der Entenjagd auf den höchsten Berg, um auf das Dorf hinunterschauen zu können. Im Westen ging gerade die Sonne unter. Nirgendwo waren Wolken zu sehen, nur das Gold der Sonne und das tiefe Blau des Himmels.

»Hast du je mit der Natur gesprochen?«, fragte Hamza mich.

»Manchmal.«

»Und hörst du es dann auch, wenn sie dir antwortet?«

»Wie meinst du das?«

»Niemand versteht, was ich meine. Immer wenn ich jemandem erzähle, was ich alles sehen und hören kann, hält derjenige mich für verrückt. Aber man muss doch einfach wissen, dass alles mit einem spricht, wenn man ihm gegenüber nur ehrlich ist.«

»Du meinst so was wie die Berge, die Bäume, die Flüsse, den Wind und solche Dinge?«

Er nickte. »Und wenn man lernen will, ehrlich zu sein, muss man anfangen, darüber nachzudenken, wer der Schöpfer des

Himmels und der Erde ist.« Einen Augenblick lang schwieg Hamza. »Wenn ein Architekt ein Haus erschafft, muss er Säulen und Wände einbauen, die das Dach tragen. Der Himmel aber hat keine Säulen und keine Wände. Nur Gott kann eine solche Schöpfung vollbringen.«

»Spricht Gott auch mit dir?«, fragte ich ganz überrascht.

»Nein, aber er spricht durch seine Geschöpfe zu uns.«

»Wie denn?«

»Der Mond schwebt in einem dunklen, blauen Raum und beschämt mit seinem hellen Schein Milliarden von Sternen. Der Mond hat dir etwas zu sagen; er spricht gerade in diesem Augenblick zu dir.« Wir blickten zum Mond hinauf, der soeben hinter uns aufging. Hamza hatte die drollige Angewohnheit, sehr poetisch daherzureden – auch wenn er nicht mit Sarah zusammen war. Zuerst hatte ich das irgendwie merkwürdig gefunden, aber nach ein paar Wochen begann ich Gefallen daran zu finden.

Es war ein perfekter Vollmond, und als das letzte Tageslicht schwand, breitete er seinen alles weich zeichnenden Schimmer über das Land aus, sodass wir zu unseren Füßen das ganze Dorf sehen konnten.

»Wo hast du all diese Dinge gelernt?«, fragte ich.

»Mach deine Augen und Ohren auf, und du kannst alles lernen, was du dir wünschst«, sagte er mit seiner angenehm melodischen Stimme. »Die Rose hat ihre Kraft an ihre Dornen abgetreten, damit die sie beschützen. Die Nachtigallen aber verleihen nie den Krähen ihre Stimmen. Die Motte fliegt um die Kerze herum, bis sie sich die Flügel verbrennt. Aber das Reh flieht so weit fort von den Jägern, wie es kann.«

»Du bist ja ein richtiger Dichter«, sagte ich.

»Nein. Ich gehe mit offenen Augen durchs Leben, und ich weiß sie zu benutzen.«

Es kam ein Wind auf. Ein paar kleine Wolken lugten über den Horizont, und der Mond nahm den Himmel voll und ganz für sich ein. Vorsichtig stiegen wir wieder ins Tal hinunter.

Als ich die Gartenpforte öffnete, sprangen die Hunde verspielt an mir hoch, aber ich war mit meinen Gedanken immer noch bei allem, was Hamza mir erzählt hatte. Ich habe seine Worte bis heute in meinem Gedächtnis behalten. Er hat mich angeregt, über Dinge nachzudenken, denen ich früher nie viel Bedeutung beigemessen hatte, etwa darüber, wie Gott die Sterne, den Mond, die Sonne, den Himmel, das Universum und die ganze Natur erschaffen hat – und zu welchem Zweck überhaupt? Warum sind wir hier? Was ist der Sinn unseres Lebens? Wie kann man das Beste aus all dem machen, was uns gegeben worden ist?

An diesem Abend nahmen unsere beiden Familien gemeinsam das Essen ein. Als Hamzas und mein Vater anschließend den World Service der BBC abhörten, erfuhren wir, dass die Kämpfe in Mazar sich auf Tashkurgan auszuweiten drohten.

Mein Vater traf auf der Stelle seine Entscheidung. »Hört sich so an, als müssten wir euch morgen früh verlassen«, sagte er zu dem alten Mann. Hamzas Vater nickte nur.

Mein Vater ging jeden Morgen mit den anderen Männern aus dem Dorf in die Moschee, um gemeinsam mit ihnen zu beten. Am nächsten Tag berichtete er ihnen nach dem Morgengebet, was er am Vorabend aus den BBC-Nachrichten erfahren hatte. Dann bat er sie um ihre Erlaubnis fortzugehen – so ist es bei den Afghanen Sitte, wenn sie die Gemeinschaft derer, die sie bei sich aufgenommen haben, verlassen müssen.

Als er aus der Moschee zurückkam, gab es Frühstück. Mein Vater setzte sich, ließ sich von meiner Mutter eine Tasse Tee reichen und sagte: »Wir können zurzeit nicht nach Mazar. Und ich glaube auch, dass es zu gefährlich wäre, nach Kabul zurückzukehren. Wir werden nach Bamiyan fahren. Ich habe keinerlei Berichte von irgendwelchen Auseinandersetzungen in der Region gehört und glaube, dass wir dort in Sicherheit sein werden. Heute habe ich von den Mullahs und den Männern des Dorfes die Erlaubnis bekommen, von hier abzureisen. Sie haben gesagt, dass auch sie ihre Häuser verlassen werden. In zwei Tagen wird der Krieg dieses Dorf erreicht haben – wenn nicht noch früher. Sobald wir mit dem Frühstück fertig sind, packen wir.«

Meine ältere Schwester sah ihn an und sagte: »Aber Vater,

Bamiyan liegt doch in der Mitte von Afghanistan. Sollten wir nicht lieber in ein anderes Land fahren, wo kein Krieg herrscht?«

Mein Vater sah sie an und sagte mit sanfter Stimme: »Das werden wir auch. Aber nicht heute.«

Nach dem Frühstück gingen wir hinüber zu dem Haus des alten Mannes, um uns von ihm und den Seinen zu verabschieden und ihnen zu danken. Der alte Mann hörte selber auch gerade BBC; seine Söhne spielten Schach, und seine Frau und die Töchter stickten gemeinsam an einer Tischdecke. Jede Tochter hielt eine Ecke in der Hand.

Hamzas Vater erhob sich und umarmte meinen Vater. »Dies ist dein Heim. Meine Tür steht dir immer offen.« Dann umarmten auch seine Söhne meinen Vater und mich, und seine Frau und seine Töchter nahmen meine Mutter und meine Schwestern in den Arm.

»Bleibt ihr hier, oder geht ihr auch?«, erkundigte sich mein Vater.

»Ich glaube, wir werden auch von hier fortgehen«, sagte Hamzas Vater. »Wir werden nach Pakistan gehen; mein Bruder wohnt seit zehn Jahren dort. Gestern habe ich einen Brief von ihm bekommen. Sie machen sich große Sorgen. Er will Hamza nach Amerika schicken, wo er bei seinem Sohn leben kann.«

»Was ist mit deinem Haus und deinem Garten? Willst du das alles einfach so zurücklassen?«, fragte mein Vater.

»Ja, ich kann es nicht ändern. Wir wissen doch alle, dass diese heiligen Krieger nicht kämpfen, um die ausländischen Truppen aus unserem Land zu vertreiben. Sie kämpfen, um uns ausplündern zu können. Dieser angebliche Freiheitskampf dient nur als Vorwand, um uns zu berauben und uns sogar unsere Frauen und Töchter wegzunehmen.«

»So ist es leider«, sagte mein Vater und nickte zustimmend mit dem Kopf.

Die Frau des alten Mannes wickelte zwei gebratene Hähnchen in Zeitungspapier und füllte frische Bohnen in einen Kochtopf; dann tat sie zwei Kürbisse, ein paar Tomaten und ein paar

Kohlköpfe in Plastiktüten. Meine Mutter wollte die Sachen nicht annehmen, aber die Frau bestand darauf; schließlich nahm meine Mutter die Lebensmittel und bedankte sich noch einmal für ihre Gastfreundschaft und all ihr Entgegenkommen.

Als wir gerade abfahren wollten, kam Hamzas Vater noch einmal mit einem großen Beutel über der Schulter auf unser Auto zugelaufen. Keuchend blieb er davor stehen und gab mir ein Zeichen auszusteigen. Er stellte den großen Sack vor mich hin und sagte, ich solle ihn anheben, aber das konnte ich nicht. Er war zu schwer für mich.

»Kannst du sie denn alle aufessen?«, wollte er von mir wissen.

»Was ist denn da drin?«

»Granatäpfel!«

Hamzas Vater lächelte, aber ich kam mir ganz klein vor. »Nein, die kann ich nicht alle essen«, sagte ich und spürte wieder das Gefühl der Scham in mir aufsteigen, von dem auch die Gutmütigkeit eines alten Mannes mich nicht befreien konnte.

»Ach, ich bin mir sicher, dass du das kannst. Und ich weiß auch, dass du den anderen davon abgeben wirst. Denk immer an mich und meine Hunde, wenn du einen von diesen Granatäpfeln isst. Mehr wünsche ich mir nicht von dir.« Ich fühlte mich ein bisschen besser, als Hamzas Vater sich vorbeugte und mir einen Kuss auf die Stirn gab.

Er half mir, den Sack in den Kofferraum zu heben, und winkte uns dann nach, als wir in Richtung Bamiyan losfuhren.

Der Mullah des Ortes stand am Straßenrand und gab uns mit einem Handzeichen zu verstehen, dass wir anhalten sollten. Mein Vater kurbelte seine Seitenscheibe herunter. Nachdem er den Mullah begrüßt hatte, stieg er aus und stellte ihn uns vor.

Der Mullah war in einen weißen *Shalwar Kamiz* und einen langen, grün und blau gestreiften Kaftan gekleidet. Auf dem Kopf trug er einen schwarzen Turban, und seine Augen hatte er sich mit einem Kajalstift schwarz umrandet, wie es religiöse Männer tun. Sein Schnurrbart war gestutzt, aber sein Kinnbart war so lang, dass er ihm beinahe bis zum Bauch reichte. Obwohl er mit sehr ruhiger Stimme sprach, wedelte sein Bart beim Sprechen hin und her. Er überreichte meinem Vater ein *Tasbih*, eine islamische Gebetskette, und sagte: »Mehr als das kann ich dir nicht geben. Ich hätte dich gerne noch zu mir in mein Haus eingeladen, damit wir zusammen essen, aber ich wusste ja nicht, dass der Krieg so rasch herkommen und uns trennen würde.«

»Dein *Tasbih* wird mich immer an dich und an Gott gemahnen«, versicherte mein Vater ihm. »Wenn Gott es will, werden wir uns vielleicht eines Tages wiedersehen, und dann werden wir über diese Zeit sprechen.«

»Ich werde auf diesen Tag warten, und wenn es nicht in dieser Welt sein wird, dann vielleicht in der nächsten«, sagte der Mullah.

»Bleibst du hier oder gehst du fort?«, fragte mein Vater.

»Ich bleibe hier. Du weißt ja, dass ich meinem Land entkommen kann, aber nicht meinem Tod. Ich tue sowieso meine letzten Atemzüge. Ich bin jetzt fünfundsiebzig Jahre alt. Wenn der Tod morgen zu mir kommt, werde ich ihn mit offenen Armen empfangen. Zwischen heute und morgen gibt es keinen Unterschied.«

»Du bist ein tapferer Mann«, sagte mein Vater.

»Ich würde es nicht als Tapferkeit bezeichnen. Der Tod ist ein Teil des Lebens, und wen er zuerst ereilt, der wird die Karawane in die nächste Welt anführen. Entweder heute oder morgen werden wir uns alle dieser Karawane anschließen, also warum nicht lieber früher als später?«, sagte der Mullah.

»Lass mich dir noch etwas erzählen«, fügte er hinzu. »Eine Geschichte von Mullah Nasruddin: Mullah Nasruddin wurde mitten in der Nacht von dem Geschrei zweier Männer geweckt, die sich vor seinem Haus stritten. Nasruddin wartete ab, doch die beiden stritten sich weiter, sodass er nicht weiterschlafen konnte. Er warf sich rasch eine Decke um die Schultern und eilte hinaus, um die Männer, die inzwischen schon aufeinander einschlugen, zu trennen. Doch als er versuchte, beschwichtigend auf sie einzureden, schnappte sich der eine die Decke von Mullah Nasruddins Schultern, und die beiden Männer rannten davon. Enttäuscht und ziemlich verwundert ging Mullah Nasruddin zurück in sein Haus. ›Worum ist es denn in dem Streit gegangen?‹, wollte seine Frau von ihm wissen. ›Es muss um unsere Decke gegangen sein‹, antwortete der Mullah. ›Die Decke ist weg, und der Streit ist vorüber.‹

Verstehst du, was ich damit sagen will? Unser Land ist die reinste Mullah-Nasruddin-Geschichte geworden. In diesem Krieg geht es einzig und allein darum, was es in diesem Land zu holen gibt, nicht um dich oder um mich. Sobald sie bekommen haben, was sie wollen, werden sie sich um nichts anderes mehr kümmern«, sagte der Mullah. »Möge der Allmächtige Gott dich und deine Familie vor sämtlichen Gefahren beschützen.«

Sie umarmten einander; dann stieg mein Vater zurück in den Wagen und beeilte sich, auf die Straße nach Bamiyan zu kommen, ehe der Mullah eine weitere Geschichte erzählen konnte oder noch jemand am Straßenrand winkte.

9

Im Kopf des Buddha

Auf der Suche nach neuen Weidegründen durchziehen die Nomaden mit ihren Ziegen, Schafen und Kamelen das Bergland. Nie halten sie es lange an einem Ort aus. Obwohl meine Großmutter das Kind eines Nomadenvolkes war und mein Großvater von Hirten abstammte, die sich mit dem Wechsel der Jahreszeiten immer ein neues Quartier suchten, empfand niemand in unserer Familie sich als Nomade. Dennoch genossen wir unser neues Leben, das uns mal in die Berge, mal in die Gärten fremder Leute führte – ein paar Tage hier, ein paar Tage dort, nie lange an derselben Stelle. Ich wusste, dass wir auf der Suche nach einem ruhigen Plätzchen waren, an dem uns die Raketen nichts anhaben konnten, während wir auf eine Möglichkeit warteten, Afghanistan verlassen zu können. Doch trotz Steinlawinen, Flutwellen und bissigen Hunden war es uns gelungen, die alltäglichen Bedrohungen des Krieges aus unseren Köpfen zu verbannen, indem wir uns darauf konzentrierten, wohin wir uns als Nächstes wenden sollten, oder daran zurückdachten, wo wir gerade gewesen waren.

Die Provinz Bamiyan befindet sich genau im Zentrum Afghanistans, und zwar hoch oben in den Bergen. Um dorthin zu gelangen, mussten wir wieder den Hindukusch überqueren, doch diesmal auf einer unbefestigten Straße über einen Gebirgspass, auf der wir eventuellen kriegerischen Meinungsverschiedenheiten entlang der Hauptstraße aus dem Weg zu gehen hofften. So wurden wir trotz langsamer Fahrt fünfzehn Stunden lang auf zerfurchten Geröllpisten durchgeschüttelt, bis wir das Bamiyan-Tal erreicht hatten. Es war ein scheinbar endloser Tag gewesen, und unsere Knochen sehnten sich nach einer Ruhepause. Lange nach Einsetzen der Dunkelheit erreichten wir eine bessere Straße, die in die Stadt Bamiyan führte.

Mit einem Ruck, der alle, die inzwischen eingeschlafen waren, wieder aufweckte, kam der Wagen zum Stehen. Zwischen zwei Holzpfosten war ein blaues Plastikseil quer über die Straße gespannt. Diese Absperrung nannte man die *Bamiyan-Tür*, obwohl das Ganze für mich nicht gerade nach einer Tür aussah.

Aus einer Hütte neben einem der Pfosten kam ein Mann mit einer Kalaschnikow über der Schulter gestürzt und verlangte von meinem Vater zu wissen, wo wir hinwollten. Mein Vater entgegnete, dass wir auf dem Weg in die Stadt wären, worauf der Mann sagte, dass die Einfahrt zu so später Stunde nicht gestattet wäre und wir uns einen Parkplatz am Fluss suchen und am nächsten Tag wiederkommen sollten.

Mein Vater versuchte gar nicht erst, sich auf eine Diskussion einzulassen – der Mann hatte eine Waffe. Also fuhr er ein paar hundert Meter weit zurück in die Richtung, aus der wir gerade gekommen waren, und stellte den Wagen an einer flachen Stelle am Flussufer ab. Meine Mutter verteilte etwas von den Vorräten, die Hamzas Familie uns mitgegeben hatte.

Es war eine sternklare Nacht, aber viel kälter als in Tashkurgan. In der knackig kalten Luft erschien mir der Himmel wie eine dunkle, mit Diamanten gespickte Seidendecke. Überall um uns herum herrschte völlige Stille, die nur von dem leisen Plätschern des Flusses und dem Zwitschern einiger Nachtvögel unterbrochen wurde. Wir streckten uns auf den Autositzen aus, um möglichst nahe beieinander zu sein und uns beim Schlafen gegenseitig zu wärmen. Obwohl es ziemlich eng war, hatte ich nach den Stunden, die wir auf holperigen Wegen unterwegs gewesen waren, das Gefühl, auf einem weichen Bett zu schlafen.

Am nächsten Morgen picknickten wir am Ufer und ließen uns Zeit dabei; immerhin waren wir nun zu Nomaden geworden und zogen weiter, wenn uns danach war. Nachdem wir gegessen und alles wieder ins Auto gepackt hatten, machten wir uns ein weiteres Mal auf die Fahrt in die Stadt. Der Mann, der uns am Vorabend an der »Tür« abgewiesen hatte, saß mit seinen Kameraden vor der Lehmhütte. Alle hatten Kalaschnikows über ihren Schultern hängen.

Wir wurden wieder angehalten, und mein Vater erklärte, dass wir Flüchtlinge aus Kabul seien und auf der Suche nach einem sicheren Ort, an dem wir eine Zeit lang leben könnten. Wortlos durchsuchten die Posten Stück für Stück unser Gepäck, obwohl es da ja nicht mehr viel zu durchsuchen gab, und ließen dann zu unserer Erleichterung das blaue Plastikseil hinunter, damit wir durchfahren konnten.

Mein Vater fuhr langsam in Richtung des Hauptbasars von Bamiyan. Die Stadt war klein und erfüllt vom Geruch von Holzkohlefeuern und Pferdemist, in den sich der Duft von Safran, Pfeffer, Kardamom und Staub mischte.

Wir stellten das Auto auf einem Parkplatz ab; dann gingen wir eine Weile die einzige Einkaufsstraße von Bamiyan auf und ab. Sie war voller Maultiere, Ziegen und äußerst ärmlich gekleideter Menschen. Schließlich kehrten wir in ein *Chai Khana,* eine Teestube, zum Mittagessen ein. Über eine Bambusleiter, an der ein paar Sprossen fehlten, kletterten wir in die obere Etage – mein Vater vorneweg, gefolgt von meiner Mutter mit der Heulmaschine. Meine kleinen Schwestern hatten ihre Mühe mit der Leiter, und ich musste ihnen helfen, da mir aufgetragen worden war, mich um sie zu kümmern. In das zweite und dritte Stockwerk gelangte man ebenfalls über Bambusleitern. Richtige Treppen gab es nicht.

Das *Chai Khana* bestand aus einem einzigen großen Raum, in dem es nach gegrilltem Kebabfleisch roch. In einer Ecke stand ein winziger Fernseher, in dem ein indischer Film lief, aber bei dem Rauch, den der Grill verursachte, konnte man kaum etwas erkennen. Die Männer saßen auf zwei Fuß hohen Plattformen und hatten ihre Schuhe hinter sich abgestellt. Auf den Tellern, die sie vor sich stehen hatten, wimmelte es nur so von Fliegen –

gleich, ob sie gerade erst serviert worden waren oder sich nur noch Speisereste darauf befanden. Einige der Männer aßen, andere tranken Tee; wiederum andere schliefen schnarchend, während zahllose Fliegen auf ihren Händen und Füßen und um ihre Münder herumkrabbelten.

Meine Mutter war die einzige Frau in dem Raum, und meine Schwestern waren die einzigen Mädchen. Die Männer, die eben noch ihr Kebabfleisch gekaut hatten, hielten im Kauen inne und gafften mit halb offenen Mündern zu uns herüber. Die Teetrinker, die gerade noch den Film im Fernsehen verfolgt hatten, stellten ihre Gläser auf dem Fußboden ab und veränderten ihre Sitzposition, um einen besseren Blick auf uns zu haben. Meine Mutter zog sich ihr Kopftuch tiefer ins Gesicht und versuchte, so zu tun, als wäre außer meinem Vater und mir und meinen Geschwistern niemand zugegen.

Die Gesichter sämtlicher Männer waren zerfurcht wie gepflügte Erde. Tiefe Runzeln bildeten sich auf ihrer Stirn und um ihre asiatisch anmutenden Augen. Sie musterten uns größtenteils schweigend, und wenn überhaupt gesprochen wurde, dann nur im Flüsterton.

Es waren allesamt Hazara. Ich erinnerte mich, dass Großvater mir erzählt hatte, dass die meisten Angehörigen dieser Volksgruppe in Zentralafghanistan lebten und dass ihm und seinem Vater und seinen Onkeln früher, als sie noch ihre Herden nach Bamiyan getrieben hatten, um sie in den hiesigen Hochtälern, wo vom letzten schmelzenden Schnee den ganzen Sommer über saftiges Gras wuchs, weiden zu lassen, von den hier lebenden Menschen stets ein herzliches Willkommen bereitet worden war. Obwohl man sie nicht als richtige Nomaden bezeichnen konnte wie die Familie meiner Großmutter, die auf festgelegten Routen kreuz und quer durchs Land gezogen war, waren die Angehörigen meines Großvaters doch als Hirten jeden Sommer mit ihren Herden von ihrem Zuhause aufgebrochen, um gute Weideflächen aufzusuchen. Die Sommer verbrachten sie oft im grünen Tal von Bamiyan, nur eine Woche Fußmarsch von ihrem Heimatdorf in Maidan entfernt. Bei den Hazara tauschten sie dann ein paar ihrer Schafe, Ziegen oder Kühe gegen die Erlaubnis ein, ein paar Monate lang ihre Zelte aufzuschlagen und ihre Tiere weiden zu lassen.

Ich hoffte, dass die Hazara auch uns gut behandeln würden – obwohl wir keine Tiere bei uns hatten, die wir ihnen zum Tausch anbieten konnten, und auch keine richtigen Nomaden waren, sondern nur modernes fahrendes Volk in einem zerbeulten Auto.

Mein Freund Berar wusste früher immer spannende Geschichten aus Bamiyan zu erzählen, denn er stammte ja schließlich aus der Gegend. Als er noch als Gehilfe des Gärtners unserer Familie arbeitete, hat er meinen Großvater immer sein Geld für ihn aufbewahren lassen; nach ein paar Monaten ließ er es sich dann auszahlen und schickte alles nach Hause zu seinen Eltern. Großvater zog ihn immer damit auf, dass er einen Teil seines Geldes doch für Frauen ausgeben sollte, solange er noch jung war.

Berar aber entgegnete dann stets: »Wenn man ein Haus baut, können viele Menschen darin wohnen; eine Frau aber ist nur einem Ehemann von Nutzen. Von einem Haus hat man mehr als von einer Frau.«

Im Dunst und Rauch des *Chai Khana* schaute ich mich unter den Gästen nach Berar um, aber er war leider nicht dabei. Ich war enttäuscht. Seit dem Morgen, als wir auf das Dach des Silos geklettert waren, hatte ich weder etwas von ihm gesehen noch gehört.

Wir bestellten uns Kebab, was ohnehin das einzige Menü ist, das man in Restaurants bekommen kann, nicht nur in Bamiyan, sondern überall in Afghanistan. An der Wand hing ein Foto der beiden riesigen Buddha-Statuen, die man vor fast zweitausend Jahren hier aus dem Fels gemeißelt hatte; gesichtslos, wie sie waren, erschienen sie mir ziemlich sonderbar.

Nachdem wir gegessen hatten, schlug mein Vater vor, dass wir diesen Buddhas in ihren in den weichen Stein der Felsklippe gehauenen Behausungen einen Besuch abstatten sollten, denn es war von dem *Chai Khana* nur ein kurzer Spaziergang dorthin. Wir kletterten wieder die Bambusleiter hinunter, wobei ich erst meine ängstliche jüngere Schwester und danach die gut gelaunte Heulmaschine, die fröhlich auf jedes einzelne Maultier zeigte, den starken Armen meines Vaters überließ. Auf der Straße fuhren keine Autos, und so konnten meine Schwestern und ich ein Stück vor unseren Eltern herlaufen. Wir kreischten dabei vor Vergnügen, denn so frei und unbeschwert hatten wir uns schon lange nicht mehr gefühlt.

Als wir uns jedoch dem kleineren der beiden Buddhas näherten, waren wir alle mit einem Mal ganz still. Da ragte er nun über dreißig Meter hoch vor uns auf; unwillkürlich hielt ich die Luft an. In einem meiner Schulbücher war eine Abbildung dieses Buddha gewesen, aber auf der hatte er so flach ausgesehen wie die Buchseite. Jetzt aber bekam ich das Gefühl, dass der Buddha jeden Moment aus seiner Felsnische heraustreten könnte. Wie kann eine Statue nur so groß sein, dachte ich.

Ich hatte noch nie eine Buddha-Statue gesehen, nicht einmal eine kleine. Im Islam sind Statuen *haram*, verboten, und zwar schon seit der Zeit des zweiten Gesetzes des Propheten Musa, also seit Moses. Nur Gott durfte ein Wesen erschaffen und ihm auch Leben einhauchen, die Menschen sollten sich kein Bildnis machen und wie Gott zu sein versuchen. Durch nichts war ich auf die Ehrfurcht, die mich jetzt erfüllte, vorbereitet gewesen.

Großvater hatte mir mal erzählt, dass er mit seinem Stiefvater bis hoch zum Kopf dieser Statuen gestiegen wäre, und auch von den Höhlen dahinter in der Felsklippe und den Malereien an ihren Wänden gesprochen. Die Buddhas wären aus dem weichen Stein des Felsens gemeißelt, und zwar so, dass ihre Rücken in die Felswand übergingen. Außerdem sagte er, Bamiyan wäre früher mal ein Ort gewesen, an dem sich alle möglichen heiligen Männer aufgehalten hätten.

»Buddha hat sechshundert Jahre vor dem Propheten Issa – Jesus – gelebt. Und der Prophet Mohammed, Friede sei mit ihm, kam sechshundertdreißig Jahre nach dem Propheten Issa. Sobald du mehr über das Christentum und den Buddhismus lernst, wirst du den Islam noch mehr zu schätzen wissen, als du es jetzt schon tust.«

Mein Vater fand den Eingang zu der Felstreppe, die zur Spitze des kleineren Buddhas hinaufführte. Solche Stufen hatte ich noch nie gesehen. Sie waren geradewegs in den Stein des Felsens geschnitten. Keine zwei Stufen waren gleich hoch oder im gleichen Winkel – genau, wie Großvater sie beschrieben hatte.

Langsam arbeiteten wir uns nach oben. Das einzige Licht drang durch Öffnungen ein, die in gewissen Abständen in den Fels gehauen waren, und zuweilen mussten wir uns ein Stück an den Wänden entlangtasten. Meine Mutter trug die Heulmaschine, die das Abenteuer so sehr genoss wie wir alle und endlich einmal still war. Als wir es ungefähr auf die Höhe der Schultern des Buddha geschafft hatten, waren wir alle außer Atem und feuerrot im Gesicht – sogar mein Vater. Durch ein großes Fenster in der Felswand hatten wir eine herrliche Aussicht über das Tal mit seinen Weizenfeldern und den Unmengen von Obstbäumen. Wir balgten uns um den besten Blick, und jeder wollte den angenehmen Duft, der von den Feldern zu uns emporwehte, in die Nase bekommen.

Wir stiegen noch ein paar Stufen weiter hinauf, und dann befanden wir uns direkt hinter dem Kopf des Buddha in einer Höhle, die so groß war wie unser früheres Wohnzimmer in Kabul; die Wände dieser Höhle waren wohl mindestens sieben oder mehr Meter hoch; der Boden war mit losem Kieselgestein bedeckt. In der stillen, kühlen Luft dieses Gewölbes war das einzige Geräusch der Wind, der durch die kleinen Öffnungen der Treppe pfiff, die an die Grifflöcher einer Flöte erinnerten.

Von dieser Höhle gab es Verbindungen in weitere, kleinere Höhlen dahinter. Wie mein Großvater es beschrieben hatte, waren die Wände sämtlicher Gewölbe mit Felsmalereien bedeckt. Selbst in dem schummerigen Licht konnte man die kräftigen Farben erkennen: Rot, Weiß, Grün, Schwarz, Blau und Lila. Einige dieser Malereien zeigten Männer mit nackten Oberkörpern und fast nackte Frauen, die komische Verrenkungen machten; andere zeigten die verschiedensten Säugetiere und Vögel – Löwen, Tiger, Katzen, Adler und Tauben – und Menschen, die mit Speeren oder mit Pfeil und Bogen Jagd auf sie machten. Dazwischen waren überall irgendwelche Muster und Symbole verstreut, von denen manche die Spuren der gejagten Tiere sein konnten, während andere wiederum nur ganz schwer zu entschlüsseln waren.

Ich fragte meinen Vater, was diese Malereien zu bedeuten hatten. Er blickte versonnen auf die Jagdszene und sagte: »Siehst du den Mann, der mit seinen Pfeilen den Löwen jagt?« Ich nickte. »Die anderen Jäger waren stolz auf ihn, also haben sie hier an die Wand ein Bild von ihm gemalt, damit seine Tapferkeit nie in Vergessenheit geriet. So haben die Menschen früher Ereignisse aus ihrem Leben an ihre Nachfahren weitergegeben. Bevor das Alphabet erfunden wurde, hat man auf diese Weise Geschichten aufgeschrieben.«

Ich zeigte auf ein großes Rad mit vielen Speichen, das wie eine Spinne aussah. »Und was soll das da sein?«

»Ich weiß es nicht. Für irgendjemanden muss es eine Bedeutung gehabt haben. Archäologen oder Historiker könnten es wissen.« Er sah meine Mutter an und sagte: »Diese Höhle hat genau die richtige Größe für uns. Wir können uns hier einrichten, solange wir in Bamiyan bleiben.«

Meine Mutter sah meinen Vater an, wie sie es immer tat, wenn er Witze erzählte. Aber mein Vater ließ sich nicht beirren. »Es ist mein voller Ernst. Dies ist jetzt unser Zuhause.« Meine Mutter lächelte ihm zu. Wir alle lächelten. Mein Vater war schon immer für seine Witze berühmt gewesen.

»Das ist ja wohl nicht möglich«, sagte meine Mutter nur, als ihr aufging, dass er es tatsächlich ernst gemeint hatte.

Aber mein Vater hörte gar nicht auf sie. »Sogar der König hat eine Eintrittskarte gelöst, um diesen Ort zu besuchen. Früher sind Touristen aus der ganzen Welt hergekommen.« Aber diese Touristen blieben nun schon seit ein paar Jahren aus, und für die Einheimischen gab es keinen Grund, zu diesen Höhlen hinaufzusteigen.

Meine Mutter konnte auf sehr unterschiedliche Weise schauen. An der Art, wie sie dreinblickte, konnten wir ablesen, was sie gerade dachte – und jetzt zeugten ihre Augen von Zweifel. Doch als sie sah, wie toll wir Kinder die Idee unseres Vaters fanden, sah sie ihn noch einmal an. »Weißt du eigentlich, wie hoch das hier ist?«

»Ja, und ich habe auch noch nie an einem Ort wie diesem gewohnt.« Er ging hinüber zu einer der Öffnungen in der Wand. »Schau mal, von hier kannst du die ganze Welt sehen! Ich glaube, das ist der Mund des Buddha, und wir können aus ihm herausgucken!« Mein Vater war ganz aus dem Häuschen; bloß hatte dieser Buddha gar keinen Mund – ihm fehlte nämlich das ganze Gesicht. Aber das tat der blühenden Fantasie meines Vaters keinen Abbruch. Die Wandöffnung war breit und flach, und man hatte durch sie hindurch tatsächlich einen großartigen Ausblick.

»Du bist wie ein kleines Kind«, sagte meine Mutter zu meinem Vater.

»Dann sag du mir, was ich tun soll«, erwiderte mein Vater ein wenig wehmütig. »Ich habe kein Geld, um ein Hotel für uns zu bezahlen, und ich habe auch keine Ahnung, wie lange wir hier werden bleiben müssen.«

»Aber wenn nun jemand rausfällt?«, entgegnete meine Mutter. »Was ist mit diesen Kleinen hier?« Sie hielt meinen kleinen Bruder in die Höhe und wies mit einer Geste ihres Armes auf meine jüngste Schwester. »Wachsen ihnen vielleicht Flügel, wenn sie durch eines dieser Löcher stürzen?«

In Kabul hatte ich immer Angst davor gehabt, von einer Rakete getötet zu werden, aber wenn ich aus dem Kopf des Buddhas falle, dachte ich, werde ich wenigstens glücklich sterben.

Mein Vater ging in die Knie und sagte uns allen, wir sollten näher kommen; also bauten wir uns alle in einer Reihe vor ihm auf – bis auf meine Mutter, die sich hinter uns stellte und meinen kleinen Bruder im Arm hielt, der glucksend auf die Wandmalereien zeigte.

»Wollt ihr hier wohnen?«, fragte uns mein Vater, und wir alle antworteten fast wie mit einer Stimme: »Ja!«

»Aber es gibt bestimmte Regeln. Wenn ihr euch an die haltet, ziehen wir hier ein. Regel Nummer eins: Jeder muss sich sehr vorsehen, wenn wir die Stufen hinauf- und hinuntersteigen. Regel Nummer zwei: Jeder ist für die jeweils Jüngeren verantwortlich. Regel Nummer drei: Mehr Regeln gibt es nicht.« Mein Vater lächelte, wir lächelten zurück, und dann sah er meine Mutter an, und wir taten es ihm nach. Wir wussten immer noch nicht so recht zu sagen, ob sie mit der Idee glücklich war oder nicht. Aber wir blieben im Kopf des Buddha – vielleicht auch nur, weil wir keine Alternative hatten.

Eine Stunde lang hasteten meine ältere Schwester und ich die Stufen hinauf und hinunter und brachten die Sachen nach oben zu meiner Mutter, die unser Vater aus dem Auto lud. Es waren so viele Stufen, und es war so mühevoll, sie zu erklimmen. Aber ich beeilte mich, so sehr ich konnte, denn mein Vater hatte demjenigen von uns, der den Weg am häufigsten zurücklegte, eine extra große Portion Eis versprochen. Meine Schwester kam viel langsamer voran als ich, und ich wusste, dass ich sie besiegen würde. Als wir glücklich alles oben hatten, war ich in Schweiß gebadet, aber ich war fast doppelt so oft gelaufen wie sie. Stolz wies ich sie darauf hin, dass ich gewonnen hatte. Sie aber lächelte nur und sagte: »Du bist doch ein solcher Blödmann! In ganz Bamiyan gibt es nirgendwo Eiscreme. Diese Leute hier wissen doch gar nicht, was das ist. Wir sind hier nicht in Kabul, Dummkopf!«

Ich sah meinen Vater an. Er setzte ein dämliches Grinsen auf. Ich war stocksauer auf ihn, weil er mich ausgetrickst hatte.

»Ich schulde dir eine große Portion Eiscreme«, sagte er. »Eine Riesenportion. Zeig du mir einen Laden hier in der Umgebung, und ich kaufe sie dir.« Jetzt machte er sich auch noch über mich lustig. Meine Schwestern lachten mich aus. Ich verkroch mich in der nächstgelegenen Höhle. Ich schämte mich, weil ich so dumm gewesen war. Doch meine Neugier trieb mich schon bald zurück zu meiner Familie, als ich hörte, wie mein Vater zwei lange Nägel, die er im Kofferraum gefunden hatte, in die Felswand einschlug – in einer Ecke der Höhle ohne Wandmalereien. Anschließend hängte er quer über die Ecke hinweg eine Wiege für meinen kleinen Bruder an die beiden Nägel. Danach befestigte er am Eingang der Höhle noch einen Teppich als eine Art Tür.

Später fuhr mein Vater zum Basar, um Kochtöpfe, Teller, Gabeln und Löffel und noch ein paar andere lebensnotwendige Dinge zu kaufen. Mich schickte meine Mutter los, damit ich ihr von einer nicht weit von unserem Buddha entfernt gelegenen

Quelle zwei Eimer voll Wasser brachte. Am Fuß der Statue sammelte meine ältere Schwester ein paar Ziegel und andere flache Steine, aus denen meine Mutter in einer der benachbarten Höhlen eine Kochstelle baute. So wurde diese kleinere Höhle neben unserer großen zur Küche.

Mein Vater brachte auch noch etwas Lammfleisch sowie Tomaten, Zwiebeln, Mohrrüben, Kartoffeln, Rettiche und Petersilie vom Markt mit. Meine Mutter entfachte ein Herdfeuer – was sie nicht gewohnt war; der Rauch trieb ihr die Tränen in die Augen, und sie musste sich ständig die Nase wischen; schon bald war ihr ganzes Gesicht voller Rußflecken. Erst zog mein Vater sie damit auf, aber dann half er ihr, die Steine so um das Holzfeuer herum zu arrangieren, dass meine Mutter einen Topf daraufstellen konnte. Darin kochte sie das Fleisch in dem ganzen Gemüse und bereitete so einen schlichten Lammeintopf, der besser schmeckte als alles, was wir je gegessen hatten. Wir verspeisten ihn in der großen Höhle, während die Jäger mit ihren Bogen und ihren Pfeilen uns zusahen.

Bald wurde es dunkel, und wir hatten kein Licht. Mein Vater hatte vergessen, Kerzen zu kaufen. Immer wenn er einkaufen ging, vergaß er irgendetwas. So war mein Vater eben. Wenn er einmal nichts vergaß, waren wir uns plötzlich nicht mehr ganz sicher, ob das wirklich noch unser Vater war.

Durch die Wandöffnung, die mein Vater als »Buddhas Mund« bezeichnete, drang ein schmaler Streifen Mondlicht und webte ein weißes Muster auf den Boden; so wurde der Mond zu unserer Glühbirne für diese Nacht – eine riesige Glühbirne zwar, und ganz weit weg, aber mehr brauchten wir nicht in unserem neuen Heim.

Ich war an diesem Abend der Erste, der einschlief, obwohl meine Matratze zu kurz für mich war und meine Decke mir nur knapp von Kopf bis Fuß reichte. Es war kalt in der Höhle. Die ganze Nacht über herrschte immer ein leichter Durchzug. Nach einer Weile wachte ich auf, weil ich pinkeln musste. Mein Vater hatte mir gesagt, dass ich mich dazu an den Rand der Höhle unter uns stellen sollte. Es war ein ganz komisches Gefühl, von einer so hoch gelegenen Stelle hinunterzupinkeln, denn ich war schon fertig, als ich hörte, wie alles mit einem erstaunlich lauten Geräusch unten ankam.

Am nächsten Morgen war ich früher wach als alle anderen. Ich schaute durch eine der Öffnungen hinaus. Die Sonne war erst halbwegs hinter den kahlen, schroffen Gipfeln der Berge zu sehen. Aber das Tageslicht kam schon hereingeflutet und warf helle, rote Lichtflecken in die Finsternis. Das Tal unter mir war voller Felder und Bäume; die Blätter an manchen dieser Bäume waren noch grün, andere hatten sich in der herbstlichen Kühle bereits gelb verfärbt. Ein leichter Wind bewegte die Äste, und ein paar gelbe Blätter fielen in das schnell dahinströmende Wasser mit den kleinen weißen Schaumspitzen darauf. Am Flussufer spielten Hunde. In gleichmäßigen Abständen standen sauber gebündelte Heuballen auf den abgemähten Feldern; Kühe fraßen Stroh, während sie von Bäuerinnen gemolken wurde. Und nirgendwo ein Anzeichen von Krieg. Ein Gefühl wohliger Wärme durchfuhr mich – einfach nur, weil ich hier war.

Ich beschloss, mich auch einmal in den angrenzenden Höhlen umzusehen, während meine Familie noch schlief. Als ich den vor dem Eingang hängenden Teppich beiseiteschob, kam ein eiskalter Windstoß in unsere Höhle geweht. Ich zitterte in meinem dünnen Nachthemd, aber gleichzeitig wusste ich, dass in diesen Höhlen und draußen im Tal Abenteuer auf mich warteten. Es war Zeit, auf Entdeckungsreise zu gehen.

Mit dem Verstreichen der Tage verblasste die Erinnerung an den Krieg wie Bilder aus einem schlechten Traum. Ich wünschte mir nur, dass auch der Rest unserer Familie bei uns wäre – vor allem Wakeel, damit wir gemeinsam die anderen Höhlen und die Geheimnisse dieser Felsen erforschen konnten. Es gab in der Nähe einen Ort, den man *Stadt der Schreie* nannte und wo vor langer Zeit ein anderer Krieg stattgefunden hatte. Ein Mann namens Dschingis Khan hatte dort viele Menschen umgebracht. Es war schwer vorstellbar, dass sich in Bamiyan je so etwas zugetragen hatte – so friedlich war es hier nun.

Von Großvater wusste ich, dass über die Jahrhunderte Menschen aus allen Teilen der Welt nach Bamiyan gekommen waren, um hier die Weisheit Buddhas begreifen zu lernen. Ich hätte gerne mehr über Buddha gewusst, aber es gab niemanden, der mir viel über ihn erzählen konnte. Wir waren ja alle Moslems. Aber mir entging nicht, dass die Einheimischen immer noch etwas ganz Besonderes angesichts der Buddha-Statuen empfanden. Sie glaubten, sie würden über sie wachen.

Bald stellte ich fest, dass außer uns noch mehrere andere Familien in diesem Höhlensystem lebten. Die meisten von ihnen waren Hazara, die aus Kabul geflohen waren; manche stammten sogar aus benachbarten Stadtvierteln. Unter ihren Kindern fanden meine Schwestern und ich schnell viele Freunde.

Eines Morgens, als ich von Buddhas Hinterkopf hinunterkletterte, um mit ein paar der anderen Kinder zu spielen, sah ich, wie in einer der anderen Höhlen eine Gruppe ungewöhnlich aussehender Männer in andächtigem Schweigen im Kreis um ein Feuer herumgingen. Sie waren alle weiß gekleidet und erinnerten mich an Gandhi, den wir in einem Film gesehen hatten; jedenfalls trugen sie die gleiche Art Kleidung.

Einer von ihnen sah aus wie ein Hazara; die übrigen waren Asiaten, keine Afghanen. Sie umrundeten immer wieder das Feuer. Ich hätte mich ihnen gerne angeschlossen, aber dann bekam ich Angst, dass sie mich in das Feuer schubsen könnten. Die Flammen schlugen nicht sehr hoch, aber es hätte gereicht, um mir die Füße und die Kleidung zu verbrennen.

Ich wartete neben dem Eingang darauf, dass sie mit ihrem Rundgang aufhörten, denn ich wollte sie fragen, warum sie das taten. Doch nachdem sie ihre Runden beendet hatten, verbeugten sich die kleinen Asiaten vor dem Mann, der wie ein Hazara aussah, und der sich wiederum vor ihnen; dann gingen sie hinaus, immer noch, ohne ein Wort gesagt zu haben. Sie kamen unmittelbar an mir vorbei, aber ohne mich anzusehen, so als wäre ich gar nicht da. Nur der eine, der wie ein Hazara aussah, blieb in der Höhle zurück.

Ich betrat die Höhle und verbeugte mich vor ihm, wie ich es

die anderen hatte tun sehen. Er blieb neben dem Feuer stehen und verbeugte sich ebenfalls. Ich fragte ihn, warum sie um das Feuer herumgegangen waren.

»Feuer hat zwei Gesichter, wie Frauen«, sagte er. Er sprach mit einem merkwürdigen Akzent, wie ich ihn noch nie gehört hatte, und was er sagte, klang irgendwie abgehackt. »Wenn du es anbetest, gibt es dir seinen Segen, wenn du es kränkst, verbrennt es dich, wie es sich selbst verbrennt.« Seitdem habe ich mir Feuer immer als eine Frau mit zwei Gesichtern vorgestellt. Trotzdem verstand ich nicht so recht, was er damit meinte, und auch nicht, wer diese Männer denn nun waren. Waren es Moslems? Aber ich hatte noch nie jemanden so etwas in einer Moschee tun sehen. Und wiedergesehen habe ich diese Männer dann auch nie, außer dem, der aussah wie ein Hazara, obwohl ich später erfuhr, dass er gar kein Hazara war. Bei meinen weiteren Erkundungsgängen stellte ich fest, dass er in einer nahe gelegenen Höhle wohnte. Ab und zu ging ich ihn besuchen. Er sagte nie viel, aber sein Schweigen wirkte beruhigend auf mich.

Ich erzählte meiner Mutter von ihm. Sie meinte, dass er möglicherweise ein Mönch aus einem anderen Land sein könnte, der zu Besuch in Bamiyan war.

Mein kleiner Bruder machte seine ersten Schritte und war schon bald kaum noch zu bremsen. In den Höhlen war das ein Problem. Wir mussten alle auf ihn aufpassen, damit er nicht in die Tiefe fiel. Immerhin entfernte er sich nie weit von meiner Mutter. Wenn meine Mutter unsere jüngste Schwester füttern musste, wurde er eifersüchtig. Sie musste ihm dann ein Stück Zucker geben, um ihn abzulenken. Er liebte Zucker und aß so viel davon, wie er nur ergattern konnte. Wenn ich mit ihm einen Spaziergang außerhalb der Höhle machen wollte, streute ich ein bisschen Zucker in meine Handfläche, und schon kam er zu mir gerannt. Dann durfte er sich von dem Zucker nehmen und folgte mir ganz bis zum Fluss hinunter oder sonst wohin, wobei er sich stets an meinem Mittelfinger festhielt. Nach unserer Ankunft in Bamiyan war er eine Zeit lang mein ganz spezieller Freund, wenn auch ein sehr wortkarger, aber ich musste ihn immer austricksen, damit er mit mir zusammen sein wollte.

Der Herbst machte sich jetzt noch deutlicher bemerkbar, indem er alles vollständig gelb färbte. Die Tage wurden kürzer, aber wir genossen das wolkenlose Wetter und unternahmen lange Spaziergänge durch die Stadt. Beinahe jeden Tag kamen wir an dem größeren der beiden Buddha-Standbilder vorbei, aber wir erforschten nie die Höhlen dahinter, denn die waren voller anderer auf der Flucht befindlicher Familien wie wir, und wir wollten nicht in ihre Privatsphäre eindringen. Der größere Buddha war sehr eindrucksvoll, aber er war eben nicht unser Buddha, also entwickelten wir auch keine so starken Gefühle für ihn.

Der Winter kam in diesem Jahr unerwartet früh. Schon bald waren die holperigen Straßen unter einer dicken Schneedecke verschwunden. Jeden Morgen musste mein Vater den Schnee am Fuße der Treppe wegschaufeln, damit ich zum Bäcker gehen konnte, um frisch gebackenes Brot aus seinem Lehmofen für uns zu holen.

Nach wenigen Tagen war der Eingang zur Höhle auf einen schmalen Durchgang zwischen zwei Schneewällen reduziert. Wir bekamen ganz rote Wangen, wenn wir die Schräge vom Treppenabsatz zur Straße hinunterrutschten. Wenn wir dann vor unserem Buddha standen, bildete unser Atem kleine Wölkchen, die wir lustig fanden. So viel Schnee hatten wir in Kabul noch nie erlebt.

Kam mein Vater vom Schneeschippen oder Einkaufen zurück, musste er erst einmal den Schnee von seinem langen Fellmantel abschütteln. Darunter trug er eine Fellweste, allerdings verkehrt herum, sodass das Futter außen war. In Bamiyan trug jeder Mäntel aus Fell oder Pelz. Mir ist nie jemand begegnet, der keinen hatte. Es war nicht wie in Kabul, wo es höchstens einen oder zwei Tage lang schneite und gleich darauf wieder warm wurde. Hier schneite es wochenlang ohne Unterlass, und wenn es mal nicht schneite, war es sonnig, eiskalt und windig.

Meine Mutter hielt immer Tee bereit, damit wir uns wärmen

konnten. An den Tagen, an denen es so kräftig schneite, dass man nicht hinausgehen konnte, machte mein Vater in einem Teil der Höhle ohne Wandmalereien ein Feuer, um das wir uns dann in unsere Decken eingewickelt scharten und meiner Mutter zuhörten, die uns von afghanischen Königen und Helden erzählte. Zu meinem Erstaunen schienen sie alle irgendwann in unserer Höhle gelebt zu haben – jedenfalls stellte meine Mutter es so dar.

Eines Tages lag der Schnee so hoch, dass ich nicht zum Bäcker gehen konnte, also übernahm das mein Vater und brachte auch gleich noch ein paar Fladenbrote extra mit, damit wir später nicht noch einmal hinausgehen mussten. Da wir so viele hatten, fragte ich meine Mutter, ob ich nicht eines davon meinem Freund, dem Mönch, bringen durfte, denn ich sah ihn niemals essen und machte mir gelegentlich Sorgen um ihn, da er ja schließlich schon ein alter Mann war und keine Familie hatte, die für ihn sorgte. Meine Mutter gab mir ein Stück Brot, das neben dem Feuer auf einem heißen Stein gelegen hatte und noch warm war.

Ich ging die Stufen zu seiner Höhle hinunter und traf ihn neben seinem eigenen Feuer sitzend an, das allerdings zu klein war, um viel Wärme abzugeben. Er trug wieder nur seine leichten Baumwollsachen und ein weißes wollenes *Patu* um die Schultern, die lange Decke, die für die meisten afghanischen Männer ihr einziger Wintermantel war. Trotzdem zitterte er nicht. Er war sehr glücklich über das Brot und bot mir einen Tee an, den er aus Blättern, die er unten im Tal gesammelt hatte, aufbrühte.

Wir saßen eine lange Zeit zusammen. Wenn er den Tee in eine sehr kleine Schale goss und sie mir reichte, bewegten sich seine Hände mit großer Präzision und Anmut. Es war ja bloß Tee in der Schale, doch durch die Art und Weise, wie er sie darbot, schien sie etwas viel Wertvolleres zu enthalten. Und so trank ich seinen Tee sehr langsam, damit die Schale nicht so schnell leer war, und betrachtete derweil sein Gesicht. Er sprach mehr mit den Augen als mit dem Mund. Ich war sehr froh, bei ihm sein zu können, obwohl ich glaube, dass ich den Grund dafür nicht hätte nennen können, falls jemand mich danach gefragt haben würde.

Ich bat ihn, mir von Buddha zu erzählen, worauf er zunächst

eine ganze Weile lang kein Wort sagte, sondern nur die Teeschale ansah, die er in der Hand hielt. Dann wandte er ganz langsam den Blick mir zu und sagte mit leiser Stimme: »Die Erde wird nie ohne Blumen und Bäume sein, denn wenn eines davon stirbt, tritt ein anderes an seine Stelle. So ist es seit der Schöpfung gewesen. Einer Rosenknospe gleich verharren die Welt und die Vorgänge darin in sich verschlossen und warten auf einen warmen Frühlingswind. Wir müssen immer so sein wie dieser warme Frühlingswind und die Knospen aller Blumen öffnen.«

Trotz der kleinen Flamme empfand ich es in der Höhle plötzlich als sehr warm.

Bei uns beklagte sich jedoch jeden Abend irgendwer darüber, dass ihr oder ihm kalt wäre. Eines Tages traf mein Vater einen Mann, der mit Wolle gefüllte Matratzen verkaufte, und nahm ihm gleich fünf davon ab. Sie waren viel besser als die dünnen Matten, die wir aus Kabul mitgebracht hatten. Meine Mutter nähte die neuen Matratzen zusammen; dann tat sie das Gleiche mit mehreren von unseren Decken.

In dieser Nacht schliefen wir alle zusammen. Meine Mutter und mein Vater lagen in der Mitte mit meinem kleinen Bruder zwischen ihnen. Ich lag neben meinem Vater, und meine Schwestern lagen neben meiner Mutter. Und wir schmiegten uns alle eng aneinander, um es warm zu haben.

Zweieinhalb Monate waren vergangen, seit wir nach Bamiyan gekommen waren. Wir lebten in ständiger Sorge um unsere Verwandten – vor allem, weil wir ja keine Möglichkeit hatten, Nachrichten zu empfangen. Wir hörten, dass von Kämpfen in Mazar und in Kabul erzählt wurde, daher wussten wir, dass es wohl nicht ratsam war, dorthin zu fahren. Also verkrochen wir uns in unserer Höhle, wo wir uns an einen festen Tagesablauf gewöhnt hatten. Zu jedem Tag gehörte es, dass wir uns eine Weile mit unseren Schulbüchern beschäftigten und meine Mutter uns im Lesen und Schreiben und mein Vater uns im Rechnen unterrichtete.

Mein Vater schloss mit vielen Männern aus der Stadt Freundschaft. Freitags begleitete er sie in ihre Moschee, obwohl sie Shiiten waren und wir Sunniten. Aber eine Moschee ist eine Moschee, und jeder kann dort zum Beten hingehen. Gutherzige Menschen sind immer über alle Engstirnigkeit erhaben.

Als sich herumsprach, dass mein Vater Lehrer war, fragte man ihn, ob er die Kinder der Stadt nicht in Physik und Chemie unterrichten könne, wenn im Frühling die Schule wieder anfinge. Mein Vater sagte, dass er ihnen nur zu gerne gefällig wäre.

Uns kamen Gerüchte über blutige Kampfhandlungen in der Nähe einer Stadt namens Doshi, nördlich von Bamiyan gelegen, zu Ohren. Auf unserem Weg hierher waren wir durch Doshi gefahren. Wir wollten es einfach nicht glauben. Der Ort hatte einen so friedlichen Eindruck auf uns gemacht.

»Die Truppen von Mazari haben die von Massoud angegriffen und sind vernichtend geschlagen worden. Massouds Truppen sind jetzt auf dem Weg nach Bamiyan.« So oder so ähnlich hörten wir es überall – von Männern, Frauen, Kindern, von jedem. Die Menschen in Bamiyan fürchteten sich vor Massoud. Er war ein Tadschike aus dem Pandschir-Tal. Seine Soldaten hatten mehrere Hazara misshandelt. Sein Widersacher Mazari war Hazara, ein militärischer Befehlshaber, der sich den Ruf erworben hatte, ein grausamer Kriegsführer zu sein. Seine Einheiten waren schon an mehreren Orten mit denen Massouds aneinandergeraten, so auch in unserem früheren Wohnviertel in Kabul. Nur in Bamiyan hatte es bisher keine Gefechte gegeben.

Obwohl wir Paschtunen waren, war in Bamiyan bis jetzt jeder freundlich zu uns gewesen. Sooft eine der anderen Flüchtlingsfamilien in einer der Höhlen etwas Besonderes kochte, gaben sie uns etwas davon ab, und wir machten es ebenso. Die Ladenbesitzer auf dem Basar waren allesamt Hazara. Wenn ich eines ihrer Geschäfte betrat, weil ich etwas holen musste, was wir benötigten, sagte ich ihnen, dass mein Vater später am Tag oder am nächsten Tage vorbeikäme, um zu bezahlen. Niemand erhob Einwände.

Es war ein bisschen wie in unserer alten Wohngegend in Kabul, wo mein Vater auch überall gut angesehen gewesen war.

Selbst jetzt, da die Brutalität des Krieges die Menschen entzweite, galt Gastfreundschaft bei jedem unserer Nachbarn allzeit als oberstes Gebot.

Aber es lag ein sonderbares Gefühl in der Luft, ein sorgenvoller Blick, der sich in die Augen der Menschen einnistete. Wo immer man sich traf, gab es nur ein einziges Gesprächsthema. Mein Vater und die anderen Männer versammelten sich in Geschäften, in der Höhle oder in der Moschee, hörten entweder Radio – das wegen der Berge ringsherum nur einen ganz schlechten Empfang hatte – oder spekulierten darüber, was als Nächstes geschehen oder nicht geschehen würde. Kam jemand neu nach Bamiyan, wollten sofort alle von ihm wissen, was es Neues gäbe, und was immer der Betreffende auch zu berichten hatte – es blieb mehrere Tage lang Gesprächsthema.

In Kunduz wäre alles friedlich, sagte man. Kunduz lag wiederum auf der anderen Seite des Hindukusch, fast an der nördlichen Grenze Afghanistans zu Tadschikistan. Meine Mutter stammte von dort, also hatten wir in der Region zahlreiche Verwandte. Ein paar der anderen Flüchtlinge hatten bereits den Entschluss gefasst, dort ihr Glück zu versuchen, und meine Eltern sprachen darüber, ob wir es vielleicht auch probieren sollten.

Bei all unseren Ortswechseln fragte ich mich inzwischen, ob Wakeel und Großvater uns je finden würden. Am Tag, an dem wir Haji Noor Shers Haus verließen, hatte Wakeel mir gesagt, dass er sich auf eigene Faust nach Mazar durchschlagen und sich uns dort anschließen würde. Hatte er es geschafft? War er jetzt dort und suchte nach mir? Oder war ihm etwas zugestoßen? Es war unmöglich, sich Klarheit zu verschaffen. Ich wusste überhaupt nichts von Wakeel oder von Großvater – bloß dass ich in größter Sorge um sie war.

Das machte mich sehr niedergeschlagen, und so ging ich zu meinem Freund, dem Mönch. Er hatte stets alle meine Fragen so weise beantwortet. Ich wollte ihn fragen, warum die Menschen einander immer umbringen mussten.

»Jeder hat seine Aufgabe«, lautete seine Antwort. »Jeder

muss etwas besonders gut beherrschen, um sich dieser grausamen Welt vollkommen verbunden zu fühlen.«

Das verstand ich nicht. »Aber sie bringen doch Tausende von Unschuldigen um«, wandte ich ein.

»Krieger werden mit bestimmten Fähigkeiten geboren. Aber auch der Krieger hat seinen Verstand und kennt den Unterschied zwischen gut und böse. Diejenigen, die Unschuldige töten, sind verwirrt. Sie sind Menschen, deren Seele Schaden genommen hat.«

»Fühlst du dich denn dieser grausamen Welt verbunden?«, fragte ich.

»Es gibt eine Zeit, in der man dieser Welt verbunden ist«, sagte er und schien dabei seine Worte mit Sorgfalt zu wählen, »und es gibt eine Zeit, in der man ihr *nicht* verbunden ist.« Eine Weile saßen wir schweigend da. Wir wussten beide, dass Massouds Truppen ihn wahrscheinlich töten würden, wenn sie in Bamiyan einmarschierten.

»Wirst du hierbleiben, wenn die Krieger kommen, oder wirst du woanders hingehen, um dein Leben zu retten?«, fragte ich.

»Ich werde tun, was das Beste ist«, sagte er.

»Du meinst, du hast schon ein Versteck?«, hakte ich nach.

»Aber natürlich.«

»Ist es weit von hier? Ist es in Afghanistan?«

»Das kann ich dir nicht sagen.«

»Du wirst diesen Buddha nie verlassen, nicht wahr?« Hatte ich es doch geahnt.

»So wie der Docht der Kerze in seinem eigenen Wachs ertrinkt und die Motte so lange um die Flamme herumschwirrt, bis sie darin stirbt, möchte ich in der Weisheit dieses Buddha versinken und zu seinen Füßen sterben. Möchtest du eine unangenehme Wahrheit hören? Selbst ein König gleicht einem Bettler, wenn er weit fort von seinem Zuhause ist.«

»Ich sehe dich jetzt zum letzten Mal«, sagte ich. »Wir fahren morgen nach Kunduz weiter.« Ich erbat seine Erlaubnis, ihn zu verlassen, und erhob mich. Er stand ebenfalls auf und legte mir seine rechte Hand auf den Kopf.

»Lass es dir gut ergehen, morgen und für alle Zeiten. Zögere nie, Gutes zu tun. Ich bin mir sicher, dass dir im Leben Erfolg beschieden sein wird.« Als er mir die Hand schüttelte, breitete sich ein wohlwollendes Lächeln auf seinem breiten, runzligen Gesicht aus.

An diesem Abend machten wir in unserer Höhle ein Feuer, um beim Zusammenraffen unserer wenigen Besitztümer Licht zu haben. Das Feuer knackte und knisterte, und von Zeit zu Zeit hüpfte ein Funke heraus, als versuchte er davonzuspringen. Ich wünschte mir, dass wir aus Afghanistan entkommen könnten wie der Funke dem Feuer, aber es gab keinen Ausweg. Sämtliche Wege und Türen waren uns verschlossen.

Früh am nächsten Morgen beluden wir das Auto und machten uns bereit, Bamiyan zu verlassen. Es schneite, und alle Berge waren mit Schnee bedeckt. Es war ein sehr hübscher Anblick, aber auch bitterkalt. Den Buddhas machten weder Kälte noch Hitze etwas aus. Sie standen schon seit Jahrhunderten Tag und Nacht hier.

Ich machte eine Verbeugung vor unserem Buddha, wie ich es die Mönche hatte tun sehen, und verabschiedete mich von ihm. Ich schämte mich, ihn ganz alleine dort stehen zu lassen, vor allem, nachdem er uns so herzlich in seinem Inneren willkommen geheißen und bei sich hatte wohnen lassen. Aber ihn störte das nicht. Oder vielleicht doch? Ansehen konnte ich es ihm jedenfalls nicht. Ein paar Minuten später saßen wir vor Kälte bibbernd im Auto und waren auf dem Weg nach Kunduz.

Ich war immer davon ausgegangen, dass ich unseren Buddha eines Tages wiedersehen würde. Aber der Sturm der Unvernunft, der für so viele Jahrzehnte über Afghanistan tobte, hat ihn in Stücke zerschlagen, ehe ich zu ihm zurückkehren konnte. Einmal habe ich in seinem Kopf gelebt. Nun lebt er in meinem.

10

Im Niemandsland

Nach wiederum zehn Stunden Fahrt über den Hindukusch hielten wir zum ersten Mal, als wir das Ende der Welt erreicht zu haben schienen. Die Stelle war auf allen vier Seiten von Bergen umgeben; wir sahen keinen Pfad und keine Straße, nicht einmal den Fußabdruck eines Tieres und erst recht niemanden, der uns den Weg weisen konnte.

Wir hatten die normalen Straßen gemieden, da wir ja nicht wussten, wo die Front verlief und wo gekämpft wurde. Stattdessen waren wir diversen Geröllpisten gefolgt, die in die richtige Richtung zu führen schienen und die hoffentlich zu schmal für die Miliztruppen mit ihren Lastwagen voller Waffen waren. Doch nun hatten wir uns verfahren und nicht die geringste Ahnung, wie es weitergehen sollte.

Außerdem waren wir in diesen paar Stunden vom Winter in den Sommer gefahren. Bamiyan liegt sehr hoch in den Bergen, und wir befanden uns nun fast anderthalb Kilometer tiefer. Hier herrschte völlig anderes Wetter. Die Sonne leuchtete orangefarben aus einem klarblauen Himmel. Wir hatten den Schnee hinter uns gelassen und konnten nun von den flachen Steinen die Hitze aufsteigen sehen.

Noch vor ein paar Stunden hatten wir unsere Fell- und Pelzmäntel zusammengepackt, und nun befanden wir uns in einer Wüste und schwitzten. Das Wasser, das wir aus Bamiyan mitgenommen hatten, war aufgebraucht; wir hatten erwartet, um diese Zeit schon längst in Kunduz zu sein, und waren deshalb nicht so sparsam damit umgegangen, wie wir es hätten tun sollen. Nun waren unsere Kehlen ausgetrocknet. Wir hatten die ganze Zeit gehofft, dass unser Weg uns an einem Bach oder einem Fluss vorbeiführen würde, aber vergeblich.

Mein Vater stellte den Wagen im Schatten eines Felsens ab. Überall um uns herum schwebten Libellen. Er ließ den Motor eine Weile abkühlen und entnahm dann mit einem kleinen Schlauch dem Kühler etwas Wasser. Es sah nicht sehr appetitlich aus, aber etwas anderes hatten wir nicht zu trinken. Jeder wollte den ersten Schluck, aber es gab nicht genug, um uns alle zufriedenzustellen. Mein Vater erlaubte jedem von uns nur, einmal kurz zu nippen, und am Ende war für ihn selber gar nichts mehr übrig.

Wir mussten unbedingt jemanden finden, der uns eventuell sagen konnte, wo es nach Kunduz ging, aber es war niemand da außer uns und den Libellen, und die konnten wir nicht fragen, weil wir ihre Sprache ja nicht verstanden.

Nach einer Stunde endlich erblickten wir zu unserer Erleichterung einen Mann auf einem Maultier, der langsam einen Berghang herunterkam. Mein Vater und ich rannten ihm entgegen, um ihn zu fragen, wohin es uns verschlagen hatte. Wenn wir wenigstens wüssten, wo wir uns befänden, dann würden wir vielleicht unseren Weg selber finden.

»Ihr seid hier in Nahreen«, sagte er von seinem Esel herunter, »und dieser Berg da vor uns wird *Mongolenberg* genannt. Wenn ihr noch vier Stunden weiter in Richtung Norden fahrt, kommt ihr in eine Stadt namens Shekamish, die zur Provinz Tachar gehört, und nach weiteren vier Stunden kommt ihr nach Khanabad, und dann seid ihr schon in der Provinz Kunduz. Von dort sind es noch zwei Stunden Fahrt bis in die Stadt.«

Der Mann wies uns auch noch darauf hin, dass die Straßen nicht gut wären, doch das überraschte uns nicht weiter nach dem, was wir unterwegs schon gesehen hatten. Er riet uns außerdem, für niemanden anzuhalten – »nicht einmal bei kleinen Kindern, denn das sind alles Räuber und Mörder«.

Wir bedankten uns bei ihm und setzten uns alle wieder in den Wagen.

Nun hatten wir also noch weitere zehn Stunden Fahrt vor uns. Und dabei hatten wir wegen der Straßenräuber Kunduz unbedingt noch vor Einbruch der Dunkelheit erreichen wollen. Mein Vater fuhr los, als befände er sich in einem Rennen. Er erwischte jedes Schlagloch auf der äußerst holprigen Strecke mit zu hoher Geschwindigkeit, sodass der Wagen ständig Sprünge machte und wir mit den Köpfen gegen die Decke flogen. Bei dieser wilden Fahrt vergaßen wir Hunger und Durst. Während wir dahinrasten, behielt mein Vater mit dem einen Auge die Straße und mit dem anderen die Benzinanzeige im Blick. Wir waren seit Stunden an keinem Dorf mehr vorbeigekommen, geschweige denn an einer Tankstelle. Etwa eine Stunde nach unserem Zusammentreffen mit dem alten Mann sahen wir einen Jungen mit ein paar Benzinkanistern am Straßenrand stehen. Nirgendwo sahen wir eine Tanksäule – bloß den Jungen. Wir hatten Angst, anzuhalten, weil er ja zu den Räubern gehören konnte. Aber uns blieb letzten Endes keine andere Wahl.

Mein Vater sagte, wir sollten im Wagen sitzen bleiben und die Fenster geschlossen und die Türen verriegelt behalten, damit wir augenblicklich weiterfahren konnten, falls noch jemand sich blicken ließ. Selbst mein Vater stieg nicht aus, sondern kurbelte nur seine Seitenscheibe herunter, um mit dem Jungen zu sprechen. Der Junge nahm meinem Vater doppelt so viel ab, wie wir sonst für Benzin bezahlten, und ließ sich sehr viel Zeit damit, unseren Tank zu befüllen. Während er bei der Arbeit war, suchte jedes Augenpaar in unserem Auto die Umgebung nach irgendwelchen Anzeichen für einen Hinterhalt ab. Aber niemand kam, um uns etwas zuleide zu tun, und mein Vater gab dem Jungen frohen Herzens sein Geld.

Dies war der letzte Aufenthalt, den wir einlegten. An verschiedenen Stellen sahen wir kleine Kinder, die per Anhalter von uns in die nächste Stadt mitgenommen werden wollten, aber wir rasten an ihnen vorbei, wie der Alte es uns geraten hatte; und dann sahen meine Schwestern und ich auch schon, wie Männer mit Kalaschnikows über ihren Schultern hinter großen Felsblöcken hervorkamen. So machte man das hier also. Wenn man anhielt, um einem armen kleinen Kind in abgerissenen Kleidern gefällig zu sein, kamen bewaffnete Kerle aus ihren Verstecken gestürzt, um einen zu berauben oder möglicherweise sogar die mitreisenden Frauen zu vergewaltigen.

Wir brauchten bis Kunduz zwei Stunden länger, als der alte Mann angekündigt hatte, und wir waren völlig übermüdet, hungrig und sehr, sehr durstig, als wir endlich ankamen.

In Kunduz fuhren wir ohne weitere Umwege zum Haus der Brüder meiner Mutter. Sie waren ausgesprochen überrascht, uns mitten in der Nacht vor ihrer Tür stehen zu sehen, weckten aber sogleich ihre Familien auf, um uns bei sich willkommen zu heißen. Die Frauen und Töchter machten sich eilig daran, uns etwas zu essen zuzubereiten, und brachten uns Krüge mit Wasser und Kannen mit Tee. Die Väter und die Söhne zeigten uns ihre Häuser, von denen jedes über einen geräumigen Hof verfügte; die Höfe waren durch Türen miteinander verbunden. Rasch waren auch Schlafplätze für uns geschaffen, und ein paar der älteren Jungen trugen unser Gepäck aus dem Auto ins Haus.

Es gab hier so viele Cousins, die ich noch nie kennengelernt hatte. Im Aussehen unterschieden sie sich ziemlich von denen aus der Familie meines Vaters in Kabul, die ich alle gut kannte. Diese Cousins und Cousinen hatten größere Augen mit dunkleren Brauen und krauses Haar; sie waren mit ihren schmalen Schultern ein bisschen zierlicher gebaut als wir.

So spät es auch war – meine Tanten servierten uns Reis mit Fleischstücken und Mohrrüben und dazu einen großen Salat und gebratene Auberginen mit Apfelsirup. Wir machten uns über das Essen her, und meine Cousins, meine Onkel und meine Tanten sahen uns zu. Es waren so viele, dass sie gar nicht alle in einen Raum passten; einige von ihnen mussten von draußen durchs Fenster an der Rückseite des Hauses hineinschauen.

Sie waren sehr gesprächig, schwatzten wie die Spatzen alle gleichzeitig. Hier gab es keine Regeln, wie mein Großvater sie bei sich im Haus für uns aufgestellt hatte. »Wenn jemand redet«, pflegte er immer zu sagen, »hört man zu, bis er geendet hat, dann erst ergreift man selbst das Wort. Redet jedoch jemand, der älter ist als man selbst, spricht man überhaupt nicht.« In Kunduz kannte man das nicht. Ich konnte gar nicht heraushören, wer was gesagt hatte. Ich aß und wünschte mir, Großvater käme her und würde ihnen diese Regeln beibringen.

Einige von ihnen redeten in Paschtu mit mir, was ich sehr merkwürdig fand. Meine Schwestern, meine Cousins und Cousinen und ich sprachen zu Hause in Kabul immer Dari, obwohl wir Paschtunen sind und die Sprache natürlich fließend beherrschen. Wenn Gäste da waren, die kein Dari verstanden, sprachen wir auch untereinander Paschtu, um nicht unhöflich unseren Gästen gegenüber zu sein. Hier aber sprach alles nur Paschtu. Vielleicht glaubten sie ja, ich könne kein Dari, und vermieden es, da ich doch zu Gast war.

Ein paar Tage später fand ich heraus, dass sie gar nicht richtig Dari sprechen konnten. Wenn sie etwas auf Dari sagen wollten, war es, als ob sie Paschtu-Ausdrücke ins Dari übersetzten. Das klang komisch, und einen sonderbaren Akzent hatten sie sowieso. Meine Schwestern und ich fanden das äußerst lustig, obwohl wir sie auch ein paarmal dabei ertappten, wie sie sich über unseren Akzent amüsierten. Aber es dauerte nicht lange, und wir waren alle gute Freunde. Wir hatten zwanzig neue Cousins und Cousinen in unserem Alter hinzugewonnen.

Wir verbrachten drei Wochen mit ihnen und genossen es, wieder in einem Haus zu wohnen – obwohl ich doch manchmal unsere Höhle vermisste. Aber wir konnten einfach so auf der Straße spazieren gehen, und mein Vater kaufte mir die Eiscreme, die er mir in Bamiyan versprochen hatte. Denjenigen unter meinen Cousins und Cousinen, die noch zur Schule gingen, halfen wir bei ihren Hausaufgaben und lasen ihre Bücher. Vielleicht können wir jetzt hierbleiben, dachte ich. Wir würden schon irgendeine Möglichkeit finden, Großvater und Wakeel mitzuteilen, wo wir uns aufhielten. Oder waren sie inzwischen schon in Mazar und warteten dort auf uns?

Ich merkte, wie glücklich meine Mutter war. Sie war schon seit vielen Jahren nicht mehr in Kunduz gewesen – zuerst wegen der Reisebeschränkungen, die die Russen uns auferlegt hatten, und dann wegen der Gefahr durch die militärischen Einheiten der Scharfmacher. Jeden Tag verbrachte sie Stunden damit, alte Freunde und entfernte Verwandte zu begrüßen, die sie seit Langem nicht gesehen hatte. Die Ehefrauen ihrer Brüder wollten es nicht zulassen, dass sie irgendwelche Hausarbeit machte. Sie schenkten ihr einige ihrer besten Kleidungsstücken, behandelten sie wie eine Königin und brachten ihr Tee und Früchte. Mein Vater kannte mehrere der Brüder meiner Mutter aus der Zeit, als sie in Kabul studiert oder für die Regierung gearbeitet hatten. Nun besuchte er sie in ihren Geschäften oder redete oft die ganze Nacht mit ihnen, wobei viel über alte Zeiten gelacht wurde.

Aber der Krieg hörte nicht auf, uns zu verfolgen. Und nun kam er auch nach Kunduz. Zuerst waren es nur kleine Gruppen, die sich um die Vorherrschaft in einzelnen Stadtvierteln bekriegten – genau wie es in Kabul angefangen hatte. Tag und Nacht hörten wir Schüsse, vor allem aus Kalaschnikows, sowie Einschläge von Raketen und Bomben. Kunduz ist eine sehr kleine Stadt, und wenn an ihrem einen Ende geschossen wird, hört man es am anderen deutlich. Wir hatten den Krieg erlebt und wussten, dass diese Konflikte zwischen den einzelnen Gruppierungen leicht außer Kontrolle geraten konnten – wie in Kabul. Dann wäre es für uns nicht mehr so leicht, von hier fortzukommen. Wir hatten ja sowieso nie vorgehabt, uns in Kunduz niederzulassen; unser eigentliches Ziel war Mazar. Also beschlossen wir aufzubrechen, solange wir noch konnten. Auch ein paar unserer Verwandten verließen die Stadt, nachdem sie von uns gehört hatten, wie wir vom Krieg in unserem Keller in Kabul eingeschlossen worden waren, während um uns herum viele schreckliche Dinge geschahen.

Die Erwachsenen kannten die Namen aller Kommandeure und ihrer Milizen, aber für mich waren sie alle ein und dasselbe, also wollte ich gar nicht mehr über sie erfahren. Für mich waren das die Leute, die mich von meinem Großvater und von Wakeel trennten. Mehr brauchte ich nicht über sie zu wissen.

Und nun waren sie drauf und dran, mich auch von meinen neuen Cousins und Cousinen zu trennen.

Eines Morgens standen wir alle früh auf, um uns von zweien meiner Onkel aus Kunduz und ihren Frauen und Kindern zu verabschieden, die sich über die Bergpässe in den Norden von Pakistan durchschlagen wollten. Es würde eine schwierige Reise werden, bei der sie nicht einmal Gewissheit hatten, was sie erwartete, sobald sie Pakistan erreichten. Sie wollten so weit wie möglich mit dem Auto fahren, aber sie wussten, dass sie an einem bestimmten Punkt die Straße verlassen und die Berge zu Fuß überqueren mussten, also nahmen sie nur sehr wenig mit, hauptsächlich Verpflegung. Wir gaben ihnen noch ein paar von unseren warmen Sachen aus Bamiyan mit auf den Weg – sie würden sie brauchen, ebenso wie sehr gutes Schuhwerk.

Andere von meinen Onkeln beschlossen, in Kunduz zu bleiben und auf das Beste zu hoffen. Wieder andere wollten ihr Heil im Wakhan-Korridor suchen, dem kleinen Finger Afghanistans, der auf China zeigt und wo es zu allen vier Jahreszeiten sehr kalt ist. Sie besaßen dort Sommerhäuser. Der Krieg drang selten bis Wakhan vor, auch wenn im ganzen restlichen Afghanistan gekämpft wurde.

»Lasst uns doch auch dorthin«, schlug ich vor. »Dann fahren wir alle zusammen.«

Mein Onkel erhob sich von seinem Sitzkissen, stellte seine Teetasse ab, beugte sich vor und umarmte mich liebevoll. Ich wusste, dass das »Nein« bedeuten sollte, und machte mich von ihm los, obwohl ich ihn ansonsten sehr lieb hatte – nur dieses »Nein« wollte ich nicht von ihm hören. Aber auch meine Mutter sagte, dass wir nicht nach Wakhan könnten, weil wir solche Kälte, wie sie dort herrsche, nicht gewohnt seien.

Von unserem ersten Tag in Kunduz an hatte mein Vater sich nach Menschenschmugglern umgehört, und wenn ihm noch etwas mehr Zeit geblieben wäre, hätte er unter Umständen sogar einen gefunden. Doch je näher der Krieg auf Kunduz zurückte, desto schärfer wurde die Grenze nach Tadschikistan bewacht, und selbst ein geübter Schleuser hätte wohl seine Probleme gehabt, uns außer Landes zu bringen. Auch die üppigen Bestechungsgelder, die sie den Grenzposten zahlten, würden nicht mehr ausreichen, wenn der Krieg in solch unmittelbarer Nähe tobte.

Anstatt uns also in Richtung Norden zu wenden und zu versuchen, den über einen Kilometer breiten, schnell fließenden Amudarja-Fluss, der Afghanistan von Tadschikistan trennt, zu überqueren, fuhren wir dann doch nach Mazar, wo eine Schwester meiner Mutter lebte und wo wir schon immer hingewollt hatten, seit wir aus unserem Zuhause geflohen waren. Auf BBC hatten wir gehört, dass sich die Lage dort vorerst ein wenig beruhigt hatte. Zwar mussten wir eine kleine Nebenstrecke benutzen, die für ihre Banditen berüchtigt war – doch selbst die hatten inzwischen das Weite gesucht.

Mein Vater fuhr sehr schnell. Ich hielt mich an der gepolsterten Armstütze in der Tür fest, und meine Mutter klammerte sich an die Kleinen – aber sie sagte kein Wort, denn auch sie wollte, dass wir endlich in Mazar ankamen.

Die Kämpfe setzten in Kunduz zwar nicht gleich mit voller Macht ein, doch letzten Endes wurde auch Kunduz so gründlich dem Erdboden gleichgemacht wie Kabul. Bevor der Krieg zu Ende war, hatten wir den Tod von sechs Angehörigen zu beklagen.

In Mazar fanden wir Aufnahme bei der Schwester meiner Mutter. Sie war sehr erleichtert, uns zu sehen. Eine Woche vor unserer Abfahrt aus Kabul hatte meine Mutter ihr einen Brief geschrieben und ihr mitgeteilt, dass wir auf dem Weg nach Mazar wären. Danach waren wir jedoch in Tashkurgan hängen geblieben, waren von dort nach Bamiyan und dann weiter nach Kunduz gefahren. Sie hatte also keine Ahnung, was aus uns geworden war – wie auch sonst niemand. Sie sagte uns, sie hätte ein paar Briefe nach Kabul abgeschickt, wüsste aber nicht, ob sie jemals angekommen wären, denn sie hätte nie von jemandem eine Antwort erhalten.

Diese Tante war eine sehr ruhige Person, wie meine Mutter.

Nachdem sich ihre erste Aufregung über unser Eintreffen gelegt hatte, richtete sie gleich in ihrem großen Haus am Stadtrand Platz für uns her. Wir hatten sie in der Vergangenheit oft besucht, und es hatte uns hier, wo alle Straßen endeten und die Felder sich einen Kilometer weit bis zu einer jäh aufragenden Wand blauer Berge erstreckten, immer gut gefallen.

Von Wakeel allerdings hatte meine Tante kein Lebenszeichen vernommen. Wieso war er nicht hergekommen? Ich machte mir große Sorgen um ihn und Großvater. Während all der Monate, die wir unterwegs gewesen waren, hatten wir von niemandem in Kabul etwas gehört, sodass ich mich gleich bei meiner Tante erkundigt hatte, ob sie einen Brief oder einen Anruf bekommen hätte. Doch es gab keinerlei Nachricht.

Jeden Tag begaben wir uns zum Schrein von Hazrat Ali und beteten um Frieden für unser Land und dass Mazar verschont bliebe. Hazrat Ali war der Neffe und Schwiegersohn des Propheten Mohammed, Friede sei mit ihm. Manche Menschen glauben, Hazrat Ali wäre in Mazar beerdigt; und tatsächlich bedeutet der volle Name der Stadt – Mazar-e-Sharif – auch »das sehr bedeutende Grab«. Andere behaupten, Zarathustra, der weise Religionsstifter, wäre ebenfalls dort beerdigt. Aus all diesen Gründen gehen die Menschen dort zum Beten hin.

Hazrat Ali ist auch einer meiner Vorfahren; deswegen erfüllte mich das ganz besondere Gefühl, einen verehrungswürdigen Verwandten zu besuchen und mich an einem Ort zu befinden, an dem andere Ahnen von mir wichtige Dinge vollbracht hatten, als ich vor seinem Heiligenschrein stand.

Mullah Abdul Ghafor, der Großvater meines Großvaters, ist mehrere Jahre lang während des heiligen Ramadan nach Mazar gekommen, um hier den gesamten Heiligen Koran in geschwungener kalligrafischer Schrift abzuschreiben, während er vierzig Tage lang schweigend in einem besonderen Gebäude neben der *Chila Khana* genannten heiligen Stätte saß. Sein Koran, eines der größten von Hand geschriebenen Exemplare, befindet sich heute im Nationalarchiv in Kabul. Als er alt wurde, nahm er Abschied von seinen Söhnen, um nach Mekka zu pilgern. Doch vorher sagte er ihnen, dass sie eine Totenfeier für ihn abhalten sollten, sobald sie auf der Spitze des Minaretts der Moschee in der Nähe seines Hauses einen ungewöhnlichen weißen Vogel erblicken würden.

Viele Jahre später pilgerte mein Großvater, der Enkel des Mullah Abdul Ghafor, ebenfalls nach Mekka. Von den Menschen, die er dort traf, erfuhr er, dass man sich seines Großvaters noch gut als eines Mannes von großer Demut erinnerte, der viele Jahre lang die Umgebung der Kaaba, des Hauses Gottes und höchsten Heiligtums des Islam, sauber gehalten hatte. Obwohl seit seinem Tod Jahre vergangen waren, sprachen die Menschen in Mekka noch immer voller Ehrfurcht von ihm und behandelten meinen Großvater zu Ehren seines Vorfahren mit großem Respekt.

Mein Großvater erzählte ihnen von dem weißen Vogel, der sich eines Tages oben auf dem Minarett niedergelassen hatte, und konnte auch das Jahr und den Monat benennen.

Das, sagten die Menschen in Mekka, wäre der Zeitpunkt des Todes von Mullah Ghafor gewesen.

Ich dachte über meinen Ururgroßvater nach und über den weißen Vogel und fragte mich, wie sich solch wundersame Dinge in derselben Welt zutragen konnten, in der wir gezwungen waren, aus unserem Heim zu flüchten, um unser Leben zu retten.

Mein ganzes Leben begann sich um diesen Heiligenschrein zu drehen. Solange ich mich dort aufhielt, wussten meine Eltern, dass mir nichts geschehen konnte. An manchen Tagen studierte ich stundenlang seine blauen und gelben Wandfliesen und suchte darin nach Mustern. Jede einzelne dieser Kacheln bedeutete für sich alleine nicht viel, aber alle zusammen nahmen sie große Bedeutung an und waren auch noch hübsch anzusehen. Doch während jener Wochen in Mazar entwickelte sich in mir das Gefühl, mein Leben wäre nichts weiter als ein Satz durcheinandergewürfelter Mosaiksteine, und ich empfand eine tiefe Einsamkeit. Ich war mir so sicher gewesen, dass Wakeel bereits dort sein würde, wenn ich in Mazar ankam.

Ich wollte gerne mit meinem Vater darüber sprechen, aber er

nicht mit mir. Er verließ früh am Morgen das Haus und kam erst spätabends und immer schlecht gelaunt wieder zurück. Er hatte es längst aufgegeben, uns Unterricht zu erteilen.

Meine Mutter war damit beschäftigt, entweder die Hausarbeit für meine Tante, die jeden Tag zur Arbeit ging, zu erledigen oder Verwandte und Freunde zu besuchen. In über hundert Häusern hatte sie in Mazar Angehörige, die alle ihren Besuch erwarteten.

Es war noch Winter, und die Schule würde erst am zweiten Tag des Frühlings wieder anfangen. Aber selbst wenn ein Schulbesuch möglich gewesen wäre, hätten wir drei Wochen warten müssen, bis unsere Unterlagen aus Kabul eingetroffen wären. Die Schulen dort waren jedoch kriegsbedingt geschlossen, sodass sowieso niemand da war, der uns etwas hätte schicken können.

Meine ältere Schwester verbrachte den überwiegenden Teil ihrer Zeit mit zwei ihrer Cousinen, die ein paar Jahre älter waren als sie, und ein paar anderen Mädchen aus der Nachbarschaft. Sie konnten stundenlang flüsternd zusammenhocken, aber wenn ich in ihre Nähe kam, hörten sie sofort damit auf und sahen mich ganz merkwürdig an. »Warum bist du hier?«, fragten mich dann ihre Augen, und wenn ich nicht innerhalb einer Minute wieder verschwunden war, sagten sie zu mir Dinge wie: »He, was willst du hier? Das hier geht nur Mädchen etwas an. Kümmere dich um deinen eigenen Kram.« Also versuchte ich mein Bestes, mich nicht in der Umgebung meiner Schwester aufzuhalten, wenn sie mich nicht in ihrer Nähe haben wollte – und das galt für die meiste Zeit. Eines Tages jedoch ertappte ich sie dabei, wie sie und die anderen Mädchen im Schlafzimmer meiner Tante Make-up auflegten. Sie hatten jede Menge Kosmetikartikel vor sich hingestellt. Eine zog sich mit einem Stift die Augenbrauen nach, eine andere malte sich den Bereich unter ihren Augen dunkel an, eine dritte tat sich etwas auf die Wimpern. Und jede trug Lippenstift in einer anderen Farbe. Ich freute mich schon richtig, denn ich witterte die Chance, meiner Schwester eins auszuwischen. Doch als sie zum Essen nach Hause kam, hatte sie sich das Gesicht gewaschen.

Wenn ich den Heiligenschrein besuchte, stellte ich den Mullahs viele Fragen. Sie forderten mich dann auf, vor dem Thron von Gott dem Allmächtigen meine Gebete zu sprechen – Gebete wären der Schlüssel zur Lösung eines jeden irdischen Problems, versicherten sie mir. Sie sagten auch, dass das Schicksal das menschliche Leben bestimme; was einem Menschen seinem Schicksal nach bestimmt war, das trat ein, und mit Wehklagen könne man gar nichts ausrichten. Wir müssten das Leben mit all seinen Sorgen und Freuden mit offenen Armen aufnehmen.

Anfangs fand ich es noch interessant, ihnen zuzuhören, aber nach einer Weile sagten sie immer wieder dasselbe, bloß mit anderen Worten, und es wurde mir über. Nichts von dem, was sie sagten, würde ein Ende des Krieges herbeiführen.

Der Schrein Hazrat Alis hingegen verlor für mich nie seinen Reiz. Ich liebte alles daran: die Wandfliesen, in denen sich das Licht der Sonne spiegelte, sodass sie wie Edelsteine aussahen, die vielen Kuppeln, die weißen Tauben davor und vor allem die Stelle, wo der Überlieferung nach Hazrat Ali unter einem mit wertvollen Steinen verzierten Monument begraben sein sollte. Dieses Monument ist umgeben von einem goldenen Geländer, in das Texte aus dem Koran in geschwungenen Buchstaben eingraviert sind.

Jeden Tag ging ich nach dem Frühstück dorthin, um die Pilger zu sehen, die trotz der Gefährlichkeit des Reisens zu Kriegszeiten aus allen Teilen des Landes hierherkamen. Sie sprachen in vielen Sprachen und mit verschiedenen Akzenten. Mir machte es Spaß, die Laute, die sie von sich gaben, nachzuahmen und sie mir so lange im Munde zergehen zu lassen, bis ich aus ihnen Wörter bilden konnte.

Später schloss ich mich den Jungen an, die an jedem Nachmittag in den Garten, der den Schrein umgab, kamen, um hier *Gursai* zu spielen. Ich erinnerte mich, dass Großvater mir erzählt hatte, auch er habe dort gespielt, als er noch klein war. Wahrscheinlich handelte es sich immer noch um dasselbe Spiel: Ein Junge nimmt seinen linken Fuß in die rechte Hand und hüpft dann auf dem rechten Bein, wobei er mit der rechten Schulter versucht, seinen Gegner, der ihm auf gleiche Weise hüpfend entgegenkommt, umzustoßen.

Beim *Gursai*-Spiel fand ich so viele neue Freunde, dass ich beschloss, nie wieder aus Mazar wegzugehen – selbst wenn der Krieg bis hierher kommen sollte. Ich hatte noch nie so viele Freunde außerhalb meiner eigenen Verwandtschaft gehabt. Ich wünschte mir bloß, dass auch Wakeel und Großvater bald herkämen, und betete jeden Tag darum. Ich wusste ganz genau, dass Wakeel all die anderen Jungen beim *Gursai* schlagen würde.

Auf vielerlei Weise war unser ganzes Leben wie ein *Gursai*-Spiel geworden; wir hüpften von einem Ort zum nächsten und hofften dabei, dass uns niemand zu Boden befördern würde.

11

Meine Lehrerin

Eines Tages, als es über Nacht geschneit hatte und ich deswegen nicht zu dem Schrein gehen konnte, blieb ich zu Hause. Den ganzen Tag hörte ich von nebenan ein dumpfes, schlagendes Geräusch. Am nächsten Tag schneite es wieder, und das dumpfe Schlagen setzte sich fort. Tatsächlich hatte ich dieses Geräusch schon seit dem Tag unserer Ankunft in Mazar gehört, war aber nie lange genug zu Hause gewesen, um ihm irgendwelche Bedeutung beizumessen. Schließlich fragte ich meine Tante danach.

»Das sind Teppichknüpfer«, sagte sie. »Sie sind vor ein paar Monaten dort eingezogen. Es sind anständige Menschen – nur dass sie immer diesen Krach machen.«

Ich hatte zwei Jahre zuvor in der Schule gelernt, wie man einen einfachen Teppichknoten knüpft, und selber einen kleinen Teppich hergestellt, den ich dann dem Schulleiter schenkte, der ihn mit einem grünen Rahmen versah und im Flur an die Wand hängte. Jedes Mal, wenn ich daran vorbeikam, machte es mich sehr stolz, meinen Namen darunter zu sehen, obwohl der Teppich wirklich nicht besonders gut geknüpft war. Ich habe mir lange Zeit gewünscht, einmal zu lernen, wie man ein kompliziertes Muster in einen Teppich webt, hatte aber nie jemanden gefunden, der es mir beibrachte.

»Sind ihre Teppiche sehr groß?«, fragte ich meine Tante. »Sie machen so einen Lärm.« Als ich meinen kleinen Teppich geknüpft hatte, war es dabei nicht so laut zugegangen wie hier.

»Geh und sieh es dir doch selber an«, sagte meine Tante.

Ich borgte mir ihre Sandalen, um das kurze Stück Weges von unserem Tor zu ihrem zurückzulegen. Der Schnee war so kalt, dass meine Füße davon brannten, und das Gefühl kroch mir in meiner Pluderhose aus Baumwolle das halbe Bein hoch. Also begann ich zu laufen und sah auch gleich zu meiner Freude, dass die Tür offen stand. Es war niemand da, um mich hereinzubitten, also trat ich einfach ein. Im Hof war der Schnee weggeräumt worden, und die übrig gebliebenen Pfützen trockneten in der warmen Sonne.

Die Zimmer in dem Haus waren geräumig. In jedem befand sich ein großer, flacher Knüpfstuhl, der sich ähnlich wie ein chinesischer Tisch nur wenige Zentimeter über den Boden erhob. Im ersten Zimmer waren ungefähr sieben Personen – Männer und Frauen – damit beschäftigt, auf einem besonders breiten Knüpfstuhl einen großen Teppich herzustellen. Sie saßen dabei auf dem Teil, der bereits fertig war, und beugten sich vor, um die nächste Knotenreihe zu knüpfen.

Als ich den Raum betrat, hielten sie in ihrer Arbeit inne – manche mitten in einem Knoten. Ich sagte ihnen, dass ich nebenan im Haus meiner Tante wohnte. Niemand stellte mir eine Frage, und ich selber war viel zu neugierig auf das, was sie da machten, als dass mir die Situation hätte unangenehm sein können.

Zunächst verhielten sie sich ziemlich zurückhaltend, und keiner sprach ein Wort mit mir. Doch als ich mich zu ihnen setzte und ein paar Knoten knüpfte, wurden sie ein wenig zugänglicher, weil sie sahen, dass ich ein bisschen von ihrem Handwerk verstand. Da sie nur leise und auf Turkmenisch miteinander sprachen, verstand ich nicht, was sie sagten. Auf jeden Fall arbeiteten die Kinder hier mit ihren Eltern zusammen. Alles war ganz anders als im Haus meiner Tante, wo meine Cousins und ich den meisten Teil der Zeit mit Spielen verbrachten und meine ältere Schwester mich herumzukommandieren versuchte – wenn sie nicht gerade einen der russischen Fernsehsender eingeschaltet hatte, die wir in Kabul nicht hatten empfangen können. Mir fiel auf, dass die Kinder mir immer rasche Blicke zuwarfen, wenn sie etwas sagten, obwohl ich ihre Sprache doch gar nicht verstand. Ich ahnte, dass sie etwas zu mir sagten. Nach und nach versuchten sie es dann mit Dari, und wir fanden eine Möglichkeit, uns miteinander zu verständigen.

Die Frauen trugen eine Menge Schmuck. Ihre Armreife klimperten wie Musik, wenn sie die gezwirnten Fäden mit einem schweren Kamm aus Metall zurechtstrichen, und wenn sie sich beim Knüpfen der Knoten vorbeugten, berührten ihre Ohrringe fast den Teppich. Sie trugen auch Rubine, Perlen und Smaragde, und die bunten Farben ihrer Kleider entsprachen denen ihrer Edelsteine.

Ich vertrieb mir die Zeit damit, an jedem Knüpfstuhl ein paar Knoten zu knüpfen – niemand sagte mir, dass ich damit aufhören solle – und aß dann auch mit ihnen zusammen zu Mittag. Sie saßen dabei alle um ein Tuch herum – so wie wir früher im Hof von Großvaters Haus gesessen hatten, wenn es Abendessen oder etwas zu feiern gab. Mindestens sechzig Angehörige der turkmenischen Familie lebten und arbeiteten hier unter einem Dach.

Nach dem Essen ging ich ans andere Ende des Hofes, wo ich eine einzelne Person beim Teppichkämmen hörte. Ich öffnete die Tür und sah eine Frau vor einem Knüpfstuhl sitzen, der im Gegensatz zu den anderen im Haus aufrecht vor ihr stand und auch viel kleiner war. Obwohl zwei Personen daran arbeiten konnten, war sie ganz alleine, und während die anderen Teppichknüpfer Wolle in zehn bis fünfzehn Farben verwendeten, hatte sie über fünfzig. Ihre Wolle war auch von besserer Qualität, und ihre Knoten waren viel kleiner als die der anderen. Sie knüpfte ein kleines, geometrisches Muster; die anderen beschränkten sich auf traditionelle Motive, die leichter zu knüpfen waren.

Sie war eine Frau von ungewöhnlicher Schönheit, vermutlich Anfang zwanzig, und hatte sehr dunkle, ausdrucksvolle Augen. Wenn ein Paschtune eine so schöne Frau erblickt, wird er zum Dichter. Das machen wir seit Tausenden von Jahren so. Ich war zwar noch lange kein Mann, reimte in meinem Herzen jedoch rasch ein Gedicht über sie: Sie war Paradies, Musik und Liebreiz. Und sie knüpfte einen Zauberteppich.

»*Salem Aleikum*«, sagte ich, doch sie lächelte nur. Also sagte ich es noch einmal, aber sie antwortete immer noch nicht.

Ich setzte mich auf den Arbeitsplatz neben ihr und knüpfte meinen ersten Knoten. Sie sah mich an, löste meinen Knoten wieder und knüpfte ihn noch einmal. Dabei war mit meinem Knoten alles in Ordnung gewesen. Ich fragte mich, warum sie ihn noch einmal gemacht hatte. Ich knüpfte noch ein paar weitere Knoten, aber sie schwieg weiterhin und sah mich nur lächelnd an. Als ich *sie* ansah, senkte sie den Blick, löste alle meine Knoten wieder auf und knüpfte sie neu. Ich war ein wenig verärgert, sagte aber nichts. Immerhin war ich hier zu Gast. Ich fuhr damit fort, Knoten zu knüpfen, und als ich fertig war, löste sie sie allesamt und knüpfte sie erneut.

»Was stimmt nicht mit meinen Knoten? Warum sind sie nicht gut genug für dich?«, fragte ich.

Sie lächelte mir nur zu und knüpfte weiter ihre eigenen Knoten. Sie war sehr schnell und schaffte sechzig Knoten in einer Minute.

»Es ist sehr unhöflich, jemandes Frage nicht zu beantworten«, sagte ich in scherzhaftem Ton, um selber nicht taktlos zu wirken, aber es war mir schon sehr ernst damit.

Diesmal schenkte sie mir gar keine Beachtung und sah mich nicht einmal an.

»Glaubst du denn, ich wäre blöde?«, verlangte ich von ihr zu wissen. Der scherzhafte Unterton war aus meiner Stimme verschwunden.

Sie lächelte mir wieder zu und begann, die soeben geknüpfte Knotenreihe mit dem Teppichkamm niederzuschlagen, um dem Teppich damit Halt zu geben, wobei sie mit überraschender Kraft für eine solch zarte Hand zu Werke ging.

»Sag doch bitte etwas!«, flehte ich.

Aber sie sprach kein Wort zu mir, und sie akzeptierte auch nicht einen einzigen meiner Knoten.

Ich stand vom Knüpfstuhl auf, ging zu der alten Frau, die alle

Mutter nannten, und erzählte ihr von meinem Erlebnis. Sie lachte über mich, und ich konnte sie auch gleich nicht leiden. Vielleicht *sind* diese Leute einfach so unhöflich, dachte ich.

»Nein, mein Sohn, sie hasst dich keineswegs, und sie legt es auch nicht darauf an, dich zu beleidigen.« Sie sprach Dari mit einem starken turkmenischen Akzent, sodass ich ganz genau hinhören musste, um zu verstehen, was sie sagte.

»Sie ist das liebste all meiner Kinder«, seufzte Mutter.

»Aber sie hat kein Wort zu mir gesagt. Nicht einmal *Salem Aleikum*«, beschwerte ich mich.

»Weil sie dich nicht hören kann. Sie ist taub. Und stumm. Sie ist der Liebreiz in Person, und ihre Gedanken sind noch lieber als sie selber. Sie hat noch nie etwas Schlechtes von irgendjemandem gedacht. Ich glaube, sie ist das glücklichste Wesen der Welt.«

»Ist sie denn dein Kind?«

»Ja, sie ist meine Jüngste.«

»Ich habe sie beim Essen gar nicht gesehen.«

»Sie isst, wenn sie Hunger hat, nicht zu regelmäßigen Zeiten wie die anderen. Sie hat ihre ganz eigenen sonderbaren Gewohnheiten. Mal schläft sie vierundzwanzig Stunden lang, und mal bleibt sie vierundzwanzig Stunden lang wach. Sie benutzt auch nie die gleiche Wolle wie wir anderen und hat noch nie die gleichen Muster geknüpft wie wir.«

»Was für Wolle benutzt sie denn?«, wollte ich wissen.

»Nur die Wolle vom Rücken des Schafes, denn die ist feiner und weicher als der Rest. Sie spinnt ihre Wolle auch viel feiner und färbt sie mit ihren eigenen Farben. Sie stellt alle ihre Farben aus Pflanzen her. Wenn wir mit solchen Farben Wolle färben, müssen wir oft irgendwelche Chemikalien hinzufügen, um die richtige Farbe zu bekommen. Sie nicht. Sie benutzt nur pflanzliche Farben«, sagte die alte Frau.

»Wo hat sie das alles gelernt?« Mutter schüttelte den Kopf und zuckte die Schultern.

»Das ist eben ihre besondere Begabung. Sie ist ihr angeboren«, sagte sie.

»Es würde mich sehr interessieren, ihr zuzuschauen, wie sie ihre Farben aus Pflanzen herstellt«, sagte ich. »Mein Großvater sagt, dass die besten Teppiche die mit Naturfarben wären.«

»Sie lässt sich von niemandem auf die Finger schauen, wenn sie ihre Farben herstellt. Nicht einmal von mir. Sie ist sehr feinfühlig. Wir möchten, dass sie glücklich ist, also lassen wir sie in Ruhe.«

»Ihre Motive sind schöner als die der anderen und auch viel komplizierter«, sagte ich.

»Wir zeichnen unsere Entwürfe auf Papier, und zwei der Jungs übertragen sie auf Musterkarten, nach denen wir dann arbeiten. Sie aber schläft manchmal ein paar Nächte lang nicht, und in dieser Zeit entsteht ein neues Muster in ihrem Kopf – ebenso, als würde sie es auf Papier aufzeichnen.«

»Was fragst du meine Mutter da aus?« Ein gut aussehender Mann von ungefähr fünfundzwanzig Jahren kam in den Hof und ging vor seiner Mutter in die Knie. Er hielt etwas feuchte Wolle in den Händen. Er war der Erste in diesem Haus, den ich gut Dari sprechen hörte.

»Wir sprechen von deiner jüngsten Schwester«, antwortete seine Mutter.

»Ja, die ist ein echtes Geheimnis«, sagte der Mann. »Sie ist eine unbeantwortete Frage, ein ungelöstes Rätsel.« Er reichte seiner Mutter die feuchte Wolle und fragte sie etwas auf Turkmenisch. Sie unterhielten sich ein paar Minuten lang, gingen dann zu zwei Töpfen, unter denen Feuer brannte, und warfen die Wolle hinein.

Der Mann schürte die Feuer unter den Töpfen, bis sie richtig loderten und die Farbe in den Töpfen zu kochen anfing. Schließlich nahm er eine Handvoll heller Wolle und tauchte sie in etwas, das aussah wie schwarzes Wasser. Als er die Wolle wieder herausnahm, war sie dunkelblau. Dann tauchte er etwas graue Wolle in eine rötliche Flüssigkeit, bis sie tiefrot war wie Purpur.

Die alte Frau nahm ihre Wasserpfeife aus dem Regal hinter sich, füllte sie mit Tabak und zündete sie an. Sie sog den Rauch ein, und die Wasserpfeife machte blubbernde Geräusche.

»Kann deine Tochter denn lesen und schreiben?«, fragte ich.

»Wie soll sie lesen und schreiben können, wo sie doch nicht hören und sprechen kann? Das erklär mir mal«, sagte die Mutter.

»Na, weil sie doch so besonders und so ungewöhnlich ist«, erwiderte ich.

»Sie ist wohl auf mancherlei Weise ungewöhnlich, aber lesen und schreiben tut sie nicht. Sie kann nur Nummern aufschreiben. Um ehrlich mit dir zu sein – keiner von uns kann lesen und schreiben; wir sind alle Analphabeten, aber dafür die besten Teppichknüpfer.«

Ich konnte es immer kaum glauben, wenn Erwachsene mir sagten, sie seien Analphabeten. Großvater hatte sich selber beigebracht, zu lesen und zu schreiben, und zwar sowohl in Dari als auch in Paschtu und sogar in Arabisch. Es wollte mir nicht in den Kopf, wieso andere Leute das nicht auch schafften.

»Wenn sie ihren Teppich fertig hat, schreibt sie mit einem Stock den Preis in den Sand«, sagte die Mutter. »Zuerst fanden wir, dass ihre Teppiche sehr teuer waren, aber später merkten wir, dass sie schon einen korrekten Preis berechnete. Als sie ihren ersten kleinen Teppich geknüpft hatte, haben wir ihn an einen unserer Händler verkauft: Er hat ihn ein Jahr lang in seinem Laden behalten und freute sich, ein so außergewöhnliches Stück in seinem Besitz zu haben. Schon bald wurde dieser Teppich zu einer Berühmtheit, und die Menschen, die ihn in dem Laden sahen, nannten ihn *Salomos Zauberteppich*. Dieser Händler wurde der Hauptabnehmer meiner Tochter. Aber er verkauft ihre Teppiche nicht an jedermann. Er hält sie für heilig«, sagte sie.

»Nein, nein«, wandte ich ein. »Das glaube ich nicht.«

»Es klingt ja auch merkwürdig, nicht wahr? Anfangs haben wir es auch nicht geglaubt, aber dann hat seine Frau uns erzählt, dass er sich jeden Morgen mindestens eine Stunde lang in einem ganz besonderen Raum aufhält, in dem er ihre Teppiche verwahrt. Er gestattet sonst niemandem, diesen Raum zu betreten«, sagte sie und paffte Rauch aus ihrer Wasserpfeife.

»Kann ich einen der Teppiche deiner Tochter kaufen?«, erkundigte ich mich.

»Frag nicht mich. Geh und rede selber mit ihr. Wir haben uns noch nie in ihre Geschäfte eingemischt. Du solltest dich auch einmal mit ihrem Händler unterhalten. Er sagt, ihre Teppiche wären unbezahlbar. Deswegen verkauft er auch nie einen davon.«

»Das heißt, dass er sie auch noch nie benutzt hat?«

»Genau. Er sagt, sie wären zu schade, um benutzt zu werden. Sie wären geschaffen, um angebetet zu werden.« Sie blies eine weitere Rauchwolke aus.

»Meinst du, dass er recht hat?«, fragte ich.

»Nie im Leben. Das sind doch alles Hirngespinste. Er nennt sie *Die zweite Sonne auf Erden* und behauptet, dass ihm die Augen brennen, wenn er sie ansieht. Meine Tochter ist bloß meine Tochter und nicht die Sonne. Aber dass ihm die Augen wehtun, wenn er sie bloß anschaut, habe ich selber beobachtet. Nach nur zwei Minuten fangen die Tränen an zu laufen.«

»Ob ich wohl mit ihr arbeiten könnte, um ein paar Dinge zu lernen?«

»Nimm eine Waschung an dir vor, dann kannst du mit ihr arbeiten. Knüpfe nur kleine Knoten. Mach keine Fehler. Und vergeude keine Wolle. Das sind ihre Prinzipien, und wenn du dich an die hältst, wird sie dich mit ihr arbeiten lassen, so lange du möchtest. Aber sieh dich vor – sie kann auch deine Gedanken lesen«, fügte sie hinzu, ehe sie ein weiteres Mal an ihrer Wasserpfeife sog.

»Ich habe noch nie erlebt, dass jemand eine Waschung an sich vornehmen musste, um einen Teppich knüpfen zu können«, lachte ich. »Ich will ja nicht beten oder in die Moschee gehen. Ich will bloß ein paar Knoten mit ihr knüpfen.«

»Das ist ihre Regel. Wenn du mit ihr arbeiten möchtest, respektiere ihre Regeln.«

Ich ging ins Badezimmer, um die *Ablution* meines Kopfes und meiner Hände vorzunehmen. Ich spritzte mir das Wasser über die Handgelenke bis fast hoch zu meinen Ellbogen. Nur meine Füße ließ ich aus, weil es so kalt war. Dann ging ich wieder in das Zimmer der Tochter und setzte mich neben sie. Als ich den Knüpfhaken in die Hand nahm, entriss sie ihn mir sogleich wieder und gab mir mit Handzeichen zu verstehen, dass meine Waschung noch nicht beendet sei.

Ich ging zurück zu ihrer Mutter und erkundigte mich wütend, wieso ihre Tochter hinter mir herspionierte, während ich meine Waschung vornahm.

»Ich habe dir doch gesagt, dass sie deine Gedanken lesen kann«, sagte Mutter lächelnd. »Sie weiß mehr, als du dir vorstellen kannst. Sei ehrlich und aufrichtig ihr gegenüber.«

Diesmal nahm ich eine komplette Waschung vor. Ich ging zu ihr zurück, setzte mich zu ihr wie schon zuvor, und nun ließ sie mich mit ihr arbeiten.

Als ich neben ihr Platz genommen hatte, kam mir beinahe augenblicklich eine ganz außergewöhnliche, ganz und gar unbeschreibliche Empfindung. Obwohl ich damals längst nicht so viel über Teppiche wusste wie heute, war mir doch vollkommen klar, dass der Teppich auf ihrem Knüpfstuhl ganz anders war als sämtliche Teppiche, die ich je zuvor gesehen hatte. Sie hatte mit den grundlegenden geometrischen Mustern begonnen, wie sie bei den Turkmenen seit Jahrhunderten gang und gäbe waren. Jedes dieser Muster umschloss ein Blumenmotiv, wie es die persischen Teppichknüpfer zur Perfektion gebracht haben. Die verschnörkelten Ranken und Rosetten schienen aus den geometrischen Grundmustern geradezu herauszuwachsen, sie zu umschlingen, und erinnerten an eine von Pflanzen überwucherte Pergola. Und weil sie über fünfzig verschiedene Farben verwendete, wirkten die Blumenmotive beinahe dreidimensional wie in einem Holzschnitt.

Nachdem ich ein paar Knoten geknüpft hatte, sah ich ihr ins Gesicht. Wie schön sie war! Sie hatte so klare Augen, dass man glatt durch sie hindurchschauen zu können meinte. Bisweilen konnte ich gar nicht anders, als sie anzustarren. Das verunsicherte sie, sie zog dann die Augen zu Schlitzen zusammen und wandte den Kopf von mir ab. Das war ihre Art und Weise, mir mitzuteilen, dass ich sie nicht so anstarren sollte.

Sooft ich versuchte, meine Knoten so schnell zu knüpfen wie sie, presste sie ihren Zeigefinger auf meine Stirn, lächelte und schüttelte den Kopf, um mir klarzumachen, dass ich nicht versuchen sollte, es mit ihr aufzunehmen. Ich wollte gern so schnell sein wie sie, aber daran war gar nicht zu denken. Durch Gesten gab sie mir zu verstehen, wie viele Fäden in welcher Farbe und in welcher Reihenfolge ich zu nehmen hatte.

Außer zum Freitagsgebet ging ich nicht mehr zum Schrein Hazrat Alis, und ich vergaß auch meine *Gursai*-Spielkameraden. Ich hatte jemanden gefunden, der mir schon bald so wichtig wurde wie Großvater und Wakeel.

Jeden Abend berichtete ich meiner Familie von meinen Besuchen bei den Teppichknüpfern nebenan. Mein Vater war nicht sonderlich interessiert; er hatte wie immer nur seine BBC-Nachrichten im Kopf. Meine Tante aber wusste mir viel über die Leute zu erzählen. Eine große Anzahl Turkmenen, sagte sie, wären nach Afghanistan gekommen, als sie sich in ihrer Heimat von den Russen bedrängt fühlten, aber viele ihrer Vorfahren lebten schon viel länger hier.

»Sie sind es, die die Kunst des Teppichknüpfens von irgendwo in Zentralasien nach Afghanistan gebracht haben. Das ist Jahrhunderte her.«

»Die besten in Afghanistan hergestellten Teppiche werden von Turkmenen geknüpft«, fügte meine Mutter hinzu. »Vor allem von Frauen.«

Ich fragte mich, wer den Kindern wohl etwas zu essen kochte, wenn alle mit Teppichknüpfen beschäftigt waren.

»Die turkmenischen Frauen heiraten in jugendlichem Alter und haben schon viele Kinder, ehe sie dreißig sind«, fuhr meine Tante fort. »Die meiste Zeit ihres Lebens verbringen sie an ihren Knüpfstühlen, und zwar von früher Kindheit an, bis sie Großmütter werden. Sie befinden sich in einem ständigen Wettstreit, wer die besten Teppiche knüpft. Man sagt, sie könnten bis zu zehntausend Knoten am Tag knüpfen«, verkündete meine Tante stolz, als wäre sie eine von ihnen. »Weil sie nämlich so kleine Finger haben.«

Jede Nacht träumte ich von der jungen Frau, und im Traum konnte ich sie ganz deutlich zu mir sprechen hören. Ab und zu neckte sie mich, und ich zahlte es ihr dann heim. Aber so war es nie, wenn ich tatsächlich neben ihr saß. Dann waren wir ganz ernsthaft bei unserer Arbeit. Obwohl sie mehr als zehn Jahre älter war als ich, hätte es eigentlich als ungewöhnlich gelten müssen, dass einem elfjährigen Jungen wie mir gestattet wurde, so viel Zeit gemeinsam mit einer jungen Frau zu verbringen – zumindest unter Paschtunen. Aber die Turkmenen – wie übrigens auch die Hazara – sehen das nicht so eng. Außerdem waren diese Turkmenen mit meiner Tante gut bekannt. Meine Tante genoss in der Nachbarschaft einen untadeligen Ruf und tat auch immer gern ein gutes Werk, etwa, indem sie den Nachbarn Medizin brachte, wenn diese krank waren, obwohl sie keinerlei entsprechende Ausbildung besaß. Man schien davon auszugehen, dass ich ebenso grundanständig und wohlgesinnt sein müsse wie sie.

Sooft ich meine Lehrerin etwas fragen wollte, brauchte ich sie nur anzusehen, und schon wusste sie, dass ich eine Frage hatte. Beim ersten Mal sprach ich noch ganz laut, aber sie bedeutete mir mit einem Lächeln, dass ich nicht zu schreien bräuchte. Sie fuhr sich mit dem Finger über die Lippen und zeigte auf ihre Augen und meinen Mund, um mir zu sagen, dass sie mir meine Frage von den Lippen ablesen könne.

Sie antwortete mir meistens mit den Händen, obwohl sie in der Lage war, etwa ein Dutzend verschiedene Geräusche von sich zu geben. In den ersten Tagen, als ich ihre Gesten noch nicht zu deuten wusste, lief ich manchmal rot an vor lauter Verlegenheit, wenn sie mir etwas mitzuteilen versuchte – etwa, dass ich losgehen und meine Waschung vornehmen solle. Wenn ich aber meinte, verstanden zu haben, was sie mir sagen wollte, wiederholte ich es ganz langsam, sodass sie es mir von den Lippen ablesen konnte. Wenn sie dann mit dem Kopf schüttelte, musste ich es noch einmal versuchen.

Ich stellte fest, dass sie es nicht mochte, wenn man ihr mehrere Fragen gleichzeitig stellte. Wenn ich sie also etwas fragte, wartete ich, bis sie so weit war, meine Frage zu beantworten –

auch wenn es ein paar Stunden oder gar Tage dauerte, bis ich meine Antwort bekam. Wir konnten während der Arbeit ja ohnehin nicht viel kommunizieren, weil unsere Hände eifrig damit beschäftigt waren, Knoten zu knüpfen. Wenn sie aber zum Mittagessen eine Pause einlegte oder wir unser Tagewerk erledigt hatten, fand sie Zeit, meine Fragen zu beantworten, bevor sie mich nach Hause schickte, nachdem wir den Muezzin zum Gebet hatten rufen hören.

Schon während der zweiten Woche musste ich immer seltener wiederholen, was sie gesagt hatte, nur jedes fünfte Mal vielleicht, und in der dritten Woche war es beinahe schon so, als ob wir ganz normal miteinander redeten. Wenn ich bei ihr war, vergingen die Stunden wie im Flug, und schon gab sie mir zu verstehen, dass ich jetzt nach Hause gehen müsse, damit sie ihre Gebete sprechen könne. Und erst wenn ich dann aus dem Fenster sah, ging mir auf, dass es schon fast dunkel war. So verstrich ein Tag nach dem anderen. Meine Eltern freuten sich, dass ich ein Steckenpferd gefunden hatte, mit dem ich mir gerne die Zeit vertrieb und bei dem ich noch etwas dazulernen konnte, aber sie verloren nicht viele Worte darüber. Sie waren froh, dass ich mich nicht auf der Straße herumtrieb und mich mit Jungen anfreundete, deren Eltern sie nicht kannten.

Komischerweise enthielt sich auch meine ältere Schwester jeglicher Kommentare. Unsere Cousins aber, die im selben Alter wie ein paar der Kinder in der Familie meiner Lehrerin und mit ihnen bekannt waren, zogen mich oft mit ihr auf und flüsterten mir Sachen ins Ohr wie: »Ich weiß, dass du in sie verknallt bist«, und noch ein paar andere unanständige Dinge, die mir furchtbar peinlich waren. Aber es waren zu viele, als dass ich es auf eine Prügelei hätte ankommen lassen können; sobald sie also anfingen, solche Sachen zu sagen, verließ ich unter ihrem lauten Gelächter das Zimmer. Ich war puterrot geworden und wagte es stundenlang nicht mehr, mich bei ihnen blicken zu lassen.

Eines interessierte mich ganz besonders: wie meine Lehrerin ihre Muster entwickelte. Sie erklärte mir, dass sie sich viele andere Teppiche anschaute, ehe sie ein eigenes Muster entwarf. Als ich sie fragte, ob sie denn die Muster der anderen Teppiche nachmachte, schüttelte sie energisch den Kopf.

Sie versuchte mir zu erklären, dass sie »Zeichen« im Kopf hätte, wenn sie ein Muster erfand, aber sie sah es mir gleich an, dass ich nicht verstand, was sie meinte. Also nahm sie den Haken, den sie benutzte, um damit den Faden zu greifen und einen Knoten zu ziehen, und begann, seltsame Muster in den Staub auf dem Boden zu zeichnen. Sie sahen fast aus wie chinesische Schriftzeichen, und ich konnte absolut nichts damit anfangen.

»Sind das irgendwelche Muster?«, fragte ich und zeigte erst auf das, was sie da gezeichnet hatte, und dann auf ein Teppichmuster. Wieder schüttelte sie mit Nachdruck den Kopf.

Spontan entfuhr mir das Wort »Zeichen«. Ich weiß nicht, wieso es mir plötzlich in den Sinn gekommen war. Sie aber lächelte und nickte eifrig mit dem Kopf. Dann fuhr sie damit fort, mir auseinanderzusetzen, dass man beim Entwerfen von Teppichmustern nie einfach andere Muster kopieren durfte, sondern kreativ sein musste, und dann wären dem Erfindungsreichtum keine Grenzen mehr gesetzt.

Ich habe allerdings nie so ganz begriffen, was sie mit »Zeichen« meinte – ebenso wenig wie den Zusammenhang zwischen den Gebilden, die sie in den Staub zeichnete, und den Mustern, die dann tatsächlich auf ihrem Knüpfstuhl entstanden.

Sie zeigte mir, wie man einen Entwurf grafisch darstellte. Ich erklärte ihr, dass ich einen traditionellen großen, achteckigen, dunkelblauen *Fil Poi* – einen *Elefantenfuß* – aus dem Gedächtnis knüpfen konnte, denn ein solcher war auch in den Teppich eingearbeitet gewesen, der in meiner früheren Schule gehangen hatte, aber sie bestand darauf, dass ich eine Mustervorlage verwendete, bis ich ein bestimmtes Motiv mehrere Male geknüpft hatte, besonders wenn es sich um ein kompliziertes, von mir selber entworfenes Motiv handelte. Ich sah sie selber nie eine Vorlage benutzen, aber sie hatte mir damit etwas Nützliches beigebracht, was mir beizeiten noch helfen würde, mir und meiner Familie das Überleben zu sichern.

Als ich immer besser darin wurde, Knoten zu knüpfen, begann ich mich mit den anderen Teppichknüpfern, die in meinem Alter oder jünger als ich waren, auf kameradschaftlicher Ebene zu messen. Vielleicht wollte ich mich auch nur vor ihnen aufspielen. Ich *war* schneller als manche von ihnen und bedurfte dringend ihrer Anerkennung. Mein Vater beachtete mich gar nicht mehr, aber ich wollte unbedingt jemandem zeigen, dass ich etwas gut konnte.

Wenn meine Lehrerin merkte, dass ich mich richtig ins Zeug legte, warf sie mir einen Blick zu und lächelte. Von Zeit zu Zeit wurden mir die Finger ganz lahm, aber ihr Lächeln war mir mehr wert als meine Hände. Mein Verlangen danach ließ mich zu einem der flinksten Teppichknüpfer im ganzen Haus werden.

Während ich zusah, wie der Teppich meiner Lehrerin Gestalt annahm, träumte ich nachts manchmal von Salomos Zauberteppich. Salomo, hieß es, wäre von Allah so viel Macht verliehen worden, dass er nicht nur sehr weise war, sondern auch wilde Tiere, böse, als *Dschinns* bekannte Geister und andere Wesen, die für uns unsichtbar waren, beherrschen konnte. Und er vermochte es, seinem Teppich zu befehlen, sich vom Erdboden zu erheben und ihn überallhin zu tragen, wo er hinwollte. Auch ich wollte mich gerne hoch in den Himmel erheben und zu schönen Orten fliegen. Doch am allermeisten wünschte ich mir, meinen Drachen zu den besten anderen Drachen aufsteigen zu lassen, ihnen die Schnüre durchzuschneiden und meine Beute dann zu uns in den Hof zu bringen, damit Wakeel und ich sie steigen lassen konnten.

Freitags arbeitete meine Lehrerin nicht, und ihre Familie lud sich oft Gäste ein. Als ich das erste Mal hinging, war sie mit anderen Mädchen beschäftigt und lachte viel. Ich wurde eifersüchtig auf diese Mädchen, weil sie mit ihr zusammen sein konnten und ich nicht, und rannte davon. Am Freitag darauf entdeckte sie mich unter den Gästen und stellte mich ihren Freundinnen vor. Ich empfand Stolz, weil sie es mir erlaubt hatte, ihre Bekanntschaft zu machen. Doch sowie diese Hürde erst einmal genommen war, fühlte ich mich befangen in Gegenwart der Frauen, entschuldigte mich und lief zurück zum Haus meiner

Tante. Dort gab es jeden Freitag ein ganz besonderes Mittagessen.

An den übrigen Tagen jedoch aß ich nur zu gerne mit der Familie meiner Lehrerin. Sie aßen um genau halb eins, wogegen es im Haus meiner Tante keine geregelten Essenszeiten gab, was mir stets missfallen hatte.

Jedem fiel eine festgelegte Aufgabe zu. Die Jungen breiteten das Esstuch in der Mitte eines Raumes, in dem kein Knüpfstuhl stand, aus, verteilten entlang der Ränder das Brot, die Teller, die Löffel und die Servietten, während die Mädchen die Schüsseln mit den Speisen aus der Küche hereintrugen.

Dann nahm alles um das große Tuch herum Platz. Mutter und die anderen Erwachsenen saßen alle an einem Ende. Die Jungen saßen an den Längsseiten; jeweils drei oder vier von ihnen teilten sich eine Schüssel oder einen großen Teller. Die Mädchen saßen von der Mitte bis zum anderen Ende und hielten es mit dem Teilen ebenso. Alle schienen gleichzeitig zu reden. Ich verstand kein Wort – nur, dass sie sehr laut waren und furchtbar schnell sprachen. Wenn Mutter allerdings etwas sagte, hörten alle aufmerksam zu.

Nachdem das Essen beendet war, sammelten die Jungen und Mädchen alles ein und brachten es in die Küche, wo Mutter den Abwasch machte und dabei vor sich hin summte oder leise turkmenische Lieder sang. Danach ging sie zurück an ihren Platz, bereitete ihre Wasserpfeife vor und rauchte eine Weile, ehe wir alle wieder an unsere Arbeit zurückkehrten.

Ein paarmal luden sie mich ein, auch zum Abendessen zu bleiben. Dann rannte ich zum Haus meiner Tante, sagte meiner Mutter, dass ich nebenan essen würde, und lief zurück. Das Essen wurde über einem Feuer im Hof zubereitet. Selbst im kalten Winter, wenn sich überall im Hof Schneehaufen türmten, scharten sich die Mädchen in ihren bunten Kleidern um das Feuer, kochten, plauderten und genossen es, zusammen zu sein. Die Jungen bildeten um einen großen Topf herum ihren eigenen Kreis und maßen die Kräfte ihrer Armmuskeln. Die Erwachsenen blieben im Haus und saßen um das Holzkohlefeuer herum beim Tee; abwechselnd lachten sie und verlangten nach mehr Tee, und die Kinder brachten ihnen eine Kanne nach der anderen.

Wie immer saß auch abends alles um ein Tuch herum. Große, selbst gebackene Brote wurden verteilt. Jeder schnitt sich ein Stück ab und aß davon, während man auf das Essen wartete. Zuerst gab es kleine Schalen mit gut gewürzter Suppe aus Kichererbsen, Bohnen, Mais und zerdrücktem Weizen. Darauf folgten große Teller mit leckerem *Pilaw*, Bergen von Reis mit geraspelten Mohrrüben, Sultaninen und gehackten Nüssen, die über große Stücke Fleisch gehäuft waren. Meine Mutter ist eine gute Köchin, aber dieses *Pilaw* werde ich nie vergessen. Dazu gab es Schüsseln mit Fleisch und Kartoffeln; schließlich wurden noch jede Menge Salat und eine große Schüssel mit Joghurt aufgetragen. Zum Schluss kamen Wasserkaraffen und Gläser. Sobald die Erwachsenen den ersten Bissen zu sich nahmen, folgten auch alle anderen ihrem Beispiel.

Während der ersten Minuten aßen alle schweigend. Man hörte nichts außer dem Schaben der Löffel auf den Tellern und geräuschvollem Kauen – als hätten alle seit Jahren nichts mehr gegessen. Während die Teller sich langsam leerten, ging das Schmatzen nach und nach in fröhlichem Schwatz und Gelächter unter.

Als meine Lehrerin einmal ausnahmsweise mit ihrer Familie aß, sah ich zu, wie sie mit ihren eingeschränkten Ausdrucksmöglichkeiten und den Zeichen und Gesten ihrer Hände fast genauso »redete« wie die übrigen Mädchen, die sie auch sogleich verstanden. Sie muss ihnen sogar Witze erzählt haben, denn von Zeit zu Zeit lachten sie alle über etwas, das sie ihnen mitgeteilt hatte. Ich genoss es, *sie* lachen zu sehen, denn dann erschien sie mir immer noch schöner.

Die Erwachsenen ließen sich in ihre großen Kissen fallen und verlangten nach mehr Tee und Süßigkeiten, während die Mädchen die Teller einsammelten. Die Jungen halfen ihnen, sie hinaus in den Hof zu tragen, und falteten das Tuch wieder zusammen. Einer von ihnen brachte einen Krug mit Wasser und für jeden eine Schüssel, damit alle sich die Hände waschen konnten; ihm folgte ein weiterer Junge, der Gästehandtücher reichte.

Nachdem die Mädchen im Hof neben dem Feuer abgewaschen hatten, sammelten sie in einem Topf etwas Holzkohle und streuten Asche darüber. Anschließend trugen sie den Topf ins Haus, stellten einen kleinen Tisch darüber und bedeckten alles mit einer sehr großen Decke; dann hockten sie sich alle um den Topf herum auf den Fußboden, Kissen im Rücken und einen Zipfel der Decke bis zum Hals hochgezogen. Nachdem sie es sich nun warm gemacht hatten, gackerten und kicherten sie und verzehrten dabei Süßigkeiten, vor allem das als *Conjit* bekannte, mit Sesam gefüllte Schaumgebäck, für das Mazar berühmt ist.

Die Erwachsenen begaben sich bald zu Bett. Die Jungen blieben um den Ofen herum sitzen und wurden eindringlich ermahnt, nicht noch mehr Feuer zu machen, weil sonst nicht genug Brennmaterial für den Rest des Winters übrig bliebe. Sowie man die Erwachsenen in ihren Zimmern schnarchen hörte, holten die Jungen allerdings sofort noch heimlich Holz von draußen. Dann tranken sie Tee und spielten Karten, luchsten einander kleine Geldgewinne ab und schnauzten sich gegenseitig an, dass nicht geschummelt werden sollte, während die Mädchen sie zur Ruhe ermahnten, damit sie ihre Eltern nicht weckten.

Der Fernseher lief, solange es Strom gab, aber niemand achtete darauf. Ging das Licht aus, brachten die Mädchen Laternen und zündeten sie an.

Das setzte sich bis Mitternacht fort, wenn sich endlich alle ins Bett legten, damit sie am nächsten Tag nicht über dem Knüpfstuhl einschliefen, während sie einen Knoten nach dem anderen knüpften und »mit Knoten aus dünner Wolle eine Mauer schufen«, wie sie es nannten. Den Geräuschen nach zu schließen, die durch die Wand hindurch zu uns ins Haus meiner Tante drangen, schienen die Teppichknüpfer jeden Abend ein solches Fest zu feiern.

Nachdem wir ein paar Monate in Mazar verbracht hatten, hörte mein Vater auf BBC, dass die Anführer der verfeindeten Parteien in Kabul zu Friedensverhandlungen zusammengekommen waren. Sie erklärten, nach Mekka pilgern und dort das Gelübde ablegen zu wollen, einander nicht länger zu bekriegen. Jetzt wäre es an der Zeit für uns, nach Kabul und in unser Zuhause zurückzukehren, meinte mein Vater. Wir waren alle sehr erleichtert, vor allem ich. Ich wollte Großvater und Wakeel und meinen vielen anderen Cousins schließlich erzählen, was wir alles so erlebt hatten.

Früh am nächsten Morgen berichtete ich meiner Lehrerin von unserer bevorstehenden Abreise. Ich hatte es bis zur letzten Minute aufgeschoben, falls mein Vater es sich doch noch anders überlegte. Als ich zu ihr hineinging, wartete das Auto schon draußen auf mich. Sie sah mich ein paar Sekunden lang an. Und dann traten ihr zu meiner größten Verblüffung Tränen in die Augen.

Wir konnten uns inzwischen so gut verständigen, als sprächen wir mit unseren Stimmen zueinander. Sie gab mir den Rat mit auf den Weg, meinen Verstand geschickt einzusetzen; so würde aus mir ein hervorragender Teppichknüpfer, und eines Tages würde ich es auch zu einem erfolgreichen Teppichhandel bringen.

Ich küsste ihre Hände, wie es Sitte ist, wenn man einem Lehrer seinen Respekt bekunden will, und sie segnete mich mit einem Kuss mitten auf meinen Kopf. Nachdem ich mich von ihrer Familie verabschiedet hatte, brachte sie mich noch zum Hoftor, wo auch wir Abschied voneinander nahmen. Schon als wir noch einander zuwinkten, begann sie mir zu fehlen.

Mir kam eine von Großvaters Weisheiten in den Sinn: »Liebe macht, dass die Alten sich wieder jung fühlen und dass die Jungen sich wie Kinder vorkommen. Wenn man den Liebenden von dem Geliebten trennt, fühlen sich beide wie zerbrochen.«

Ja, ich fühlte mich ein wenig zerbrochen, aber die Scherben waren in mir, wo nur ich sie fühlen konnte und niemand sonst. Es war Zeit, Zerbrochenes wieder zu kitten.

Der Krieg war vorüber, und nun würden wir Großvater helfen, unser Haus wiederaufzubauen. Wir brauchten nicht mehr in ein anderes Land zu gehen. Wir würden wieder Drachen vom

Balkon steigen lassen. Wir würden wieder alle zusammen zum Abendessen um ein Tuch herum sitzen. Und Wakeel und ich würden nie wieder getrennt werden. Eine Zeit der Freude wartete auf uns.

Doch in dem Moment, als ich mich vorn im Wagen neben meinen Vater setzte und wir in Richtung Kabul aufbrachen, empfand ich ein tiefes Gefühl der Leere in mir, das mit jedem weiteren Kilometer, der mich von meiner Lehrerin entfernte, schmerzlicher wurde.

12

Die Karawane

Wir waren wieder einmal unterwegs, aber nun zum letzten Mal. Der Himmel war klar, die Sonne schien hell. Während wir mit ganz anderen Dingen beschäftigt gewesen waren, hatte der Winter sich verabschiedet und war still und leise in den Frühling übergegangen. Alles grünte; die Pfirsich-, Mandel- und Aprikosenbäume waren übersät von einem Meer rosafarbener Blüten voller summender Bienen. Von überall hörte man die tschilpenden Rufe der Spatzen.

Es wurde wenig gesprochen, während sich der Wagen von Mazar fortbewegte. Wir waren alle in unsere Gedanken versunken.

Ich dachte ständig an meine Teppichknüpflehrerin, malte mir bereits aus, wann ich zurückkäme, um sie wiederzusehen. Dann würde sie mir vielleicht beibringen, die Wolle so zu färben, wie sie es tat. Ich dachte auch an meine Schule, meine Klassenkameraden, meine Cousins und was ich ihnen alles würde erzählen können; was ich alles gesehen und durchgemacht hatte. Und ich war gespannt zu hören, was sie so getrieben hatten.

Mein Vater dachte vermutlich darüber nach, wie er sein Leben wieder in den Griff bekommen konnte, nachdem nun seine sämtlichen Teppiche verloren waren und sein Fitnessstudio in Trümmern lag. In Mazar hatte ich zufällig gehört, wie meine Mutter zu meiner Tante sagte, dass sie gerne wieder berufstätig sein würde. Vielleicht dachte sie dabei an die Bank und fragte sich, ob ihr alter Posten noch auf sie wartete, wenn wir wieder nach Hause kamen. Sie hatte ja nie offiziell gekündigt, sondern war, wie die meisten Menschen in Kabul, einfach nicht mehr zur Arbeit gegangen, als es zu gefährlich wurde, in Kabul unterwegs zu sein. Aber das war nun schon lange her.

Niemand redete, nicht einmal meine jüngste Schwester, die wir »Plappermaul« nannten. Und auch die Heulmaschine verhielt sich still.

In Wirklichkeit war er schon seit einer ganzen Weile keine Heulmaschine mehr, aber der Name war irgendwie an ihm kleben geblieben, obwohl ihm längst zwei Reihen hübscher Zähne gewachsen waren. An diesem Vormittag schaute er die ganze Zeit aus dem Fenster und grinste alles an, was er sah.

Bald hatten wir Mazar hinter uns gelassen. Die Straße war nun wieder voller Unebenheiten; überall hatten Raketeneinschläge Schlaglöcher hinterlassen. Aber die Erde war feucht vom Frühjahrsregen, und an manchen Stellen konnten wir Gras wachsen sehen, wo sonst das ganze restliche Jahr über nur Wüste war.

Zwei Stunden später kamen wir nach Tashkurgan. Die Straße führte am Berg entlang um den Ort herum. Im Vorbeifahren reckten wir alle die Hälse und versuchten, den Garten auszumachen, aus dem ich die Granatäpfel gestohlen hatte. Natürlich hätten wir gerne gewusst, wie es unseren freundlichen Gastgebern in den Monaten seit unserer Abreise von hier ergangen war, aber wir waren zu sehr in Eile, nach Hause zu kommen, um haltzumachen und ihnen einen Besuch abzustatten.

Eine weitere Stunde oder länger bewegten wir uns durch die flache, sandige Hügellandschaft der Provinz Samangan auf den Hindukusch zu. Plötzlich schrie mein Vater: »Festhalten! Alles festhalten!«

Meine Mutter riss die Kleinen an sich. »Was ist los?«

»Die Bremsen funktionieren nicht. Irgendwas ist kaputt.«

Er pumpte in einem fort mit dem Bremspedal, aber der Wagen bewegte sich mit hoher Geschwindigkeit weiter.

»Ruhig, ganz ruhig«, sagte meine Mutter. »Lass den Wagen einfach ausrollen.«

Ein paar Minuten später erreichten wir eine Ebene, und der Wagen wurde nach und nach langsamer, bis mein Vater ihn an den Straßenrand steuern konnte, wo er zum Stehen kam. Mein Vater atmete erleichtert aus, sprang aus dem Wagen und schaute unter die Motorhaube.

»Der Bremsflüssigkeitsbehälter ist leer. Wir haben keine Bremsflüssigkeit mehr«, stellte er fest. »Ohne Bremsen können wir nirgendwohin, und ohne Bremsflüssigkeit funktioniert die Bremse nicht. Wir müssen irgendwo welche auftreiben.«

Meine Mutter blickte sich in der Einöde um und erkundigte sich dann auf ihre übliche, trockene Art: »Wo willst du denn hier Bremsflüssigkeit auftreiben?«

»Wir könnten warten, bis ein anderer Wagen vorbeikommt. Dann könnte ich mir welche von dem Fahrer borgen. Gerade so viel, dass wir damit in die nächste Stadt kommen.«

Also warteten wir am Straßenrand, aber in den folgenden zwei Stunden kam kein einziges Auto vorbei, nur eine Gruppe Nomaden, die eine mächtige Staubwolke aufwirbelte, als sie ihre Herde die ungepflasterte Straße entlang und dann zu einer Anhöhe trieb, um sie dort weiden zu lassen. Jedes Mal, wenn wir Nomaden begegneten, musste ich an Großvater denken: Ich habe mir immer vorgestellt, dass das Nomadendasein die beste Art zu leben wäre – man zieht ständig von einem Ort zum anderen und hält sich von den Städten und ihren Gefahren fern.

Mein Vater nahm seinen Teebecher vom Armaturenbrett und sagte, dass er in ein paar Minuten zurück sein würde. Dann marschierte er in Richtung auf das Nomadenlager los. Wir sahen ihm nach, wie er immer kleiner wurde, bis er vor einem Hirtenjungen stehen blieb, der sich auf einem Fels niedergelassen hatte und Flöte spielte. Wir beobachteten, wie der Hirtenjunge sich von seinem Stein erhob, eines seiner Schafe molk und die Milch in den Teebecher meines Vaters füllte. Schließlich kam mein Vater mit dem gefüllten Becher in der Hand und einem zufriedenen Lächeln im Gesicht zu uns zurück.

»Was hast du denn mit diesem Becher Milch vor?«, fragte meine Mutter. »Das wird ja wohl kaum für uns alle reichen.«

»Aber es reicht, um den Durst unseres Autos zu stillen«, sagte mein Vater. »Diese Milch wird der Wagen trinken.«

Er goss die Milch in den Bremsflüssigkeitsbehälter, ließ den Wagen an, fuhr ein kurzes Stück und bremste.

»Unser Problem ist gelöst!«, rief er freudig zum Seitenfenster hinaus. Er legte den Rückwärtsgang ein, kam in ziemlichem Tempo rückwärts auf uns zugefahren und trat voll auf die Bremse. Der Wagen wirbelte eine Wolke von Staub auf.

Wir stiegen alle wieder ein und fuhren weiter in die vor uns liegende Provinzhauptstadt Aybak, wo wir zu Mittag essen wollten. Wir gingen in ein Restaurant mitten in der Stadt, in dem man nach allen Seiten einen schönen Ausblick hatte. Wir aßen Kebabs, tranken Tee und gingen dann zurück zum Wagen, um unsere Fahrt nach Kabul fortzusetzen. Ich war mit den Gedanken immer noch bei meiner Lehrerin und den ungewöhnlichen Kombinationen so vieler bunter Farben, die sie für ihre Teppiche benutzte, anstatt sich nur mit den dunklen Rot- und Blautönen zu begnügen, mit denen die meisten turkmenischen Teppichknüpfer arbeiteten.

Als mein Vater nach dem Essen den Wagen starten wollte, hörte es sich so an, als ob etwas damit nicht stimmte. Mein Vater öffnete die Kühlerhaube, konnte aber nichts entdecken. Er hatte von Autos sowieso nicht sehr viel Ahnung. Also war es durchaus möglich, dass dem Wagen die Milch doch nicht bekommen war.

Ich fragte den Besitzer des Restaurants, ob es hier irgendwo eine Autowerkstatt gebe. Er sagte mir, dass sie sich einen halben Kilometer weiter südlich befinde.

Meine Mutter und meine Schwestern setzten sich wieder in das Restaurant, während mein Vater und ich den Wagen bis zu der Werkstatt schoben. Es war ein kleiner, schäbiger Laden, um den herum überall alte Reifen und gebrauchte Ersatzteile lagen. Mehr als fünfzig Autos und Lastwagen standen in einer Reihe, als warteten sie darauf, repariert zu werden.

Ein Mann mit vollkommen ölverschmiertem Gesicht sah uns kommen und rief: »He, he, he, halt, halt, wo zum Teufel wollt ihr denn mit dem Auto hin?«

»Unser Wagen springt nicht an«, sagte mein Vater.

»Seid ihr blind? Könnt ihr denn nicht die anderen Autos und Laster sehen?«

»Nein, das bin ich nicht. Ich sehe sie sehr wohl, aber was hat das mit uns zu tun?«, fragte mein Vater.

»Ich will damit sagen, dass euer Wagen repariert wird, sobald ich mit den anderen da fertig bin«, sagte der Mechaniker.

»Das soll doch wohl ein Witz sein?«, entgegnete mein Vater.

»Ich mache bei der Arbeit keine Witze, und ich habe auch keine Zeit für lange Reden. Entweder stellt ihr euren Wagen am Ende der Reihe da hinten ab und kommt in zwei Monaten wieder, oder ihr seht zu, dass ihr mit eurer Karre Land gewinnt.«

Mein Vater trat von einem Fuß auf den anderen, so wie er es immer gemacht hatte, bevor er in den Boxring stieg. Er sah den Mechaniker unverwandt an und sagte mit ruhiger, aber fester Stimme: »Ich bin mit meiner Frau und meinen Kindern unterwegs, und das seit beinahe zehn Monaten. Man glaubt nicht, was wir alles durchgemacht haben. Nun ist es endlich so weit, dass wir nach Kabul zurückkehren können. Bitte repariere mir meinen Wagen. Bis vor einer Stunde hat alles noch tadellos funktioniert. Wir haben hier keine Unterkunft und auch keine Verwandten, bei denen wir bleiben können. Ich habe einfach nicht das Geld, zwei Monate lang ein Hotel zu bezahlen.«

»Hört mal, ich kenne euch nicht. Mein Job ist es, Autos zu reparieren. Es ist mir egal, an wessen Auto ich arbeite. Aber erst muss ich die Autos da fertig haben, dann seid ihr an der Reihe. Ein paar von denen stehen schon seit Monaten hier. Wenn ich heute den ganzen Tag damit verbringe, euren russischen Wolga wieder flottzumachen, kriege ich morgen Riesenärger mit meinen anderen Kunden.«

»Also muss ich zwei Monate warten, bis mein Auto repariert werden kann?«, fragte mein Vater.

»Ganz genau.«

»Das ist unmöglich.« Die Stimme meines Vaters klang belegt; so hatte ich ihn noch nie sprechen hörten.

»Schaut mal, ich verstehe ja euer Problem. Aber ihr solltet

auch mein Problem verstehen. Die meisten dieser Autos gehören Militärführern. Wenn ich deren Wagen nicht zu einem bestimmten Termin fertig habe, werden sie mir ihre Knarren in den Hintern stecken und abdrücken. Ich habe auch Frau und Kinder, und die brauchen mich noch.«

»Gibt's denn hier irgendwo noch einen anderen Automechaniker?«, fragte mein Vater.

»Es gab sogar fünf in der Stadt, aber die Mistkerle sind wegen dieses verdammten Bürgerkrieges alle davongerannt.«

»Wenn das die einzige Autowerkstatt in der ganzen Stadt ist, musst du ja eine Menge Geld verdienen«, bemerkte mein Vater.

»Denkst du! Was soll man sich von den Drohungen dieser Kriegstreiber schon groß kaufen«, seufzte der Mechaniker.

»Das ist ja wirklich ein Elend«, seufzte nun auch mein Vater.

»Ja, es ist ein verfluchtes Elend. Entschuldige meine Ausdrucksweise, junger Mann.« Er zeigte auf mich. Ich sagte nichts und lächelte ihm nur zu. Ich fand es hochinteressant, wie er sich ausdrückte. In Kabul hatte ich nicht oft Leute so reden hören.

»Kannst du dir meinen Wagen nicht wenigstens kurz ansehen und mir sagen, ob ich selber etwas daran machen kann?«, fragte mein Vater.

Der Mechaniker ließ sich ein wenig erweichen. »Na gut, dann wollen wir mal schauen.«

Er öffnete die Haube, kniete sich auf den Kühlergrill und beugte sich tief über den Motor. Zehn Minuten lang probierte er dieses und jenes, zog Peilstäbe und zupfte an Riemen.

»Das wird ein paar Tage Arbeit brauchen«, stellte er schließlich fest. »In diesem Fall muss er warten, bis er an der Reihe ist, also zwei Monate – mindestens.«

»Was ist denn damit nicht in Ordnung?« Mein Vater war ganz erschrocken.

»Ihr habt verschmutztes Benzin voller Sand getankt. Jetzt hat sich der Sand überall im Motor verteilt. Man muss ihn bis in die kleinsten Einzelteile auseinandernehmen, um ihn zu reinigen.«

Mein Vater seufzte noch einmal, und mithilfe des Mechanikers schoben wir unseren Wagen an das Ende der Autoschlange.

Als mein Vater und ich in gedrückter Stimmung zu dem Restaurant zurückgingen, zeichneten sich wieder einmal Sorgenfalten auf seinem Gesicht ab, und eine Wolke der Verzagtheit umschwebte seinen Kopf.

Wir nahmen uns ein Zimmer über dem Restaurant und verbrachten dort die Nacht. Mein Vater fand keinen Schlaf. Alle zehn Minuten hörte ich ihn seufzen, bis ich einschlief. Als ich früh am Morgen aufwachte, sah ich die dunklen Tränensäcke unter seinen Augen. Er sah sehr abgespannt und übernächtigt aus, wie er da am Fenster saß und zu den Bergen hinausschaute.

Beim Frühstück erklärte mein Vater: »Ich habe noch genug Geld, um uns eine Woche durchzufüttern, und was danach wird, weiß nur Gott.«

»Lass Gott es richten. Er blickt zu uns herab. Er wird uns beistehen – wie immer«, tröstete meine Mutter ihn.

»Kann sein, dass du recht hast. Vielleicht sollte ich mir nicht so den Kopf zerbrechen«, sagte mein Vater mit einem weiteren schweren Seufzer. Aber man sah, dass die Sorge nicht von ihm gewichen war.

Nach dem Frühstück ging mein Vater noch einmal in die Werkstatt, um zu schauen, ob es nicht doch eine Lösung gab. Meine Mutter und meine Schwestern blieben in dem Zimmer im ersten Stock. Ich aber wollte fort von dem Rauch, der aus dem Restaurant, in dem vom frühen Morgen bis in den späten Abend Kebabfleisch gegrillt wurde, zu uns nach oben drang. Das Restaurant war den ganzen Tag über gut besucht.

Ich nahm eine meiner jüngeren Schwestern mit und ging mit ihr den Hügel hinter dem Restaurant hoch. Dort setzten wir uns auf einen großen Stein, der unweit der Straße inmitten einer Grasfläche lag. Von hier hatten wir einen weiten Rundumblick auf die wellige Hügellandschaft, die sich über mehrere Kilometer erstreckte, bis in der Ferne aus den Hügeln Berge wurden. In jenen Tagen des jungen Frühlings war alles grün; ich zählte mehr als zwanzig Schattierungen dieser Farbe und stellte mir vor, wie man so etwas in einem Teppich festhalten konnte.

Ich hörte die Gesänge eines Eseltreibers, den wir schon auf dem

Basar gesehen hatten, und die Flöte des Hirtenjungen aus den Hügeln. Das ganze Land schien drauf und dran, in Gesang auszubrechen. Ich sah, wie die Mädchen aus der Stadt hinunter zum Fluss gingen, um ihre Krüge mit Wasser zu füllen. Sie trugen ihre besten Kleider. Junge Männer warfen ihnen verstohlene Blicke zu, als sie mit ihren Krügen auf den Köpfen an ihnen vorbeikamen.

Die Leute aus dem Ort erkannten uns als Fremde: Sie begrüßten uns, indem sie uns Frieden wünschten, und manche schüttelten uns auch die Hände. Alle luden uns in ihr Haus ein. Sie wirkten ausgesprochen aufrichtig in ihrer Gastfreundlichkeit. Niemand hatte es hier eilig, und die völlige Gelassenheit erzeugte eine Atmosphäre, in der die Zeit stillzustehen schien. Die Menschen hier lebten ganz und gar in ihrer eigenen, friedvoll verklärten Welt und schienen unberührt von allem, was andernorts vorging.

Am nächsten Tag ging ich wieder zu der Stelle. Dort traf ich den Hirtenjungen an, der seine Schafe und Ziegen auf der Grasfläche weiden ließ. Er war ungefähr in meinem Alter, und er saß auf dem großen, runden Stein, auf dem ich am Tag zuvor mit meiner Schwester gesessen hatte, und spielte auf seiner Flöte. »*Salem*«, sagte ich und setzte mich neben ihn. »*Salem Aleikum*«, erwiderte er, was sich aus seinem Munde ein wenig förmlich anhörte, und ließ rasch seine Flöte in seinem Hemd verschwinden.

»Ich habe dich gestern schon Flöte spielen hören und habe versucht, dich wiederzufinden«, sagte ich. »Du spielst sehr schön, wie die richtigen Musiker im Radio.«

»Es hat dir gefallen?«, fragte er schüchtern und senkte dabei den Blick.

Er sprach auf Paschtu mit mir, und ich antwortete auf Dari, aber irgendwie verständigten wir uns miteinander.

»O ja. Ich liebe Flötenmusik, vor allem, wenn sie von jemandem gespielt wird, der es so gut kann wie du.«

Er zog seine Flöte unter dem Hemd hervor und fing wieder zu spielen an. Seine Hände zitterten ein wenig. Er spielte ein paar afghanische Volkslieder.

»Ich kann nur diese vier oder fünf Lieder spielen. Wenn du bessere Lieder kennst, spiel sie mir vor. Ich möchte sie gerne von dir hören«, sagte er.

»Vielen Dank, aber ich kann leider nicht spielen«, sagte ich. »Mein Vater kann es gut, aber ich habe es nie gelernt.«

»Es ist ganz leicht«, sagte er. »Sing mir irgendein Lied vor, dann spiele ich es für dich nach.«

Ich sang ein indisches Lied. Wir lachten beide, und dann spielte er es tatsächlich nach. Das wiederholten wir mehrere Male, bis wir keine Lust mehr hatten.

Während wir dasaßen, zeichnete er mit seinem Hirtenstab Buchstaben in den Sand. Es dauerte einen Moment, aber dann las ich: »Omar Khan.«

»Wer ist Omar Khan?«, fragte ich.

»Das ist mein Name«, antwortete er. »Kannst du lesen und schreiben?«

»Natürlich kann ich das«, sagte ich. Auf so eine Frage war ich nicht vorbereitet gewesen.

»Ich kann nur meinen Namen schreiben«, sagte Omar Khan. »Kannst du mir beibringen, wie man liest und schreibt?«

»Sicher. Das ist keine große Sache. Ich bringe dir Lesen und Schreiben bei und du mir das Flötespielen.«

»Abgemacht!« Wir schüttelten uns die Hände.

Ich zeichnete fünf Dari-Buchstaben in den Sand und sprach sie ihm vor. Er sprach sie mir nach. Dann schrieb er sie mehrere Male. Darüber war es Mittag geworden, und ich musste zu dem Restaurant zurück, um mit meiner Familie zu essen. Als ich mich von ihm verabschiedete, bat er mich, nach dem Essen wiederzukommen. Bei meiner Rückkehr wartete er, umgeben von seinen friedlich grasenden Schafen und Ziegen, schon auf mich. Ich brachte ihm fünf weitere Dari-Buchstaben bei. Am Ende des Tages hatte er das ganze Alphabet gelernt.

Als wir uns am nächsten Tag wieder trafen, bat ich ihn, mir mehr von sich zu erzählen. Er sagte, dass er Nomade sei, worauf ich erwiderte, dass meine Großmutter vor langer Zeit ebenfalls Nomadin gewesen war und dass mein Großvater als ehemaliger Schäfer nach der Heirat mit meiner Großmutter noch ein Jahr mit deren Nomadenfamilie gelebt hatte und mit ihnen durch ganz Afghanistan gezogen war.

Auf seinem Gesicht erschien ein breites Lächeln. Ein paar Sekunden lang sah er mich an, ohne etwas zu sagen, doch dann entfuhr es ihm: »Dann sind wir ja Vettern!«

Er sprang von seinem Stein auf, packte mich beim Handgelenk und zog mich hinter sich her. »Ich muss dich deinen anderen Vettern da drüben vorstellen«, sagte er und zeigte auf mehrere mit bunten Bändern geschmückte, lange schwarze Zelte unten am Fluss. Um diese Zelte herum tummelten sich kleine Kinder, Ziegen, Schafe und Kamele, dazwischen auch ein paar Esel und Pferde. Die Kinder und die kleinen Zicklein rannten zwischen den Beinen der Kamele hin und her, als wären es aus Stein gehauene Säulen.

Als ich das Zeltlager der Nomaden betrat, warf mich der starke Tiergeruch beinahe um. In roten, blauen und grünen Farben gekleidete Mädchen in meinem Alter und auch solche, die älter waren, verschwanden sofort in ihren schwarzen und grauen Zelten, als sie mich kommen sahen. Ich wusste, dass es sich nicht gehörte, dass ich sie anschaute. Aber die bunten Bänder an den Zelten hatten es mir angetan.

Und dann sah ich die Männer. Sie waren groß und muskulös, hatten dunkle Augen, die allesamt auf mich gerichtet waren, dichte Brauen und langes Haar. Jeder trug einen khakifarbenen *Shalwar Kamiz*. Und alle hatten entweder einen Turban oder eine Mütze auf dem Kopf. Manchen hingen Dolche von der Hüfte, die eigentlich mehr wie Schwerter aussahen. Einige waren vor einem der Zelte damit beschäftigt, große Stücke Fleisch aus einer frisch geschlachteten Kuh herauszuschneiden. Ihre Kleidung war voller Blut. Als sie mich erblickten, hielten sie in ihrer Arbeit inne. Als Omar Khan und ich das Lager fast erreicht hatten, kamen auch Jungen in meinem Alter aus den Zelten gestürzt.

Ungefähr hundert Augenpaare starrten mich an. Mir wurde ein wenig mulmig zumute, und ich wusste nicht recht, wie ich mich verhalten sollte. Nun kamen auch ältere Frauen ganz behäbig aus ihren Zelten und trugen mit ihren neugierigen Blicken zu meinem Unbehagen bei. Abgesehen von diesen älteren Frauen konnte ich nirgendwo weitere entdecken – sie waren wohl vorsorglich in ihren Zelten geblieben. Ich war zwar erst elf, aber, da wir ja seit Monaten nicht mehr übermäßig viel zu essen bekommen hatten, sehr dünn, sodass ich größer wirkte und die Frauen mich fremden Besucher leicht für einen Mann halten konnten.

Ich war vollkommen umringt von Nomaden, von denen keiner ein Wort sagte. Die einzigen Geräusche kamen von kleinen Kindern, die man in einigen der Zelte weinen hören konnte, und ein paar blökenden Schafen und muhenden Kühen. Die Zicklein hüpften weiter munter umher und jagten einander, die Hühner und die Katzen; uns Menschen beachteten sie gar nicht.

Ich sah Omar Khan an. Im Gegensatz zu seinen Leuten trug er ein breites Grinsen im Gesicht und schien die Situation vollkommen im Griff zu haben. Er stellte mich Amir Khan vor, seinem Vater, der mich einen Augenblick lang streng musterte und mich dann zum Zeichen seines Willkommens fest an sich drückte. Als er seine Arme um mich schlang, konnte ich über seine Schulter hinweg sehen, dass auch auf die Gesichter der anderen Bewohner des Lagers ein Lächeln trat, und ich kam mir gar nicht mehr wie ein Fremder vor, sondern fühlte mich irgendwie zu Hause. Ihr Lächeln war so warm wie das von Großvater; diese Männer sahen alle aus, als könnten sie meine Onkel sein.

Nachdem ich mich von Amir Khan ans Herz hatte drücken lassen, musste ich das Gleiche auch von sämtlichen übrigen Männern und allen Knaben, die mindestens so alt waren wie ich, über mich ergehen lassen. Dann küsste ich als Geste des Respekts die Hände der alten Frauen, die mich ihrerseits auf den Kopf küssten und mir als Zeichen, dass sie mir ihren Segen schenkten, mit der rechten Hand übers Haar strichen.

Ich war ganz aufgeregt und wünschte mir nur, ich hätte diese Menschen schon mein ganzes Leben lang gekannt. Völlig unerwartet war ich in die Welt meiner Großmutter eingetreten, die ich nie kennengelernt hatte und über die ich immer schon gerne mehr gewusst hätte. Ich konnte es gar nicht abwarten, Großvater von alledem zu erzählen.

Omar Khans Vater bat darum, meinem Vater vorgestellt zu werden, und ich führte ihn zu dem Restaurant. Mein Vater unterhielt sich mit ihm auf Paschtu, was die Sprache dieses Nomadenvolks war. Paschtu ist eine sehr laute Sprache; sie hört sich mehr danach an, als würde man sich anschreien anstatt zu reden. Der Vater meines neuen Freundes war hocherfreut, mit meinem Vater in seiner Sprache sprechen zu können; er erkundigte sich bei meinem Vater nach dessen Vorfahren und stellte fest, dass sein Urgroßvater und der meines Vaters tatsächlich entfernte Vettern waren – was bedeutete, dass wir alle zu derselben Familie gehörten.

Mein Vater und der von Omar Khan umarmten sich herzlich. Der Mann küsste mich und meine Schwestern und sagte, wir sollten ihn *Onkel* nennen; meine Mutter sprach er gleich mit *Schwester* an. Danach lud er uns ohne viel Federlesens zu sich in sein Zelt ein; keine Minute länger würde er uns über dem Restaurant wohnen lassen. Er half uns beim Packen, und eine Stunde später befanden wir uns in einem Nomadenzelt – einer Jurte – und tranken unter den Augen von mehr als hundert Männern, Frauen und Kindern grünen Tee.

Es war ziemlich dunkel in den Jurten. Ihre Wand- und Dachabdeckungen bestanden aus der Haut schwarzer Ziegen; sie wurden über einen hölzernen Rahmen gespannt, der leicht auseinandergebaut und auf Kamelrücken transportiert werden konnte. Eine einzelne Jurte bot Lebensraum für eine große Familie. Während des Tages spendete sie Schatten; nachts konnten die Seitenwände, die tagsüber hochgeschlagen wurden, wieder heruntergelassen werden, um so mehr Schutz vor Wind und Kälte zu bieten. Aus der Ferne betrachtet, bildete so ein Jurtencamp ein niedriges, langes, schwarzes Gebilde, das sich über das trockene Land erstreckte.

Die Eckdaten eines Nomadenlebens waren die Menge ihrer Kamele, Schafe und Ziegen und die Anzahl der Jahre ihrer Weidewanderungen von einem Ende Afghanistans zum anderen;

ihr Lebensrhythmus wurde vom Wechsel der Jahreszeiten bestimmt.

Omar Khan machte mich und meine ältere Schwester mit über vierzig Kindern bekannt; alle trugen abgerissene, schmutzige Kleidung und sahen überhaupt so aus, als hätten sie sich seit Monaten nicht mehr gewaschen. Uns stellte er als ihren Cousin und ihre Cousine vor. Ich hätte gerne gewusst, wie viele meiner Cousins und Cousinen es noch gab, die ich gar nicht kannte. Es war schon eine mächtige Überraschung gewesen, in Kunduz so viele neue Cousins und Cousinen mütterlicherseits kennenzulernen; nun standen wir all diesen Nomadenkindern aus der Familie meines Vaters gegenüber, die uns mit großen Augen ansahen, aber kein Wort zu uns sagten.

Amir Khan, Omar Khans Vater, errichtete eine neue Jurte und brachte unsere Habseligkeiten hinein. Auch unser neues Zuhause wurde gleich mit bunten Bändern geschmückt. Dann lud Amir Khan meinen Vater und mich in ein großes Nomadenzelt ein, in dem sich sämtliche Männer aus dem Lager versammelt hatten. Mein Vater begrüßte sie mit *»Salem Aleikum«* und nahm jeden Einzelnen von ihnen in die Arme; ich tat es ihm nach. Sie banden ihm einen Turban um den Kopf und brachten ihm selbst genähte Hausschuhe. Omar Khans Vaters setzte mir eine bestickte Mütze auf und nannte mich Qais Khan. Und ein paar Stunden später saßen wir mit den Nomadenmännern beim Essen, während meine Mutter und meine Schwestern in einer anderen Jurte im Kreis der Nomadenfrauen das Gleiche taten.

Es gab Lebkuchenbrot, gewürzten Reis, Kebab und dickflüssigen Joghurt nach Nomadenart. Es war nicht zu übersehen, dass es sich bei meinen neuen Onkeln und Vettern um begeisterte Fleischesser handelte. Mit dem Mund voller Kebab gab Amir Khan ein Paschtu-Sprichwort zum Besten: »Selbst verbranntes Fleisch ist besser als Gemüse.« Und alles lachte. Nach dem Essen tranken wir bis Mitternacht grünen Tee und aßen dazu getrocknete Melone. Es fiel kaum ein Satz, der nicht eine Lebensweisheit enthielt; manche der Männer begannen ihre Sätze stets mit ein oder zwei Zeilen eines berühmten Dichters.

Um Mitternacht begaben wir uns in unsere Jurte, in der wir meine Mutter und meine Schwestern von jeder Menge Nomadinnen umringt vorfanden. Meine Mutter erzählte ihnen gerade, wohin es uns seit unserer Flucht aus Kabul überall verschlagen hatte.

Ein paar Minuten darauf gingen sie, damit wir uns schlafen legen konnten. Meine Mutter blies die Kerze in der Leuchte aus, die man uns gegeben hatte; diese Lampen nannte man »Sturmlaternen«, obwohl es in Afghanistan eigentlich gar keine richtigen Stürme gibt. Aber diese Laternen waren, wie auch ihr Name, eine ausländische Erfindung.

In der einen Ecke unserer Jurte schliefen meine Mutter und mein Vater mit meinem kleinen Bruder, in einer weiteren meine Schwestern. Nur ich hatte eine Ecke ganz für mich allein. Nach einer kurzen Weile begann es mich jedoch am ganzen Körper zu jucken wie bei einer allergischen Reaktion auf ein Medikament. Auch mein Vater flüsterte meiner Mutter zu, dass er von irgendetwas gebissen würde, und schon stimmten meine Schwestern und ich einen lautstarken Klagegesang an.

Ich machte Licht und sah auf meine Beine. Eine ganze Armee winziger gräulicher Insekten war über mich hergefallen; sie hüpften und sprangen auf mir herum, als spielten sie *Gursai*. Ich schüttelte sie, so gut es ging, ab. Meine Mutter riet mir, mich draußen vor der Jurte auszuziehen und meine Kleidungsstücke ebenfalls auszuschütteln. Ich stürzte nach draußen und riss mir die Kleider vom Leib. Keine Minute später stand ich nackt da und schüttelte meine Sachen, so heftig ich nur konnte.

Ich hörte jemanden kichern. Ich blickte mich nach allen Seiten um, konnte aber niemanden sehen. In sämtlichen Jurten war es still und dunkel; es war eine mondlose, sternklare Nacht. Während ich weiter meine Kleidung ausschüttelte, hörte ich wieder das Kichern, und diesmal war es nicht einer allein. Ich schaute nach rechts, aber es war niemand da; als ich den Kopf nach links wandte, entdeckte ich eine Gruppe Kinder, die sich hinter einer Jurte versteckten und lachten. Ich zog die Augen zu Schlitzen zusammen, um besser erkennen zu können, ob sie wirklich da waren oder ob ich sie mir bloß eingebildet hatte, und machte einen Schritt auf sie zu. Und da sah ich, dass es mehr als zwanzig waren, darunter auch Omar Khan, die alle meinen nackten Körper anstarrten. Ohne mich vorher wieder anzuziehen, rannte ich schnell zurück in unsere Jurte.

»Was machst du denn da um Himmels willen?«, schrie mein Vater.

Da sah ich, dass auch meine Mutter und meine Schwestern mich anstarrten. Es war mir unglaublich peinlich, und als ich meine Schwestern lachen hörte, floh ich schnell wieder nach draußen, wo die Nomadenkinder mich schon erwarteten und wieder zu kichern anfingen und auf mich zeigten.

Ich aber trat einfach auf sie zu, immer noch nackt, meine Kleidungsstücke über die Schulter geworfen. Ich war jetzt sehr zornig, und es war mir egal, wer mich angaffte – obwohl man sich ja doch sehr schämt, wenn man einer anderen Person unbekleidet gegenübersteht.

»Was zum Teufel gibt's hier zu lachen?«, verlangte ich zu wissen.

Für einen kurzen Augenblick waren sie alle ganz still; dann rannten sie laut johlend davon. Ich zog mich wieder an. Für den Augenblick hatte das Jucken aufgehört, also ging ich zurück in unsere Jurte. Ich wusste kaum, wie ich meinem Vater, meiner Mutter und meinen Schwestern unter die Augen treten sollte, und musste an den Tag denken, an dem Wakeel und ich Haji Noor Sher nach dem Duschen nackt gesehen und uns über ihn lustig gemacht hatten. Möglicherweise war das jetzt meine Strafe dafür, dass ich damals gelacht hatte.

»Was ist denn los mit dir?«, fragte mein Vater.

»Als ich meine Sachen ausgeschüttelt habe, standen plötzlich jede Menge Kinder da und haben mich angeguckt. Ich habe so einen Schreck gekriegt, dass ich ohne nachzudenken wieder reingerannt bin.«

»Na schön, dann leg dich jetzt wieder hin und schlaf weiter. Sieh dich nächstes Mal besser vor.«

Meine Schwestern kicherten immer noch. Ich warf ihnen

einen wütenden Blick zu, damit sie ja nicht auf die Idee kamen, mich auch morgen früh noch damit aufzuziehen. Was ich damit bewirkte, war, dass sie nun ganz unverhohlen loslachten. Mein Vater fuhr sie an, dass sie still sein sollten, aber das brachte sie nur umso lauter zum Lachen.

Ich legte mich auf mein Bett. Ich war stocksauer und mit Insektenstichen übersät. Aber ich war froh, dass Großvater nicht hier war und alles mit angesehen hatte. Dann hätte ich mir für den Rest meines Lebens anhören müssen, wie er sich über die Ereignisse dieser Nacht amüsierte.

Ich wachte später auf als gewöhnlich. Außer mir war niemand mehr in der Jurte. Als ich nach draußen kam, stand dort Omar Khan und gab den übrigen Kindern Befehle. Als die Kinder mich sahen, grinsten sie. Ich begrüßte sie und fragte Omar Khan nach meiner Familie. Zuerst musste auch er noch einmal wegen der vergangenen Nacht kichern, aber dann sagte er mir, dass meine Familie zum Schwimmen an den Fluss gegangen sei.

Ich fragte ihn nach den Insekten, die mich gestochen hatten.

»Das sind Flöhe von den Schafen und Ziegen und Kamelen«, sagte er. »Du wirst dich bald an sie gewöhnen.«

Daran soll ich mich gewöhnen?, dachte ich. Wie konnte man sich denn an Flohbisse gewöhnen?

Ich ging zum nahe gelegenen Flussufer. Mein Vater war in seiner Unterwäsche im Wasser und spritzte herum, als befände er sich in einer Badewanne mit warmem Wasser. Er rief mir zu, dass ich auch hineinspringen solle. Ich zog mich bis auf die Unterhose aus und sprang ins Wasser. Es war eiskalt, und ich kreischte laut auf. Mein Vater lachte, als ich eilig zurück ans Ufer rannte. Hier wurde mir von dem Wind noch kälter, und ich begann zu zittern. Meine Füße waren voller Matsch, und es gab kein Handtuch, mit dem ich mich abtrocknen konnte.

Ich drehte mich nach meinem Vater um, um ihn um sein Handtuch zu bitten, aber er war gar nicht mehr im Fluss. Er stand plötzlich hinter mir und schubste mich wieder ins Wasser zurück, das mir diesmal noch kälter vorkam. Als ich bibbernd wieder hochkam, stand er lachend über mir.

»Du bist jetzt ein Nomade«, sagte er. »Also musst du auch lernen, wie einer zu leben.« Ich klatschte mit der flachen Hand auf die Wasseroberfläche, und er bekam einen Schwall eiskalten Flusswassers ins Gesicht. Aber er lachte nur und versuchte, mich unterzutauchen. Ich entwand mich seinem Griff. Als ich ihm mit der Faust einen Hieb gegen seine rechte Schulter versetzte, sah ich seine Augen leuchten.

»Also gut, dann sind wir jetzt Boxer!«, rief er und begann, meine Schläge abzuwehren. Ab und zu taumelte ich nach hinten, wenn er mir einen vollen Schwinger versetzte. Er lachte. Ich lachte. Er war wieder ganz mein Vater, aber heute ließ er sich nicht von mir besiegen. Als meine Kräfte nachließen, schnappte er mich und schleppte mich aus dem Wasser, und aus seinem Griff wurde eine so feste Umarmung, wie ich sie schon seit Monaten nicht mehr von ihm bekommen hatte.

Eine Stunde später waren wir wieder in unserer Jurte und frühstückten. Es gab Tee, Milch, Butter, Joghurt und Brot. Danach ging Omar Khan mit mir zu einer leeren Jurte. Zu meiner Überraschung befanden sich darin eine Schiefertafel und ein Stück Kreide. Omar Khan ließ mich davor stehen, rannte wieder hinaus und pfiff dreimal. Einen Augenblick später kam er mit mindestens zwanzig anderen Jungen wieder herein. Jeder hatte ein Schulheft und einen Stift dabei. Ein weiteres Mal stellte Omar Khan mich seinen Cousins – die ja nun auch meine Cousins waren – vor und sagte ihnen, ich wäre von heute an ihr Lehrer. Dann wies er seine Gefolgschaft an, sich auf den staubigen Boden zu setzen, und bat mich, das Dari-Alphabet auf die Tafel zu schreiben.

Alles geschah so schnell, dass ich gar keine Zeit hatte, darüber nachzudenken, also tat ich es. Die Jungen wurden ganz still und begannen, die Schriftzeichen, die ich an die Tafel malte, in ihre Hefte zu übertragen.

»Was bedeuten diese Zeichen, Herr Lehrer?«, fragte mich ein Junge, der bestimmt älter war als ich.

Es machte mich ein wenig befangen, dass er mich mit »Herr Lehrer« anredete. Mein Vater war Lehrer, mich hatte noch nie jemand als Lehrer bezeichnet. Ich tat so, als würde ich mich räuspern, und sagte dann: »Das sind Dari-Buchstaben. Alle zusammen ergeben sie ein Alphabet. Wenn ihr sie auswendig lernt, könnt ihr lesen und schreiben.«

Ich sprach jeden Buchstaben einzeln aus, und sie wiederholten den Laut. Anschließend kontrollierte ich ihre Hefte auf Fehler, denn ich wusste noch, dass mein Lehrer das bei mir und meinen Klassenkameraden auch immer gemacht hatte. Doch das war in einer richtigen Schulklasse gewesen, wo man auf Stühlen saß und saubere Kleidung anhatte.

Die Nomadenkinder zogen die einzelnen Buchstaben weit auseinander; dafür schrieben sie aber ziemlich klein, wohl absichtlich, um Platz in ihren Heften für die nächsten Lektionen zu lassen, denn bestimmt bekamen sie kein Taschengeld, von dem sie sich dauernd neue Hefte und Bleistifte kaufen konnten.

Ein paar Stunden später war unser Unterricht beendet. Wenn Großvater das gesehen hätte, dachte ich, wäre er bestimmt sehr stolz auf mich gewesen. Ich lief zu unserer Jurte, um meiner Mutter zu erzählen, dass ich jetzt Lehrer war. Sie saß draußen und molk eine Kuh. Ich war ziemlich entsetzt. Ich hatte meine Mutter noch nie eine Kuh melken sehen. Schließlich war sie das Kind einer reichen Familie, in der es für solche Arbeiten Diener gab. Ich fragte sie, wann sie das denn gelernt hätte. Sie lächelte mir zu und sagte: »Vor ungefähr zwanzig Minuten.«

Sie sah mich von der Seite an, die Wange an die Flanke der Kuh gedrückt, und fragte: »Mache ich das richtig?«

»Nein, du spritzt die Milch ja auf die Erde und nicht in den Eimer.«

Sie blickte nach unten und musste lachen. Da versetzte die Kuh dem Eimer einen Tritt, und die Milch lief über den Boden, wo sie von der durstigen Erde rasch aufgesogen wurde. Die Kuh ging davon, als würde es ihr nicht gefallen, dass wir lachten. Vielleicht empfand sie das ja als Beleidigung.

Neben meiner Mutter saß eine sehr hübsche Nomadin und schüttelte einen großen Tontopf. Er hatte eine kleine Öffnung im Deckel, aber ich konnte nicht sehen, was darin war. Auf jeden

Fall schwappte es ziemlich laut. Ich fragte die Frau, was sie da machte.

»Das ist Molke für das Essen heute Mittag – sie ist auch gut zum Einschlafen«, sagte die Frau. »Den Rest gibt es am Abend«, fügte sie hinzu und wies mit einer Kopfbewegung auf den Topf.

Während ich mich mit meiner Mutter unterhielt, hörte ich plötzlich, wie in unserer Jurte ein Chor aus Mädchenstimmen die ersten Buchstaben des Dari-Alphabets aufsagte: *»Alef, bey, pey, tey, sey, jem, hey, khey, dal, zal, rey, zey…«* Als ich hineinging, sah ich meine ältere Schwester vor einer Tafel stehen, auf der die ersten zwölf Buchstaben des Alphabets geschrieben standen. Sie sprach ihnen die Laute vor, und die Mädchen wiederholten sie. Also war auch meine Schwester Lehrerin geworden.

Von da an nannten alle Nomadenkinder meine Schwester und mich »Lehrerin« und »Lehrer«, obwohl die meisten von ihnen älter waren als wir.

Eine Woche später veranstalteten meine Klasse und die meiner Schwester einen Lese- und Rechtschreibwettbewerb, natürlich nur mit einfachen Wörtern, in denen die Buchstaben vorkamen, die jeder kannte. Meine Klasse gewann, und zwei Tage darauf gab es eine Revanche, bei der meine Klasse unterlag. Die Nomadenkinder wurden mit jedem Tag besser und besser. Sie lernten schnell und zeichneten in jeder freien Minute Buchstaben in den Staub. Sie wetteiferten auch untereinander, immer einer gegen einen anderen, und schon bald schrieben sie Wörter, die wir ihnen gar nicht beigebracht hatten – allerdings voller Rechtschreibfehler.

Mein Vater fand es sehr lustig, so viele neue Lehrer in der Familie zu haben. Jeden Abend wollte er von uns hören, was wir am Tag erreicht hatten, aber er versuchte nie, uns Ratschläge oder Anweisungen zu erteilen. Er ließ inzwischen seinen Bart wachsen und trug immer einen Turban. Meine Mutter kleidete sich wie die Nomadinnen und trug auch deren Schmuck. Manchmal konnte ich sie gar nicht von den anderen Frauen unterscheiden, wenn sie mit ihnen gemeinsam Schafe, Ziegen oder Kühe molk oder die Schafe schor. Mein Vater lernte, wie man die Wolle im Fluss reinigte und wie man ein Tier schlachtete und zerlegte, sodass die Fleischstücke für eine Mahlzeit zubereitet oder den Leuten aus dem Ort zum Kauf angeboten werden konnten.

Meine ältere Schwester und ich unterrichteten die Kinder, also unsere Cousinen und Cousins, jeden Morgen drei Stunden lang. Danach trieb ich mit Omar Khan und den anderen die Tiere auf die Weiden in den Hügeln, damit sie dort grasen konnten, während meine ältere Schwester mit den Mädchen zum Fluss ging, wo sie ihre Krüge füllten. Sie lernte auch, wie man auf Nomadenart stickte, und konnte bereits einen Krug auf dem Kopf tragen, ohne ihn mit den Händen festzuhalten. Das hatte sie nämlich schon in Tashkurgan gelernt, und die Nomadenmädchen waren ganz erstaunt, dass sie es ihnen so einfach nachmachen konnte.

Wenn mein Vater mit den Männern unterwegs war, und meine Mutter bei den Frauen und meine ältere Schwester mit den Nomadenmädchen loszog, um Wasser zu holen, fiel mir die Aufgabe zu, auf meine jüngeren Schwestern und meinen Bruder aufzupassen. Eine meiner Schwestern beschäftigte sich am liebsten ganz alleine; sie konnte sich stundenlang in meiner Nähe aufhalten, ohne dass ich viel von ihrer Anwesenheit bemerkte. Sie sagte nur selten etwas, beklagte sich nie und weinte auch nicht, weil sie irgendetwas haben wollte.

Meine zweite jüngere Schwester jedoch konnte stundenlang heulen, wenn sie nicht bekam, was sie wollte. Sie fürchtete sich vor niemandem, weder vor meiner Mutter noch vor meinem Vater. Sie heulte einfach hartnäckig weiter, bis jemand ihr Problem löste. Aber dann wurde sie ganz anhänglich und wich dem- oder derjenigen nicht mehr von der Pelle.

Mein Bruder machte sich nicht groß bemerkbar – bis es ihn nach etwas Süßem verlangte. Dann machte er seinem Spitznamen alle Ehre. Meine Eltern waren beide hin und weg von ihm, weil er so zarte Wangen hatte, und er suchte immer die Nähe meiner Mutter.

Am ersten Freitag, den wir bei den Nomaden verbrachten, schlug Omar Khan vor, dass wir zum Fluss hinuntergehen und ein paar Fische fangen sollten.

»Habt ihr denn Haken?«, fragte ich.

»Haken brauchen wir nicht«, sagte er.

»Also benutzt ihr ein Netz?«

»Nein.«

»Und wie fangt ihr dann die Fische?«

»Mit einem Generator«, sagte er.

Ich verstand nicht, worauf er hinauswollte.

»Es ist ein Nomadentrick. Ich zeige ihn dir, aber erst musst du mir helfen, den Generator zum Fluss zu tragen.«

Der Generator war schwer, und es war ganz schön mühsam, ihn runter zum Wasser zu schleppen. Die anderen Nomadenjungen weideten so lange die Herden.

Wir stellten den Generator etwa hundert Meter vom Ufer entfernt auf einen flachen Stein. Anschließend verband Omar Khan ein Kabel mit dem Stromerzeuger und hängte das andere über einen Baumast am Ufer. Ein paar Minuten später erschienen unsere Onkel und trugen mehrere schwere Steinbrocken in die Mitte des Flusses. Zwei Stunden dauerte es, bis der Fluss aufgestaut war.

Jeder beeilte sich, aus dem Wasser zu kommen; einer meiner Onkel warf den Generator an, und ein weiterer warf das lose Kabelende in den Strom. Der Generator gab ein paar spotzende Geräusche von sich und schaltete sich dann ab. Ich hatte keine Ahnung, was hier vor sich ging – bis ich zum Fluss hinüberschaute und die Fische sah, die auf seiner Oberfläche trieben. Ein elektrischer Schlag hatte sie alle dahingerafft. Während ein paar der Kinder das Kabel aus dem Wasser zogen, sprangen Omar Khan und einige seiner Onkel hinein und begannen, die toten Fische ans Ufer zu werfen. Wir Übrigen sammelten sie ein, und eine halbe Stunde später luden wir vier große Säcke mit Fischen auf einen Pferderücken und brachten sie zu unseren Jurten, um hier ein freitägliches Fischfest zu feiern.

Am Freitag darauf war kein Benzin für den Generator da,

aber Omar Khan fragte mich trotzdem, ob ich mit ihm Fische fangen gehen wollte.

»Wie willst du es denn heute anstellen?«, erkundigte ich mich.

»Heute werde ich dir einen anderen Nomadentrick zeigen«, antwortete er.

Wir versteckten uns alle hinter einem großen Felsbrocken, der ungefähr hundert Meter vom Fluss entfernt am Ufer lag. Einer der Onkel zog eine Handgranate aus der Tasche, zog den Sicherungsstift und schleuderte sie in den Fluss.

Sekunden später klatschte das Wasser nur so aufs Ufer, und Sand, Kies und Fische wurden in die Luft gewirbelt. Selbst in unserem Versteck flogen mir noch kleine Fischfetzen um die Ohren und blieben mir im Gesicht und im Haar, das ich damals lang trug, kleben. Stunden später roch ich noch nach Fisch.

Der Fluss wurde ganz grau von den Hunderten toter Fische, die an die Oberfläche getrieben kamen. Wir warteten ein paar Minuten, bis sich der Schlick abgesetzt hatte, und dann sprangen Omar Khan und seine Onkel wieder ins Wasser und warfen Fische ans Ufer. Diesmal waren es fünf Säcke, die wir auf das Pferd packten, und ein paar Stunden später begann wieder ein großes Fischessen.

Am dritten Freitag lernte ich noch einen dritten Trick kennen.

Die Granate hatte unseren Damm aus der Vorwoche vollständig zerstört, also mussten wir wieder drei Stunden schuften, um den Fluss aufzustauen. Dann führte einer der Onkel ein Pferd herbei, das auf dem Rücken einen Beutel voller Ätznatron und einen weiteren Beutel voller leerer Flaschen trug. Omar Khans Onkel füllten das Ätznatron in die Flaschen, und wir verkrochen uns wieder hinter unserem Felsblock, um von dort aus die Flaschen ins Wasser zu werfen. Sowie eine Flasche aufs Wasser traf, detonierte sie wie eine Bombe. Wieder kehrten wir mit fünf Säcken Fisch in unser Lager zurück.

Jeder musste seine eigenen Fische säubern und zubereiten. Die Nomaden benutzten ausschließlich Waschpulver, um sich die Hände zu waschen, und das roch schlimmer als der Fisch. Ich sah, wie Omar Khan sich die Hände mit Zitronen- und Orangensaft einrieb, um den Fischgeruch abzutöten. Das war natürlich auch wieder so ein Nomadentrick.

Inzwischen zelteten wir schon über einen Monat bei den Nomaden in Aybak. Die Zeit des Frühjahrsregens war vorbei, und die Weiden an den Hügelhängen begannen sich braun zu färben. Es war nicht mehr genug Gras für die Herden vorhanden. Am Freitagabend der vierten Woche sagte Amir Khan, dass er und die Seinen am Montag nach Mazar und von dort weiter nach Andkhui ziehen würden, wo es frisches Gras für ihre Herden gab.

Unser Auto war noch lange nicht fertig; darauf würden wir noch einen weiteren Monat warten müssen. Doch mein Vater hatte nicht mehr genug Geld, um uns einen Monat lang zu ernähren *und* ein Zimmer zu bezahlen, also entschied er, dass wir die Nomaden zumindest bis Mazar begleiten würden; dort sollten meine Mutter, meine Schwestern und ich bei meiner Tante bleiben, während mein Vater nach Aybak zurückkehrte, um dort die Reparatur unseres Wagens voranzutreiben. Sobald das erledigt war, würde er sich uns wieder anschließen, und dann würden wir zusammen nach Kabul fahren.

Am Sonntagabend unserer fünften Woche mit ihnen packten die Nomaden ihre Sachen zusammen, und früh am nächsten Morgen begannen wir unseren Treck zurück nach Mazar. Obwohl wir ja eigentlich nach Hause wollten, nach Kabul, fanden wir es doch sehr aufregend, mit einer Karawane loszuziehen.

Die Karawane kam langsam voran; die zotteligen Kamele schleppten sich schwerfällig die steinigen Hänge hinunter. Ihnen folgten die Schafe, die Ziegen und die scharfäugigen Hütehunde. Die großen, schlanken und verwegen aussehenden Nomaden bewegten sich stolz zwischen ihren Tieren hin und her. Über den Schultern trugen sie Gewehre. Ab und zu wurden das Schweigen und die Stille urplötzlich von ein paar derben Worten des Kamelführers zerrissen, der sich dabei eines Jargons bediente, den nur seinesgleichen und seine Kamele verstanden.

An der Spitze und am Ende der Karawane schlenderten die

Frauen unbekümmert neben ihren Kamelen einher; die Nomadinnen hielten nichts davon, sich zu verhüllen, und hatten für Schleier nichts als Verachtung übrig – sie waren tatsächlich von solch zarter Schönheit wie die Darstellungen auf alten Bildern. Manche von ihnen hatten ganz dunkle Augen, sonnengebräunte Haut und rabenschwarzes Haar; andere wiederum waren hellhäutig mit blauen Augen und blondem oder rotem Haar. Sonne und Wind hatten ihre Wangen und Lippen rot gefärbt, sodass diese sich deutlich von ihren tristen schwarzen Kleidern abhoben.

Ihre Kleinkinder im Alter von zwei bis drei Jahren hatten sie zwischen die beiden Höcker ihrer Kamele geschnallt. Während die Kamele dahinzockelten, schliefen die Kinder in sitzender Haltung auf ihnen. Hin und wieder fing ein Kind zu weinen an, wurde aber gleich wieder von den weichen Schritten der Kamele und dem Klingeln der an ihren langen Hälsen hängenden Glöckchen in den Schlaf gelullt. Die älteren Kinder gingen neben den einhöckerigen Dromedaren, und wenn sie müde wurden, kletterten sie so behände wie Äffchen auf die Rücken der Tiere, wo sie es sich dann vor dem Dromedarhöcker für ein Nickerchen bequem machten.

Gelegentlich näherte sich ein ganz junges Kamel von hinten seiner Mutter und stieß sie mit der Schnauze an; der flaumige Körper dieser Jungtiere stand in sonderbarem Kontrast zu ihren langen, dünnen und unsicheren Beinen.

Die Nomaden trugen ihre gesamten Besitztümer mit sich umher. Sie pflegten ein schlichtes, aber keineswegs armseliges Leben und führten aus ihrer eigenen Herstellung viele Teppiche in prächtigen Farben und mit traditionellen, geometrischen Mustern mit sich. Mithilfe dessen, was ich während meiner Lehrzeit in Mazar gelernt hatte, konnte ich erkennen, welche unterschiedlichen Naturfarben sie verwendeten; ihre Teppiche fühlten sich so weich an wie Samt. Sie wurden mit den Zeltbahnen und den Kochutensilien zusammengerollt und über die Kamelrücken gehängt, wo sie an beiden Seiten der Lasttiere auf und ab hüpften, sodass es aus der Ferne so aussah, als würden übergroße Rupfenpuppen durch die Wüste latschen.

Das Nomadenleben gewöhnte uns an Härten, machte uns stark und lehrte uns, den Mut nie sinken zu lassen. Wir marschierten jeden Vormittag sechs Stunden am Stück, ehe wir eine Essenspause einlegten; anschließend gingen wir ohne Pause weiter bis zum Einbruch der Dämmerung. Es war sehr anstrengend, aber ich verstand nun, was Großvater am Nomadendasein so begeistert hatte; es war, wie er gesagt hatte: »Man ist sorgenfrei und unabhängig und macht dabei aus jeder Jahreszeit das Beste; es kann einem nie langweilig werden wie in Kabul.«

Ich ging mit meinem Vater und den übrigen Nomadenmännern vor den Herden von Schafen, Ziegen, Kamelen, Pferden und Eseln; sie unterhielten sich auf Paschtu, und zwar sehr lautstark, als wären sie alle schwerhörig. Ich fragte meinen Vater, warum sie so laut redeten. »So reden die Nomaden eben«, antwortete er.

Dann gesellte ich mich für eine Weile zu meinen Cousins, die sich, jeder einen Stock in der Hand, zwischen den Schafen und Ziegen verteilt hatten, die eine Menge Staub aufwirbelten, und danach zu meinen Schwestern, deren bunte Röcke und bestickte Jacken ebenfalls mit einer dicken Staubschicht bedeckt waren, sodass sie sich gar nicht mehr von der eintönigen Farbe der Kleidung der Männer unterschieden. Als die Nomadenmädchen mich sahen, hörten sie sofort zu reden auf und warfen mir wütende Blicke zu, um mir zu zeigen, dass ich bei ihnen nicht willkommen war. Ich war zwar ihr Cousin, aber bei den Nomaden gibt es ganze feste Regeln, was das Zusammensein von Männern und Frauen und Jungen und Mädchen betrifft, und die musste ich noch lernen. Erst nachdem ich mich verzogen hatte, fingen sie wieder an, miteinander zu schwatzen.

Meine Mutter ging immer ganz hinten mit; sie hustete und schniefte in dem Staub, der so fein war wie der von Kreide. Sie konnte mit dem Tempo der anderen nicht mithalten, denn sie hatte keine richtigen Schuhe, bloß Sandalen. Von der trockenen Luft und dem Staub bekam sie Hautrisse in den Fersen, sodass sie sich von Zeit zu Zeit auf eines der Dromedare schwang; dann starrten sie alle an, als würde sie etwas Verbotenes tun, denn das Mitreiten auf den Lasttieren war eigentlich kleinen Kindern vorbehalten. Ihre helle Haut bräunte sich zwar langsam von der Sonne, aber der ständige Staub ließ sie aussehen, als hätte sie den Kopf in einen Mehlsack gesteckt.

Sobald die Sonne hinter den Bergen verschwand, hielten wir dort zur Nacht an, wo wir uns gerade befanden – den einen Tag am Saum eines Berges, den anderen mitten in einer Wüste, am nächsten in einem grünen Tal in der Nähe eines Dorfes. Binnen weniger als einer Stunde hatten einige der Männer ein paar Jurten aufgestellt, während die Frauen sich an die Vorbereitungen für das Abendessen machten. Manche von ihnen gaben beim Kochen ihren Babys die Brust. Wenige Stunden später hatte sich vollkommene Dunkelheit über uns gesenkt, sofern nicht ein Halbmond an einem mit Sternen behängten Himmel ein wenig Licht zu uns hinuntersandte.

Jeden Abend wurden drei große Feuer entfacht, eines für die Männer, eines für die Frauen und eines für die Kinder. Ab und zu knackte es im Feuer, und ein Funke kam herausgesprungen. Wir Jungen waren eifrig damit beschäftigt, Wasser für den Tee zu kochen, während die Männer sich auf großen Kissen zurücklehnten, um ihn zu trinken. Sie waren alle so begeisterte Teetrinker wie meine Onkel und Tanten und leerten in Minutenschnelle gleich mehrere Tassen hintereinander.

Die Nomaden waren gesellige Menschen, die sich gerne zu einem Picknick oder einem Fest versammelten. Ihre Frauen kochten oft *Shorba*, eine Fleischsuppe mit Mohrrüben, weißen Rüben, Kartoffeln, gemahlenem oder frischem rotem Pfeffer und anderen Gewürzen. Wenn Leute aus den umliegenden Ortschaften in unser Lager kamen, um uns Tiere, Häute oder Felle abzukaufen, schüttete die Köchin einfach noch etwas mehr Wasser in die Suppe, ließ sie aufkochen, und schon war genug da, um auch die Gäste zu bewirten. Man servierte die *Shorba*, indem man das *Naan*-Brot über einer großen Schüssel in kleine Stücke teilte; die Frau, die an diesem Tag für das Kochen zuständig war, füllte die

Schüssel dann mit Suppe auf. Fünf bis zehn Personen aßen dann aus dieser einen Schüssel. Wenn ich mich beim Essen nicht beeilte, bekam ich zuweilen nur einen oder zwei Bissen ab, ehe die Schüssel leer war. Dann musste ich mich mit Brot und Joghurt oder Molke begnügen – oder auch mit *Quroot*, einem ziemlich sauren Joghurt von fester Konsistenz, der einen wichtigen Bestandteil der Nomadenküche darstellte.

Zum Abendessen bereiteten die Nomadinnen manchmal Kebab oder Reis mit Lamm zu. Sie spülten den Reis nicht, bevor sie ihn kochten. Sooft ich einen Mund voll nahm, knirschte mir der Sand zwischen den Zähnen, oder ich kaute auf einem Kieselstein herum. Mein Vater scherzte immer wieder, dass der Sand und die Kiesel zwar gut durch wären, er aber nicht verstünde, warum man Reis dazugemischt hätte, worauf die Nomadenmänner lachten und damit prahlten, dass ein Nomadenmagen sogar Eisen verdauen könne.

Ich war dankbar, dass die Nomaden ihr Essen mit uns teilten, aber ich mochte nicht so viel Fleisch. Oft schnitt ich eine Zwiebel in kleine Stücke, tat sie in Joghurt und aß das Ganze dann mit Brot, während die anderen ihre Arme ausstreckten, um ihr in Suppe getunktes *Naan*-Brot aus einer großen Schüssel zu verspeisen.

Nach dem Essen nahmen zwei Männer jeweils eine tief klingende *Dhol*-Trommel, während andere Männer einen Kreis bildeten, um einen *Attan* zu tanzen, zunächst ganz langsam, bis sie auf einmal ein Bein in die Höhe warfen und sich im Kreise zu drehen begannen, um nach und nach immer schneller zu werden und sich von der *Dhol* in eine frenetische Kreisbewegung peitschen zu lassen. Wenn die Trommelschläge dann in zu rascher Aufeinanderfolge kamen und einzelne Männer nicht mehr mithalten konnten, lösten sie sich nach und nach aus der Gruppe und hörten zu tanzen auf, doch wenn schließlich der letzte donnernde Trommelschlag ertönte, feierte alles begeistert die wenigen Tänzer, die bis zuletzt durchgehalten hatten.

Die ganze Nacht verbrachte man damit, sich in der Gesellschaft der anderen wohlzufühlen, zu singen und zu tanzen.

Manchmal wurde eine Lichterkette an den Generator angeschlossen, und die Wüstennacht erstrahlte in elektrischem Licht. Und die Frauen waren bis zum frühen Morgen mit Kochen beschäftigt.

Irgendwann taumelten wir endlich in unsere Jurten und schliefen auf der Stelle ein. Draußen schlummerten die Tiere, beschützt von den stets wachsamen Hütehunden.

Drei Wochen später erreichten wir an einem späten Montagnachmittag Mazar. Wir ließen die weite Landschaft hinter uns, und unsere Kamele hielten schaukelnd Einzug auf der Hauptstraße der Stadt. Als wir am Schrein von Hazrat Ali vorbeikamen, hielt die Karawane, damit die Männer zum Gebet gehen konnten. Nach dem Gebet teilte mein Vater Amir Khan mit, dass wir sie nun nicht länger begleiten konnten und sich unsere Wege hier trennen mussten.

Es stimmte Amir Khan sehr traurig, das zu hören, doch er zwang sich zu einem Lächeln. Er und die anderen hatten ja schon die ganze Zeit gewusst, dass wir in Mazar ihre Gemeinschaft verlassen würden, aber keiner von uns allen hatte darüber nachdenken oder sprechen mögen.

»Wir werden die Erinnerung daran, mit dir und mit deiner lieben Familie zusammen gewesen zu sein, immer im Herzen tragen«, sagte mein Vater, als er Amir Khan zum Abschied an sich drückte. »Und wir werden stets dankbar für eure Gastfreundschaft und eure Offenherzigkeit sein.«

»Auch wir werden dich und deine Familie in unserer besten Erinnerung behalten«, erwiderte Amir Khan. »Vergesst nicht, uns im Winter in Dschalalabad zu besuchen. Und bring bitte deinen Vater mit.«

In Dschalalabad bleibt es das ganze Jahr über warm. Dort haben die Nomaden ihr festes Quartier, wenn sie sich nicht auf Wanderschaft befinden.

Mein Vater umarmte einen nach dem anderen und verabschiedete sich von ihnen. Und wieder tat ich es ihm nach – wie bei unserer ersten Begegnung; diesmal jedoch kannten wir sie alle bei ihren Namen. Wir wussten, wer von ihnen der beste Tänzer war, wer die besten Geschichten erzählen konnte, wer das beste Kebab kochte und wer eine poetische Ader hatte.

Meine Mutter und meine Schwester verabschiedeten sich mit Küssen von den Nomadinnen. Mein Vater und ich winkten ihnen aus gebührendem Abstand zu.

Als Nächstes waren meine Cousins an der Reihe. Ich nahm zuerst Omar Khan in die Arme, dann die anderen. Omar Khan drückte mir einen selbst gebastelten Briefumschlag in die Hand und bat mich, ihn nicht vor dem nächsten Tag zu öffnen. Ich versprach es. Alle überreichten mir Umschläge und nahmen ohne große Gesten von mir Abschied. Danach versuchten sie, sich möglichst rasch zurückzuziehen. Gefühlsbekundungen lagen ihnen überhaupt nicht. Und ich blieb mit einem Arm voller Briefumschläge zurück.

Ich entdeckte meine ältere Schwester inmitten einer Gruppe Nomadenmädchen. Sie küssten sie zum Abschied und schenkten ihr handgemachten Schmuck. Dann umarmten sie sie zärtlich und verschwanden eine nach der anderen in dem Staub, den ihre Tiere aufwarfen.

Da standen wir nun vor dem Schrein mit seinen blau gefliesten Türmen am Straßenrand und sahen ihnen nach, bis sie immer kleiner wurden und schließlich aus unserem Blickfeld verschwunden waren. Doch je weiter sie fortgingen, umso näher fühlte ich mich ihnen.

»Sie werden für immer über ein und dieselben Wege ziehen, denen auch unsere Vorfahren jahrhundertelang gefolgt sind. Ich wünschte nur, Großvater wäre hier«, sagte mein Vater, und seine Stimme klang wehmütig.

Wir anderen schwiegen. Ich stopfte die selbst gemachten Umschläge in meine Tasche, und wir bestiegen ein Taxi. Aber irgendwie kam ich mir fehl am Platze vor. Ich wollte hinter meinen Cousins herrennen und ihnen zurufen, sie sollten mich mitnehmen.

Ein paar Minuten später waren wir im Haus meiner Tante. Sie freute sich sehr, uns wiederzusehen, war aber gleichzeitig ein wenig überrascht. Wir hatten ja keine Möglichkeit gehabt, ihr mitzuteilen, was uns widerfahren war und dass wir zu ihr zurückkommen würden. Sosehr sie sich aber auch freute – in ihre Zimmer wollte sie uns denn doch nicht lassen, weil wir so staubig, schmutzig und verfloht waren. Stattdessen bewirtete sie uns im Hof mit Tee. Nach der ersten Tasse schickte sie jeden von uns einen nach dem anderen ins Bad, damit wir uns duschten. In der Zwischenzeit suchte sie saubere Kleidung für uns zusammen und ließ die Sachen, die wir getragen hatten, zum Waschen bringen. Erst danach durften wir ins Haus.

Nachdem ich unter der Dusche gewesen war, lief ich gleich nach nebenan, um meine Lehrerin zu überraschen. Ich klopfte mehrfach an die Tür, aber niemand öffnete. Also drückte ich die Klinke und betrat den Innenhof der Teppichknüpferfamilie. Doch ihre Zimmer standen allesamt leer. Es war niemand da. Erschrocken lief ich zu unserem Haus zurück und fragte meine Tante, wo sie geblieben waren. Sie sagte, dass sie vor ein paar Wochen nach Tadschikistan weitergezogen wären. Tadschikistan! Ich war sprachlos vor Enttäuschung. Wie sollte ich meine Lehrerin in Tadschikistan je finden?

Meine Tante ging in das frühere Schlafzimmer meiner Lehrerin und kam mit einem kleinen Päckchen zurück. »Das hier hat sie für dich dagelassen«, sagte sie.

Noch ehe ich die schlichte weiße Baumwollhülle entfernt hatte, wusste ich schon, was es war. Vorsichtig wog ich es in den Händen und sah es an. Es war ihr Knüpfhaken. Für mich war ihre ganze Schönheit in diesem Haken eingefangen; er rief mir ihr Lächeln in Erinnerung und wie sich ihre Augen mit Tränen gefüllt hatten, als sie sich von mir verabschiedete.

Ich führte den Haken zärtlich an meine Lippen. Er duftete nach ihrem Parfüm. Ich musste weinen – ohne recht zu wissen, warum. Meine Tante gab mir einen Kuss auf die Stirn, legte mir den Arm um den Kopf und sagte: »Sie hat dich auch geliebt, aber es war ihre Entscheidung, nach Tadschikistan zu gehen. Sie hat ihre Familie davon überzeugt, dass sie Afghanistan verlassen sollten, und ihre Familie hat immer auf sie gehört. Sie glauben, dass sie mit ihren Entscheidungen immer recht hat.«

»Sie ist ja auch kein gewöhnlicher Mensch«, flüsterte ich, und dann löcherte ich meine Tante mit vielen Fragen, um zu erfahren, warum meine Lehrerin gewollt hatte, dass ihre Familie Afghanistan den Rücken kehrte. Doch weder meine Tante noch sonst jemand in ihrer Familie kannte den Grund.

Ich wickelte den Haken in ein Taschentuch aus reiner Seide, das ich mir auf dem hiesigen Basar gekauft hatte, als wir vor einigen Monaten zum ersten Mal in Mazar gewesen waren, und legte ihn in meinem Koffer zu all den andern besonderen Dingen, die ich an den verschiedenen Orten, an denen wir gewesen waren, gefunden hatte.

An diesem Abend ging ich sehr früh zu Bett, und im Traum begegnete mir meine Lehrerin. Ich sah auch Omar Khan wieder und meinen Freund, den Mönch aus Bamiyan – und Hamza und meine anderen Freunde in Tashkurgan. Auch Wakeel war da. Wir waren alle wieder vereint.

Am folgenden Morgen wachte ich entsprechend früh auf. Die anderen schliefen noch alle. Ich fing an, die Briefe zu lesen, die meine Nomadencousins mir mitgegeben hatten. Als Erstes las ich den von Omar Khan. Er war derjenige, an dem mir am meisten lag, der, den ich am besten verstehen konnte. Seine Liebe zum Leben hatte mich einiges gelehrt.

Lieber mein bester Freund und lieber Vetter,

du wirst immer einen Platz in meinem Herzen behalten, denn du hast mir das Licht gegeben, um meinen Weg zu erkennen. Ich habe immer geglaubt, in der Finsternis zu leben, doch in dem Moment, in dem ich dich traf, fand ich mein Licht.

Du hast in mir eine Kerze entzündet. Ihr Licht weist mir meinen Weg, und dieses Licht wird mich immer an dich erinnern.

Alles Liebe, Omar Khan

Ich las diesen Brief mehrmals hintereinander. Omar Khan war also nicht nur ein Hütejunge, sondern auch ein Poet. Was er mit »Licht« meinte, war seine Fähigkeit, zu lesen und zu schreiben.

Ich öffnete den zweiten Brief. Er kam von Aaron Khan. Aaron

Khan war dünn, hatte einen dunklen Teint und hervorstehende Augen wie ein Krebs. Wenn er sprach, überschlug sich immer seine Stimme, und er verschluckte die Hälfte seiner Worte; dabei blickte er sich dauernd verstohlen um, als hätte er vor, gleich davonzurennen und sich zu verstecken. Wenn er aufgeregt war, schienen seine Augäpfel zu zittern.

Wissen ist die Kerze des Lebens, und du hast mir eine Kerze gegeben, die ich mein ganzes restliches Leben benutzen kann. Ich weiß nicht, wie ich dir für dieses wertvolle Geschenk danken soll, aber ich glaube fest daran, dass ich dir eines Tages begegne und dir ein Geschenk geben kann, das des Schenkens wert ist. Wenn nicht in dieser Welt, dann in der nächsten, da wir doch alle glauben, dass diese Welt nur die Brücke in die nächste ist.

Beste Grüße, Aaron Khan

Der dritte Brief war von Solomon Khan. Er war ein stiller Typ und hatte von seinem Vater die Kombination trauriger Augen mit einem gewinnenden Lächeln geerbt, obwohl er ungewöhnlich hässliche Zähne hatte; sie standen weit hervor und wuchsen im Oberkiefer in zwei Reihen, was ihn sehr beschäftigt hielt, denn er fummelte sich dauernd mit den Fingern im Mund herum und versuchte, die Zähne in der hinteren Reihe loszurütteln und herauszuziehen. Denen, die das Bedürfnis danach verspürten, gestattete er gnädigerweise, ebenfalls ihre Finger in seinen Mund zu stecken und seine zweite Zahnreihe zu berühren. Es gab für mich recht wenig Gemeinsames, worüber wir uns unterhalten konnten. Er saß immer ganz für sich alleine in einer dunklen Ecke der Jurte oder verbrachte seine Abende draußen am Fuß der Berge.

Trotzdem tat es gut, dicht neben ihm auf einem großen Stein zu sitzen und eine ganze Stunde lang kein Wort zu sprechen, sondern zuzusehen, wie die Krähen die Krone der Mittelpfosten der Jurten umkreisten, die vor der roten Glut des Sonnenuntergangs nur als scharf umrissene Formen hervortraten; die Vögel schwangen sich in die Höhe und stießen dann wieder aus ihr herab, bildeten plötzlich ein schwarzes Netz vor dem schwindenden Licht des Abendhimmels und waren mit einem Mal verschwunden, wobei sie eine große Leere zurückließen. Wenn wir Zeugen einer solchen Begebenheit wurden, hatten wir kein Verlangen, sie zu kommentieren, denn unsere Herzen waren erfüllt von dem Glück, so etwas beobachten zu dürfen.

Lieber mein Vetter,

Wissen ist der unermessliche Reichtum, dem nichts gleichkommt. Du hast mir diesen Reichtum gegeben, und ich gab dir dafür nur Schweigen. Aber ich weiß, dass du das Geheimnis hinter diesem Schweigen verstanden hast. Mehr kann ich dir im Moment nicht geben. Ich hoffe, wir sehen uns einmal wieder und tauschen dann mehr aus.

Alle guten Wünsche, Solomon Khan

Ich las sämtliche Briefe, einen nach dem anderen. Natürlich enthielten viele von ihnen eine Menge Rechtschreib- und Grammatikfehler, und die Schrift war oft übergroß und unbeholfen, aber lesen und verstehen konnte ich sie allesamt. Wenn sie erst mehr Übung bekamen, würden unsere Cousins und Cousinen ständig besser werden – da waren meine Schwester und ich uns einig. Auf diese Weise hatten ja auch wir Dari gelernt. Mich bewegte, wie kreativ sie beim Schreiben schon waren und was für ein Bilderreichtum ihre kurzen Texte auszeichnete. Nachdem ich alle Briefe gelesen hatte, nahm ich sie mir gleich noch einmal vor und las sie immer wieder.

Am nächsten Tag ging ich zum Schrein von Hazrat Ali und traf dort auf meine Freunde, mit denen ich *Gursai* gespielt hatte. Sie lauschten gespannt, als ich ihnen davon erzählte, dass ich mit Nomaden zusammengelebt hatte. In meinem Gebet bat ich Gott, gut auf meine Lehrerin aufzupassen – wo immer sie auch war.

Mein Vater blieb eine Woche bei uns in Mazar und machte sich dann auf den Weg nach Aybak, um unser Auto abzuholen, das mittlerweile eigentlich repariert sein musste. Danach würde er nach Mazar zurückfahren und uns alle nach Kabul bringen.

Den Berichten nach, die mein Vater auf BBC hörte, schien der Waffenstillstand weitgehend eingehalten zu werden. Während der Wochen, die wir mit den Nomaden verbracht hatten, waren keine ernsthaften Feuergefechte vorgekommen. Also hielten meine Eltern es für unbedenklich, zurückzukehren. Nach beinahe einem Jahr des Umherziehens wollten sie sich endlich wieder häuslich niederlassen.

Davon, dass wir in ein anderes Land gehen würden, war – zumindest vorerst – keine Rede mehr. Das enttäuschte mich ein wenig; ich hatte gehofft, mich unter Umständen auf die Suche nach meiner Lehrerin begeben zu können. Aber ich hatte auch schreckliche Sehnsucht nach Wakeel. Er war nicht wie versprochen nach Mazar gekommen. Aber inzwischen hatte ich ja begriffen, wie umständlich reisen sein konnte.

Drei Tage lang warteten wir auf meinen Vater, aber er kam nicht zurück. Am vierten Tag machte meine Tante uns mit ihrem Nachbarn bekannt, der Hubschrauberpilot war. Er sagte uns, dass er am nächsten Tag einen Flug nach Kabul hätte und uns mitnähme, wenn wir wollten. Für mich hörte sich das nach einer großartigen Idee an, doch andererseits überlegten wir, vielleicht doch lieber auf meinen Vater zu warten, damit wir alle zusammen fahren konnten.

Meine Mutter und meine Tante und deren Mann diskutierten bis spät in die Nacht darüber, während ich von meinem Bett aus zuhörte.

»Wenn ihr wartet, bis er zurückkommt, damit ihr alle zusammen nach Kabul fahren könnt, bricht euch am Ende der Wagen unterwegs noch mal zusammen, und es kann wieder Tage dauern, bis er gemacht ist«, argumentierte meine Tante. »Dann muss sich dein armer Mann erneut mit euch allen abschleppen, obwohl er doch kaum noch Geld übrig hat, wie ihr euch ja wohl denken könnt. Wenn der Wagen aber ohne euch seinen Geist aufgibt, wird er entweder eine Möglichkeit finden, ihn wieder hinzukriegen, oder er lässt ihn einfach stehen und schlägt sich so nach Kabul durch.«

Es war schon gegen Mitternacht, als meine Mutter endlich auf den Vorschlag einging – wenn auch unter großen Vorbehalten. Ehe sie es sich doch noch anders überlegte, ging meine Tante sofort nach dem Gespräch zu ihrem Nachbarn hinüber, der angeboten hatte, uns mitzunehmen. Ich begleitete sie, während meine Mutter schon anfing, die wenigen Besitztümer zusammenzupacken, die uns noch geblieben waren. Meine Tante klopfte an der Tür des Nachbarn, um ihn aufzuwecken. Dann entschuldigte sie sich bei ihm und bat ihn, uns am nächsten Morgen auf dem Weg zum Flugplatz abzuholen. Er lächelte verschlafen, nickte mit dem Kopf und schloss die Tür rasch wieder.

Am nächsten Morgen kletterten meine Mutter mit meinem Bruder, meine Schwestern und ich ohne unseren Vater in den Hubschrauber. Das Cockpit war voller großer Tüten mit Granatäpfeln. Wir aßen davon, während wir durch die kleinen Fenster auf den Hindukusch hinunterblickten, den wir schon dreimal überquert hatten – nur viel langsamer und von Angst und Hoffnung getrieben. Innerhalb von fünfzig Minuten hatten wir Kabul erreicht.

Vom Flughafen nahmen wir uns ein Taxi und waren nach einer weiteren halben Stunde wieder in unserer Festung der neun Türme. Niemand wusste von unserem Kommen. Wir hatten es ja selber nicht geahnt.

Als wir durch das Tor zur Straße den Garten betraten und durch die schwere Tür mit der rasselnden Kette in den Innenhof kamen, sahen uns einige meiner Cousins, und schon entdeckten uns auch ihre Mütter und meine Onkel. Unter großem Freudengeschrei kamen sie uns entgegengelaufen. Wir schafften es gerade eben bis zu der Akazie; dann hatten sie uns von allen Seiten eingekreist.

Und dann sah ich Wakeel. Er kam aus einem der Zimmer im oberen Stockwerk, um zu schauen, was es Aufregendes gab. Einen oder zwei Augenblicke lang blieb er wie angewurzelt stehen und sah zu, wie wir von unseren Verwandten umarmt und abgeküsst wurden, während sich die Nachricht im Haus verbreitete und noch weitere Angehörige aufgeregt aus ihren Zimmern stürzten. Dann aber war er mit einem Satz bei der Treppe und kam wie ein geölter Blitz heruntergeschossen und über den Hof auf uns zugerannt.

Ich war so glücklich, Wakeel wiederzusehen. Seit unserer letzten Begegnung vor einem Jahr hatte er etwas an Gewicht verloren und wirkte ein bisschen dünner und auch ein bisschen größer, aber sein Gesicht glühte vor Freude. Ich spürte, dass er eine enorme Erleichterung empfand – wie trockenes Land nach dem Regen. Aber er fand keine Worte für seine Gefühle.

Er umarmte meine Mutter und meine Schwestern, aber als ich an der Reihe war, tippte er mir nur auf die Schulter und fragte: »He, wo zum Teufel hast du denn gesteckt?« Alles beobachtete uns.

»Mehr hast du mir nicht zu sagen?«, fragte ich enttäuscht. In mir überschlugen sich die Emotionen.

Da konnte er seine Tränen nicht mehr zurückhalten, und auch ich schämte mich nicht über meine. Kleine, stoßweise Schluchzer kamen in mir hoch, als er die Arme um mich legte und mich ganz fest an sich drückte. Schließlich hatte er sich wieder einigermaßen gefangen und sagte: »Ich hatte solche Angst, dass euch etwas zugestoßen ist. Du sagtest, ihr wäret höchstens einen Monat weg. Aber dann ist fast ein Jahr daraus geworden.« Er wischte sich über die Augen.

Ich konnte nichts darauf erwidern. Mir war die Kehle immer noch wie zugeschnürt. Ich wollte meinen Großvater sehen. Er hielt sich im Haus auf und war noch nicht gekommen, um uns in Empfang zu nehmen. Wakeel führte mich zu dem Raum in der oberen Etage, wo Großvater mit zwei seiner Freunde zusammensaß. Als ich ihn durch die geöffnete Tür erblickte, lief ich zu ihm hin und bedeckte sein Gesicht mit Küssen; danach wollte ich ihn minutenlang gar nicht wieder loslassen. Ich brachte kein Wort hervor; ich mochte ihm auch nicht ins Gesicht schauen, weil meine Augen immer noch in Tränen schwammen und ich nicht wollte, dass er das sah. Mein Herz schlug wie wild, und ich gab mir alle Mühe, nicht laut loszuheulen. Auch Großvater sagte nichts, sondern hielt mich nur in seinen kräftigen Armen.

Doch nach einer Weile fragte er mich: »He, Gorbatschow, wo kommst du denn auf einmal her?«

Ich löste mich so weit aus seiner Umarmung, dass ich ihn ansehen konnte. Ich küsste seine Hände, wie es sich gehörte. »Wir sind alle mit einem Hubschrauber hergekommen«, presste ich hervor. Zu mehr war ich nicht in der Lage; ich hatte das Gefühl zu ersticken, wenn ich etwas sagte.

Großvaters Augen waren nun ebenfalls voller Tränen. »Komm näher zu mir«, sagte er, wahrscheinlich, weil ich seine Tränen nicht sehen sollte.

Dann versuchte er es mit einem Scherz: »Du hast ja noch gar nicht meine Freunde begrüßt«, sagte er. »Hast du denn all deine guten Manieren vergessen?« Ich ließ ihn los und wollte *»Salem Aleikum«* zu den beiden Männern sagen, von denen der eine sich gerade mit einem Ende seines Turbans die Augen abtupfte, aber es kam nur ein leises Piepsen dabei heraus.

In diesem Augenblick kamen meine Mutter und meine Geschwister herein. Zum allerersten Mal war ich froh, meine ganze Familie um mich zu haben, denn normalerweise beanspruchte ich das Recht, mich stundenlang mit Großvater zu unterhalten, ohne dabei unterbrochen zu werden. Doch an diesem Tag war das nicht möglich. Meine Mutter küsste Großvaters Hände, und er küsste sie auf den Kopf. Dann wollte Großvater wissen, was denn mit seinem Sohn sei.

Meine Mutter setzte sich neben ihn und erzählte ihm alles, während meine Tanten uns Tee brachten. Meine Mutter verteilte die mitgebrachten Geschenke, bei denen es sich allerdings bloß um Fladenbrot aus Mazar und Süßigkeiten handelte, die wir zum Schrein mitgenommen hatten, damit sie gesegnet waren. Als die Erwachsenen sich nach einer Stunde immer noch viel zu erzählen hatten, verließ ich das Zimmer und fand Wakeel ganz für sich alleine weinend auf dem Korridor vor, was auch mir sofort wieder Tränen in die Augen trieb. Doch gleich darauf mussten wir beide auch schon laut lachen. Dies war mal ein Tag, an dem sich niemand seiner Tränen schämte. Aber wir hätten jedem, der auch nur ein einziges falsches Wort gesagt hätte, glatt die Nase platt geschlagen.

Noch bevor der Tag seinem Ende zuging, war alles wieder so, wie es immer gewesen war. Wakeel und ich hatten einander eine Menge zu erzählen. Er hatte fünf gute Drachen für mich; auf einem stand sogar mein Name. Den hatte er selbst für mich gebaut. Er hätte ihn schon steigen lassen, berichtete er, und mehreren anderen Drachen die Schnüre damit durchgeschnitten. Die Kinder in der Nachbarschaft würden sich alle vor diesem Drachen in Acht nehmen.

So kam es, dass er mich in Kart-e-Parwan zu einer Legende machte. Jedes Kind in unserem Viertel glaubte, dass ich derjenige wäre, der diesen bewussten Drachen steigen ließ und ihnen allen die Schnüre durchtrennte, doch in Wirklichkeit war das Wakeel. Es war den Kindern in unserem Viertel ein großes Rätsel, dass sie mich nie draußen auf der Straße sahen – nur meinen Drachen, der stolz durch die Lüfte knatterte und anderen Drachen, die sich ein bisschen höher als meiner hinaufwagen wollten, den Garaus machte.

Als ich am nächsten Tag losging, um etwas Brot fürs Frühstück einzukaufen, blickten mich alle Kinder aus den Augenwinkeln an und flüsterten einander zu: »Da ist er, da ist er. ›Qais, der Drachenschneider‹.« Ich tat so, als würde ich sie gar nicht hören, ging einfach an ihnen vorbei, den Kopf stolz weit im Nacken wie ein Tyrann.

Ich schenkte Wakeel ein paar Steine, die ich bei dem Buddha in Bamiyan gesammelt hatte. Ich musste ihm genau erklären, was es mit diesem Buddha auf sich hatte und warum diese Steine für mich einen Wert darstellten. Zuerst dachte er, ich wolle mich über ihn lustig machen, als ich sie ihm gab, doch nachdem ich ihm von dem Buddha erzählt hatte und dass ich in einer Höhle in seinem Hinterkopf gewohnt und dort einen Mönch kennengelernt hatte, wollte er die Steine gar nicht annehmen. Er hielt sie für Erinnerungsstücke an mein großes Abenteuer und fand, dass ich sie behalten sollte. Aber ich sagte ihm, dass er der *Padshah*, der König all meiner Erinnerungen, wäre und dass sie ihm gebührten.

Fünf Tage später traf auch mein Vater mit unserem nunmehr einwandfrei funktionierenden Auto zu Hause ein, und damit waren wir endlich alle wieder vereint. Wir versuchten, uns das Leben schön zu machen. In Kabul schien der Krieg ein Ende gefunden zu haben. Aber wir wohnten noch immer nicht wieder in unserem eigenen Haus, das auf der anderen Seite des Berges in Trümmern lag. Wir waren immer noch Flüchtlinge in Haji Noor Shers Festung der neun Türme, von denen nur noch einer übrig war.

Während unserer Abwesenheit war Großvater auf die Idee gekommen, seine Söhne über die ganze Stadt zu verteilen, damit sie, falls es erneut zu Kriegshandlungen käme, nicht alle an einem Platz hockten, sondern einander vielmehr in unterschiedlichen Teilen der Stadt gegenseitig Hilfe und Unterschlupf bieten konnten. Unsere Verwandten hatten schon seit einiger Zeit den Wunsch gehabt, die alte Festung zu verlassen, wollten jedoch zuvor noch die Rückkehr meines Vaters abwarten. Nun zogen sie nach und nach aus.

Der eine Sohn nahm seine Frau und seine Kinder und zog mit ihnen zu seinem Schwiegervater in die Tamaskan-Wohnblocks im äußersten Nordwesten Kabuls. Ein weiterer meiner Onkel teilte sich mit seinem Schwager dessen Haus in Parwah, nicht allzu weit von Kart-e-Parwan entfernt; ein dritter kam bei einem Freund in Khair Khana unter.

Eine Woche nach unserer Rückkehr zog Großvater selber nach Makroyan, um dort bei seiner ältesten, inzwischen verwitweten Tochter zu leben. Zu diesem Zeitpunkt dauerte die Waffenruhe bereits über einen Monat an, und die Menschen begannen die Hoffnung zu hegen, dass dies ein Dauerzustand werden möge.

Das Stadtviertel Makroyan bestand überwiegend aus fünf- oder sechsgeschossigen Apartmentblöcken, die seinerzeit von den Russen erbaut worden waren, als diese noch als Freunde ins Land kamen. Nun stand das Viertel unter der Befehlsgewalt eines der Kriegsfürsten, dessen Soldaten nicht nur reihenweise junge Frauen vergewaltigten, sondern auch Wohnungen plünderten und gelegentlich sogar deren Bewohner erschossen. Die Schwester meines Vaters lebte schon seit vielen Jahren in der Gegend, hatte aber in letzter Zeit Angst, ganz alleine dort zu sein.

Ihr Mann war während der kurzlebigen kommunistischen Präsidentschaft von Hafizullah Amin exekutiert worden. An Hafizullah Amin erinnert sich heute kein Mensch mehr, aber zu seiner Zeit besaß er genügend Macht, um sich zahlreicher Angehöriger der geistigen Elite Afghanistans zu entledigen. Und so hörte meine Tante eines Tages, wie der Name ihres Mannes im Radio durchgesagt wurde – als einer derjenigen, die im Rahmen einer Säuberungsaktion liquidiert worden waren. Den Grund dafür hat sie nie erfahren.

Obwohl es ihr in der Folgezeit nicht an Verehrern mangelte, hat meine Tante nie ein zweites Mal geheiratet und lebte weiter mit ihrer Tochter und ihrem Bruder zusammen, meinem jüngsten Onkel, der nur wenig älter war als Wakeel, sodass wir ihn eher zu unseren Cousins zählten. Großvater wollte bei seiner Tochter sein, solange Makroyan ein so gefährliches Pflaster blieb.

Wo immer Großvater wohnte, wollte auch Wakeels Mutter sein. Obwohl er ihre Kochkünste ganz besonders schätzte, wünschte er, dass sie mit uns in Qala-e-Noborja blieb, doch sie bestand darauf, mit ihm nach Makroyan zu gehen. Und das taten auch meine unverheirateten Tanten; sie wollten sich vorläufig bei ihrer ältesten Schwester aufhalten, die wie eine zweite Mutter für sie war.

Nun lebten wir also zum ersten Mal ohne Großvater und ohne Wakeel in Kabul. Seit Anbeginn der Kämpfe schien es, als wäre alles auf den Kopf gestellt. Ich hätte mir nie im Leben vorstellen können, dass wir eines Tages das Haus meines Großvaters würden verlassen müssen. Und nachdem wir nun so viele Monate fort gewesen waren, erschien uns der Alltag ohne Wakeel und ohne Großvater als geradezu widernatürlich.

Die große Lehmfestung kam mir leer und verlassen vor. Wenn nachts der Wind durch die hohen Bäume und die Fliederbüsche im Innenhof rauschte, entstand ein klagendes, manchmal sogar furchterregendes Geräusch. Draußen auf der zerfurchten Straße heulten die Hunde. Die Festung der neun Türme erschien mir nicht länger als der magische Ort, der er am Tag unseres Einzugs hier gewesen war.

Ich dachte an meine Freunde in Tashkurgan und an die Nomaden, an den Mönch in Bamiyan und meine Lehrerin aus Mazar, an meine Spielkameraden und den Schrein von Hazrat Ali. Doch am allermeisten dachte ich an Wakeel. Ich hatte so lange darauf gewartet, ihn endlich wiederzusehen, und nun wohnte er drüben in Makroyan auf der anderen Seite der Stadt.

Weil er schon älter war, durfte er freitags alleine zu uns kommen. Da die Waffenruhe während der nächsten paar Monate andauerte, stand er beinahe jeden Freitagvormittag am Tor. Dann setzte er sich zunächst eine Stunde lang mit meinen Eltern zusammen und unterhielt sich mit ihnen; danach ließen er und ich den ganzen restlichen Tag lang Drachen steigen. Er musste allerdings stets vor Einbruch der Dunkelheit wieder zu Hause sein, was bedeutete, dass wir den besten Wind, den in der Abenddämmerung, nicht nutzen konnten.

Manchmal blieb er über Nacht bei uns, doch meistens fuhr er gegen Abend wieder nach Hause, denn er war nun der Jüngste in der Familie, und daher war es seine Pflicht, jederzeit zum Basar zu laufen, sooft seine Mutter oder eine der Tanten Gemüse oder irgendwelche Kräuter benötigten oder frisch angerührter Brotteig in die Backstube gebracht werden musste.

Wie gerne hätte ich Großvater von all meinen Abenteuern erzählt. Aber er war ja nicht da. Makroyan befand sich auf der gegenüberliegenden Seite von Kabul. Es war zwar nur ein paar Kilometer entfernt, aber es kam einem vor wie das andere Ende der Welt.

TEIL 3

IM ZEITALTER DES TEUFELS

13

Das Gold

Nun begann die Zeit des So-tun-als-ob. Anzeichen des Krieges fanden sich überall um uns herum, aber wir taten so, als würden wir sie nicht sehen. Meine Onkel und ihre Familien lebten nun in verschiedenen Teilen der Stadt, aber wir taten so, als würde die Trennung nicht lange dauern. Wir erinnerten uns zwar mit Wehmut daran, wie wir uns früher zum Essen alle um das auf dem Boden ausgelegte Tuch versammelt hatten, aber wir taten so, als ob es ein und dasselbe wäre, ob wir nun für uns alleine aßen oder alle zusammen.

Ab und zu fand an einem Freitag eine große Familienzusammenkunft in der Festung der neun Türme statt. Die Erwachsenen saßen drinnen und redeten, während meine Cousins und ich wie eh und je im Garten spielten oder unsere Drachen steigen ließen. Wir taten so, als wohnten wir immer noch alle zusammen unter einem Dach wie in früheren Tagen. Aber die Erwachsenen scherzten nicht mehr miteinander wie früher. Und niemand sprach mehr davon, Großvaters Haus wiederaufzubauen.

Wenn sich alles bei Einbruch der Dämmerung verabschiedete, taten wir so, als würden wir uns schon am nächsten Tag wiedersehen. Stattdessen würde es bis dahin einen oder zwei Monate dauern, denn während der folgenden Wochen kamen und gingen die Phasen der Waffenruhe, und es blieb gefährlich, in der Stadt unterwegs zu sein. Fünf Monate nach unserer Rückkehr nach Kabul war der Krieg wieder mit unverminderter Schärfe ausgebrochen, obwohl doch die Anführer sämtlicher verfeindeter Gruppierungen gemeinsam nach Mekka gepilgert waren, um dort zu schwören, dass sie nie wieder kämpfen wollten. Wir aber taten so, als wäre es normal, dass sie ihren Eid gleich wieder brachen – obwohl doch jeder Afghane weiß, was für eine unverzeihliche Sünde es ist, einen Eid zu brechen, vor allem wenn er in der Kaaba zu Mekka, dem höchsten Heiligtum des Islam, abgelegt worden war.

Der Krieg der Meineidschwörer zwang uns dazu, dass wir uns für Tage und Wochen in einem einzigen Zimmer verbarrikadieren mussten. Manchmal konnten wir aus Angst, von einem Heckenschützen getroffen zu werden, nicht einmal über den Hof in die Küche gehen – es könnte ja gerade dann eine Rakete niedergehen, wenn wir eilig etwas Reis holten, was oft das einzig Essbare war, das uns noch blieb, während die Tage sich dahinzogen und unsere Gemüse- und Fleischvorräte längst aufgebraucht waren. Abend für Abend gingen wir mit leerem Magen zu Bett, aber wir taten so, als bereiteten wir uns auf Ramadan vor.

Einmal blieb mir nach mehreren Tagen des Hungerns nichts anderes übrig, als in die Küche zu laufen und etwas Mehl zu holen, damit meine Mutter uns in dem Kaminofen, den wir dazu benutzten, den Raum zu heizen, in dem wir uns Tag und Nacht aufhielten, wenigstens etwas Brot backen konnte. Mein Vater nahm mich beiseite und entschuldigte sich mit Tränen in den Augen dafür, dass er mich losschickte, doch, so erklärte er mir, gäbe es ja niemanden mehr, der auf den Rest der Familie aufpasste, falls ihm etwas zustoße. Ich verstand. Aber es kostete mich Stunden, bis ich den Mut aufbrachte, die zwanzig Schritte bis dorthin zu laufen. Und dann rannte ich im Zickzack zur Küche, tat so, also ob ich mit den Scharfschützen in den Bergen Katz und Maus spielte. Oft schossen sie auf alles, was sie sich bewegen sahen. Das war ihr Spiel. Mich aber sahen sie nicht. An diesem Tag war ich der Sieger.

Die Raketen fielen zu Hunderten. Wenn sie abgefeuert wurden, machten sie zuerst ein pfeifendes Geräusch in der Luft, und wenn sie ihr Ziel trafen, gab es eine gewaltige Detonation, die die Erde erschütterte. Raketenteile und Überreste dessen, was sie getroffen hatten, regneten überall vom Himmel. Wir taten so, als ob das alles halb so schlimm wäre. Wir ahmten das pfeifende Geräusch nach, mit dem die Raketen angeflogen kamen; manchmal ging uns die Puste aus, ehe der Einschlag kam, manchmal aber auch nicht. Wenn es dann knallte, gaben wir ein explosionsartiges Geräusch von uns und taten so, als wären wir die Erde, indem wir uns übertrieben heftig schüttelten. In manchen Nächten fanden wir kaum Schlaf, weil so viele Raketen über der Stadt explodierten. Wir taten dann so, als wäre es ein Feuerwerk zum großen *Eid*-Fest, mit dem Abrahams Bereitschaft, seinen Sohn Isaak als Opfer darzubringen, gefeiert wird, oder zu *Nouruz*, unserem Neujahrstag, der am ersten Tag des Frühlings begangen wird.

Den ganzen Tag im Zimmer zu hocken, trieb mich und die anderen in den Wahnsinn, aber wir taten so, als hätte es bald ein Ende damit. Tage- und wochenlang bekamen wir den Himmel nicht zu sehen, also taten wir so, als wäre unsere Zimmerdecke das Firmament. Wir lasen immer wieder dieselben Bücher, bis wir sie beinahe auswendig dahersagen konnten. Manchmal, wenn es mir einfach zu viel wurde, ging ich ins Nebenzimmer, wo mein Punchingsack an der Decke befestigt war, und drosch dann stundenlang auf den Sack ein, bis ich vollkommen in Schweiß gebadet war. Ich tat dabei so, als bereitete ich mich auf ein Boxmatch vor.

Eine Menge Leute sind in dieser Zeit tatsächlich durchgedreht. Sie verließen ihre Häuser, um den Heckenschützen, die nur um des Spaßes am Schießen willen töteten, buchstäblich vor die Flinte zu laufen.

Während sich eine merkwürdige Begebenheit an die andere reihte, begriffen wir – auch wenn wir es nicht offen aussprachen – dass wir im Zeitalter *Shaitans*, des Teufels, lebten. Die einzige Möglichkeit zu überleben bestand darin, so zu tun, als führten wir ein ganz normales Leben.

Ich wusste nicht, wie ich dieses neue Leben anfangen sollte. Jeden Tag wachte ich auf, holte erst einmal tief Luft und wartete darauf, dass die Zeiten sich änderten. Ich erfuhr bald, dass Warten eine Fertigkeit war, die auch erst erlernt werden musste.

Ich sagte mir, dass meine Vergangenheit abgeschlossen war und ich nun etwas Neues beginnen musste. Doch tief in meinem Herzen trug ich noch schwer an den Erinnerungen an die Zeit davor.

Ich musste oft an die Mutter meiner Teppichknüpflehrerin denken, die mir viele alte Geschichten erzählt hatte, die immer eine Weisheit enthielten. Ich dachte an den hellen Himmel und den Schnee überall um uns herum, während sie mit ihrer leisen, etwas orakelhaft klingenden Stimme zu mir sprach und dabei ihr Gesicht immer ganz dicht an das meine hielt und der Blick aus ihren großen Augen mich nicht losließ – manchmal hatte ich dabei das Gefühl, dass sie Kraft in mein Herz strömen ließ. Im Grunde sang sie mehr, als dass sie sprach, und je länger sich die Geschichte hinzog, umso melodischer wurde ihre Intonation. Es war ein unbeschreibliches Glück gewesen, ihr zuzuhören.

Ich habe meine Großmutter nie kennengelernt. Sie starb, bevor ich geboren wurde. Wenn ich mit der Mutter meiner Lehrerin zusammen war, wünschte ich mir manchmal, sie könnte meinen Großvater heiraten. In ihrer Gegenwart schien es mir, als wäre sie diejenige, die mich immer auffangen würde, wenn ich hintenüberfiel.

Großvater kam noch einmal zu Besuch und blieb mehrere Tage lang bei uns. Ich saß dann still an seiner Seite, wenn er las, und es machte mir überhaupt nichts aus, dass er dabei nichts sagte. Ich war einfach nur froh und glücklich, da zu sein, und obwohl ich eigentlich langsam zu alt für so etwas wurde, liebte ich es immer noch, meinen Kopf in seinen Schoß zu betten, zu ihm aufzublicken, um ihm beim Essen eines Apfels zuzusehen und das knirschende Geräusch zu hören, wenn er in ihn hineinbiss. Ab und zu las er mir ein Gedicht von Rumi oder Hafis laut vor und wollte anschließend von mir hören, was es wohl bedeutete. Ich gab mir natürlich stets alle Mühe, etwas Kluges zu sagen, damit er mit mir zufrieden war. Und er lächelte mir dann zu und sagte: »Du hast eine Menge gelernt auf deinen Reisen.«

Ich erzählte ihm von meiner Zeit mit den Nomaden. Er hörte es gerne, wie sie bis spät in die Nacht beim Essen um das Lagerfeuer herumsaßen und miteinander scherzten, und stellte mir eine Unmenge Fragen über sie: wie sie Musik machten, tanzten, ihre Tiere schlachteten, Handel mit den Menschen trieben, durch deren Städte sie zogen, wollte von ihrer Gastfreundschaft hören. Indem ich ihm davon berichtete, erlebte ich alles noch einmal nach.

Er erzählte mir, dass seine Frau, meine Großmutter, immer von einer eigenartigen Unruhe ergriffen wurde, wenn sie eine Nomadenkarawane durch Kabul ziehen sah. Sobald sie eine Reihe Kamele erblickte, die durch die Straßen gestapft kamen, erweckte dies in ihr den Wunsch, einfach aus dem Haus zu laufen und sich der Karawane anzuschließen.

Eines Tages, als mein Großvater gerade in seinem Lieblingsbuch *Afghanistan im Laufe der Geschichte* von Mir Ghulam Mohammad Ghobar las, kam mein Vater herein. Er brachte ein Tablett mit Tee, aber nur zwei Tassen. Als mein Vater mich sah, sagte er mir, ich solle das Zimmer verlassen, aber mein Großvater legte mir den Arm um die Schulter.

»Dann geh wenigstens und hol dir eine eigene Tasse«, sagte mein Vater.

Als ich zurückkam, erzählte mein Vater gerade von einem Mann in Hayratan, einer nur eine Autostunde von Mazar-e-Sharif entfernten Stadt an der Grenze zur Sowjetunion – die wir immer nur als »Russland« bezeichneten. Ich hörte aufmerksam zu, obwohl ich zunächst nicht begriff, worauf er hinauswollte. Nach und nach jedoch dämmerte es mir: Als er während unserer Zeit in Mazar immer so früh am Morgen aus dem Haus gegangen und abends müde und erschöpft heimgekommen war, war er jeden Tag nach Hayratan und zurück gewandert und hatte dort versucht, jemanden zu finden, der uns über die Grenze schmuggeln konnte.

Auf einmal kam ich mir ausgesprochen töricht vor, weil ich

meinem Vater sein langes Fortbleiben übel genommen hatte. Ich hatte ja keine Ahnung, was er vorhatte.

Und genau das hatte er auch versucht, als wir in Kunduz waren. Immer wieder war er deswegen zur Grenze im Norden gefahren, doch jedes Mal ohne Erfolg. Es kostete eine Menge Geld, sich schmuggeln zu lassen. Als seinerzeit die ersten Kampfhandlungen ausbrachen, besaßen wir noch genügend Geld, doch mit der Zeit hatten wir das meiste davon zum Leben verwenden müssen, und nun war nur noch sehr wenig übrig.

Ich sah meinen Vater an, während er Großvater von alledem erzählte, und ich empfand eine Hochachtung vor ihm wie noch nie zuvor. Ich hatte es ihm nachgetragen, dass er nicht genügend Geld besaß, um uns außer Landes zu schaffen, uns an einen Ort zu bringen, wo niemand uns zu sagen hatte, was wir tun oder wie wir uns verhalten sollten. Wiederholte Male hatte ich ihn fragen wollen, wieso denn alle seine Freunde in Amerika oder in Europa lebten, aber wir immer noch in Afghanistan waren. Aber ich hatte nie den Mut aufgebracht, es anzusprechen. Stattdessen habe ich geschmollt und mich über ihn geärgert. Und nun schämte ich mich dessen.

Ich begriff jetzt mehr als je zuvor, was für ein tapferer Mann mein Vater war. Ich führte mir vor Augen, wie er uns von einem Ort zum nächsten gekarrt hatte, um unser Leben zu retten – wie eine Katze, die ihre Jungen im Maul mit sich trägt.

Mein Vater musste einen Neuanfang im Leben finden. Er und Großvater waren einmal erfolgreiche Teppichhändler gewesen, doch nun hatte mein Vater keine Teppiche mehr zu verkaufen und auch kein Geld, um welche zu erwerben. Also borgte er sich ein bisschen Geld von einem Freund und ging damit in Kabuls berühmte *Chicken Street,* deren Name auf die jüdischen Händler zurückgeht, die hier jahrzehntelang, seitdem die Straße existierte, Geflügel verkauft hatten. Nachdem die meisten von ihnen nach Israel ausgewandert waren, hatten sich in fast allen Läden Teppichhändler eingemietet, aber die Straße blieb weiterhin als die *Chicken Street* bekannt. Hier erwarb mein Vater einen kleinen Teppich, den er mit einem geringen Profit an einen anderen Händler weiterverkaufte. So nahm sein neues Geschäft seinen Anfang.

Jeden Tag war er in ganz Kabul mit einem Teppich auf der Schulter unterwegs, um ihn für ein paar Afghanis mehr zu verkaufen, als er selbst dafür gezahlt hatte. Langsam, ganz langsam, wurden aus dem einen Teppich zwei, aus den zweien wurden vier, dann waren es acht, und eines Tages nach fünf Monaten besaß er achtzig Teppiche, die alle ihm gehörten. Durch den Verkauf dieser Teppiche schuf er sich ein kleines Sparguthaben, um damit die Menschenschmuggler zu bezahlen. Um uns aber nach Russland zu bekommen, würde er Hunderte von Teppichen verkaufen müssen.

Seine Sorgen schienen kein Ende zu nehmen.

Vielleicht war es in jener Nacht, als mir endlich aufging, was mein Vater und meine Onkel im Sinn gehabt hatten, als ich sie vor mehr als zwei Jahren dabei entdeckte, wie sie heimlich, still und leise lauter Löcher im Garten gruben. Aber es kann auch sein, dass ich es mir aus einzelnen Gesprächsfetzen zusammengereimt habe, die ich aufschnappte, wenn von Schmugglern und Schleusern die Rede war. Irgendwer murmelte dann immer etwas von »dem Gold«, mit denen man sie würde bezahlen können. Und »dem Garten«.

Meine Mutter und die Frauen meiner Onkel hatten jede Menge Kästchen mit Schmuck besessen. Mein Vater war sehr in meine Mutter verliebt; als die beiden heirateten, gab er alles, was er besaß, dafür aus, um ihr Gold zu kaufen. Jedes Jahr verwendete er sein gesamtes Erspartes darauf, ihr zur Feier des Ramadanfestes so viele goldene Armreife zu kaufen, dass sie ihr später einmal vom Handgelenk bis zum Ellbogen reichen würden.

Immer wenn mein Vater Gold kaufte, um es meiner Mutter zu schenken, mussten seine Brüder das auch für ihre Frauen tun. Keiner wollte dem anderen nachstehen; die Frau des einen Onkels trug stolz ihre goldenen Fußkettchen zur Schau, die eines anderen einen breiten Gürtel ganz aus Gold; meine Mutter besaß sogar eine goldene Krone. Ich habe sie sie nur einmal tragen sehen, bei einer Hochzeit, und auch nur ein paar Stunden lang, denn sie fühlte sich von zu vielen Gästen angestarrt, die die Krone dann auch noch berühren wollten.

Wenn wir nach einer großen Feier spätabends nach Hause kamen, kommentierte meine Mutter immer den Goldschmuck der anderen Frauen. Sie genoss es, darauf hinzuweisen, dass ihre eigenen Armreife und Halsketten regelmäßig breiter und schwerer waren als die der anderen. Wahrscheinlich äußerten sich die Frauen meiner Onkel ihren Männern gegenüber auf ähnliche Weise über ihren Goldschmuck; Afghanen wetteifern gerne in jeder Hinsicht miteinander.

Als ich eines Nachmittags alleine mit meinem Vater zusammensaß und er darüber sprach, dass man versuchen könnte, sich in die Türkei schmuggeln zu lassen, fragte ich ihn, ob es denn nicht sein könne, dass all das Gold, das er und seine Brüder in Großvaters Garten vergraben hatten, von Dieben entdeckt worden sei. Er sah mich mit leicht auf die Seite geneigtem Kopf an, als überlegte er, wie viel ich wohl wirklich über diese Sache wusste.

»Es ist ein großer Garten«, war dann alles, was er dazu sagte. Da wusste ich, dass er davon überzeugt war, es müsse dort noch immer etwas Gold zu holen sein.

Und nun begriff ich, dass dies der Grund war, aus dem er damals mit mir dorthin gegangen war – und man uns gefangen genommen und hinunter in den Tunnel geschickt hatte. Und ich verstand nun auch, warum er unbedingt noch einmal dorthin zurückkehren wollte, obwohl wir doch alle wussten, dass von dem Haus nur noch eine Ruine übrig war.

Meine Mutter versuchte alles, um ihn davon abzuhalten. Sie zankten sich wochenlang deswegen, aber mein Vater konnte stur sein – er ist vermutlich der sturste Mensch, den ich kenne. Es herrschte nur in unregelmäßigen Abständen Waffenruhe, und dann konnte sie auch ganz plötzlich und unvorhergesehen zu Ende sein. Doch an den Tagen, an denen die Waffen schwiegen, wurde mein Vater von äußerster Ungeduld gepackt. Ich konnte es ihm richtig am Gesicht ablesen, wie er mit seinen Gedanken bei unserem früheren Grundstück war.

Eines Freitags beendeten wir gerade unser Frühstück, als mein Vater mir sagte, ich solle mich bereit machen, um ihn zu begleiten. Er sagte es so, als spräche er zu sich selber. Ich sah fragend meine Mutter an; sie starrte jedoch nur auf ihren Teller.

Ich hatte nicht vergessen, was im Jahr zuvor passiert war, wusste, dass es gefährlich sein würde. Aber ich war bereit, jedes Wagnis einzugehen, wenn es dem So-tun-als-ob und dem ewigen Warten ein Ende bereiten könnte. Vielleicht lag ja wirklich noch ein bisschen Gold im Garten. Vielleicht würden wir es sogar finden. Vielleicht könnten wir damit die Schleuser bezahlen und diesmal wirklich von hier wegkommen.

Wir gingen zu der Kreuzung am Polytechnikum. Die gelbe Blinkampel hing immer noch über der Hauptverkehrsstraße. Sie war noch nicht zerschossen worden. Das werteten wir als ein gutes Zeichen.

Mich erinnerte nichts mehr an unsere frühere Wohngegend, auch nicht von unserem letzten Besuch hier. Dächer waren eingestürzt; streunende Katzen fauchten aus leeren Fensterhöhlen. Überall lagen Konservendosen und russische Stahlhelme herum.

Als wir zu unserem Haus kamen, stieß mein Vater die zersplitterten Reste der dicken Eingangstür auf; dann gingen wir durch den Garten zu unseren Zimmern, wobei wir uns zum Schutz vor Tretminen auf den Steinplatten hielten. Als wir in Mazar einmal über unser Haus gesprochen hatten, fragte ich meinen Vater, aus welchem Grund denn jemand Minen in unserem Garten auslegen sollte. Er antwortete, dass das möglich sein könne oder auch nicht.

»Der Mann, der Großvater wegen dieser angeblichen Minen gewarnt hat, wollte euch möglicherweise nur vom Grundstück fernhalten«, sagte mein Vater. »Seid ihr an diesem Tag überhaupt im Garten gewesen?«

»Nein«, erwiderte ich.

Unter den Bäumen waren an ein paar Stellen mehrere tiefe

Löcher, doch größtenteils sah der Garten unversehrt aus. Ich versuchte, mich zu erinnern, wo die Gurkenranken gewesen waren, aber nach zwei Jahren war ich mir dessen nicht mehr sicher.

Unvermittelt kam mir die Geschichte davon in den Sinn, wie Mullah Nasruddin einmal ein Loch auf dem Gipfel des Berges gegraben und sein Geld dort versteckt hatte. Als er zwei Jahre später wiederkam, fing er auf der Suche nach seinem Geld am Fuße des Berges an zu graben. Als er dort nach einer Weile nichts gefunden hatte, begann er zu weinen. Da kam ein Mann vorbei und fragte: »Warum weinst du denn, Mullah?«

»Vor zwei Jahren habe ich hier ein Loch gegraben und mein Geld darin versteckt, aber jetzt ist es nicht mehr da«, beklagte sich Mullah Nasruddin.

»Bist du denn sicher, dass es auch genau hier war?«, wollte der Mann wissen.

»Ja, ich bin mir ganz sicher, weil vor zwei Jahren die Wolke genau an der Stelle am Himmel war und mir beim Graben Schatten gespendet hat. Und nun siehst du, dass die Wolke wieder da am Himmel steht, aber mein Geld weg ist«, jammerte Mullah Nasruddin.

Das Zimmer, in dem ich früher geschlafen hatte, hatte kein Dach mehr. Alles war mit einer Staubschicht bedeckt. Ich ging hinein, um nach meinem Bett zu schauen, aber das Zimmer war leer. Es war, als hätte nie jemand hier gelebt.

Plötzlich hörte ich von draußen einen lauten, dumpfen Aufschlag. Ich schaute hinaus und sah fünf Männer im Innenhof unseres ehemaligen Hauses, die dabei waren, auf das benachbarte Dach meines Großvaters zu klettern. Sie schleppten zusammengelegte dicke Taue mit sich. Als sie mich sahen, waren sie mächtig überrascht. Mein Vater kam aus einem der anderen Zimmer und stellte sich neben mich. Einer der Männer, ein breitschultriger Kerl mit kurzen Beinen, einem buschigen, braunen Bart und schmalen, blauen Augen kam auf uns zu. Seine Kleidung war zerlumpt und voller Staub. »Wer bist du?«, fragte er meinen Vater.

»Ich bin der Besitzer dieses Hauses«, sagte mein Vater in scharfem Ton.

»Aber jetzt gehört es uns«, sagte der Kerl mit einem säuerlichen Lächeln. »So ist der Lauf des Lebens. Einen Tag hast du alles, den anderen Tag habe ich alles. Du hattest das Glück, hier zu wohnen, aber jetzt nehmen wir die Dachbalken heraus, um uns selber eine Wohnung zu bauen.« Er stellte einen leeren Blumentopf, den er in der Hand gehalten hatte, auf den Boden. Bestimmt hatte er vorgehabt, sich auch den unter den Nagel zu reißen.

Während wir mit dem Mann redeten, waren zwei der anderen Männer auf einer Bambusleiter auf das Dach gestiegen. Hier wickelten sie ihr Seil um das eine Ende eines der Dachbalken, die die gegenüberliegenden Wände des Hauses miteinander verbanden. Ein weiterer Mann befestigte das andere Ende an einem Lastwagen, der draußen auf der Straße abgestellt war. Wir hörten, wie der Motor des Lastwagens angelassen wurde, und kurz darauf das Durchdrehen seiner Räder. Eine dunkle Staubwolke stieg in die Höhe, als der Balken sich losriss und mit Getöse über die Mauer hinweg auf die Straße flog.

Nun konnte mein Vater sich nicht mehr zurückhalten. Er war fuchsteufelswild. »Ihr Lumpenpack!«, schrie er die Männer, die inzwischen alle auf dem Dach waren, an, während sie bereits ein Seil am nächsten Balken festbanden. »Was zum Teufel tut ihr hier?«

»He, du Wichtigtuer! Kümmere dich um deine eigenen Angelegenheiten«, schnauzte der kurzbeinige Kerl.

»Selber Wichtigtuer! Das hier *ist* verflucht noch mal meine Scheißangelegenheit. Das ist *mein* Haus!«, brüllte mein Vater. Es war das erste Mal, dass ich solche Worte aus seinem Mund hörte.

Der kleinwüchsige Bursche kletterte die Leiter wieder herunter und kam auf meinen Vater zu. Seine Schritte erinnerten an einen Löwen, der sich auf einen Kampf vorbereitet. Er reichte meinem Vater zwar gerade eben bis zur Brust, wirkte aber ziemlich selbstbewusst und sah überhaupt aus, als fürchte er sich vor niemandem. Er griff sich den Bart meines Vaters und zog ruckartig daran; mit der anderen Hand versuchte er, an die Haare meines Vaters zu gelangen. Aber mein Vater stieß ihn von sich weg und brach ihm mit einem einzigen Fausthieb das Nasenbein. Die Kleidung des Mannes wurde mit Blut bespritzt.

Seine Kumpane waren inzwischen ebenfalls die Leiter heruntergekommen und sahen, dass das Gesicht ihres Freundes blutüberströmt war. Einer von ihnen sprang meinen Vater von hinten an und versuchte, ihn mit einem Seil zu würgen.

Mein Vater griff über seinen Kopf hinweg, packte den Kopf seines Angreifers und drehte ihn mit einem Ruck zur Seite. Es gab ein knackendes Geräusch – wie wenn man einen trockenen Ast durchbricht. Der Kerl schrie auf, ließ meinen Vater los und fiel zu Boden.

Der dritte Mann ging nun mit einem Messer auf meinen Vater los, aber mein Vater hatte ihm bereits die Faust ins Gesicht gerammt, ehe er ihm auch nur gefährlich nahe kommen konnte, und er ließ das Messer zu Boden fallen. Als er sich mit beiden Händen das Gesicht hielt, rann Blut zwischen seinen Fingern hindurch.

Die beiden verbliebenen Männer hatten Schaufeln in der Hand und machten Anstalten, sich auch auf meinen Vater zu stürzen, doch als sie sahen, wie es ihren Freunden ergangen war, zögerten sie. Einer von ihnen wurde ganz fahl im Gesicht.

Mein Vater rannte geradewegs auf sie zu. Sie warfen ihre Schaufeln weg und nahmen die Beine in die Hand. Wie zwei Affen kletterten sie über die Gartenmauer und sprangen auf der anderen Seite auf die Straße hinunter.

Mein Vater kletterte hinter ihnen her. »Ihr verdammten Feiglinge!«, rief er ihnen nach. »Seht zu, dass ihr wegkommt, ihr Hurensöhne!«

Zwei der Männer im Hof lagen auf dem Boden und hielten sich die Nasen. Inzwischen waren sie von Kopf bis Fuß voller Blut; der dritte hielt sich mit der Hand den Nacken und schlurfte stöhnend auf die Pforte zu.

Mein Vater versetzte den beiden Männern am Boden einen Tritt. »Verschwindet von meinem Grundstück, oder ich breche euch sämtliche Knochen im Leib!«, schrie er sie an.

Dann stand er da, atmete schwer und blickte sich nach allen Seiten um, während sich die beiden aufrappelten und in Richtung Hoftor davonhumpelten. Schließlich fragte er mich, ob mit mir alles in Ordnung wäre.

»Du warst klasse!«, entfuhr es mir voller Bewunderung.

»Ach, komm. Ich habe sechzehn Jahre geboxt. Mit solchen Burschen werde ich spielend fertig«, sagte er mit einem zufriedenen Lächeln.

Er sammelte die Schaufeln der Eindringlinge ein und versteckte sie unter einem Haufen Laub.

»Die könnten wir möglicherweise brauchen, wenn wir zurückkommen«, sagte er.

Wir durchsuchten sämtliche Zimmer, aber es war nichts mehr da, was wir mit zu uns in die Festung hätten nehmen können. Alles war gestohlen worden, und überall waren in die Wände und in die Böden Löcher geschlagen worden. Die Plünderer hatten vermutlich gehofft, hier geheime Verstecke zu finden.

Mein Vater ging zu dem Baum, in dessen Nähe die Gurkenranken gewachsen waren, und stellte fest, dass der Boden hier unversehrt war. Ich glaubte, dass er gleich zu graben anfangen würde, aber er drehte sich um und sagte: »Wir verschwinden jetzt besser von hier, ehe die mit Verstärkung zurückkommen.« Ich hatte gerade das Gleiche gedacht. »Ich komme morgen mit meinen Brüdern wieder her.«

Mein Vater trat hinaus auf die Straße; ich folgte ihm. Plötzlich sahen wir kaum einen Meter vor uns einen jähen Funkenregen vom Pflaster aufsprühen – begleitet von einem ratternden Geräusch. Ich wusste sofort, dass das Maschinengewehrfeuer war. Schon rannte mein Vater auf die andere Straßenseite. »Los, schnell!«, rief er mir zu. Während wir rannten, folgten uns die Salven und trafen nur wenige Zentimeter neben unseren Füßen auf das Pflaster. Auf der gegenüberliegenden Straßenseite suchten wir Schutz hinter einer verfallenen Mauer. Das Feuer verstummte.

Inzwischen wussten wir längst, dass eine Waffenruhe nicht viel zu bedeuten hatte. Die Scharfschützen in den Bergen waren Pandschiri, aber die flache Ebene um unser früheres Wohnviertel herum befehligten die Hazara. Eine Waffenruhe bedeutete eigentlich, dass sie aufhören sollten, einander mit den Raketen zu beschießen, die die Amerikaner uns gebracht hatten, damit die Mudschaheddin sie gegen die Russen einsetzten. Aber die Russen waren besiegt und hatten sich längst verzogen. Was die Heckenschützen nicht davon abhielt, einfach so zum Spaß auf Leute zu schießen. Manchmal brach mitten in einer Waffenruhe aus heiterem Himmel auch mal ein Raketengefecht aus, und kurz darauf war mit einem Schlag alles wieder friedlich.

Mein Herz pochte wie verrückt, und kalter Schweiß ließ mir die Kleider am Leibe kleben. Mir blieb keine Zeit, darüber nachzudenken, dass ich mich schon wieder mitten ins Zentrum dieses Wahnsinnskrieges hatte hineinziehen lassen. Mein Blick war auf das nächste Gebäude fixiert, das uns einigermaßen Deckung bieten konnte, und schon rannten wir darauf zu und um eine Mauerecke herum. Unter einem überhängenden Dach trafen wir auf vier Männer mittleren Alters, die ebenfalls hergekommen waren, um nach ihren Häusern zu sehen. Sie zitterten wie Espenlaub.

Ein paar Minuten lang saßen wir alle einfach nur da und hatten keine Ahnung, wo wir hinsollten. Ein Mann mit einem Maschinengewehr kam langsam auf uns zugekrochen. Auch er war ein Scharfschütze und versuchte, den Gegner oben auf dem Berg abzuschießen.

Er richtete seine Waffe nach schräg oben und zielte. Hoch oben auf dem Berg sahen wir etwas aufblitzen, und eine Sekunde später traf unseren Schützen eine Kugel ins Bein. Mit schmerzverzerrtem Gesicht schrie er auf; augenblicklich war seine Kleidung hellrot durchtränkt.

Als wir alle gemeinsam von unserem Versteck zu dem gegenüberliegenden Gebäude liefen, ging ein weiterer Kugelhagel auf das Pflaster unter unseren Füßen nieder. Ich spürte, wie kleine losgesprengte Steinbröckchen meine Beine trafen, aber die Kugeln verfehlten uns. Dann saßen wir wieder gegen die Mauer gedrückt da und starrten den verletzten Scharfschützen an. Wir konnten nichts tun, um ihm zu helfen. Auf einmal erhob er sich und wollte sich zu uns in unser Versteck retten. Sein Bein nachziehend, schaffte er es gerade bis zur Mitte der Straße, als er von drei Kugeln in den Rücken getroffen wurde. Bei jedem Treffer zuckte sein Körper und wurde ein Stück nach vorn geschleudert. Auf seinem Gesicht zeichnete sich ein unbeschreiblicher Schmerz ab.

Mit letzter Anstrengung drehte er sich zum Berg um und feuerte dreimal. Bei jedem Feuerstoß schoss ein Strahl Blut aus seinem Handrücken. Doch dann wurde er von weiteren Salven getroffen, und auch aus seiner breiten Brust kam das Blut gespritzt.

Hinter einer Straßenecke kam einer seiner Kameraden hervor, aber der Schütze auf dem Berg reagierte blitzschnell und streckte auch ihn sofort nieder. Von der Wucht der Kugeln wurde der Mann nach hinten geworfen und war offenbar sofort tot.

Der erste Schütze befand sich noch immer in der Mitte der Straße und war in eine sitzende Position gesackt. Er blickte auf seine Füße, sah das zerfetzte Fleisch und blinzelte mit den Augen, als könne er das alles gar nicht richtig begreifen. Dann richtete er seine Waffe auf den Berg.

»Dich kriege ich noch, du Schweinehund!«, schrie er, und es hallte vom Berg wider. Wir blickten alle in die Richtung, in die er zielte, und sahen wieder etwas aufblitzen wie vor wenigen Sekunden schon einmal. Der Scharfschütze auf dem Berg war unserem Retter noch einmal zuvorgekommen. Diesmal traf der Schuss ihn in den Hals. Mit einem lauten Stöhnen verdrehte er die Augen, sodass nur noch das Weiße darin zu sehen war. Er kam nicht mehr dazu, den Abzug zu betätigen. Sein Kopf sackte nach vorn auf seinen Arm.

Mein Vater wollte aufstehen, aber da schlug eine Kugel direkt neben seinem Kopf in der Mauer ein, und er duckte sich rasch wieder.

»Wir sollten wohl besser eine Weile hier ausharren«, sagte er. »Vielleicht wird es ihnen zu langweilig, und sie lassen uns in Ruhe.« Die anderen Männer pflichteten ihm bei. Also saßen wir still da, ohne ein Wort zu sagen, und ließen eine Stunde verstreichen.

Wir überlegten gerade, ob wir es noch einmal wagen sollten, als ein großer Hund auf uns zukam. Als er an der Hausmauer auf der gegenüberliegenden Straßenseite das Bein hob, überschüttete ihn der Heckenschütze mit einem Kugelhagel. Laut aufheulend wurde der Hund in die Luft geschleudert. Damit war uns von dem Partisanen ein deutliches Zeichen gesetzt worden, dass er uns durchaus nicht vergessen hatte.

Wir blieben also sitzen, bis es dunkel wurde.

»Wir müssen zusehen, dass wir uns irgendwie von hier wegschleichen«, erklärte mein Vater schließlich.

Die anderen vier Männer nickten zum Zeichen ihres Einverständnisses mit dem Kopf. Also schoben wir uns langsam an der Wand entlang, zunächst bis zum Ende der Straße, dann bis zum Ende der nächsten, bis wir zu einem Kreisverkehr gelangten. Hier sahen wir Lastwagen, aus deren Auspuffrohren schwarzer Rauch drang, und Menschen, die in der einen oder anderen Richtung auf der Straße unterwegs waren.

Zögernd richteten wir uns auf und gingen wieder ganz normal weiter. Hier auf der Hauptstraße und unter so vielen Leuten waren wir vor Scharfschützen wahrscheinlich sicher. So wurde in Kabul Krieg geführt. Nach dem Sinn brauchte man gar nicht zu fragen.

Wir verabschiedeten uns voneinander und gingen alle unserer Wege. Niemand erwähnte mehr den Mann, der vor unseren Augen erschossen worden war. Aber wir alle wussten, dass er uns das Leben gerettet hatte.

Mein Vater und ich setzten uns an dem Kreisverkehr hin und warteten auf ein Taxi. Mein Blick fiel auf den Park auf der anderen Straßenseite, wo meine Cousins und ich früher immer Fahrradrennen gefahren waren und ich nach der Schule mit meinen Klassenkameraden Verstecken gespielt hatte. Jetzt war in dem Park alles verdorrt und verkommen, und überall lagen Geschosshülsen herum. Unsere Wohngegend steht unter einem Fluch, dachte ich, als vor uns endlich ein Taxi hielt.

Wir stiegen hinten ein und ließen uns nach Kart-e-Parwan fahren. Es dauerte fast eine Stunde, bis wir dort ankamen. Auf der ganzen Heimfahrt sprachen weder mein Vater noch ich ein Wort.

14

Wakeel

Mein Vater öffnete unsere Zimmertür. Meine Mutter hatte gerade ihr Abendgebet beendet. Sie faltete den Gebetsteppich zusammen und legte ihn in ein Regal. Als sie sich umwandte, um in die Küche zu gehen und das Abendessen vorzubereiten, sah sie uns auf der Türschwelle stehen. Es wirkte so, als hätte sie in der Zeit, in der sie auf unsere längst überfällige Rückkehr gewartet hatte, viel geweint.

Mein Vater nahm sie in die Arme. »Es ist alles in Ordnung. Uns geht's gut. Wie du siehst, ist uns nichts passiert. Wir sind eben Katzen mit sieben Leben«, flüsterte er, während er meiner Mutter den Rücken streichelte. Dann breitete meine Mutter ihre Arme aus, um auch mich in die Umarmung mit einzuschließen, und da standen wir drei und klammerten uns aneinander fest, als könnte nichts auf der Welt uns je trennen.

Ich brauchte dringend ein Bad, aber am wichtigsten wäre es mir gewesen, Wakeel zu sehen. Meine Mutter hatte nämlich gesagt, dass er auf uns gewartet hätte; als es aber immer später wurde und wir nicht kamen, wäre er zurück nach Makroyan gefahren, um bei unserem Großvater zu sein. Seit dem Verschwinden seines Vaters fühlte Wakeel sich immer sehr einsam, wenn Großvater oder ich nicht in der Nähe waren. Er hatte natürlich seine Freunde, die alle gern mit ihm zusammen waren, aber er musste immer das Gefühl haben, dass entweder Großvater oder ich uns in seiner Nähe aufhielten.

»Er sagte, er wolle ein richtiges Bad in einer Wanne«, erklärte meine Mutter. Bei uns in der Festung der neun Türme gab es keine Badewannen. Wir wuschen uns, indem wir kleinere Mengen Wasser aus den Eimern, die ich aus dem uralten Wasserzufluss am Fuße des Gartens hochschleppte, über uns schütteten. Manchmal wärmten wir das Wasser vorher in einem von Haji Noor Shers großen russischen Samowaren auf. »Er kommt morgen wieder, hat er gesagt.«

Ich wäre am liebsten auch gleich nach Makroyan gefahren, um dort ein richtiges Bad in einer Wanne zu nehmen, und vor allem, um mit Wakeel zu sprechen und ihm zu erzählen, was ich alles erlebt hatte. Ich hatte das Gefühl, eine schreckliche Last auf meiner Seele zu tragen, und ich wusste, dass er mir helfen konnte, mich davon zu befreien. Er würde aufmerksam zuhören, wenn ich ihm alles erzählte, und mir nur mit solchen Fragen kommen, wie gute Zuhörer sie stellen.

Doch ich war viel zu müde, um irgendwohin zu gehen. Also würde ich abwarten, bis ich ihn am nächsten Tag sah. Aber ich war ja mit seinen Gewohnheiten vertraut, und als ich halb dösend auf meinem Bett lag, konnte ich mir vor meinem geistigen Auge genau vorstellen, was er gerade tat.

Nachdem er sein Bad genommen hatte, zog er den blauen *Shalwar Kamiz* an, der neulich erst für ihn geschneidert worden war. Während der letzten Monate war er aus seinen sämtlichen Kleidungsstücken herausgewachsen und wurde immer noch größer. Dann stellte er sich vor den Spiegel im Flur und kämmte sich sorgfältig das Haar. Anschließend trug er seine ebenfalls frisch gewaschenen Sachen auf den Balkon und hängte sie dort auf die Leine. Vom Balkon aus konnte er ein paar Jungen sehen, die in dem kleinen Park zwischen den Wohnhäusern um ein Feuer herumsaßen, das sie dort entfacht hatten. Jeder von ihnen hatte ein Glas Tee in der Hand, und alle redeten und lachten.

Wakeel rief seinen Freunden etwas zu, und sie luden ihn ein, auf einen Tee zu ihnen herunterzukommen. Er überlegte einen Moment, war sich nicht ganz schlüssig, ob er der Einladung folgen sollte. Er betätigte den Lichtschalter, um zu sehen, ob gerade Strom da war, sodass er fernsehen konnte, aber es gab keinen Strom.

Er sprach sein Abendgebet; dann stellte er sich wieder vor den Spiegel und betrachtete sich darin. Seine neue Frisur gefiel ihm sehr gut. Er hatte in Makroyan einen Friseur entdeckt, bei dem man sich einen ausgesprochen modischen Haarschnitt machen lassen konnte. Er war ja nun schon fast zwanzig und fing an, auf solche Dinge Wert zu legen.

Er ging hinunter und gesellte sich zu seinen Freunden an deren Feuer. Er schüttelte ihnen allen die Hand und machte dabei ein paar spaßige Bemerkungen, wie er es immer tat. Sie sagten ihm, er solle sich setzen, aber er blieb lieber stehen.

»Kommst du aus einer Stadt, wo die Leute alle nur herumstehen?«, wollte einer seiner Freunde von ihm wissen.

»Nein, aus einer Stadt, in der die Leute gerade ein Bad genommen haben und nicht wollen, dass Rauch in ihre Kleidung zieht«, scherzte er.

Alles lachte.

»Möchtest du Tee?«, fragte ihn ein anderer von seinen Freunden.

»Nein, danke«, sagte Wakeel und lächelte. Er hatte bereits beschlossen, bald wieder in die Wohnung zurückzukehren. Die Frühlingslüftchen fühlten sich hier unten kühler an als oben auf dem Balkon, und er war erst vor wenigen Tagen von einer Grippe genesen.

Er schaute in den Himmel hinauf, an dem das Tageslicht in die Abenddämmerung überging und ein Halbmond zu scheinen begonnen hatte. Das Gezwitscher der Spatzen war das einzige Geräusch. Sie flogen von einem Ast zum anderen und von einem Baum zum nächsten, um nach ihrem Nest zu suchen und sich für die Nacht einzurichten. Wakeel blickte um sich und holte glücklich und entspannt tief Luft.

Er war der Erste, der das Pfeifen der Rakete hörte.

»Alles runter! Auf den Boden! Die Köpfe bedecken! Los!« Sein Schrei ging in der Explosion der Rakete unter, die ein paar

Schritte hinter ihm einschlug. Einen Augenblick später explodierte ganz in der Nähe eine zweite, dann eine dritte.

Und dann war alles so still, als hätte die ganze Welt aufgehört zu sein. In der Luft lag der Geruch verbrannten Kordits, und eine Staubwolke stieg rasch in die Höhe, um dann über der Stelle, an der die Raketen eingeschlagen waren, stehen zu bleiben.

Später erzählten uns seine Freunde, dass Wakeel als Einziger gestanden hatte, als die Raketen kamen. Ihm blieben nur ein paar Sekunden, um sich in Sicherheit zu bringen, aber stattdessen warnte er erst seine Freunde. Und dann begann er zu wanken, konnte sich nicht mehr auf den Beinen halten. Sein schlanker Körper sank zu Boden. Seine Augen blieben weit aufgerissen, starrten zum Himmel, zu dem Halbmond hinauf. Seine Freunde waren unmittelbar nach den Einschlägen bei ihm.

Wakeel lag auf der Seite. Kleine rote Bäche liefen über seine frisch gebügelten blauen Kleider. Splitter von der Explosion hatten mehrere tiefe Wunden in seinen Rücken gerissen. Aus seiner sich hebenden und senkenden Brust drangen röchelnde Geräusche. Seine Mundwinkel zitterten. Einer seiner Freunde ging hinter ihm in die Knie und hielt Wakeels Kopf in seinem Schoß, flehte ihn an, doch etwas zu sagen. Und dann schrie der Freund selber laut um Hilfe.

Wakeel flüsterte etwas und wurde dann ganz still. Vielleicht war es noch ein letzter Wunsch gewesen, den er unbedingt noch loswerden wollte. Er hatte schon so viel Tod und Sterben gesehen; er wusste genau, was geschehen war. Er musste jetzt um jeden Atemzug kämpfen.

Von irgendwoher erschien mein jüngster Onkel, der ja selber kaum älter war als Wakeel, und stürzte zu ihm hin, zu seinem Neffen, seinem besten Freund. Mein Onkel sank zu Boden und kniete über Wakeels blutendem Körper. Wakeels Blick war immer noch auf den Halbmond gerichtet. Mein Onkel wuchtete ihn auf seine Schulter und lief mit ihm zur Straße. Eine Ewigkeit lang konnte er kein Taxi auftreiben, und als endlich eines kam, wusste er, dass Wakeel längst Abschied von dieser Welt genommen hatte.

Trotzdem fuhr er mit ihm in ein Krankenhaus. Fünfzehn Jahre war es her, dass mein Onkel Wakeels Vater, seinen eigenen Bruder, verloren hatte. Er konnte es einfach nicht hinnehmen, dass er nun auch seine letzte Verbindung zu seinem geliebten ältesten Bruder verlieren sollte.

»Er ist tot«, sagte der Arzt.

Es war gegen acht Uhr. Wir hatten bereits zu Abend gegessen. Ich machte mich gerade zum Schlafengehen fertig und hoffte, dass der Anblick der Leiche des Scharfschützen sich nicht in meinen Gedanken festsetzen und mir den Schlaf rauben würde. Mein Vater sah sich im Fernsehen die Nachrichten an, in denen davon berichtet wurde, dass trotz des Waffenstillstands in Makroyan Raketen eingeschlagen waren. Es waren Gulbuddins Raketen. Eine Waffenruhe interessierte ihn nicht.

Ich war schon beinahe eingeschlafen, als ich ein lautes Klopfen an dem großen Tor, das zur Straße führte, hörte. Mein Vater schickte mich hinunter, damit ich nachsah, wer da war. Ich verließ den Innenhof und ging über den Parkplatz, auf dem Haji Noor Sher immer seinen großen Chevrolet abgestellt hatte, den mit dem Stoffdach, genau dasselbe Modell, das auch dem König gehört hatte.

Ich öffnete das Tor, und vor mir stand mein Onkel, das Gesicht und die Kleider voller Blut. Wir sahen einander an, aber er sagte kein Wort. Es dauerte ein paar Augenblicke, bis mir aufging, dass der wie in Blut getauchte Leichnam auf seiner Schulter Wakeel war, und das auch erst, als mein Onkel mit Wakeels leblosem Körper bereits an mir vorbeiging und dem Hof zustrebte.

Ich wollte ihm folgen, aber meine Beine zitterten zu sehr. Es war in ihnen keine Kraft mehr, um mich zu tragen. Ich musste mich an der Türklinke des Tores festhalten. Dann versuchte ich noch einmal, einen Schritt zu machen, aber es war mir, als würde mein Magen in die Hose sinken. Irgendwie schaffte ich es, das Tor zu schließen. Mein Onkel verschwand gerade in dem Durchgang, der in den Innenhof führte. Nein! Ich konnte es nicht zulassen, dass er Wakeel von mir forttrug. Nein! Und dann rannte ich hinter ihnen her. Nein!

Mein Onkel legte Wakeel vor unseren Fenstern unter der hohen Akazie auf das Gras.

Mein Vater kam heraus und sah seinen geliebten Neffen in seinen blutigen Kleidern. Er schüttelte nur den Kopf, als wollte er nicht glauben, was er da sah.

Er holte tief Luft und schrie zum Himmel hinauf: »O Gott, warum tust du uns das an?« Seine Stimme hallte von allen Seiten des Innenhofs wider.

Sofort erschienen unsere sämtlichen Nachbarn an ihren Fenstern, und eine Minute später standen sie alle um die Leiche herum und starrten Wakeel an, den sie so geliebt hatten.

Der einzige meiner Onkel, der noch bei uns in der alten Festung lebte, kam mit einem Buch in der Hand aus seinem Zimmer gelaufen. Als er Wakeel auf dem Rasen liegen sah, ließ er das Buch fallen und begann, sich laut klagend mit den Handflächen gegen die Schläfen zu schlagen und den Namen Gottes zu beschwören. Seine Frau versuchte, ihn davon abzuhalten, aber er ließ sich nicht beruhigen.

Wakeel war bemerkenswert lang. So hatte ich ihn nie gesehen. Seine Zehen standen merkwürdig weit auseinander, und seine Hände lagen friedlich gefaltet auf seiner Brust. Ich konnte den Blick nicht von ihm abwenden. Warum lag er so da? Was geschah da vor meinen Augen? Nichts von alledem war wirklich. Eine leichte Brise brachte Bewegung in den gelben Teppich aus Akazienblättern, der sich auf dem Rasen gebildet hatte, und ein paar der Blätter strichen über Wakeels bewegungsloses Gesicht.

Mir entfuhr ein lauter Schrei, und dann weinte ich. Ich weinte um Wakeel. Ich weinte um meinetwillen. Ich weinte um alles, was geschehen war, seit die Heiligen Krieger unser Land und unsere Leben zerstört hatten. Ich weiß nicht mehr, wie lange ich geweint habe, doch nach einer Weile fand ich mich in den Armen meiner Mutter wieder. Und auch sie weinte.

Ein paar Stunden später kam Wakeels Mutter vom Haus ihres Bruders. Sie war auf der Verlobungsfeier ihres Neffen gewesen. Sie kniete sich neben Wakeel hin und murmelte irgendetwas mit tiefer, heiserer Stimme. Ihre Augen waren größer, als ich sie je gesehen hatte.

Sie verbrachte die ganze Nacht auf dem Boden neben ihrem Sohn, weinte und lachte abwechselnd wie eine Verrückte und sagte ab und zu Dinge vor sich hin, die wir nicht verstanden. Ich lag in meinem Bett und ließ die Tränen still und leise über meine Wangen laufen.

Mehr als je zuvor in meinem Leben wünschte ich mir, bei meinem Großvater zu sein. Aber es war viel zu gefährlich, sich nachts in Kabul auf die Straße zu begeben.

Früh am nächsten Morgen kamen Großvater und meine Onkel, um Wakeel zur Beerdigung abzuholen. Ich hätte gerne mitgeholfen, ihn zu tragen, doch obwohl ich inzwischen fast dreizehn Jahre zählte, war ich noch zu jung. Also ging ich neben meinem Vater her, als er und meine Onkel Wakeel auf ihren Schultern aus dem Hof trugen. Er lag auf einer Trage aus Bambus und steckte immer noch in seinen blutigen Kleidern, denn da er ein Märtyrer war, hatte man seine Leiche nicht gewaschen.

Seine Mutter rannte hinter uns her, versuchte, uns daran zu hindern, ihren einzigen Sohn fortzutragen, aber ihre Füße versagten ihr den Dienst, sodass sie stolperte und hinfiel. Sie erhob sich zwar noch einmal kurz, stürzte aber gleich wieder hin und wälzte sich auf den Rücken. Die anderen Frauen eilten zu ihr und versuchten, ihr beizustehen.

Ihr Haar lag auf dem Boden ausgebreitet, und ihre blicklosen Augen starrten wie geblendet in irgendeine andere Welt. Sie biss die Zähne fest zusammen; dann gab sie ein lautes Wehklagen von sich. Behutsam halfen ihr die anderen Frauen auf.

Sie wussten, dass sie sie eigentlich zurückhalten mussten, aber sie ließen sie gehen, obwohl bei einer muslimischen Beerdigung keine Frauen dabei sein dürfen. Sie wollte uns weiter nachlaufen, stürzte aber erneut und verlor vorerst das Bewusstsein.

Wir führten die Bestattungsrituale durch und ließen die Leiche in das Grab hinunter. Leider konnten wir Wakeel nicht in unserem Familiengrab beisetzen, denn das befand sich in der Nähe von Großvaters Haus auf der anderen Seite des Berges, und wir wussten ja nicht, ob die Heckenschützen einen Leichenzug respektieren und uns verschonen würden; also mussten wir Wakeel unter lauter Fremden auf einem kleinen, alten Friedhof namens *Nawabad* zurücklassen, der durch den Ausläufer eines niedrigen Gebirgszuges vor dem Einblick der Scharfschützen geschützt war.

Über der losen Erde des Grabes erschien auf einmal ein Schmetterling und flatterte ein paar Augenblicke lang darüber umher, bis er sich darauf niederließ. Die Unterseiten seiner Flügel waren schneeweiß, doch von oben betrachtet waren die Flügel von einem so tiefen Dunkelrot, dass man glaubte, in eine offene Wunde zu blicken.

Plötzlich wurde der Schmetterling von einem Windhauch erfasst und davongeweht. Ich sah, wie er verschwand, wie er immer kleiner und kleiner wurde. Ich wusste, dass das Wakeels Seele war, die seinem Körper entschwebte und sich auch von uns entfernte, und ich wusste auch, dass er mir mitteilen wollte, dass es ihm gut ging. Ich wünschte mir nur, ich könnte mit ihm gemeinsam davonfliegen. Ich musste wieder weinen, aber diesmal erfüllte mich ein sonderbar warmes Gefühl, mit dem gleichzeitig auch ein Gefühl des Friedens einherging, wie ich es weder zuvor noch seitdem jemals wieder empfunden habe. Irgendwo über dem Friedhofshügel verlor ich den Schmetterling dann aus den Augen.

Um mich herum waren mein Großvater, mein Vater, meine Onkel und alle meine anderen männlichen Verwandten wie erstarrt vor Trauer. Dussel stand neben seinem Vater, blickte zu Boden und ließ seinen Tränen freien Lauf. Obwohl er die hauptsächliche Zielscheibe von Wakeels gemeinen Scherzen gewesen war, hatte er ihn doch geliebt – wie wir alle Wakeel geliebt hatten. Nun gab es für Dussel niemanden mehr, der ihn aufzog, aber auch keinen, der ihn beschützte, der ihm zeigte, wie man seinen Drachen steigen ließ, der ihn anfeuerte, beim Fußballspielen noch schneller zu laufen, der ihm bei seinen Hausaufgaben half.

Wir Männer hatten gerade unser Gebet beendet, als Wakeels Mutter mit den anderen Frauen kam. Sie weinte so bitterlich, als müsste sie selber gleich sterben, sank zu Boden und kniete neben dem Grab, sortierte die Kiesel auf der losen Erde und legte sie schließlich doch wieder anders hin. Wir anderen stimmten in ihr Weinen mit ein, doch ansonsten gab es nichts, was wir für sie hätten tun können. Ich war sehr glücklich darüber, dass Wakeel mir in dem Schmetterling seine Seele offenbart hatte. Und ich war dankbar, dass Großvater mit mir hier war.

Obwohl das, wofür wir hergekommen waren, nun erledigt war, wussten wir doch, dass wir nicht gehen durften, solange Wakeels Mutter noch nicht so weit war, uns zu begleiten. Nach ungefähr einer halben Stunde erhob sie sich und ging langsam davon. Die anderen Frauen, die in einigem Abstand gewartet hatten, waren sogleich an ihrer Seite, damit sie bei ihnen Halt finden konnte, als sich nun alle daranmachten, den felsigen Abhang, der vom Friedhof hinunter zur Straße führte, hinabzusteigen.

Wir legten den gesamten Heimweg zu Fuß zurück. Ich ging neben Großvater, aber das Ganze hatte ihn so mitgenommen, dass er mich kaum wahrnahm. Ich versuchte, mit ihm ein Gespräch anzufangen, damit er sich nicht so ganz und gar seiner Trauer überließ. Aber er schien mir nicht zuzuhören. Doch dann sagte er ganz unvermittelt: »Ich habe immer gedacht, dass es drei Gründe für den Kummer der Menschen gibt: dass sie immer alles sofort haben wollen und das möglichst ohne eigene Anstrengung, und dass sie immer mehr haben wollen, als sie im Grunde genommen brauchen, und mit dem, was sie haben, nie zufrieden sind. Aber nun ist mir aufgegangen, dass der größte Kummer der Welt daher rührt, dass man ein Geschenk Gottes verliert.«

Ich verstand nicht.

»Wakeel war ein Geschenk Gottes an uns, doch wir haben

seinen Wert kaum gewürdigt. Deswegen hat Gott es wieder zurückgenommen«, erklärte mein Großvater.

Ich erzählte ihm von dem Schmetterling. Er ging in die Hocke, stützte sich auf ein Knie, breitete die Arme aus und drückte mich an sich. »Dir fällt immer etwas ein, wonach ich mich gleich besser fühle.«

Unsere Gesichter waren auf gleicher Höhe, und ich sah, dass sogar seine Augen feucht und rot waren. »Weißt du eigentlich, was mit Menschen geschieht, wenn sie sterben?«, fragte Großvater mit einem gequälten Lächeln.

»Ja, natürlich weiß ich das. Das war sogar das Erste, was der Mullah mir und den anderen Jungen an unserem ersten Tag in der Moschee beigebracht hat.«

»Stimmt. Wenn wir sterben, glauben wir, in den Himmel zu gelangen, oder die ewige Ruhe zu finden oder zu Engeln zu werden, oder ins Paradies zu kommen. Das ist wahrscheinlich alles wahr. Aber lass mich dir noch etwas sagen: Ich glaube daran, dass bei unserem Tod zumindest ein kleiner Teil unserer Seele in den übergeht, den wir am meisten geliebt haben, und dass dieser Mensch dadurch an Weisheit gewinnt.«

Großvater hat oft solche Dinge zu mir gesagt; die Worte an sich habe ich jedes Mal verstanden, aber es dauerte manchmal Wochen, bis ich begriff, welche wahre Bedeutung sich dahinter verbarg und was ich daraus lernen konnte.

Großvater verbrachte eine Woche mit uns; dann sagte er, dass er nun wieder zurück zu Wakeels Mutter müsse. Das verstand ich gut. Ich liebte Wakeels Mutter und konnte mir wahrscheinlich gar keine rechte Vorstellung davon machen, wie einsam und verlassen sie sich vorkam. Sie war immer wie eine zweite Mutter zu uns gewesen; deswegen nannten wir sie auch *Abbo*, das Paschtu-Wort für »Mutter«. Als wir noch klein waren, hat sie immer für uns gesorgt, wenn meine Mutter in der Bank und mein Vater in der Schule waren und sie aus irgendeinem Grund nicht nach Hause kommen konnten, um uns etwas zu essen zu machen. Abbo fütterte uns, wusch uns, hat uns zu unserem Nachmittagsschläfchen hingelegt, hat uns wieder geweckt und ist mit uns auf die andere Seite des Hofes gegangen, damit wir dort mit ihren Kindern und unseren anderen Cousins und Cousinen spielen konnten.

Abbo war auch schon immer eine gute Geschichtenerzählerin gewesen. Sie kannte viele Geschichten, traurige wie lustige, aber nun erzählte sie meistens die Geschichte ihres Sohnes, und jedes Mal, wenn sie sie erzählte, röteten sich ihre Augen, die Tränen quollen daraus hervor, und ihre Stimme begann zu zittern, aber sie erzählte die Geschichte weiter bis zum Ende. Und obwohl es eine sehr schmerzliche Geschichte war, konnte niemand sie sich nur bis zur Hälfte anhören, denn Wakeels Mutter erzählte sie immer so, als hätte sie alle Einzelheiten erst vor kurzer Zeit erfahren. Sie benutzte immer genau die gleichen Worte – als würde sie etwas aus einem heiligen Buch zitieren. Einmal wollte ich aus dem Zimmer gehen, als sie gerade anfing, einem entfernten Verwandten zu erzählen, was passiert war. Doch obwohl ich es an sich gar nicht hören wollte, hielt ich es draußen mit einem Mal nicht mehr aus; ich konnte sie nicht mit Wakeel allein lassen. Also ging ich wieder hinein und setzte mich neben sie.

Als Großvater uns verließ, um nach Makroyan zurückzukehren, fühlte ich mich alleingelassener als je zuvor. Es gab so viele Dinge, die ich ihn noch fragen musste.

An manchen Tagen saß ich unter der Akazie im Hof an der Stelle, an der Wakeels Leiche gelegen hatte, und wartete auf den Schmetterling. Aber er kam nie wieder.

15

Inferno

Eine Rakete schlug in dem Raum im oberen Stockwerk ein, in dem mein Vater seine Teppiche lagerte. Das war an einem Freitagnachmittag im Hochsommer, als alles ganz vertrocknet war und der Wind überall Staub aufwirbelte.

Als es passierte, trank mein Vater gerade mit unseren nächsten Nachbarn Tee und verhandelte mit ihnen über den Verkauf ihrer Teppiche sowie eines alten silbernen Gefäßes aus der Ghaznawi-Dynastie des zwölften Jahrhunderts, in dem die Nachbarn zweihundert Pfund Reis aufbewahrten. Die Familie plante, demnächst nach Pakistan und von dort weiter nach Kanada umzusiedeln, wo sie bei Verwandten wohnen würde, die alles über die Flüchtlingsorganisation der Vereinten Nationen arrangiert hatten.

Mein Vater wollte ihre Teppiche kaufen, weil sie mindestens hundert Jahre alt und noch in gutem Zustand waren und er sie für das Doppelte dessen, was er dafür bezahlte, würde weiterverkaufen können. Auch an dem silbernen Reisbehältnis war ihm gelegen, denn er wusste, dass die Leute, die solche alten Stücke nach Pakistan importierten, gutes Geld dafür gaben. Den darin enthaltenen Reis wollte er gleich mitkaufen, weil er aus Kunduz stammte und ein gutes Stück billiger war als importierter Reis.

Ich kam gerade mit zwei Eimern Wasser, die ich an dem Wasserhahn der Moschee jenseits unseres Gartens gefüllt hatte, in den Hof zurück. In jenen Tagen waren sämtliche städtischen Gemeinschaftspumpen wegen einer Dürre außer Betrieb, und ihre

Zuleitungen waren sowieso zerstört, sodass man ziemliche Wege zurücklegen musste, um eine funktionierende Pumpe zu finden. Die Moschee verfügte in ihrem Garten über eine solche, und ich kam soeben von meinem vierten Gang dorthin zurück. Ich war erschöpft und auch ziemlich außer Atem.

Die Raketenexplosion war so laut, dass ich sie buchstäblich überhaupt nicht gehört habe. Ich nahm nur eine enorme Erschütterung wahr, von der die gesamte Festung bebte; dann sah ich, wie zuerst aus dem einen und dann auch aus einem zweiten der drei großen Fenster, die zum Innenhof hinausgingen, Rauch auszutreten begann, in den sich Pflasterstaub mischte. Ich war wie gelähmt und wusste mir überhaupt nicht zu helfen. Wie sollte ich diesen Rauch bekämpfen? Wie konnte ich ihn abstellen? Ich hatte Angst, mich in die Nähe des betroffenen Zimmers zu begeben. Aber gleichzeitig wollte ich auch nicht, dass sämtliche Teppiche meines Vaters verbrannten, während ich zusah und nichts unternahm. Aber mir fiel nichts ein. Mir war schwindlig, und ich konnte auf beiden Ohren nichts hören.

Ich sah, wie der Mund des Sohnes unserer Nachbarn auf und zu ging, aber ich konnte kein Wort von dem verstehen, was er sagte. Er begann mich abzutasten. Beginnend mit meinen Beinen arbeitete er sich an mir hoch, um festzustellen, ob ich verwundet wäre. Dann nickte er mir zu, um mir mitzuteilen, dass alles mit mir in Ordnung sei, und wir blickten an der Hausmauer hoch.

Als er die Explosion gehört hatte, war mein Vater aus dem Nachbarhaus zu uns gerannt. Er traf mich am Eingang des Innenhofes an, wo ich immer noch meine Wassereimer in den Händen hielt.

Ich konnte Angst und Schrecken in seinem Gesicht ablesen. Er fragte mich etwas; ich konnte ihn zwar nicht hören, ahnte aber instinktiv, dass er wohl wissen wollte, ob meiner Mutter und meinen Geschwistern auch nichts zugestoßen war.

Sie hatten sich im Erdgeschoss gemeinsam einen Bollywood-Film angesehen, und zwar genau unterhalb des Zimmers, das offensichtlich von der Bombe getroffen worden war.

Aber da kam meine Mutter auch schon mit meinen Schwestern in den Hof gelaufen. Die Heulmaschine musste sie beinahe hinter sich herzerren; obwohl mein Bruder inzwischen gehen konnte, machte er seinem Namen immer noch alle Ehre. In den Armen trug sie meine jüngste Schwester, die damals erst ein paar Monate alt war. Alle waren von Kopf bis Fuß voller Staub; sie wirkten verwirrt und verloren und waren vermutlich ebenso stocktaub wie ich.

Mein Vater erkannte sofort, dass niemand verletzt war, sodass er seine Aufmerksamkeit wieder seinem Lagerraum zuwandte, wo all die Früchte seiner Bemühungen und unsere Hoffnungen, jemals Afghanistan verlassen zu können, gerade in Rauch aufgingen.

Er griff sich meine beiden schweren Wassereimer, als wären sie leer, und stürzte die Außentreppe zu der Terrasse vor dem brennenden Zimmer hinauf. Ich folgte ihm. Er kletterte mit einem der Eimer durch das Fenster, aus dem kein Rauch quoll, ins Zimmer und gab mir von drinnen Zeichen, ihm auch den zweiten Eimer zu geben.

Und dann verschwand er im Zimmer. In dem dichten, schwarzen Rauch fand er sich natürlich nicht zurecht und schüttete den Inhalt des ersten Eimers wahllos irgendwohin. Doch wo das Wasser landete, verwandelte es den Qualm in Flammen, gerade so, als hätte er Benzin ins Feuer gegossen. Nun schüttete er auch den zweiten Eimer aus, fand sich aber plötzlich von Flammen umgeben; er war mittendrin in dem Inferno. Ich konnte sehen, dass er um Hilfe rief.

Ich schrie ihm zu, er solle durch das Feuer hindurchlaufen, ehe es noch höher loderte und völlig außer Kontrolle geriet. Kann sein, dass er mich gehörte hat – oder vielleicht war es auch nur sein Überlebensinstinkt. Jedenfalls machte er einen Satz über die Flammen hinweg und sprang aus dem Fenster. An seinen Schuhen und seiner Hose züngelten Flammen, die sich rasch bis zu seiner Brust und an seinem Rücken hochfraßen.

Irgendjemand rief ihm wohl zu, er solle sich auf dem Boden wälzen; wahrscheinlich war es meine Mutter. Als er das tat, schienen die Flammen an seinem Rücken zu verlöschen, doch als er sich auf die Brust drehte, loderten sie sofort wieder auf, also wälzte er sich hin und her. Meine Mutter kam mit einem Eimer Wasser aus unserem Badezimmer und schüttete ihn über meinem Vater aus. Rauch und Dampf stiegen nun von ihm auf, während er sich weiter auf dem nunmehr schlammigen Lehmboden der Terrasse wälzte.

Als er sich erhob, konnten wir kaum sein Gesicht erkennen. Seine Kleidung war ziemlich schlimm verbrannt, aber irgendwie war er unverletzt geblieben.

Er griff sich einen weiteren Eimer Wasser, den meine Schwester gebracht hatte und hastete damit zu den Fenstern, die nun alle drei vom Feuer erfasst waren. Zweifellos fand das Feuer in den Teppichen meines Vaters einen idealen Nährboden.

Meine Mutter lief schreiend zu ihm hin und hielt ihn an der Schulter fest, damit er sich nicht noch einmal mit seinem kleinen Eimerchen in die Flammenhölle stürzte – es wäre doch nicht mehr als ein Tropfen auf einem heißen Stein gewesen.

Mein Vater schrie meine Mutter an, als sie versuchte, ihn an seinem freien Arm wegzuziehen, schüttelte sie ab und stand dann doch fassungslos da, während die Flammen mit jeder Sekunde höher schlugen. Ich betrachtete alles wie in einem Stummfilm, denn ich konnte ja immer noch nichts hören. Zu diesem Zeitpunkt brannten bereits die Deckenbalken, und der erste stürzte wenig später ein und landete auf seinen Teppichen. Wie in Zeitlupe ließ mein Vater verzweifelt den Kopf auf seine Brust sinken. Und stellte den Eimer voller Wasser zu seinen Füßen ab.

Eine Stunde später, als die dicken Deckenbalken und alles, was von den Teppichen noch übrig geblieben war, längst ein Raub der Flammen geworden waren, traf die Feuerwehr ein, doch ihre Ausrüstung passte nicht durch den schmalen, verwinkelten Zugang in den Hof. Mit ihren hohen Mauern war die Festung wie eine große, oben offene Kiste, und die Leitern, die die Feuerwehrleute dabeihatten, waren nicht lang genug, um mit ihnen die Außenmauer überwinden zu können.

Unsere Nachbarn trugen ihre schmalen Bambusleitern herbei, und irgendwann standen dann tatsächlich drei Feuerwehrmänner auf der Gartenseite oben an der Mauer und pumpten Wasser auf den Brandherd. Wie ein Schatten legten sich der Qualm und der bittere Geruch von brennendem Wollstoff über die gesamte Nachbarschaft. Selbst der Himmel schien daran zu ersticken.

Immer mehr Nachbarn kamen hinzu, um zu helfen. Doch als sie das gedämpfte, trotzige Knistern des Feuers hörten, wussten sie, dass hier nichts mehr zu retten war.

Es war nun dichter, weißer Rauch an die Stelle der gelbroten Flammen getreten, und der schwarze Qualm begann sich zu verflüchtigen. Die Feuerwehrleute konnten endlich in das betroffene Zimmer vordringen und nach den restlichen Glutnestern suchen, denn in den Rissen in den Wänden glomm es immer noch.

Nach ein paar Stunden schien das Feuer endgültig erloschen zu sein, aber die Feuerwehrleute wollten uns immer noch nicht in das Zimmer lassen. Die Lehmziegel der Wände enthielten ziemlich viel Stroh, und die Wandabstützungen bestanden aus hölzernen Pfosten und Querbalken. Das alles konnte jeden Augenblick wieder in Flammen stehen.

Unser Hof war nach wie vor voller Nachbarn. Mit Einbruch der Dunkelheit gingen sie dann einer nach dem anderen, schüttelten uns bedauernd die Hände zum Abschied und äußerten sich bestürzt darüber, wie das Feuer sich in so kurzer Zeit derart ausgebreitet haben konnte.

Mein Vater und ich betraten das ausgebrannte Zimmer. Die Decke war eingestürzt, und alles schwelte noch von der Restwärme der Glut. Unter dem Geröll, das einmal das Lehmdach gewesen war, begann mein Vater nach seinen Teppichen zu suchen.

Dazu musste er mit den bloßen Händen in dem heißen Schutt wühlen, der ihm die Finger versengte, sodass er mich anschrie, ich solle ihm eine Schaufel bringen, anstatt ihn wie ein Idiot anzustarren. Langsam konnte ich wieder etwas hören – allerdings von einem lauten Klingeln in den Ohren begleitet.

Ich brachte ihm die Schaufel. Eine halbe Stunde schuftete er ohne Unterlass, bis er in Schweiß gebadet war und kaum noch Luft bekam. Seine verbrannte Kleidung klebte ihm auf dem Rücken, und ich konnte die Anspannung eines jeden seiner Muskeln erkennen. Trotzdem schaufelte er mit jeder Minute schneller und verbissener, bis er endlich zum Fußboden vorgedrungen war und dort, wo seine Teppiche gelegen hatten, nichts vorfand außer einer Schicht Asche.

»O Gott, warum hast du mir das angetan? Habe ich das denn verdient?«, entfuhr es ihm. Dieser unbändige Schmerz aus der tiefsten Tiefe seiner Seele machte mir Angst.

Ein ziemlich böiger Wind kam auf und entfachte in dem halb verbrannten Holz erneut die Glut. Mein Vater schrie nach Wasser. Ich trug schnell zwei Eimer aus dem Vorratsbehälter in unserem Badezimmer herbei, und er schüttete sie über dem Feuer aus. Doch schon in der nächsten Minute brannte es in einem weiteren Mauerspalt. Wieder löschten wir mit Wasser. Dann züngelte es an einer anderen Stelle und dann wieder woanders. Das ging bis sieben Uhr am nächsten Morgen so weiter. In dieser Nacht fanden mein Vater und ich keinen Schlaf – und gegessen haben wir auch nichts.

Mein Vater wollte nicht, dass meine Mutter und meine Geschwister in den Zimmern unmittelbar unter dem Brandherd schliefen, also bereitete er ihnen in einer Ecke des Hofes ein Notlager, in dem sie aber während der ganzen Nacht ständig vor Kälte und Hunger aufwachten – und weil sie von einem neuen Feuer geträumt hatten, das gelöscht werden musste.

Am nächsten Abend hatten meine Schwestern immer noch Angst, zurück in die Räume im Erdgeschoss zu ziehen, obwohl hier inzwischen keine Gefahr mehr bestand. Allerdings roch alles nach Rauch und war mit einer Rußschicht überzogen.

Also schliefen wir alle in dem Provisorium, das mein Vater eigentlich nur für eine Nacht errichtet hatte. Um Licht zu haben, entzündeten wir davor ein kleines Feuer. Das erinnerte mich an unsere Nächte bei den Nomaden – als wir alle zusammen aßen und lachten und uns Geschichten erzählten und uns überall in der Finsternis die Geräusche der Tiere der Nacht umgaben.

Aber wir waren nun einmal nicht mehr mit den Nomaden zusammen. Feuer hatte eine ganz andere Bedeutung für uns angenommen. Ich lag zwischen meinem Vater und meiner Mutter. Ich hörte sie atmen und wusste, dass sie friedlich schliefen – obwohl man sich bei meiner Mutter da nie so ganz sicher sein konnte. Manchmal wachte sie mitten in der Nacht auf und starrte dann mit Tränen auf den Wangen ins Leere.

An diesem Abend sah ich sie wieder weinen. Ich streckte den Arm aus, berührte sie an der Schulter und fragte sie, ob ihr etwas fehle. Sie aber drehte sich rasch von mir weg, ohne mir zu antworten. Sie schluchzte und jammerte und seufzte nicht, wie es die meisten Leute tun, um Aufmerksamkeit zu erregen. Sie weinte, wenn niemand sie sehen oder hören konnte, und ließ ihre Tränen in einem Strom stillen Kummers aus sich herausfließen.

Am folgenden Tag zogen wir dann doch zurück in die Zimmer im Erdgeschoss, obwohl es dort immer noch nach Rauch roch. Mein Vater war so deprimiert, dass er uns nicht einmal half, unsere Sachen wieder ins Haus zu tragen. Er saß, den Kopf auf die Knie gestützt, stundenlang unter der Akazie, wo Wakeel gelegen hatte. Es war fast, als wäre er selber tot. Meine Mutter bat ihn, doch wenigstens mit uns zu Mittag zu essen, aber er wollte weder etwas essen noch etwas trinken. Seine Lippen waren ganz vertrocknet, und unter seinen Augen hatten sich dunkle Tränensäcke gebildet.

Gegen ein Uhr nachts kam er endlich und legte sich neben meine Mutter. Er war ganz kalt und er zitterte. Meine Mutter zog ihre Decke über ihn und wärmte ihn mit ihrem Körper, bis er zu zittern aufhörte. Auch am nächsten Tag wollte er mit niemandem reden. Er saß nur am Fenster und hielt den Blick auf einen bestimmten Punkt fixiert – ohne zu wissen, was genau es war, was er da anstarrte. Meine Schwestern und ich wagten nur im Flüsterton zu sprechen. Und auf Zehenspitzen zu gehen. Und beim Essen gaben wir uns Mühe, keine Geräusche mit unseren Löffeln und Gabeln zu machen.

Nach einer Woche begann mein Vater, ein paar Wünsche zu äußern – nach einem Glas Wasser etwa oder einer Tasse Tee. Schließlich ging meine Mutter dazu über, beim Kochen besonders viel Salz und Öl zu verwenden, weil sie wusste, dass mein Vater das nicht mochte. Tatsächlich fing er auch gleich an, deswegen herumzumeckern. Er solle sich gefälligst nicht über das Essen beschweren, fauchte meine Mutter zurück. Mein Vater verließ das Zimmer und ging aus dem Haus. Meine Mutter lächelte nur und sagte: »Wenn er zurückkommt, ist er wieder ganz der Alte.« Wir ahnten ja nicht, wie recht sie damit hatte.

Drei Stunden später war mein Vater mit Tüten voller Obst und drei Kilo Rindfleisch zurück. Und im Gesicht trug er ein Lächeln wie das seines Vaters. An diesem Abend machte meine Mutter uns etwas richtig Gutes zu essen, und mein Vater erzählte schon bald die ersten Witze. Gabeln und Messer klapperten wieder, und wir brauchten auch nicht mehr zu flüstern oder uns auf Zehenspitzen fortzubewegen.

Die Heiligen Krieger hatten sich wieder zu bekriegen angefangen, und damit waren wir erneut in unserem einen Zimmer gefangen wie Mäuse in ihrem Loch.

Die Raketen regneten ohne Unterlass auf die ganze Innenstadt von Kabul nieder. Der Mudschaheddinführer Gulbuddin hatte mit seinen amerikanischen Waffen die Pandschiri im Visier, die in den Vierteln um Qala-e-Noborja herum lebten. Dostum, der usbekische Milizenführer, nahm sie ebenfalls unter Beschuss, sowohl in unserer Gegend als auch in Makroyan. Auch die Hazara schossen Raketen auf die Pandschiri ab, die es ihnen mit gleicher Münze heimzahlten. Der für seinen Hang zu »ethnischen Säuberungen« berüchtigte Abdul Sayyaf führte seine Raketenangriffe von den hohen Bergen westlich von Kabul aus, und zwar auf Pandschiri genauso wie auch auf Hazara. An manchen Tagen schlugen in Kabul bis zu dreitausend Raketen ein, und wenn diese Einschläge mal ein paar Minuten lang ausblieben, trat eine geradezu gespenstische Stille ein. Aber so richtig still wurde es natürlich nie. Das Haus führte ständig Selbstgespräche – da war das Ticken der Uhr im Nebenzimmer, das periodisch einsetzende Vibrieren und Surren des Kühlschranks, wenn gerade mal Strom da war, aus dem Badezimmer das gleichmäßige Tröpfeln aus dem Hahn des Wassertanks in den großen Eimer. Und von draußen auf der Straße war ab und zu das Vorbeirauschen eines Autos oder das Poltern eines Lastwagens zu hören.

Wir lauschten schon geradezu auf das Geräusch, mit dem die Rakete gezündet wurde, und warteten dann auf ihren Einschlag, der alles erbeben ließ wie ein Erdstoß. Innerhalb von zwei Monaten landeten neunundzwanzig Raketen in der Festung und ihrem Garten. Der letzte der neun Türme stand zwar noch immer an seiner Mauerecke, aber er gab mir schon längst kein Gefühl der Sicherheit mehr. Über hundert Jahre lang hatten die Türme die Menschen, die hier lebten, beschützt. Aber nun nicht mehr. Nicht mehr im Zeitalter des Teufels.

Einer der Gründe, aus denen Großvater und unsere übrige Verwandtschaft in die solide gebauten Wohnblocks von Makroyan gezogen waren, hatte darin bestanden, dass sie sich dort sicherer wähnten. Doch nun waren sie in Makroyan ebenso Gefangene wie wir in unserer Festung der neun Türme in Karte-Parwan. Wochenlang erfuhren wir nicht, wie es ihnen erging. Lebten sie noch? Oder waren sie schon tot? Oder verwundet? Es gab keine Telefone; niemand wagte sich auf die Straße, um eine Nachricht zu überbringen. Mein Vater hörte sogar auf, sich auf BBC oder auf anderen Kanälen die Nachrichten anzuhören, denn sie machten uns noch nervöser als ohnehin schon – es war darin dauernd von Todesopfern die Rede, und es wurden die Namen derer bekannt gegeben, die verwundet in Krankenhäusern lagen und für die es zu wenig Blutkonserven, Medikamente und Ärzte gab.

Ganze Tage und Wochen hockten wir in einer Ecke unseres Zimmers, murmelten unsere Gebete und warteten darauf, dass eine Rakete uns alle zusammen erlöste. Eines Nachts, als der Krach der explodierenden Raketen zu laut war, um dabei schlafen zu können, kletterte ich auf das Dach der alten Festung und setzte mich in die Nähe des einen verbliebenen Turms. Von hier konnte ich beobachten, wie in den Wohnvierteln auf der Ebene vor mir eine Rakete nach der anderen einschlug. Sooft ich über mir ihr Pfeifen hörte, wunderte es mich, dass es mich auch diesmal wieder nicht getroffen hatte. Aber inzwischen war es mir auch gleichgültig geworden. Ich ging einfach fest davon aus, dass schon bald eine direkt neben mir landen und ich den Morgen nicht mehr erleben würde.

Von Zeit zu Zeit schrieben mein Vater, meine Mutter, meine Schwestern und ich Briefe an meinen Großvater, meine Tanten, meine Onkel und Cousins und Cousinen. Wenn mal einen oder zwei Tage lang Waffenruhe herrschte, gaben wir diese Briefe, die wir teilweise schon vor Tagen oder Wochen geschrieben hatten, jemandem aus der Nachbarschaft mit, der aus irgendeinem Grund nach Makroyan musste – sofern wir so jemanden auftreiben konnten. Auf ähnliche Weise ergab es sich auch, dass wir an bestimmten Tagen einen ganzen Stapel Briefe von allen unseren Angehörigen erhielten, wenn einer meiner Onkel sich auf den Weg hatte machen können. Aber dann begann der Krieg aufs Neue, und wir hörten wieder wochenlang nichts voneinander.

Dies waren die schlimmsten Tage meines Lebens – und doch habe ich etwas Positives aus ihnen mitgenommen. Immer wenn ich einen Brief schrieb, achtete ich sehr darauf, die richtigen Worte an die richtigen Stellen zu setzen, und von denjenigen, die meine Briefe beantworteten, erwartete ich dieselbe Sorgfalt. In jenen Tagen, als es die Hauptsorge der meisten Menschen war, überhaupt am Leben zu bleiben, richtete ich mein Augenmerk darauf, wie ich einen möglichst gelungenen Brief verfasste und darin meine Empfindungen möglichst präzise und umfassend sowie in korrekter chronologischer Reihenfolge zum Ausdruck brachte. Ich stand damals ja erst an der Schwelle zum Teenageralter, doch da mein dauerhaftes Überleben so sehr am seidenen Faden hing, waren die Schulbildung, die ich *hätte* genießen, die Sportarten, die ich *hätte* betreiben, die Arbeit, die ich *hätte* tun können, für mich ohne Bedeutung.

Nachdem Kabul zwei Monate lang ununterbrochen von Krieg überzogen gewesen war, konnten wir uns wieder einmal ein paar wenige Wochen lang eine Atempause gönnen. Großvater kam zu uns ins Haus und blieb während dieser ganzen Zeit. Ich war so glücklich, neben ihm zu sitzen, meinen Kopf in seinen Schoß zu betten und seinem Atmen zu lauschen, wenn er las oder aß oder sich mit jemandem unterhielt.

Am Abend vor seiner Rückkehr nach Makroyan saß er noch bis spät in die Nacht mit meinem Vater und meiner Mutter zusammen, nachdem alle anderen längst schlafen gegangen waren. Als er am nächsten Morgen fort war, verspürte ich eine tiefe Einsamkeit und setzte mich wieder unter die Akazie. Nach einer Weile kam mein Vater und gesellte sich zu mir.

»Wir haben gestern Abend, als du schon schliefst, eine Entscheidung getroffen«, sagte er. Nach einer Pause seufzte er und fuhr dann fort: »Solange diese Waffenruhe Bestand hat, werden du und ich nach Pakistan fahren. Dort werden wir ein Haus mieten, und dann kommen wir zurück und holen die anderen. Wir werden dort bleiben, bis in Kabul wieder Friede einkehrt.«

»Wird es denn nicht schwierig sein, in einem fremden Land zu leben?«, fragte ich.

»Wenn wir hierbleiben, sind wir bald alle tot. In Pakistan haben wir wenigstens eine Überlebenschance. Ich bin mir sicher, dass du dich dort schnell eingewöhnen wirst. Du wirst gute Freunde finden und auch wieder zur Schule gehen, das verspreche ich dir«, sagte mein Vater mit einem etwas gequälten, aber wohlmeinenden Lächeln, das mir das Gefühl gab, als würde das alles tatsächlich Wirklichkeit.

Ich fragte, wann wir denn losfahren würden.

»Morgen«, sagte mein Vater. Er legte den Arm um mich, und ich ließ mich an seine starke Brust sinken.

16

Der Hund

Um fünf Uhr in der Frühe verabschiedeten wir uns am nächsten Tag von meiner Mutter und meinen Schwestern. Eine Stunde später saß ich neben meinem Vater auf der Sitzbank eines alten Minibusses voller Menschen. Manche der Fahrgäste saßen auf Kleidersäcken auf dem Boden.

Ich hatte ein Glas Tee in der Hand und nahm kleine Schlucke davon, um richtig wach zu werden. Ich genoss den Ausblick auf die Berge und war nach all den Monaten, die ich in unserer Festung der neun Türme eingesperrt verbracht hatte, mit meinen Gedanken ganz draußen in der freien Natur. Kabul lag nun hinter uns, und wir fuhren auf den Khyber-Pass zu. Durch meinen Geschichtslehrer in der Schule wusste ich über den Khyber-Pass Bescheid – ebenso wie über die Buddhas von Bamiyan –, aber mit eigenen Augen gesehen hatte ich ihn noch nicht. Ich fand es sehr aufregend, dass ich ihn nun bald überqueren würde.

Es war ruhig in dem Minibus; man hörte nur das Geräusch des Motors, und gelegentlich hustete oder nieste einer der Fahrgäste. Einige von ihnen schliefen; andere schauten aus dem Fenster, während wir uns die Berge hinauf- und hinunterwanden, zwischen denen Kabul lag. Ab und zu musste der Fahrer wegen der großen Schlaglöcher das Tempo drosseln, doch die meiste Zeit fuhr er trotz des starken Gefälles der Straße ziemlich schnell.

Als wir die Berge fast hinter uns hatten und uns der kleinen Stadt Sarobi näherten, trat der Fahrer plötzlich jäh auf die Bremse, und ich schüttete Tee über meine Kleidung. Schon spürte ich die Wärme, die sich in meinem Schoß ausbreitete. Als die übrigen Fahrgäste mit dem Fahrer schimpften und ihm sagten, er solle doch besser aufpassen, drehte der sich zu ihnen um und hielt sich den Zeigefinger an die Lippen, damit sie den Mund hielten. Da öffneten sich auch schon die automatischen Türen, und ein von zwei Leibwächtern begleiteter Mann bestieg unseren Bus.

Die Neuankömmlinge beäugten uns argwöhnisch. In ihren Gesichtern sah man nicht einmal den Anflug eines Lächelns zur Begrüßung; nur abweisende Kälte in ihren Blicken. Wir saßen alle mucksmäuschenstill da, während sie uns, einen nach dem anderen, musterten.

Der alte Mann, der vor uns saß, drehte sich zu uns um und flüsterte meinem Vater zu, dass der Mann Zardad Khan wäre, auch als »Kommandeur Zardad« bekannt, einer der Handlanger des Kriegstreibers Gulbuddin.

Dieser Kommandeur Zardad hatte schwer von Akne gezeichnete Wangen und die dichtesten schwarzen Augenbrauen, die ich je gesehen hatte, über großen tief liegenden Augen; die waren so dunkel, beinahe schwarz, dass es wie ein Bannstrahl wirkte, wenn sie einen ansahen. Ich schätzte sein Gewicht auf höchstens siebzig Kilo, die er in eine schwarze Lederjacke gezwängt hatte. Darunter trug er den traditionellen *Shalwar Kamiz*. Er bestimmte mehrere Männer und Frauen dazu, aus dem Bus auszusteigen, auch meinen Vater. Dann gab er dem Fahrer Anweisung, seine Fahrt nach Pakistan fortzusetzen. Sogleich startete der völlig verängstigte Mann den Motor, aber ich sprang gerade noch ab, bevor er die Türen schloss.

Zardad sah mich scharf an und sagte: »Wer hat dich denn eingeladen?«

»Sie haben meinen Vater geholt, und ich möchte bei ihm bleiben«, sagte ich.

»Dann musst du wohl mit«, sagte er und gab mir einen leichten Klaps auf die Schulter, als wäre er ein alter Freund.

Zehn Minuten lang stiegen wir einen steilen Berghang hoch, bis wir zu seinem Lager kamen. Hier hatte er über zweihundert bewaffnete Männer um sich geschart, die sich im Schatten ihrer Zelte ausruhten. Manche tranken Tee, manche schliefen, und manche sahen uns nur neugierig an.

Wir wurden in ein großes, an einer Seite offenes Zelt geführt und sollten uns hinsetzen, aber niemand gehorchte dem Befehl. Alle blieben wie erstarrt stehen. Auf dem Boden des Zeltes lagen mehrere nackte Leichen, die allesamt aussahen, als wären ihnen am ganzen Körper üble Bisswunden zugefügt worden.

Eine der Toten war eine junge Frau, die ich auf Anfang zwanzig schätzte. Sie war schlank und zierlich, hatte lange Beine und langes blondes Haar, das ihr hübsches Gesicht umrahmte. Ihre Schulterbreite mochte höchstens dreißig Zentimeter betragen. Ihre kleinen Brüste sahen fast so aus, als wären sie in einen Fleischwolf geraten, und ihre Arme und Beine waren mit Bisswunden übersät, besonders die Oberschenkel.

Der Mann neben ihr sah aus wie eine aus weißem Stein gemeißelte Statue – als hätte er keinen Tropfen Blut mehr im Leib. Wie auch das Mädchen schien er eher amerikanischer oder europäischer Herkunft zu sein als Afghane. Er war sehr kräftig gebaut, aber ebenfalls am ganzen Körper gebissen worden. Man hatte ihm mit einem Messer die Kehle aufgeschlitzt und seine Hand-, Fuß- und Kniegelenke durchtrennt. Nur seine Hände waren unversehrt – er schien nicht mehr in der Lage gewesen zu sein, sich mit ihnen gegen seine Peiniger zur Wehr zu setzen. Sein Gesicht war zu einer Maske panischen Entsetzens erstarrt; seine Augen und sein Mund waren weit aufgerissen.

Ein paar weitere Leichen, die neben diesen beiden lagen, waren mit blutbefleckten Laken zugedeckt.

»Seht ihr diese Leute da?«, fragte Zardad. »Sie haben sich geweigert, mir ihr Geld zu überlassen. Am Ende haben sie nun ihr Geld und ihr Leben hergeben müssen. Wenn euch euer Leben lieb ist, gebt mir euer Geld; dann könnt ihr gehen.«

Mein Vater holte sein ganzes Geld aus der Tasche und reichte es Zardad.

»Wo bist du zu Hause?«, wollte der wissen.

»In Kabul«, antwortete mein Vater teilnahmslos.

»Was willst du dann in Pakistan?«

»Ich wollte schauen, ob man dort leben kann.«

»Aber du hast doch bestimmt Frau und Kinder?«

»Ja.«

»Wieso sind die dann nicht bei dir?«

»Ich konnte sie jetzt noch nicht mit nach Pakistan nehmen. Ich habe dort ja noch nichts, wo wir wohnen können. Sobald ich etwas gefunden habe, fahre ich zurück, um sie zu holen«, erklärte mein Vater ganz sachlich.

»Da musst du ja ein reicher Mann sein. Machen wir ein Geschäft: Ich erlaube deinem Sohn, nach Hause zurückzukehren, damit er dort noch mehr Geld holt. Danach kannst auch du gehen. Hört sich das gut an?« Zardad zog erwartungsvoll die Augenbrauen in die Höhe.

»Wir haben nicht viel Geld. Es reicht gerade, um eine Weile davon leben zu können. Wovon soll ich meine Kinder ernähren, wenn ich dir mein ganzes Geld gebe?«, sagte mein Vater.

»Beantworte meine Frage nicht mit einer Gegenfrage!«, zischte Zardad.

Mein Vater senkte nur den Kopf und sagte gar nichts mehr.

»Hund!«, schrie Zardad laut. Ich blickte mich erschrocken um und erwartete, dass gleich einer seiner Männer mit einem Hund käme, wie man sie für Hundekämpfe verwendete.

Ich warf noch einmal einen Blick auf die Leichen mit ihren Bisswunden und bekam schreckliche Angst. Was hatte Zardad mit dem Hund vor?

Ein Mann betrat das Zelt. Er hatte sehr große, gelbe Zähne, richtige Hauer. Er lachte, als er uns sah.

»Fesselt ihn«, befahl Zardad mit schnarrender Stimme.

Zwei seiner Männer griffen sich meinen Vater von hinten, während ein dritter ihm erst das Hemd und danach die Hose vom Leib riss. Dann ketteten sie seine Hände und seine Füße an jeweils einer Ecke eines großen Rahmens aus dicken Holzbalken fest. Wie er nun mit ausgestreckten Armen und gespreizten Beinen in dem Rahmen hing, sah er aus wie einer der Teppiche, die ich ihn so oft hatte strecken sehen

Da er sich nicht mehr bewegen konnte und sämtliche Blicke auf ihn gerichtet waren, gab Zardad dem Mann, den er »Hund« nannte, Befehl anzufangen. »Hund« riss den Mund weit auf und schlug seine Zähne in den Oberarm meines Vaters.

Mein Vater schrie vor Schmerzen auf und beteuerte noch einmal, dass er kein Geld hätte, worauf Zardad befahl, dass sein Mann sich an den anderen Arm meines Vaters hängen sollte. Also biss er sich darin fest und winkelte dann die Beine an, wie es ihm befohlen worden war. Mein Vater brüllte vor Schmerzen und lief krebsrot an.

Ich sah es, aber ich konnte es nicht glauben. Seit Beginn der Kämpfe hatte ich einiges gesehen, darunter viele Grausamkeiten, aber auf etwas dermaßen Abartiges wäre ich selbst in meinen kühnsten Fantasien nicht gekommen.

Der Mann mit dem Raubtiergebiss fuhr damit fort, meinen Vater am ganzen Körper zu malträtieren, biss ihn in die Arme, in die Schultern, in die Schenkel, in die Brust, in die Unterarme, in den Hals, ins Gesäß. Mein Vater schrie immer lauter, während Zardad keine zehn Meter weit entfernt ganz lässig auf einem Stuhl hockte, dabei zusah und an seinem Tee nippte. Trotz der durchdringenden Schreie meines Vaters zeigte er keinerlei Gefühlsregung.

Ich wagte kaum, Luft zu holen. Mir war klar, dass ich Zeuge des Sterbens meines Vaters war, und in meinem Kopf überschlugen sich die Gedanken, während ich überlegte, wie ich mit meinen gerade mal dreizehn Jahren jetzt meine Familie über die Runden bringen sollte.

Meinen Vater verließen seine Kräfte, und seine Schreie wurden immer leiser. Er schloss die Augen, und sein Körper hing schlaff in den Ketten. Aus seinen Wunden blutete es wie verrückt.

Endlich gab Zardad zweien seiner Männer den Befehl, meinen Vater zu befreien. Als sie seine Fesseln gelöst hatten, fiel er zu Boden, worauf sie ihn bei den Handgelenken packten und ihn zehn Meter weit über den steinigen Boden zerrten und ihm dabei die Haut von seinem Rücken schürften. Dann lag er bewegungslos da und stöhnte nur noch.

Als Nächstes ergriffen die beiden Kerle mich und rissen auch mir die Kleider vom Leib; bloß meine Unterhose und eine dünne Halskette mit einem Medaillon aus Mekka daran ließen sie mir. Sie befestigten die Ketten, die sie bei meinem Vater benutzt hatten, nun um meine Hand- und Fußgelenke. Als sie die Ketten festzogen und mir damit in die Haut schnitten, empfand ich sonderbarerweise ein Gefühl der Erleichterung. Seit Beginn des Krieges hatte ich dem Tod so oft ein Schnippchen geschlagen – heute nun würde Schluss mit allem sein.

Der Mann mit den Fangzähnen kam langsam auf mich zu. Um seinen Mund herum klebte das Blut meines Vaters, aber seine Haut war leichenblass, als hätte er selber keinen Tropfen Blut in seinen Adern. Wenn er ging, sah es so aus, als hätte er kaum die Kraft, sich fortzubewegen.

Als er mir den ersten Biss versetzte, fühlte es sich so an, als würde eine Säge oder ein scharfkantiges Stück Metall in meinen Arm eindringen. Der Schmerz war so heftig, dass mir augenblicklich schwarz vor Augen wurde. So laut habe ich wohl noch nie geschrien.

»Fass ihn nicht an!«, hörte ich meinen Vater mit heiserer Stimme rufen. Er versuchte, sich aufzurichten, aber zwei Männer liefen zu ihm hin und drückten ihn wieder zu Boden. Ihm klebte am ganzen Körper getrocknetes Blut, nur im Gesicht nicht. »Komm her und lass es an mir aus!«

»Nein, dein Sohn hat frischeres Blut und eine zarte Haut«, flüsterte der Mann namens »Hund« so leise, dass ich es kaum hörte. »Du hast altes Blut. Mit deinem Sohn macht das mehr Spaß.« Dann biss er mich ins linke Bein, und das tat noch mehr weh als zuvor. Schließlich war meine Schulter dran und danach mein Rücken. Ich konnte nur noch wimmern.

Einer von Zardads Soldaten trat vor. »Bitte lassen Sie es für eine Weile gut sein, Herr. Haben Sie doch ein Einsehen«, sagte er auf Paschtu.

»Ich nehme keine Befehle von dir entgegen. Ich bin es, der hier die Befehle erteilt«, raunzte Zardad ihn an, ohne den Soldaten dabei eines Blickes zu würdigen.

»Das weiß ich doch, Herr. Aber ich wollte einfach nur ein paar Stunden schlafen, und wenn diese Bastarde weiter so herumschreien, wecken sie mich dauernd auf«, rechtfertigte sich sein Untergebener.

»Ich will jetzt meinen Spaß haben. Lass mich in Ruhe«, sagte Zardad ebenfalls auf Paschtu, obwohl er zuvor nur Dari gesprochen hatte.

Mühevoll erhob sich mein Vater vom Boden. »Was für ein Paschtune bis du eigentlich?«, rief er Zardad zu.

»Bist du etwa ein Paschtune?«, fragte Zardad ganz erstaunt.

»Natürlich bin ich das«, antwortete mein Vater. Seine Stimme war kaum lauter als ein Flüstern.

»Warum zum Teufel hast du mir das denn nicht gleich gesagt?«, fluchte Zardad. Er stand von seinem Stuhl auf und trat näher an meinen Vater heran, um ihn sich besser ansehen zu können. Einen Moment lang blieb er vor ihm stehen; dann befahl er seinen Männern, mich loszubinden und uns unsere Kleidung zurückzugeben. »Ich foltere doch nicht meine eigenen Paschtunen«, sagte er ganz beiläufig, als er zu seinem Stuhl zurückging.

Mein Vater und ich zogen uns, so gut es ging, wieder an. Bei jeder Bewegung schmerzten die Stellen, an denen der Mann mit dem Hundegebiss mich zu fassen bekommen hatte, als würde immer noch etwas an meiner Haut reißen. Ich war so erstarrt vor lauter Angst, dass ich gar nicht recht wusste, was ich tat. Aus meinen Wunden lief Blut und drang mir in die Kleidung. Und dann starrte mich unser Peiniger auch noch die ganze Zeit an; er war wütend, dass man ihm seine Beute weggenommen hatte und er nichts dagegen tun konnte.

»Was ist mit den anderen?«, fragte mein Vater. Er konnte sich noch immer nicht zu seiner vollen Höhe aufrichten. »Lass sie auch frei.«

»Ihr könnt gehen«, sagte Zardad, und es klang wie ein Befehl.

»Du quälst diese Leute doch nicht wegen ihres Geldes, oder?«, wollte mein Vater wissen. »Du quälst sie doch, weil es dir Spaß macht.«

»Du sagst noch ein einziges Wort, und ich vergesse, dass du

Paschtune bist, hast du verstanden? Geh jetzt, und dreh dich ja nicht noch einmal um!«, herrschte Zardad meinen Vater an.

Mein Vater schwieg. Wir gingen los und mühten uns mit kurzen, schmerzhaften Schritten den langen, steilen Pfad zur Straße hinunter. Zehn Minuten später saßen wir in einem Überlandtaxi, das wir auf der Hauptstraße von Dschalalabad nach Kabul anhalten konnten, und ließen uns nach Hause fahren.

»Was ist denn das?«, entfuhr es meiner Mutter, als sie das Blut an unserer Kleidung sah. Ihre Augen und ihr Mund waren weit aufgerissen, und sie wurde ganz bleich im Gesicht.

»Wir sind von einem Hund angefallen worden«, sagte mein Vater, indem er sie in die Arme nahm. Dann schwanden ihm die Sinne, und er fiel auf sie.

Meine Mutter erschrak noch mehr und drängte mich, ihr unter meinem Vater hervorzuhelfen. Halb trugen, halb schleiften wir ihn zu seinem Bett. Ich erzählte meiner Mutter, was uns passiert war, fasste mich aber kurz, denn auch ich hatte keinen anderen Wunsch, als mich hinzulegen.

Sie lief hinaus und kam mit einem unserer Nachbarn zurück, der Bereitschaftsarzt war.

Ein paar Minuten später hatte der Arzt meinem Vater eine Betäubungsspritze gegeben und begann, seine Wunden auszuwaschen, zuerst mit Alkohol, um sie zu desinfizieren, und anschließend mit einer Lösung, die er selber zusammengemischt hatte. Behutsam trocknete er die Wunden und deckte zum Schluss Verbandsmull darüber.

Als der Arzt die Verletzungen meines Vaters versorgt hatte, zeigte ich ihm meine. Meine Schultern und meine Arme hatten erst zu jucken und dann zu schmerzen angefangen, und aus den Bissstellen sickerte immer noch etwas Blut, vor allem aus denen am rechten Arm, wo die Zähne des Mannes am tiefsten eingedrungen waren. Der Arzt behandelte mich ebenso wie meinen Vater. Er war erstaunt darüber, dass ich die Schmerzen bis jetzt so tapfer ertragen hatte. Aber Schmerz zu ertragen war inzwischen ja sozusagen unser Lebensinhalt geworden.

Als ich am nächsten Morgen aufwachte, war ich immer noch in ziemlich schlechter Verfassung. Jede einzelne Bisswunde fühlte sich glühend heiß an, und die Haut um sie herum war voller roter Flecken. Außerdem pochte es darin, und an den Bissen an meinem linken Bein hatte ich einen ekelerregenden Ausfluss. Dazu kam, dass sämtliche Wunden über Nacht zu doppelter Größe angeschwollen waren. Wenn ich mich bewegte, hatte ich das Gefühl, als würde sich meine Haut spannen und reißen.

Wir brauchten zwei Wochen, um wieder gesund zu werden. Meine Mutter verbot meinem Vater, auch nur davon zu sprechen, noch einmal nach Pakistan zu fahren. Sie wertete das, was uns widerfahren war, als böses Omen. In Pakistan zu leben, sagte sie, wäre schlimmer als in Kabul.

Mein Vater warf ihr vor, dass sie abergläubisch wäre.

»Ja«, bestätigte meine Mutter ohne Umschweife. Sie lief im Schlafzimmer hin und her wie früher Haji Noor Shers Leopard in seinem Käfig. Mein Vater sah ihr ein paar Minuten lang zu und sagte dann, dass er gerne einen Tee hätte.

Sie blieb stehen, sah ihn an und hob den Zeigefinger, als wollte sie auf mich oder auf eine meiner Schwestern zeigen. »Ich gehe nicht nach Pakistan«, sagte sie mit Nachdruck. »Ich bleibe in Kabul. Und wenn es mich mein Leben kostet, dann soll es eben so sein. Aber immerhin sterbe ich auf meiner eigenen Heimaterde und nicht in irgendeinem fremden Land.«

Mein Vater wusste, dass ihr mit keinen Argumenten beizukommen war, und sie verließ schweigend das Zimmer, um ihm seinen Tee zu holen.

TEIL 4

DER TRIUMPH DES WAHNSINNS

17

Eine neue Art Gerechtigkeit

Es begann für uns eine Zeit des Abwartens. Die Kämpfe würden ein Ende finden, sagten wir uns, wenn wir es nur abwarteten. Unser Leben würde bald wieder wie früher sein; wir mussten es nur abwarten. Es würde sich ein Ausweg finden, wenn wir es nur abwarteten. Falls unser Gold noch in Großvaters Garten lag, konnte es dort auch noch ein bisschen länger auf uns warten – so wie wir in der Festung der neun Türme blieben und abwarteten.

Die Gefechte in Kabul ließen an Heftigkeit nach, und in unserer Nähe nahm eine Schule den Unterricht wieder auf. Nachdem ich mich so lange danach gesehnt hatte, wieder zur Schule zu gehen, war ich nun enttäuscht: Das Schulgebäude war ziemlich heruntergekommen, längst nicht so gepflegt wie die Schule in unserer früheren Wohngegend, die von den gebildeten Schichten der Umgebung finanziell unterstützt worden war. Dort hatten sämtliche Lehrer meinen Namen und meine Familie gekannt, alle waren freundlich zu mir, und ich freute mich damals auf alles, was ich dazulernte.

In dieser neuen Schule kamen viele Schüler aus den ländlichen Gegenden nördlich von Kabul – Shamali, Parwan und Pandschir. Sie sprachen Dari mit einem regionalen Akzent, der mir unvertraut war. Einige ihrer Familien waren erst mit den Mudschaheddin nach Kabul gekommen, und die Kinder aus diesen Familien schienen mehr Interesse am Prügeln als am Lernen zu haben. Ein Dari-Sprichwort besagt: »Wenn man sich mit guten Menschen umgibt, wird man auch selbst zu einem guten Menschen. Wenn man sich hingegen mit schlechten Menschen umgibt, wird man selbst zu einem schlechten Menschen.« Meine Mitschüler waren im Grunde genommen keine schlechten Menschen, aber ich habe mir von ihnen allerhand schlechte Angewohnheiten abgeguckt.

Ich bin dennoch jeden Tag zur Schule gegangen, hauptsächlich, weil es ja sonst nichts zu tun gab. Ich hatte über zwei Schuljahre versäumt, aber den meisten meiner Klassenkameraden war es ähnlich ergangen. Wir waren alle mit dem Lernstoff im Rückstand, obwohl einige von uns, so wie ich, zu Hause von ihren Eltern Unterricht bekommen hatten. Und das Leben inmitten eines Bürgerkrieges hatte uns auch so einiges beigebracht.

Irgendwie war ich in der achten Klasse gelandet. Das hatte wohl damit zu tun, dass ich dreizehn Jahre alt war und so aussah, als gehörte ich dorthin. Ich war jeden Nachmittag vier Stunden in der Schule. Die Kinder in den ersten sechs Klassen, darunter auch meine jüngeren Schwestern, hatten vormittags Unterricht. Meine ältere Schwester besuchte eine nicht allzu weit entfernte weiterbildende Schule für Mädchen. Solange der Waffenstillstand eingehalten wurde, konnten wir jeden Tag zur Schule gehen.

Die meisten Lehrer waren ebenso entmutigt wie ihre Schüler, was das Leben in Afghanistan betraf. Trotzdem gaben sie sich alle Mühe, uns davon zu überzeugen, dass das, was sie uns beibrachten, wichtig für uns war. Nun, vielleicht war es das wirklich.

Manchmal diskutierten wir in der Klasse über die einzelnen Warlord-Fraktionen, welche gut war und welche schlecht. Zum Schluss kamen wir allerdings zu der gemeinsamen Überzeugung, dass an keiner von ihnen etwas Gutes war. Kabul stand immer noch unter Raketenbeschuss, obwohl wir nicht wussten, wer jeweils dafür verantwortlich war.

Zu der Zeit war viel von einer neuen Gruppierung namens Taliban die Rede, die im Süden des Landes immer mehr Städte in ihre Gewalt bekam und ihren Machtbereich langsam in Richtung Osten ausdehnte. Viele Leute sagten, dass sie einen Kreis um Kabul bilden und sämtliche anderen Fraktionen vertreiben würden. Aber viel wusste man nicht über sie. Wir hatten von Kriegstreibern und ihren Splittergruppen die Nase gestrichen voll.

Viel mehr beschäftigte uns unser neuer Schulleiter, dessen Augen so rot wie Feuerbälle waren. Jeden Tag ohrfeigte er Schüler, die sich geprügelt hatten, so lange, bis sie vor ihren sämtlichen Mitschülern zu heulen anfingen. Er war ein ausgesprochen dummer Mensch, der uns beibrachte, einen kaputten Wasserhahn, aus dem das wertvolle Nass nutzlos herauslief, zu reparieren, indem man ihn mit einem von unten hineingesteckten Stock verstopfte. Das taten wir denn auch, wurden aber alle ganz nass, als das Wasser nach allen Seiten herausspritzte. Und zu guter Letzt wurden wir für unsere Ungeschicklichkeit auch noch geohrfeigt.

Niemand ohrfeigte allerdings den Schulleiter, als jemand eine tote Katze in der Zisterne entdeckte. Sie hatte dort schon seit mindestens einer Woche gelegen, und wir hatten das Wasser getrunken.

Es gab einen Unterricht, den ich richtig gern besuchte, nämlich den unserer Dari-Lehrerin für Sprache und Literatur. Sie war hübsch und immer guter Laune. Bei ihr habe ich zum ersten Mal verstanden, dass eine Geschichte nicht nur aus einem Plot besteht. Sie erklärte uns, dass mit Worten geschaffene Bilder versteckte Bedeutungen haben können. Sofort habe ich mich darangemacht, sämtliche Bücher, die wir zu Hause hatten, noch einmal zu lesen, um mich auf die detektivische Suche nach solchen versteckten Bedeutungen zu machen, die anderen Leuten, die nicht so klug waren wie ich, entgehen mussten.

Die Schulbücher, die wir bekamen, enthielten nur sehr wenige literarische Texte – ein paar Gedichte, ein paar Kurzgeschichten mit schwer verständlichen und ausgefallenen Vokabeln und ein paar Lebensgeschichten berühmter Dichter und Romanschriftsteller. Also gab uns unsere Lehrerin auf, andere Bücher zu lesen, hauptsächlich Romane. Viele der Jungen hassten es, zu lesen, und waren sauer. Ein paar von uns aber fanden, dass jedes Buch, das unsere Lehrerin uns zu lesen auftrug, besser war als das vorherige.

Unsere Lehrerin empfahl uns Bücher, von denen sie meinte, dass sie uns helfen könnten, Zusammenhänge zu begreifen, die in Schulbüchern nicht erklärt wurden. Hauptsächlich handelte es sich dabei um Bücher iranischer Autoren wie Amir Ashiri, Parwiz Qazi Sayed, Aroniqi Karmani und Jawad Fazil. Aber sie legte uns auch ein paar westliche Autoren ans Herz, zum Beispiel Maxim Gorki, Fjodor Dostojewski, Leo Tolstoi, Anton Tschechow, Jack London und Thomas Mann. *Schuld und Sühne* handelte mir zu sehr von Elend, Not und Seelenpein, sodass ich das Buch nach den ersten paar Seiten zurück an seinen Platz in meinem Regal stellte und mir vornahm, es zu lesen, wenn ich nicht mehr in Afghanistan lebte.

Die Lehrerin sprach mit sanfter, leiser Stimme zu uns, aber so, dass jeder sie verstehen konnte. Wenn sie den Klassenraum betrat, war alles sofort still, und wir trieben während ihrer Stunden auch keinen Schabernack miteinander wie bei anderen Lehrern.

Eines Tages erzählte sie uns, dass sie ihr Diplom in Russland erworben hatte und gerne Dozentin an der Universität von Kabul geworden wäre. Aber sie hatte drei Söhne, von denen der älteste vier Jahre jünger war als wir alle, und musste daher die meiste Zeit zu Hause sein. Ich glaube nicht, dass sie wegen des Geldes unterrichtete, denn ihr Mann besaß einen eigenen Elektronikladen, mit dem er bestimmt gut verdiente. Ich glaube, sie war aus Liebe zur Literatur Lehrerin. Ich selber fing ja gerade erst zu begreifen an, was Literatur eigentlich war, und es machte einen tiefen Eindruck auf mich, von jemandem unterrichtet zu werden, der Bücher so sehr liebte.

Während aus den Monaten Jahre wurden, begann mir aufzufallen, dass an manchen Stellen meines Körpers Haare wuchsen, die vorher nicht da gewesen waren. Zuallererst befürchtete ich, dass die ganze Anspannung des Krieges mich in einen Affen verwandelte, denn ich erinnerte mich noch zu gut an die Abbildungen in meinem Schulbuch vor einigen Jahren. Ob es wohl möglich war, dass Menschen sich zurück zu Affen entwickelten?

Dann erwachten in mir ganz neue Wunschvorstellungen, vor allem, was Frauen betraf, und das fand ich sehr aufregend. Obwohl es mich auch ein wenig befangen machte. Immer wenn ich mir ein Bild von einem schönen Mädchen in einer Zeitschrift ansah, verspürte ich etwas ganz Merkwürdiges.

Es war ja nicht mehr so wie in früheren Zeiten, als ein junger Afghane einfach mit einem Mädchen ausgehen konnte. Seit die Mudschaheddin da waren, hatte ein junger Mann verheiratet zu sein, wenn er ein Mädchen wollte. Aber ich in meinen jungen Jahren hatte noch keine Lust aufs Heiraten.

Stattdessen verbrachte ich viele Stunden in der Turnhalle mit Gewichtheben und Boxtraining. Mein Bizeps wuchs, und meine Brust begann wie die eines Mannes auszusehen. Wenn ich manchmal ohne Hemd vor dem Spiegel stand, sah ich einen Körper voller Muskeln – wie die der Statuen in den Büchern über Plato und Sokrates. Eines Tages stellte ich mir vor, ich wäre das Standbild Apolls. Dazu posierte ich ein paar Minuten lang mit erhobenem linken Arm, ohne zu ahnen, dass mein Vater in der Tür stand und mich beobachtete. Er machte sich noch mehrere Wochen danach deswegen über mich lustig. Er sah mich dann immer an und hielt den linken Arm in die Höhe. Es behagte mir nicht, dass er sich über mich amüsierte, aber auf diese Weise hörte ich ihn wenigstens einmal lachen.

Er erzählte beim Essen immer noch gerne Witze, aber er war kein fröhlicher Mensch, außer wenn er seine Boxhandschuhe anzog und mir zeigte, wie man eine rechte Gerade als Finte schlug, um sodann mit einem linken Haken nachzusetzen. Aber wehe, jemand erwähnte auch nur mit einem Wort Teppiche, Schleuser oder Großvaters Garten.

Allmählich näherte sich der Tag, an dem ich länger in der Festung der neun Türme zu Hause war, als ich in meinem Elternhaus gelebt hatte.

An einem Donnerstagabend im September 1996 hörten wir plötzlich, wie ganz viele Autos die Straße hinauf- und hinunterfuhren. Nirgendwo waren Schüsse oder Raketen zu hören, aber auf sämtlichen Straßen Kabuls herrschte auf einmal außergewöhnlich viel Betrieb.

Am Tag darauf plante ich, wie jeden Freitag, zunächst mit meiner Familie ein verspätetes Frühstück einzunehmen und anschließend unseren Nachbarn eine Weile beim Fußballspielen auf der Straße vor unserer Festung zuzusehen – falls man uns vom Berg aus nicht gerade unter Beschuss nahm. Danach wollte ich wieder ins Haus gehen und mir das Hörspielprogramm im Radio anhören, ehe wir mit meinem Großvater oder mit einem meiner Onkel, dem es gelungen war, zu uns durchzudringen, ein üppiges Mittagsmahl einnahmen. Während die anderen den restlichen Nachmittag zusammensaßen und Tee tranken, würde ich mich im Schatten der Weinranken in den Garten setzen, dem Gezwitscher der Spatzen lauschen und dabei in einem meiner iranischen Romane lesen.

Doch als ich an diesem Freitag auf das Tor zuging, hörte ich von draußen keine Geräusche eines Fußballspiels. Alles war still.

Unser aus Wellblech bestehendes Gartentor war durchlöchert worden wie ein Sieb, als vor fünf Jahren unmittelbar davor eine Rakete explodierte. Dabei war auch ein kleiner Junge ums Leben gekommen, der in der Nähe seinen Esel von einem Abfallhaufen fütterte. Da wir nie genug Geld besaßen, um das Tor auszutauschen, haben wir es weiter so benutzt, wie es war.

Ich lugte also nun durch eines der Löcher, um zu schauen, warum niemand auf dem Bolzplatz zwischen der Stelle, an der die unbefestigte Straße breiter wurde, und der Mauer der früheren britischen Botschaft einen Ball kickte. Es waren gar keine Spieler zugegen – nur unbekannte Fremde.

Solche Menschen hatte ich noch nie gesehen, weder im Traum noch im Film, und auch in Romanen und Geschichtsbüchern waren sie mir noch nie begegnet. Sie sahen zwar aus wie Afghanen, trugen aber ungewöhnlich große schwarze oder weiße Turbane und überlange Hemden, die ihnen bis über die Knie gingen. Und sie hatten Peitschen bei sich.

Ihre Augen waren mit einem Kajalstift schwarz umrandet, und ihre Bärte waren ungepflegt und lang. Keiner von ihnen trug richtiges Schuhwerk, sondern nur Sandalen, und sie hatten dementsprechend staubige Füße. Die meisten kauten Tabak, denn ab und zu spuckte einer braunen Speichel in den Straßenstaub und wischte sich den Mund mit einem Zipfel seines Turbans ab.

Sie sprachen auch nicht miteinander. Sie wirkten irgendwie verloren, wie Wald- oder Höhlenbewohner, die noch nie ein Haus gesehen haben.

Zuerst hielt ich sie für Vampire. Ich wusste zwar, dass es in Wahrheit gar keine Vampire gab, außer in Gruselgeschichten für Kinder. Aber was sollte es sonst sein?

Es war kein einziger Nachbar zu sehen. Kein einziger. Ein Angstschauder durchfuhr mich. Konnte es sein, dass sie während der Nacht alle die Stadt verlassen hatten, ohne uns Bescheid zu sagen? Oder hatten diese Vampire sie ausgesogen und schauten nun in sämtliche Fenster, ob irgendwo noch jemand lebte, den sie sich holen konnten?

»Das ist doch nicht möglich«, versuchte ich mich zu beruhigen. Aber sicher war ich mir keineswegs.

Seit Beginn der Zwistigkeiten zwischen den einzelnen Kriegsparteien dauerte es normalerweise ein paar Monate, bis der eine den anderen besiegt und die territoriale Kontrolle in einem Viertel an sich gerissen hatte. Aber diese neue Gruppierung schien sich ohne jede Kampfhandlung und ohne Blutvergießen der gesamten Stadt bemächtigt zu haben. Ich musste unbedingt herausbekommen, was es mit ihnen auf sich hatte.

So leise wie möglich öffnete ich das Tor und trat auf die Straße hinaus. Aber drei der Fremden hatten die Scharniere quietschen gehört und kamen schon mit wutverzerrten Gesichtern und erhobenen Peitschen auf mich zugelaufen.

Als der Erste mich erreichte, wollte er gleich von mir wissen, wo sich Ahmad Shah Massoud aufhielt. Sie sprachen alle Paschtu mit Kandahar-Akzent, der ein wenig klangvoller ist als das Paschtu, das wir hier in Kabul sprechen. Möglicherweise gehörten sie zu dieser neuen Taliban-Gruppierung, von der dauernd die Rede war.

»Ich weiß nicht«, sagte ich ängstlich auf Paschtu. Sie wurden ein bisschen zugänglicher, als sie hörten, dass ich ihre Sprache sprach.

»Kennst du Fahim?«, fragte mich derselbe Mann nun.

»Aber den kennt doch jeder«, sagte ich. Mohammed Fahim, auch »Marschall« Fahim genannt, war ein tadschikischer Milizenführer und ein enger Verbündeter Massouds.

Der dritte Mann schob die anderen beiden beiseite und packte mich am Kragen. Seine Hände rochen nach Kot.

»Bist du Fahims Sohn?«, brüllte er mich an.

»*Nein!*«, schrie ich zurück.

»Wo wohnt er?« Er hielt mich immer noch am Kragen fest. Ich zeigte in Richtung auf den *Bagh-e-Bala*, einen bewaldeten Steilhang, ungefähr einen halben Kilometer westlich von uns, wo sich früher ein von den Moguln eingerichteter botanischer Garten befunden hatte.

Er ließ mich immer noch nicht los. »Führ uns zu seinem Haus.«

Ich ging mit ihnen zu der Straße, in der Fahim wohnte, und zeigte von deren Ende auf Fahims Haus. Jetzt endlich ließ der Mann meinen Kragen los.

Ich rannte schnell nach Hause und erzählte meiner Familie, was ich erlebt hatte, aber sie glaubten, ich hätte alles nur erfunden – bis auf meine Mutter: An der Art, wie sie mir aufmerksam zuhörte, merkte ich, dass sie mir glaubte.

Wie er es immer freitags tat, wenn abends mit Gästen zu rechnen war, hatte mein Vater besondere Sorgfalt auf die Pflege seines Bartes verwendet, seine beste Hose und ein akkurat gebügeltes, kurzärmeliges weißes Hemd angezogen. Er sagte, er wolle mal auf die Straße hinausgehen und schauen, wovon ich redete.

Meine Mutter wollte nicht, dass er das Haus verließ, solange wir nicht mehr über die Fremden in Erfahrung gebracht hätten. Doch mein Vater, pragmatisch wie immer, erwiderte: »Es finden im Moment keine Kämpfe statt. Falls es eine neue Gruppierung in der Stadt gibt, möchte ich mich gut mit ihnen stellen.«

Eine halbe Stunde später kam mein Vater wütend nach Hause zurück. Er hatte eine von einer Ohrfeige gerötete Wange und den Abdruck eines Peitschenhiebes auf dem Rücken seines Hemdes.

»Was ist denn mit dir passiert?«, fragte meine Mutter. Ihre Stimme klang ganz schrill vor Entsetzen.

Mein Vater antwortete nicht; er ging quer durchs Zimmer, setzte sich in einer Ecke auf den Fußboden, legte den Kopf auf die Knie und schloss die Arme um seine Beine.

Meine kleinen Schwestern hörten auf, sich gegenseitig mit Kissen zu bewerfen und auf dem Sofa meiner Eltern herumzuhüpfen. Meine Mutter kniete sich vor meinem Vater hin, legte ihre Hand unter sein Kinn und hob seinen Kopf: »Was ist los?«

»Sie haben mich mit der Peitsche geschlagen«, sagte mein Vater.

»Aber warum denn?«

»Weil ich mir den Bart kurz geschnitten habe. Sie haben mich einen Ungläubigen und einen Kommunisten genannt. Sie sagten, der Bart wäre das Symbol des Islam.« Mein Vater konnte es selber immer noch nicht glauben.

»Der Islam ist das, was du im Herzen trägst und nicht im Gesicht«, konstatierte meine Mutter.

»Wenn ein Bart das Symbol des Islam ist, habe ich ihnen gesagt, dann muss jeder Ziegenbock ein Moslem sein, weil er ja mit einem geboren ist«, sagte mein Vater und wirkte immer noch wie benommen. »Da haben sie mich mit der Peitsche geschlagen.«

»Was sind das nur für Menschen!«, entfuhr es meiner Mutter voller Abscheu.

Mein Vater stützte seinen Kopf wieder auf die Knie, und meine Mutter küsste ihn auf die Stirn. Sie gab uns ein Zeichen, mit ihr zusammen das Zimmer zu verlassen, damit mein Vater seine Ruhe hatte.

Meine Mutter band sich ihr Kopftuch um und ging los, um selber herauszufinden, was es über diese neue Gruppe in Erfahrung zu bringen gab.

Nach einer Viertelstunde war sie schon wieder da. Ihre Augen funkelten zornig. Und sie humpelte.

»Irgend so ein Kerl mit einem großen schwarzen Turban und zerlumpten Kleidern und mit einem langen Bart hat mir mit seiner Peitsche gegen die Unterschenkel geschlagen«, berichtete sie ganz erregt.

»Wieso denn das?«, fragte mein Vater, verwirrt und wütend zugleich. Im Nu war er auf den Beinen. Diese Schmach wollte er mit den Fäusten vergelten.

»Weil ich keine Burka getragen habe, weil ich nicht bis auf einen schmalen Sehschlitz für die Augen völlig verhüllt auf der Straße war«, sagte meine Mutter. Es war ihr anzusehen, dass die Peitschenhiebe ihr immer noch Schmerzen bereiteten.

»Was ist denn heute bloß los? Wo kommen diese ganzen Verrückten her?«, fragte mein Vater.

Meine Schwestern hatten sich inzwischen eingefunden, um zu hören, was geschehen war. »Ich möchte nicht, dass eine von euch heute einen Fuß vor die Tür setzt«, schärfte meine Mutter ihnen ein.

»Wer sind diese Leute?«, wollte meine älteste Schwester von meinem Vater wissen.

»Keine Ahnung.« Er blickte zur Decke hinauf und fügte leise hinzu: »Ich habe sie ja nicht einmal fragen können.«

Meine Mutter bat meine ältere Schwester, Verbandszeug und Alkohol zum Desinfizieren der Schnittwunden an ihren Beinen zu holen. Inzwischen schaltete eine meiner kleinen Schwestern das Radio ein. Aber statt des Freitagshörspiels vernahmen wir sonderbare Gesänge. Zuerst dachten wir, dass das zu der Sendung dazugehörte, aber dann ging es stundenlang so weiter. Von diesem Tag an haben wir fünf Jahre lang nicht mehr die freitägliche Hörspielsendung eingeschaltet.

Die Gesänge waren alle auf Paschtu und wurden von keinem Instrument und keiner leisen Hintergrundmusik begleitet. Dann hörten wir die gleiche Art Gesang von draußen, aus Autos, die mit voll aufgedrehten Lautsprechern auf der Straße hin- und herfuhren. Es waren zwar Lieder, aber irgendwie fehlte die Musik dazu.

An diesem Tag würde sich bestimmt keiner unserer Verwandten zum Essen einfinden – da war ich mir sicher. Und ich hatte selber auch keinen Appetit. Also ging ich früher als gewöhnlich in den Garten und setzte mich unter die Weinranken, um zu lesen und meine Gedanken von diesen Typen abzulenken. Als ich es mir gerade auf meinem Stammplatz bequem machte, fiel mein Blick auf etwas Glänzendes am Fuß der Gartenmauer. Ich ließ mein Buch auf dem Boden liegen und ging hin, um zu schauen, was es war. In dem hohen Gras an der Mauer lag eine Kalaschnikow mit mehreren Schachteln Munition gleich daneben. Und ein kleines Stück weiter entdeckte ich eine Plastiktüte mit ungefähr einem Dutzend Handgranaten darin.

Ich fasste nichts davon an, denn ich hatte Angst, dass die Sachen mit einer Mine verkabelt sein könnten, die irgendwo lag. Stattdessen rief ich unseren alten Hausdiener, damit der sich das mal ansah.

Auf seinen Stock gestützt, kam er angeschlurft. Das Ende seines schmutzigen Turbans hing ihm mitten ins Gesicht; es war voller Flecken von dem Kautabaksaft, den er dauernd ausspuckte. Er warf einen Blick auf die Waffen und spuckte gleich noch einmal.

»Die müssen Massouds Leuten gehören«, sagte er. »Massoud ist vergangene Nacht aus Kabul geflohen. Das hat Zalmais Frau mir erzählt.«

»Aber wieso sind ihre Waffen dann hier?«, fragte ich.

»Diejenigen, die nicht mit Massoud zusammen entkommen konnten, mussten zusehen, dass sie ihre Waffen loswurden. Diese neue Gruppe hat erklärt, dass sie jeden ins Gefängnis stecken, in dessen Haus sie eine Waffe finden«, sagte der Hausmeister und klopfte mit seinem Stock auf eine der Handgranaten. Ich machte einen Satz zur Seite.

»Wir müssen diese Sachen irgendwo verstecken«, sagte er. Er rollte seinen Turban auseinander und legte ihn auf den Rasen. Ohne ein Anzeichen von Angst legte er die Kalaschnikow, die Munition und die Handgranaten darauf aus und schwang ihn sich dann über seinen krummen Rücken; er ging damit auf die andere Seite des Gartens, wo sich eine Senkgrube befand, und ließ die Sachen vorsichtig nach und nach in die Grube fallen. Zum Schluss drückte er sie mit einem Spaten fest, bis sie unter Schlamm und Fäkalien verschwunden waren.

Ich machte eine Runde durch den Garten, um zu schauen,

ob noch irgendwo Waffen herumlagen, und tatsächlich fand ich weitere Granaten, ein paar Landminen, zwei Panzerfäuste, sechs Pistolen und Hunderte von Patronen.

Eine der Pistolen versteckte ich in meiner Hose, um sie zu behalten. Solche Pistolen hatte ich oft in James-Bond-Filmen gesehen. Da ich inzwischen fast vierzehn Jahre alt war, trug ich ja wohl auch die Verantwortung eines erwachsenen Mannes, und da war es gut, im Besitz einer Waffe zu sein. Die übrigen Funde aus dem Garten ließen wir tief unter dem Schmutz in der Grube verschwinden.

Trotzdem setzte ich meinen Rundgang fort, denn es konnten ja noch weitere Waffen da sein, die ich übersehen hatte. Als ich gerade ein paar Büsche beiseitedrückte, um dahinter nachzuschauen, warf von der Straße jemand zwei Säcke voller Granaten in unseren Garten.

»He, wer ist denn da?«, rief ich laut. »Ist unser Garten etwa eure Müllhalde?« Ich kletterte auf die Mauer, um mir den Missetäter anzuschauen.

Es war ein großer Mann mit breiten Schultern, aber er rannte davon wie ein aufgescheuchtes Kaninchen und sah zu, sich schleunigst aus dem Staub zu machen.

Ich rief ihm noch mehrere Verwünschungen nach und beschimpfte ihn als Feigling, aber er drehte sich nicht noch einmal um und verschwand hinter der nächsten Straßenecke.

Ich schaute in die Säcke. Jeder enthielt an die zwanzig Handgranaten. Ich schleppte die Säcke zu der Latrine und ließ die Granaten nacheinander im Schlamm versinken, bis sie alle nicht mehr zu sehen waren.

Eine Woche lange kamen weiterhin alle möglichen Waffen über die Mauer geflogen, auch solche, wie ich sie noch nie gesehen hatte. Aber sie verschwanden alle gleich wieder in unserer Sickergrube.

Am Ende dieser Woche war kein Fäkalienschlamm mehr da, um all die Waffen zu bedecken. Deswegen schickten wir jeden unserer Mitbewohner auf die Behelfstoilette im Garten, damit ihr Inhalt unter Exkrementen verschwand.

Als ich mich eines Tages dort erleichtern wollte, sah ich plötzlich den Lauf einer Kalaschnikow aus der Gülle herausragen. Er war genau auf meinen Hintern gerichtet, aber da war es bereits zu spät, um mich noch zurückzuhalten.

Anfangs hatten einige unserer Nachbarn Angst, unser Waffenlager als Toilette zu benutzen, denn sie befürchteten, sie könnten eine Explosion auslösen. Aber mein Vater wusste ihre Bedenken sehr gut zu zerstreuen.

Er behauptete nämlich, es ginge das Gerücht um, dass die Taliban – und um die handelte es sich, wie wir inzwischen erfahren hatten – jeden Verdächtigen ins Gefängnis werfen und zu Tode peitschen würden, falls man in seinem Haus bei jemandem eine Waffe fände.

Und wenn man erst einmal im Gefängnis der Taliban saß, war es so gut wie unmöglich, dort wieder herauszukommen – es sei denn, man kaufte sich mit einer beträchtlichen Lösegeldsumme frei, wurde erzählt. Ich hatte keine Ahnung, woher die Leute so etwas wissen wollten. Die Taliban waren gerade erst eine Woche in Kabul.

Wir wussten wirklich immer noch nicht viel über sie. Das meiste, was man so hörte, kam aus den Sendungen der BBC. Dort wurde berichtet, dass die Taliban in Dschalalabad, der letzten afghanischen Stadt vor dem zur Grenze nach Pakistan führenden Khyber-Pass, die Macht an sich gerissen hätten und von dort aus auf dem Vormarsch nach Kabul wären; andere Taliban-Kämpfer würden die Haupteinfallsstraße, die von Kandahar und dem Westen Afghanistans nach Kabul führte, kontrollieren. Und weitere Taliban hätten sich an der Nebenstrecke postiert, die durch die Provinz Lugar in den Süden führte. Die einzige aus Kabul herausführende Straße, die noch frei wäre, sei die in den Norden.

Mit den Jahren, die sich der Bürgerkrieg dahinzog, hatte die Mudschaheddin-Regierung immer mehr an Macht verloren. Die Mudschaheddin konnten nicht zurückschlagen, da sie viel zu sehr damit beschäftigt waren, sich gegenseitig zu bekämpfen. Als sie hörten, dass die Taliban Sarobi eingenommen hatten, eine

Stadt auf halbem Weg zwischen Dschalalabad und Kabul, in deren Nähe ihr »Commander« Zardad sein Lager hatte, gerieten sie in Panik, denn sie wussten, dass schon am nächsten Tag Tausende von Taliban in Kabul einfallen und kein Erbarmen haben würden.

Also verließen die Mudschaheddin auf der letzten passierbaren Straße noch in derselben Nacht Hals über Kopf Kabul. Sie karrten ganze Lastwagenladungen Waffen und Munition zu ihren Stützpunkten im Pandschir-Tal und über den Hindukusch, damit sie den Taliban nicht in die Hände fielen. Aber das nützte ihnen wenig. Die Taliban bekamen aus Pakistan sämtliche Waffen, die sie benötigten.

Als die ersten Taliban-Gruppen in Kabul eintrafen, hatten sie erwartet, aufs Erbittertste bekämpft zu werden. Stattdessen fanden sie nur leere Straßen vor und stellten fest, dass die Mudschaheddin das Weite gesucht hatten. Zunächst verwirrte es sie, sich in einer solch friedlichen Stadt wiederzufinden, aber dann brauchten sie nicht lange, um uns klarzumachen, dass sie von nun an das Sagen hatten.

Jeden Tag hörten wir auf Radio Scharia (Der »Stimme des Islamischen Gesetzes«, dem von den neuen Machthabern eingerichteten Sender) von weiteren Verordnungen Mullah Omars, dem Anführer der Taliban, die er über *Amer bel Maruf wa Nai As Munkar*, die »Behörde für die Förderung der Tugend und die Verhütung der Sünde«, verbreiten ließ.

Den einen Tag hieß es: »Kein Mann in Afghanistan darf sich seinen Bart rasieren.«

Am nächsten Tag: »Jede Frau von über zwölf Jahren muss sich verschleiern.«

Am Tag darauf: »Das Steigenlassen von Drachen ist verboten.«

Einen Tag später: »Niemand darf Tauben oder Kampfvögel in seinem Haus halten. Tauben sind Grabstätten und Moscheen vorbehalten.«

Einen weiteren Tag später: »Die Benutzung von Fernsehgeräten ist überall in Afghanistan untersagt. Wer sich Filme anschaut, wird öffentlich gezüchtigt und erhält sechs Monate Gefängnis.«

Und noch einen Tag später: »Es ist allen befohlen, fünfmal am Tag die Moschee zum Gebet aufzusuchen.«

Was sollten wir dazu sagen? Natürlich wusste jeder, dass früher oder später eine andere Gruppierung das Ruder übernehmen und sich das alles wieder ändern würde. Schließlich lebten wir in Afghanistan. So lief das hier.

Am Ende der Sendung verkündete Maulvi Nazami, der Leiter von Radio Scharia: »Wir sagen die richtigen Dinge, damit man uns liebt.«

Ein paar Wochen nach der Machtübernahme durch die Taliban sah ich einen von ihnen, wie er sich mit einem Megafon in der rechten Hand von der Ladefläche eines Kastenwagens herunterbeugte. »Wir, die Schüler Gottes«, schrie er, »bringen dieser Stadt und allen anderen Städten Afghanistans Gerechtigkeit. Wer an dieser Form der Gerechtigkeit Interesse hat, soll heute um zwei Uhr ins Stadion von Kabul kommen, um Zeuge dieser Gerechtigkeit zu werden.«

Ich war gerade auf dem Weg zur Schule und erzählte den Klassenkameraden, die ich unterwegs traf, von dieser sonderbaren Durchsage, die ich da gerade gehört hatte. Ich würde ins Stadion gehen, fügte ich hinzu, um mir anzusehen, was die Taliban unter Gerechtigkeit verstanden.

Einige meiner Klassenkameraden erklärten spontan, sie würden mich begleiten. Wir Afghanen sind immer begierig darauf, Neues zu erfahren. Anstatt also den Nachmittagsunterricht zu besuchen, hängten wir uns an einen überfüllten Bus und ließen uns auf die andere Seite von Kabul fahren.

Das Stadion war voller erwachsener Männer und Schüler, die ebenso neugierig waren wie wir. Wir sahen, wie ein Pick-up in die Mitte des Spielfeldes gefahren kam, was uns ein bisschen verwunderte, denn es ist in Kabul nicht so leicht, einen richtigen Rasen anzulegen, und kein halbwegs vernünftiger Mensch würde mit einem Lastwagen, auch wenn es nur ein Kleinlaster war, auf ein Spielfeld fahren. Auf die Ladefläche des Pick-ups war ein Lautsprecher montiert. Zwei langhaarige Taliban in schwarzen *Shalwar Kamiz* und mit weißen Turbanen standen daneben. Selbst von unseren Zuschauerplätzen aus konnten wir sehen, dass sie sich schwarze Ringe um die Augen gemalt hatten.

»Wir nennen uns Taliban, was ›Schüler Gottes‹ bedeutet. Wir begehen nie eine Sünde«, sagte einer der Männer auf der Ladefläche des Pick-ups in das Mikrofon. »Wir begehen nicht einmal ungewollt eine Sünde. Alles, was wir tun, ist gut, so kann man uns lieben. Alles, was wir sagen, ist richtig, so kann man uns Ehre entgegenbringen.« Während er sprach, drehte er sich langsam im Kreis, um nacheinander sämtliche Stadionbesucher anzusprechen.

Einen Moment später führten zwei weitere Taliban einen an Hand- und Fußgelenken und am Hals mit Ketten gefesselten Mann auf das Feld. Der Talib am Mikrofon erklärte, der Mann sei ein Dieb, der ein Paar Schuhe aus einem Geschäft gestohlen habe.

Seine Stimme wurde immer schriller und lauter, sodass der Lautsprecher zu pfeifen anfing. »Dieser Mann hat ein Paar Schuhe aus einem Laden in Kabul gestohlen. Er hat es verdient, dass man ihm die Hand amputiert. Amputation ist unsere gerechte Strafe für Diebstahl. Wenn wir keine gerechten Strafen über Diebe verhängen, werden sie überallhin ihre Finger ausstrecken wie Dschingis Khan oder die Engländer, die die größten Diebe unseres Zeitalters sind. Und dann wird es unmöglich sein, ihnen noch Einhalt zu gebieten.«

Sie stellten den Dieb in die Mitte des Fußballplatzes und nahmen ihm die Handfesseln ab. Dann hielten zwei Taliban seinen rechten Arm auf einem Tisch fest. Ein Arzt gab ihm eine Spritze in den Arm, nahm dann eine Säge und schnitt damit dem Mann, der seine Verstümmelung mit ansah, die rechte Hand ab. Einer der Taliban nahm die Hand und hielt sie triumphierend der Menge hin. Die Hand blutete noch, und mit unseren entsetzten Augen sahen wir, dass ihre Finger sich noch ganz langsam zu bewegen schienen. Der Dieb wurde ohnmächtig und klappte zusammen. Zwei der Taliban packten ihn bei den Armen und schleppten ihn davon.

Die Zuschauer waren vollkommen schockiert. Ein betretenes Schweigen erfüllte das gesamte Stadion. Ich war schon oft mit meinem Vater hier gewesen, aber ich hatte noch nie eine so vollkommene Stille in einem mit Tausenden von Männern gefüllten Fußballstadion erlebt.

Meine Klassenkameraden und ich mochten nicht länger bleiben, also standen wir auf, um zu gehen. Auch andere Leute schienen genug zu haben. Doch mit einem Mal tauchten von allen Seiten Taliban auf, die mit Peitschen nach uns schlugen und uns befahlen, wieder Platz zu nehmen, um nun bei einer Hinrichtung zuzusehen.

Ein weiterer Mann in Hand- und Fußfesseln wurde herbeigeführt, und die unheimliche Stille wurde durch die Ansage des Sprechers unterbrochen, dieser zweite Mann habe vor vier Jahren seinen Nachbarn umgebracht und sei danach in den Iran geflohen. Bei seiner Rückkehr hätten ihn die Taliban verhaftet. »Ein Mitglied der Familie des Opfers wird nun den Mörder in den Kopf schießen, und ihr alle werdet Zeugen sein«, verkündete der Sprecher.

Ein Talib überreichte dem Angehörigen des Opfers eine Waffe und sagte ihm, er solle schießen. Der feuerte die Waffe ab und schoss dem Mörder mitten durch den Kopf. Die Kugel trat in seiner Stirn ein und kam aus seinem Hinterkopf wieder heraus. Sein Körper fiel zu Boden, wo er noch ein paar kurze Augenblicke lang zuckend liegen blieb.

Am Ende des Spektakels verkündete der Stadionsprecher: »Wir werden am Freitag zwei weitere Male Gerechtigkeit walten lassen. Ihr dürft jetzt gehen, und kommt am nächsten Freitag wieder. Der Eintritt ist frei.«

Ich verließ fluchtartig das Stadion – fest entschlossen, dort nie wieder hinzugehen. Doch irgendwann während der nächsten Wochen bekam unsere Schule einen neuen Rektor – einen Talib. Er befahl uns, noch mehrere Male ins Stadion zu gehen und uns

Taliban-Gerechtigkeit anzusehen. Wir mussten mit ansehen, wie Frauen, die von den Taliban der Prostitution bezichtigt worden waren, zu Tode gesteinigt wurden. Wir sahen Männer, die wegen der Anschuldigung, homosexuell zu sein, unter einer umstürzenden Ziegelmauer begraben wurden. Nachdem die Taliban sich aus Kabul verzogen hatten, habe ich nie wieder einen Fuß in das Stadion gesetzt.

Aber damals bekam jeder, der am Stadion vorbeiging, ein Flugblatt in die Hand gedrückt, auf dem unter einer fett gedruckten Überschrift in großen, schwarzen Buchstaben geschrieben stand:

ISLAMISCHE GERECHTIGKEIT
BEDEUTET GLEICHBEHANDLUNG

Werft die Gesetzesbrecher in den Kerker, schneidet den Dieben die Hände ab, exekutiert die Mörder, begrabt die Homosexuellen unter einstürzenden Mauern, steinigt die Prostituierten!

Wir sperren Gesetzesübertreter ein, damit es ihnen eine Lektion ist, dass niemand sich unserer islamischen Rechtschaffenheit verweigern darf.

Es ist erforderlich, Dieben die Hände zu amputieren, um damit weitere Diebstähle zu verhindern.

Es ist erforderlich, Mörder zu exekutieren, um weitere Morde zu verhindern.

Es ist erforderlich, Prostituierte zu Tode zu steinigen, um weiteres Ehebrechen und weitere Hurerei zu unterbinden.

Ehebruch und Prostitution dienen der Verbreitung von AIDS. Es ist daher die Pflicht eines jeden Afghanen, Prostituierte zu töten.

Für Homosexuelle gibt es drei Möglichkeiten der Bestrafung:

1. Man bringt sie auf das Dach des höchsten Gebäudes und stößt sie hinunter.

2. Man hebt eine Grube neben einer Mauer aus, in die die Betroffenen steigen müssen, sodass man die Mauer auf sie einstürzen lassen kann. Lässt der Betroffene dabei nicht sein Leben, so ist er kein Homosexueller und auch kein Sünder. In diesem Fall soll die Mauer auf den niederstürzen, der den Betroffenen beschuldigt hat.

3. Dem Homosexuellen soll das Haar abgeschnitten werden, worauf er mit dem Kopf nach unten und mit geschwärztem Gesicht als abschreckendes Beispiel für die Gesellschaft auf einem Esel herumgeführt wird.

Achtung! Wir bringen die zweite Form der Bestrafung zur Anwendung.

Für geringere Vergehen werden die Sünder mit der Peitsche bestraft. Wenn der oder die Betroffene unter der Peitsche stirbt, bedeutet dies, dass er oder sie der Sünder aller Sünder war und gereinigt gestorben ist.

Als wir den Zettel umdrehten, entdeckten wir eine weitere Überschrift – diesmal ging es um die Rechte der Frauen. Unter der Kopfzeile war eine lange Liste von Dingen aufgeführt, die Frauen tun oder nicht tun durften und die meine Freunde und ich uns sogleich durchlasen. Als wir fertig waren, sagte ich: »Mannomann! Die Frauen kriegen's ja ganz dick!«

Die Liste war wirklich lang, und ein paar der Gebote waren schon sehr sonderbar.

WELCHE RECHTE HABEN DIE FRAUEN
UNTER DEN TALIBAN?

Eltern sollten ihre Töchter nicht bei sich zu Hause einsperren. Sie sollten sie so schnell wie möglich verheiraten, sowie sie bereit dafür sind. Dies ist unsere Sicht, und da wir die Schüler Gottes sind, wissen wir es besser als andere.

Arme und verwitwete Frauen sollen von ihren Blutsverwandten finanziell unterstützt werden. Witwen sollen von der Familie ihres Schwiegervaters bald wieder verheiratet werden.

Frauen sollen ihre Häuser nicht verlassen. Bei Notfällen dürfen sie sich aus dem Haus begeben, sollen dabei aber keine Kleidung tragen, die dazu angetan ist, die Aufmerksamkeit anderer Männer zu wecken, denn die Frau gehört nur einem Manne (ihrem Ehemann) oder wird bald der Besitz eines Mannes (ihres Ehemannes) sein. Wenn eine Frau in modischer, eng sitzender oder verführerischer Kleidung auf der Straße gesehen wird, soll sie sofort zurück in ihr Haus getrieben werden, und ihr Bruder, ihr Vater oder ihr Ehemann sollen bestraft und ins Gefängnis gebracht werden, denn eine Frau darf sich für ihren Ehemann nur innerhalb ihres Hauses anziehend machen. Frauen haben die Pflicht, ihren Kindern ein gutes Vorbild und ihrem Ehemann eine Dienerin zu sein.

Es ist Frauen untersagt, sich zu schminken, außer innerhalb ihres Hauses und für ihren Ehemann. Männer können sich außerhalb und innerhalb des Hauses die Augen schwarz umranden.

Frauen haben ein kleineres Gehirn als Männer, daher können sie auch nicht so weise denken wie ein Mann. Eine politische Betätigung ist ihnen aufgrund dessen untersagt.

Wer immer in den Besitz dieses Zettels kommt, soll ihn anderen Frauen geben oder ihnen vorlesen, damit sie unsere Gebote kennen und befolgen.

Alle Macht den Taliban!

Ich nahm das Flugblatt mit nach Hause und zeigte es meiner Mutter und meinen Schwestern; die wiederum zeigten es unseren Nachbarn, sodass bald jeder es gelesen hatte oder eine Kopie davon besaß.

Anfangs machten sich alle noch über die unbeholfene Ausdrucksweise lustig. Doch schon bald begriffen die Frauen, dass diese Dinge sehr ernst zu nehmen waren.

Als die Mudschaheddin antraten und ihre Auffassung von islamischen Gesetzen einführten, waren die Frauen zwar genötigt, sich zu verschleiern, konnten sich aber ansonsten weiterhin frei bewegen und tun, wonach ihnen der Sinn stand – sofern der Krieg es zuließ. Nun aber, da die Taliban an der Macht waren, verschwanden Frauen fast vollkommen von den Straßen Kabuls.

Die Männer waren natürlich auch mit ganz strikten Vorschriften konfrontiert. Eine der einschneidendsten von ihnen besagte, dass man sich fünfmal am Tag in seine Moschee begeben musste, anstatt dort zu beten, wo man sich gerade befand. Die Mullahs in den Moscheen hatten Anwesenheitslisten; sie riefen die einzelnen Namen auf, um festzustellen, wer zum Gebet gekommen war und wer nicht, und kreuzten die Namen der Abwesenden auf ihrer Liste an, um sie der »Behörde für die Förderung der Tugend und die Verhütung der Sünde« zu melden. Dann konnte es passieren, dass am nächsten Tag einer von den Taliban vor der Tür des Betreffenden stand und ihn für eine Woche oder länger einsperrte.

Während der ersten paar Wochen kam jeden Tag irgendjemand wegen Abwesenheit ins Gefängnis, doch im Verlauf der weiteren Monate wurde die Durchsetzung dieser Vorschrift nicht mehr ganz so streng gehandhabt – es sei denn, ein Mullah hatte speziell etwas gegen jemanden persönlich.

In unserem Viertel gab es einen Mann, den wir *Malem-e-Chaq* nannten, den »dicken Lehrer«. Er hatte sechs Söhne und war extrem reich, besaß sogar einen eigenen Swimmingpool in seinem Garten. Der Mullah mochte ihn überhaupt nicht – obwohl ich allerdings nicht weiß, aus welchen Gründen. Malem-e-Chaq war kein schlechter Kerl, aber der Mullah führte trotzdem haarklein Buch, wie oft er sich in der Moschee blicken ließ, also musste der bedauernswerte Mann sich dort fünfmal am Tag einfinden – es sei denn, er befand sich für sein Import-Export-Geschäft auf einer Auslandsreise. Doch vor dem Antritt einer jeden solchen Reise hatte er den Mullah davon zu unterrichten, wo diese Reise hinging und wie lange er fortbleiben würde, und so erging es auch seinen Söhnen, die in anderen Teilen Kabuls ihre eigenen Geschäfte betrieben. Mein Vater war ebenfalls ein paarmal davon betroffen, als er außerhalb zu tun hatte.

Vor dem Gebet sprach der Mullah zehn oder fünfzehn Minuten lang über den Islam und Religiosität und stellte den Besuchern seiner Moschee ein paar grundsätzliche Fragen zum Thema. Gleich in den ersten Tagen jener neuen Zeit hatten sich sämtliche Mullahs zu den Taliban geschlagen oder handelten einfach wie sie – alle, mit Ausnahme eines alten Mullahs, der hatte mit ansehen müssen, wie seine gesamte Familie – Frauen, Söhne, Töchter, Brüder und seine Mutter – bei einem russischen Bombenangriff ums Leben kam. Er war damals Bauer gewesen und eines Tages noch ein wenig länger auf dem Feld geblieben, während die anderen bereits zum Essen nach Hause gegangen waren, als plötzlich ein russischer Düsenjäger über das Haus hinwegdonnerte und er von detonierenden Bomben zu Boden geschleudert wurde. Nachdem der von dem Bombenhagel aufgewirbelte Staub und Schmutz sich wieder gelegt hatte, gab es kein Anzeichen mehr dafür, dass da einmal ein Haus gestanden oder dass der Mann je eine Familie gehabt hatte. Die Taliban wussten darüber Bescheid und ließen ihn gewähren.

Eines Abends stellte der Mullah unserer Moschee vor dem Gebet den Gläubigen in der ersten Reihe die folgende Frage: »Wenn man zwei Eimer füllt, den einen mit Alkohol und den anderen mit Wasser, und sie dann beide einem durstigen Esel hinstellt, aus welchem wird der Esel dann wohl trinken?«

Ein Mann aus der ersten Reihe meldete sich zu Wort: »Selbstverständlich von dem Wasser.«

»Wenn schon ein Esel sich weigert, Alkohol zu trinken, muss der Mensch ihn erst recht verabscheuen und ihn nicht anrühren«, erklärte der Mullah.

Ein Mann in der zweiten Reihe hob die Hand und fragte: »Wenn in einem Glas Wasser nur ein paar Tropfen Alkohol sind, ist es dann genauso ungenießbar wie reiner Alkohol?«

»Wenn ich nur ein paar Tropfen in dein Glas Wasser pisse, wirst du es dann trinken?«, konterte unser Mullah.

»Natürlich nicht«, lautete die Antwort.

»Der Alkohol ist eine Million Mal schädlicher als meine Pisse«, sagte der Mullah.

Von uns Kindern war ich nun der Einzige, der noch in die Schule gehen konnte, um etwas zu lernen, da meine Schwestern ja zu Hause bleiben mussten. Auch den Lehrerinnen der Schule war gesagt worden, sie sollten zu Hause bleiben. Ich war traurig, dass ich nun keinen Unterricht von meiner Literaturkundelehrerin mehr bekam, aber ich habe nie damit aufgehört, nach verborgenen Bedeutungen in den Büchern zu suchen, die ich las.

Ein paar Wochen nach dem Eintreffen der Taliban endete das Schuljahr mit dem Beginn der Winterferien. Als wir unsere Zeugnisse bekamen, hatte ich in Dari-Literatur die beste Note. Das hätte ich gerne meiner Lehrerin erzählt, aber ich wusste ja nicht, wo ich sie finden konnte, und ich habe sie auch nie wiedergesehen.

Als am zweiten Frühlingstag das neue Schuljahr begann, war es Zeit für mich, auf eine höhere Schule zu wechseln. Gerne wäre ich auf die Schule gegangen, an der mein Vater unterrichtet hatte, die Habiba-Schule. Es war die beste Schule in ganz Afghanistan, aber sie befand sich ungefähr acht Kilometer von Qala-e-Noborja entfernt, und meine Eltern hatten Angst, mir bei all der herrschenden Unsicherheit einen solch langen Schulweg zuzumuten.

Also ging ich stattdessen auf eine Schule in unserer Nähe. Sie war nach einem König benannt, der längst tot war. Unser noch lebender König hielt sich in Italien auf und war nicht zurückgekehrt, um uns zu befreien. Wir hatten es aber auch aufgegeben, auf ihn zu warten.

Mein ganzes Leben lang hatte ich meinen Vater zu seiner Schule gehen sehen – nur, als wir auf der Flucht waren, nicht, oder wenn in den Straßen zu heftig gekämpft wurde. Am Abend vorher hatte ich immer zugeschaut, wie er seinen Unterricht für den nächsten Tag vorbereitete, hatte ihn mit dem Feuereifer desjenigen, der einer ganz neuen Erkenntnis auf der Spur ist, in seinen abgegriffenen Büchern blättern sehen, hatte die Begeisterung in seiner Stimme gehört, wenn er von seinen Schülern erzählte. Die höhere Schule musste also ein bedeutsamer und sehr aufregender Ort sein, stellte ich mir vor. Aber die Taliban nahmen mir sämtliche Vorfreude.

Den Jungen war vorgeschrieben, in *Shalwar Kamiz* zu erscheinen, und zwar in einem in jeder Hinsicht langen, wie er den Normen der Taliban entsprach: Hemd, das bis über die Knie reichte, Pluderhose bis zu den Fußknöcheln, dazu ein schwarzer Turban und offene Hauslatschen anstelle von richtigem Schuhwerk. Das Tragen von Schuhen war in der Schule nämlich untersagt, weil Füße in Schuhen leicht zu riechen anfingen, wurde uns gesagt – und die Taliban hielten nicht viel davon, sich zu waschen.

Die meisten Lehrer an der Schule waren Jahr um Jahr im Anzug und mit Krawatte in den Unterricht gekommen, doch nun trugen sie alle Turbane und *Shalwar Kamiz* – bis auf den Beratungslehrer, der noch fast ein Jahr lang jeden Tag in Anzug und Krawatte erschien, bevor auch er sich der Kleiderordnung unterwarf. Als Schulleiter war inzwischen ein Talib eingesetzt worden, der die Lehrer anwies, in sämtlichen Fächern den Schwerpunkt auf Religionserziehung zu legen. So wurde uns also beigebracht, dass die Geschichte der Menschheit mit Religion begann, dass uns bei der Geburt bereits Religion in die Wiege gelegt war und dass wir von Religion beseelt sterben würden. Wissenschaftskunde, Geschichtsunterricht, Philosophie, Psychologie, Kunsterziehung – alles hatte mit Religion zu tun. Wenn wir uns mit unserer Religion auskannten, lehrte uns der Taliban-Schuldirektor, dann würden wir auch uns selber kennen.

Anfangs war es noch interessant, etwas über den Islam zu erfahren, denn während der Zeit der Kommunisten hatte keinerlei Religionsunterricht stattgefunden; stattdessen war uns nur Respekt vor dem Kommunismus eingeimpft worden. Man bezeichnete es damals als unsere Pflicht, andere dazu zu ermuntern, zum Kommunismus überzutreten und damit den Einflussbereich des Kommunismus zu erweitern, denn allein der Kommunismus konnte der Menschheit etwas Gutes bringen.

Meine schulische Bildung schien bis dahin im Wesentlichen nur aus zwei Fächern bestanden zu haben: dem Kommunismus und dem Islam. Da mag es vielleicht nicht verwundern, dass ich es als Höhepunkte meines Schulbesuchs empfand, wenn ich mit meinen Kameraden im Klassenzimmer Ringkämpfe ausführte, ihnen in Boxwettbewerben die Nasenbeine brach oder wir unsere Muskeln spielen ließen, um uns gegenseitig zu zeigen, wie stark wir waren. Und auch über Sex wurde viel geredet – nach dem Unterricht grasten wir die Basare nach Kartenspielen mit Motiven von nackten Frauen ab, die dann in der Schule herumgereicht wurden.

Mein Kopf war jetzt immer kahl geschoren, wie die Taliban es von männlichen Afghanen jeden Alters verlangten. Es sah aus, als hätte ich eine Glatze. Und ich konnte auch nicht mehr die Kleidung tragen, die ich mochte. Oder Filme ansehen. Ich konnte keine Drachen steigen lassen. Kurz gesagt, ich konnte nicht mehr ich selber sein.

Wir erfuhren, dass in dem, was von unserem früheren Haus noch übrig war, inzwischen irgendwelche Taliban wohnten. Unser ehemaliger Nachbar erzählte es uns. Er war hingegangen, um nach seinem eigenen Haus zu schauen. Dabei war er von den Taliban, die sich bei uns eingenistet hatten, gefragt worden, wem das Haus gehöre. Unser Nachbar sagte den Taliban, dass wir uns nicht in Afghanistan aufhielten, woraufhin sie ihn anwiesen, es ihnen sofort mitzuteilen, falls er davon hören sollte, dass wir nach Kabul zurückgekommen wären. Dann würden sie sich von uns Geld holen und es mit ihm teilen. Gleich am nächsten Tag kam er zu uns in die Festung der neun Türme und berichtete uns alles.

Da sich nun die Taliban dort eingenistet hatten, gab es noch weniger Anlass als je zuvor, sich über das Gold in Großvaters Garten den Kopf zu zerbrechen.

Wir hatten gehört, dass die Taliban jeden, von dem sie wussten, dass er viel Geld besaß, ins Gefängnis steckten, bis er alles an sie abtrat. Also hielt bei uns in Zukunft jeder schön den Mund, was das Gold betraf, und uns Kindern wurde eingeschärft, zu niemandem ein Wort darüber zu verlieren.

Auf der Straße fiel mir auf, dass nun viel mehr Menschen in schmutziger Kleidung herumliefen. Sogar Leute, von denen ich wusste, dass sie Geld besaßen, trugen dreckige Sachen und versuchten, arm auszusehen. Einer unserer Nachbarn wurde verhaftet; ein paar Monate später hörten wir, dass sein Bruder aus Pakistan gekommen war und den Taliban eine Menge Geld gegeben hatte; anschließend wären die beiden Brüder schnellstens in den Iran ausgereist.

Manchmal hörten wir, wie über einen reichen Araber namens bin Laden geredet wurde, aber wir wussten nicht genau, wer das war. Ein Nachbar meinte, dieser bin Laden würde ganz in der Nähe in dem großen Haus leben, das einmal einem Mann gehört hatte, der von allen der »Spitzel des Königs« genannt worden war. Wir gingen ein paarmal dorthin, bekamen diesen bin Laden aber nie zu Gesicht. Allerdings hüteten wir uns auch, allzu neugierig zu wirken. Vor dem Tor des Hauses standen immer eine Menge Taliban herum. Sie benutzten es wohl als Ort für wichtige Versammlungen, und ihre schwarzen Land Cruiser fuhren dort ein und aus.

Alle vierzehn Tage kam Großvater aus Makroyan und blieb für ein oder zwei Nächte bei uns. Da ich nun auf das Gymnasium ging, unterhielt er sich mit mir wie mit einem Erwachsenen, und zwar über Dinge, die mir zunächst peinlich waren. So erkundigte er sich nach diesen komischen Gefühlen, die mir kamen, wenn ich an hübsche Mädchen dachte. Oder er stellte mir philosophische Fragen über Sokrates, Plato und Aristoteles. Manchmal redeten wir auch über Judentum, Buddhismus, den Islam und den Kommunismus.

Ich denke, er wollte einfach hören, was das Leben und die Schule mich gelehrt hatten und was mir aus den Büchern, die er mir zu lesen gegeben, und von den Dingen, über die er mit mir gesprochen hatte, im Gedächtnis geblieben war.

Da er wusste, dass ich mich sehr für Sokrates interessierte und gerne Plato las, stellte er mir seine Fragen genau in der Art und Weise, wie Plato sie Kallikles, Chairephon, Gorgias und Polus gestellt haben würde, wenn sie sich im Hause von Kallikles zu ihren Gesprächen trafen. Und für mich war es fast so, als hätte ich eine Zusammenkunft mit Sokrates, den ich auch heute noch verehre, bei der er im Körper meines Großvaters, den ich mehr liebte als irgendjemanden sonst auf der Welt, präsent war. Es war ein unbeschreibliches intellektuelles Vergnügen, mit zwei solchen Menschen gleichzeitig zusammen zu sein.

Diese Unterhaltungen zogen sich oft über Stunden hin; wir merkten gar nicht, wie die Zeit verging.

Wenn Großvater bei uns war, hatte ich überhaupt nicht das Bedürfnis, auszugehen und mir Zerstreuung zu suchen; war er aber nicht da, fühlte ich mich zu Hause wie eingesperrt und fand wenig Ablenkung außer meiner Lektüre und meinen Liegestützen. Und wenn ich dann doch das Haus verließ, kam es mir auf den Straßen unangenehm still vor. Wo es eigentlich von spielenden Kindern, Straßenverkäufern mit ihren Karren und Eseln nur so wimmeln sollte, sah ich überall bloß Taliban, die sich ganz merkwürdig verhielten.

Überhaupt wirkten die Menschen nervös. Zwar brauchten sie keine Angst vor Raketen mehr zu haben, denn es herrschte nun Frieden in Kabul, und es lagen auch keine Leichen oder abgetrennte Körperteile mehr auf den Straßen herum, aber es war ein trostloser, angsterfüllter Friede. Wir hatten ja keine Ahnung, was uns noch alles bevorstand.

Also warteten wir ab.

18

Gefängnis

Im zweiten Jahr der Taliban-Herrschaft begann ich ihrer Vorschriften überdrüssig zu werden und fing an, gegen ein paar von ihnen zu verstoßen: Ich ließ mir das Haar wieder wachsen, verzichtete auf Kappe oder Turban, trug Jeans und T-Shirt – jedoch nur in unserer unmittelbaren Nachbarschaft. Ich entfernte mich nie weiter als einen halben Kilometer von unserem Haus.

Eines Tages nahm ich vor der Schule noch schnell ein Bad, hatte aber nicht mehr genügend Zeit, mein Haar trocknen zu lassen. Also warf ich mir meinen aufgerollten Turban über die Schulter, schnappte mir meine Bücher und machte mich auf den Weg, damit unterwegs die Sonne mir das Haar trocknete. Es herrschte angenehm mildes Wetter, und es tat gut, einmal keinen Turban auf dem Kopf zu haben.

Auf einmal tauchte wie aus dem Nichts ein schwarzer Land Cruiser voller Taliban auf und blieb vor mir stehen. Ihm folgte ein schwarzer Pick-up mit noch mehr Taliban. Einer der Taliban stieg aus dem ersten Wagen aus und begann, mit einer harten Peitsche auf meinen Rücken einzuschlagen. Ich wusste gar nicht, welchen Verbrechens ich mich schuldig gemacht hatte, und er ließ mir auch gar keine Möglichkeit, ihn zu fragen. Alles ging so rasend schnell.

Nachdem er minutenlang auf mich eingeprügelt hatte, schob er mich auf die beiden Wagen zu. Ich wollte wissen, was das alles sollte, bekam aber von keinem der Männer eine Antwort; stattdessen droschen sie immer weiter auf mich ein.

Also fragte ich nicht weiter, sondern schlug einem von ihnen ins Gesicht. Er ging zu Boden wie ein Stein. Das viele Boxtraining hatte seine Wirkung nicht verfehlt.

Doch da sprangen aus dem Land Cruiser und aus dem Pickup weitere Männer heraus und liefen auf mich zu. Schon standen sie zu zehnt um mich herum und peitschten mich von drei Seiten; als ich schon zusammengerollt auf dem Boden lag, traten sie auch noch auf mich ein. Bei jedem Peitschenhieb oder Fußtritt sah ich Sterne vor den Augen, obwohl es taghell war. Ich vergaß vollkommen, wie stark ich war und dass ich aussah wie die Statue Apolls. Schließlich schleppten sie mich zu ihrem Pickup, warfen mich auf die Ladefläche und ketteten mich mit Handschellen daran fest; dann verlor ich das Bewusstsein.

Eine Weile später kam ich in einem Friseursalon wieder zu mir. Ich saß auf einem Stuhl vor einem Spiegel, in dem ich mich kaum wiedererkannte. Mein Gesicht war voller blauer Flecken und blutverklebt. An Händen und Füßen trug ich immer noch Handschellen, und mir tat mein ganzer Körper weh, als hätte ein heftiges Fieber mich gepackt.

Der Friseur rasierte mir den Schädel kahl; danach fuhren die Taliban mich in das im Zentrum von Kabul liegende Gefängnis von Shar-e-Naw, das sich gleich dem Zajanton-Krankenhaus gegenüber befand, in dem ich zur Welt gekommen war. Mir hatte immer noch niemand gesagt, was ich getan haben sollte, und man erlaubte mir auch nicht, mich bei meiner Familie zu melden.

Im Gefängnis wurde ich ganz allein in einen dunklen Raum gesperrt. Während der ersten paar Tage kam immer jemand – meistens früh am Morgen – und fesselte meine Hände an von der Decke hängende Ketten, um mich auszupeitschen. Jede einzelne Minute kam einem wie eine Stunde vor. Sooft ich auch fragte, warum ich eingesperrt war – ich bekam keine Antwort. Wenn ich auf der Beantwortung meiner Frage beharrte, sagte der Talib nur, er hätte Anweisung, mir nichts zu sagen.

Die Peitschenhiebe trugen mir eine Schulterverrenkung und zahlreiche rote Striemen am ganzen Körper ein, vor allem auf dem Rücken und der Brust. In den ersten Tagen war der

Schmerz kaum zu ertragen, und die Hitze in dem Raum drohte einen zu ersticken. Natürlich erschien kein Arzt, um meine Schulter zu behandeln. Dafür machten sich ständig Fliegen über die Schnitte in meinem Gesicht und an meinen Händen und Füßen her und trieben mich beinahe in den Wahnsinn; nach einer Weile besaß ich einfach nicht mehr die Energie, sie zu verscheuchen.

Jeden Tag wurden mir ein Stück Brot und ein Glas Wasser unter der Tür hindurchgeschoben. Als Toilette diente mir ein Eimer in einer Ecke meiner Zelle. Es kostete mich meine ganze Kraft, zu ihm hinzukriechen.

Von Zeit zu Zeit fuhren draußen auf dem Hof Jeeps vor und wieder davon. Dann hörte ich jedes Mal, wie die Wächter das Lattentor zur Straße aufschlossen, und wenn das Tor aufging, schielte ich aus meinem winzigen Fenster und sah den kommandierenden Talib sich auf dem Fahrersitz räkeln und höhnisch grinsend zu den kleinen Fensteröffnungen hinaufblicken, hinter denen außer mir noch ungefähr zwanzig weitere Gefangene festgehalten wurden. Er war übrigens der einzige Talib, der Stiefel trug.

Wenn er später in meine Zelle kam, ließ er seine Peitsche gegen seine Stiefelschäfte knallen, während er mir vorwarf, den Islam verächtlich gemacht und einen Schüler Gottes geschlagen zu haben.

Als ich ihn fragte, worin diese Verächtlichmachung denn bestanden hätte, schlug er mich; also beschloss ich, dass es das Beste war zu schweigen. Ich musste dabei an einen meiner Cousins unter den Nomaden denken, von dem ich gelernt hatte, wie man sich durch Schweigen von der Welt um einen herum zurückzog und sich die Lösungen für alle Probleme dann ganz von selbst einstellten.

Meine einzige Zerstreuung war eine Ausgabe des Heiligen Koran, die sich in jeder der Zellen auf einem kleinen Wandbord befand. In der Moschee hatten die anderen Jungen und ich den Koran bereits wiederholt auf Arabisch gelesen. Wir hatten in der Schule Arabisch lesen gelernt und waren auch mit der Aussprache vertraut, weil unser Dari auf dem gleichen Alphabet beruhte. Aber man hatte uns nie beigebracht, was die einzelnen Wörter bedeuteten; nur mein Großvater hatte mir manchmal ein paar der Verse übersetzt. Also hatten wir in der Schule keine Ahnung gehabt, was wir da lasen – was uns allerdings nicht davon abhielt, miteinander in Wettstreit zu treten, wer als Erster die Verse auswendig aufsagen konnte.

In der Koranausgabe in meiner Zelle stand unter jeder Zeile deren Übersetzung ins Dari. Für mich war das, als würde ich den Koran zum ersten Mal lesen, denn endlich verstand ich, was all diese arabischen Wörter, die ich jahrelang rezitiert hatte, überhaupt bedeuteten, und ich entdeckte, was für eine Schatztruhe an Geschichten der Koran darstellte, Geschichten mit einer Moral und voller guter Ratschläge, die den Koran zu einem echten Leitfaden für das Leben machten.

Nach der täglichen Lektüre ließ ich nachts in meiner Zelle diese Geschichten und die darin enthaltenen Weisheiten immer wieder wie Filme vor meinem geistigen Auge ablaufen und verbrachte Stunden damit, über ihre Aussage und darüber, was ich für mein eigenes Leben aus ihnen lernen konnte, nachzusinnen.

So beginnt zum Beispiel die Sure 29 folgendermaßen: »Glauben die Menschen denn, sie würden allein dadurch, dass sie sagen: ›Wir sind gläubig‹, in Ruhe gelassen, ohne irgendwelchen Prüfungen ausgesetzt zu sein? Wir haben doch auch schon die, die vor ihnen lebten, Prüfungen ausgesetzt. Allah wird genau wissen, wer von ihnen die Wahrheit sagt, und Er wird auch genau wissen, wer von ihnen ein Lügner ist. Oder glauben die Übeltäter, sie könnten sich unserem Zugriff entziehen? Wie sehr sie sich doch irren.«

Um das zu lesen, brauchte ich weniger als eine Minute, doch dann konnte ich stundenlang darüber nachdenken, forschte nach dem tieferen Sinn, genau so, wie unsere Dari- und Literaturkundelehrerin uns beigebracht hatte, auch in Büchern, die nicht heilig waren wie der Koran, nach verborgenen Bedeutungen zu suchen.

Ich dachte auch über die Taliban nach. Sie behaupteten von sich, Gläubige zu sein, doch eine Menge von dem, was sie taten, fand im Koran keinerlei Erwähnung. Wie hieß es doch in Sure 29? »Allah wird genau wissen, wer von ihnen die Wahrheit sagt, und Er wird auch genau wissen, wer von ihnen ein Lügner ist.« Glaubten die Taliban und ihre Vorgänger und überhaupt alle Übeltäter, sie könnten sich Gottes Zugriff entziehen? »Wie sehr sie sich doch irren.«

Aber wie verhielt es sich mit mir? Ich fing an, über die Missetaten nachzudenken, die ich begangen hatte, wie ich einmal die Scheibe unseres Nachbarn eingeworfen und es geleugnet hatte, oder wie ich bei fremden Leuten geklingelt hatte und dann weggelaufen war, oder mich über die schwächeren Jungen in unserem Viertel lustig gemacht oder Leuten hinter ihrem Rücken gehässige Spitznamen angehängt oder in der Schule andere Jungen verprügelt hatte, und das aus keinem anderen Grund als dem, ihnen zu zeigen, dass ich dazu in der Lage war. All dies waren *Haram*, verbotene Taten im Sinne des Islam, und doch habe ich mich ihrer aller schuldig gemacht. Mir wurde klar, dass ich erst Reue über all die Missetaten, die ich begangen hatte, empfinden musste, ehe ich darüber urteilen durfte, was die Taliban taten. Ich schwor mir, dass ich nie wieder etwas Verbotenes tun wollte.

Ich las den kompletten Koran durch, so rasch ich konnte. Nach ein paar Tagen beschloss ich, die Dari-Übersetzung noch einmal zu lesen, um sie noch besser zu verstehen und um die Geschichten richtig auszukosten. Außerdem lenkte mich das Lesen von den körperlichen Schmerzen ab, die ich erfuhr.

Aber die Lehren, die ich aus dem Heiligen Koran zog, trugen in meinem Denken Früchte und verschlimmerten die seelische Pein, die ich empfand, nur umso mehr.

Da lag ich also auf dem Betonboden, den Koran aufgeschlagen neben mir, und die Tränen entströmten nur so meinen Augen, während ich über eine böse Tat, die ich begangen hatte, nach der anderen nachdachte. Ich dachte über meine Eltern nach, über meine Schwestern und meinen Bruder, wie ich meinen Eltern auf der Nase herumgetanzt war und meine Schwestern herumkommandiert hatte, weil ich eben ein Junge war, und sie zwingen konnte, Dinge für mich zu erledigen, mir die Schuhe zu putzen etwa und meine Kleidung zu bügeln, und sie dann noch angemeckert hatte, weil sie es nicht so gemacht hatten, wie ich es wollte, oder weil das Essen, das sie kochten, mir zu salzig oder zu fettig war. Ich hatte meine Position innerhalb unserer Familie missbraucht, und dabei hätte ich all diese Dinge mit Leichtigkeit auch selber erledigen können.

Ich dachte an meine Mutter und was für Sorgen sie sich jetzt machte, weil sie doch nicht wusste, wo ich war. Ich begann darüber nachzudenken, wie viel Schmerz ich ihr bereitet hatte. Neun Monate lang hatte sie mich ausgetragen, hatte mir die Brust gegeben, mich gewaschen, mich angezogen, Tag und Nacht über mich gewacht. Und wie hatte ich es ihr vergolten? Indem ich ihr ständig Schmerz und Sorgen bereitete. Mit meinem Vater war es das Gleiche. Er arbeitete Tag und Nacht, um uns ein angenehmes Leben zu ermöglichen, manchmal unter den schwersten Bedingungen, und was hatte ich je für ihn getan, außer auch ihm nur Sorgen zu bereiten? Was empfand er jetzt gerade? Und was hatten meine jüngeren Schwestern von mir als älterem Bruder gehabt? Ich hatte sie geschlagen, wenn meine Eltern nicht zu Hause gewesen waren, weil ich gewusst hatte, dass niemand da war, bei dem sie mich verpetzen konnten, hatte ihnen hässliche Spitznamen gegeben. Und warum das alles?

Stundenlang fragte ich mich, was mein Leben lebenswert machte. Gab es nur den Schmerz, den man anderen zufügte, oder fügten die anderen einem ihrerseits auch Schmerzen zu? Warum missbrauchten wir unsere Macht – ich auf meine Weise und die Taliban auf die ihre? Welchen Nutzen sollte das der Menschheit bringen? Ich bin selber auch nicht besser als die Taliban, dachte ich. Vielleicht hatte ich es nicht anders verdient, als so behandelt zu werden. Aber was war mit meinen Eltern? Wie konnte ich ihnen die Nachricht zukommen lassen, dass ich dort war, wo ich hingehörte, wo ich für all die bösen Dinge, die ich getan hatte, bestraft wurde, und dass sie sich um mich keine Sorgen zu machen brauchten?

Wiederholt überlegte ich mir, ob ich mir nicht einfach das Leben nehmen sollte, vor allem wenn der Schmerz in meiner Schulter so schlimm war, als würde mir ein Stück glühender Stahl in die Knochen gebohrt. Aber ich wollte meinen Eltern nicht noch mehr Kummer bereiten. Sie würden die Schuld bei sich suchen. Nein, das durfte ich nicht tun – auch wenn es in meiner stinkenden Zelle genug Augenblicke gab, in denen ich aufhörte, mir etwas aus dieser Welt, aus meinem Leben oder aus meinen Gefühlen, meinen Bedürfnissen und meinen Wünschen zu machen.

Nach einer Woche holte man mich aus meinem kleinen, dunklen Raum und sperrte mich zusammen mit anderen Gefangenen in eine größere Zelle. Wir mussten fünfmal am Tag beten und uns in der Gefängnismoschee mit religiösen Studien befassen. Nach dem Gebet ließ man uns schwere Steine von einem Raum in den anderen und dann wieder zurück schleppen.

Nachts hatten wir nicht genug Decken, um uns alle warm zu halten. Manchmal wachte ich mitten in der Nacht vor Kälte bibbernd auf und wärmte mich mit Liegestützen. Ich erinnerte mich, dass mein Vater dasselbe in dem Tunnel gemacht hatte – über vier Jahre war das jetzt her. Andere Häftlinge liefen in unserer Zelle hin und her, um das Blut in ihren Adern am Zirkulieren zu halten. Aber länger als zehn Minuten hintereinander konnten wir uns gar nicht der Körperertüchtigung widmen, denn zu mehr fehlte uns die Kraft.

Ich machte meine Liegestütze ausschließlich mit dem rechten Arm, was wirklich sehr mühsam ist. Aber das hielt mich warm. Und weil ich mich dabei so sehr anstrengen musste, ließ es den Schmerz in meiner linken Schulter ein paar Sekunden lang verschwinden. So lernte ich, mein Gehirn auszutricksen – ein kurzzeitiger Schmerz in einem Teil des Körpers lässt den ständigen Schmerz in einem anderen vergessen – und sei es auch nur für wenige kurze Augenblicke. Indem ich meinen Schmerz überwand, hatte ich das Gefühl, auch über die Taliban zu triumphieren. Allerdings schaffte ich allerhöchstens vier Liegestütze. Manchmal lachte ich dabei laut auf, wenn auch nur für eine Sekunde, denn dann bildeten sich schon Schweißtropfen auf meiner Stirn. Im Augenblick des heftigsten Schmerzes ist Lachen ein erhebendes Gefühl – aber leider auch ein sehr kurzlebiges. Plötzlich begriff ich, was Sokrates damit meinte, dass aus Schmerz auch Freude erwachsen könne. Mit einem Mal ergab etwas, das ich nie verstanden hatte, einen Sinn. Ich hatte das Gefühl, als würde mein Verstand von einer Million Glühbirnen erhellt.

Innerhalb der folgenden Tage nahm ich zehn Kilo ab. Ich konnte mich kaum noch bewegen oder ein Wort hervorbringen.

Knapp zwei Wochen nach meiner Einlieferung ins Gefängnis sah ich eines Tages eine etwa handtellergroße Scherbe eines Spiegels auf dem Boden liegen. Als ich in sie hineinschaute, sah ich ein Gesicht, das nicht das meine war. Ich musste über mich selbst lachen, aber dabei entblößte ich unwillkürlich meine Zähne – selbst zu der Zeit, als meine Familie und ich kaum etwas zu essen bekamen, hatte ich nicht so abgezehrt und hohlwangig ausgesehen. Mir waren zwar noch ein paar kräftige Muskeln in den Armen und im Bizeps geblieben, aber die waren allesamt vollkommen verspannt.

Am Ende der zweiten Woche stellten mir zwei meiner Bewacher einige grundlegende Fragen zum Islam. Ich konnte sie alle beantworten. Dann führten sie mich in einen Raum, der nicht so schmutzig war wie die übrigen, und fragten mich noch weiter aus, wollten zum Beispiel von mir wissen, wie man eine Waschung an sich vornahm – lauter Fragen, deren Antworten ich schon seit Kinderzeiten wusste. Danach wollten sie von mir einige Koranverse hören – solche, wie sie in so gut wie jedem Gebet vorkamen. Ich wartete ständig darauf, dass sie mich endlich etwas Kompliziertes fragten.

Der ältere der beiden Wärter, er mochte so um die vierzig sein, nickte ständig mit dem Kopf, wenn ich eine Antwort gab, und sein dunkelblonder Bart wippte im Takt mit den Gebetszeilen, die ich rezitierte. Bei jeder meiner Antworten lächelte er und sagte mit ruhiger Stimme: »Sehr gut, mein Sohn!«, während er sich mit der linken Hand den Schmerbauch unter seinem grauen *Shalwar Kamiz* rieb.

Sein Kollege war dagegen dünn und auch nur halb so alt. Er sah mich an, als wäre ich der Erzfeind seiner Familie. Seine dunkelbraunen Augen, seine sonnengebräunte Haut und seine schwarze Kleidung bildeten einen auffälligen Kontrast zu seinem weißen Turban. Mit seiner durchdringenden Stimme stellte er mir ein paar etwas schwierigere Fragen und wirkte enttäuscht, als ich sie korrekt beantwortete. Ich hätte ihn auch gerne mit ein paar Fragen konfrontiert, bei denen ich mir ziemlich sicher war, dass er die Antworten darauf nicht gewusst hätte. Aber ich ließ es lieber sein.

Schließlich sagten sie mir, dass ich wieder gehen könne. Andere Gefangene, die die Fragen nicht beantworten konnten, wurden noch zwei weitere Wochen dabehalten.

»Warum hat man mich überhaupt eingesperrt?«, fragte ich den älteren Wärter am Tag meiner Entlassung, doch es war sein jüngerer Kollege, der ihm zuvorkam und die Frage statt seiner beantwortete.

»Weil du keinen Turban getragen hast und dein Haar zu lang war.«

»Aber doch nicht länger als sieben oder acht Zentimeter«, wandte ich ein.

»Du musst dein Haar immer kurz geschoren und einen Turban oder eine Kappe tragen. Wer dagegen verstößt, den behalten wir hier bei uns im Gefängnis, bis er begriffen hat, wie ernst sein Vergehen war. Das ist unsere Aufgabe«, sagte der Jüngere im Brustton der Überzeugung. »Wir sind da, um euch zu helfen.«

Als ich durch das Gefängnistor trat, war ich ein paar Sekunden lang von der grellen Sonne geblendet. Ich kniff die Augen zusammen und öffnete sie dann ganz langsam, bis ich alles wieder normal sehen konnte.

Ich hatte kein Geld, um mir für die Fahrt nach Hause ein Taxi zu nehmen, aber gehen konnte ich auch nur mit allergrößter Mühe, so ausgemergelt war ich. Trotzdem blieb mir keine andere Wahl. Ich wusste, dass meine Familie während der zwei Wochen, die ich in Gefangenschaft verbracht hatte, ganz Kabul nach mir abgesucht haben dürfte, und das trieb mich voran. Mit mehreren Pausen schaffte ich die gut drei Kilometer lange Strecke irgendwie. Die ganze Zeit machte ich mir Sorgen, dass die Leute es mir ansehen könnten, dass ich im Gefängnis gewesen war. Am Ende würde mich gar noch jemand fragen, was ich denn mit meiner Schulter gemacht hätte. Sie schmerzte noch immer. Aber auf der Straße war kaum jemand unterwegs, der mich hätte sehen können.

Als ich nach Hause kam, traf ich meine Mutter in Richtung Mekka gewandt auf dem Gebetsteppich vor. »O Gott, halte deine Hand schützend über meinen Sohn und behüte ihn vor allen Gefahren dieser Welt«, betete sie mit lauter Stimme. »Wo immer er sein mag, lass ihn wissen, dass seine Mutter immer auf ihn warten wird, und sag ihm, dass er nach Hause kommen soll ...«

Ich stellte mich hinter sie und sagte leise: »Dein Gebet ist erhört worden.«

Sie drehte sich zu mir um und sah mich an, als traue sie ihren Augen nicht. Auf ihren Wangen glänzten Tränen; ich hatte sie selten am Tag weinen sehen. Doch dann breitete sich ein Lächeln auf ihrem Gesicht aus, das die Fältchen offenbarte, die inzwischen von ihren Augenwinkeln Besitz ergriffen hatten.

Später kam mein Vater in das Zimmer, in dem ich mich zu erholen versuchte. Er brachte einen seiner Freunde mit, einen Ringkampfchampion. Der sagte mir, ich solle mich vor ihn hinstellen, und als ich das tat, griff er mich ohne Vorwarnung beim Arm und renkte meine Schulter wieder ein. Ich schrie auf, als hätte man mich in kochendes Wasser geworfen, doch als mein Klagegeheul abebbte, merkte ich, dass der Schmerz in meiner Schulter fast völlig weg war.

Der Schmerz in meiner Seele jedoch ließ sich nicht so leicht wieder richten; er ist immer noch da, so gegenwärtig, als hätte sich all das erst gestern zugetragen.

19

Ein kostbares Juwel

Ich bekam das Gefühl, dass ich innerhalb meiner Familie mehr Verantwortung übernehmen sollte. Meine Verzweiflung im Gefängnis hatte mich unweigerlich dazu gebracht, mein Leben in einer anderen Perspektive zu sehen. Ich empfand mich nicht länger als Kind. Ich war inzwischen immerhin schon fast siebzehn Jahre alt. »Mit siebzehn sollte der Sohn eines Paschtunen seinem Vater eine Stütze sein.« Das hat mein Großvater immer zu mir gesagt. In Afghanistan gilt schon ein Junge mit sechzehn Jahren als Erwachsener. Nur wusste ich überhaupt nicht, wie ich meinem Vater helfen sollte.

Nachdem all seine Teppiche ein Raub des Feuers geworden waren, hatte mein Vater so gründlich den Mut verloren, dass er den Handel mit Teppichen vollkommen aufgegeben hatte. Seinen Posten als Lehrer an der Habiba-Schule hatte er auch während des Bürgerkrieges beibehalten, obwohl es zwei Jahre lang weder ihm noch seinen Kolleginnen und Kollegen und natürlich auch keinem der Schüler möglich gewesen war, die Schule zu betreten. Sowie es etwas ruhiger geworden war, fuhr er wieder jeden Tag auf seinem Fahrrad die sechs Kilometer um den Berg herum, um seinen Physikunterricht abzuhalten. Lehrer wurden in Afghanistan jedoch äußerst schlecht bezahlt, also kaufte und verkaufte mein Vater nebenher auch noch Mehl und Speiseöl aus Pakistan, um uns über Wasser zu halten.

Er musste sich sehr abrackern, und eine Weile lang verschwand er sogar ganz aus unserem täglichen Leben. Wenn wir am Morgen aufwachten, war er schon nicht mehr da. Wenn wir spät am Abend zu Bett gingen, war er noch nicht wieder zurück. Die Freitage waren die einzigen Tage, an denen wir ihn zu Gesicht bekamen, und er wirkte dann immer so, als litte er unter starken Schmerzen. Nach dem Frühstück bat er meine kleine Schwester, ihm über seinen Rücken und seine Beine zu laufen, um damit den Schmerz in ihnen zu lindern. Den restlichen Freitag schlief er; wir unterhielten uns nur im Flüsterton und gingen auf Zehenspitzen. Er war viel zu sehr mit seiner Arbeit beschäftigt, um sich dafür zu interessieren, was wir so trieben. Es war einfach nicht mehr wie früher, als er jeden Morgen einen Plan für einen geordneten Tagesablauf für mich aufstellte.

Ich hatte das Gefühl, dass aus mir so etwas wie ein streunender Hund wurde. Ich versuchte, mit mir selber ins Reine zu kommen, jemanden zu finden, der mich in die richtige Richtung weisen, auf den richtigen Weg bringen konnte. In der Hoffnung, eine unsichtbare Stimme zu hören, ging ich in verschiedene Moscheen, aber selbst in den Moscheen war alles nicht mehr so wie früher. Es kam mir vor, als würde ich gezwungen, meine Gebete so aufzusagen, wie es die Taliban wollten. Dieser Talibanismus entsprach nicht dem Islam, wie ich ihn aus dem Koran kannte oder wie mein Großvater ihn mich gelehrt hatte.

Also ging ich zu meinem Großvater, um seinen Rat einzuholen, aber er war viel zu sehr damit beschäftigt, sich eine Möglichkeit einfallen zu lassen, wie wir unser Haus zurückbekämen, und außerdem wirkte er verschüchtert und hilflos. So hatte ich meinen Großvater noch nie erlebt. Bei ihm hatte ich mich immer gut aufgehoben gefühlt und hätte auch *ihm* nun gerne ein solches Gefühl des Geborgenseins vermittelt, aber ich wusste nicht, wie.

Sein Rat an mich lautete, mich von niemandem abhängig zu machen; es wäre für mich nun an der Zeit, meine eigenen Entscheidungen zu treffen, meinen eigenen Weg zu suchen, sagte er. Ganz überzeugt war ich davon nicht.

Ich begann, häufiger an meine Teppichknüpflehrerin zu denken und auf *ihren* Rat zu hoffen. Zu diesem Zweck zog ich mich an ruhige Plätze zurück und versuchte dort, sie zu hören.

Unter den Taliban verarmte, verelendete und isolierte sich das Land zunehmend. Ihnen ging es in allererster Linie darum, dass die Männer streng die Stunden des Gebets einhielten und dass die Frauen von jeglichem gesellschaftlichen Leben ausgeschlossen waren.

Wiederholt verfluchte ich mein Land dafür, dass wir uns von unseren Nachbarstaaten, von den Engländern, von den Kriegstreibern und nun von diesen Taliban alles sagen ließen. Die meisten Afghanen hatten für die Taliban nichts als Verachtung übrig. Wir betrachteten sie als ungebildete, kleinbäuerliche Extremisten, denn sie kamen schließlich aus den ärmsten und rückständigsten Teilen des Landes, wo kaum jemand lesen und schreiben konnte.

Während der Taliban-Herrschaft machte niemand ein fröhliches Gesicht. Es war, als hätten die Taliban uns unseres Lächelns beraubt. Oder die Leute hatten einfach bloß *vergessen*, wie man lächelte – außer wenn sie zum Juwelier gingen, um Gold für die Hochzeit ihrer Töchter zu kaufen. Die Afghanen legten immer noch großen Wert darauf, ihre Töchter bei deren Heirat mit Gold zu beschenken – auch wenn die Feier nun ohne Musik stattfinden musste.

Ich hatte einen Freund, der in der Nähe unserer Festung der neun Türme im Kart-e-Parwan-Viertel ein Juweliergeschäft besaß. Er war ein paar Jahre älter als ich; wir hatten uns beim Volleyballspielen in einem nahe gelegenen Park kennengelernt. Ich verbrachte viel Zeit in seinem Laden; es war einer der wenigen Orte, an denen man noch Menschen lachen hören konnte. Seine Kunden nahmen sich oft eine ganze Stunde Zeit zum Feilschen, um den günstigsten Preis herauszuschlagen, und erzählten in dieser Zeit eine Menge guter Witze.

Mein Freund wusste, wie man seinen Kunden das Gefühl gab, glücklich zu sein. Auf diese Weise gaben sie mehr Geld aus und kauften Dinge, die sie eigentlich gar nicht brauchten.

Eines Tages saß ich neben einem seiner Assistenten, der gerade eine ganz alte Halskette mit heißem Wasser und Sägemehl reinigte. Er tauchte die Kette eine Minute lang in kochendes Wasser, schrubbte sie dann kräftig mit einer Zahnbürste und legte sie zum Schluss in Sägemehl. Eine halbe Stunde später nahm er sie wieder heraus und polierte sie mit einer weicheren Bürste auf Hochglanz, bis das Gold schimmerte wie neu. Ich fand, dass das auch ein Beruf für mich sein könnte. Damit, sagte ich mir, könnte ich meiner Familie unter die Arme greifen.

An diesem Tag kam niemand, um etwas zu kaufen. Mein Freund langweilte sich. Er gähnte andauernd, schaute hinaus auf die Straße und legte angesichts der stirnrunzelnden Gesichter der Leute, die an seinem Laden vorübergingen, seinerseits die Stirn in Falten. Er war ganz in Gedanken vertieft. Das einzige Geräusch kam von den vorbeirauschenden Autos der Taliban, die ohne Rücksicht die Straße hinauf- und hinunterrasten.

Eine vollständig verschleierte Frau in schmutziger Kleidung kam in den Laden und begrüßte meinen Freund, indem sie kurz die rechte Hand hob. Sie war eine Bettlerin und kam, um Geld zu erbitten. Ihre Hand war so ungewaschen wie ihr Schleier, und ihr brauner Rock war voller winziger Brandlöcher. Ich hielt sie für eine Drogenabhängige.

Mein Freund starrte immer noch aus dem Fenster. Er stützte sich mit den Ellbogen auf seinen Verkaufstresen und hielt das Kinn in den Händen. Die Frau zupfte ihn behutsam am Ärmelaufschlag; das war ihre Art und Weise, ihn um etwas Kleingeld zu bitten. Mein Freund sah die Frau an, holte ein paar Münzen aus seiner Tasche und gab sie ihr. Die Frau steckte das Geld schnell weg und hob dann die linke Hand. Diese Hand war sehr gepflegt, mit langen, rot angemalten Fingernägeln. Es war eine wunderschöne Hand.

Dann sah ich, dass sie etwas auf ihr Handgelenk geschrieben hatte. »Ich bin bereit und koste 10 000 Afs.« Das entsprach etwa fünfzig Dollar.

Mein Freund schien von der Offerte sehr angetan. »Kann ich mal dein Gesicht sehen?«, fragte er.

Sie schaute hinaus, um sich zu vergewissern, dass auch keine Taliban in der Nähe waren, hob kurz den Schleier von ihrem Gesicht und ließ ihn sogleich wieder fallen.

»Gehen wir ins Hinterzimmer«, sagte mein Freund zu ihr. Hinter seinem Ladengeschäft befand sich ein kleiner Lagerraum.

Sie hielten sich dort fast eine Viertelstunde lang auf. Danach kam mein Freund mit einem zufriedenen Gesichtsausdruck und Schweißperlen auf der Stirn wieder nach vorne. Nun wäre ich an der Reihe, sagte er. Er würde für mich bezahlen, falls ich kein Geld hätte.

Ich wusste nicht, was ich sagen sollte. Ich hatte noch nie mit einer Frau Sex gehabt. In meinem Kopf schrie eine Stimme, dass ich es probieren und die Gefühle erfahren sollte, die meine Träume erfüllten. Mein Herz jedoch flüsterte mir zu, es bleiben zu lassen.

Ich musste an die Frau denken, die in dem Stadion zu Tode gesteinigt worden war, weil ihr Ehemann sie bei der »Behörde für die Förderung der Tugend und die Verhütung der Sünde« wegen eines angeblichen Verhältnisses mit ihrem Nachbarn angezeigt hatte; die Taliban hatten übrigens nicht nur die Frau gesteinigt, sondern den Nachbarn gleich mit.

Wenn die Taliban mich mit dieser Frau erwischten, dachte ich, würden sie mich ebenfalls öffentlich zu Tode steinigen. Das wäre nicht nur ein qualvoller Tod, sondern auch noch eine große Schande für meine Familie.

»Worauf wartest du? Geh rein! Sie hat nicht den ganzen Tag Zeit«, ermunterte mich mein Freund, und seine Assistenten kicherten leise in sich hinein. »Sie ist richtig gut.« Ich sah erst meinen Freund an und dann seine Assistenten. Sie waren höchstens acht oder zehn Jahre alt. Die Selbstverständlichkeit, mit der sie mit dem Besuch dieser Frau umgingen, war mir ein sicheres Zeichen, dass sie meinen Freund auch schon mit anderen Frauen gesehen hatten.

»Willst du nun reingehen, oder soll ich sie wegschicken?«, fragte mein Freund in leicht gereiztem Ton.

Ich war um die Antwort verlegen. Doch dann machte ich,

ohne so recht zu wissen, was ich tat, den ersten Schritt auf das Hinterzimmer zu.

Ich schätzte sie auf Mitte zwanzig. Sie trug einen roten Büstenhalter und ein rotes Höschen und stand, den Rücken an die Wand gelehnt, kerzengerade da wie ein *Aleph*, der erste Buchstabe des Alphabets. Ihre Haut glänzte ein wenig und sah mir sehr zart aus.

Ich wusste nicht, was man so sagte oder wie man es anfing. Sie lächelte mir zu und fragte: »Hast du so etwas schon einmal gemacht?«

Wieder blieb ich die Antwort schuldig. Was sollte ich sagen? Ich war wie erstarrt. Meine Augen waren auf sie fixiert, aber die Lippen vermochte ich nicht zu bewegen. Es war das erste Mal in meinem Leben, dass ich eine schöne Frau fast nackt unmittelbar vor mir sah, und nun wartete sie auch noch darauf, dass ich sie mir nahm, und stellte mir eine Frage, bei der es mir glatt die Sprache verschlug.

»Ob du das schon mal gemacht hast, wollte ich wissen«, wiederholte sie ihre Frage, und ihre Stimme klang ein wenig ernster als zuvor.

»Nein«, stieß ich hervor.

»Das macht nichts. Ich helfe dir.«

»Wie denn?«, fragte ich und konnte den Blick nicht von ihren perfekt geformten Beinen losreißen. Mir war so heiß, als steckte ich in einem Ofen; auf meiner Stirn und auf meinem Rücken begannen sich Schweißtropfen zu bilden, und das Herz schlug mir bis zum Hals.

Sie ging auf die Knie und begann, sich mir auf dem kahlen Betonboden in dieser Haltung langsam zu nähern. Nun sah ich auch ihre Brüste. Ich begann zu zittern. Sie griff mich bei meiner Pluderhose und wollte mich zu sich heranziehen.

Ich trat einen Schritt zurück; auf einmal hatte ich Angst, sie zu berühren oder von ihr berührt zu werden. Ich fühlte mich wie ein Reh, das von einer Löwin angegriffen wird, und versuchte doch gleichzeitig, einen tapferen Eindruck zu machen und meine

Hemmungen nicht zu zeigen. Tief in meinem Inneren wollte ich, dass sie mit mir anstellte, was immer sie vorhatte. Ich lechzte geradezu nach dem Gefühl, mit einer Frau zusammen zu sein, ihren Körper an den meinen geschmiegt zu spüren.

»Es ist alles in Ordnung. Du brauchst gar nichts zu machen. Ich weiß, dass es für dich das erste Mal ist. Vertrau mir nur; du wirst gleich sehr glücklich sein«, sagte sie.

Ich machte noch ein paar weitere Schritte nach hinten. Nun war ich es, der mit dem Rücken zu der kalten Wand stand, und sie hatte sich jetzt so vor mich hingestellt, dass ihr Busen meine Brust berührte und ich ihre Wärme fühlen und ihr Parfüm riechen konnte. Wir beide schauten uns gegenseitig intensiv in die Augen, als versuchten wir, darin etwas zu entdecken. Ihr Atem strich mir über das Gesicht, und mein Herz schlug immer schneller, schneller als je zuvor. Mir schlotterten die Beine; es war, als sandte sie elektrische Stromstöße durch mich hindurch, obwohl mein Körper doch viel zu schwach war, um sie zu empfangen. Und ich merkte, wie ich mit jeder Sekunde tiefer errötete, weil mir das Blut ins Gesicht stieg.

»Wir müssen das nicht tun, wenn du es nicht möchtest. Du solltest es vielleicht lieber mit jemandem in deinem Alter machen«, flüsterte sie mit zärtlicher Stimme. Sie trug mir meine Schüchternheit nicht nach.

Sie drehte sich um und nahm ihre Kleider, zog zuerst ihre Hose an, dann die Bluse und den Rock. Sie hatte mir den Rücken zugewandt; ich hatte das Verlangen, sie von hinten zu umarmen und am ganzen Körper zu küssen. Aber ich brachte nicht den Mut dazu auf. Ich war vollkommen konfus.

Sie verhüllte nun ihren Kopf, zog aber noch nicht den Schleier herunter, sodass ich ihre braunen, mandelförmigen Augen sehen konnte, als sie sich umdrehte und auf mich zuging. Dann stand sie wieder vor mir, wenn auch nicht ganz so nahe wie vorhin, und sagte mit trauriger Stimme: »Ich tue das nicht, weil es mir Spaß macht. Ich tue es, weil ich dazu gezwungen bin. Mich zu verkaufen ist für mich die einzige Möglichkeit, etwas Geld zu verdienen.« Ich sah, wie ihre Augen sich mit Tränen füllten.

»Können wir uns einen Moment lang unterhalten?«, fragte ich sie. Ich wollte nicht, dass sie ging.

»Über was denn? Über mein verdorbenes Leben?«, entgegnete sie, und eine Träne lief ihr über die Wange und fiel auf den Steinfußboden.

Was sollte ich jetzt nur machen? Ich hatte sie doch nicht zum Weinen bringen wollen. »Warum heiratest du nicht jemanden, der für dich sorgt?«, versuchte ich es. »Du bist doch ein schönes Mädchen; du gibst bestimmt eine gute Ehefrau ab«, stammelte ich. Ich wusste nicht, warum ich das sagte. Ich wollte sie einfach nur trösten.

Sie setzte sich auf einen Stuhl in einer Ecke. Ich blieb stehen. Sie zeigte auf einen zweiten Stuhl, damit ich mich auch setzte.

»Wer soll mich denn schon heiraten?«, sagte sie tonlos.

Wieder wusste ich keine Antwort.

Sie holte tief Luft und senkte den Kopf, blickte auf ihre Hände und verschlang die Finger ineinander, um sie sogleich wieder zu lösen. »Ich bin nicht als Prostituierte geboren worden«, sagte sie. »Ich bin noch nicht einmal als Kind einer Prostituierten auf die Welt gekommen. Ich war die Tochter einer gebildeten Familie, die überall gutes Ansehen genoss.« Sie sprach mit klarer, deutlicher Stimme und wusste sich gut auszudrücken – und das in gehobenem Dari, wie man es normalerweise nicht auf der Straße hörte.

»Mein Vater war General im Ministerium für Innere Angelegenheiten; er war ein Mann von Ehre, ein Mann, den man respektierte. Ein stolzer Mann. Er hat eine erstklassige Erziehung in Russland erhalten, und es lag ihm viel daran, dass auch wir eine gute Bildung bekamen. Meine Mutter war Lehrerin – wie auch ich früher. Mein Bruder war an der Medizinischen Hochschule, und meine Schwester studierte an der Universität von Kabul Sozialrecht.«

Ich hörte ihr zwar aufmerksam zu, war aber immer noch befangen, denn dies war eine Frau, die ich jederzeit berühren konnte.

»Ich habe an derselben Schule, an der meine Mutter Literatur lehrte, Chemie unterrichtet. Mein Examen hatte ich an der pharmazeutischen Fakultät gemacht. Ich bin das älteste Kind meiner Eltern. Ich habe vor sechs Jahren geheiratet und zwei Kinder.« Die Worte sprudelten nur so aus ihr hervor.

»Mein Mann war gerade im Haus meiner Eltern, um ihnen die Nachricht von der Geburt meines Sohnes zu überbringen, als eine Rakete auf dem Dach landete. Keiner hat überlebt. Es war nicht einmal genug von ihnen für eine Beerdigung übrig, nur einzelne Fetzen, die sich mit der Erde vermischt hatten.

Ich lebte mit meinen beiden Kindern in einem gemieteten Haus, als die Taliban kamen. Sie haben die Mädchenschule geschlossen, und wie du ja weißt, war es Frauen von da an nicht mehr erlaubt, außerhalb ihrer vier Wände einer Arbeit nachzugehen. Ich hatte also kein Geld mehr, um die Miete zu bezahlen, und da warf der Besitzer des Hauses mich hinaus. Nun lebe ich in Parwan-e-Seh unter einem Zeltdach.

Von meinen Angehörigen oder denen meines Mannes lebt niemand mehr in Kabul. Sie sind alle ins Ausland geflüchtet. Ich habe nicht einmal ihre Adressen, um sie um Hilfe zu bitten. Nachdem die Taliban meine Schule geschlossen hatten, habe ich mich ein paar Monate mit Betteln durchgeschlagen. Aber ich bekam nie genug Geld zusammen, um auch nur fünf *Naan*-Brote zu kaufen. Meistens sind meine Kinder und ich mit leeren Mägen zu Bett gegangen.«

Ich war inzwischen so gefesselt von ihrer Geschichte, dass ich ganz und gar vergaß, was uns eigentlich zusammengeführt hatte.

»Vor ungefähr anderthalb Jahren lernte ich eine weitere Bettlerin kennen, und sie gab mir den Rat, meinen Körper zu verkaufen; für einen Körper wie den meinen gäbe es eine Menge Freier, sagte sie, und sie hat mir auch weismachen wollen, Prostitution wäre eine Kunstform und kein dunkles, schäbiges Geschäft. Ich habe ihr gesagt, sie solle sich zum Teufel scheren, und habe es noch einen weiteren Monat mit Betteln versucht, bekam aber nach wie vor nicht genug zusammen, und meine Kinder waren schon ganz dünn und krank. Meine Tochter ist übrigens die Ältere; sie ist vier Jahre alt. Mein Sohn ist drei.

Eines Tages – ich machte gerade meine Bettelrunde in den Juweliergeschäften unten am Fluss – hielt mir ein Ladenbesitzer plötzlich ein ganzes Bündel Geld hin und sagte, das würde alles mir gehören, wenn ich ihm in sein Hinterzimmer folgen würde. Ich sagte ihm, dass er mich anwidere, aber als ich davonging, hörte ich ihn hinter mir lachen.

Ich musste an meine Kinder denken. Sie litten an Malaria. Also bin ich zurück zu dem Laden und schnurstracks in das Hinterzimmer gegangen. Er kam mir nach und hat mich benutzt. Ich wusste gar nicht, wie mir geschah. Ich lag da wie ein Körper ohne Seele, wie eine Puppe. Auch ein paar seiner Freunde haben mich benutzt. Aber eine Stunde später war das Geldbündel mein, und ich konnte mit meinen Kindern zu einem Arzt gehen.

In dieser Nacht habe ich ununterbrochen geweint – ohne zu wissen, warum. Beim Tod meiner Eltern, meiner Geschwister und meines Mannes hatte ich nicht so viele Tränen vergossen. Am nächsten Tag bin ich nicht aus dem Haus gegangen. Ich hatte das Gefühl, dass jeder, den ich ansah, die Wahrheit über mich wüsste. Ich vermochte nicht einmal meine eigenen Kinder anzusehen. Ich habe mich selber gehasst und hätte mich am liebsten umgebracht. Aber ich konnte es nicht. Ich konnte meine Kinder doch nicht ohne Mutterliebe aufwachsen lassen.« Sie wischte sich mit dem Ärmel die Augen trocken und sah mich an.

»Warum erzähle ich dir das alles? Du kennst mich doch gar nicht, und ich kenne dich nicht.« Sie senkte den Kopf und begann wieder leise zu schluchzen.

»Du musst dich bei jemandem aussprechen, damit es dir leichter ums Herz wird, damit du dich davon befreist. Du kannst das nicht alles mit dir herumschleppen, du musst es mit jemandem teilen.« Ich war selber ganz verblüfft über die Worte, die ich aus meinem Mund kommen hörte. Wie kam ich plötzlich darauf, so zu reden? Und dann auch noch in grammatisch korrekten, vollständigen Sätzen wie sie, obwohl sich fast niemand mehr diese Mühe machte.

»Du bist doch noch ein halbes Kind. Du hast noch nicht die grausame Seite der Welt gesehen«, sagte sie, stand auf und zog sich den Schleier ihrer Burka über das Gesicht. Und dann lief sie aus dem Laden, ohne ihr Geld zu nehmen. Mein Freund rief ihr noch nach, sie solle später wiederkommen und es sich holen.

Ich schnappte mir den Stapel Geldscheine vom Tresen, rannte ihr nach und hatte sie auch gleich eingeholt; dann ging ich langsam neben ihr her. Wegen ihres Schleiers konnte sie mich nicht sehen, aber ich hörte, dass sie immer noch leise weinte. Auf der Straße hielten sich inzwischen fast keine Menschen mehr auf, denn es war Mitte Juli, die heißesten Tage des Sommers. Ein paar kleine Jungen waren mit Töpfen mit Kräuterjoghurt nach Hause unterwegs, und in den Schatten der Hausmauern schliefen ein paar Hunde. Nach ein paar Minuten bemerkte sie mich. Sie blieb mitten auf der Straße stehen und lüftete ihren Schleier. Ich stand unmittelbar vor ihr, und die heiße Sonne brannte mir auf den Rücken. Auch die kleinen Jungen waren stehen geblieben und glotzten, denn sie hatten seit zwei Jahren, seit der Ankunft der Taliban, das Gesicht keiner Frau mehr auf der Straße gesehen.

»Was kümmere ich dich eigentlich? Kennst du mich irgendwoher?«, wollte sie von mir wissen. Ihre Stimme zitterte. Ihre schönen Augen waren voller Tränen, die nur darauf warteten, dass sie ihnen freien Lauf ließ.

»Nein, ich kenne dich nicht, aber ich bin ein Mensch wie du auch, und wir sollten alle Sorgen und alle Freuden miteinander teilen«, sagte ich.

»Und *wie* willst du meine Sorgen mit mir teilen? Ich bin ja nicht die Einzige, die jemanden braucht, der ihr etwas von ihrer Last abnimmt. Es gibt Tausende von Menschen, die noch verzweifelter sind als ich.«

Darauf fiel mir wieder keine Antwort ein. Sie riss mir das Geld aus der Hand, zog ihren Schleier herunter und ging davon, ohne sich noch einmal nach mir umzusehen. Eine Wolke von Staub wehte hinter ihr her und blieb am Saum ihres bodenlangen Gewandes haften.

20

Um Haareslänge

Meine Mutter gab mir etwas Geld und eine Liste der Dinge, die sie und meine Schwestern brauchten: Hosen, Röcke, Tücher und noch ein paar Kleinigkeiten.

Seit die Taliban da waren, gingen sie kaum mehr aus dem Haus. Sie trugen die Burka nur ungern, denn sie konnten durch die kleinen Augenöffnungen ja kaum etwas sehen. Die einzigen Anlässe, zu denen sie tatsächlich ausgingen, waren Hochzeitsfeiern und Beerdigungen enger Angehöriger. Bei solchen Gelegenheiten winkte ich ihnen entweder ein Taxi heran oder bat einen Verwandten mit Auto, sie abzuholen und von Gartentor zu Gartentor zu bringen. Auf der Autofahrt waren ihre Köpfe einschließlich der Augen vollständig mit Tüchern verhüllt, sodass sie nicht einmal sehen konnten, auf welcher Straße wir uns befanden.

Ich hasste es, für meine Mutter und meine Schwestern einzukaufen, aber was sollte ich tun? Ich war der Einzige, der es machen konnte. Mein Vater war ja die ganze Zeit bei der Arbeit, und sonst hatten sie keinen – die Heulmaschine war noch zu klein.

Mein kleiner Bruder war übrigens inzwischen zu einer Spaßmaschine herangewachsen. Alles, was er sagte, war drollig, und er brachte jeden zum Lachen. Er war ein zauberhaftes Kind und wusste, wie er uns bei guter Laune hielt.

Eines Nachmittags griff ich mir also meine Einkaufstasche und marschierte zum größten Basar der Stadt. Auf dem Weg dorthin wurde ich vor dem Hochhaus des Verkehrsministeriums von einem Talib angehalten. Er trug das übliche lange, schwarze Gewand und den weißen Turban um den Kopf. Aber statt einer Waffe oder einer Peitsche hatte er eine Schere in der Hand.

Er sagte mir, ich solle mein Hemd ausziehen. Zuerst glaubte ich an einen Scherz. Noch nie hatte mir jemand gesagt, dass ich mir mitten auf der Straße das Hemd ausziehen sollte.

»Was hast du mit meinem Hemd vor?«, fragte ich auf Paschtu.

»Ich habe gar nichts mit deinem Hemd vor. Ich möchte deine Achselhöhlen sehen«, sagte er.

»Wieso? Schau hier, es ist nichts unter meinen Achseln verborgen, kein Haschisch und auch kein Opium. Ich bin Sportler. Ich nehme keine Drogen. Du siehst ja, was für Muskeln ich habe.« Während ich das sagte, hob ich beide Arme und ließ meine Muskeln spielen.

»Ich muss sehen, wie lang die Haare in deinen Achselhöhlen sind«, beharrte er. »Sie dürfen nicht länger als zwei Zentimeter sein. Zieh also jetzt das Hemd aus.«

Ich hätte ihn am liebsten gefragt, was ihn das Haar unter meinen Achseln anginge, aber ich war ja bereits einmal im Taliban-Gefängnis gewesen, und das reichte mir. Also streifte ich mir mein Hemd über den Kopf. Von beiden Seiten der Straße schielten die Passanten aus den Augenwinkeln zu mir herüber, gingen aber eilig weiter und ließen sich nichts anmerken.

Der Talib zupfte an einem der Haare unter meiner linken Achsel und maß es aus. Es war ein winziges bisschen länger als zwei Zentimeter. Er zog die Stirn kraus und sagte mir, dass es schlecht um mich stünde. Ich bat ihn, es doch noch einmal mit einem anderen Haar zu versuchen. Diesmal wählte er ein Haar aus meiner rechten Achselhöhle, und es maß gerade eben etwas weniger als zwei Zentimeter.

»Manche deiner Haare sind lang und manche sind kurz«, konstatierte er. »Wann hast du dich zum letzten Mal unter den Achseln rasiert?«

»Vor zwei oder drei Wochen«, sagte ich, als ich mir das Hemd wieder anzog.

»Sag mir das genaue Datum!«, schrie er mich an, die Stirn in tiefen Falten.

»Ich weiß es nicht mehr«, sagte ich. In Wahrheit hatte ich mich noch nie unter den Achseln rasiert.

»Dann muss ich mir jetzt deinen Penis und deine Hoden ansehen«, erklärte er, als wäre es das Selbstverständlichste auf der Welt, und starrte mir dabei zwischen die Beine.

»Was? Warum?« Ich war nicht mehr länger bloß verstimmt. Mich ergriff Todesangst.

»Weil ich es sage«, antwortete er ganz ruhig.

»Du weißt doch, dass sie genauso aussehen wie deine«, sagte ich so gefasst wie möglich, um meine Panik zu verbergen. Ich hatte keine Lust, mich wegen eines dummen Dorftölpels, der nicht einmal lesen und schreiben konnte, sich aber Talib nannte, auf offener Straße zu entblößen.

»Das ist meine letzte Warnung. Wenn du mir nicht deinen Penis und deine Hoden zeigst, bist du in zehn Minuten im Gefängnis, und da bekomme ich sie sowieso zu sehen«, drohte er.

O Gott, schrie es in mir. Was um Himmels willen ist bloß los mit diesem Mann? Lieber Gott, bitte steh mir bei!

»Warum zeigst du mir nicht erst einmal deine?«, fragte ich trotzig. Ich spielte auf Zeit, bis ich mich so weit beruhigt hatte, dass ich einen klaren Gedanken fassen konnte.

»Interessierst du dich für meinen Penis? Er ist ziemlich groß, und es ist eine Menge Samen in meinen Hoden«, sagte er, und seine Stimme klang mit einem Mal völlig verändert. »Mein Liebster mag ihn nämlich auch, aber er hat nicht so helle Haut wie du.« Plötzlich erschien ein gewinnendes Lächeln in seinem Gesicht, obwohl er doch ein Talib war und die Taliban jedes Anzeichen von Freude hassten.

Jetzt ging mir auf, warum er mich angehalten hatte. Wir hatten bereits Gerüchte gehört, dass diejenigen Taliban, die an vorderster Front gegen die Mudschaheddin kämpften, während der Nacht ins Gefängnis gingen, um sich dort zu entspannen, indem sie junge Knaben, die man völlig grundlos eingesperrt hatte, vergewaltigten.

Dieser Mann wollte sich also gemeinsam mit seinen Frontkämpferfreunden jede Nacht an mir vergehen, bis sie meiner überdrüssig wurden und sich jemand anderen, Jüngeren oder jemanden mit hellerer Haut suchten. Ich hatte einige von diesen Fronttaliban, wie wir sie nannten, gerade erst ein paar Tage zuvor in dem Park in der Nähe von Qala-e-Noborja gesehen. Sie hatten langes, schmutziges Haar und ungepflegte Bärte und waren voller Läuse, weil sie sich den Vorschriften des Koran, was Reinlichkeit betraf, zum Trotz monatelang nicht wuschen. Die Übelsten von ihnen stammten aus dem Grenzgebiet zwischen Pakistan und Afghanistan, aus Tschetschenien oder aus arabischen Ländern wie Syrien und dem Jemen. Für Afghanistan interessierten sie sich nicht die Bohne. Töten war ihr einziges Ziel.

Ich durfte es nicht zulassen, dass mir so etwas widerfuhr. Es würde Schande über mich und meine Familie bringen, auch wenn ich mit Gewalt dazu gezwungen würde.

Ich war stumm vor Entsetzen. Ich wusste nur, dass ich auf irgendeine Weise von diesem Mann wegkommen musste. Also öffnete ich meinen Hosenbund und zog mir die Hose bis zu den Knien herunter. Es war mir unendlich peinlich. Das Gaffen der vorübergehenden Passanten erwiderte ich mit wütend funkelnden Blicken.

Der Talib kniete sich vor mich hin und zupfte mir zwei Haare aus; dann sagte er, dass ich meine Hose wieder zubinden solle, und legte sein Lineal an. Ich ließ dabei seine Hände nicht aus den Augen – sie zitterten. Beide Haare waren gelockt, sodass ich nicht einmal annähernd schätzen konnte, wie lang sie wohl waren. Das eine, das von »der Stirn meines Penis« stammte, wie der Talib es nannte, maß fast fünf Zentimeter, das andere, das er zwischen meinen Hoden hervorgezogen hatte, etwa dreieinhalb.

»Da ist nichts zu machen, mein Junge. Ich muss dich zu einem Monat Gefängnis verurteilen«, sagte mein Peiniger mit zu Schlitzen zusammengezogenen Augen, und um seine Mundwinkel spielte ein teuflisches Grinsen.

Er packte mich brutal beim rechten Arm und zerrte mich zu seinem am Straßenrand abgestellten Pick-up. Ein weiterer Talib, der auf dem Fahrersitz herumgelümmelt hatte, öffnete die Tür, und sie stießen mich gemeinsam auf den Rücksitz. Darauf ging der Mann, der mich angehalten hatte, wieder los und sprach als Nächstes einen jungen Mann an, der streng genommen eigentlich noch ein Kind war.

Da hockte ich nun auf der Rückbank des Wagens; der zweite Talib hatte die Hände am Lenkrad und lauschte einem dieser Taliban-Gesänge ohne Begleitmusik. Der Sänger vermischte Zeilen aus persischen Liebesgedichten wahllos mit irgendwelchen Wörtern auf Urdu. Nur er selber wusste wohl, worüber er da sang.

Wir beobachteten, wie der erste Talib die Achselhöhlen des Jungen untersuchte. Dieser Junge war jünger als ich und hatte hellere Haut. Und er war sehr hübsch. Sie liebten Jungen mit ganz heller Haut.

Ich war fest entschlossen zu entkommen.

Vor dem Gebäude des Verkehrsministeriums erblickte ich eine Gruppe von Bauarbeitern, die hier in der Gegend die größte Moschee Kabuls errichteten. Sie hatten gerade Feierabend gemacht und befanden sich nun auf dem Weg nach Hause. Als sie genau in Höhe unseres Wagens waren, riss ich die hintere Tür auf und schrie aus Leibeskräften: »Bombe! Bombe! Unter dem Wagen ist eine Bombe!«

Es waren mehr als dreißig Arbeiter; sie gerieten sofort in Panik und flüchteten wie ein Schwarm aufgescheuchter Tauben kopflos in alle Richtungen. Auch die übrigen Passanten nahmen die Beine in die Hand und sahen zu, dass sie von dem Wagen der Taliban wegkamen. Selbst der Talib, der am Steuer gesessen hatte, bekam es mit der Angst zu tun. Er sprang heraus und rannte mit einigen der Bauarbeiter in Richtung der neuen Moschee.

Ich flüchtete in entgegengesetzter Richtung auf eine Bäckerei zu. Als ich in den Laden gestürzt kam, wollte der Besitzer natürlich sofort wissen, was da draußen los war, denn durch sein Schaufenster konnte er ja sehen, wie die Leute in panischem Schrecken auseinanderstoben. Es herrschte das reinste Chaos. Niemand wusste, was als Nächstes geschehen würde. Alles schrie »Bombe! Bombe!« und versuchte, sich zu verstecken. Ich sah ein paar Männer mittleren Alters, die die Köpfe unter eine Handkarre gesteckt hatten, deren übrige Körperteile aber darunter hervorlugten.

»Sie glauben, es ist eine Bombe«, antwortete ich atemlos. »Aber es gibt keine Bombe. Das habe ich nur gerufen, damit ich aus dem Wagen der Taliban herausspringen konnte. Die haben mich wegen nichts verhaftet, damit sie sich im Gefängnis an mir vergehen können.«

Der Bäcker sah mich erst verständnislos, dann vollkommen entsetzt an.

»Raus hier! Raus aus meinem Laden!«, kreischte er.

»Würden Sie auch zulassen, dass die mich ins Gefängnis stecken und Tag und Nacht vergewaltigen, wenn ich Ihr Sohn wäre? Haben Sie denn ein Herz aus Stein?«

»Du siehst doch, dass ich Hazara bin. Und du weißt, dass sie uns hassen. Wenn sie dich in meinem Laden finden, bringen sie mich um!« Ich versuchte trotzdem zu bleiben, wo ich war, nämlich in dem Laden, aber der Bäcker war ein starker Kerl mit kräftigen Armen und breiten Schultern und einen Kopf größer als ich, sodass er mich mühelos zur Tür hinausschob.

Da war ich also wieder draußen auf der Straße. Die Menschen liefen immer noch kopflos hin und her, und ich wusste überhaupt nicht, wo ich mich hinwenden oder wo ich mich verstecken sollte. Ich war verzweifelt, fühlte mich furchtbar einsam, als mich plötzlich jemand zurück in den Laden zerrte. Es war der Bäcker. Er schnappte mich im wahrsten Sinne des Wortes und trug mich auf den Armen in einen Raum hinter seinem Laden, wobei er meinen linken Arm ziemlich fest umklammert hielt. Ich versuchte, etwas zu sagen, aber vor lauter Angst fiel mir nichts ein.

Sein Hinterzimmer war riesig, beinahe doppelt so groß wie

sein ganzer Laden, und vollgestellt mit Mehl- und Zuckersäcken. Der Bäcker brachte mich in eine Ecke, in der Säcke mit Weizen- und Maismehl fast bis zur Decke übereinandergestapelt lagen. Er sagte mir, ich solle an den Säcken hochklettern und dahinter auf den Boden hinunterspringen.

Ich tat, was er gesagt hatte. Zwischen dem Stapel Säcke und der Wand war gerade eben genug Platz, um mich dazwischenzuquetschen. Mehl drang mir in die Nase, und ich musste mehrere Male nacheinander niesen. Der Bäcker rief von vorne, dass ich still sein solle. Ich tat mein Bestes, um das Niesen zu unterdrücken. Doch obwohl ich mir allergrößte Mühe gab, juckte es mich so sehr in der Nase, dass ich wieder niesen musste, und wiederum rief der Mann mit gedämpfter Stimme nach Ruhe.

Ich blieb vier Stunden lang hinter dem Stapel Säcke hocken, bis es draußen vollkommen dunkel war und sich nirgendwo mehr Taliban blicken ließen. Inzwischen waren die Menschen wie jeden Abend wieder eilig auf ihrem Heimweg, während die Männer, die ihre Handkarren vor sich herschoben, sich wie immer Zeit ließen.

Der Bäcker rief mir zu, dass ich aus meinem Versteck hervorkommen solle. Ein Junge – er war etwas jünger als ich – brachte mir einen Krug mit Wasser, damit ich mir das Gesicht waschen konnte. Ich war weiß gepudert vor lauter Mehl.

Ein paar Minuten später stand ich neben dem Ladenfenster und lugte hinaus. Ich hatte immer noch Angst, dass ein Talib mich beim Handgelenk packen würde, sowie ich auch nur einen Fuß vor die Tür setzte.

»Ich lasse dich da nicht alleine raus. Das wäre auch für mich riskant. Ich bringe dich nach Hause. Ich habe einen Wagen. Falls jemand etwas von dir will, sagst du einfach, du bist mein Sohn.«

Ich sah ihn nur an. Ich wusste nicht, wie ich die Dankbarkeit, die ich ihm gegenüber empfand, zum Ausdruck bringen sollte. »Sie sind ein Held.« Das war alles, was ich mit zitternder Stimme hervorbrachte.

Eine halbe Stunde später saß ich neben dem Sohn des Bäckers auf dem Rücksitz seines Wagens und wurde nach Hause gefahren. Der Bäcker setzte mich vor dem Tor ab. Ich wollte unbedingt, dass die beiden noch hereinkämen und mit uns zu Abend äßen, aber der Bäcker sagte, dass er losmüsse, denn seine Frau würde sich ängstigen, wenn er und sein Sohn verspätet nach Hause kämen.

Ich sah ihnen noch nach, als sie auf der staubigen Straße davonfuhren. Als ich durch das Tor trat, schwand meine Angst, und an ihre Stelle trat eine bleierne Müdigkeit.

Alles war wütend auf mich, weil ich so spät dran war, also erzählte ich, was mir passiert war. Ich weiß nicht, ob mein Vater und meine Mutter mir die Geschichte abnahmen. Meine Schwestern taten es jedenfalls nicht und waren sehr unzufrieden, weil ich die Kleidungsstücke, die sie sich gewünscht hatten, nicht mitgebracht hatte. Wenn es stimmte, was ich da erzählt hatte, höhnten sie, würde ich für mindestens einen Monat ins Gefängnis gekommen sein. Ich hätte wahrscheinlich einen Freund besucht oder im Park Volleyball gespielt oder am Barren geturnt, denn in jenen Tagen waren Barrenübungen meine absolute Spezialität, und meine Schwünge darauf machte mir so schnell keiner nach.

An diesem Abend jedoch rasierte ich mich unter den Achselhöhlen und zwischen den Beinen.

21

Das Geheimnis der Tauben

Am nächsten Tag blieb ich die ganze Zeit in unseren Zimmern und ging nicht einmal auf den Hof. Ich versuchte zu schlafen, aber das Tageslicht störte mich. Auch musste ich dauernd an den Bäcker denken. Ich hatte ihn nicht einmal nach seinem Namen gefragt.

In einer Ecke bei einem Fenster, unter dem ich gerne las, legte ich mir ein paar Kissen zurecht und machte es mir mit einer Dari-Übersetzung der Bibel darauf gemütlich. Der Bruder meiner Mutter hatte mir diese Ausgabe aus Pakistan mitgebracht, wohin er im Rahmen seiner Anstellung beim Ministerium für Innere Angelegenheiten zuweilen reisen musste. Da er über eine besonders klare Handschrift verfügte, oblag es ihm, offizielle Dokumente anzufertigen. Auch unter einigen vorangegangenen Regierungen hatte er diese Stelle bereits innegehabt und war nie von seinem Posten verdrängt worden. Im dritten Jahr der Taliban-Herrschaft zog er zu uns in die Festung der neun Türme. Obwohl er für die Regierung arbeitete, war er selber kein Talib und hatte für ihre Dekrete und Erlässe nur Verachtung übrig. Aber das behielt er lieber für sich. Er musste seine besondere Begabung nutzen, um seine Familie zu ernähren, die in Pakistan lebte.

Jeden Morgen kam ein Wagen, um ihn am Tor von Qala-e-Noborja abzuholen, und brachte ihn am Abend wieder nach Hause. Für uns bedeutete das, dass wir von den für unser Viertel zuständigen Taliban weitgehend in Ruhe gelassen wurden.

Mein Onkel brachte auch andere Bücher mit, von Maxim Gorki zum Beispiel oder von Aristoteles, und eine Sammlung der Schriften Platos. Das war seine Art und Weise, dem Regime eins auszuwischen, denn solche Bücher waren von den Taliban verboten worden. Philosophen wie Sokrates, Plato und Aristoteles galten nicht nur als Ungläubige, sondern waren auch noch Ausländer, also sollten ihre Bücher im Afghanistan der Taliban nicht gelesen werden. Und da sie ja in vorislamischer Zeit geschrieben worden waren, steckten sie zudem noch voll unislamischen Gedankengutes.

Das wiederum machte mich natürlich nur umso neugieriger darauf, was darin wohl zu lesen war.

Bei den freitäglichen Mittagsgebeten betonten die Mullahs in der Moschee immerzu, dass der Heilige Koran das einzig wahre, von Gott gesandte Buch sei. Ich wollte aber auch andere Bücher lesen, von denen die Menschen glaubten, dass sie von Gott gesandt wären, denn ich hatte gehört, dass diese Bücher schon Hunderten von Generationen vor mir bei der Lösung ihrer Probleme hilfreich gewesen waren.

Als mein Onkel die Dari-Übersetzung der Bibel mitbrachte, machte ich mich sofort darüber her und stellte fest, dass sie voller poetischer Geschichten über die Propheten war, die zum Religionsstifter Mohammed, Friede sei mit ihm, gekommen waren.

Nachdem ich jüngst im Gefängnis den Heiligen Koran auf Dari gelesen und ihn zum ersten Mal richtig verstanden hatte, wollte ich nun auch die Bibel besser verstehen. Die Mullahs jedoch behaupteten, dass die Bibel schon längst nicht mehr das Wort Gottes darstelle, weil sie immer wieder von verschiedenen Leuten übersetzt und umgeschrieben worden war, wohingegen der Koran niemals umgeschrieben worden wäre, auch niemals umgeschrieben werden würde, weil nämlich kein Mensch ihn umschreiben *könnte*. Wer immer es wagte, das Wort Gottes umzuschreiben, war ein Ungläubiger und ein Feind Gottes wie der Teufel.

Plötzlich hörte ich eine mir unbekannte Stimme den Namen meines Vaters rufen: »Basir, Basir, Basir ...« Ich schaute zum Fenster hinaus, um zu sehen, wer da war. Mein Vater hielt, wie fast alle in unserer Familie, während der Juli-Hitze nach dem Essen seinen Nachmittagsschlaf. In unserem Innenhof standen mehr als zwanzig Taliban herum und blickten sich suchend um. Einer von ihnen war besonders groß und dünn, genauso schmutzig wie die anderen und trug einen langen Bart und einen großen, schwarzen Turban. »Basir, Basir, Abdul Basir«, rief er immer wieder.

Eilig weckte ich meinen Vater.

»Wer hat die bloß hereingelassen?«, fragte er, während er sich die Augen rieb.

»Ich weiß es nicht«, antwortete ich. Mir fiel der ängstliche Klang meiner Stimme auf.

»Haben die denn am Tor geklopft?« Mein Vater erhob sich von den Kissen, auf denen er gelegen hatte.

»Ich habe kein Klopfen gehört. Ich habe ihnen auch das Tor nicht geöffnet«, sagte ich mit zitternder Stimme. »Suchen sie nach mir? Sind sie gekommen, um mich zu verhaften?«

»Das weiß ich doch nicht. Lass mich gehen und schauen, was sie wollen. Du bleibst hier und rührst dich nicht von der Stelle«, sagte mein Vater.

Ich weckte meine Mutter, meine Schwestern und meinen Onkel. Als mein Onkel das Wort »Taliban« hörte, ging er ebenfalls rasch nach draußen, um mit ihnen zu reden.

Wir standen ein Stück abseits des Fensters und beobachteten durch die kleinen Löcher in den Vorhängen, was sich da draußen tat. Mein Vater stand, von Taliban umringt, in dem schmalen Durchgang zum Hof. Er diskutierte mit dem langen, dünnen, während mein Onkel seinen Dienstausweis vom Ministerium des Inneren herumzeigte. Einige der Fremden küssten meinem Onkel zum Zeichen ihres Respekts vor ihm die Hand.

Dann gingen sie alle gemeinsam auf unsere Zimmer am anderen Ende des Hofes zu, wobei sie neugierige Blicke zu den Nischen hoch in der Mauer warfen, in denen meine Tauben nisteten und ihre Eier legten.

»Sie interessieren sich für deine Tauben«, sagte meine Mutter. »Habe ich dir nicht hundertmal gesagt, dass du sie irgendwohin zu einer Grabstätte oder einer Moschee schaffen sollst? Aber du bist genauso stur wie dein Vater und hörst nicht auf mich.«

Die Tauben lebten schon sehr viel länger als wir in der Festung der neun Türme. Man hatte sogar extra für sie Nischen in die Lehmmauern eingelassen.

Ich hatte mir immer schon Tauben halten wollen, wie viele Afghanen es taten, auch schon, als wir noch in Großvaters Haus wohnten. Mein Vater wollte jedoch nichts davon wissen, denn seiner Meinung nach verplemperte ich mit den Tauben nur meine Zeit, anstatt sie zum Lernen zu verwenden. »Wenn du die neunte Klasse abgeschlossen hast, erlaube ich dir, ein paar zu halten«, versprach er damals. Aber so lange hatte ich gar nicht warten müssen.

Als wir noch in Großvaters Haus lebten, gab es dort einen Nachbarn, der Tauben züchtete. Ich kletterte immer hinauf zu ihm aufs Dach und sah zu, wie er ihnen die überzähligen Federn von den Flügeln abschnitt und ihre Beine beringte. Er züchtete verschiedene Rassen, die alle ihren eigenen Namen und ihre eigene Farbe hatten. Ich mochte es, wenn er Körner in seine Hand streute und die Tauben kamen und sich auf seinen Händen, seinen Armen, seinen Schultern und seinem Kopf niederließen.

Ich war unserem Nachbarn dabei behilflich, immer zwei große Töpfe mit Wasser, in denen die Tauben baden konnten, und zwei ebenso große Töpfe voller Sand bereitzuhalten, damit seine Tauben sich das Ungeziefer aus ihren Federn rubbeln konnten.

Als wir in die Festung der neun Türme einzogen, hielt Haji Noor Sher sich dort bereits eine Menge Tauben. Nach einer Weile hatten die Tiere sich so sehr an mich gewöhnt, dass mehrere davon sogleich angeflogen kamen, sowie ich den Hof betrat. Ich brauchte mich nur ans Fenster zu stellen, und schon versammelten sie sich davor.

Meistens hatte ich nicht genug Geld, um ihnen Futter zu

kaufen, also schnitt ich hart gewordenes Brot für sie in kleine Stücke, und beim Essen ließ ich ganz absichtlich etwas von meinem Reis übrig, damit ich meine Tauben damit füttern konnte. Und manchmal machten es auch meine Eltern so.

Die Einzige, die die Tauben nicht leiden konnte, war meine ältere Schwester, denn sie hatte die Aufgabe, unseren Teil des Hofes zu fegen, und beklagte sich, dass die Tauben überall ihren Dreck hinterließen. Trotzdem hörte sie es gerne, wenn die Vögel sich am frühen Morgen etwas vorgurrten. Sie könne bei dem Geräusch besser schlafen, sagte sie.

»Werden die meine Vögel jetzt umbringen?«, fragte ich ängstlich meine Mutter.

»O nein, das werde ich nicht zulassen«, versicherte sie mir, zog mich zu sich heran und gab mir einen Kuss auf den Kopf.

»Ich glaube nicht, dass die sich von dir etwas sagen lassen. Sie hassen Frauen doch. Warum sollten sie auf dich hören?«

»Trotzdem werde ich's versuchen.«

»Sind die hier, weil ich ihnen gestern entkommen bin und eine Panik ausgelöst habe?«

»Das kann ich dir nicht sagen.«

Meine ältere Schwester warf mir einen ihrer bösen Blicke zu. Jeder sagte, wie schön sie wäre, und das war sie tatsächlich. Aber gewisse Blicke reservierte sie einzig und allein für mich, und dann konnte von Schönheit keine Rede sein. »Wenn sie dich jetzt mitnehmen und dich für ein paar Wochen ins Gefängnis stecken, glaube ich dir glatt, dass du gestern nicht gelogen hast«, sagte sie.

»Halt bloß den Mund!«, fauchte ich sie an, aber sie kicherte nur.

Wir konnten deutlich hören, wie der lange, dünne Talib draußen im Hof auf meinen Vater einredete. Die meisten Menschen traten meinem Vater mit Respekt gegenüber, denn er war ja schließlich ein *Malem*, ein Lehrer. Dieser Talib aber zeigte sich sehr respektlos.

»Du hältst dir auch noch Tauben?«, wollte er von meinem Vater wissen. »Weißt du denn nichts von Dekret Nummer neun, erlassen von der ›Behörde für die Förderung der Tugend und die Verhütung der Sünde‹, Tauben und Kampfvögel betreffend? Es ist nicht erst seit gestern in Kraft.«

Mein Vater wurde ganz blass. Er wusste nicht, was er sagen sollte, also schaltete sich rasch mein Onkel ein. »Niemand hält sich diese Tauben. Es sind Wildtauben. Sie haben sich ganz von selber hier eingenistet.«

»Ja, das stimmt«, hörte ich meinen Vater bestätigen.

»Dann will ich euch Dekret Nummer neun, Tauben und Kampfvögel betreffend, noch einmal vorlesen«, sagte der Talib und zog ein Stück Papier aus seiner Tasche.

»Es ist gegen die Haltung von Tauben und Kampfvögeln einzuschreiten! Mit diesem unislamischen Tun muss es ein Ende haben. Ab dem zehnten Tag nach Bekanntgabe dieses Dekrets wird seine Einhaltung überwacht. Dazu sollen Beauftragte der Behörde von Haus zu Haus gehen, um dort nach Tauben und Kampfvögeln zu suchen; diese sollen dann durch die Beauftragten getötet und ihre Besitzer einer Bestrafung durch Gefängnis zugeführt werden.«

Der Talib faltete seinen Zettel wieder zusammen. »Nun möchte ich wissen, wer in diesem Haus der Vogelhalter ist. Er muss seiner Bestrafung durch Gefängnis zugeführt werden!«

Mich packte die Angst. Ich liebte meine Tauben doch so sehr. Und ich wusste auch, dass der Talib, der am Tag zuvor versucht hatte, mich zu verhaften, mich im Gefängnis wiedererkennen würde, und dann würde ich mir wohl kaum Hoffnungen machen können, so bald wieder nach Hause zu kommen, und außerdem würde ich auch noch Schande über meine Familie bringen.

Meine Mutter zog sich ein Tuch über den Kopf und verbarg ihr Gesicht. Dann stellte sie sich neben die Tür und sagte auf Paschtu, damit der Talib es auch verstehen konnte: »Ich bin es, die diese Tauben füttert.«

»Wer bist du?«, verlangte der Talib zu wissen.

»Ich bin die Ehefrau des Mannes, der neben dir steht, und ich füttere diese Tauben. Ich will dir eine Frage stellen: Hältst du es für ein schlechtes Tun oder eine Sünde, ein hungriges Lebewesen zu füttern?«

»Aber keineswegs. Es ist sogar eine gute Tat«, sagte der Talib. Mit einem Mal war er beinahe zuvorkommend. Den Grund dafür konnten wir nur erraten, aber es mochte damit zu tun haben, dass meine Mutter ein sehr gepflegtes Paschtu sprach und sich damit als Angehörige eines gebildeten Standes erwies, die erwarten konnte, dass man ihr respektvoll gegenübertrat – selbst als Talib.

»Ich tue also etwas Gutes, sagst du. Dann brauchst du mich also nicht zu bestrafen und ins Gefängnis zu bringen, nicht wahr?«, setzte meine Mutter nach.

»Aber nein, nicht doch. Die Tauben bleiben hier, und ihre Halterin wird keiner Bestrafung durch Gefängnis zugeführt«, bestätigte der lange, dünne Talib.

Mit einem triumphierenden Lächeln im Gesicht kam meine Mutter zurück ins Zimmer. Wir alle sahen sie bewundernd an. Ich küsste ihr die Hände; dann ging ich hinaus in den Hof, um die ganzen Taliban zu begrüßen, wie es die Regeln der Gastfreundlichkeit verlangten, und stellte mich neben meinen Onkel.

Der Talib verlangte eine Axt und eine Leiter von meinem Vater. Ohne nach dem Grund zu fragen, brachte mein Vater ihm beides.

Der Talib befahl einem seiner Leute, auf der Leiter zu den Wandnischen zu klettern, in denen die Tauben nisteten. Dann reichte er ihm die Axt hoch und sagte, er solle unterhalb der oberen Kante ein größeres Loch in die Mauer aus getrocknetem Lehm schlagen.

»Ich dachte, wir hätten uns darauf geeinigt, dass den Tauben nichts geschehen würde?«, bemerkte mein Vater.

»Ja, das stimmt schon. Aber wir sind auch hier, um in diesem Haus nach einer Waffe zu suchen. Mir ist mitgeteilt worden, dass sich in diesen Taubennestern ein Gewehr mit einem Beutel Munition befindet«, sagte der Talib.

»Wir leben schon seit fast sieben Jahren in diesem Haus, und ich habe hier noch nie eine Waffe gesehen«, erwiderte mein Vater.

»Aber du hast nichts dagegen, wenn wir da ein Loch schlagen?«

»Nein, habe ich nicht, aber falls ihr nichts findet, müsst ihr den Schaden wieder reparieren«, sagte mein Vater selbstbewusst.

»Einverstanden«, antwortete der Talib.

Sein Begleiter holte eine Taube mit ihren eine Woche alten Küken aus dem Loch und tat sie vorsichtig in eine andere Nische. Die Taube darin ging aber sogleich auf die Mutter los, denn sie wollte sie natürlich nicht an ihrem Nistplatz haben. Die Taubenmutter wusste sich keinen Rat; aus Sorge um ihre Kinder setzte sie sich gegen die andere Taube zur Wehr. Eine Minute später kam auch schon Vater Taube angeflogen und eilte zu seinen Kleinen, um sie zu beschützen, während die Taubenweibchen weiter miteinander zankten.

Der Talib auf der Leiter schlug weiter mit der Axt auf die Wand ein. Wir alle sahen ihm von unten zu, wie er da oben ein ziemliches Chaos anrichtete. Nach ein paar Minuten zog er aus dem tiefsten Innern des Taubenlochs ein Gewehr und auch einen Beutel mit der dazugehörigen Munition hervor, genau wie der lange, dünne Talib es gesagt hatte. Mein Vater wurde kreidebleich im Gesicht.

»Da habt ihr euch aber ein schönes Versteck für eure Waffen ausgesucht. Habt ihr denn nicht gewusst, dass uns nichts verborgen bleibt?«, frohlockte der Talib denn auch gleich.

»Das gehört nicht mir«, sagte mein Vater mit brüchiger Stimme. »Ich habe keine Ahnung, wer das dort versteckt hat.«

»Das behaupten alle Straftäter, aber nach ein paar Peitschenhieben rücken sie dann doch mit der Wahrheit heraus. So, und nun sag mir, wo du dein restliches Waffenlager hast.« Er sah meinen Vater scharf an. »Sonst muss ich es aus dir herausprügeln.«

»Ich weiß nicht, wovon du redest. Hier gibt es weiter keine Waffen.«

»So, gibt es nicht? Aber eben hast du noch gesagt, dass in diesem Taubenloch keine Waffe versteckt ist, und doch war da eine. Wir werden jetzt sämtliche Räume durchsuchen. Wenn wir sie nicht selber finden, musst du sie uns zeigen, sonst müssen wir dich ins Verhör nehmen, und wer weiß, ob du das überlebst«, drohte er voller Boshaftigkeit. Er schaltete das Mikrofon seines Walkie-Talkie ein und sagte: »Schickt uns noch fünfzig Mann, die das Grundstück umstellen. Passt auf, dass hier keiner rauskommt.«

Dank seiner Stellung im Innenministerium verfügte mein Onkel ebenfalls über ein Funksprechgerät, mit dem er Hilfe hätte herbeirufen können – falls man aber noch mehr Waffen bei uns fand, würde auch er in die Sache mit hineingezogen, also hielt er sich still im Hintergrund. Dann griff er mich beim linken Arm, zerrte mich durch die Tür zurück ins Haus und befahl mir, sofort sämtliche Bücher, die er mir aus Pakistan mitgebracht hatte, zu vernichten.

»Ich werde keines meiner Bücher vernichten. Die sind doch nicht wegen der Bücher hier, sondern wegen der Waffen«, widersprach ich ihm.

»Tu, was ich dir sage, du Idiot. Wenn sie die Bibel oder eines der philosophischen Werke entdecken, hängen sie uns alle sofort auf.« Die Stimme meines Onkels klang ganz heiser.

»Wieso denn das?« Mir schwirrte der Kopf.

»Weil sie dann glauben werden, wir wären zum Christentum übergetreten oder zum Kommunismus oder zum Heidentum.«

»Aber das ist doch dummes Zeug«, entfuhr es mir. »Das ist Blödsinn!«

»Was ist denn nicht dumm und blödsinnig an denen?«, erwiderte mein Onkel. Er ging wieder nach draußen, um sich eine Möglichkeit einfallen zu lassen, wie man die Taliban möglichst lange daran hindern konnte, ins Haus zu kommen.

Nun bekam ich es richtig mit der Angst zu tun. Ich rannte in unsere Zimmer, stellte meine sämtlichen Bücher vor mich hin und küsste jedes einzelne von ihnen. Wie sehr liebte ich die Dialoge des Sokrates! Ich brachte es immer noch nicht über mich, sie zu zerreißen. Aber ich musste es tun.

Als Erstes nahm ich das Alte Testament. Es fehlten noch zehn Seiten; dann hätte ich es zweimal gelesen. Aber dazu bestand jetzt keine Möglichkeit mehr. Ich riss das erste Blatt heraus, dann das zweite und das dritte. Schließlich fing ich an, gleich ganze Packen von Seiten auf einmal herauszureißen; die rauen Stimmen der Taliban draußen im Hof verliehen mir zusätzliche Kraft und Behändigkeit. Ein paar Minuten später hatte ich einen großen Stapel Buchseiten vor mir liegen. Als Nächstes waren Platos *Ausgewählte Werke* an der Reihe. Auch hier riss ich sämtliche Seiten heraus. Meine Mutter und meine Schwestern halfen mir mit den anderen Büchern.

Kurze Zeit darauf kam mein Onkel wieder herein. Wir hörten die Taliban sich immer noch draußen im Hof austoben – im Moment nahmen sie gerade den Nistplatz unserer Tauben auseinander. Mein Onkel sagte, wir müssten die herausgerissenen Buchseiten verbrennen, also entzündete meine Mutter in einem Hinterzimmer, das wir nie benutzten, weil es keine Fenster hatte, ein Feuer. Auf diese Weise konnten die Taliban draußen auch keinen Rauch aufsteigen sehen. Vermutlich hatten sie ohnehin nicht vor, ins Haus einzudringen, da sie wussten, dass sich Frauen darin aufhielten.

Sorgfältig trennte ich die herausgerissenen Seiten aus dem Plato und der Bibel von den anderen Blättern und verbrannte sie separat in einem Blecheimer. Warum ich das gemacht habe, weiß ich bis heute nicht.

Mein Onkel sagte meiner Mutter, sie solle all unsere Fotoalben zusammentragen. Wir müssten auch die Familienbilder verbrennen, meinte er, wie etwa die Aufnahmen von der Hochzeitsfeier meiner Eltern und die von ihrer Hochzeitsreise in die Länder Zentralasiens.

Auf den meisten dieser Bilder trugen mein Vater und meine Mutter nämlich westliche Kleidung, und wenn die Taliban solche Bilder zu Gesicht bekämen, würden sie meine Eltern sofort einsperren oder sie sogar umbringen – so etwas kam häufiger vor, und die Taliban brüsteten sich auch noch damit, indem sie es von den Ladeflächen ihrer Pick-ups in allen Straßen über Lautsprecher verkündeten.

Meine Mutter und mein Onkel fingen also an, die Bilder in Fetzen zu reißen. Die Tränen strömten nur so über das Gesicht meiner Mutter, und diesmal versuchte sie gar nicht, sie zu verbergen.

Dann warfen sie die Fotoschnipsel zu den zerrissenen Büchern ins Feuer. Die Flammen loderten auf, und ein paar Minuten später war jedes Erinnerungsfoto meiner Familie zu Asche geworden.

Es waren Bilder von meinem Großvater, wie er in der Bank mit einer Medaille ausgezeichnet wurde, vor unserem früheren Haus stand, als es noch ganz neu war, und die Schule, die er erbaut hatte, einweihte. Es gab sogar ein Foto von ihm mit Sahir Shah, unserem König; ein anderes zeigte ihn mit seinen Kindern. Und es waren viele Fotos aus der Zeit dabei, als er fast den gesamten Weg von Afghanistan nach Mekka zu Fuß zurückgelegt hatte und auf denen er als Pilger gekleidet zu sehen war. Binnen ein paar kurzer Momente war auch sein ganzes Leben, wie wir es von diesen Fotos kannten, zu Asche verbrannt.

Alles hustete von dem Rauch, der ja nirgendwohin abziehen konnte. Ich holte tief Luft, denn ich wollte unbedingt wenigstens den Rauch in meiner Lunge aufnehmen, wenn ich schon die Bücher nicht behalten durfte. Zum Schluss stellte ich den Eimer mit der Asche in einen alten Herd, den wir in dem Hinterzimmer aufbewahrten.

»Was ist mit den Videokassetten und dem Abspielgerät?«, fragte meine ältere Schwester meinen Onkel.

»Weg damit. Schnell, schnell, schnell«, sagte er.

Wir hatten mehr als fünfzig indische und amerikanische Filme auf Video, und jeden davon hatten wir uns über zwanzigmal angeschaut. Mein Lieblingsfilm war *Conan der Zerstörer*. Den hatte ich mindestens fünfzigmal gesehen, obwohl ich kein Wort verstand, das gesprochen wurde, weil der Film auf Englisch war. Trotzdem konnte ich ihn mir immer und immer wieder angucken.

Ich nahm die Kassette in die Hand und betrachtete das Bild von Arnold Schwarzenegger auf der Hülle. Er hielt ein Schwert in die Höhe, jeder einzelne Muskel seines Körpers war straff gespannt. Ich wünschte mir, er könnte jetzt mit seinem Schwert bei uns sein und es mit diesen ganzen Taliban aufnehmen. Aber er war eben nicht da.

Ich nahm Abschied von Arnold Schwarzenegger und zerriss zuerst die Hülle. Ich wusste nicht, wie man die Kassette auseinandernahm; ich mochte sie einfach nicht auf den Fußboden werfen und dann mit den Füßen darauf herumtrampeln, wie mein Onkel es mit den anderen Videos machte. Stattdessen nahm ich ein Schmuckschwert, das über der Tür zum Hof hing. Es war meinem Vater von der indischen Regierung für seinen Sieg in einem Boxturnier verliehen worden.

Ich legte die Kassette auf den Boden und hielt das Schwert über meinem Kopf. Dann blickte ich auf meine Arme und auf meine Brust. Sie waren nicht so kräftig und muskulös wie die von Arnold Schwarzenegger. Ich hatte zwar viel Zeit auf Fitnessübungen verwendet, aber wir hatten ja nie genug zu essen. Trotzdem entschied ich, dass Arnold Schwarzenegger nichts dagegen haben würde, wenn jemand wie ich diese Videokassette mit einem Schwert zerstörte – auch wenn es nur ein Wandschmuck war und kein richtiges Schwert, wie er es in dem Film benutzt hatte.

Mein Onkel zerbrach den Videoplayer in lauter kleine Stücke und warf die scharfkantigen Teile in das Loch im Boden, das uns als Toilette dienen sollte, wenn es fließendes Wasser gab. Als Letztes warfen wir die kaputten Bänder hinterher und verbrannten anschließend die Schutzhüllen.

Binnen der einen Stunde oder so, die es die Taliban gekostet hatte, gründlich dafür zu sorgen, dass in unserem Hof nie wieder eine Taube nisten würde, war jedes einzelne der angeblich unislamischen Bücher, Videos und Fotos aus unserem Haus verschwunden. Und das war gut so.

Nachdem nämlich die Taliban mit dem Nistplatz der Tauben fertig waren, setzten sie die Durchsuchung in jedem Zimmer, das auf den Hof hinausging, fort. Obwohl sie keine Waffen mehr fanden, bestanden sie doch darauf, meinen Vater und mich zur Befragung mitzunehmen. Mein Onkel sprach über Funk mit ein paar Leuten vom Innenministerium, die die Taliban dann anwiesen, auf weitere Vernehmungen zu verzichten. Das brachte ihren Anführer in Rage. Er war fest entschlossen, irgendein Buch oder Bild zu finden, das er als Beweis gegen uns benutzen konnte, aber es war ja nichts mehr da, auf das er hätte stoßen können.

Schließlich entdeckten sie die Zeichnung einer Kuh, die meine kleine Schwester in ihrem Zeichenheft in bunten Farben gemalt hatte. Einer der Taliban riss die Seite heraus, hielt sie meinem Vater vors Gesicht und sagte: »Für dieses Bild könnte ich dich monatelang ins Gefängnis stecken, aber ich werde den Mund halten, weil man mir nachsagt, dass ich ein netter Kerl bin.«

»Ja, ich erkenne in dir einen Mann mit einem guten Herzen; deine Augen zeigen mir das«, sagte mein Vater, obwohl die Augen des Mannes so verschleiert waren wie die einer Kobra.

Der lange, dünne Talib zog die Augenbrauen in die Höhe und gab seinen Gefährten einen Wink, ihm zu folgen. Sogleich strebten sie der Tür zu. Mein Vater lud sie noch ein, Tee mit uns zu trinken, aber der Anführer sagte, er würde gerade fasten, und lehnte die Einladung ab. Also zogen sie von dannen.

Die Tauben hielten sich noch ein paar Tage bei uns auf und versuchten, aus dem Werk der Zerstörung, das über sie hereingebrochen war, schlau zu werden. Doch bald machten sie sich allein oder zu zweit auf die Suche nach einem anderen Platz, wo sie sich ihr Nest bauen konnten und man ihnen nicht das wenige wegnahm, was sie sich vom Leben erwarteten.

Sooft ich mir die zerstörte Mauer ansah, in deren Nischen sie gelebt hatten, bekam ich das Gefühl, dass mir weit mehr genommen worden war als meine Vögel. Bevor die letzte Taube uns verließ, begrub ich die Asche meiner geliebten Bücher unter dem Maulbeerbaum im Garten.

Am nächsten Tag begaben mein Vater und ich uns zu einem *Public Call Office*, kurz PCO genannt. Mein Vater wollte versuchen, seinen Freund Haji Noor Sher zu erreichen, der seit dem Abend seines Abschiedsfestes nicht mehr nach Kabul zurückgekehrt und stattdessen bei seiner Familie in Indien geblieben war. Es gab zwei solcher öffentlicher Telefonämter in unserer Wohngegend, und wir gingen zu dem näher gelegenen an der Straße zum *Bagh-e-Bala*-Park. Dort herrschte jedoch großer Andrang, und obwohl das Telefonieren ohnehin schon sündhaft teuer war, würden wir auch noch einige Stunden warten müssen, bis mein Vater seinen Anruf tätigen konnte. Also gingen wir zu dem anderen im *Baharistan*-Park, aber dort war die Warteschlange noch länger. So kehrten wir nach Hause zurück, schnappten uns das Fahrrad meines Vaters und fuhren zu einem größeren Telefonamt in Da Afghanan, zehn Minuten von Qala-e-Noborja entfernt, sofern die Straßen nicht zu sehr mit Autos verstopft waren. Mein Vater trat in die Pedale, während ich auf dem Gepäckträger mitfuhr.

Haji Noor Sher wollte natürlich genau wissen, was sich in Kabul so tat. Mein Vater fragte ihn, was es mit dem Gewehr auf sich hatte. Zunächst wusste er gar nicht, wovon mein Vater redete. Er hatte das Gewehr vollkommen vergessen. »Das war das Gewehr meines Vaters«, sagte er nach kurzem Überlegen. »Als er starb, war es plötzlich verschwunden. Wie mag es denn bloß bei den Tauben gelandet sein?«

Mein Vater versuchte, es mit Humor zu nehmen. »Die Tauben haben es sich wahrscheinlich geholt«, schlug er als Erklärung vor.

»Das könnte sogar sein. Solche Dinge geschehen manchmal«, erwiderte Haji Noor Sher – ohne zu merken, dass er auf den Arm genommen worden war. Aber vielleicht lag es auch an der schlechten Verbindung. Und dann bat er meinen Vater, zu den Taliban zu gehen und das Gewehr zurückzuverlangen. Aber das ließ mein Vater lieber sein. Jedenfalls wissen wir bis heute nicht, wie das Gewehr dahin gekommen war.

Mein Vater telefonierte länger, als er es sich mit dem Geld in seiner Tasche hätte leisten dürfen, und als das Gespräch beendet war und der Besitzer des Telefonkiosks ihm die Gebühr nannte, musste auch ich alle meine Taschen leeren und meinem Vater mein ganzes Geld geben. Trotzdem reichte es noch nicht – es war gerade mal die Hälfte. Also gab mein Vater dem Mann seine Uhr, die er schon viele Jahre besaß und an der er sehr hing. Es war eine gute russische Uhr und wesentlich mehr wert als die Summe, die mein Vater dem Telefonamtbetreiber noch schuldete. Der allerdings erklärte sich einverstanden, die Uhr zurückzugeben, wenn mein Vater ihm das restliche Geld brachte. Zwei Wochen lang bekam mein Vater einfach nicht genug Geld zusammen, um die Uhr auszulösen, und als er nach drei Wochen endlich hinfuhr, um zu bezahlen, war der Kiosk verschwunden und die Uhr mit ihm. Mein Vater hat seine Uhr nie wiedergesehen.

Nicht lange darauf besorgten wir uns auf dem Schwarzmarkt einen neuen Videorekorder. Auch während des Taliban-Regimes bekam man alles, was man wollte, solange man nur wusste, wo man in den Gassen hinter dem Basar danach zu suchen hatte – sogar Pornovideos, wenn einem der Sinn danach stand. Ein solches Video zu besitzen, war ein Akt der Rebellion und etwas, worauf man sich was einbilden konnte. Ich fand sogar eine neue Kassette mit *Conan der Zerstörer* und nach und nach auch Ersatz für meinen Sokrates und all die anderen Bücher. Die Bilder von der Hochzeit meiner Eltern und ihrer Reise jedoch lebten nur in unseren Herzen weiter. Sie waren zu Asche geworden und würden für immer Asche bleiben.

22

Die Taliban-Universität

Am Ende des dritten Jahres der Taliban-Herrschaft machte ich meinen Abschluss am Gymnasium. Am letzten Unterrichtstag wollten meine Klassenkameraden und ich ein großes Fest feiern. Aber eine Feier ohne Musik, und die war ja von den Taliban verboten, mutete doch mehr an wie eine Beerdigung. Und eine solche hatte ich ja schon hinter mir.

Die meisten meiner Klassenkameraden waren Boxamateure wie ich. Da es ja nichts anderes zu tun gab, beschlossen sechs von uns, in die Sporthalle zu gehen, die Boxhandschuhe anzuziehen und uns zum Spaß ein bisschen im Ring auszutoben. Der Sportsaal befand sich in einem alten Gebäude nicht weit von der Schule; er war eigentlich nicht mehr als ein Raum mit ein paar Gewichten, einem Punchingsack und einer auf dem Boden eingezeichneten Fläche von der Größe eines Boxrings. Es gab keine Seile, und wir hatten nicht einmal richtige Boxerhosen: Beim Training trugen wir unsere Unterwäsche. Und es gab natürlich auch keine Duschen. Aber das interessierte uns damals alles gar nicht; uns ging es nur darum, wer der beste Boxer von uns war.

Wir begannen, mit den Fäusten aufeinander einzudreschen – nicht einer gegen einen, sondern jeder gegen jeden, alle gleichzeitig. So ging das von elf Uhr vormittags bis fünf Uhr nachmittags – bis keiner von uns auch nur noch zur Abwehr den Arm hochbekam. Uns war schwindelig im Kopf, und unsere Gesichter waren geschwollen und voller blauer Flecken.

Als ich nach Hause kam, erkannte mich zunächst niemand.

Dann dachten alle, ich wäre von jemandem verprügelt worden. »Wir haben bloß unseren Schulabschluss gefeiert«, erklärte ich.

»Da bin ich ja froh, dass du nur ein Mal deinen Abschluss machst und nicht öfter«, sagte meine Mutter.

Ich ging schnurstracks zu Bett und schlief bis zum nächsten Morgen durch. Es war ein Freitag, der Tag, an dem mein Vater zu Hause blieb. Als ich später als normalerweise aufwachte – es war bereits gegen acht, wie ich anhand der Geräusche um mich herum feststellen konnte –, versuchte ich, die Augen aufzumachen. Aber es ging nicht. Also musste ich mir den Weg ins Badezimmer ertasten. Ich stellte mich vor den Spiegel und schob mit zwei Fingern meine linken Augenlider auseinander. Als ich mich sah, bekam ich einen gehörigen Schreck.

Alles in meinem Gesicht war doppelt so groß geworden. Ich wusste nicht, was ich tun sollte. Zuerst dachte ich, es wäre eine allergische Reaktion auf den Biss eines Skorpions oder eines großen Insekts. Ich rief nach meiner Mutter. Sie kam und blieb auf der Türschwelle des Badezimmers stehen. Als ich mich nach ihr umdrehte, schrie sie auf, als würde sie von einem wilden Tier angefallen. »Was hast du bloß mit dir angestellt?«, jammerte sie. »Wie ist das denn passiert? Gestern war das doch noch nicht.«

Niemandem im Haus war das Gekreische meiner Mutter entgangen, und alle kamen zum Badezimmer geeilt. Mein Vater stellte sich neben sie in die Tür. Ich sah ihn aus meinem linken Auge, das ich mit den Fingern offen hielt, an.

»Wer ist das?«, fragte er.

»Das ist dein Sohn Qais«, schluchzte meine Mutter.

Ich versuchte, etwas zu sagen, aber es tat zu weh, als ich den Mund aufmachte.

»Was ist denn mit dir los, du Wassermelonenkopf?«, begrüßte mich mein Vater, aber ich hörte aus seiner Stimme kein Mitgefühl heraus. »Du solltest dich schämen, dich so von jemandem verprügeln zu lassen«, schimpfte er.

»Niemand hat mich verprügelt. Ich habe mit fünf von meinen Klassenkameraden geboxt, und ich konnte mich nicht gegen alle gleichzeitig verteidigen. Aber ich habe dafür gesorgt, dass sie von mir genauso viel abgekriegt haben wie ich von ihnen.« Ich wusste selbst nicht, ob ich darüber lachen oder wütend sein sollte.

»Fünf? Bist du wahnsinnig? Redest du über deine Freunde, die alle professionellen Boxunterricht genommen haben?«

Mir blieb nichts übrig, als mit dem Kopf zu nicken.

»O, mein Gott! Er ist verrückt! Er ist vollkommen übergeschnappt! Er hat nichts im Hirn! Das ist ja kompletter Wahnsinn. In der ganzen Geschichte des Boxsports hat man so etwas noch nicht gehört.« Mein Vater blickte zuerst in die eine, dann in die andere Richtung, ließ mich dabei aber nicht einen Moment lang aus den Augen. Seine Worte saßen wie Boxhiebe.

»Dann bin ich jetzt eben in die Geschichte des Boxsports eingegangen«, sagte ich mit einem verlegenen Lächeln, das mir wie tausend Nadeln im Gesicht stach.

Mein Vater trat einen Schritt näher an mich heran und verpasste mir eine Ohrfeige. Sie war so schmerzhaft, dass ich laut aufschrie. Allein schon meinen Mund aufzumachen, tat mir weh.

»Dummkopf«, schimpfte mein Vater noch und ging, und dann gingen auch meine Mutter und meine Schwestern und ich war wieder allein. Und da konnte ich trotz meiner Schmerzen endlich über mich selbst lachen.

Eine Woche lang verließ ich nicht das Haus. Meine Eltern ließen auch keinen Arzt für mich kommen; das wäre eben meine Strafe, meinten sie. Das war mir egal. Es ist nicht leicht zu erklären, aber die Schmerzen verschafften mir auf ihre ganz eigene Weise eine gewisse Erleichterung in Bezug auf meine Frustration angesichts meines Unvermögens, mich den Taliban offen in den Weg zu stellen. Meine Freunde und ich waren allesamt Afghanen. Wir waren dazu erzogen worden, niemals zuzulassen, dass jemand uns das antat, was die Taliban uns antaten. Unsere Gene brüllten geradezu nach Rache. Und Schmerzen zu erdulden, half uns, das zu vergessen – zumindest für eine Weile.

Jeden Morgen wusch ich mein Gesicht mit warmem Salzwasser. Es brannte höllisch, aber es war die einzige Möglichkeit, meine wunden Stellen zu desinfizieren. Nach einer Woche ging es mir langsam besser, und ich besuchte meine Klassenkameraden bei ihnen zu Hause. Manche sahen mich ein wenig verlegen an; ein paar von ihnen hatten noch mehr abbekommen als ich.

Drei Wochen nach unserem Schulabschluss hatten wir uns alle wieder so weit berappelt, dass wir an der CONCOR genannten Aufnahmeprüfung für die Universität Kabul teilnehmen konnten. Diese Aufnahmeprüfung stellte ein strenges Ausleseinstrument dar, denn es gab stets weit mehr Bewerber als Studienplätze.

Die meisten meiner Klassenkameraden hatten in den Fächern Mathematik, Biologie und Chemie Privatunterricht genommen, damit sie so gute Prüfungsergebnisse erzielten, dass sie zum Ingenieur- oder Medizinstudium zugelassen würden. Mit religiösen Themen – zumindest mit denen, auf die die Taliban im Schulunterricht besonderen Wert gelegt hatten – hatte sich niemand ernsthafter beschäftigt.

Ohne solche Aufbaukurse besucht zu haben, ging ich ziemlich nervös in die Prüfung. Ich weiß bis heute nicht, wie ich überhaupt zwölf Jahre lang durch die Schule gekommen bin. Vor allem in Mathematik war ich immer hundsmiserabel, sodass meine Klassenkameraden mir bei Arbeiten immer die Lösungen zuschieben oder zuflüstern mussten – sie hatten nämlich Angst, dass ich ihnen die Nasenbeine brechen würde, wenn sie es nicht taten.

Wir hatten vier Stunden Zeit, um die 210 Fragen der CONCOR-Prüfung zu beantworten. Ich war in weniger als zwei Stunden damit durch. Es waren fast keine mathematischen Aufgaben darunter und auch nichts mit Physik oder Biologie. Alle Fragen beschäftigten sich nur mit dem Talibanismus.

Ich gab dem Lehrer den Antwortbogen zurück. Er überflog die Seiten, sah mich dann ungläubig an und fragte: »Wie kommt es, dass du so viel über diese Dinge weißt? Alle deine Antworten sind richtig.«

»Ich habe einen Spezialkurs belegt«, log ich mit einem verschmitzten Lächeln. Ich zog es vor, das Gefängnis als Ort meiner Studien unerwähnt zu lassen.

Ich wurde zum Journalismusstudium an der Universität von Kabul zugelassen. Das war mein Wunschfach, obwohl ich mit meinem guten CONCOR-Ergebnis auch Medizin hätte studieren können.

Am meinem ersten Tag an der Uni trug ich einen weißen *Shalwar Kamiz*, den ich besonders sorgfältig gebügelt hatte, und meine neuen, in Afghanistan hergestellten Ledersandalen. Die Taliban erlaubten es den Studenten nicht, Schuhe zu tragen – und wenn auch nur, um allen klarzumachen, dass sie das Sagen hatten. Schuhe würden schlecht riechen, behaupteten sie. Von sich selber hätten sie das nie gesagt, obwohl sie sich wochenlang nicht wuschen und immer nach kaltem Schweiß stanken. Nachdem wir sie lange genug in Sandalen hatten herumlaufen sehen, taten wir es ihnen ein paar Wochen später nach.

Mit einem dünnen Kajalstift, der nicht dicker war als ein Zahnstocher, umrandete ich meine Augen. Jedes Jahr werden zum *Eid*-Fest, mit dem in Afghanistan das Ende des Fastenmonats Ramadan gefeiert wird, zum Gedenken an die Bereitschaft des Propheten Abraham, seinen Sohn Isaak zu opfern, als er von Gott dazu aufgefordert wurde, ein Schaf, eine Ziege, eine Kuh oder ein Kamel geschlachtet. In meiner Familie war es stets ein Schaf. Bevor wir es schlachteten, taten wir ihm etwas Salz in das Maul und umrandeten seine Augen mit einem schwarzen Kajalstift. So ähnlich fühlte ich mich: als würde ich gleich als Opfer dargebracht. Ich nahm meine neuen Notizhefte und ein paar alte Journalismus-Lehrbücher, die man uns gegeben hatte, und schnallte sie auf den Gepäckträger meines Fahrrads, um dann voll freudiger Erwartung um den Berg mit den zwei Gipfeln herum zur Universität zu fahren, die sich nicht weit von unserem früheren Zuhause befand.

Schon seit ich in die dritte Klasse ging, hatte ich den Wunsch gehabt, einmal an der Universität zu studieren. Mein Vater hatte mir damals versprochen, mir an meinem ersten Studientag ein Auto zu kaufen. Nun war ich mit meinem gebraucht auf dem Schwarzmarkt gekauften Fahrrad unterwegs.

Während der drei Monate seit meiner Zulassung zum Studium hatte ich ständig davon geträumt, in einem frisch gebügelten Anzug mit Krawatte hinter einem Mikrofon zu sitzen und Präsidenten, Ministern und anderen hohen Regierungsbeamten unangenehme Fragen zu stellen.

Unweit des hohen gelben Silos, wo mein Vater und ich gezwungen worden waren, einen Tunnel zu graben, hatte ich einen Platten, sodass ich zu meiner ersten Vorlesung mit fünfminütiger Verspätung eintraf.

Der Hörsaal war voller Studenten verschiedener Altersstufen, die aus ganz Afghanistan kamen. Insgesamt mochten es etwa dreihundert sein. Die meisten waren älter als ich und trugen lange, zottelige Bärte, lange Gewänder, große Turbane und staubige Sandalen. Und allesamt rochen sie nach Hühnerstall. Das sind also die Kommilitonen, mit denen ich die nächsten vier Jahre verbringen werde, dachte ich.

Vor der Schiefertafel stand der Professor, der wie seine Studenten gekleidet und nicht minder schmutzig war. Seine Kleidung war völlig zerknittert, als stecke er schon tagelang darin und hätte auch in ihr geschlafen. Es war mir fast peinlich, dass ich saubere Sachen trug, die auch noch sorgfältig gebügelt waren.

Ich saß in der dritten Reihe neben einem Mann von etwa dreißig Jahren mit tief liegenden Augen, dichten Brauen, knochigem Gesicht und hagerer Gestalt. Schon bald bekam ich mit, dass er kein Dari sprach und auch nicht lesen und schreiben konnte. Ich konnte mir nicht erklären, wie er in einem Hörsaal der journalistischen Fakultät gelandet war.

Doch ein paar Tage später stellte sich heraus, dass es noch zehn andere wie ihn in unserem Kurs gab. Sie waren gerade von einem zweijährigen Kampfeinsatz gegen die Nordallianz, einer Verbindung ursprünglich miteinander verfeindeter Milizen, die sich nun zu einem gegen die Taliban gerichteten Bündnis zusammengefunden hatten, zurückgekehrt. Diese Männer hatten keinerlei Examen bestanden, sondern waren als »Studenten mit Sonderstatus« vom Bildungsministerium an die Uni geschickt worden.

Der Professor schlug mit der Faust auf sein Pult und bat sich Ruhe aus. Wir hörten alle auf zu schwatzen und sahen ihn an. Er nahm eine Dose mit Kautabak aus seiner Tasche und tat etwas davon unter seine Zunge. Dann kaute er uns eine volle Minute lang etwas vor und spuckte den Kautabak, der wie Hühnerkacke aussah, schließlich in eine Ecke des Raumes. Der Professor wischte sich die Lippen mit seinem Turban ab und spuckte noch einmal. Danach schlug er ein dickes Buch auf, las ein paar Zeilen daraus vor und begann seine Vorlesung über die talibanische Variante des Islam, wobei er von einer Wand zur anderen lief und wir alles, was er sagte, in unseren neuen Notizheften aufschrieben.

Der Sonderstudent neben mir starrte die ganze Zeit den Professor an, ohne auch nur einmal mit den Augen zu blinzeln. Nachdem er eine Stunde geredet hatte, stellte uns der Professor ein paar Fragen über das, was wir gerade gelernt hatten. Mein Sitznachbar hob bei jeder Frage den Arm und beantwortete sie beinahe alle im Alleingang.

»Wie kommt es, dass du so viel weißt?«, fragte ich meinen Nachbarn, als der Professor gegangen war und wir eine fünfzehnminütige Pause bis zur nächsten Vorlesung hatten.

»Ich bin in eine muslimische Familie hineingeboren und als Moslem aufgewachsen, und dann habe ich noch so einiges von meinen Taliban-Kameraden gelernt, bevor ich mich ihnen anschloss«, sagte er.

»Ich bin auch in einer muslimischen Familie aufgewachsen, aber so gut wie du weiß ich nicht Bescheid«, erwiderte ich.

»Dann bist du wohl halb Moslem und halb irgendetwas anderes«, sagte er.

»Was könnte diese andere Hälfte denn wohl sein?«, fragte ich neugierig.

»Was weiß denn ich? Kommunist, nehme ich an, oder Jude, oder Buddhist oder sonst etwas, das ich zu sein hassen würde«, sagte er voller Abscheu und wandte sich von mir ab.

Ich hätte gerne ein paar Freundschaften geschlossen, aber bei diesem Sonderstudenten, der weder schreiben noch lesen, dafür aber unserem Taliban-Professor sämtliche Fragen beantworten konnte, war ich wohl an den Falschen geraten.

Eine Viertelstunde später erschien ein richtiger Dozent und hielt eine Vorlesung über den Gebrauch von Mikrofonen in Aufnahmestudios. Er hörte sich so an, als wüsste er aus eigener Erfahrung, wovon er sprach. Seine Kleidung entsprach zwar dem Taliban-Stil, aber seine Sachen waren sauber und sein Erscheinungsbild gepflegt. Während sich andere Studenten eifrig Notizen machten, starrte der Sonderstudent neben mir ihn nur ausdruckslos an.

Auf einmal ertönte ein lautes Piepen, und schon richteten sich sämtliche Augen auf den Sonderstudenten neben mir. Es war sein Walkie-Talkie. Er drückte auf den Empfangsknopf und unterhielt sich dann laut auf Paschtu; schließlich verließ er sogar den Raum, ohne den Dozenten um Erlaubnis zu fragen. Zwanzig Minuten später kam er zurück und setzte sich – wieder, ohne um Erlaubnis gebeten zu haben – neben mich auf seinen Platz. Der Dozent unterbrach seinen Vortrag.

»Wer hat dich hereingelassen?«, fragte er den Sonderstudenten.

»Wer sollte mich wohl nicht hereinlassen wollen?«, fragte der Sonderstudent zurück.

»Ich habe das Recht zu bestimmen, wer in meinem Kurs bleiben darf und wer nicht«, entgegnete der Dozent.

»Bei mir in meinem Dorf geht das aber anders«, sagte der Sonderstudent.

Seinem Akzent nach stammte er aus dem Süden Afghanistans, wo die meisten Menschen sehr arm sind.

»Wir sind hier nicht in deinem Dorf, sondern an der Universität von Kabul. Während der zehn Jahre, die ich jetzt hier unterrichte, hat noch nie jemand ohne meine Erlaubnis meinen Hörsaal betreten.«

»Es sollte keine Rolle spielen, ob wir hier an der Universität von Kabul sind oder in meinem Dorf. Es ist dasselbe Land unter demselben Himmel«, sagte der Sonderstudent, und der Kurs brach in Gelächter aus.

»Und warum bist du dann hier und nicht in deinem Dorf?«, hielt der Dozent dagegen. »Wo es doch dasselbe Land unter demselben Himmel ist?«

»Ich entscheide selber, wo ich sein will. Es geht Sie gar nichts an, wo ich zu sein habe oder nicht. Wenn Sie in mein Dorf kämen, würde Sie auch keiner fragen, warum Sie dort sind. Es könnte sogar sein, dass man Ihnen zu essen anbietet und Sie wie einen Gast behandelt, wie einen Freund Allahs.«

»Du bist mein Student und nicht mein Gast.«

»In meinem Dorf gehen wir auf die Koranschule, um den Heiligen Koran zu studieren«, sagte der Sonderstudent. »Und der Mullah sagt, die Moschee ist das Haus Allahs und steht jedem offen. Jetzt bin ich hier, um etwas zu lernen. Für mich gibt es keinen Unterschied zwischen der Koranschule und der Universität. Wir vermehren an beiden unser Wissen.«

Sein Walkie-Talkie piepte erneut mehrere Male, und er lief damit nach draußen. Als er zurückkam, setzte er sich wieder neben mich. Diesmal ignorierte der Dozent ihn.

Nach neunzig Minuten kam der nächste Professor. Er war ein Talib und brachte uns noch mehr darüber bei, wie der Islam nach Meinung der Taliban gelebt werden sollte.

Später fragte ich einen der Journalismus-Dozenten, warum wir den ganzen Tag nur eine einzige Vorlesung in unserem Hauptfach bekommen hätten.

»Diese Frage kann ich dir nicht beantworten. Wir tun bloß, was man uns sagt«, erwiderte er.

Als ich nach Hause kam, bat mich meine Mutter, dass ich für sie und meine Schwestern ein paar Kleidungsstücke besorgte. Ich erinnerte sie daran, dass es mir nichts als Unglück eingebracht hatte, als ich das letzte Mal für sie und meine Schwestern einkaufen gegangen war. »Ich werde keine Kleidereinkäufe mehr für irgendjemanden erledigen«, erklärte ich. Außerdem war ich ziemlich enttäuscht von meinem ersten Tag an der Universität.

Sie legte ihre Burka an und forderte mich auf, sie wenigstens zu begleiten, weil es Frauen ja nicht gestattet war, ohne einen männlichen Angehörigen auf die Straße hinauszugehen. Zwei meiner Schwestern schlossen sich uns sogleich an. Sie hatten kurzfristig eine Einladung zu einer Hochzeitsfeier noch am selben Abend erhalten und brauchten etwas anzuziehen. In Afghanistan ist es üblich, Einladungen zu Hochzeitsfeiern nur einen oder zwei Tage vorher auszusprechen – und zuweilen sogar erst am Tag des Festes.

Es war das allererste Mal in den zweieinhalb Jahren seit der Machtübernahme der Taliban, dass meine Mutter und meine Schwestern den Basar besuchten. Für den Fall, dass sie durch irgendetwas oder irgendwen gezwungen sein sollten, das Haus zu verlassen, hatte ich ihnen ihre Burkas schon vor langer Zeit besorgt, aber sie hatten sie nie getragen und es vorgezogen, innerhalb der Mauern unserer Festung zu bleiben. Die Burkas waren also noch ganz neu und kornblumenblau – eine in Kabul sehr beliebte Farbe.

Wir gingen den ganzen Weg hinunter zur Hauptstraße, um dort ein Taxi anzuhalten. Die Heulmaschine hatten wir bei einem Nachbarn gelassen. Meine Schwestern beschwerten sich, dass sie durch das engmaschige Stoffgitter, das als Sichtfenster diente, kaum etwas sehen konnten. Aber es gab nichts, was ich für sie hätte tun können – außer aufzupassen, dass sie keinen anderen Passanten in die Quere kamen oder über Löcher im Boden stolperten. Schließlich nahmen wir uns ein Taxi zum *Mandawee*, dem wichtigsten Markt der Stadt.

Hier bekam man alles, und es war immer jede Menge los. Bevor die Taliban nach Kabul kamen, konnte man hier alle möglichen Menschen aus allen Ecken Afghanistans antreffen – Männer, Frauen, Kinder, Arme, Reiche, Junge und Alte. Nun hielten sich hier hauptsächlich Männer mit Turbanen und in langen Gewändern auf, die alle aussahen, als wären sie Taliban, obwohl es sich bei ihnen um ganz normale Menschen handelte, die bloß wie Taliban gekleidet waren, um auf Nummer sicher zu gehen. Nur gelegentlich sah ich irgendwelche Frauen in strahlend blauen Burkas.

Meine Mutter und meine Schwestern betraten ein Geschäft, das Frauenunterwäsche verkaufte. Es war mir stets unangenehm, Kleidungsstücke dieser Art für sie zu kaufen. Eine meiner Schwestern stolperte, als sie auf der Treppe, die zu dem Laden hinaufführte, auf den Saum ihrer Burka trat. Meine andere Schwester rannte von hinten in sie hinein, sodass sie beide seitwärts auf einen Stapel Unterwäsche fielen. Danach kamen sie nur mit Mühe wieder hoch, weil sie ja kaum etwas um sich herum erkennen konnten.

Es war dunkel in dem Laden, denn es gab keinen Strom, und durch das überhängende Vordach des Basars drang nur ein schwacher Lichtschimmer herein. Es befanden sich bereits ein paar andere Kundinnen in dem Geschäft. Da meine Mutter durch den Schleier ihrer Burka hindurch die Angebote nicht erkennen konnte, klappte sie das Stoffgitter, das ihre Augen verdeckte, einfach hoch, und meine Schwestern taten es ihr nach. Als die anderen Frauen im Laden das sahen, machten sie es ebenfalls wie meine Mutter, und als sie hörten, wie meine Mutter sich auf Paschtu mit meinen Schwestern unterhielt, begannen auch sie, Paschtu zu sprechen. Sie kamen aus dem Süden Afghanistans, wo man laut und etwas derbe miteinander zu kommunizieren pflegte.

Der Ladenbesitzer bat meine Mutter und die anderen Kundinnen sehr höflich, sich wieder vollständig zu verschleiern. Er kam mir wie ein sehr freundlicher, gebildeter Mann vor, aber es war Frauen eben nicht gestattet, einem ihnen fremden Mann ihre Gesichter zu zeigen. Wenn die Taliban so etwas sahen, schlugen sie die Frauen mit den dicken Kabeln oder den Peitschen, die sie ständig bei sich trugen, gegen die Fußknöchel, und auch der Ladenbesitzer bezog Prügel.

Eine der anderen Frauen – sie war schon etwas älter – sagte: »Keine Sorge. Mein Sohn ist Talib. Er wird uns beschützen.« Wir hielten das alle für einen Scherz, und dementsprechend lächelten meine Mutter, meine Schwestern und all die übrigen Frauen.

Keine fünf Minuten später kam ein Talib durch die engen

Gassen des Basars und schaute in sämtliche Geschäfte. Als er meine Mutter und die anderen Frauen mit ihren hochgeklappten Verschleierungen erblickte, kam er in den dunklen Laden marschiert und begann, Peitschenhiebe gegen die Fußknöchel auszuteilen. Die Frauen kreischten und versuchten, den Schlägen auszuweichen.

»Bedeckt eure Gesichter, ihr dummen Weiber!«, schrie der Talib auf Paschtu, während er seine Peitsche schwang.

Meine Mutter und meine Schwestern befolgten seinen Befehl, und das taten auch die übrigen Frauen – bis auf die eine, die ältere, die meine Mutter angesprochen hatte.

Stattdessen griff sie sich eine Teetasse vom Tisch des Ladenbesitzers und warf sie nach dem Talib. Die Tasse landete auf dem Fußboden und zersprang in kleine Stücke. Also nahm sie noch eine und zielte genauer. Diesmal traf sie seine Brust. Der Talib war vollkommen perplex – und ich auch. Ich fragte mich, ob wohl je zuvor eine Frau einen Talib geschlagen oder etwas nach ihm geworfen hatte.

Dann schnappte sich die ältere Frau die Teekanne und schleuderte auch die in Richtung auf den Talib. Der Tee war erst wenige Minuten vorher aufgebrüht worden und noch sehr heiß. Die Kanne zerbrach, und der Talib verbrühte sich an dem heißen Tee. Er fing an herumzuschreien und versuchte, sich seine Kleider vom Körper fernzuhalten, um den Schmerz zu lindern.

Der Ladenbesitzer brachte rasch die übrigen Tassen in Sicherheit, denn er sah, dass die ältere Kundin bereits nach weiteren Wurfobjekten Ausschau hielt, und hatte Angst, dass sein gesamtes Geschirr zu Bruch gehen würde. In scharfem Ton herrschte die Frau den Talib an: »Geh nach Hause und benimm dich anständig. Habe ich dich dafür großgezogen, dass du mir eines Tages mit einem Kabelende auf die Knöchel schlägst, du Sohn eines räudigen Hundes?« Von dem Vater ihres Sohnes schien sie auch keine hohe Meinung zu haben.

»Mutter! Was tust du denn hier?«, rief der Talib und hielt sich immer noch sein triefendes Hemd von der Brust weg. Er sah sie ungläubig an.

Der Ladenbesitzer, der ängstlich sein Teetablett festgehalten hatte, stellte es wieder zurück auf den Tisch.

Sofort nahm die Frau sich die nächste Tasse und warf sie nach ihrem Sohn. Als er sich umdrehte, um ihr auszuweichen, traf ihn die Tasse am rechten Arm, fiel zu Boden und zerbrach.

»Du siehst doch wohl, was ich hier tue!«, rief die Frau. Sie griff sich einen übergroßen roten Büstenhalter und hielt ihn ihrem Sohn unter die Nase. Sie war eine stämmig gebaute Matrone vom Dorf. »Das kaufe ich mir jetzt. Hättest du das für mich kaufen können, wenn ich dich losgeschickt hätte?«

»Tu das weg, Mutter«, jammerte der Talib. Er war ganz verschüchtert und hielt sich die rechte Hand vor die Augen.

Sie wollte nach einer weiteren Tasse greifen, aber der Ladenbesitzer hatte das Tablett schnell wieder an sich genommen. Stattdessen griff die Frau einen Stapel Büstenhalter und warf die nach ihrem Sohn. Die Büstenhalter waren aber zu schwer und landeten zu seinen Füßen.

»Verschwinde jetzt«, sagte die Frau. »Heute Abend werde ich dir Manieren beibringen.«

Der Talib wandte sich um und wollte gehen, aber der Ladenbesitzer rief ihn zurück. Der Talib sah ihn fragend an.

»Deine Mutter hat drei Tassen und eine Teekanne zerbrochen«, sagte der Ladenbesitzer. »Jemand muss die bezahlen.«

»Wie viel?«, fragte der Talib, sichtlich verstimmt.

Der Ladenbesitzer nannte ihm den Preis, und der Talib zahlte, ohne auch nur den Versuch zu unternehmen, ihn herunterzuhandeln. Seine Mutter und die anderen Frauen würdigte er keines Blickes. Als er draußen war, wurden sämtliche Burkas wieder hochgeklappt. Er hatte ja nichts davon gesagt, dass sie verschleiert bleiben sollten.

Die ältere Frau entschuldigte sich bei den anderen Kundinnen für die Unannehmlichkeiten, die ihr Sohn ihnen bereitet hatte. Die Frauen lobten sie für ihre Tapferkeit, und sie freute sich sichtlich darüber.

Meine Mutter freundete sich sehr schnell mit ihr an und begleitete ihre neue Bekannte für den Rest des Tages von einem

Laden in den anderen, damit niemand sie oder meine Schwestern züchtigen konnte, wenn sie beim Einkauf ihre Burkas lupften.

Nachdem wir mehrere Stunden lang einkaufen gewesen waren, gingen wir noch in ein Restaurant und luden die ältere Frau ein, unser Gast zu sein, was sie auch gerne annahm. Sie wusste allerhand lustige Geschichten zu erzählen, und wir lachten, als säßen wir mit einem alten Freund beim Picknick zusammen.

Meine Mutter nannte der Frau unsere Wohnadresse und sagte ihr, sie solle uns gerne mal besuchen kommen. Die Frau versprach auch, das zu tun, aber gekommen ist sie dann doch nie.

23

Großvater

Wir kamen alle sehr guter Dinge von unserem Einkaufsbummel nach Hause zurück. Großvater saß gerade im Wohnzimmer und trank Tee. Ich lief gleich zu ihm, um seine Hände zu küssen, und er gab mir einen Kuss auf die Stirn und beglückwünschte mich zu meinem Studienbeginn. Ich war so glücklich, meinen Großvater neben mir zu haben, ihn Tee trinken zu sehen und mir von ihm den Kopf tätscheln zu lassen – ganz wie in früheren Zeiten.

Zur Feier meines ersten Tages an der Universität hatte er mir ein paar Geschenke mitgebracht und übergab mir drei teure Notizbücher sowie seine Ausgabe der Werke Sigmund Freuds. Ich hatte keine Ahnung, wie die Bücher all die Jahre überdauert hatten und wo er sie aufbewahrt haben mochte. Möglicherweise hatte er sie schon vor Jahren bei einem Freund eingelagert, der irgendwo lebte, wo der Krieg oder die Taliban nie hingedrungen waren. Doch als ich die Bücher sah, war ich viel zu überwältigt, um Großvater danach zu fragen. »Nun ist der richtige Zeitpunkt gekommen, sie dir zu übergeben, Gorbatschow«, sagte mein Großvater.

»*Tashakor, Baba*«, sagte ich und bedankte mich mit einer langen, von Herzen kommenden Umarmung, bei der ihm sein Tee auf den Teppich kleckerte. Ich war nicht nur für die Bücher dankbar, sondern auch dafür, ihn bei uns zu haben, und das verdrängte die Enttäuschung über meinen ersten Tag an der Uni aus meinen Gedanken.

Mit dem Fahrrad waren es bloß vierzig Minuten bis Makroyan, wo er mit meiner Tante wohnte, aber ich durfte ihn trotzdem nicht besuchen. Mein Vater hatte Angst, mich alleine irgendwohin gehen zu lassen. Sooft ich nur einen Schritt aus dem Hof tat, rief gleich jemand – entweder meine Mutter oder mein Vater – hinter mir her und verlangte zu wissen, wo ich hinwolle. Wegen meiner Schwestern brauchte sich niemand Sorgen zu machen, denn für sie war es ja gar nicht möglich, überhaupt irgendwohin zu gehen, doch nach allem, was mir widerfahren war, lebten meine Eltern in ständiger Furcht um mich.

Langsam wurde Großvater ein alter Mann. Er hatte nicht mehr die Kraft, den ganzen Weg von Makroyan zu Fuß zurückzulegen, wie er es früher immer getan hatte, und auch die Fahrt mit dem Bus strengte ihn an. Mitunter hatte er schon Lust, uns zu besuchen, aber nicht das Geld für ein Taxi, und er war zu stolz, als dass er jemanden um Geld gebeten hätte. Und wir hatten kein Telefon, mit dem wir ihn hätten anrufen können. So etwas wie ein funktionierendes Telefonsystem gab es in Afghanistan eigentlich nicht mehr. Das war dem Krieg zum Opfer gefallen. Wenn Großvater uns nun besuchen kam, begleitete ihn jedes Mal einer seiner Söhne.

Eine meiner Schwestern brachte mir eine Tasse, und ich schenkte Großvater Tee nach und mir selber auch welchen ein. Es war alles wie in alten Zeiten, und obwohl er es zu verbergen suchte, entging mir doch nicht der Ausdruck tiefen Bekümmertseins in den Augen meines Großvaters.

Ich wusste, dass er mir meinen ersten Tag an der Universität nicht vergällen wollte, und er konnte ja auch nicht wissen, dass ich bereits bitter enttäuscht worden war – also wollte auch ich ihm seine Freude nicht verderben und ließ mir nichts anmerken.

Ich wartete auf einen passenden, ruhigen Moment, um ihn zu fragen, was ihn so traurig stimmte, aber meine Familie wollte uns einfach nicht allein lassen. Es war immerhin ein Monat vergangen, seit wir Großvater zuletzt gesehen hatten, und ein jeder hatte ihn sehr vermisst.

Dann senkte sich die Nacht hernieder und bedeckte alles mit

ihrem schwarzen Umhang. Großvater ging hinaus in den Hof und setzte sich auf einen der flachen Holzpalettenstapel, die noch aus der Zeit herumlagen, als mein Vater hier seine Teppiche gereinigt hatte. Er blickte versonnen zu dem sternenklaren, mondlosen Himmel hinauf, sodass er mich zunächst gar nicht bemerkte, als auch ich in den Hof kam und mich zu ihm setzte. Er war so in Gedanken versunken, dass ich eine ganze Weile still sitzen blieb, ehe ich etwas sagte.

»Du verheimlichst mir irgendetwas«, meldete ich mich schließlich zu Wort. »Was ist das für ein Feuer, das innerlich so an dir zehrt? Warum lässt du es nicht heraus, damit ich daran teilhaben kann?«, fragte ich.

Eine volle Minute lang sah er mir bloß in die Augen, und ich konnte seinen Augen, die langsam feucht wurden, ansehen, dass er nicht gerne darüber sprach. Dann wandte er den Blick wieder zum Sternenhimmel.

»Dieses Feuer brennt nun schon einen Monat in mir«, sagte er nach einer Weile, den Blick immer noch in die weite Ferne gerichtet. »Wenn ich es aus mir heraushole, werden sich alle an seinen Flammen versengen, und dich wird es am allermeisten treffen.« Mit diesen Worten erhob er sich und ging zurück ins Haus.

Wir aßen gemeinsam zu Abend. Mein Vater erzählte ein paar seiner Witze, und alles lachte. Ich blickte immer wieder zu Großvater hinüber. Sein Mund deutete ein Lächeln an, doch man sah nichts davon in seinen Augen.

Als wir nach dem Essen Tee tranken, sagte Großvater: »Ich habe unangenehme Neuigkeiten für euch.« Wir sahen ihn alle an. Nach einem Augenblick des Schweigens fuhr er fort: »Seit einem Monat bekomme ich jeden Morgen einen Brief. Darin droht jemand mir und meinen Söhnen mit dem Tod, falls ich ihm mein Haus nicht verkaufe. Er arbeitet bei der Regierung und ist ein mächtiger Talib.«

Wir waren alle ganz still. Niemand wusste, wie er das Schweigen unterbrechen sollte, das eintrat, während wir uns vorzustellen versuchten, was nun aus unserem Zuhause werden könnte, dem Ort, an den wir einmal zurückzukehren hofften. Schließlich fragte mein Vater: »Auf welche Weise werden dir diese Briefe zugestellt?«

»Jemand schiebt sie unter der Tür durch, so um drei Uhr morgens. Wenn ich zum Morgengebet aufstehe, finde ich sie. Jeder Brief ist genau wie der andere, die gleiche Handschrift, der gleiche Inhalt. Und sie kommen seit einem Monat jeden Tag«, sagte mein Großvater mit ruhiger Stimme.

»Hast du noch jemand anderem davon erzählt?«, wollte mein Vater wissen.

»Nein, noch nicht«, sagte Großvater.

»Und während du heute Nacht hier bei uns bist, schiebt er wieder so einen Brief unter der Tür durch?«, fragte ich. Es bereitete mir großes Unbehagen, dass meine Tante sich ganz alleine ohne meinen Großvater in ihrer Wohnung in Makroyan aufhielt.

»Nein. Vor zwei Tagen habe auch ich ihm einen Brief geschrieben und ihn für ihn unter die Tür gesteckt. Ich habe ihn gebeten, mir sein Gesicht zu zeigen. Und gestern bin ich ihm begegnet. Er ist ein gefährlicher Mann. Unser Haus, oder jedenfalls das, was davon übrig ist, gefällt ihm. Er will das Grundstück kaufen und alles wiederaufbauen. Und er will den Preis bestimmen. Morgen würde er ihn mir nennen, hat er gesagt.«

»Auf keinen Fall verkaufen wir ihm das Haus«, erklärte mein Vater. »Soll er doch ruhig davon träumen. Ich bin mir sicher, dass er uns nichts anhaben kann.«

»Er kann machen, was er will. Er fürchtet sich vor niemandem. Er würde jeden beiseiteräumen, der sich ihm in den Weg stellt. Es könnte sein, dass er einen von uns umbringt, wenn ich mich weigere«, wandte mein Großvater ein.

Ich sah, wie bleich mein Onkel im Gesicht geworden war.

»Darf ich dich morgen begleiten und ihn mir auch einmal ansehen?«, fragte mein Vater energisch.

»Nein. Er wünscht keinen von euch zu sehen. Er hat gedroht, mich umzubringen, falls ich einem meiner Söhne von der Sache erzähle. Aber nun erzähle ich es euch doch, und ihr werdet das Geheimnis eures Vaters hüten«, sagte Großvater und sah uns allen reihum in die Augen. Wir wussten nicht, was wir sagen sollten.

»Willst du ihm das Haus dann überlassen?«, fragte mein Vater, schon etwas zurückhaltender.

»Ich möchte mit ihm reden und dieses Problem in Frieden aus der Welt schaffen, aber wenn er Ernst macht und sich stur stellt, weiß ich auch nicht weiter. Er ist einer von diesen Taliban aus der Grenzregion. Sie überfallen ein Dorf, foltern die Menschen und prügeln sie zu Tode, und dann zwingen sie die Jungen des Dorfes, das Gleiche mit ihren Eltern zu tun. Das würde Männer aus ihnen machen, behaupten sie. Ich möchte nicht, dass das auch meinen Söhnen, meinen Enkeln und meinen Enkelinnen passiert. Ich möchte meine Schwiegertöchter nicht in der Trauerkleidung einer Witwe sehen. Ich möchte meine Familie nicht zerstören. Geld ist wie Schmutz an unseren Händen; es kommt und geht. Vielleicht kommen wir wieder zu etwas Geld und können uns ein noch besseres Haus kaufen.« All das sagte mein Großvater mit beinahe ungerührter Stimme.

Niemand wollte nach ihm gleich das Wort ergreifen, und so schwiegen wir einige Minuten lang. Großvater bat um eine Decke, die er sich um die Schultern legte; dann ging er hinaus in den Hof, bettete sich auf eine der Paletten, auf denen er vorhin gesessen hatte, und schlief sofort ein, obwohl es mit Einbruch der Nacht kalt geworden war.

Wir Übrigen blieben alle im Zimmer sitzen, und eine geraume Weile lang sagte immer noch niemand ein Wort. Schließlich räusperte sich mein Onkel.

»Ich bin vor sechs Wochen bei unserem früheren Haus gewesen. Ich wollte wissen, ob noch etwas von dem Gold meiner Frau dort war. Ich meine – wie lange wollen wir denn noch so leben?« Seine Stimme klang entmutigt.

Niemand antwortete etwas darauf. Mein Onkel hatte also ganz eigenmächtig gehandelt, ohne einem seiner Brüder oder seinem Vater ein Wort davon zu sagen. Großvater wünschte nicht, dass einer von uns zu dem Haus hinging.

»Der Garten war voller Kartoffelsäcke«, setzte mein Onkel

seinen Bericht fort. »Es sah mir so aus, als würde er als Lagerplatz verwendet. Als sie mich entdeckten, haben sie mich bis ganz zurück nach Makroyan verfolgt«, sagte er mit gesenktem Kopf.

Irgendwie hatten sich die Leute, die sich auf unserem Grundstück herumtrieben, also gedacht, dass mein Onkel zu der Familie gehörte, deren Eigentum es war. Auf diese Weise hatten sie Großvater ausfindig gemacht. Zwar hätten die Taliban das Haus einfach in Besitz nehmen können, doch selbst sie wussten, dass sie ohne entsprechende Papiere nie einen Eigentumsanspruch daran geltend machen konnten.

Am frühen Morgen verließ Großvater das Haus, ohne dass wir wussten, wohin sein Weg ihn führte. Beim Frühstück erklärte mein Vater: »Wenn Großvater das Haus verkauft, ist damit auch das Gold weg. Aber ich weiß nicht, wie ich ihn aufhalten soll. Und wenn ich es täte, könnte das böse Folgen für uns haben. Ich möchte mir nicht für den Rest meines Lebens Vorwürfe anhören müssen.«

»Also werden wir unser ganzes Gold verlieren?«, fragte meine Mutter. »Dann schaffen wir es nie in ein anderes Land.« Das Gold stellte das einzige Vermögen dar, das uns noch geblieben war. Der feste Glaube daran, es irgendwann wiederzubekommen, hatte es uns ermöglicht, davon zu träumen, dass wir eines Tages Afghanistan den Rücken kehren und wieder so etwas wie ein normales Leben führen könnten.

»Was soll ich eurer Meinung nach denn nun tun?«, fragte mein Vater. »Es ist ja nicht nur unser Gold; die anderen haben ihres auch da liegen.«

»Kannst du nicht einfach hingehen und das Gold holen, bevor Vater das Haus verkauft?«, fragte meine Mutter. Sie sagte immer »Vater«, wenn sie von Großvater sprach.

»Du hast doch gehört, was mein Bruder gestern Abend gesagt hat. Der ganze Hof ist voller Kartoffelsäcke. Tausende wahrscheinlich. Die müssten wir alle zuerst woanders hinschleppen. Und wenn uns jemand dabei sieht, wie wir das Gold ausgraben, werden sie glauben, dass wir woanders noch viel mehr davon haben, und dann stecken wir in noch größeren Schwierigkeiten. Sie könnten uns als Geiseln nehmen und Geld von uns erpressen, das wir gar nicht haben. Aber wie soll man diesen Analphabeten das klarmachen?«

Meine Mutter sagte nichts mehr dazu.

Und ich konnte an nichts anderes denken als daran, dass ich Großvater noch nie so niedergeschlagen erlebt hatte.

Einige Tage später erfuhren wir, dass Großvater das Haus für weniger als die Hälfte dessen verkauft hatte, was es wert war. Ein paar Tage nachdem er die Kaufsumme erhalten hatte, wurde er von dem Käufer durch Drohungen gezwungen, die Hälfte davon wieder zurückzugeben. Großvater tat, was man von ihm verlangte.

Von dem Tag an, an dem er das Haus verkaufte, wurde er zusehends stiller und sprach höchstens noch zwei oder drei Worte am Tag.

Schließlich kaufte er ein neues Haus. Es befand sich auf unserer Seite von Kabul, zu Fuß nur dreißig Minuten von Qala-e-Noborja entfernt und etwa auf halbem Wege zu unserem alten Haus. Das Haus hatte zwei Etagen und einen netten Hof, war aber winzig im Vergleich zu dem, was wir vorher gehabt hatten. Zwei meiner Onkel zogen mit ihren Familien ins Erdgeschoss, während Großvater die obere Etage bewohnte. Hier hielt er sich manchmal monatelang in seinen Räumen auf, ohne einen Fuß vor die Tür zu setzen. Er redete auch mit niemandem. Er las und las und las. Das war alles.

Ab und zu besuchte ich ihn, aber er bemerkte mich kaum. Wir sagten *»Salem«* zueinander, und nach einigen Minuten sagte er wieder *»Salem«* und wiederum ein paar Minuten darauf noch einmal. Mehr war ihm nicht zu entlocken. Er las einfach nur in seinen Büchern und warf zwischendurch einen Blick zum blauen Himmel hinauf.

Dann und wann sagte er etwas über das Buch, das gerade aufgeschlagen vor ihm lag. Die beiden dicken Bände seines früheren Lieblingswerkes jedoch, *Afghanistan im Laufe der Geschichte* von Mir Ghulam Mohammad Ghobar, standen stets an ihrem Platz im obersten Regal seines Bücherbords. Er schlug sie nie wieder auf, und so verstaubten sie langsam.

Nach einer Weile gab er sogar das Lesen auf, und seine Stimmung wurde immer gedrückter. Dunkle Ringe zeichneten sich unter seinen Augen ab, und er begann, sein Äußeres zu vernachlässigen, lief den ganzen Tag ungekämmt in einem zerknitterten *Shalwar Kamiz* mit offenem Kragen herum. Es tat mir weh, mit ansehen zu müssen, wie wenig Wert er inzwischen auf Dinge legte, von denen er mir beigebracht hatte, wie wichtig sie wären.

Eines Tages gegen Ende des Winters wachte Großvater lange vor der Morgendämmerung auf und nahm die Waschung für sein Morgengebet vor. Er war immer noch nicht glücklich in seinem neuen Haus, vor allem nicht mit seinem Badezimmer, dessen Fußboden mit blauen Fliesen ausgelegt war, auf denen man sehr leicht ausrutschen konnte. Er hätte den weißen Marmor aus unseren Bergen bevorzugt, den er auch in seinem Badezimmer in dem alten Haus gehabt hatte. Afghanischer Marmor wäre der beste überhaupt, betonte er stets. »Das wird auch der Rest der Welt eines Tages merken, und dann wird er von großem Wert sein und überallhin exportiert werden«, schärfte er uns ein.

An jenem Tag benutzte er für die Waschung wie üblich kaltes Wasser und zitterte vor Kälte. Als er zurück ins Schlafzimmer eilen wollte, um wieder unter die Decke zu kriechen, rutschte er aus und schlug mit dem Kopf auf den Rand des Waschbeckens. Er verlor das Bewusstsein und blieb ein paar Stunden lang so liegen.

Als er wieder zu sich kam, strömte die Sonne bereits durch das kleine Fenster in das Badezimmer. Großvater hatte sein Morgengebet versäumt. Er konnte sich nicht daran erinnern, was geschehen war, und wusste auch nicht, warum er auf dem Badezimmerfußboden lag. Er wollte aufstehen und in sein Schlafzimmer gehen, kam aber nicht hoch. Also rief er nach meinem Onkel, der eine Etage tiefer mit seiner Familie wohnte, aber seine Stimme war nicht laut genug, um jemanden zu wecken.

Um sieben kam mein Onkel wie jeden Tag nach oben, um seinen Vater zu fragen, wie er sich sein Frühstück wünschte. Mal wollte Großvater seine Eier gekocht, mal gebraten. An manchen Tagen wollte er Milch mit Zucker, an anderen grünen Tee mit Honig. Doch an diesem Tag fand mein Onkel ihn nicht lesend in seinem Wohnzimmer vor wie gewöhnlich.

Mein Onkel machte die Badezimmertür auf und sah Großvater auf dem Boden liegen, den Kopf in einer Blutlache. Er trug Großvater auf sein Bett und fragte ihn, was passiert wäre, aber Großvater konnte kaum sprechen. Sein Gesicht war vor Kälte blau angelaufen. Mein Onkel legte mehrere Decken auf ihn und machte Feuer im Kaminofen. Schon nach ein paar Minuten war es warm in der Wohnung, aber Großvater merkte nichts davon, spürte weder Wärme noch Kälte und schlief ein.

Mein Onkel kam so schnell wie möglich zu uns, um uns von Großvater zu berichten. Er, mein Vater und ich hetzten umgehend von Privatklinik zu Privatklinik, um einen Arzt aufzutreiben, aber es war noch zu früh, und die Arztpraxen hatten alle noch geschlossen. Es war eben nicht mehr so wie früher, als man zu jeder Tages- oder Nachtzeit einen Krankenwagen rufen konnte.

Und es wollte auch niemand einen kranken Verwandten in ein öffentliches Krankenhaus bringen; bei den hygienischen Bedingungen, die dort herrschten, wurden die Patienten eher noch kränker als gesund. Außerdem nahmen diese Krankenhäuser auch gar keine Patienten auf, die nicht entweder im Kampfeinsatz verwundet, auf eine Landmine getreten oder bei einer Raketenexplosion verletzt worden waren.

Also warteten wir über eine Stunde vor einer Privatklinik, bis endlich der Arzt eintraf. Er war ein guter Freund meines Onkels. Wir fuhren mit ihm zu Großvaters Haus. Inzwischen waren auch alle meine anderen Onkel mit ihren Frauen und meine Cousins und Cousinen dort eingetroffen und ebenso meine Mutter, meine Schwestern und mein kleiner Bruder. Es waren viel zu viele Menschen für ein so kleines Haus.

Der Arzt untersuchte meinen Großvater und sagte, dass er eine Blutung im Gehirn erlitten hätte und innerhalb von vierundzwanzig Stunden operiert werden müsste, in Afghanistan jedoch niemand eine solche Operation durchführen könnte, weil es einfach nicht die notwendigen Instrumente dafür gäbe. Wir müssten Großvater also nach Indien schaffen.

»Gibt es denn keine Alternative?«, erkundigte sich mein Vater.

»Leider nicht«, sagte der Arzt.

»Aber das dauert doch mindestens drei oder vier Tage!«, protestierte mein Onkel. »Sein Pass ist abgelaufen. Den müssten wir erst verlängern lassen. Und dann müssen wir Visaanträge für Indien stellen. Und weiß Gott, ob wir überhaupt welche bekommen!«

»Das Beste, was ich für ihn tun kann, wäre, ihn in meine Klinik zu bringen, aber ich kann nichts versprechen. Ohne eine Operation wird binnen zwölf Stunden, wenn nicht früher, sein Sprechvermögen beeinträchtigt sein; wenn er dann spricht, werden seine Worte ohne Zusammenhang sein, und auch mit der Aussprache wird es hapern. Nach vierundzwanzig Stunden setzt ein Gedächtnisverlust ein, und nach dreißig Stunden wird er niemanden mehr erkennen. Ehe man sich's versieht, fällt er dann ins Koma, und Gott allein weiß, wie lange er danach noch zu leben hat«, sagte der Arzt mit einem Seufzen.

Auch Großvater hatte gehört, was der Doktor gesagt hatte. »Werde ich noch einmal aufstehen können, bevor ich mein Gedächtnis verliere?«, fragte er.

»Tut mir leid, nein. Ihr Gehirn wird Ihnen nicht mehr dabei helfen, Ihre Bewegungsabläufe zu koordinieren. Sie werden nicht in der Lage sein, den rechten Arm oder die Füße vom Boden zu heben, und Sie werden auch kein Gefühl in den Gliedmaßen haben, solange Sie nicht operiert sind.«

»Also werde ich so, wie ich jetzt bin, sterben?«, fragte mein Großvater, als hätte sich der Arzt einen Scherz mit ihm erlaubt.

»Nicht, wenn wir Sie rechtzeitig auf den Operationstisch bekommen«, sagte der Arzt.

»Aber sonst schon«, sagte Großvater.

Der Arzt nickte und betrachtete seine Hände.

Es trat ein Augenblick bedrückenden Schweigens ein, das niemand so recht aufzulösen wusste; schließlich gab mein Vater meinem Onkel den Auftrag, sich um die Passverlängerung zu kümmern.

»Lasst uns ein schönes Pilaw zu Mittag kochen, um die letzten Stunden meines Lebens feierlich zu begehen«, schlug Großvater vor. »Ich möchte gutes Essen und das Gespräch mit euch genießen, solange ich noch kann. Sie bleiben auch zum Essen bei uns, Doktor.«

Der Arzt nickte.

Großvater gab sich Mühe, alles andere als mutlos zu klingen. Ihm zuliebe setzten wir ein starres Lächeln auf, doch in unserem Inneren schwelte die Glut unserer Sorge, und wir wussten nicht, wie wir sie ersticken sollten.

»Ich weiß sehr wohl, dass ich kein echtes Lächeln auf eure Lippen zaubern kann«, sagte Großvater. »Aber vielleicht schafft es ja mein Witz: ›Als meine Frau starb‹, sagte Mullah Nasruddin, ›ist die halbe Welt für mich gestorben. Wenn ich sterbe, wird die ganze Welt mit mir sterben.‹«

Alles lachte.

»Da seht ihr mal. Ich kann's immer noch«, stellte Großvater mit einem Anflug von Stolz fest.

Meine Tanten begannen, sich die Tränen abzutupfen und sich die Nasen zu schnäuzen.

»He, ich möchte euch nicht weinen und eure Nasen putzen sehen«, sagte Großvater mit munterer Stimme.

Wir alle lächelten mit Tränen in den Augen.

Mein Onkel verließ den Raum, um sich um die Verlängerung von Großvaters Reisepass zu kümmern, und auch mein Vater ging, um sich nach den Möglichkeiten, ein Visum für Indien zu bekommen, zu erkundigen. Meine Tanten machten sich daran, den Reis zu kochen und die Mohrrüben klein zu schneiden, die sie unter den Reis mischen wollten. Der Arzt schrieb ein Rezept aus, gab es mir, und ich sauste zur Apotheke. Meine Cousins und Cousinen blieben im Zimmer zurück, und Großvater sagte ihnen, sie sollten sich im Kreis um ihn herum hinsetzen, damit er mit ihnen scherzen könne.

Ich kam mit den Medikamenten in einer Plastiktüte zurück. Während der kurzen Zeit meiner Abwesenheit war Großvater merklich blasser im Gesicht geworden, aber er bemühte sich immer noch, unbeschwert und energiegeladen zu wirken.

Ein paar Stunden später setzten wir uns um ein langes Tuch herum in Großvaters Wohnzimmer zum Essen hin. Mein Vater musste Großvater, der in der Zimmerecke neben dem Kaminofen auf seinen Kissen lag, füttern wie ein kleines Kind. Großvater machte ein paar humorvolle Bemerkungen über die Beschwernisse des Alters, über die wir verhalten lachten.

Nach dem Essen verabreichte der Arzt ihm eine Spritze mit einem Schmerzmittel, weil Großvater über Kopfschmerzen klagte, und bald darauf schlief er ein. Wir baten den Arzt, trotzdem zu bleiben. Am späten Nachmittag kam mein Onkel mit dem verlängerten Pass meines Großvaters zurück.

Als Großvater am frühen Abend aufwachte, lief ihm Speichel aus den Mundwinkeln, ohne dass er es merkte, und was er sagte, ergab keinen rechten Sinn. Meine Onkel versuchten, mit ihm zu reden, aber er konnte sich nicht darauf konzentrieren, was sie zu ihm sagten. Als meine Tanten wieder zu weinen anfingen, störte ihn das nicht mehr.

»Ich sollte ihn wohl doch besser in meine Klinik bringen«, sagte der Arzt. »Es geht schneller bergab, als ich dachte. Er könnte schon sehr bald künstliche Beatmung benötigen.«

In dieser Nacht blieb mein Onkel bei Großvater in der Klinik. Am Tag darauf hatten wir alle Hände voll damit zu tun, uns Visa zu besorgen. Die zweite Nacht verbrachte ich bei Großvater. Er wollte etwas sagen, also hob ich die Sauerstoffmaske ein wenig hoch, damit er sprechen konnte. Er rief meinen Namen. »Ja«, antwortete ich. Er rief mich noch einmal, und ich sagte wieder:

»Ja.« Dann versagte ihm die Stimme, aber seine Lippen bewegten sich immer noch ein bisschen. Und dann nicht mehr. Seine Augen blieben weit offen und blickten ins Unendliche.

Wir brachten den Leichnam in sein neues Haus. Ich weinte nicht. Ich wusste nicht, ob es Nacht oder Tag war. Es schien keinen Unterschied zwischen beidem zu geben. Ich verspürte weder Hunger noch Durst. Ich wusste nicht, ob ich ging oder saß. Alles kam mir vor wie tot, als hätte es aufgehört, sich zu bewegen.

Inzwischen füllte sich das kleine Haus mit lauter Bewohnern Kabuls, die die traurige Nachricht irgendwie erfahren hatten.

Mein Vater übernahm es, Fahrgelegenheiten für uns alle in Großvaters Heimatdorf zu organisieren. Obwohl er das Dorf vor Jahrzehnten verlassen hatte, war sein Kontakt zu einer ganzen Reihe unserer Verwandten dort doch nie ganz abgerissen, und Großvater hatte so manchem von ihnen geholfen, ohne je viele Worte darum zu machen.

Noch am selben Tag brachten wir ihn in das ungefähr fünfzig Kilometer von Kabul entfernte Dorf. Schon vor unserem Eintreffen war die Kunde von unserem Kommen zu Großvaters Freunden und Angehörigen gedrungen. In dem Haus mit den hohen Mauern, in dem er aufgewachsen war, erwarteten uns jede Menge Menschen.

Wir waren kaum da, als sich die Nachricht im ganzen Dorf verbreitete und Hunderte zusammenströmten. Noch nie hatte man hier so viele Menschen bei einer Trauerfeier versammelt gesehen. Unsere Familie lebte seit mehreren Generationen in diesem Dorf, dessen Bewohner meinen Großvater aus seiner Zeit bei der Nationalbank von Afghanistan immer noch als den »Präsidenten« bezeichneten. Nach seiner Heirat hatte mein Großvater meine Großmutter in das Dorf gebracht, und sie hatten hier während der ersten fünf Jahre ihrer Ehe bei seiner Mutter gewohnt, die Großvater auch später, als er in Kabul arbeitete, alle drei Monate besuchte. Er hatte mehrere Zimmer in dem alten Haus renoviert und seine Mauern erhöht und verstärkt, doch in einem Krieg, der mit Raketen ausgefochten wurde, boten auch sie keinen Schutz.

Einer meiner Onkel, dessen Frau aus der Gegend stammte, hatte den Wunsch gehabt, hierherzuziehen, anstatt mit uns in die Festung der neun Türme. Er beschloss deshalb, zunächst einmal mit dem Bruder seiner Frau hinzufahren, um zu schauen, ob es dort auch sicher war. Auf dem Weg wurden sie von einer Gruppe Freischärler angehalten und ihres ganzen Geldes beraubt. Für die Rückfahrt wählten sie eine andere Strecke, um den Räubern nicht noch einmal in die Hände zu fallen, und wurden von Angehörigen einer rivalisierenden Gruppe übel zugerichtet, weil sie kein Geld mehr besaßen, das man ihnen hätte abnehmen können. Von anderen entfernten Verwandten hatten wir noch schlimmere Geschichten über die Straßen und Wege in dieser Gegend gehört, also war das Dorf für uns nie als Zuflucht infrage gekommen. Und doch war es ein schöner Ort voller Apfelgärten, die mein Großvater selbst angelegt hatte.

Als es an der Zeit war, Großvater von dem Haus seiner Mutter zu seiner gut einen Kilometer entfernten letzten Ruhestätte zu bringen, wollten mein Vater und seine Brüder seinen Sarg alleine schultern, aber sämtliche Anwesenden hatten den Wunsch, beim Tragen zu helfen. Also wurde Großvaters Sarg über die Köpfe der Trauergäste hinweg immer weiter nach vorne gereicht.

Als man den Toten ins Grab gelegt hatte und ich zusah, wie die Erde mir meinen Großvater für immer fortnahm, vermochte ich die Gefühle, die sich in mir aufgestaut hatten, nicht mehr zurückzuhalten – ich sank zu Boden, fing laut an zu weinen und konnte gar nicht mehr aufhören, obwohl mir doch noch Großvaters vor langer, langer Zeit erfolgte Ermahnung im Ohr klang: »Tapfere Jungen weinen nicht.« Aber ich war kein tapferer Junge mehr. Ich wusste, dass meine Tapferkeit zusammen mit meinem Großvater beerdigt worden war.

Viele Menschen strichen mir über den Rücken und nahmen mich in die Arme. Aber nichts von alledem konnte mich trösten. Ich würde erst zu weinen aufhören, wenn ich schlief.

Wir blieben drei Tage in Großvaters Dorf, damit die Menschen dort uns ihr Beileid ausdrücken konnten. Jeden Tag kamen sie zu Hunderten. An manchen Tagen blieben all seine engen Freunde und Verwandten zum Essen. Nach diesen drei Tagen fuhren wir nach Hause zurück.

Einige Nächte darauf erschien Großvater mir im Schlaf. Er stand in einem Feld voller Rosen und war sehr glücklich. Ich rief nach ihm, aber er schien mich nicht zu hören. Also versuchte ich es noch mehrere Male, bekam aber nie eine Antwort. Am nächsten Morgen musste ich nicht mehr weinen.

Ich ging Großvaters Bücher und seine Aufzeichnungen durch. Ein paar seiner Bücher verschenkte ich an meine Cousins, doch die Papiere behielt ich. Er hatte nämlich seine Lebensgeschichte aufgeschrieben. Auf der ersten Seite stand: »Je reicher man wird, desto mehr verliert man die Achtung, die Zuneigung und die Nähe zu den armen Menschen um einen herum. Man darf nie vergessen, dass man selber einmal einer von ihnen gewesen ist und dass die eigenen Vorfahren genauso arm waren.«

24

Ein Knoten zur Zeit

Nachdem ich nur drei Monate lang auf die Universität von Kabul gegangen war, ließ ich es sein. Ich hatte einfach nicht genug Geld, um jeden Tag meine platten Fahrradreifen zu flicken oder mit dem Bus zu fahren. Unsere sämtlichen Ersparnisse hatten wir für Großvaters Beerdigung ausgegeben – vor allem dafür, die Bewohner seines Dorfes zu verköstigen. Aber so läuft das in Afghanistan: Die Leute kommen zu einem ins Haus, um ihr Beileid zum Ausdruck zu bringen, und erwarten, dafür zu Mittag oder zum Abendessen eingeladen zu werden.

Mein Vater verdiente kaum genug, um uns dreimal am Tag ein kärgliches Mahl zu ermöglichen. Milch, Butter oder Marmelade zum Frühstück konnten wir uns gar nicht mehr leisten; stattdessen gab es Brot und Tee mit etwas Zucker. Mitunter brühten wir die gleichen Teeblätter mehrere Tage hintereinander auf, bis ihnen keine Farbe und kein Geschmack mehr zu entlocken war. Zu Mittag aßen wir Bohnen mit billigem afghanischem Reis, und am Abend meistens die Reste vom Mittagessen, und die Reste vom Abendessen oft am nächsten Tag zu Mittag. Bei meinen Onkeln und Tanten sah die Situation auch nicht anders aus.

Nachdem ich nicht mehr zur Universität ging, blieb ich erst einmal ein paar Tage lang zu Hause. Ich wusste nicht, was ich mit meinem Leben anfangen sollte. Die meisten jungen Männer gingen nach Pakistan oder in den Iran, um dort zu arbeiten. Wenn sie dann nach mehreren Monaten oder Jahren wieder nach Hause zurückkehrten, brachten sie Geld und Geschenke mit und berichteten von dem guten Essen in der Ferne. Einige von ihnen waren aber auch ohne Geld in den Taschen aus diesen Ländern ausgewiesen worden, und ihren Verdienst sackten dann ihre Arbeitgeber ein. Ehrliche Arbeitgeber schickten ihren Arbeitern das Geld in die Heimat nach, aber viele taten das nicht.

Wiederholt schmiedete ich Pläne, in eines dieser Länder auszureisen, aber mein Vater wollte es mir nie erlauben. Er kaufte und verkaufte immer noch Mehl und Speiseöl, und zuweilen bekamen wir ihn wochenlang nicht zu sehen. Dass er über Nacht zu Hause gewesen war, sahen wir immer nur am Morgen, wenn sein Bett benutzt war. Ich glaube, er war manchmal so frustriert, dass er keinem von uns in die Augen schauen wollte.

Als ich zwischendurch einmal den Versuch unternahm, mit ihm darüber zu sprechen, wie es denn wäre, wieder mit Teppichen zu handeln, schüttelte er nur den Kopf. »Auf dem Handel mit Teppichen liegt ein Fluch«, sagte er, und damit hatte es sich.

Ich brauchte Rat, jemanden, der mich in die richtige Richtung wies. Großvater war ja nicht mehr da, um mir zu helfen. Gelegentlich träumte ich von ihm, und er war dann immer in Weiß gekleidet und lächelte breit, wollte aber nie mit mir reden, sagte mir nie, was ich tun sollte, um meiner Familie unter die Arme zu greifen. Aber ich war trotzdem glücklich, ihn zu sehen, zu spüren, dass er auf eine gewisse Weise immer noch bei mir war. Hin und wieder sah ich ihn auch mit Wakeel zusammen. Wakeel hatte immer seinen Drachen und seine Schnurspule bei sich und sah aus, als hätte er gerade in einem Drachenturnier gesiegt.

Eines Tages, als ich mich vollkommen vereinsamt fühlte, lief ich ein paar Stunden, ohne auch nur einmal stehen zu bleiben. Solange ich lief, sorgfältig darauf achtete, wo ich jeden Schritt auf den brüchigen Gehsteigen und Fahrdämmen hinsetzte, war ich mit meinen Gedanken nicht ständig bei der Armut, unter der wir litten, oder bei meinem Vater, der sich abrackerte und jeden Tag dünner wurde, weil er nicht genug zu essen bekam, und ich trauerte auch nicht Großvater und Wakeel nach.

Ich strengte mich beim Laufen so sehr an, dass der Schweiß mir über den ganzen Körper strömte, was bei der trockenen Luft in Kabul selten vorkommt. Schließlich ließ ich mich, nach Luft schnappend, unter einen Baum im *Bagh-e-Bala* fallen, einer vor vierhundert Jahren von den Moguln an einem steilen Hang angelegten parkähnlichen Anlage. Ich war am Ende meiner Kräfte, doch kaum hatte ich mich zur Rast an den Baum gelehnt, da war die Ablenkung, die mir das Laufen verschafft hatte, auch schon dahin, und ich konnte wieder einmal an nichts anderes denken als an unsere Probleme. Von der Anhöhe aus konnte ich auf unsere Festung der neun Türme mit ihrem einen verbliebenen Turm hinunterblicken. Ich schloss die Augen.

Meine Teppichknüpflehrerin kam mir in den Sinn. Ich hatte lange Zeit überhaupt nicht an sie gedacht, und wenn doch, dann war es mir stets so vorgekommen, als wäre sie ganz weit von mir entfernt. Nun aber spürte ich ihre Nähe, hatte auf einmal das Gefühl, als säße sie gleich neben mir. Ich öffnete die Augen und sah mich um. Aber es war niemand da, nur die Bäume und die Spatzen mit ihrem Gezwitscher.

Also machte ich die Augen wieder zu und dachte an unsere letzte Begegnung bei unserem Abschied. »Gebrauche deinen Verstand mit Geschick, denn aus dir könnte eines Tages ein hervorragender Teppichknüpfer und Teppichhändler werden«, hatte sie mir in ihrer Zeichensprache mit auf den Weg gegeben.

Als ich nun da gegen den Baum gelehnt saß, hallte mir diese Botschaft so klar und deutlich im Kopf nach, als hätte sie sie mir eben gerade laut vernehmlich ins Ohr gesagt. Wieder öffnete ich die Augen und schaute mich um, ob noch jemand es gehört hatte, aber es war nach wie vor niemand da. Ich war ganz allein und doch nicht allein. Ein Gefühl des Friedens kam über mich, und auf einmal fühlte ich mich frisch und entspannt. Nur meine Beinmuskeln wollten da nicht mitmachen; sie verkrampften sich und schmerzten, als ich mich erhob, um nach Hause zu gehen.

Zu Hause besah ich mir den Teppich, der in unserem Wohnzimmer lag. Auch ich könnte einen Teppich herstellen, dachte ich. Ich hatte das ja von meiner Teppichknüpflehrerin gelernt.

Plötzlich hatte ich einen Einfall. Warum nicht einmal einen

Entwurf für einen Teppich zeichnen? Ich nahm mir einen Bogen Papier und skizzierte grob ein Muster, das mir schon seit mehreren Monaten im Kopf herumgespukt war. Ein paar Stunden später hatte ich die Skizze so weit verfeinert, dass sie wie ein richtiger Teppich aussah.

An diesem Abend blieb ich wach, bis mein Vater um Mitternacht nach Hause kam. Er fragte mich, warum ich noch nicht schliefe. Ich bat ihn um etwas Geld, damit ich mir Millimeterpapier kaufen konnte, auf dem ich eine ordentliche Vorlage für meinen Teppich zeichnen konnte. Ihm gefiel die Idee nicht besonders. Er wollte von mir wissen, was ich mit dem Entwurf vorhätte. Ich sagte ihm, dass ich ihn unter Umständen verkaufen und etwas Geld damit verdienen könnte.

»Kann doch sein, dass das ein Beruf für mich ist«, fügte ich noch hinzu.

»Lass die Finger von Teppichen«, warnte er mich mit kummervoller Stimme. »Sie bereiten dir nur Enttäuschungen.«

Aber als ich am nächsten Morgen aufwachte, fand ich das Geld, das ich benötigte, neben meinem Bett.

Ich ging in eines der Schreibwarengeschäfte im Einkaufsviertel und kaufte mir ein paar Bogen Millimeterpapier. Sowie ich damit wieder zu Hause war, fing ich sogleich an, an meinem Entwurf für ein Teppichmuster zu arbeiten. Mein Teppich sollte einen Meter achtzig lang und einen Meter zwanzig breit werden. Jeden Tag bemerkte ich Fehler, die mir am Tag zuvor unterlaufen waren, und musste sie korrigieren. Und je länger ich mich damit beschäftigte, umso mehr Ideen kamen mir in den Sinn, und ich wollte möglichst viele davon hineinarbeiten. So brauchte ich vier Monate, bis alles fertig war.

Als ich mit meinem Entwurf zufrieden war, klapperte ich damit diverse Teppichmanufakturen ab, aber niemand war daran interessiert, ihn mir abzukaufen. Manche wollten ihn sich nicht einmal ansehen und erklärten mir, sie bekämen ihre Vorlagen von ihren Kunden in Übersee und würden nur auf Bestellung arbeiten.

So vergingen die Wochen, und mich verließ immer mehr der

Mut. Einmal stand ich kurz davor, meinen Entwurf in kleine Fetzen zu zerreißen, aber dann dachte ich daran, wie viel von dem Geld meines Vaters ich für das Papier und die Zeichenstifte ausgegeben hatte, obwohl wir doch kaum genug zu essen hatten – ganz abgesehen von der Zeit, die dabei draufgegangen war.

»Ich gehe nicht mehr zur Universität, denn dort lerne ich doch nichts Neues«, sagte ich mir. »Aber so entwickele ich mich zu einem streunenden Hund, und das möchte ich nicht sein. Ich fresse und ich kacke. Das ist alles, was ich tue. Ich muss aber etwas tun, was den Menschen von einem Hund unterscheidet. Aber was?«, fragte ich mich. »Ich weiß es nicht«, antwortete ich mir wiederum selber, und meine Verzweiflung wuchs.

»Du musst deinen eigenen Teppich nach deinem Entwurf knüpfen«, rief eine Stimme in mir.

»Wenn aber nun niemand diesen Teppich mag?«, fragte ich die Stimme in meinem Inneren.

»Das weißt du doch noch gar nicht«, antwortete die Stimme.

»Stimmt, das kann ich noch gar nicht wissen«, entgegnete ich. »Niemand weiß, was morgen geschieht.« Erst mehrere Tage später ging mir schlagartig auf, dass die Stimme, die ich in meinen Träumen gehört hatte, wieder die meiner Teppichknüpflehrerin gewesen war.

Ich sagte meinem Vater, dass ich jetzt meinen eigenen Teppich herstellen würde. Zuerst glaubte er, dass ich scherze. Aber ich beharrte so lange darauf, bis er begriff, dass es mir ernst war. Er gab mir etwas Geld, um Holz für einen Knüpfstuhl zu kaufen. Ich ging zu einem Holzmarkt und kaufte drei lange Balken. Die brachte ich zu einem mit meinem Vater befreundeten Tischler und bat ihn, mir einen Teppichknüpfstuhl daraus zu bauen.

Eine Woche später war der Knüpfstuhl fertig. Ich hatte nicht das Geld, um den Tischler zu bezahlen, wollte meinen Vater jedoch nicht um noch mehr Geld bitten. Also sagte ich dem Tischler, dass ich vergessen hätte, das Geld mitzubringen, und er sagte, das wäre schon in Ordnung und dass ich das Geld am nächsten Tag vorbeibringen solle. Ich versprach, das zu tun. Doch dieser nächste Tag kam nie, jedenfalls nicht am Tag darauf. Nach vier

Wochen stand der Tischler bei uns vor der Tür und wollte sein Geld. Ich sagte ihm, dass ich das Geld für etwas anderes ausgegeben hätte und dass mein Vater nichts davon wüsste. Ich versprach ihm, dass ich ihm das Geld binnen eines Monats geben würde, und bat ihn inständig, doch bitte meinem Vater nichts davon zu sagen. Aber in Wahrheit hatte ich meinem Vater längst alles erzählt. Er war nicht sehr glücklich darüber, dass ich dem Tischler gegenüber unaufrichtig gewesen war.

Der Knüpfstuhl stand bereits seit zwei Wochen bei uns im Haus, aber ich hatte weder Wolle noch einen Kamm noch irgendeines der übrigen Materialien, die ich benötigte – und auch nicht das Geld, sie mir zu kaufen. Zwar besaß ich noch den Knüpfhaken, den meine Lehrerin mir geschenkt hatte, aber den hielt ich viel zu sehr in Ehren, um ihn zu benutzen.

Ich fragte unsere Mitbewohner, ob sie mir etwas Geld leihen könnten, aber die sagten, dass es ihnen nicht anders ginge als uns. Als ich mich bei meinen Freunden erkundigte, bekam ich dasselbe zu hören.

Ich ging zu der Straße, in der sich die meisten Wollhandlungen befanden, und sagte zu dem Besitzer eines der Geschäfte, er möge mir sechs Kilo Wolle in verschiedenen Farben geben. Der Besitzer wog die Wolle aus, stopfte sie in Plastiktüten und nannte mir den Preis. Ich suchte in meinen sämtlichen Taschen, doch in keiner von ihnen befand sich Geld. Der Ladenbesitzer machte sich schon Sorgen, dass man mich im Bus vielleicht bestohlen hätte, aber ich sagte, dass ich mein Geld zu Hause vergessen haben müsste und ob es ihm etwas ausmachte, wenn ich es am nächsten Tag vorbeibrächte? Das wäre kein Problem, meinte er.

»Ich bin Besitzer einer Teppichmanufaktur«, log ich ihm vor, »und mit diesem Teppich will ich mal etwas Neues ausprobieren. Wenn er gut ankommt und meinen Kunden das neue Muster gefällt, werde ich Ihnen tonnenweise Wolle abkaufen.« Er sagte, er könne mich mit allem beliefern, was ich bräuchte, und ich versprach, nur bei ihm zu kaufen, weil er ein feiner Kerl sei. Solche Dinge sagt man in Afghanistan, wenn man Geschäfte miteinander macht. Und weil wir arm und verzweifelt sind, glauben wir sogar selber daran.

Meine Mutter gab mir ihre ganzen kümmerlichen Ersparnisse, damit ich die Haken, den Kamm und die übrigen Werkzeuge kaufen konnte, und am nächsten Tag machte ich mich an die Arbeit. Allerdings hatte ich noch nie einen Knüpfstuhl installiert und wusste nicht, wie ich die Längsfäden um die oberen und unteren Querstreben des Stuhls spannen musste, um danach die Knoten einknüpfen zu können. Niemand in meiner Familie hatte je einen Teppich geknüpft; wir hatten sie immer nur verkauft. Ich warf einen Blick in das Buch, in dem Turkmenen beim Teppichknüpfen abgebildet waren. Ich las das Buch mehrere Male durch. Aber ich begriff es immer noch nicht so recht. Ich wusste nur, wie man Knoten knüpfte. Nicht einmal meine Lehrerin hatte mir beigebracht, wie die Kettfäden eingestellt wurden.

Nachdem ich mir mehrere Tage lang angesehen hatte, wie mein Knüpfgewebe immer wieder locker durchhing, anstatt fest zusammenzuhalten, gab ich es auf. Ich hatte keine Ahnung, wie ich den Tischler und den Wollhändler bezahlen sollte.

Ich ging zurück zu jenem bewussten Baum am Hang von *Baghe-Bala* und setzte mich wieder darunter. Ich schloss die Augen, aber ich sah und hörte nichts. Ich blieb mehrere Stunden so sitzen, aber es rührte sich immer noch nichts. Dann wurde es dunkel. Ich bekam großen Hunger. Aber ich wollte nicht von hier fortgehen, ohne eine Antwort auf meine Frage erhalten zu haben. Von ganzem Herzen flehte ich meine Lehrerin an, mir doch zu sagen, was ich tun solle.

Irgendwann konnte ich den Aufbruch nicht mehr länger hinauszögern. Langsam ging ich nach Hause. Als ich dort ankam, schlief bereits alles – bis auf meinen Vater, der noch gar nicht zurück war. Ich ging ins Bett, lag aber nur da und starrte an die Decke. Ein paar Stunden später hörte ich, wie mein Vater hereinkam und sich auf sein Bett fallen ließ. Ich erinnere mich nicht, wie ich eingeschlafen bin. Aber in dieser Nacht träumte ich von meiner Lehrerin. »Einen Teppich kann man nicht in einem Tag knüpfen«, sagte sie. »Es verlangt Mühe und Geduld. Wenn du dir von der Mühe die Arbeit vergällen lässt, schaffst du es nie bis zu den Fransen.«

Als ich am nächsten Morgen erwachte, wusste ich, dass es nun wirklich an der Zeit war, Großvaters Rat zu befolgen und die Geduld zu meinem ständigen Begleiter zu machen. Es kostete mich noch zwei Tage, um mich in die Bedienung des Knüpfstuhls einzufuchsen und die Kett- und Schussfäden rechtwinklig zu verkreuzen, wie es die Teppichknüpfer jahrtausendelang gemacht hatten, um das Grundgeflecht zu erzeugen, das sozusagen das Fundament eines neuen Teppichs bildete. Noch waren all meine Handgriffe von Unsicherheit geprägt, doch schließlich erreichte ich den Punkt, an dem ich die ersten Knoten knüpfte und mein Muster Gestalt anzunehmen begann.

Als es so weit war, kamen meine Mutter und meine Schwestern ab und zu zu mir nach oben, um zu schauen, wie weit ich schon gekommen war. Zwei meiner Schwestern wollten ebenfalls das Teppichknüpfhandwerk erlernen, aber ich hatte gar keine Zeit, ihnen etwas beizubringen. Und wer war ich denn, dass ich mich als Lehrer aufspielen konnte? Ich brachte mir ja selber noch jeden Tag neue Dinge bei, arbeitete vom frühen Morgen, bis mein Vater um Mitternacht nach Hause kam.

Mein Vater glaubte wirklich, dass das Teppichgeschäft für uns mit einem Fluch belegt war, und gemahnte mich außerdem daran, dass wir Teppich*händler* und keine Teppich*knüpfer* wären. Ich aber lauschte nur auf das, was meine innere Stimme mir befahl, und beantwortete die Kommentare meines Vaters weder mit »Ja« noch mit »Nein«. Ich tat einfach so, als wäre ich taub wie meine Lehrerin, und hüllte mich wie sie in Schweigen.

Am meisten setzte mir der Vater meines Cousins Dussel zu, weil er sich ständig über mich lustig machte. Wahrscheinlich hatte sein Sohn die Dusseligkeit von ihm geerbt. »Bald wird dein Rücken krumm sein wie der eines alten Mannes«, prophezeite er mir ständig. »Du wirst wie ein Krüppel aussehen und schlurfen, anstatt zu gehen. Weil dir die Finger abfallen werden, wirst du von deinen Handflächen essen. Und früher oder später kannst du dann auch nicht mehr richtig gucken und musst eine dicke Brille tragen. Und aus deinen Nasenlöchern wird Wolle wachsen.« Ich ließ mich nicht beirren; ich arbeitete weiter.

Es dauerte drei Monate, bis ich meinen ersten Teppich fertig hatte. Ich brachte ihn zu einem Teppichgeschäft in jener *Chicken Street*, der Straße mit den vielen Teppichhändlern. Der Ladenbesitzer, der schon seit vielen Jahren mit meiner Familie bekannt war, warf einen Blick auf meinen Teppich und fing an zu lachen. Ich fragte ihn, was denn so lustig sei. Mein Muster wäre albern, sagte er. Und dass er mir den Teppich bestimmt nicht abkaufen wolle.

Ich drängte trotzdem darauf, dass er ihn in seinem Laden behielt. Falls zufällig jemand den Teppich sah und Gefallen daran fand, konnte er ihn ja an denjenigen verkaufen. Er erklärte sich einverstanden, aber nur, weil er mit meinem Großvater befreundet gewesen war.

»Allerdings höchstens für eine Woche«, sagte er mir gleich. Ich versprach, am Ende der Woche wiederzukommen und den Teppich abzuholen.

Drei Tage später vernahm ich früh am Morgen ein andauerndes Klopfen an unserem Tor und hatte schon Angst, es könnte der Tischler sein oder der Wollhändler. Ich hatte ja immer noch kein Geld, um sie zu bezahlen. Der Tischler war schon wiederholt da gewesen und hatte entweder von mir oder von meinem Vater sein Geld haben wollen. Wir vertrösteten ihn dann immer auf den »nächsten Tag«, und er beklagte sich, dass dieser »nächste Tag« ja wohl nie käme. Dem Wollverkäufer hatte ich mitgeteilt, dass ich in meiner Fabrik zu viel zu tun und keine Zeit hätte, in seinen Laden zu kommen und ihn zu bezahlen, und das schien er mir auch abzunehmen. Doch das war vor mehreren Wochen gewesen. Es war durchaus denkbar, dass er jetzt gekommen war, um zu kassieren.

Als ich öffnete, stand vor mir der Teppichhändler aus der *Chicken Street*. Ich dachte schon, er brächte mir meinen Teppich zurück, und wollte gerade protestieren, dass er mir doch versprochen hatte, ihn eine ganze Woche lang zu behalten, aber er ließ mich gar nicht zu Worte kommen. Er streckte mir seine Hand entgegen, in der er amerikanische Geldscheine hielt. Er gab sie mir und wollte wissen, ob es genug wäre.

Es waren zweihundert Dollar. Ich dachte, er wollte sich einen Spaß mit mir erlauben. Ich gab ihm sein Geld zurück und hätte zusätzlich zu dem strafenden Blick in meinen Augen fast noch eine gehässige Bemerkung von mir gegeben.

Er wollte wissen, wie viel mehr ich denn verlangte. Ich sagte, er solle aufhören, mich auf den Arm zu nehmen, aber er erklärte mir, er hätte einen Landsmann von uns kennengelernt, der Teppiche nach Deutschland exportiere und der ganz begeistert von meinem Entwurf sei und noch weitere hundert Exemplare meines Teppichs haben wolle. Ob ich die für ihn knüpfen könnte? Und schon streckte er mir wieder seine Hand entgegen, in der er nun dreihundert Dollar hielt. Ich nahm ihm das Geld ab und zählte es, als wollte ich sichergehen, dass auch nichts fehlte; doch in Wirklichkeit ging es mir nur darum, das Geld zu berühren und mit meinen Fingern darüberzustreichen. Ich spürte, dass er mich ansah, und da ging mir auf, wie unhöflich ich mich benahm. Rasch lud ich ihn ein hereinzukommen und bat meine Mutter, uns Tee zu machen.

Als wir im Haus waren, dankte ich zunächst Allah und meiner Lehrerin. Wie sehr wünschte ich mir, dass sie hier wäre, um zu hören, was der Ladenbesitzer eben gerade zu mir gesagt hatte. Einen kurzen Moment lang wurden mir die Augen feucht, und ich sagte der Stimme in mir, dass das, was sie mir damals geweissagt hatte, sich jetzt scheinbar zu bewahrheiten begann.

Der Ladenbesitzer, der mich beobachtet hatte, fragte, ob etwas nicht in Ordnung sei. Ich wischte mir die Augen mit dem Handrücken ab und sagte, dass ich ihm gerne weitere Teppiche knüpfen würde, wenn er mir Geld gäbe, um mehr Wolle und weitere Knüpfstühle zu kaufen. Sogleich überreichte er mir tausend Dollar.

Ich hatte überhaupt noch nie einen Dollarschein in der Hand gehabt. Er war aus so festem Papier, dass man sich daran schneiden konnte – so ganz anders als unsere kleinen, labbrigen Afghani-Noten. Ich sah ihn an und sagte: »Mit diesem scharfen

Rand könnte man Spatzen töten.« Damals bekam man für tausend Dollar einen guten Wagen. Oder sogar ein Visum für Italien. Und ich hielt sie in meiner Hand. Aber ich wollte ja gar nicht ganz alleine nach Italien. Ich wollte, dass meine Familie mitkam. Also würde ich alles für Wolle und weitere Knüpfstühle ausgeben, um noch mehr Teppiche herzustellen.

Ich ging zum Tischler, um ihm sein Geld zu geben. Er riss es mir wortlos aus der Hand und warf mir einen schiefen Blick zu. Ich fragte ihn, ob er mir noch ein paar weitere Knüpfstühle zimmern könnte.

»Ich werde im Leben keinen Knüpfstuhl mehr für dich bauen«, sagte er und spie vor lauter Verachtung vor mir aus.

»Und wenn ich im Voraus bezahle?«

»Du hast ja nicht einmal Geld, um dir ein Stück Brot zu kaufen«, sagte er herablassend. »Wie willst du mir da ein paar Knüpfstühle im Voraus bezahlen?«

Ich legte ihm das Geld für fünf Knüpfstühle hin und sagte, dass ich sie in einer Woche abholen käme. Er sah mich ziemlich erstaunt an, und obwohl er das Geld ja in Händen hielt, schien er noch immer nicht recht überzeugt. Ich verließ seinen Laden, ohne mir anzuhören, was er noch zu sagen hatte.

»Schon gut! Keine Sorge! Nächste Woche sind sie fertig! Vielen Dank!«, rief er mir nach.

Ohne mich umzudrehen, hob ich die rechte Hand und winkte ihm zum Abschied. Das Geld hatte mich ziemlich arrogant werden lassen.

Ich ging zum Wollhändler und entschuldigte mich dafür, dass ich ihn so lange auf sein Geld hatte warten lassen. Er sagte, dass ich mir da mal keine Gedanken machen solle; alle Teppichfabriken wären so, und er sei es gewohnt. Er wusste natürlich nicht, dass das mit meiner Teppichmanufaktur nur gelogen gewesen war. Aber nun war meine Lüge Wahrheit geworden. Ich bestellte ein paar hundert Kilo Wolle bei ihm.

Er sagte, er könne mir jede Art von Wolle besorgen, die ich benötigte, und alles direkt bei meiner Fabrik anliefern.

Meine Fabrik. Ich fand es gut, wie sich das anhörte. Langsam fing ich an, selber daran zu glauben. Ich hatte noch nicht richtig darüber nachgedacht. Aber wenn ich in der Lage sein wollte, all die Teppiche herzustellen, die dieser Mann in Deutschland zu verkaufen vorhatte, würde ich tatsächlich eine kleine Fabrik brauchen.

»Gut«, sagte ich, als ich ging. »Vielen Dank.« *Meine Fabrik*, dachte ich.

An diesem Abend kam mein Vater wie üblich sehr spät nach Hause. Alles schlief bereits; nur ich wartete noch auf ihn.

»Es ist Mitternacht. Geh zu Bett«, sagte er. Dann bat er mich noch um ein Glas Wasser.

Als er es ausgetrunken hatte, gab ich ihm die dreihundert Dollar. Er betrachtete das Geld und fragte dann, ob das Fälschungen wären oder eine Art Scherz sein sollte.

»Nein. Das ist das Resultat von sieben Monaten harter Arbeit«, sagte ich voller Stolz.

Er nahm die Geldscheine genau unter die Lupe; schließlich lächelte er auf eine Weise, wie er es seit Monaten nicht mehr getan hatte, und sagte: »Wundervoll. Nun verdienst du mehr Geld als ich.« Und er breitete die Arme weit aus und drückte mich lange und fest an seine Brust.

Ich berichtete ihm von dem Teppichhändler, von den tausend Dollar, den fünf neuen Knüpfstühlen, den mehreren hundert Kilo Wolle und meinem Plan, wirklich eine Teppichmanufaktur ins Leben zu rufen. Er sah mich sprachlos an. Aber ich wusste, dass er zufrieden mit mir war.

Ich zeigte auch den beiden älteren meiner jüngeren Schwestern und meinem Bruder, wie man Teppiche knüpft. Mein Bruder war zwar noch ziemlich klein, hatte sich aber bereits zu einem sehr nützlichen Mitglied der Familie entwickelt. Er, meine Schwestern und ich wechselten uns mit der Arbeit an unserem vorerst noch einzigen Knüpfstuhl ab.

Meine jüngeren Schwestern hatten bisher jeden Nachmittag mit den Töchtern unseres Nachbarn im Garten verbracht. Da ihnen von den Taliban der Schulbesuch untersagt worden war, verbrachten sie ihre Zeit mit Schwatzen und der Lektüre iranischer Romane. Als meine Schwestern mehrere Tage hintereinander dem Garten nach dem Mittagessen fernblieben, begannen sich die anderen Mädchen Sorgen zu machen, denn meine Schwestern mochten zunächst niemandem verraten, dass sie mit dem Knüpfen von Teppichen beschäftigt waren – sie glaubten, es wäre etwas ganz Besonderes, und wollten nicht, dass jemand davon erfuhr. Doch ewig konnten sie ihr Geheimnis vor den anderen Mädchen doch nicht wahren, und nach etwa einer Woche erzählten sie ihnen davon.

Die Nachbarsmädchen kamen zu mir und baten mich, sie ohne Bezahlung bei mir zu beschäftigen; sie wollten einfach nur lernen, wie man Teppiche knüpfte. Wir waren Paschtunen. Sie waren Hazara. Teppichknüpfen war eigentlich mehr etwas für die Turkmenen. Aber wir arbeiteten alle zusammen daran.

Es vergingen nur wenige Tage, bis so ziemlich alle Mädchen aus der Nachbarschaft bei uns zu Hause erschienen waren, um mich zu bitten, ihnen das Teppichknüpfen beizubringen. Irgendwie hatten sie gehört, mit was wir uns befassten, und da sie alle zu Hause saßen und nichts zu tun hatten, litten sie natürlich unter Langeweile.

Zunächst gab mir das schwer zu denken. Wenn es die Mädchen erfahren hatten, war es nicht ausgeschlossen, dass es auch den Taliban zu Ohren gekommen sein könnte. Aber auf der anderen Seite brauchte ich Hilfskräfte, und die Mädchen waren sehr lernwillig.

Nach ein paar Monaten hatte sich mein Einmannbetrieb tatsächlich zu einer Teppichfabrik entwickelt. Gemeinsam mit meinem Vater hatte ich den Lagerraum, in dem seine Teppiche von der Rakete zerstört worden waren, wieder instandgesetzt. Die Lehmziegel dafür hatten wir selber hergestellt, indem wir über einhundert Holzformen fertigten, die wir jeden Tag mit Lehm auffüllten, dem wir fein gehäckseltes Stroh beigefügt hatten. Sobald der Lehm trocken genug war, schütteten wir den fertigen Ziegel aus der Form und füllten diese neu. Wir hatten kein Geld, um fertige Ziegel zu kaufen, und außerdem war unsere gesamte Festung der neun Türme aus in der Sonne getrockneten Lehmziegeln gebaut worden. Zum Schutz vor neugierigen Blicken mauerte ich das große Fenster zur Straße mit Lehmziegeln zu und ließ nur am oberen Rand einen kleinen Spalt frei, damit frische Luft eindringen konnte.

Inzwischen verfügte ich über fünfundzwanzig Knüpfstühle und beschäftigte einschließlich meiner Schwestern vierzig Arbeiterinnen, die Teppiche für mich herstellten. Mit jedem neuen Knüpfstuhl kamen auch neue Arbeiterinnen hinzu. Vom frühen Morgen bis nachmittags um vier knüpften die Mädchen fleißig Knoten – bis auf die eine Stunde, in der sie für die Mittagspause die Arbeit unterbrachen.

Von vier bis sechs Uhr nachmittags wurde Unterricht abgehalten. Mein Vater führte die Mädchen in die Grundzüge der Mathematik ein, meine Mutter unterrichtete sie in Rechnungswesen, und meine ältere Schwester war für Dari und Literaturkunde zuständig. Sie hatte zwar keinerlei Interesse am Teppichknüpfen und hatte es auch nie gelernt, aber dafür war sie eine sehr begabte Lehrerin, was sie schon bei unseren Nomadencousinen unter Beweis gestellt hatte. Ich war sehr froh, dass sie sich meiner Arbeiterinnen annahm – obwohl ich ihr das nie gesagt habe. Es herrschte zwar jetzt Frieden, aber ich wusste ja ebenso wenig wie sonst jemand in Afghanistan, ob und wann die Kämpfe wieder ausbrechen würden.

Außerdem lebten wir in ständiger Furcht, dass die Taliban davon Wind bekämen, was sich bei uns tat. Es verstieß gegen die von ihnen erlassenen Gesetze, dass die Mädchen außerhalb ihres Elternhauses arbeiteten oder Unterricht bekamen. Wenn die Taliban dahintergekommen wären, hätten uns allen schreckliche Dinge bevorgestanden – am Ende hätte man uns vermutlich umgebracht, doch wäre das noch ein gnädiges Schicksal gewesen im Vergleich dazu, was sie vorher mit uns angestellt haben würden. Obwohl es für uns alle gefährlich war, standen meine

Eltern und meine ältere Schwester wie auch die anderen Mitglieder unserer Hausgemeinschaft jederzeit zu mir.

Ich hatte die Regel aufgestellt, dass alle Arbeiterinnen um acht Uhr früh in der Fabrik zu sein hätten. Allerdings durften sie nicht alle gleichzeitig am gleichen Eingang eintreffen – das wäre den Spionen der Taliban aufgefallen. Sie sollten von sechs Uhr früh an bis acht in jeweils kleinen Grüppchen erscheinen.

So betraten zwei von ihnen das Gelände durch unseren Haupteingang am Tor; drei weitere benutzten einen anderen Zugang unten am Fuß des Gartens; vier Mädchen kamen durch eine Pforte, die von der Straße aus nicht einsehbar war. Die Töchter unserer unmittelbaren Nachbarn kletterten mithilfe einer Leiter über die Mauer zwischen ihrem Grundstück und dem unseren – bis um acht sämtliche Arbeiterinnen in der Fabrik präsent waren. Die, die schon früher eingetroffen waren, erledigten in der Zeit bis zum Arbeitsbeginn ihre Hausaufgaben.

Nachdem meine Teppichmanufaktur ein solcher Erfolg geworden war und so viele Mädchen jeden Morgen zu uns kamen, um für mich zu arbeiten, beschloss sogar Dussel, es auf die nette Tour zu versuchen. Er bat mich, ihn als Schüler aufzunehmen und ihm beizubringen, wie man Teppiche herstellt. Trotz anfänglicher Vorbehalte erklärte ich mich einverstanden. Ich hatte ja sonst keine Freunde, und wenn Dussel seine geistreiche Seite herauskehrte, konnte man es gut mit ihm aushalten. Er hatte eine durchaus witzige Art von Humor, stellte sich bloß manchmal immer noch wie ein Dussel an; doch man musste ihm das irgendwie nachsehen – es konnte einfach kein komplett anderer Mensch aus ihm werden.

Und er lernte schnell. Binnen zweier Monate hatte er sich alles angeeignet, was man über das Teppichknüpfen wissen musste. Sein ganzes bisheriges Leben war ein einziger Wettstreit mit mir gewesen, doch hatte Dussel nie den Bogen herausbekommen, wie er mir ein Schnippchen schlagen konnte, und blieb immer einen Schritt zurück. Möglicherweise aber war er die ganze Zeit schlauer gewesen, als ich dachte, hatte es mir überlassen, ein

Wagnis einzugehen, um es dann selber besser zu machen, indem er aus meinen Fehlern lernte.

Er kaufte seine eigenen Werkzeuge und startete in den von seiner Familie bewohnten Zimmern auf der gegenüberliegenden Hofseite seine eigene Manufaktur. Er lernte seine Brüder an und hatte schon bald eine richtige Fabrik auf die Beine gestellt. Er heuerte alle Jungen aus unserer Wohngegend an und zahlte ihnen mehr als ich meinen Mädchen, versorgte sie auch mit besserem Essen und scherzte den ganzen Tag lang mit ihnen.

Also stellte auch ich Jungen ein, vor allem jüngere – die, auf die eigentlich ihre älteren Schwestern aufpassen sollten, was die aber nicht konnten, weil sie ja für mich arbeiteten. Nach einer Weile jedoch wechselten die ersten meiner männlichen Teppichknüpfer wegen der besseren Versorgung und Bezahlung und der besseren Witze zu Dussel, und irgendwann war ich sie alle los.

Und dann fing Dussel auch noch damit an, sich vor meinen Augen über mich lustig zu machen, weil alle meine männlichen Arbeiter zu ihm gegangen waren.

Ich fand schon bald ein paar ältere Jugendliche, die schneller als die Jüngeren arbeiteten. Trotzdem wollte ich meine ursprüngliche Belegschaft wiederhaben, denn ich hatte sie schließlich gut ausgebildet. Eine Weile lang überlegte ich, wie ich es anstellen sollte; dann kam mir ein Gedanke. Mithilfe eines Freundes, dessen ganzes Engagement der Volksbildung galt, mietete ich in der Nähe von Qala-e-Noborja ein altes Gebäude mit fünf Räumen an. Wir kauften Stühle und Wandtafeln und stellten Dari- und Englischlehrer ein. Am Ende eines jeden Tages schickte ich meine männlichen Arbeiter, von denen die meisten nie zur Schule gegangen waren, für zwei Stunden in Kurse, in denen sie Dari und Englisch lesen und schreiben lernten.

Innerhalb kürzester Zeit kehrten meine Teppichknüpfer zu mir zurück, und dann bekam ich auch schon die ersten Anfragen von Dussels eigenen Arbeitern, ob nicht bei mir etwas frei wäre. Nach einem Monat waren meine Knüpfstühle vollkommen ausgelastet, und ich musste neue anschaffen, um mehr Leute einstellen zu können.

Dussel war natürlich alles andere als begeistert. Wenn wir uns begegneten, spuckte er voller Abscheu vor mir aus. Aber er konnte es sich nicht leisten, auf ewig die beleidigte Leberwurst zu spielen, und wenige Monate später kam er zu mir und flehte mich an, ihm seine Leute zurückzugeben, weil er mit den wenigen Arbeitern, die noch bei ihm geblieben waren, seinen Betrieb nicht aufrechterhalten konnte.

Ich sagte ihm, dass er aufhören solle, sich wie ein Dussel zu benehmen, und er versprach, das zu beherzigen. Aber Dussel bleibt Dussel. Selbst wenn man ihn auf den Mond schießen würde, würde er dort als Dussel weiterleben.

Ich schickte seine Männer zu ihm zurück, obwohl sie an sich ja gar nicht für ihn arbeiten wollten. Aber ich hatte es versprochen. Ich sagte ihnen, dass sie nach der Arbeit trotzdem kostenlos zum Unterricht kommen durften, gerade so, als würden sie immer noch für mich arbeiten. Und das nahmen sie denn auch gerne an.

Ein Jahr nach Gründung meiner Fabrik hatten die ersten Mädchen bei mir so viel gelernt, dass sie damit beginnen konnten, bei sich zu Hause ihre eigenen Teppiche anzufertigen und ihre Verwandten und Nachbarinnen als Hilfskräfte einzustellen. Manche von ihnen baten mich, ihnen mit einem Knüpfstuhl und Wolle auszuhelfen, weil sie sich die selber nicht leisten konnten, was ich auch tat, und nachdem sie nach ein paar Monaten ihre ersten eigenen Teppiche verkauft hatten, brachten sie mir meine Knüpfstühle zurück und bezahlten mir die Wolle. Einige knüpften bei sich zu Hause auch in meinem Auftrag und wurden von mir bezahlt. Schon bald führte ich eine regelmäßige Bezahlung für alle ein, die bei mir ihr Handwerk lernten, und zahlte für besonders gute Arbeit auch mal einen Bonus.

Unser Viertel war zum Teppichknüpferzentrum von Kabul geworden. Von hier kamen die besten Teppiche der Stadt. Manche der Mädchen hatten glänzende Ideen, was neue Farben und Muster betraf. Ich ließ ihnen völlig freie Hand.

Nachdem ich ihm bewiesen hatte, dass ich Teppiche herstellen und verkaufen konnte, begann mein Vater mich ernst zu nehmen. Er hörte auf das, was ich zu sagen hatte. Und als er merkte, dass wir langsam wieder zu Geld kamen, lebte in ihm die Idee, Afghanistan zu verlassen, neu auf. Ich erklärte ihm, dass wir jetzt genug verdienen würden, um jeden mitzunehmen, und erinnerte ihn daran, dass wir von Nomaden abstammten und das Umherziehen in unserer Natur lag. Ich würde mich um die finanzielle Seite kümmern, und er solle sich nach Schleusern umschauen. Zunächst hatte er noch seine Zweifel, doch nach einer langen Diskussion, in deren Verlauf ich ihm Aufstellungen meiner Kosten, meiner Produktionszahlen und meiner Profite auf einen Zettel schrieb, willigte er endlich ein. Schließlich war er ja Physiklehrer und konnte mit Zahlen etwas anfangen.

Er schaltete wieder regelmäßig den BBC World Service ein, um zu hören, was in den einzelnen Regionen Afghanistans so los war, damit er entscheiden konnte, auf welchem Weg wir am sichersten außer Landes kämen. Wir schmiedeten viele Pläne und gingen sie danach immer wieder durch, damit wir auch ja nichts übersahen.

Zum Schluss kam dabei heraus, dass wir zuerst in den Iran, von dort in die Türkei und dann weiter nach Italien gehen würden. Sobald wir dort wären, würden wir versuchen, einen meiner Onkel mit seiner Familie nachzuholen. Wir wollten hart arbeiten und noch mehr Geld verdienen und dann die nächste Familie kommen lassen. So würden wir nach und nach alle aus Afghanistan herausholen. Keiner von uns war je in Italien gewesen, und wir hatten auch nur eine vage Vorstellung davon, wo sich das Land befand. Aber wir waren fest entschlossen, es dorthin zu schaffen.

Während mein Vater sich nach Schleusern umhörte, setzte ich mein Studium fort. Zwar konnte die Universität mir nicht mehr beibringen, als ich bereits im Gefängnis der Taliban gelernt hatte, aber ich konnte dort wenigstens einen Abschluss erwerben, der mir helfen würde, irgendwo eine Stelle zu finden. Mein Gefängnisaufenthalt würde mir da nicht viel nützen.

Von dem Geld, das ich mit dem Verkauf der Teppiche verdient hatte, kaufte ich mir ein neues Fahrrad. Ich hätte mir zwar auch ein Motorrad oder ein Auto leisten können, aber ich mochte nicht mit meinem Geld protzen. Die meisten meiner Klassenkameraden waren arm, und ich wollte den Eindruck bewahren, mir ginge es genauso.

»Wenn es gefährlich wird, suche in der Masse Unterschlupf«, hatte Großvater mir immer gesagt. Also tat ich das. Großvater war zwar tot, aber ich trug immer noch seine guten Worte und seinen Rat in meinem Herzen.

Zwei Jahre lange studierte ich fleißig und arbeitete hart. Langsam sammelten sich nicht nur Zwischenbescheinigungen an, die ich für mein Examen brauchte, sondern auch die Profite aus meiner Teppichherstellung. Der etwas zweifelhafte Friede, den die Taliban gebracht hatten, ermöglichte es ausländischen Käufern, gefahrlos nach Kabul zu kommen, und meine Verkaufszahlen kletterten in die Höhe. Eine Frau mochte dafür ausgepeitscht werden, dass sie ohne männliche Begleitung einen Fuß vor die Tür gesetzt hatte, doch in anderen Bereichen vermittelte das Taliban-Regime so etwas wie ein Gefühl der Sicherheit. Viele Dinge wie das Bankwesen und die Postzustellung funktionierten wieder wie früher, in den Büros wurde wieder gearbeitet, und man konnte wieder ungefährdet durchs Land reisen. Mein Vater nahm seine Fahrten durch die Dörfer wieder auf, schaute sich nach alten Teppichen um und suchte dann unter den ausländischen Teppichkunden, die nach und nach wieder in das etwas fremd gewordene, doch politisch stabile Kabul zurückkehrten, Käufer dafür.

Unseren Wunsch, das Land zu verlassen, gaben wir jedoch nie auf. Still, aber beharrlich sorgte meine Mutter dafür, dass wir dieses Ziel nicht aus den Augen verloren und mit aller Kraft darauf zuarbeiteten. Ironischerweise waren es ausgerechnet die Taliban, die uns quasi den Weg ebneten.

Doch wie es uns Afghanen schon so oft ergangen war, änderte sich durch Geschehnisse auf der anderen Seite der Welt schlagartig alles für uns.

25

Veränderung liegt in der Luft

Im Sommer 2001 hörten wir auf BBC zum ersten Mal, dass der ehemalige Mudschaheddin-Kämpfer Ahmad Shah Massoud einen bewaffneten Widerstand gegen die Taliban organisieren wollte. Massoud war ein hochintelligenter Mann, der unermüdlich über mehrere Jahre die Russen bekämpft und sie daran gehindert hatte, das Pandschir-Tal einzunehmen und damit die Kontrolle über den wichtigsten Bergpass des Hindukusch an sich zu bringen.

Nachdem die Russen aus dem Land vertrieben waren, hatte Massoud zu einer Zeit, als die Machtkämpfe zwischen den verfeindeten politischen Parteien in Kabul Tausende von Menschenleben kosteten und verheerende Zerstörungen anrichteten, als Verteidigungsminister seines Landes gedient. Er war Anführer einer der politischen Machtgruppen, die von den Taliban ausgeschaltet worden waren.

Alles hatte Angst, dass Massouds Versuch, Kabul wieder einzunehmen, zu einem erneuten Ausbruch der sinnlosen Kriegshandlungen führen und die unter den Jahren der Taliban-Herrschaft erreichte Stabilität wieder zunichte machen würde. Die Taliban waren zwar grausam und ungebildet, hatten in Afghanistan aber zumindest eine gewisse Ordnung hergestellt. Nun lebten wir in ständiger Furcht, dass es mit den brutalen Machtkämpfen zwischen den Parteien wieder losgehen könnte. Selbst mit den sonderbarsten Gesetzen der Taliban konnte man eher leben als mit dem Chaos, das die Milizen anrichteten.

Massoud stammte aus dem Pandschir-Tal, eine Autostunde nördlich von Kabul; weder den Russen noch den Taliban war es je gelungen, seiner habhaft zu werden. Jetzt war er der militärische Befehlshaber der Pandschiri, die den Taliban erbitterten Widerstand entgegensetzten. Wenn er Kabul angriff, würden innerhalb kürzester Zeit sämtliche Straßen blockiert sein, und wir säßen in der Falle. Alle würden sich in ihren Häusern verbergen, die Straßen wären wieder voller Leichen, und die Rinnsteine würden sich mit dem Blut Unschuldiger füllen. Wieder einmal.

Erst wenige Wochen zuvor hatte mein Vater endlich einen Schleuser aufgetan, der genau der Richtige für uns zu sein schien. Er kam mehrmals zu uns ins Haus, sodass wir ihn alle kennenlernten und das Gefühl bekamen, ihm vertrauen zu können. Er machte den Eindruck eines ehrlichen Mannes und schien keiner jener Menschenschmuggler zu sein, die einem das Geld abnahmen und einen dann irgendwo im Niemandsland stehen ließen. Wir waren durch einen Freund einer meiner Onkel, den wir schon seit Jahren kannten und auf den wir uns verlassen konnten, auf ihn gekommen.

Der Plan sah vor, dass mein Onkel, nachdem er die Nachricht von unserem Eintreffen in der Türkei erhalten hatte, seinem Freund in Kabul das Geld übergeben würde, das der Schleuser für seinen Teil unseres Weges verlangte. Dann würde der wiederum uns einem seiner Kollegen übergeben, der uns weiter nach Italien geleiten sollte.

Wir waren alle sehr erleichtert, dass uns nun ein friedliches Leben in einem anderen Land bevorstand und dass uns unsere Angehörigen bald folgen würden. Keine Minute lang zauderten wir angesichts der Gefahren und Beschwerlichkeiten, die uns bevorstanden. Wir hatten vor nichts mehr Angst als davor, in Afghanistan bleiben zu müssen – trotz der Ruhe, die durch die Taliban hier eingekehrt war.

Der Schleuser nannte meinem Vater das Datum für unseren Aufbruch. Uns blieben etwa sechs Wochen Zeit, um uns vorzubereiten. Meine Mutter hatte bereits mit dem Packen begonnen.

Da wir nicht viel mitnehmen konnten, wählte sie mit Sorgfalt aus. Mein Vater sortierte unsere übrigen Habseligkeiten in verschiedene Stapel, von denen jeder für jeweils einen meiner Onkel bestimmt war.

Auch meine Schwestern gingen ihre Kleider durch und entschieden, was sie mitnehmen und was sie zurücklassen wollten. Sie wussten, dass wir in jedem der Länder, in die wir zu gehen planten, bessere Kleidung bekommen konnten, aber sie hingen an einigen ihrer Lieblingssachen und wollten sie nicht hergeben, obwohl sie ihnen zum Teil längst nicht mehr passten. Das ganze Haus war ein einziges Durcheinander; in jedem Zimmer waren überall Kleider aufgestapelt.

Ich inspizierte derweil in meinen Räumen die Knüpfstühle. Auf einigen von ihnen waren noch Teppiche in Arbeit, die vor unserem beabsichtigten Abreisedatum fertiggestellt sein würden. Andere Teppiche waren erst halb fertig, und bei wieder anderen hatte die Arbeit gerade erst begonnen. Ich setzte meine besten Arbeitskräfte daran, diejenigen Teppiche zu vollenden, die fast fertig waren, und ernannte eine meiner tüchtigsten Auszubildenden zu meiner Stellvertreterin. Es lag in ihrer Verantwortung, nach unserem Weggang für die Fertigstellung der restlichen Teppiche zu sorgen. Anschließend sollte sie sich mit meinem Onkel in Verbindung setzen, der die Teppiche dann zu meinem Händler in der *Chicken Street* brächte. Das Geld, das er für diese Teppiche bekäme, stellte einen Teil der Summe dar, die wir den Schleusern bei unserer Ankunft in Italien zu zahlen hätten.

Nachdem wir fort und alle Teppiche verkauft sein würden, sollte meine Stellvertreterin die Knüpfstühle unter meinen übrigen Schülerinnen und Schülern verteilen, damit auch sie anfangen konnten, bei sich zu Hause Teppiche herzustellen. Die Werkzeuge würden ihr Lohn und ihre Bonuszahlung für den letzten Arbeitsmonat sein. Alle waren mit dieser Lösung sehr einverstanden. Allerdings musste ich noch für mindestens einen weiteren Monat Wolle und Seide für sie färben, denn sie wussten nicht, wie man das machte. Ich hatte zwar ein paar meiner Schüler in die Technik eingeweiht, doch war dies ein sehr komplizierter Vorgang, weil die Qualität des Farbstoffs und der Wolle sowie die Temperatur der Flamme unter dem Färbeeimer leicht variieren konnten, sodass es viel Erfahrung brauchte, bis es gelang, bei jedem Kontingent die gleiche Farbschattierung zu erzielen, und meine Schüler begingen noch genau die Fehler, die ich gemacht hatte, als ich mir all diese Dinge selber beibrachte.

Es war gegen sieben Uhr abends. Wir wollten nach einem langen, anstrengenden Tag früh essen. Meine Mutter grillte im Garten Kebabfleisch. Wir machten nun jede Mahlzeit zu einem kleinen Festakt, denn wir wollten am 15. Oktober, in genau einem Monat und fünf Tagen, aufbrechen. So halfen wir uns auch über den Kummer hinweg, unsere Heimat verlassen zu müssen, in der unsere Familie Tausende von Jahren gelebt und ich selber die ersten neunzehn Jahre meines Lebens verbracht hatte.

Meine Mutter reichte jedem von uns einen Kebabspieß. Es war Lammfleisch, sehr saftig und wohlschmeckend. »Lass uns mal Nachrichten hören«, schlug mein Vater vor. Nur meine Mutter wollte nichts von der »Teufelskiste« hören, wie sie das Radio nannte, weil es ständig nur schlechte Nachrichten verbreitete. Sie meinte, wir würden uns unser ganzes Leben vom Radio kaputt machen lassen.

Mein Vater lachte nur leise in sich hinein und sagte: »Schon gut. Wir werden diesem Land sehr bald den Rücken kehren. Gönne es mir doch, Radio zu hören, solange wir noch hier sind.« Und dann schaltete er den Empfänger ein, und wir hörten den BBC World Service. Meine Mutter sagte nichts mehr dagegen, weil sie wusste, dass sie es ohnehin nicht ändern konnte. Stattdessen kümmerte sie sich weiter um das Essen.

Und da hörten wir mit einem Male etwas, bei dem uns der Bissen im Hals stecken blieb.

»Ahmad Shah Massoud ist heute in seinem Hauptquartier nahe der tadschikischen Grenze bei einem Selbstmordattentat schwer verletzt worden. Bei den Selbstmordattentätern handelte es sich um zwei Araber, die sich als Journalisten ausgegeben hatten. Im Verlauf ihrer Unterredung mit Massoud explodierte eine

Bombe, die der eine von ihnen an seinem Gürtel getragen hatte. Der Attentäter war auf der Stelle tot; sein Komplize wurde bei einem Fluchtversuch angeschossen und festgenommen. Massoud wurde sofort in das indische Militärhospital in Farkhor, Tadschikistan, geflogen.«

Wir waren wie vor den Kopf geschlagen, wussten nicht, wie wir es aufnehmen sollten. Was bedeutete das für uns? Sollten wir fröhlich weiteressen, als wäre nichts geschehen? Oder trauern? So etwas wie Selbstmordattentäter gab es in Afghanistan nicht.

Am Morgen erfuhren wir, dass Massoud in der Nacht im Krankenhaus gestorben war, während die Ärzte noch versucht hatten, sein Leben zu retten. Überall um uns herum ließen die vielen Pandschiri unter unseren Nachbarn ihren Tränen freien Lauf.

Ich hatte keinem von meinen Kommilitonen erzählt, dass ich sie verlassen würde. Ich wollte nicht, dass sie neidisch waren, weil ich das Land verließ und sie zurückbleiben mussten. Aber ich hatte vor, ihnen aus Italien zu schreiben und ihnen Geschenke zu schicken.

Während der vergangenen Jahre war ich mit allen gut Freund geworden, und das, obwohl ich der Universität geraume Zeit ferngeblieben war. Selbst die Taliban, die unmittelbar von der Front an die Uni gekommen waren, hatten wir in unseren Kreis mit einbezogen und ihnen neben lesen und schreiben auch beigebracht, wie man auf dem Barren turnte, Basketball spielte, und ihnen die ersten Tanzschritte gezeigt. Manchmal hörten wir uns in den Pausen zwischen den Kursen auch heimlich indische Musik an. Ein paar von ihnen wandten sich schließlich von den Taliban ab. Sie waren ja auch keine schlechten Kerle, sondern nur Jungs wie wir, die im Leben ihre Chance haben, ein Mädchen aus Kabul heiraten und dann in der Stadt weiterleben wollten.

Wir sagten ihnen, dass sie die Hausarbeit dann aber mit ihren Ehefrauen teilen müssten. Anfangs dachten sie, dass wir sie auf den Arm nehmen wollten, doch nach und nach ging ihnen auf, dass wir es ernst damit meinten. Und weil sie nicht wieder so leben wollten wie früher auf ihren Dörfern, sahen sie irgendwann ein, dass sie auch ihren Anteil an der Hausarbeit übernehmen mussten.

Als meine Kommilitonen und ich am Tag nach der Bekanntgabe von Massouds Tod über seine Ermordung sprachen, äußerten einige von uns große Sorge darüber, dass wir wieder einen Kämpfer für die Unabhängigkeit des afghanischen Volkes verloren hatten, während andere, die sich noch gut an die Raketen erinnerten, die er während des Bürgerkrieges auf Kabul abgeschossen hatte, über seinen Tod frohlockten.

Manche von uns taten so, als wären wir bereits gestandene Journalisten, und machten den anderen Vorwürfe. »Es ist nicht unsere Aufgabe, uns auf die eine oder andere Seite zu schlagen«, sagten sie. »Unsere Aufgabe ist es, die Wahrheit zu schreiben und alle Tatsachen zu berücksichtigen.« Der BBC World Service war uns ein Vorbild darin, wie man Nachrichten korrekt und zeitnah präsentierte. Wir hörten ihn in den Pausen – meist mit Kopfhörern – aus kleinen Radios ab, die wir in unseren Taschen bei uns trugen.

Einer meiner Kommilitonen hatte die Nachrichten eingeschaltet, während wir über Massoud debattierten. »Ruhe! Ruhe! In New York ist etwas ganz Furchtbares passiert!«, rief er plötzlich dazwischen.

Er zog den Stecker aus dem Miniradio, und wir erfuhren, dass ein Flugzeug einen der Türme des World Trade Center in New York gerammt hatte. Wir kannten das World Trade Center aus vielen Filmen und sahen seine zwei Türme deutlich vor unserem geistigen Auge. Und während wir nun an diesem späten Nachmittag unter den Bäumen des Universitätscampus standen, hörten wir aus dem winzigen Radio, dass ein zweites Flugzeug auch noch den anderen Turm gerammt hatte. Sogar die Amerikaner waren nun den Schrecken ausgesetzt, die uns so viele Jahre lang das Leben zur Hölle gemacht hatten. Es war ein Gefühl, als wäre uns etwas fortgenommen worden. »Was für Hoffnung kann es für Afghanistan noch geben, wenn so etwas in Amerika passiert?«, fragten wir uns gegenseitig.

Massouds Tod trat augenblicklich in den Hintergrund. Wir vergaßen ihn völlig. Der Sprecher des BBC World Service sagte so etwas wie:

»Der Zeitpunkt für die Ermordung Massouds nur zwei Tage vor diesen Angriffen auf die Amerikaner wird von Beobachtern als überzeugendes Indiz für die Richtigkeit ihrer Mutmaßung gedeutet, Osama bin Laden habe Massouds Ermordung befohlen, um den mit ihm verbündeten Taliban zu helfen und sich deren Unterstützung in Afghanistan zu sichern. Auch von den beiden Attentätern wird berichtet, dass diese durch die an Massoud gerichteten Fragen angedeutet hätten, zu den Unterstützern bin Ladens zu gehören.«

Osama bin Laden. War das nicht der Name des Arabers, von dem gesagt wurde, er wohne ganz bei uns in der Nähe in dem Haus, das einem Mann gehörte, den man den »Spitzel des Königs« nannte?

Einige meiner Kommilitonen vertraten die Ansicht, dass nun ein Angriff Amerikas auf Afghanistan bevorstünde und dass die Amerikaner wie die Russen vorgehen, überall wahllos Bomben abwerfen, jede Stadt und jedes Dorf in Schutt und Asche legen würden.

Ich war mir dessen nicht so sicher. Ich glaubte, dass Amerika viel zu weit entfernt wäre, um Afghanistan angreifen zu können. Es befand sich schließlich auf einem anderen Kontinent. Und was wollten sie überhaupt von uns Afghanen? Wenn es ihnen um Osama bin Laden ging, konnten sie doch ihre Geheimdienstleute schicken, um ihn festzunehmen. Aber sie würden doch niemals ganz Afghanistan wegen eines einzigen Mannes den Krieg erklären.

Und selbst wenn sie es tun, sagte ich mir, werden wir dann schon fort sein. Wir werden uns in der Türkei oder vielleicht sogar schon in Italien befinden. Trotzdem ist ein Angriff eher unwahrscheinlich.

Danach hörten wir jeden Tag die BBC-Nachrichten, beinahe jede Stunde. Auch hier wurde immer wieder gesagt, dass Amerika

Afghanistan angreifen würde. So verging fast ein Monat, aber nichts geschah.

Die Straßen waren immer noch frei. Mit jedem Tag, um den unsere Abreise näher rückte, wuchs in uns die Hoffnung, dass wir diesmal wirklich hier wegkämen – und gleichzeitig die Sorge, dass irgendetwas passieren könnte, das uns aufhielt.

Eine Woche vor dem Tag unserer Abreise waren ein paar meiner Onkel, Tanten, Cousins und Cousinen bei uns zu Besuch. Sie waren gekommen, um sich von uns zu verabschieden und die Sachen abzuholen, die mein Vater für sie beiseitegelegt hatte. Es war spät an einem Sonntagabend, und wir hatten gerade ausgiebig miteinander zu Abend gegessen.

Weil es draußen kühl war, hatte das Abendessen nicht im Hof, sondern in einem der Zimmer des Hauses stattgefunden. Es tat gut, wieder wie eine große Familie um ein großes Tuch herum zusammenzusitzen; wir alle wussten, dass sich in Afghanistan vermutlich keine Gelegenheit mehr dazu bieten würde. Meine Cousinen fragten mich, ob ich ihnen schöne Geschenke schicken würde; ich versprach, gleich nach unserer Ankunft ein großes Paket zu packen.

Jemand war gerade dabei, einen Witz zu erzählen, als wir ein extrem lautes Geräusch hörten – wie eine Bombenexplosion. Der Boden unter unseren Füßen erbebte, und es zersprangen sogar ein paar Fenster. Zum Glück wurde niemand verletzt, denn wir hatten schon vor Jahren unsere Fenster mit Plastikfolie verkleidet, damit im Falle eines Falles keine Glassplitter auf uns fielen. Wir rannten alle hinaus auf den Hof und die Treppe hinauf auf die Terrasse, von der wir über eine Bambusleiter aufs Dach kletterten, um zu schauen, was passiert war.

Wir sahen eine große schwarze Rauchwolke, die wie ein riesiger Pilz aussah, von einem Gipfel des schmalen Berges zwischen Qala-e-Noborja und Großvaters ehemaligem Haus aufsteigen. Dieser Berg war voller Fernsehantennen, sodass jeder ihn nur als *Fernsehberg* kannte und sein jahrhundertealter Name *Koh-e-Asamai* allmählich in Vergessenheit geriet.

Wir hatten keine Flugzeuge gehört und glaubten, dass eventuell eines der Waffenlager der Taliban auf dem Berg in die Luft geflogen war. Aber dann detonierte eine weitere Bombe, diesmal ganz nahe bei unserem Haus, und wieder zitterte der Boden. Diesmal so heftig, dass wir uns gegenseitig festhielten. Mein Vater und seine Brüder liefen am Rand des Daches entlang zu dem letzten verbliebenen Turm, um von dort einen noch besseren Blick zu haben. Dann hörten wir ganz weit über uns ein Flugzeug – »hoch oben in der Luft, ganz nahe beim Himmel«, wie meine ältere Schwester es ausdrückte.

Die Maschine flog viel zu hoch, um von irgendwelchem Bodenfeuer aus getroffen werden zu können, und schon bald kamen weitere Flugzeuge dazu. Wir haten den Eindruck, dass sie die Depots, die Raketenabwehrstützpunkte und die Trainingscamps der Taliban bombardierten, um sich anschließend auf die Häuser der Taliban-Befehlshaber, in denen sich auch deren Kommunikationseinrichtungen befanden, und ihre Militärbasen zu konzentrieren.

»Die wissen doch genau, was sie tun«, bemerkte meine Mutter. »Die sind nicht wie die Russen und die Mudschaheddin, die ihre Bomben blind irgendwo hinschmeißen. Sieh doch nur, wie genau sie Ziel nehmen.«

Bloß wussten wir immer noch nicht, wer diese Bomber waren.

Inzwischen waren alle über die Leiter auf das Dach geklettert. Wir schalteten unsere Taschenradios ein, um den BBC World Service zu hören: »Amerikanische und britische Luftstreitkräfte haben mit der Bombardierung von Stellungen der Taliban und von Al Kaida in Afghanistan begonnen. Schwerpunkte dabei sind die Hauptstadt Kabul, wo die Stromversorgung des Flughafens unterbrochen wurde, und das militärische Nervenzentrum in der Stadt Kandahar, Wohnort des obersten Taliban-Führers Mullah Omar, sowie die Stadt Dschalalabad, in der sich mehrere Trainingslager der Taliban befinden.«

Wir beobachteten eine heftige Bombendetonation in der Nähe des Flughafens, wo die Taliban ebenfalls ein großes Lager unterhielten. Wir sahen einander ungläubig an, sagten aber nichts, damit wir kein Wort der BBC-Nachrichten verpassten.

Im nächsten Augenblick jedoch gehörte unsere gesamte Aufmerksamkeit schlagartig meiner Mutter, die plötzlich mit den Händen in der Luft herumfuchtelte und meinen Vater anschrie.

»Auf keinen Fall! Auf gar keinen Fall!«, kreischte sie.

»Was ist denn los?«, fragte meine ältere Schwester und wirkte ungewohnt ängstlich.

»Er sagt, er will nicht weg von hier! Euer sturer Vater sagt, er will Afghanistan nicht verlassen! Alles ist vorbereitet, aber er sagt, wir bleiben hier!«, wetterte sie.

Ich konnte es gar nicht glauben, was ich da hörte. An diesem Abend geschahen lauter so merkwürdige Dinge. Ich hatte gerade meinen besten Drachen an einen meiner Cousins verschenkt, obwohl ich genau wusste, dass es unweigerlich in einem Fiasko enden würde, sobald er sich damit auf einen Drachenkampf einließ.

»Er benimmt sich schon wieder wie ein Kamel«, sagte meine Mutter, und ihre Stimme klang mutlos. »Sobald er sich etwas in den Kopf gesetzt hat, kann ihn niemand mehr davon abbringen.« Sie machte sich daran, die Leiter zur Terrasse hinabzusteigen, und meine Tanten folgten ihr.

»Was geht hier vor?«, fragte ich meinen Vater.

»Komm her, mein Sohn. Kommt alle her.« Im Gegensatz zu meiner Mutter war mein Vater ganz ruhig und besonnen. Wir setzten uns im Halbkreis vor ihn hin, während die westlichen Kampfflieger weiter ihre Ziele mit Bomben beschossen. Wir sahen es an einem ersten Aufblitzen in der Luft, wenn eines der unsichtbaren Flugzeuge seine Rakete abfeuerte, und an einem weiteren, wenn sie mit einer schweren Detonation, die den ganzen Erdboden erschütterte, auf ihr Ziel traf.

»Die Afghanen haben sich seit Tausenden von Jahren bekriegt«, sagte mein Vater und sah nacheinander uns allen in die Augen. Er war nun unser Lehrer geworden und wir seine Schüler. »Bei uns ist es seit jeher Tradition, dass wir einander berauben und ausplündern. Doch es gibt zwei Dinge, die uns einen: die Liebe zu Allah und der Hass auf unsere Feinde und Invasoren. Wir werden Afghanistan nicht verlassen, solange wir nicht wissen, ob diese Amerikaner unsere wahren Freunde oder unsere als Freunde verkleideten Feinde sind.«

»So einfach ist das? Wir bleiben also doch hier?«, fragte meine ältere Schwester. Sie klang enttäuscht und irritiert.

»Wen kümmert es schon, *wer* bei uns einmarschiert?«, sagte einer meiner Cousins. »Auf jeden Fall werden sie besser sein als die Taliban.«

»Nein, mein Sohn«, sagte mein Vater, streckte den Arm aus und zog ihn näher zu sich heran. »Unser Land ist unsere Mutter. Wir lassen es nicht zu, dass Fremde unser Land erobern. Es ist unsere Pflicht, unserer Mutter beizustehen.«

»Unsere Pflicht ist es, dieses Durcheinander, das du ein *Land* nennst, zu verlassen!«, rief meine Mutter von unten. Wir blickten alle hinunter zu ihr auf die Terrasse, aber sie stand im Dunkeln und war nur zu sehen, wenn eine der Raketen einschlug und der Blitz sie für eine Sekunde ins Licht tauchte. »Unsere Pflicht ist es, unser Leben zu retten.« Sie ging zum Fuß der Leiter, die hinauf aufs Dach führte, wo wir um meinen Vater herum saßen und fixierte ihn mit festem Blick.

»Bevor die Mudschaheddin an die Macht kamen, hielten wir sie für unsere Erretter, doch sie erwiesen sich als Mörder der Unschuldigen. Bei den Taliban ist es das Gleiche, und die Nächsten werden auch nicht anders sein. Sie alle haben das gleiche Ziel, sie nennen sich nur anders. Begreift ihr denn nicht, was hier vorgeht? Seht ihr nicht, wie es immer angefangen und wohin es jedes Mal geführt hat?« All die Wut, die sich in den vielen Jahren seit unserer Vertreibung aus Großvaters Haus in ihr aufgestaut hatte, verschaffte sich in ihren Worten Luft.

»Du magst ja recht haben«, erwiderte mein Vater geduldig. »Aber ich gehe erst, wenn ich herausgefunden habe, wer diese Leute sind.«

Wir blickten wieder nach unten und waren gespannt darauf, was meine Mutter darauf antworten würde, aber sie war nicht mehr da. Sie kannte meinen Vater besser als er sich selber. Sie wusste, dass er immer das letzte Wort haben würde, und deswegen war sie gegangen, ehe er noch einmal den Mund aufmachte.

Der Tag, an dem wir abreisen sollten, kam und ging. Mein Vater sagte nichts dazu. Meine Mutter sprach kein Wort mit ihm. Ich hockte zutiefst enttäuscht in meinem Zimmer. Mehr als je seit seinem Tod hatte ich den Wunsch, mit meinem Großvater zu reden. Aber er war nicht für mich da.

Am Abend ging ich hinaus und setzte mich unter die Akazie im Hof. Es war mir zur Gewohnheit geworden, mich dorthin zurückzuziehen, wenn ich Kummer hatte. Auf eine sonderbare Weise fühlte ich mich Wakeel nahe, wenn ich mich hier aufhielt, nahe der Stelle, an der er zuletzt bei uns gewesen war. Würde auch ich erst sterben müssen, um von hier fortzukommen?

Das Bombardement ging Tag und Nacht weiter. Aber dieser Krieg war ganz anders als der mit den Russen. Die russischen Bomber waren im Tiefflug gekommen und hatten ganze Dörfer auf einmal ausgelöscht. Die Amerikaner flogen hoch über ihre Ziele hinweg und warfen immer nur kleine Mengen an Bomben gleichzeitig ab.

Immer häufiger wurde zum Gebet in die Moschee gerufen, während der nächtliche Bombenregen mit schöner Regelmäßigkeit auf die Taliban und andere religiöse Fanatiker, die aus Pakistan, Tschetschenien, Indien und Saudi-Arabien gekommen waren, um sich ihnen anzuschließen, herniederging.

Der Winter nahte, und es wurde kalt. Das tägliche Leben ging weiter. Wir waren ja Krieg gewöhnt, und in Afghanistan gab es ohnehin nicht mehr viel zu zerstören.

Wegen der Bomben verließen die Menschen ihre Häuser nur, um zu versuchen, etwas zu essen aufzutreiben, aber es gab kaum etwas zu kaufen. Auch Nachrichten darüber, was genau sich in Kabul abspielte, waren rar. Aber es fielen einem doch nach und nach gewisse Veränderungen auf. Im Lauf der Wochen waren immer weniger Taliban mit ihren langen Gewändern, ihren schwarzen und weißen Turbanen und ihren schwarz umrandeten Augen auf den Straßen zu sehen. Sie verschwanden nicht alle in einer Nacht, wie die Mudschaheddin es getan hatten, als die Taliban die Macht in Kabul übernahmen. Es war eher ein schleichender Prozess.

Vom ersten Tag des Taliban-Regimes an hatten wir rasch gelernt, ihnen niemals in die Augen zu schauen, sondern immer den Kopf zu Boden gesenkt zu halten, wenn sie vorbeikamen. Nun war es genau umgekehrt. Die Taliban verschwanden mehr und mehr aus dem Straßenbild; in unserem Viertel gab es höchstens noch zwei oder drei, und wenn sie jemanden kommen sahen, waren sie es, die den Blick senkten und rasch vorbeieilten, um in einem der Gebäude, derer sie sich bemächtigt hatten, zu verschwinden.

Auch andere Dinge nahmen wir mit Erstaunen zur Kenntnis. In der Mitte der Kreuzung bei der großen Moschee nahe unserer Festung hatte immer ein Talib auf einem Stuhl gesessen. Wenn der Muezzin zum ersten Mal zum Gebet rief, nahm dieser Talib stets seinen Turban ab und ließ ihn zum Zeichen, dass er jetzt seine Waschung vornahm, auf dem Stuhl liegen, manchmal sogar zusammen mit seiner Peitsche. Auch in den umliegenden Straßen – eigentlich in der ganzen Stadt, um es genau zu sagen – kam dann augenblicklich alles zum Stillstand. Autofahrer hielten und ließen ihre Wagen mitten auf der Straße stehen, um zur Moschee zu eilen. Ladenbesitzer kamen hinter ihren kunstvoll aufgetürmten Bergen von Granatäpfeln und Pampelmusen hervorgestürzt und verschwendeten keinen Gedanken daran, ihre Türen zu verschließen, denn sie wussten, dass niemand sie bestehlen würde. Nach Taliban-Recht würde jedem Dieb die Hand abgehackt.

Es kam aber der Tag, an dem kein Turban, keine Peitsche und auch kein Talib auf dem Stuhl in der Mitte der Kreuzung zu sehen waren. Niemand wusste so richtig, was davon zu halten war, doch um auf Nummer sicher zu gehen, befolgten alle weiterhin die Taliban-Gesetze.

Die Bomberflüge der Amerikaner dauerten Wochen an. In manchen Nächten kamen mehr, in anderen weniger Flieger. Die Maschinen flogen unbeleuchtet; man hörte sie nur ein paar Sekunden lang, ehe auch schon ihre Bomben am Boden einschlugen.

Seit dem Beginn der Bombardierungen waren meine Mutter, ihr Bruder und ich zwei- oder dreimal über die Leiter aufs Dach geklettert, hatten uns gegen die herbstliche Kälte in Decken gehüllt und das Aufleuchten der Blitze beobachtet, wenn eine Bombe ihr Ziel traf. Ein paar Sekunden später spürten wir die Detonation, die die ganze Stadt zum Beben brachte, mitten durch uns hindurchgehen. Wir vertrieben uns die Zeit damit, Wetten abzuschließen, welchen Taliban-Unterschlupf die nächste Bombe treffen würde. Mal tippte mein Onkel richtig, mal meine Mutter, mal ich.

Wir hatten auch gehört, dass einige der Flugzeuge, die die Bomben abwarfen, von Frauen geflogen wurden. Das versetzte uns in Erstaunen. Wir fragten uns, wie Frauen so etwas tun konnten. Amerika musste ein großes Land sein, sagten alle, dass sie ihre Frauen losschicken konnten, um die Taliban zu bekämpfen. Auch die dazugehörigen Männer hatten wir noch nicht zu Gesicht bekommen. Nirgendwo sah man am Boden Soldaten, nur ihre Flugzeuge in der Luft.

Eines Abends – der Mullah hatte gerade zum letzten Mal zum Gebet gerufen – kletterten wir wieder aufs Dach hinauf. Seit Beginn der Bombenabwürfe war bereits über ein Monat vergangen. Als wir uns neben dem einen verbliebenen Turm niederließen, hörten wir auf einmal Musik, richtige Musik, nicht die melodielosen Gesänge der Taliban. Sie kam aus dem Haus unseres *Malem-e-Chaq* genannten Nachbarn, der am Ende unseres Grundstücks auf der anderen Seite der Straße wohnte, die an unserer Gartenmauer vorbeiführte. Wir sahen einander verblüfft an und mussten grinsen. Weil er reich war, hatten die Taliban Malem-e-Chaq mehrfach übelst schikaniert; nun stellten seine Söhne große Lautsprecher in die Fenster, aus denen sie die ganze Straße mit Musik beschallten.

»Heißt das, dass die Taliban jetzt endgültig weg sind?«, fragte mein Onkel. Seine Stimme war so erwartungsvoll wie der Blick in seinen Augen. Wir konnten seine Frage nicht beantworten.

Wir hatten zwar schon während der zurückliegenden vier Tage davon gehört, dass aus verdunkelten Fenstern in den oberen Stockwerken der Apartmenthäuser in Makroyan Musik geklungen sein sollte, aber so recht geglaubt hatten wir die Geschichten nicht. Nun hingegen sah es so aus, als wäre doch etwas daran gewesen.

Wenig später hörten wir weitere Musik aus einem anderen Haus ein Stück die Straße hinunter, und dann aus noch einem und noch einem. Und schließlich auch aus dem Haus unserer nächsten Nachbarn, denen, deren Töchter über die Leiter gekommen waren, um in meiner Fabrik zu arbeiten – und aus unserem eigenen, wo einer unserer Mitbewohner einen Kassettenrekorder an eine Autobatterie angeschlossen hatte, denn wir hatten in dieser Nacht keinen Strom.

Jeder holte seine Lautsprecher aus ihren Verstecken hervor und stellte sie ins Fenster, um so laut wie nur möglich Musik abzuspielen – alle Arten von Musik: Ahmad Zahir, Hangama, Ahmad Wali, Ustad Sarban, Lata Mangehkar, Mohammad Rafi, Jagjit Singh, Ustad Rahim Bakhsh, Ustad Beltoon, Ustad Doray Logari … es war überwältigend. Und es zog immer weitere Kreise.

Ob nun bei uns im Hof, draußen auf der Straße oder in den Höfen unserer Nachbarn – überall kamen die Menschen vor die Tür, jubelten, riefen und lachten, wie sie es während all dieser Jahre nicht zu tun gewagt hatten. Und in jedem Ton, der durch die Dunkelheit hallte, schwang eine Botschaft mit, die wir kaum glauben konnten: Die Taliban sind weg! Die Taliban sind weg!

Meine Schwestern, meine Cousins und Cousinen und unsere Mitbewohner in der alten Festung kamen alle in den Hof gelaufen, um zu erfahren, was los war. Sie gingen von einem zum anderen und stellten Fragen, auf die niemand eine Antwort wusste.

Ich sah meinen Vater neben der Akazie stehen und dem Treiben zuschauen. All seinen Äußerungen seit Beginn der amerikanischen Bomberflüge nach zu urteilen, wollte er weiterhin abwarten, um zu sehen, was als Nächstes passieren würde. Waren diese Amerikaner gekommen, um uns zu helfen oder um unser Land zu besetzen? Er brauchte mehr als nur Musik in den Straßen, um zu wissen, ob Afghanistan uns zurückgegeben worden war. Er beobachtete den Trubel noch ein paar Minuten lang und zog sich dann wieder ins Haus zurück.

Die Söhne von Malem-e-Chaq spielten eine Aufnahme des Trommelrhythmus, mit dem der *Attan,* unser traditioneller Volkstanz, der für die Afghanen fast die Bedeutung einer Nationalhymne hat, begleitet wurde, und übertönten damit alle andere Musik. Im Lichtkegel des Scheinwerfers eines Motorrades, das auf der Straße angehalten hatte, sahen wir, dass ungefähr zwei Dutzend Männer und Jungen auf die pulsierenden Trommelschläge zuströmten. Einige von ihnen trugen enge Jeans oder bunte T-Shirts, die sie seit der Machtübernahme der Taliban versteckt gehalten hatten. Andere, die im *Shalwar Kamiz* aus dem Haus gekommen waren, machten gleich wieder kehrt und standen fünf Minuten später in westlicher Kleidung auf der Straße. Ein junger Mann trug sogar Anzug und Krawatte, aber niemand mehr einen Turban.

Ein paar der Herumstehenden streckten die Arme in die Höhe und klatschten zum Zeichen, dass der *Attan* begonnen hatte, in die Hände.

Die Menschen auf der Straße bildeten rasch einen Kreis, um die ersten Schritte des ersten *Attan,* den ich seit fünf Jahren jemanden tanzen sah, zu vollführen. Aber der Tanz währte kaum zehn Sekunden; dann mussten die Männer zu sehr lachen, um weitertanzen zu können. Da standen sie und warfen sich einander johlend in die Arme, konnten es selber gar nicht glauben, dass sie soeben wirklich getanzt hatten – obwohl wir Afghanen genau damit schon seit Hunderten von Generationen unsere Freude zum Ausdruck gebracht hatten – bis die Taliban kamen. Der Trommelwirbel jedoch ließ nicht nach, und rasch hatte sich der Kreis erneut gebildet; schon sah man die ersten Schritte, noch ganz langsam und gemessen zuerst und voller Anmut, während die Umstehenden die Tänzer anfeuerten, immer schneller zu werden.

Als sie hörte, wie zum *Attan* getrommelt wurde, waren meiner Mutter die Tränen gekommen. Sie versuchte nicht, sie zu verbergen – sie war viel zu glücklich, als dass ihr irgendetwas peinlich sein könnte.

Und als der Trommelschlag immer mehr an Tempo zulegte, erhob sie sich, nahm sich das Tuch ab und löste ihren Haarknoten. Sie lehnte sich leicht nach hinten und schüttelte in der Dunkelheit den Kopf von der einen Seite auf die andere. Ein leiser Wind fuhr ihr durchs Haar und ließ es aufwehen. Irgendwo in nicht allzu weiter Entfernung explodierte eine Bombe, vermutlich im Haus des »Spitzels des Königs«, wo viele Taliban untergeschlüpft waren. In dem bläulichen Blitz der Bombenexplosion erhaschte ich einen Blick auf das Gesicht meiner Mutter. Zum ersten Mal seit Jahren sah ich sie ohne Kopftuch – ganz wie in früheren Zeiten. Und wie schön sie war.

Auch ich stand auf und stellte mich neben sie. Gemeinsam sahen wir zu, wie die Männer auf der Straße sich dem immer schneller werdenden Takt des *Attan* anpassten und ihre unbedeckten Köpfe in den Nacken warfen, während sie im Kreis herumwirbelten. Einerseits hätte ich gerne mitgemacht; ich war neunzehn Jahre alt und hatte noch nie getanzt, immer nur den Wunsch gehabt, es zu tun, obwohl ich befürchtete, mich wie ein Schaf anzustellen, wenn ich es nur versuchte. Andererseits aber war ich wie mein Vater: Ich kam nicht recht in Feierstimmung, solange ich nicht mehr über diese Leute, die Bomben auf unser Land warfen, in Erfahrung gebracht hatte.

Nun erhob sich auch mein Onkel. Er streckte die Arme weit aus wie ein Adler seine Schwingen, gerade so, als wolle er hier auf dem Dach der Festung der neun Türme zu seinem ganz eigenen *Attan* ansetzen. Aber dann blickte er doch nur staunend zum Himmel hinauf.

Als der rhythmische Trommelschlag für einen Augenblick von einer weiteren Explosion verschluckt wurde, legte ich den Arm um meine Mutter und dachte an all das, was sie und mein Vater unternommen hatten, um unsere Familie zu beschützen. Ich war inzwischen größer als sie und hatte das Alter erreicht, ab dem es die Pflicht eines jeden afghanischen Sohnes ist, für seine Eltern zu sorgen. Aber wie sollte ich je so viel für sie tun, wie sie für uns getan hatten?

Meine Mutter umfasste nun auch meine Taille, drückte mich an sich und legte ihren Kopf auf meine Schulter. Dann seufzte sie tief. Als ich an all die Unwägbarkeiten der kommenden Tage denken musste, zog ich sie unwillkürlich näher zu mir heran.

Zu den Männern auf der Straße hatte sich inzwischen auch ein Musikant gesellt, der eine *Dhol*, eine tief und kehlig klingende Doppelfelltrommel, schlug, die er um seinen Hals hängen hatte. In vollkommenem Gegensatz zu den anderen Männern trug er traditionelle afghanische Kleidung und dazu eine schillernd goldfarbene Mütze. Als er sich in den Kreis der Tänzer stellte, im Takt mit den Schlägen aus den Lautsprechern lostrommelte und damit auf deren treibendes Stakkato noch eines draufsetzte, gerieten die Zuschauer völlig aus dem Häuschen.

Der *Attan* hatte jetzt den Punkt erreicht, an dem der Trommelschlag ein solches Tempo annimmt, dass die Tänzer beginnen, einer nach dem anderen erschöpft aufzugeben. Aber je schneller die Trommeln geschlagen wurden, umso mehr ließen sich die Männer davon mitreißen, ließen sich erst in die eine Richtung wirbeln und dann in die andere. An diesem Abend würde niemand den Kreis verlassen – es wurden im Gegenteil immer mehr Tänzer.

Ich feuerte diese Männer an, obwohl ich genau wusste, dass sie mich ja gar nicht hören konnten. Ich schrie ihnen zu, dass sie niemals aufhören dürften.

Und sie tanzten. Tanzten. Tanzten.

Epilog

Es ist noch ein weiter Weg

Meine Mutter sollte recht behalten. Die Fremden interessierten sich mehr für ihre eigene Politik als für unser Land. Sie verjagten zwar die Taliban – zumindest für eine Weile –, aber sie brachten auch die gleichen Gruppierungen wieder an die Macht, die von sich behaupteten, Gotteskrieger zu sein und dann doch nur unser Land zerstörten.

Viele der Ausländer, die unter der Vorgabe, uns beim Wiederaufbau unseres Landes unterstützen zu wollen, nach Afghanistan kamen, sind mit den Taschen voller Geld wieder von dannen gezogen. Wir fragen uns immer noch, was und wann sie alles wiederaufbauen wollen – abgesehen von ihren eigenen Militärstützpunkten.

Viele Jahre lang haben wir gehofft, dass sie uns helfen würden, ein Wasserleitungssystem zu schaffen, damit wir unser Wasser nicht mehr in Eimern von öffentlichen Brunnen heranschleppen müssen, oder eine Abwasserkanalisation zu konstruieren, damit wir endlich den Gestank der Sickergruben, dieser Krankheitsherde, mit denen wir uns jetzt behelfen müssen, loswerden. Wir haben zwar endlich elektrischen Strom, doch der kommt aus dem Ausland, obwohl wir unseren eigenen produzieren könnten, wenn uns jemand beim Wiederaufbau unserer Staudämme unter die Arme greifen würde.

Wenn ich an all das Geld denke, das die Ausländer nutzlos vergeudet haben, kommt mir wieder mein Großvater in Erinnerung.

Eines schönen Tages machte er es sich mit einer Kanne grünen Tees auf dem Sofakissen unter dem Fenster bequem und sagte zu mir: »Lass mich dir eine Geschichte erzählen.«

Ich war damals fast im Teenageralter und hatte eigentlich schon meine eigenen Geschichten zu erzählen. Aber für meinen Großvater nahm ich mir immer Zeit, also setzte ich mich neben ihn und schaute in sein altes und doch noch so faltenloses Gesicht.

»Mullah Nasruddin lebte in einem Dorf gar nicht weit weg von hier«, begann Großvater, und ich wusste natürlich, dass das nur Erfindung war. Mullah Nasruddin geistert durch die Volkserzählungen der ganzen muslimischen Welt, aber mein Großvater stellte es immer so dar, als wäre er unser Nachbar. Ich lächelte Großvater wissend zu; er legte den Arm um mich und zog mich zu sich heran.

»Jeden Morgen ritt er auf seinem Esel aus und an einen Ort, wo sonst niemand hinging. Und warum sollten sie auch? Gott hatte diesen Ort erschaffen, um den Menschen die wahre Bedeutung des Begriffs ›Einöde‹ nahezubringen. Nach einer Weile wurde sein Nachbar, Ali Khan, sehr neugierig darauf, was Mullah Nasruddin Tag für Tag an diese Stelle trieb, aber er hatte zu viel Respekt vor dem alten Mann, um ihn direkt darauf anzusprechen. Also schickte er einen seiner Söhne hinter ihm her, damit der Mullah Nasruddin fragte, ob es etwas gäbe, was er tun könne, um ihm das Leben zu erleichtern.

Mullah Nasruddin war hocherfreut über den Besuch von Ali Khans Sohn und bot ihm ein steinhart gewordenes Stück Kandis an, an dem schon zahlreiche Fusseln klebten, weil der Mullah es so lange in seiner Tasche mit sich herumgetragen hatte. Der Junge lehnte höflich ab. Da fragte ihn der Mullah: ›Warum bist du alleine gekommen? Wo sind die anderen?‹

›Wen erwartest du denn?‹, fragte Ali Khans Sohn den Mullah.

›Nun‹, sagte der, ›eines Tages könnte sich hier doch etwas Gutes ereignen, und wenn das geschieht, wird sich eine große Menschenmenge an diesem Ort einfinden. Weil ich aber zuerst hier war‹, erklärte er mit seinem berühmten Lächeln, ›werde ich den besten Blick auf alles haben! Bis dahin warte ich.‹«

Ich kicherte über die Geschichte, und Großvater führte die Teetasse an seine Lippen. Obwohl ich schon zu alt für die Geschichten um Mullah Nasruddin war und gleichzeitig noch zu jung, um zu erfassen, wie viel Weisheit letzten Endes in ihnen steckte, amüsierte ich mich, weil ich es einfach liebte, mit meinem Großvater zusammen zu sein. Aber nun erst, nach so vielen Jahren, verstehe ich die Geschichte. Falls irgendwann einmal aus all dem Geld, das die Ausländer in Afghanistan hineingepumpt haben, etwas Gutes erwächst, werde ich es, wie Mullah Nasruddin, als Erster sehen. Bis dahin jedoch muss ich jeden Tag warten und warten und warten.

Als die Amerikaner nach Afghanistan kamen, brauchten sie natürlich Übersetzer und Dolmetscher. Innerhalb von sechs Monaten eignete ich mir genug Englisch an, dass ich für sie arbeiten und mir ein paar Dollar verdienen konnte. Sie waren dringend auf jede Unterstützung angewiesen und scherten sich nicht um grammatikalische Feinheiten. Ich machte es mir zur Gewohnheit, das englischsprachige Programm der BBC zu hören und mir amerikanische Filme in der Originalfassung anzusehen, um auch etwas dazuzulernen, wenn ich nicht mit Amerikanern zusammen war. Ich scheute mich nicht, beim Sprechen oder Schreiben auch mal einen Fehler zu machen, und war dann immer dankbar, wenn jemand mich korrigierte.

Zuallererst arbeitete ich mit amerikanischen Soldaten zusammen, von denen ich viele interessante Vokabeln lernte. Später, als ich dann für die Vereinten Nationen tätig war, stellte ich fest, dass man manche dieser Wörter im Büro besser nicht in den Mund nahm, und wenn mir ab und zu doch eines davon herausrutschte, erntete ich schockierte oder fragende Blicke.

Nun, da ich ein wenig Englisch sprach, ließ ich gemeinsam mit meinem Vater unseren Teppichhandel wiederaufleben. Nur in die Herstellung von Teppichen versuchte ich gar nicht erst wieder einzusteigen, jedenfalls nicht in der Form, in der ich sie früher betrieben hatte. Ich hatte meine Knüpfstühle verschenkt und mochte sie nicht wieder zurückverlangen, denn für viele meiner ehemaligen Arbeiterinnen und Arbeiter stellten sie die einzige Gelderwerbsquelle dar. Die Flut der Ausländer, die nach Kabul geströmt kamen, schuf einen ganz neuen, großen Markt für all die Teppiche, die die Menschen über die Jahre bei sich zu Hause gehortet hatten und nun endlich verkaufen wollten. Ich aber brauchte gar nicht meine eigenen Teppiche herzustellen, um im Geschäft zu sein. Da ich der englischen Sprache mächtig war, konnte ich die Erzeugnisse anderer an die Fremden verkaufen und kam so mit Menschen aus vielen Ländern in Kontakt.

Die Amerikaner sind immer besonders entgegenkommend. Sie kaufen mir eine Menge Teppiche ab und bezahlen den Preis, den ich verlange. Sie wollen immer alles über die Teppiche wissen, was es darüber überhaupt zu erfahren gibt: wo sie hergestellt worden sind und von wem und welche Bedeutung das Muster hat. Mehrfach bin ich zu Verkaufspräsentationen afghanischer Teppiche in die amerikanische Botschaft eingeladen worden. »Teppichknüpfer sind wie Dichter«, sage ich dann immer. »Und ihre Teppiche sind wie Poesie.« Und ich bin derjenige, der ihnen beizubringen versucht, darin zu lesen.

Die Franzosen kommen, gucken sich die Teppiche an, legen sie kreuz und quer hin und bringen meine ganzen Stapel durcheinander, haben alles Mögliche daran zu bemängeln und wollen dann nicht bezahlen, was die Teppiche wert sind. Um den geringsten Nachlass feilschen sie stundenlang. Trotzdem sind manche von ihnen zu guten Freunden geworden und bringen mir dunkle Schokolade aus Frankreich mit. Zweimal war ich auf Kurzbesuch in Frankreich und dort Gast in ihren Häusern, wo sie Gerichte für mich zubereiteten, die so gut schmeckten, dass ich mich ernsthaft fragte, ob das, wovon ich mich mein ganzes Leben lang ernährt hatte, es überhaupt verdiente, als Speise bezeichnet zu werden. Ich bewundere es, welchen Wert die Franzosen ihrer Geschichte, ihren Traditionen und ihren alten Gebäuden beimessen – etwas, wofür uns Afghanen das Verständnis völlig fehlt.

Die Italiener sind immer laut. Bevor sie sich die Teppiche ansehen, verlangen sie erst einmal nach Tee. Dabei unterhalten wir uns dann lange über die verschiedensten Dinge. Schließlich kommen wir auf Teppiche zu sprechen, und sie wenden sich den Stapeln zu. Dann wollen sie noch mehr Tee haben, fangen gleich zu handeln an und erzählen zwischendurch Witze. Das kann sich über Stunden hinziehen. Aber dann zahlen sie plötzlich den vollen Preis und brechen in Eile auf, weil sie für irgendetwas spät dran sind. Irgendwie sind sie den Afghanen sehr ähnlich – sie sind immer freundlich, gut angezogen, essen gern und viel, lachen im einen Augenblick und schreien sich im nächsten an. Das habe ich alles in Italien erlebt – und mich ganz wie zu Hause gefühlt.

Als ich einmal Gelegenheit hatte, England zu besuchen, bin ich von jedem, dem ich dort begegnete, sehr zuvorkommend behandelt worden. Die englische Landschaft ist so schön, dass ich glaubte, im Paradies zu sein. Doch viele der Engländer, die ich in Kabul kennenlernte, wurden ganz und gar dem Ruf gerecht, den die Engländer in Afghanistan genießen.

Ein magerer Engländer mit eingefallenen Wangen hatte zum Beispiel einen Flügel von Qala-e-Noborja angemietet. Sofort ließ er die alten, hohen Bäume fällen und die Fliederbüsche im Hof herausreißen, verschonte nicht einmal die hoch aufragende Akazie, unter die wir Wakeels Leichnam gebettet hatten. Der Engländer meinte, das stünde alles am falschen Fleck.

Ich hatte diese Bäume auch während der schlimmsten Dürreperioden am Leben erhalten, indem ich jeden Tag zweimal mit dem Fahrrad zu der einzigen Wasserstelle der ganzen Umgebung, einer mehr als anderthalb Kilometer weit entfernten Pumpe auf der anderen Seite des Berges beim Polytechnikum, fuhr, um von dort mit Wasser in Eimern zurückzukehren.

Besagter Engländer fand auch, dass er in der Festung der neun Türme mehr Räume benötige, also wurden zwei bettelarme afghanische Familien, die über dreißig Jahre gleich auf der anderen Seite unserer Hofmauer gelebt hatten, kurzerhand aus ihren Häusern hinausgeworfen. Eine dieser Familien waren die

Hazara, deren Töchter über die Gartenmauer geklettert waren, um in meiner Fabrik zu arbeiten. Als sie wegziehen mussten, waren sie auch gezwungen, ihre Kuh zu verkaufen, deren Milch ihre einzige Einkommensquelle gewesen war, was bedeutete, dass die beiden Töchter ihren Schulbesuch abbrechen und sich eine Arbeit suchen mussten.

Irgendwo sitzen mein Großvater und seine Freunde jetzt zusammen und nicken einander angesichts solcher Auswüchse wissend zu. Bitte, lieber Gott, verleihe dem Herzen dieses Engländers ein wenig Gnade und führe ihn auf den rechten Weg.

Auf die Wiederkehr des Afghanistans von früher, von dem wir während all jener Jahre der Bomben, Peitschen und Steinigungen geträumt hatten, warten wir indessen immer noch vergeblich.

Nach unserer im Oktober 2004 durchgeführten ersten Präsidentschaftswahl setzten alle große Hoffnungen in die Zukunft. Während der darauffolgenden Jahre kehrten eine Menge unserer Landsleute aus dem Exil zurück, wo sie sich eine neue Existenz aufgebaut hatten, und in Kabul und in den Städten der anderen Provinzen entstanden hohe, moderne Gebäude. Es herrschte allgemein das Gefühl, dass Afghanistan wieder den Afghanen gehörte.

Doch dann änderten sich die Dinge schon wieder, und das war nicht allein die Schuld der Ausländer, wie wir bald erfuhren.

Eines Tages ging ich ins Handelsministerium, um meinen Teppichhandel anzumelden. Die zuständige Sachbearbeiterin war eine Bekannte von mir, und mit ihrer Hilfe hatte ich den erforderlichen Papierkram innerhalb einer Stunde erledigt. Doch danach musste ich mit meinen Unterlagen noch ins Finanzministerium, ins Justizministerium und ins Polizeipräsidium und mir überall mehrere Stempel abholen, obwohl mir niemand erklären konnte, wofür die Stempel gut sein sollten. Dafür verlangte aber jeder Mitarbeiter, von dem ich einen Stempel bekommen sollte, eine kleine Gegenleistung. Natürlich sprach niemand unverblümt von Geld. Stattdessen hieß es: »Ach, hätten Sie nicht ein Stück Kandis für mich?« Also gab ich ihnen ein paar Afghanis, und schon bekam ich, was ich brauchte.

Im weiteren Verlauf des Tages ging mein Geld langsam zur Neige, und das wurmte mich. Also suchte ich einen Straßenverkäufer auf und kaufte von meinem letzten Geld eine Tüte harten Kandis, den, den die Afghanen immer lutschen, wenn sie Tee trinken. Sooft mich danach jemand auf ein Stück Kandis ansprach, griff ich in meine Tasche und gab ihm eines. Ich erntete verärgerte Blicke, hochgezogene Augenbrauen und Stirnrunzeln, aber ich lächelte nur dümmlich und tat so, als wüsste ich nicht, was mit »Kandis« gemeint war.

»Das möchte ich nicht«, beschwerte sich ein Beamter. »Ich hätte gerne richtigen Kandis.«

»Das ist richtiger Kandis, und er ist sehr gut«, sagte ich mit Unschuldsmiene und zog die große Tüte hervor, um sie ihm zu zeigen. »Sehen Sie nur, der kommt aus Polen. Und er enthält nur gesunde und organische Bestandteile. Er ist aus Honig und Milch gemacht statt aus Zuckerlösung. Und er schmeckt sooo lecker.« Ich aß ein Stück und schnalzte genießerisch mit der Zunge.

»Blödmann! Ich will Geld!«, fuhr er mich scharf an.

»Geld? Wofür das denn?«, fragte ich und tat völlig überrascht.

»Dafür, dass ich diese Papiere abstempele«, sagte er halblaut.

»Aber das wäre ja Bestechung!«, erwiderte ich und riss die Augen weit auf. »Und Bestechung ist eine Sünde! Im Islam verboten! Sollen wir uns etwa beide ins Unglück stürzen?«

»Sind Sie bescheuert?« Er sah mich ungläubig an.

»Niemand hat mich je *bescheuert* genannt!«, empörte ich mich und fügte dann, etwas versöhnlicher, hinzu: »Ich versuche doch nur, die Grundprinzipien des Islam zu erklären.«

Sehr bald entschloss der Mann sich, nicht noch mehr Zeit mit mir zu vergeuden – er wusste ja, dass er von dem nächsten Antragsteller sein Bakschisch kriegen würde. Er stempelte meine Papiere ab und drückte auf den Klingelknopf auf seinem Schreibtisch. Sofort kam ein Wachmann zur Tür hereingestürzt. »Schaff diesen Psychopathen hier raus«, befahl der Beamte ihm.

»Ich bin kein Psychopath! Und ich bin auch kein Sünder. Ich lasse mich von niemandem schmieren, und ich habe auch nicht ständig schlechte Laune. Nun würde ich gerne wissen, wer hier wohl der Psychopath ist?« Ohne seine Antwort abzuwarten, verließ ich vor mich hin schmunzelnd das Zimmer.

Mehr als zehn Jahre sind nun seit jener Nacht vergangen, als wir vom Dach aus die ersten amerikanischen Bombenabwürfe sahen. Von Zeit zu Zeit denke ich an einige der Menschen – gute wie schlechte –, die ich während der schlimmen Jahre kennengelernt habe, und frage mich, was wohl aus ihnen geworden sein mag.

Ich habe Berar nie wiedergesehen, obwohl ich vielerorts nach ihm gesucht habe. Falls er tot sein sollte, dann, Allah, gib seiner Seele bitte Frieden. Aber falls er noch lebt, dann bete ich zu dir, dass sich unsere Wege eines Tages kreuzen.

In dem Garten, in dem Großvater und ich die Schädel gesehen haben, stehen nun drei Häuser an der Stelle, an der der Springbrunnen einst war.

Wenn ich im Taxi unterwegs bin, fährt der Fahrer manchmal eine Abkürzung durch eine Straße, bei der schreckliche Erinnerungen wieder in mir hochkommen, und ich beuge mich dann zu ihm vor und bitte ihn, einen anderen Weg zu fahren, da ich mich hier an etwas aus dem Krieg erinnert fühle, das ich lieber vergessen möchte. Das versteht jeder Taxifahrer, und sie wenden dann und nehmen eine andere Strecke.

Auch die junge Lehrerin, die gezwungen war, ihren Körper zu verkaufen, habe ich nie wiedergesehen. Ich hoffe, dass sie genug Geld zusammenbekommen hat, um in ein anderes Land zu gehen und ein neues Leben anzufangen. Trotz der Umstände, unter denen wir uns begegnet sind, werde ich immer mit großem Respekt an sie denken.

Was mag aus der Familie in Tashkurgan geworden sein, aus deren Garten ich die fünf Granatäpfel gestohlen habe? Vielleicht leben sie heute in Amerika. Ich habe gehört, dass der Garten völlig verwüstet gewesen sein soll, bis ihn vor fünf Jahren jemand neu bepflanzt hat. Ich bin einmal dort vorbeigegangen, aber die Leute, die jetzt dort wohnen, sagten mir, sie hätten noch nie etwas von Hamza oder seiner Familie gehört. Ich frage mich, wie Hamza irgendwo anders glücklich geworden sein kann.

Mitunter rufen unsere Nomadenverwandten bei meinem Vater an, wenn sie im späten Frühjahr mit ihren Schafen und Kamelen auf dem Weg von ihrem Winterquartier in Dschalalabad ins zentrale Hochland an Kabul vorbeikommen. Sie sind zwar immer noch Nomaden, aber sie besitzen jetzt alle ein Handy.

Omar Khan, einst ein Hirtenjunge mit einer Flöte, ist jetzt in Deutschland. Er ist Automechaniker geworden und betreibt dort gemeinsam mit einem Landsmann, der in Deutschland geboren ist, eine Werkstatt. Er spricht fließend Deutsch. Er ist in den vergangenen Jahren nicht mehr in Afghanistan gewesen, sondern wartet darauf, von den deutschen Behörden einen deutschen Pass zu bekommen, damit er seine Familie besuchen kann.

Aaron Khan wohnt heute in Griechenland. Er arbeitet dort als Schneider und hat eine hübsche griechische Frau geheiratet. Seine Eltern sind über seine Wahl nicht glücklich, denn ihrer Meinung nach sollte ein Nomade eine Nomadin ehelichen, um mit ihr weitere Nomaden hervorzubringen. Deshalb pflegen sie auch keinen Kontakt zu ihm, werden allerdings von seinem Bruder Omar auf dem Laufenden gehalten.

Solomon Khan ist Nomade geblieben. Er hat zwei schöne Frauen; von der ersten hat er drei nicht minder schöne Töchter und von der zweiten zwei kräftige Söhne. Er redet immer noch nicht sehr viel, aber er hat seinen Frauen und Kindern Lesen und Schreiben beigebracht.

Zu vielen meiner ehemaligen Klassenkameraden, darunter all jenen, mit denen ich unseren Schulabschluss gefeiert habe, indem wir uns gegenseitig grün und blau geschlagen haben, ist der Kontakt nie abgerissen. Einige von ihnen sind für ein paar Jahre nach Indien gegangen, um sich dort weiterzubilden, und ein paar weitere haben sich ein Visum für ein europäisches Land besorgt, indem sie ihre Cousinen heirateten, die bereits in dem Land lebten. Fünf meiner Kameraden sind in Kabul geblieben und dort erfolgreiche Geschäftsleute. Drei sind bei Selbstmordanschlägen ums Leben gekommen, zwei davon, als sie sich gerade mit Tüten voller Früchte auf dem Weg nach Hause und zum Abendessen befanden. Wir werden die Erinnerung an sie stets in unseren Herzen tragen.

Auf einer Party in Kabul erfuhr ich eines Abends, dass Zardad, der Sadist, in England im Gefängnis sitzt. Er war in London untergetaucht, aber ein Journalist von der BBC ist ihm auf die Spur gekommen, und dann wurde er wegen Verbrechen gegen die Menschlichkeit festgenommen. Während wir durch den musikerfüllten Garten schlenderten – von wahren Meistern ihres Fachs dargebracht –, erzählte mir ein ausländischer Partygast, einer der wenigen Fremden, die wirklich etwas für Afghanistan getan haben, dass man ihn ersucht hätte, gegen Zardad auszusagen. Zardad musste zweimal der Prozess gemacht werden, ehe man ihn endlich verurteilte. Von jenem Gast erfuhr ich außerdem, dass der Mann, den sie »Hund« nannten, tot wäre – im *Pul-e-Charkhi*-Gefängnis hingerichtet. Vor dem bewussten Abend hatte ich schon über das Internet versucht, etwas über Zardad und seinen »Hund« in Erfahrung zu bringen, aber mir war übel dabei geworden – viel zu deutlich versetzte die Erinnerung mich zurück in jene Tage. Es kümmert mich nicht, ob sie leben oder tot sind. Wenn sie denn tot sind, bete ich, dass sie auf ewig in der Hölle schmoren.

Für Gulbuddin Hekmatyar allerdings, dessen Rakete Wakeel getötet hat, ist die Hölle noch ein viel zu angenehmer Ort und die Ewigkeit viel zu kurz. Gulbuddin Hekmatyar ist noch am Leben und begeht weiterhin Gräueltaten.

Als die Ausländer nach Kabul zu strömen begannen, nachdem die Taliban vertrieben waren, kehrte auch Haji Noor Sher aus Indien zurück und machte sein Teppichgeschäft im Herzen des Einkaufsviertels Shahr-e-Naw wieder auf. Und in der Festung der neun Türme bezog er auch wieder seine Privatgemächer, die während der Jahre seines Exils von niemandem benutzt worden waren. Eines Tages stand er auf einmal im Hof und rief:

»Malem!«, das Dari-Wort für »Lehrer«. Er meinte meinen Vater. Wir hatten gerade zu Mittag gegessen, und mein Vater wollte sich zu einem Schläfchen hinlegen, doch als wir die vertraute Stimme hörten, liefen wir sofort alle nach draußen und konnten es kaum fassen, ihn zu sehen.

Während der nächsten Jahre blieb er in der Festung der neun Türme. Ab und zu besuchte er seine in Indien verbliebene Familie, aber so richtig glücklich war er nur in Kabul zwischen seinen Teppichen und unter seinen Freunden. Er und mein Vater haben gleich wieder viele Stunden damit verbracht, gemeinsam Teppiche für den Verkauf aufzutreiben, und genossen nach den langen Jahren der Trennung wieder die Gesellschaft des anderen.

Dann gab es bei Haji Noor Sher erste Anzeichen für gesundheitliche Probleme, obwohl er sich nie näher dazu äußern wollte. Er flog ein paarmal nach Indien, um sich dort behandeln zu lassen, wirkte aber jedes Mal noch hinfälliger, wenn er nach Kabul zurückkam. Als er ein paar Wochen später wieder in Indien war, erreichte uns telefonisch die Nachricht, dass er gestorben war.

Mit ihm starb auch ein Teil von uns. Seinem Edelmut und seiner Großherzigkeit hat meine Familie es zu verdanken, dass wir alle den Krieg überlebt haben.

Neulich habe ich den Bäcker aufgesucht, um mich noch einmal dafür zu bedanken, dass er mich seinerzeit vor dem Taliban-Schänder gerettet hat.

Ich benötigte drei Anläufe. Jedes Mal brachte ich es nicht über mich, das Thema anzusprechen, wenn ich bei ihm im Laden stand, obwohl ich der einzige Kunde war. Er saß immer hinter seinem Tresen und schaute hinaus auf die vorübergehenden Passanten und den Straßenverkehr.

Ich hatte den Wunsch, mich mit ihm zu unterhalten und ihm zu sagen, wer ich war, aber stets fehlte mir der Mut, obwohl es dafür eigentlich gar keinen besonderen Grund gab. Stattdessen nahm ich mir eine Tüte, füllte sie mit Gebäck und reichte sie ihm dann, damit er sie auswog. Er beachtete mich gar nicht, während er die Tüte auf die Waage legte, obwohl *ich* den Blick kaum von seinem Gesicht loszureißen vermochte. Ich wollte unbedingt etwas sagen, bekam aber kein Wort heraus. Und dann zahlte ich und ging.

Er hatte über die Jahre etwas an Gewicht zugelegt, sah aber ansonsten aus wie damals. Auch sein Laden war unverändert; das Hinterzimmer, in dem er mich versteckt hatte, wurde jetzt allerdings von einem großen Backofen ausgefüllt. Aus dem Sohn des Bäckers war ein breitschultriger Mann geworden, der mit ein paar weiteren Angestellten den Ofen bediente.

Bei meinem vierten Besuch in dem Laden sprach ich es dann endlich aus: »Ich bin nicht gekommen, um etwas zu kaufen.« Aber zu mehr fehlte mir schon wieder der Mut. Das Herz schlug mir bis zum Halse. Dem Bäcker entging nicht, wie nervös ich war.

»Immer sachte, junger Mann«, sagte er. Seine Stimme klang beruhigend, so ganz anders als an jenem Nachmittag vor vielen Jahren, nur tief war sie nach wie vor. »Was kann ich denn sonst für Sie tun?«

»Ich bin hier, um mich zu bedanken«, stieß ich so atemlos hervor, als wäre ich gerade mehrere Kilometer gerannt.

»Aber ich habe Ihnen zu danken!«, erwiderte der Bäcker mit einem Lächeln. »Ich freue mich, dass Ihnen unsere Kekse und unsere Kuchen schmecken.«

»Ja, die sind wirklich lecker, aber ich wollte mich in Wahrheit dafür bedanken, dass Sie mir vor so vielen Jahren das Leben gerettet haben«, sagte ich.

Mit einem Schlag verschwand das Lächeln aus seinem runden, leicht asiatisch angehauchten Gesicht, und er sah mich ausdruckslos an. Dann runzelte er die Stirn. »Wovon reden Sie?«

»Ich war da drüben auf der anderen Seite von einem Talib angesprochen worden. Um ihm und seinen Kumpanen zu entkommen, habe ich geschrien, dass unter ihrem Auto eine Bombe wäre. Die Leute sind alle losge…«

»Und dann«, unterbrach er mich, »bist du hier reingekommen, hast dich da ans Fenster gestellt und gesagt: ›Es gibt gar keine Bombe. Ich habe dieses Chaos bloß angestellt, weil die

Taliban mich ohne guten Grund verhaftet haben.‹ Und ich habe dich rausgeworfen, weil ich um mich selbst Angst hatte.« Er hielt einen Augenblick lang inne. »Aber dann sah ich den verzweifelten Blick in deinen Augen …« Ihm versagte die Stimme.

»Sie haben mich zurück in den Laden gezerrt und mich hinter Ihren Mehlsäcken versteckt …«

Der Bäcker unterbrach mich noch einmal. »Und du hast in einem fort geniest …«

Er kam hinter seinem Tresen hervor und drückte mich fest an seine Brust. Ich war inzwischen so groß wie er. Seine Brust war weich und fleischig, und er roch nach frisch gebackenem Brot. Wir beide wollten einander fast nicht wieder loslassen.

»Ich habe so oft an dich gedacht«, sagte er schließlich. »Ich wusste ja nicht, was aus dir geworden war. Du hast dich hier nie wieder blicken lassen!«

»Ich hatte Angst«, sagte ich.

»Nach dem Abend, als ich dich vor eurem Haus abgesetzt habe, bin ich dreimal ohne Grund verhaftet worden. Du weißt ja selber, wie sehr die Taliban uns Hazara gehasst haben. Wie die wilden Tiere sind sie gewesen, und ich war für sie eine willkommene Beute! Mein ganzes Geld haben sie mir abgenommen. Beim dritten Mal besaß ich nichts mehr, was ich ihnen noch hätte geben können. Da haben sie mich verprügelt, sie haben auf mich eingeschlagen, wie ein Teppichklopfer auf einen Teppich eindrischt.«

Er hatte ein so breites Grinsen im Gesicht, als würde er eine spaßige Anekdote zum Besten geben. Das ist es, was mir an meinen Landsleuten am allermeisten gefällt: Nachdem er so viele schreckliche Dinge erlebt hatte, hätte dieser Mann normalerweise für den Rest seines Lebens völlig verschüchtert sein müssen, aber er redete über seine Vergangenheit, als ob man sich köstlich darüber amüsieren könnte.

»Wohnst du immer noch in dieser alten Festung?«, wollte er wissen.

»Wir haben dort sechzehn Jahre lang gewohnt, aber jetzt nicht mehr«, sagte ich. »Nachdem die Taliban aus Kabul vertrieben waren, kam eine der Witwen des früheren Besitzers aus Indien zurück und wollte das Haus an Ausländer vermieten, um das große Geld damit zu machen. Also bat sie uns auszuziehen, und wir hatten auch gar nichts dagegen. Wir hatten uns schon lange ein eigenes Zuhause gewünscht, bei dem wir den Garten nicht mit mehreren anderen Familien teilen müssten. Aber wir hatten nichts, wo wir hinkonnten. Die Taliban hatten uns gezwungen, unser Haus in Kot-e-Sangi an sie zu verkaufen – oder eher, es an sie zu verschenken. Wir konnten es uns nicht leisten, uns einen neuen Besitz auf dem flachen Land zu kaufen. Ein Siedler, der längere Zeit gegenüber der Universität auf dem *Koh-e-Aliabad*, dem *Heckenschützenberg*, wie wir ihn nennen, gewohnt hat, hat meinem Vater ein kleines Grundstück zu einem guten Preis verkauft, und darauf haben wir uns ein Haus gebaut. Ich hoffe, Sie kommen einmal vorbei, um meine Familie kennenzulernen.«

»Mach ich«, sagte er.

Ich schrieb meine Adresse auf ein Stück Papier. Er tat es mir nach und gab mir ebenfalls einen Zettel. Obwohl es auf die Zeit fürs Mittagessen zuging, konnte er mir nichts anbieten, weil Ramadan war, aber er nahm mir das Versprechen ab, nach dem Ende der Fastenzeit wieder vorbeizukommen, wenn wir Afghanen das Ende des Fastenmonats feiern, indem wir drei Tage lang all unsere Verwandten und Freunde besuchen. Dann unterhielten wir uns noch über so manche anderen Dinge. Er redete gern und wusste interessante Geschichten zu erzählen, war ein belesener Mann und kannte eine Menge guter Witze.

Wie ich nun erfuhr, war er nicht immer Bäcker gewesen. Er hatte an der Universität von Kabul seinen Abschluss in Literatur gemacht und später auch zwei Jahre lang dort unterrichtet, dabei aber nicht genug Geld verdient, um seine große Familie zu ernähren. Also hängte er den Lehrerberuf an den Nagel und übernahm die seiner Familie gehörende Bäckerei. Er baute das Geschäft aus und besitzt heute drei Läden. Seine drei Söhne und zwei Töchter sind allesamt verheiratet und haben schon eigene Kinder, wohnen aber immer noch im Haus ihres Vaters – so wie wir bei Großvater gewohnt hatten.

»Musst du immer noch rechtzeitig zum Abendessen zu Hause sein, weil sich sonst deine Frau Sorgen macht?«, fragte ich ihn. Inzwischen redeten wir uns beim Vornamen an.

»Das kann man wohl sagen! Sie ist nach wie vor der Herr im Haus!«, sagte er und strahlte über das ganze Gesicht.

Meine ältere Schwester hat ihren Traum verwirklicht: Sie hat ihr Studium beendet und ist nun Architektin und Bauingenieurin; dann hat sie geheiratet und bekam einen niedlichen Sohn, der auf den Namen getauft wurde, den ich für ihn ausgesucht hatte: Salomo. Das war ein Name, der mir immer schon gut gefallen hat, und in vielen Volkserzählungen, im Heiligen Koran und in der Bibel spielten Männer dieses Namens eine wichtige Rolle. Außerdem ist es ein Name, den die Menschen selten verkehrt aussprechen, was auch nicht zu verachten ist. Und als ich noch klein war, habe ich oft von *Salomos Zauberteppich* geträumt, auf dem ich zu interessanten Orten fliegen und unterwegs jeder Menge hübscher Drachen die Schnur durchschneiden konnte.

Nun kann meine ältere Schwester ihren Mann ärgern statt mich. Er ist ein gutmütiger Kerl, der sich allerdings durchaus zur Wehr zu setzen weiß. Wenn sie sich bei mir darüber beschwert, grinse ich bloß und sage: »Wie man in den Wald hineinruft, so schallt es heraus.«

Sie ist heute meine beste Freundin – obwohl sie manchmal immer noch behauptet, dass ich beim Essen Geräusche wie eine Kuh mache. Kann sein, dass es so ist – aber ich glaube es eigentlich eher nicht. Auf jeden Fall erinnern wir uns dann immer an die Zeit, die wir im Garten von Hamzas Vater verbracht haben, und an die gestohlenen Granatäpfel.

Eines Abends, etwa ein halbes Jahr nach ihrer Hochzeit, forderte ihr Mann sie auf: »Erzähl mir doch ein bisschen über deine Brüder und Schwestern. Ich weiß so wenig über sie.« Vor ihrer Eheschließung hatte er mehrere Jahre im Ausland verbracht.

Sie erzählte ihm von unserer Kindheit in Großvaters Haus in Kot-e-Sangi und wie sich mit Ausbruch des Bürgerkrieges alles veränderte, wie wir als Flüchtlinge in der Festung der neun

Türme Unterschlupf fanden und dann alles versuchten, um dem Wahnsinn, der unser Land ins Verderben stürzte, zu entfliehen.

Später berichtete mir mein Schwager, dass die Stimme meiner Schwester ganz brüchig geworden sei, als sie davon zu erzählen anfing, was ich alles auf die Beine gestellt hatte, um unseren Vater dabei zu unterstützen, seine Familie zu ernähren, und obwohl er sie gleich in den Arm genommen habe, sei sie in Tränen ausgebrochen.

Auf jeden Fall hörte ich es gegen Mitternacht an diesem Tag an unserer Tür klopfen und machte das Fenster auf, um zu schauen, wer uns zu so später Stunde noch besuchen kam. Zu meiner größten Überraschung erblickte ich meine ältere Schwester und ihren Mann. Ich lief die lange Treppe zur Haustür hinunter und öffnete ihnen. Bevor ich auch nur eine Chance hatte, die beiden zu begrüßen, fiel mir meine Schwester schon um den Hals und bedeckte mein Gesicht mit Küssen. Die Tränen liefen ihr über die Wangen.

»Was ist denn passiert?«, fragte ich erschrocken.

»Nichts«, sagte mein Schwager. »Wir haben über dich gesprochen, und da sagte sie plötzlich, dass sie dich sehen wolle.«

Wir gingen nach oben. Bis auf meine Mutter schliefen alle. Sie war ebenfalls überrascht, meine Schwester zu sehen, die sich inzwischen wieder ein wenig gefangen hatte. Ihr Mann suchte sich eine Decke und ein Sofakissen und legte sich schlafen, während meine Schwester, meine Mutter und ich noch stundenlang wach blieben und uns im flackernden Licht des leise gedrehten Fernsehers über frühere Zeiten unterhielten – etwas, das wir sonst so gut wie nie tun. Die Wunden aus jenen Tagen sind tief und reißen leicht wieder auf. Da ist es besser, die Vergangenheit ruhen zu lassen.

Die Heulmaschine ist jetzt ein erwachsener Mann, sieht besser aus als ich und ist auch größer und kräftiger. Er hat enorm starke Muskeln und besiegt mich regelmäßig beim Armdrücken. Das letzte Mal hat er als kleiner Junge geweint; er schlägt sehr nach meinem Vater, und er kennt auch immer gute Witze. Aber ich denke gerne mit seinem früheren Spitznamen an ihn. Das erinnert mich dann an unsere Zeit mit den Nomaden. Er studiert jetzt Rechtswissenschaft und hofft, eines Tages Ordnung in unser Land zu bringen.

Meine vier jüngeren Schwestern haben alle die höhere Schule beendet, obwohl manche Leute in Afghanistan meinen, dass es nicht gut wäre, Mädchen eine höhere Bildung zukommen zu lassen. Sie haben alle hochfliegende Pläne. Eine von ihnen studiert Betriebswissenschaft, eine weitere Agrarwirtschaft. Die dritte möchte Schriftstellerin werden und verschlingt jedes Buch, das sie in die Hand bekommt, und die jüngste wäre gerne Krankenschwester. Afghanistan kann nur davon profitieren, gute Führungskräfte zu bekommen, Agrarwirtinnen, die wieder Bäume pflanzen, Schriftstellerinnen, die die Freuden und den Kummer unseres Volkes aufschreiben, und Krankenschwestern, die unsere verwundeten Herzen heilen. Die beiden ältesten meiner jüngeren Schwestern sind bereits sehr gut verheiratet.

So richtig gekündigt hatte meine Mutter bei der Bank ja nie; sie war nur während des Bürgerkrieges einfach nicht mehr hingegangen, weil es wegen der Kämpfe in den Straßen zu gefährlich war. Und danach war sie dann von den Taliban am Arbeiten gehindert worden. Nachdem die jedoch vertrieben waren, ist sie eines Tages zu der Bank hingegangen, um zu schauen, was sich dort so tat, und am nächsten Tag saß sie bereits wieder auf ihrem früheren Posten. Es war kein Ersatz für sie eingestellt worden, weil nämlich während all der Jahre niemand da gewesen war, um überhaupt irgendwen einzustellen. Ein paar Jahre darauf hat meine Mutter dann eine Stelle bei der afghanischen Katastrophenmanagementbehörde angetreten, da sie glaubt, sich hier nützlicher machen zu können. Ihre Aufgabe ist es, möglichst umgehend von Regierungsseite Hilfsgelder loszueisen, wenn eine Region von einem Erdbeben, einem Schneesturm oder einer anderen Naturkatastrophe heimgesucht wird, und sie geht voll und ganz darin auf.

Mein Vater unterrichtet immer noch an seiner alten Schule Physik. Er ist dort der einzige Lehrer aus der Zeit vor dem Bürgerkrieg, der nicht getötet worden oder ins Ausland gegangen ist. Die jüngeren Lehrer blicken alle zu ihm auf wie zu ihren eigenen Vätern. Die Schule hat zwar eine Turnhalle, aber keine Geräte, und mein Vater bemüht sich um Gelder dafür, damit wieder Sportunterricht stattfinden kann. Er ist immer noch topfit und sehr kräftig – lediglich eine schleichende Arthrose in seinem Knie macht ihm zu schaffen.

Nachdem er es so viele Jahre vergeblich versucht hatte, ist es meinem Vater endlich gelungen, Afghanistan zu verlassen – wenn auch nur für kurze Zeit. Er hat sich seinen lebenslangen Wunsch erfüllt und ist nach Mekka gepilgert. Jetzt sind wir alle stolz, ihn mit dem ihm nun gebührenden Ehrentitel *Haddsch* anreden zu dürfen.

Mein Cousin Dussel kann bisweilen immer noch der reinste Dussel sein, hat aber trotzdem etwas aus seinem Leben gemacht. Er ist seinen Geschwistern stets ein guter Bruder und seinen Eltern immer ein guter Sohn gewesen und hat sich nie gescheut, die Bürden seiner Familie mit zu tragen – wie ich es auch bei meiner Familie versucht habe.

Nachdem ich ihn ein paar Jahre lang nicht gesehen hatte, habe ich ihn eines Tages bei sich zu Hause aufgesucht, um ihm die Einladung zur Feier der Hochzeit meiner zweiten Schwester zu überbringen. Er hatte ein wenig zugenommen, und das Haar an seinen Schläfen begann weiß zu werden, was ihm ein distinguiertes Aussehen verlieh. Als ich ihn darauf ansprach und ihm sagte, er würde wohl langsam alt, ging es mir schlagartig auf, dass *ich* hier der Dussel war, denn er und ich waren schließlich derselbe Jahrgang.

Er strich sich mit der rechten Hand über die Schläfe und sagte: »Ja, das ist der Lauf des Lebens. Wie Großvater immer sagte: ›Wir sind unreif, wir werden gegart, und am Ende werden wir verbrannt.‹ Ich bin gerade dabei, gegart zu werden.«

»Willst du in diesem Land bleiben, bis du auch verbrannt wirst?«, fragte ich in dem Bemühen, witzig zu sein.

»Ja, ich werde in diesem Land bleiben und mein Bestes tun, es wieder mit aufzubauen«, sagte er mit ernster Stimme. »Das zu tun, was meinem Vater und seiner Generation nicht vergönnt war. Ich glaube, dass es für dieses Land eine Zukunft gibt, aber nur, wenn wir jetzt etwas dafür unternehmen. Denn wenn *wir* es nicht anpacken, wer sonst? Jemand muss sich ein Herz fassen und die Initiative ergreifen. Wir wissen, dass es kein fremdes Land gibt, das uns wirklich helfen will. Sie sind alle nur hier, um sich selbst zu bedienen. Wir müssen der Welt klarmachen, dass sich in Afghanistan die Besitzverhältnisse geändert haben, dass das Land jetzt in den Händen unserer Generation ist.«

Zum ersten Mal seit vielen Jahren – zum ersten Mal überhaupt – nahm ich ihn in die Arme, weil mich das, was er gesagt hatte, so sehr bewegte. Ich kann ihn für seine Entschlossenheit nur bewundern.

Ein paar Jahre vor Wakeels Tod hatten wir eine Nachricht aus Russland bekommen – wer weiß, auf was für verschlungenen Wegen. Aber jedenfalls stand eines Tages ein Freund meines Großvaters damit vor unserer Tür. Die Nachricht war auf einen aus einer russischen Zeitung herausgerissenen Fetzen Papier geschrieben und lautete: »Bin noch am Leben. Mehr kann ich nicht schreiben. Leben in einem dunklen Loch. Irgendwann komme ich nach Hause.« Es war die Handschrift von Wakeels Vater, der vor so vielen Jahren auf mysteriöse Weise verschwunden war. Doch wir haben danach nie wieder etwas von ihm gehört.

Falls er in Großvaters Haus nach uns sucht, wird er uns nicht finden; nicht einmal das Haus, denn das ist fast vollständig eingerissen worden. Der Teil, in dem mein Vater und meine Mutter ihre Zimmer hatten, ist nur noch ein Haufen Bauschutt. Keiner der geliebten Apfelbäume meines Großvaters ist noch da. Es gibt kein Anzeichen mehr dafür, dass wir dort irgendwann einmal glücklich gewesen waren. Vielleicht wird einmal jemand in Großvaters Garten ein neues Haus bauen. Und vielleicht findet dieser Jemand dabei unser Gold.

Es gibt noch einen Menschen, den ich nie wieder gesehen habe – aber ich bin fest entschlossen, sie zu finden, denn sie ist es gewesen, die meinem Leben seinen Sinn und Zweck gegeben hat. Ich besitze heute meinen eigenen Teppichhandel, »Kabul Carpets and Kilims« genannt. Es ist zwar bis jetzt nur ein kleines Geschäft, aber es wird noch wachsen. »Kleine Flüsse fließen zu einem Meer zusammen«, wie Großvater immer zu sagen pflegte.

Als ich vor ein paar Jahren Gelegenheit hatte, die Niederlande zu bereisen, besuchte ich dort auch eine Holländerin, die einmal in Kabul gewesen war und mit der ich mich angefreundet hatte. In ihrem Haus in Haarlem sah ich einen der Teppiche wieder, den ich zu schlimmsten Taliban-Zeiten in meiner Fabrik angefertigt hatte.

Mir fehlen die Worte, um die Gefühle zu beschreiben, die ich empfand, als ich diesen Teppich erblickte. Er erinnerte mich an gute wie an schlechte Zeiten, an meine eifrigen Bemühungen, mir eine Zukunft zu schaffen, und an meine Fabrik – wie ich mich mit meinen Arbeitern und Arbeiterinnen um ein großes Tuch herum zum gemeinsamen Mittagessen hingesetzt habe und wir dabei alle viel gelacht haben, obwohl wir wussten, dass uns schreckliche Dinge bevorgestanden hätten, wenn die Taliban uns auf die Schliche gekommen wären. Und nun wurde diese Erinnerung an die Vergangenheit, *meine* Vergangenheit, in diesem weit entfernten Land in Ehren gehalten.

Ohne meine Teppichknüpflehrerin wäre das alles nicht möglich gewesen.

Ich stelle mir vor, dass sie in Tadschikistan sein könnte. Vielleicht in einer Stadt, vielleicht in einem Dorf. Es ist lange her, seit ich zuletzt von ihr geträumt habe. In meinem Leben herrscht jetzt zu viel Trubel. Aber es wird bald der Tag kommen, an dem ich aufbreche, um nach ihr zu suchen.

Ich bin mir sicher, dass sie es spüren wird, wenn ich zu ihr unterwegs bin. Und mit ihrer und mit Allahs Hilfe werde ich sie dann auch finden.

Nachwort

Die Festung der neun Türme ist eine Chronik der drei vergangenen Jahrzehnte der afghanischen Geschichte, eine Zeit, in der buchstäblich alles drunter und drüber ging und meiner Familie und mir die unterschiedlichsten Dinge widerfuhren. Während eines Teils dieses Zeitraums war ich noch sehr jung, sodass ich mich zum Beispiel nicht mehr genau daran erinnere, wann die Kämpfe in den Straßen angefangen haben – nur, *dass* sie stattgefunden haben. Ich habe exakte zeitliche Daten genannt, sofern ich mir ihrer sicher sein konnte, und mich nach Kräften bemüht, Daten zu rekonstruieren, bei denen ich mir im Ungewissen war.

Leserinnen und Leser außerhalb Afghanistans mögen sich vielleicht wundern, warum ich in einem Bericht über unser Leben zu jener Zeit so wenige Eigennamen meiner Angehörigen preisgebe. Meine Landsleute jedoch werden dies verstehen.

Dieses Buch handelt zwar in erster Linie von den persönlichen Erlebnissen meiner Familie, doch dürfte *jede* afghanische Familie Ähnliches zu berichten haben. Alle diese Geschichten haben es verdient, erzählt zu werden. Sie haben es verdient, gehört zu werden. Sie dürfen sich niemals wiederholen.

Dank

Dieses Buch ist Afghanistan und seinen Menschen gewidmet und dem Geist meines Großvaters, der mich immer noch in guten wie in schlechten Zeiten wie ein Schutzengel begleitet, sowie Wakeel, der mich alle drei bis vier Jahre in meinen Träumen zu besuchen pflegt; weiterhin meinen Eltern, die alles auf der Welt für mich bedeuten, meinen Schwestern und meinem Bruder, die bald in Afghanistan oder in einem anderen Land ihre eigenen Familien gründen werden, meinen Onkeln und Tanten und Cousins und Cousinen, mit denen ich so viel gemeinsam erlebt habe und die ich von Herzen liebe.

Dieses Buch hätte nie geschrieben werden können, wenn Stephen Landrigan nicht nach Afghanistan gekommen und ich ihm dort begegnet wäre. Er hat mir geduldig zugehört, als ich über die Erinnerungen sprach, von denen ich heimgesucht wurde, und mich ermutigt, sie aufzuschreiben, damit ihre Bürde weniger schwer auf meiner Seele lastete. Seine Ratschläge haben mir geholfen, die Freude am Schreiben zu entdecken, und eines Tages werde ich ein Buch über all das Gute verfassen, was er für Afghanistan getan hat. Und das wird bestimmt ein ziemlicher Wälzer.

Aufrichtigen Dank an J. Garcia und Linda Nicita in Colorado, die meinen ersten Manuskriptentwurf aus der Zeit, als ich mich noch nicht so gut auf Englisch auszudrücken wusste, gelesen und alle grammatischen Ungenauigkeiten und Rechtschreibfehler korrigiert haben. Dank gebührt auch Laurence E.

Landrigan, dessen sorgfältiges Lektorieren des Textes mir zu so mancher nützlichen Erkenntnis verhalf. Ihre großzügige Hilfsbereitschaft hat mich zutiefst beeindruckt, und ich nehme nur zu gerne die Verpflichtung auf mich, das an dieser Stelle auszusprechen.

Khaled Hosseini und Michael Patrick MacDonald haben mich nicht nur durch ihre eigenen Werke inspiriert, sondern mir auch so manche Türen auf dem Wege zur Veröffentlichung dieses Buches geöffnet, und dafür bin ich ihnen dankbar.

Besondere Erwähnung verdienen die Professionalität und die Liebenswürdigkeit meiner Lektorin bei Farrar, Straus and Giroux, Courtney Hodell, die die verschiedenen Fassungen dieses Buch stets geduldig und liebevoll betreut hat. Ein großes Dankeschön gilt auch Jessica Papin, meiner literarischen Agentin bei Dystel & Goderich Literary Management, für ihre positive Energie und ihre Rührigkeit, die mich zum Verlagsteam von Farrar, Straus and Giroux geführt hat, wo Marion Duvert und Devon Mazzone dafür gesorgt haben, dass dieses Buch auch in vielen anderen Ländern und Sprachen einen Verleger findet, und Lottchen Shivers fleißig die Werbetrommel gerührt hat.

Nicht zuletzt bedanke ich mich bei Janie Harris, der dieses Buch seine erste Rezension verdankt – und zwar schon lange vor seinem Erscheinen. Es war sehr bewegend, dass eine Leserin, die auf der anderen Seite der Erdkugel lebt, sich so begeistert über etwas äußerte, was ich geschrieben hatte.

Ich hoffe, dieses Buch wird viele seiner Leserinnen und Leser neugierig auf die Vielschichtigkeit der afghanischen Kultur machen, die so unverhofft, aber leider aus ganz und gar unerfreulichen Gründen, in den Mittelpunkt des Weltinteresses gerückt ist.

Moskau
RUSSLAND
Wolga
Astana
KASACHSTAN
Balchaschs
Aralsee
Kaspisches
Meer
USBEKISTAN
Taschkent
KIR
Schwarzes
Meer
GEORGIEN
Baku
ARMENIEN
ASERBAID-
SCHAN
TURKMENISTAN
Duschanbe
TADS
TÜRKEI
Aschgabad
Euphrat
Tigris
Teheran
Kabul
SYRIEN
Damaskus
Bagdad
AFGHANISTAN
IRAK
IRAN
Kandahar
Kuwait
Indus
Persischer
Golf
PAKISTAN
BAHRAIN
KATAR
Abu Dhabi
Karachi
Riad
VAE
Maskat
Rotes
Meer
SAUDI-ARABIEN
OMAN
Mekka
Arabisches
Meer
SUDAN
JEMEN
ERITREA
San'a
Djibouti
Indischer
Ozean
Addis Abeba
SOMALIA
ÄTHIOPIEN